W0414618

PETER ZINGLER

VOM TUNNEL ZUR HIMMELSLEITER

ROMAN TEIL ZWEI

FRANKFURTER VERLAGSANSTALT

FSC
MIX
Papier
FSC® C014496

© Frankfurter Verlagsanstalt GmbH,
Frankfurt am Main 2017
Alle Rechte vorbehalten
Herstellung und Umschlaggestaltung: Laura J Gerlach
Satz: psb, Berlin
Druck und Bindung: GGP Media GmbH, Pößneck
Printed in Germany
ISBN 978-3-627-00237-4

Meinem Freund Dieter Engel alias Dirk

2.TEIL DER TUNNELSAGA:
IM HEHREN KREIS

Im Tunnel befand sich Paul Zakowski meist in Haft und lief im kleinen Kreis des Gefängnishofes.

In *Vom Tunnel zur Himmelsleiter* sagt nun Peter Zingler der Ganovenwelt adieu und begibt sich in den hehren Kreis der »anständigen« Menschen.
Ob das gutgeht?

»Nach dem Spiel ist vor dem Spiel.«
Sepp Herberger

Der Typ, der vor dem Düsseldorfer Flughafen aus dem Taxi stieg, sah nicht aus wie ein Erste-Klasse-Passagier. Peter Zingler trug Jeans, Sweatshirt, eine kurze schwarze Lederjacke und auf dem Kopf die Batschkapp, unter der seine langen Haare hervorstrubbelten. Auch einen Vollbart hatte der Kerl, der sich nun vorsichtig sichernd umschaute, als fürchte er Ungemach. Für den kalten Januartag war er viel zu dünn angezogen, und in seiner kleinen Leinentasche war sicher kein Platz für dicke Wintermäntel. Er betrat das Flughafengebäude, orientierte sich, passierte den Sicherheitscheck und stand dann vor der Passkontrolle. Wer ihn kannte, bemerkte die leichte Nervosität, das Schaben des rechten Fußes, dann die Gewichtsverlagerung auf den linken Fuß, bis der Grenzschutzbeamte den Pass zurückgab. Zingler bedankte sich, ging schnell einige Meter weiter außer Sichtweite, blieb stehen und atmete tief durch. Jetzt schlenderte er gemächlich zu einem Gate, auf dessen Anzeigetafel das Flugziel *Montego Bay* zu lesen war.
Die erste Hürde hatte Peter Zingler geschafft.

Nun saß er in der Maschine, einer Lockheed TriStar der LTU, die langsam Fahrt aufnahm, so stark beschleunigte, dass der Rumpf zitterte und dann endlich abhob. Peter schaute aus dem Fenster auf Düsseldorf hinunter und lehnte sich entspannt zurück. Erst mal entkommen. Er sah

sich in der Maschine um. Zwar war ihm schon am Gate aufgefallen, wie viele alleinreisende Frauen auf den Abflug nach Jamaika warteten, hübsche junge Frauen, alle im besten Studentenalter. Es gab auch dunkelhäutige Gesichter, meist Männer in Begleitung weißer Frauen, aber auch zwei schwarze bildhübsche Mädels mit Baines, jenen geflochtenen, dünnen langen Locken. Nicht schlecht, dachte er, und überlegte, wie er die beiden, sie saßen zwei Reihen schräg vor ihm, ansprechen könnte. Aber war das überhaupt nötig, gab's in Jamaika das alles nicht hundertfach? Noch während er grübelte, gähnte er heftig und der Stress der letzten Tage forderte seinen Tribut. Er schlief ein und erwachte, weil er Durst hatte. Speis und Trank waren zwischenzeitlich an ihm vorübergegangen, aber die Stewardess brachte ihm gerne und lächelnd ein Glas Wasser. Sie sah ihm in die Augen, und wieder überkam Peter eine ungeheure Sehnsucht nach einer Frau, er brauchte dringend was für Herz, Seele und Körper. Aus den Augenwinkeln entdeckte er zwei Passagiere am Cockpiteingang, Besichtigung. Peter erhob sich und stellte sich an. Seitdem er die Kneipe in Frankfurt betrieben hatte, war sein Verhältnis zum fliegenden Personal gestört. Ihn nervte ihre mit der Uniform ausgestrahlte Wichtigkeit. Und auch jetzt, als er das Cockpit betrat, fühlte er sich bestätigt. Da saßen drei Männer. Einer an der Seite, der sogenannte Flugingenieur, er hatte den Kopf auf die Arme gelegt und schlief. Die beiden Piloten waren zwar wach, aber mit Fliegen hatten sie nichts am Hut. Der Copilot las in einer Zeitschrift, der Captain trank Kaffee und gab den fragenden Passagieren bereitwillig Auskunft.
Klar, es gab eine Flugautomatik, aber Peter verglich die drei mit einem Busfahrer in der Stadt. Verglichen mit dem hatten sie einen Traumjob, wenig zu tun und viel, viel

mehr Geld. Zehntausend Mark netto im Monat sicher, für was? Er ging zurück zu seinem Sitz und nickte wieder ein.

Montego Bay war wie jeder andere Flughafen auf der Welt, nur waren hier alle Bediensteten schwarz und sehr genau, fast pingelig. Peter schnappte sich seine Leinentasche, ging durch die Passkontrolle und stand vor der Halle. Ein Zaun umgab das Gebäude und jenseits des Zauns standen viele, viele Männer. Rastas, wie man unschwer an ihrer Haarpracht erkannte. Alle winkten, riefen, machten auf sich aufmerksam. Für wen? Jetzt erkannte Peter die Mädels aus seiner Maschine wieder, die an den Zaun stürmten und ihre Wahl trafen. Es ging zu wie auf einem Viehmarkt, genauso hektisch und nur der Augenschein zählte. Kaum trat eine Frau aus dem Tor, stürzte der Auserwählte auf sie zu und führte sie weg von der Konkurrenz, froh, die nächsten drei, vier Wochen ausgesorgt zu haben.
Peters Freund George wartete vor dem Flughafen. Er umarmte ihn sichtbar erfreut und bedankte sich gleich für den Rückflug, den Peter ihm damals besorgt hatte, aber George wollte auch, dass Peter sich auf seiner Insel wohlfühlen würde. Er führte ihn Richtung Strand zum *Rumbaum*. Natürlich gibt es keinen Rumbaum, aber der hier hieß so, weil in dem breiten, starken Geäst des uralten Baumes eine Kneipe untergebracht war. Man saß auf angenagelten Brettern oder aufgeschnittenen Rumfässern wie in Vogelnestern.
George und Peter tranken Rum und rauchten einen Joint, eine gefährliche Mischung. Der Rum, ein Privatbrand, war dick und süß, fast wie Melasse, und in den Joints war bestes Sinsemilla. Beides war der Gast aus Europa nicht gewohnt. Peter wusste später nicht mehr viel von dem Abend, nur noch, dass er in ein schönes blaues Cabriolet,

einen Pontiac Trans Am, verfrachtet worden war. Eine große Seltenheit in Jamaika. Kinder und Erwachsene blieben am Straßenrand stehen und staunten. Üblicherweise fuhren auf Jamaikas Straßen Modelle von Morris, Mini, Vauxhall, Austin, also Autos, die noch aus der englischen Kolonialzeit von vor 1962 stammten. Allesamt fahrende Schrotthaufen. Nur die wenigen Leihwagen waren moderner. Allerdings brauchte man viel mehr Reputation, um einen zu mieten, als Peter es aus Europa kannte. An Jamaikaner wurden gar keine Wagen verliehen. Denn falls sie den Mietwagen überhaupt je zurückbrachten, fehlten Motor, Sitze oder andere wichtige Teile, die sie verkauft hatten. Im Grunde genommen war Jamaika ein Land nach Peters Geschmack. Alle Menschen waren Freibeuter, ohne Unrechtsbewusstsein. Nur war es nicht sein Land.
George fuhr mit Peter zu einer Ferienvilla in die Berge hinter Montego Bay, die einem seiner Freunde gehörte und die in dieser Woche nicht vermietet war. Er klärte Peter über den Umgang mit seinen Landsleuten auf, mahnte ihn zur Vorsicht, verwies auf manche Tücke und Hinterlist und zog ein Bündel Geldscheine aus den Strümpfen, doppelt so viele wie das Ticket gekostet hatte, das Peter ihm vor Jahresfrist besorgt hatte. Peter wollte es nicht annehmen, aber George ließ eine Ablehnung nicht zu. Er trug das Geld in seinen Strümpfen, weil so verdammt viele Diebe in Jamaika herumliefen. George gab ihm Adressen und Tipps und versprach Peter, ihm den Trans Am zu leihen, wenn er demnächst nach New York müsse. Dann fuhr er zurück nach Kingston. Peter war ein paar Tage auf sich alleine gestellt, aber das war nichts Neues für ihn.
Anfangs nahm Peter alles, wie es war und was es gab. Noch nie, so schien es ihm, war er so relaxed gewesen. Er saß unter der berühmten Palme, mit einem Joint in der Hand,

und träumte vor sich hin. Es war ihm zum ersten Mal in seinem Leben egal, ob nachher irgendetwas anstand, ob der Bus gleich kam oder erst in drei Stunden oder nie mehr. Peter stellte erstaunliche Veränderungen an sich fest. Es machte ihm Spaß, nichts zu tun, nur seinen Gedanken freien Lauf zu lassen. Er ärgerte sich jetzt, dass er diese Form des Selbsterlebens aus dem Bauch heraus im Knast nicht stärker geübt hatte. Im Knast hatte er kein Ganja, wie das Zeug hier hieß, aber das war's nicht. Es war eine Sache der Einstellung. Seine Geschichten, seine Phantasien, seine Bücher, der Kopf war das eine, sicher auch mit Emotionen verbunden, aber rein von innen heraus, ohne vom Kopf gesteuert zu sein, erlebte Peter jetzt und hier zum ersten Mal eine lang anhaltende Zufriedenheit. Während er vor sich hin döste, bemerkte er einen großen Krebs, der sich weit den Strand hinauf getraut hatte. Der Rückenpanzer war so breit wie zwei Männerhände, und er bewegte sich auf seinen vielen Beinen tatsächlich seitwärts, jetzt wieder in Richtung Meer. Doch dann tauchte der Hund auf. Einer dieser gelbbraunen Bastarde, die hier wild herumliefen, eine Plage der Insel. Der Hund umlief den Krebs und schnitt ihm den Weg zum Meer ab, blieb stehen und schaute sich das Ungetüm abschätzend an. Er schien unsicher, wahrscheinlich war er noch keinem solchen Tier begegnet. Dennoch schob er sich drohend knurrend langsam vor. Der Krebs blieb zunächst stehen, erhob sich dann plötzlich wie ein Mensch auf zwei Hinterbeine und riss seine Scheren auf. Dabei klopfte er mit der linken auf die rechte Zange und verursachte ein hohles, knirschendes Geräusch, wohl um zu warnen. Knurrend schlich der Hund näher. Als er einen mächtigen Satz nach vorne machte, wich der Krebs aus. So blitzschnell sprang er aus dem Stand ein großes Stück zur Seite, dass der Hund ins

Leere tapste und sich verdutzt umsah. Der Krebs senkte seinen Körper wieder ab, als habe er Luftfederung, und rannte aufs Meer zu. Zwei Meter gewonnen, und er blieb, wieder kampfbereit, aufgerichtet stehen. Dieses Mal näherte sich der Hund von der Seite, sprang ihn an und biss zu. Doch gleich begann er laut zu jaulen. Zwar hatte der Hund dem Krebs ein Bein abgerissen, aber der hatte seine Schere in die schwarze Nase des Hundes geschlagen und hielt fest und war auch durch wildes Kopfschütteln nicht loszukriegen. Peter sah fasziniert zu, seine Sympathie lag bei dem Krebs, aber plötzlich kam Scham in ihm hoch. Er entspannte wie nie zuvor in seinem Leben, und hier, gleich neben ihm, kämpfte eine Kreatur um ihr Leben, und er schaute zu, wie die Römer im Kolosseum, wo sich Menschen und Tiere zerfleischt hatten, während sie selbst auf bequemen Kissen saßen. Peter überlegte, in den Kampf einzugreifen, als sich die Lage erneut veränderte. Da der Hund die Krebsscheren trotz Kopfschüttelns nicht loswurde, legte er sich flach auf den Bauch und streifte nun den Feind mit den Vorderpfoten ab, was ihm auch gelang. Er hatte genug vom Kampf oder sprichwörtlich die Nase voll von den Bissen des Krebses und trollte sich. Der Krebs pumpte sich wieder hoch. Der Verlust des Beines schien ihm nichts auszumachen, er hatte genügend davon. Seine Augen kreisten auf hohen Stielen wie eine Radaranlage, während er seitwärts auf das Meer zuhielt und schließlich im schützenden Wasser verschwand. Peter applaudierte.

In diese ruhige Phase fiel die Begegnung mit Siggi und Wolfgang. Es war am Strand. Die beiden gingen langsam an ihm vorbei und sprachen Deutsch. Peter musterte sie. Sie war ein quirliges Mädchen, nicht zu groß, und zwitscherte wie ein Vögelchen. Er war größer, dunkelhaarig und wirkte ruhiger. Sie gingen an ihm vorbei, und Peter vergaß sie wieder. Nachdem er sein Erholungsschläfchen beendet hatte, stand er auf. George hatte ihm jede Menge Ganja dagelassen. Aber Peter ging behutsam damit um. Er wusste, warum er in Deutschland kaum Drogen genommen hatte, nicht mal Marihuana. Peter hatte sehr wenig Erfahrung damit. Aber hier, bei dem prallen Angebot, bot es sich an, außerdem war es nicht teurer als Zigaretten. Und da er sowieso rauchte ... Aber tief in seinem Inneren hatte er Angst vor einem Rausch, den er nicht mehr würde kontrollieren können. Peter trottete am Strand entlang und beschloss, ein Bier zu trinken. Auch Rum schien ihm jetzt zu schwer.

In einer Bar sah er das Pärchen wieder. Er saß auf einem Stuhl und trank Bier, sie saß auf einem Stuhl am Strand, zwei schwarze Mädels flochten ihr das Haar zu kleinen dünnen Zöpfchen, die auf dem Kopf akkurate Streifen hinterließen wie Alleen. Peter schlürfte sein Bier und beobachtete, wie der Mann sein Bier trank und dabei seine Begleiterin betrachtete, die von den beiden hübschen Mädchen, die vielleicht zwölf oder dreizehn Jahre alt waren, schön gemacht wurde. Eines der Mädchen kam zu Peter, sie schaute ihn kurz an, zupfte an seinem Bart und sprach ihn mit »Rasta Man« an. Dann kicherte sie und fragte, ob sie ihm Locken in den Bart drehen solle. Peter wehrte lächelnd ab. Der Mann hatte diese Szene verfolgt, lächelte und so kamen sie ins Gespräch. Wolfgang war zum ersten Mal in Jamaika und begeistert von Sonne, Luft und Mädchen. Bisher war er allerdings nur in der Touristengegend um Montego Bay gewesen, den Rest der Insel kannte er nicht, und eigentlich wollte er ihn auch nicht kennenlernen. Er wollte sich erholen. Peter erfuhr, dass Wolfgang einen Radio- und Fernsehhandel betrieb, aber lieber seinem Hobby frönte, dem Fliegen. Eben machte er den Fluglehrerschein, um in seiner Heimatstadt Speyer eine Flugschule zu eröffnen. Peter spürte, den Mann bewegte etwas. Er wollte eine Veränderung. Siggi, seine Freundin oder Braut, war Studentin und plante, Lehrerin zu werden. Da die beiden einen Leihwagen hatten, fuhren sie mit Peter in die Berge. Es waren nur wenige Kilometer. Die beiden waren begeistert von der kleinen Ferienvilla und dem Pool. Natürlich waren sie auch neugierig und fragten nach Peters Leben, aber er hielt sich zurück, sagte nur, dass er als Letztes in Frankfurt eine Kneipe geführt habe. Das interessierte die beiden allerdings sehr, denn Wolfgang hatte vor, in der Pfalz ein Haus zu kaufen, in dem sich eine alte Kneipe befand. Peter und Wolfgang rauchten dann einen dicken Joint, Siggi wollte nicht. Dafür war sie später die nüchterne Chronistin ihres Trips. Sie lachte sich fast tot und konnte sich gar nicht davon erholen, wie Peter und Wolfgang zugekifft agiert hatten. Peter habe sie ständig Engelchen genannt, sei hinter ihr hergelaufen und habe sie einfangen wollen. Siggi sei ständig auf der Flucht vor ihm gewesen, sei sogar in den Pool gesprungen, derweil Wolfgang vor sich hin dämmerte und Unmengen Wasser trank. Die beiden verbrachten die Nacht noch in der Villa und fuhren am nächsten Morgen, zusammen mit Peter, zurück nach Montego Bay. Sie tauschten die Telefonnummern aus und versprachen, sich in Deutschland zu treffen.

Peters Geld würde nicht lange reichen. Und mit Einbrechen war hier nichts! George hatte ihn in der dritten Woche mit nach Kingston genommen und ihm dort ein Juweliergeschäft gezeigt. Bevor man als Kunde in den

Laden kam, mussten erst zwei Gitter, dann zwei Türen geöffnet und schließlich der Alarm ausgeschaltet werden. Das galt – wohlgemerkt – für jeden Kunden. Alles, was in Jamaika irgendeinen Wert hatte, wurde wie eine Festung gesichert.
Peter grinste und dachte daran, dass Frankfurt »Hauptstadt des Verbrechens« genannt wurde und die Straßen der Stadt als total unsicher galten. Wer das sagte, kannte Kingston nicht. Im Frankfurter Bahnhofsviertel, damals die deutsche Zentrale der Kürschner, wurden täglich Pelze im Wert von Hunderttausenden auf fahrbaren Garderoben über die Straße geschoben, völlig ungesichert. In Kingston wären sie keine zehn Meter weit gekommen, ohne geraubt zu werden.
In Jamaika lebten allerdings auch sehr reiche Menschen, verbarrikadiert hinter hohen Mauern in abgesicherten Vierteln. Eines hieß Beverly Hills, es sollte an Los Angeles erinnern, täglich schoss die Security auf irgendwelche Typen, nur weil sie dort herumlungerten.

George hatte Peter jetzt in einem winzigen Haus in Montego Bay untergebracht, das einem Freund gehörte, der in den USA im Knast saß. Am Abend stellte George ihm den größten Dealer des Landes vor, William, Besitzer der weltberühmten Disco *Inferno*. Der Riesenschuppen mit einem Parkplatz, der für fünfhundert Autos ausgereicht hätte, lag an der Straße von Montego Bay nach Long Bay. Nun muss man wissen, dass die Jamaikaner alles, was jamaikanisch ist, für weltberühmt halten. Ganz egal, ob es ihre Strände sind, der Sonnenuntergang von Negril, die River Dunn Falls und die Blue Mountains, ihr gleichnamiger Kaffee oder das Red-Stripe-Bier. Sie können gar nicht glauben, dass es in Europa kein Red-Stripe-Bier geben soll.

Von den Genüssen der Küche ganz zu schweigen. Curried Goat zum Beispiel, wie der Name schon sagt, Ziegenfleisch mit Curry – sehr, sehr gewöhnungsbedürftig. Nachdem Peter zwanzigmal Curried Goat gegessen hatte, fragte er sich, wo eigentlich die Goat war? Eine Ziege zerfiel hier in zwei Teile, in das Fleisch für die Reichen und die Knochen für den Rest. In den Straßenverkauf kamen nur Knochen mit ein paar Fleischfetzen. Vor dem Essen häufte sich Curried Goat noch vielversprechend auf dem Teller, danach lagen dort genauso viele abgelutschte Knochen. Aber das Gericht war gut gewürzt und der Reis körnig. Man wurde satt.

Ähnlich war es mit dem Nationalgericht Ackee and Saltfish. Ackee ist eine Frucht, eine Nuss, etwa so groß wie eine Zitrone. Das Innere sieht aus wie eine Walnuss. Roh soll sie nicht gut schmecken, sogar giftig sein. In Jamaika wird sie in der Pfanne gebraten, kurz gebrutzelt sieht sie aus wie Rührei. Und darauf kommt dann der Salzfisch. Codfish, im Spanischen und Portugiesischen Bacalao genannt, seit jeher das Notfutter armer Völker, Kabeljau in Salz gewendet und getrocknet.

Sogar die Imbissbuden waren in Jamaika gesichert wie Fort Knox. Der Koch stand hinter einer Drahtwand, vor An- und Übergriffen der hungernden Kundschaft geschützt. Eine kleine, halbrunde Durchreiche, wie am Bankschalter, diente der Essensausgabe und dem Kassieren.

In solch einem Imbiss war Peter Hookie erstmals begegnet. Der Typ trug so zerlumpte Klamotten, wie Peter es noch nie gesehen hatte, und von denen er glaubte, sie würden jede Sekunde in Fetzen von seinem Körper fallen. Er trug einen Borsalino auf seinem Kopf. Peter staunte. Hookie bewegte sich geschmeidig im Rhythmus imaginärer Mu-

sik wie eine Tänzerin und rauchte einen Joint nach dem anderen. Joints, die er im Hutband trug wie ein Großwildjäger die Munition. Den Namen Hookie hatte er, weil seine breite Nase einen gewaltigen Schwung nach oben machte und aussah wie ein Haken. Wovon mochte er leben, dachte Peter. Später erfuhr er, dass Hookie vor allem im Winter, wenn die weißen Mädels auf die Insel kamen und Dreadlocks suchten, sein Geld als Prostituierter verdiente. Im Sommer fuhr er alle paar Tage nachts in die nahen Berge. Dort hatte er im Gebüsch einen fahruntüchtigen uralten Morris versteckt, den er auf die Straße schob und eine Panne vortäuschte, die hilfsbereite Jamaikaner oder Touristen anhalten und helfen ließ. Da Hookie angeblich kein Werkzeug hatte, holten sie welches aus ihren Wagen; Taschenlampen und Schraubenschlüssel, die sie später, nachdem es ihnen nicht gelungen war, die Panne zu beheben, zurückließen, damit Hookie weiterbasteln konnte. Hatte er genug Werkzeug gesammelt, schob er das Wrack zurück ins Gebüsch und fuhr mit dem Fahrrad runter nach Montego Bay, um die Beute zu verkaufen. Er bekam meist nur zwei, drei Dollar dafür, aber das reichte ihm.
Peter begegnete Hookie Monate später wieder in Negril. Er hatte seinen Morris dorthin abschleppen lassen und trieb sein Spielchen mit den dortigen Touristen und Einheimischen. Negril war ein bekannter Platz im äußersten Westen der Insel. Es hieß, im Lokal *Rick's Café* sei der prächtigste Sonnenuntergang der westlichen Hemisphäre zu sehen. Tatsächlich lag die Terrasse des Cafés zwanzig Meter steil über dem Meer. Viele Rastajungs führten dort ihr Kunststück vor und sprangen von hier oben ins Wasser. Aber es war ein teurer Sonnenuntergang, denn die obligatorischen Drinks auf der Terrasse kosteten reichlich,

aber die Musik war klasse, und es war immer gut besetzt. Natürlich sah man hundert Meter links und hundert Meter rechts von *Rick's Café* denselben Sonnenuntergang, nur fehlte eben der Rummel.
Warum das Café hieß, wie es hieß? Die einen sagten, der Inhaber habe es 1945 nach dem Film *Casablanca* so genannt, andere meinten, dass Humphrey Bogart nach dem Krieg in Jamaika zwei Filme gedreht und den Namen mitgebracht habe. Verbürgt ist aber nur, dass ein anderer Kinoheld, James Bond – gespielt von Sean Connery, oft auf der Insel gedreht hat. Was natürlich am Autor der Bond-Romane lag, Ian Fleming, der lange Zeit im Geheimdienst ihrer Majestät mit der britischen Armee in Jamaika gelebt und hier seinen Alterssitz gefunden hatte.
Jetzt stand Hookie vor Peter in der Schlange an der Essenausgabe von Sam's Restaurant. Der Laden war eine aus alten Brettern mit neuen Nägeln zusammengezimmerte Baracke. Tür und Fenster waren Löcher. Links war der Gastraum mit einem einzigen Tisch, der von Sam selbst und seinem Backgammongegner besetzt wurde. Rechts befanden sich die Stehplätze. Auf zwei Holzböcken lag die während der Geschäftszeit nicht benötigte Außentür, und darauf standen verschiedene Plastikschüsseln. Männer füllten den Raum, reichten einen Spliff reihum und verzehrten Cabbage, das Zwanzig-Cent-menu. Jetzt war Hookie dran. Er überschlug sein Geld, fünfzig Cent, das reichte für Ackee and Saltfish. »Einmal, mit Dumpling«, bestellte er und zeigte auf das Gewünschte. Ein zehnjähriger Junge zählte sorgfältig Hookies Geld nach, nahm ein Stück doppelt gefaltetes Zeitungspapier, warf zwei Hände voll Ackee hinein und wandte sich dem von der Decke baumelnden Stockfisch zu. Hookie war nicht einverstanden. »Moment mal, brother«, stoppte er den Kleinen. »Du

hast verdammt kleine Hände. Mach drei voll Ackee. Wenn Sam bedient, gibt's auch zwei Hände voll, und seine sind mächtig größer als deine.« Die Männer im Hintergrund lachten. »Deshalb hat er ihn doch eingestellt«, rief einer, verschluckte sich am Ganjarauch und hustete ihn hinaus. Unentschlossen sah der Junge von einem zum anderen, spähte ängstlich zu Sam hinüber, der scheinbar nichts mitbekommen hatte, und griff noch mal in die Ackeeschüssel. Sams Stimme dröhnte: »Was habe ich dir gesagt, du Bastard? Zwei Hände voll, nicht mehr. Ackee kostet ne Menge dieses Jahr. Wenn die Bande mehr will, soll sie woanders hingehen.« Der Kleine nickte ergeben, griff ein Messer, legte das mit Ackee bedeckte Papier unter den Fisch und kratze an ihm herum, dass er wie Sägemehl auf das Ackee herabstäubte.
Hookie schimpfte über Sams Geiz und erzählte allen, dass dieser Stockfisch hier bestimmt schon zwei Jahre hing und mindestens zehntausend Portionen Ackee den Namen »and Saltfish« gegeben habe. Früher hätte er mit Sam gestritten, doch der sage immer nur: »Salzfisch ist teuer.«
Immer wenn Peter nun an Sams Restaurant vorbeiging, schaute er nach dem Saltfish: Hookie schien recht zu haben, der Fisch wurde trotz häufigen Gekratzes nicht weniger.

Jamaikaner sind nicht zimperlich und noch weniger sind sie es Fremden gegenüber. Peter war mitten im Wahlkampf auf die Insel gekommen. Die Parlamentswahl zwischen Edward Seaga und Michel Manley. Seaga war Chef der Jamaika Labour Party, JLP, die zwar Arbeiterpartei hieß, aber konservativ, rechts war. Manlay führte die PNP, die People's National Party, was konservativ klang, die aber links war. Nach all den Jahren Seaga hatte zuletzt Manley gewonnen, sehr zum Verdruss der USA. Manley versuchte eine ähnlich autoritäre, von Amerika unabhängige Politik zu machen wie Kuba. Die USA reagierten mit Sanktionen und forderten die Amerikaner auf, nicht mehr nach Jamaika in Urlaub zu fahren.

Aber die Jamaikaner waren auch kein einiges Volk. Sie erschlugen und erschossen sich. Jeden Tag las man im *Daily Gleaner* von drei bis vier Morden und jeden zweiten Tag musste auch ein Polizist dran glauben.
Mehr als tausend Morde jährlich. Da in Jamaika genauso viele oder so wenige Menschen leben wie in Hamburg, war die Mordrate hier hundert Mal höher. Ein Leben war in Jamaika nicht viel wert.
Außerdem waren viele Jamaikaner total rassistisch, Peter spürte es am eigenen Leib. Das Problem war nicht, dass er weiß, sondern dass er arm war. Wer als Weißer kein Geld hatte, konnte in den Augen der Schwarzen nur ein Riesenarschloch sein. Denn sie waren fest davon überzeugt, dass wenn sie weiß auf die Welt gekommen wären, sie auch reich wären.
Gott sei Dank gab es Ausnahmen. Oft waren das die Typen, die mehr als nur ihr Inselchen gesehen und die mit Musik zu tun hatten.

Georges Bruder, Steve Golding, war ein exzellenter Bassist, und er besaß außerdem einen richtigen Reisepass. Deshalb spielte er mit Bob Marley bei den Wailers und mit Peter Tosh, vor allem wenn's auf Tournee außer Landes ging. Durch ihn kam Peter in die Kingstoner Musikszene, ins Studio in Trench Town oder die Villa Marley. Rita Marley und ihre Kinder fragten Peter über Deutschland

aus, weil Bob ja am Tegernsee in Dr. Issels Klinik lag. Aber auch der Wunderheiler konnte mit seiner Tumor-Therapie Bobs aggressiven Krebs nicht stoppen.
Im Mai 1981 war Peter zusammen mit Winston und Steve Golding bei Marleys Familie, als der größte Star, den das Land je hatte, tot aus dem Flugzeug in Kingston getragen wurde. Ganz Jamaika trauerte um Bob Marley. Schon als er in Saint Ann's Bay im Kreis der Familie beigesetzt wurde, verabschiedeten sich Tausende Menschen von ihm. Im Nationalstadion von Kingston waren es dann kurz darauf Hunderttausende, die sich drinnen und draußen vor den Toren drängten, um ihr Idol zum letzten Mal zu feiern.
Aber es war nicht nur die Trauer um die Musiklegende, auch politisch war Bob Marley ein Gigant gewesen. Ihm hätte man zugetraut, die beiden verfeindeten Politiker und ihre Parteien versöhnen zu können.
Peter lernte den Sportminister kennen. George, Winston und Steve saßen nach der Trauerfeier mit dem Minister in den Katakomben des Stadions zusammen und rauchten dicke Tüten. Es versteht sich, dass Marihuana in Jamaika genauso verboten war wie fast überall auf der Welt. Daher sang Peter Tosh ja so flehend: »Legalize it …«
Für Peter, dem langsam das Geld ausging, wurde der Kontakt zum Minister sehr wichtig. Peter hatte per Post und Telefon organisiert, dass sein Bruder ihm aus England einen Mercedes-Benz mit Rechtssteuerung besorgen sollte, in Jamaika fuhr man ja links, seitdem die Briten erste Automobile in ihre Kolonie verschifft hatten. Es ging um einen über zehn Jahre alten 280 SE mit Automatik, aber verglichen mit den meisten Kisten, die hier rumfuhren, ein Luxusauto. Die Fracht war erschwinglich, keine achthundert Mark, dafür betrug die Einfuhrsteuer vierhundert Prozent. Der Benz hatte sechstausend Mark gekostet,

darauf vierhundert Prozent Zoll, wie hätte Peter das bezahlen sollen, er war schließlich kein Rauschgifthändler. Also setzte der Minister ein Schreiben auf, dass das Fahrzeug für die Entwicklung des Sports in Jamaika von nationaler Bedeutung sei. Als das Auto fünf Wochen später eintraf, war der Minister höchstpersönlich am Hafen und sorgte dafür, dass es unbeschadet an Land kam.
Dem Minister gefiel das Auto so gut, dass er es Peter spontan abkaufen und mit Jamaika-Dollars bezahlen wollte. Ein zweischneidiges Schwert, denn nirgendwo auf der Welt konnte man diese Währung umtauschen, nur in Jamaika waren sie etwas wert. Aber der Preis, den der Minister bot, war so gut, dass Peter zustimmte. Jetzt diente das Auto wirklich dem Sport, und Peter hatte für dortige Verhältnisse eine Menge Kohle.
Das würde reichen, bis er nach Deutschland zurückkehrte. Dass er zurückkehren würde, stand für ihn bereits fest. Denn er hatte schnell gemerkt: Wohin er auch floh, er nahm sich immer mit. Er war hier noch einsamer als in Deutschland im Knast. Es musste eine Änderung in seinem Leben geben. Und die erste war, nach Deutschland zurückzukehren – aber nicht nur das. Er wusste, er musste noch mal ins Gefängnis, aber er schwor sich, das würde das letzte Mal sein. Er wollte nicht im Knast alt werden und sterben. Aber jetzt war er ja erst mal finanziell gut ausgestattet in Jamaika.

Der Autodeal geschah ungefähr zu der Zeit, als Peter Flowers kennenlernte. Die hübsche schwarze Frau aus der Gegend um San Antonio arbeitete mit einer Freundin in einem Getränkekiosk. Flowers war achtzehn Jahre alt und hatte zwei Kinder von verschiedenen Männern. Die Kinder lebten bei Flowers Mutter in San Antonio und sie mit ihren Freundinnen in einer winzigen Hütte an den Hügeln. Peter hat zweimal bei ihr übernachtet, es war sehr gewöhnungsbedürftig. Alle Mädchen, egal ob mit oder ohne Begleitung, schliefen in einem engen Raum auf ausgeleierten Matratzen. Neben der Tür standen ein kleiner Tisch und ein Herd, der mit Holz befeuert wurde. Wasser gab's draußen am Hydranten, das zum Waschen in Schüsseln und Kannen reingeholt werden musste. Eine Dusche gab es nicht und entsprechend roch es auch. »Wie im Zoo«, hatte Peter mal zu Flowers gesagt, aber sie konnte sich darunter nichts vorstellen. Die Intimitäten wurden in aller Stille vollzogen. Obwohl es alle taten, taten sie so, als hörten sie nicht, was die Nachbarn taten. In Europa hätten solche Situationen sicher mal zum Gruppensex geführt, hier undenkbar. Jamaikamädels waren monogam. Auch wenn das Verhältnis nur wenige Tage hielt. Moralisch betrachtet könnte man Jamaikas Girls für polygam halten, weil viele bereits mit zwanzig Jahren etliche Kinder von verschiedenen Vätern hatten. Aber das lag eindeutig an den Männern, die selten heirateten und sich bei Schwangerschaften aus dem Staub machten. Sie behaupteten, das sei die Schuld der Kolonialherren. Weil sie, die Männer, damals kolonnenweise ins Zuckerrohr geschickt worden seien, während die Frauen daheim bleiben mussten und dem Farmer gehörten. Nachts durften die Männer bei den Frauen schlafen, wurden aber am nächsten Tag weitergeschickt aufs nächste Feld. Die Frauen waren ständig schwanger und ihre Kinder mehrten den Reichtum des Sklavenbesitzers.

»Glaubt ihnen kein Wort«, beschwor Peter Flowers und ihre Freundin, mit der sie am Kiosk arbeitete. »Die Sklaverei ist schon seit hundert Jahren vorbei. Das ist nur eine Ausrede für ihre Verantwortungslosigkeit.«

In dem Kiosk am Strand verkauften die Mädels Brause-Eis. Eine Schippe Eisschnee wurde in ein kurzes Bambusrohr gehäufelt. Von Knoten zu Knoten etwa Fünfundzwanzig Zentimeter hoch hatte das Rohr einen Durchmesser von sechs Zentimetern und fasste etwa einen halben bis dreiviertel Liter Flüssigkeit. Auf den Eisschnee wurde ein kleines Tütchen Brausepulver geschüttet, und fertig war das beliebteste Kindergetränk Jamaikas. Dort, in dem Kiosk, der eigentlich nur ein Stand war und nicht einmal ein Dach hatte, verkehrte auch der Typ, der behauptete, Big John Hookers Bruder zu sein.

Das Haus in den Bergen

Der Imbissschuppen am Rande der Stadt lag unter der glühenden Julisonne. Es war zu heiß zum Essen, und ich trank 'ne kalte Soursop-Milch, die ich mit 'nem Schuss Rum aus der Taschenflasche schmackhafter machte. Das Mädchen in der Bude, die höchstens zwei Meter Durchmesser hatte, drehte das Transistorradio auf volle Lautstärke. Third World sang *96 Degrees in the Shade*. So viel waren es bestimmt.

Das Mädchen bewegte sich im langsamen, lasziven Reggae-Rhythmus. Der Typ auf der anderen Seite des Ladens sah schon seit seiner Ankunft zu mir herüber. Er verzehrte nichts. Sicher überlegte er, ob er mich anbetteln konnte. So lange Zeit fürs Überlegen war ich nicht gewöhnt. Normalerweise kamen sie zu mir, forderten einen, zwei oder drei Dollar und murmelten so was wie: »Du weißt ja,

Mann, ihr Weißen steckt tief in unserer Schuld. Schon seit fünfhundert Jahren.«
Allenfalls dankte mal einer mit: »Jah, macht alles wieder gut, brother.« Aber der da überlegte schon viel zu lange. Vielleicht war er stoned und wollte mich überfallen? Das würde sich für ihn nicht lohnen. Meine Sandalen waren schäbig, meine Hose schmutziger als seine und das Shirt billig und durchgeschwitzt. Seit Tagen schon trug ich, weil mir jemand meine Batschkapp geklaut hatte, einen Strohhut. Keinen breitkrempigen wie die Mexikaner oder einen hohen wie die Latinos, nein, er war modelliert wie ein europäischer Straßenhut, sogar mit Kniff in der Mitte. Aber seitdem das Band fehlte, fiel er immer mehr auseinander. Er taugte gerade noch als Sonnenschutz. Ich sah wirklich nicht aus wie ein potentes Opfer, dachte ich gerade, als der Typ um die Ecke der Bude auf mich zukam.
»Irie, brother«, grüßte er und musterte mich von Kopf bis Fuß. Das tat ich auch. Er stand gut 1,85 hoch auf seinen nackten Füßen, war schlank, kräftig, hatte 'ne alte Army-Hose an und einen grauen, geflickten Pullunder. Seine mächtigen Oberarme waren tätowiert, sein Gesicht afrikanisch. Breite Lippen, breite Nase. Im linken Nasenflügel und im linken Ohr trug er je einen Goldreif. Zu erkennen war der Ohrring nur, wenn er seine mächtigen Dreadlocks schüttelte. Die längsten Locken hingen ihm bis auf den halben Rücken und waren so dick wie Kinderarme.
Bevor er irgendeine Forderung an mich stellen konnte, zog ich einen Dollarschein aus der Tasche und hielt ihn ihm hin. »Da, kauf dir 'nen Drink.« »Ja, Mann!«, sagte er verblüfft, nahm den Dollar und ließ sich von der immer noch tanzenden Bedienung ein Bambusrohr voll Milch schütten. Der Schwarze hockte sich vor mich und hielt den Topf ausgestreckt in meine Richtung. Verdammt, er hatte mich vor-

hin beobachtet. Seufzend zog ich aus der Hosentasche die Rumflasche und versetzte seiner Milch die nötige Kraft. Die Bewegung war schon zu viel. Ich geriet ins Schwitzen. Kingston im Juli ist immer wie in 'ner Dampfwaschküche. Du kannst duschen, dir frische Klamotten anziehen, kaum gehst du drei Schritte, bist du wieder nass geschwitzt. Oder es regnet! Zehnmal am Tag knallt es herunter wie aus Feuerwehrrohren, hört auf und verschwindet nach Minuten wieder in dicken heißen Wolken, die nach oben ziehen. Aufs Land müsste man geh'n, da ließe es sich aushalten.
Der Schwarze hatte das tolle Getränk aus Ziegenmilch, kleingefrästem Eis, Soursop-Saft und Rum in sich hineingeschüttet, ohne dass ein Schweißtropfen auf seiner Stirn erschien. Der Glückliche.
»Du«, sprach er mich an und wies auf meinen Vollbart. »Du bist rootsman, schon lange hier, he?«
Ich nickte nur. Den Mund zu öffnen, war ich zu faul. Deshalb hatte ich ihm ja den Dollar gegeben. Streit hätte zu viel Kraft gekostet.
»Dann kennst du auch Big John Hooker?«
Ich schüttelte den Kopf. Mein Gegenüber riss die Augen noch weiter auf und erhob sich. »Du kennst Big John Hooker nicht?« Er zeigte jetzt mit den Armen ganz weit nach oben und hielt sie ganz weit auseinander, um zu demonstrieren, wie groß Big John Hooker sei. Ich musste sogar den Rand des Strohhutes in den Nacken schieben, um so hoch raufzusehen, wie dieser Mensch da anzeigte.
»Mann, Big John Hooker, der Held der PNP bei den letzten Wahlen? Fast hätte er Seaga abgeknallt bei der großen Wahlveranstaltung im Stadion. Aber er hat zumindest drei Bullen erwischt. Du musst ihn kennen!«
Ich kannte ihn nicht. Im Vorjahr hatte es Tausende von Schießereien mit einem Ergebnis von rund neunhundert

Toten gegeben. Aber ich wollte meine Ruhe, daher sagte ich: »Ach so, der, ja, den kenn ich. Wo ist er? Ist er auch tot?« »Tot?« Der Bursche war entsetzt. »Mein Bruder stirbt nicht!«

»Wo ist er denn?« »Im Zentralgefängnis. Der Gun Court hat ihm lebenslänglich gegeben. Aber Big John Hooker, mein Bruder, kommt wieder!« Ich nickte nur dazu. Hier im Land gab's drakonische Strafen, doch die meisten Gefangenen brachen nach einigen Wochen wieder aus. Das war Usus.

»Gut, dass du Big John Hooker kennst.« Er war zufrieden. »Denn nur Leute, die ihn kennen, dürfen sein Haus sehen.« Was sollte das schon wieder? Ich war im Halbschlaf, konnte ihm kaum folgen. »Stell dir vor, Mann! Bist du aus den Staaten?« »Nein, aus Deutschland.« »Gut, noch viel besser. Bei euch gibt's die Alpen und die schönen Alpenhäuser, weißt du, was ich meine, he?«

Ich nickte und wusste immer noch nicht, auf was er rauswollte.

»Siehst du, Mann, so ein Haus hat Big John Hooker gebaut. Ich will's dir zeigen.« »O nein!« Jede Bewegung in der Hitze hätte mich umgebracht. »Warum mir? Zeig's doch dem Mädchen da!« »Unsinn«, sagte er. »Du bist Weißer, kennst Big John Hooker, und Weiße versteh'n mehr von Häusern als wir.«

»Wo ist es?« »Nicht hier. Es ist auf dem Land.« »Auf dem Land?« Das wäre ja vielleicht was. Aus der heißen Stadt rauskommen. »Und wie sollen wir dahin gelangen?«, fragte ich. »Na, mit deinem Auto!«

»Mit meinem Auto? Ich hab kein Auto!« Erstmals war der Schwarze geschockt. Ein Weißer ohne Auto! »Auch kein Ren-a-car?«, bohrte er ungläubig nach. Ich schüttelte den Kopf. »Nope!« Gott sei Dank schien damit die Sache erledigt. Doch er gab nicht auf. »Könnt mir ja ’nen Wagen leihen, wenn du das Benzin kaufst.«

Ich weiß nicht, ob ich zustimmte oder nicht. Jedenfalls verschwand er. Ich wäre besser auch verschwunden, konnte aber nicht. Die Hitze hatte mich auf dem Platz festgeschweißt.

Nach ’ner Stunde war Big John Hookers Bruder wieder da. Schon das Geräusch des Ford Escort verriet mir einiges über seinen Zustand. Er hatte keinen Auspuff. Der Rest sah nicht besser aus. Irgendwann war er mal ausgebrannt. Nur das Nötigste war repariert, die Polster nicht. So setzten wir uns auf blanke Federn, tuckerten zur nächsten Gasstation und von da in die blauen Berge. Zweimal hielt er unterwegs an, um die Räder festzudrehen, die sich auf der holprigen Strecke lösten. Dabei sah ich, dass kein Profil mehr auf den Reifen war.

Wir rauchten beide einen Joint, und ich schlief ein, bis er ausrief: »Da ist es, da ist Big John Hookers Haus!«

Ich befreite mich aus den Autofedern und meinem Rausch und sah in die Richtung, in die er deutete. Da stand ein Alpenhaus wie in Kärnten: Tief heruntergezogenes Dach mit Teerpappe und Steinen beschwert. Jeden Moment glaubte ich, Heidi und den Alm-Öhi zu sehen. Nur der Anstrich war jamaikanisch. Lila, blau, gelb und rosa kamen reichlich vor. Es lag auf der Spitze eines Berges, zwar überragt von einigen Gipfeln in der Nachbarschaft, aber doch ganz schön hoch. Das Klima war angenehm, nicht zu kühl, nicht zu heiß.

»Komm rein, Mann, du wirst staunen!« Ich wusste immer noch nicht, was das Ganze sollte. Wollte er mich berauben? Umbringen? Nein, das hätte er auch in Kingston tun können. So folgte ich neugierig. Mir blieb wirklich der Atem weg. Sauber wie die Stube einer deutschen Edelhausfrau.

Filzfliesen, Teppichböden gab es, eine komplette Einbauküche, Einbauschränke, ein gefliestes Bad mit Dusche, Toilette, Bidet, alles blitzblank.
Big John Hookers Bruder, wenn er es überhaupt war, stand inmitten dieser Pracht und breitete die Arme aus. »Na, hab ich dir zu viel versprochen? Du musst erst mal die Nacht hier verbringen. Wie kühl es hier ist, du glaubst es kaum, und es gibt keine Moskitos!« »Ja, ja. Aber wie sollen wir die Nacht hier verbringen? Es gibt kein Bett!« »No problem, ich hole Kissen. Schau dich nur um, sag mir nachher, wie dir's gefällt.«
Er verschwand, und ich ging durchs Haus. Ich spielte am Herd, kein Strom. Ich drehte den Wasserhahn auf, es kam nichts. Wie sollte das auch funktionieren, hoch oben auf dem Berg? Ein Brunnen müsste hundert Meter tief sein oder mehr.
Mein Rastafreund kam zurück. Kissen sah ich nicht, aber zwei Mädchen. Nicht alt, vielleicht achtzehn oder neunzehn. Eine hatte ein Baby im Arm. »Meine Schwestern«, stellte er sie vor. »Elly und Hyacinth.« Beide waren hübsch.
»Wie viel ist noch in der Taschenflasche?«, fragte er mich. Ich zog sie heraus. Halbvoll war sie noch. Er nahm sie mir aus der Hand, ließ sie reihum gehen. Sie wurde leer. Wir setzten uns auf den Fußboden und drehten dicke Joints. Alle rauchten in Ruhe. Dann begann ich zu reden. »Wie hat Big John Hooker sich das nur vorgestellt? Er schafft alles hier rauf, aber hier gibt's weder Strom noch Wasser?«
Der Bruder druckste rum. »Irgendwas hat Big John sich dabei gedacht. Wenn wir nur wüssten, was? Er war nicht nur größer und stärker, er war auch schlauer als wir. Wüssten wir's, wär das Haus längst verkauft!«
»Aber«, er begann aufs Neue, »für dich als Deutschen ist

das doch alles kein Problem, ihr wisst doch alles. Ihr könnt alles. Wenn du erst mal hier wohnst, fällt dir auch ein, woher du Wasser und Strom nehmen kannst.«
Das war's also. Sie wollten mir das Haus verkaufen oder vermieten. Jetzt nur keine falsche Bemerkung machen. Ich wusste nicht, wo ich war, was sie vorhatten, am besten war es, das Spiel mitzuspielen und, wenn's billig war, das Haus vielleicht sogar zu mieten? Mal sehen. Daher fragte ich zunächst: »Wie weit ist das nächste Dorf von hier entfernt?«
»Da unten, zwei Meilen von hier, wo die Mädchen her sind. Und das versprech ich dir, wenn du hier wohnst, werden dich Elly und Hyacinth Tag und Nacht bedienen.« Die beiden nickten strahlend.
»Und wenn du länger bleibst«, fuhr Big John Hookers Bruder fort, »brauchst du dir auch keine Sorgen zu machen. Elly ist neunzehn, Hyacinth achtzehn, und wir haben noch drei Schwestern von sechzehn, vierzehn und zwölf, die rücken dann nach. Du musst nur Big John Hookers Haus kaufen, dann gehört alles dir.«
Ich überlegte. »Und wenn wir aus diesem Dorf 'ne Leitung ziehen bis hier oben mit einer kleinen Pumpstation dazwischen?«
»Hurraahhh!« Der Kerl schlug sich auf die Schenkel. »Ich hab doch gewusst, dass ein Weißer gleich die richtigen Ideen hat, gratuliere, nur ... im Dorf gibt's auch keine Wasserleitung.«
»Gibt's Strom im Dorf?« »In den nächsten zwei Jahren sollen wir welchen bekommen.« O Gott, dachte ich. Big John Hooker war ein Idiot, ein Individualist, aber ein Idiot.
Es wurde dunkel. Ich schlug vor, uns draußen hinzulegen. Gras ist immer noch weicher als Teppichboden mit harten Brettern drunter. Doch Big Johns Bruder machte mir vor, wie's ging, er beorderte Hyacinth in die Rückenlage und

streckte sich aus, lag mit Kopf und Oberkörper weich auf ihr, während sie klaglos die Last auf sich nahm. Elly bereitete sich ebenso für mich vor, allerdings im anderen Raum, der mal das Schlafzimmer werden sollte. Ich war müde vom Rauchen und schlief auf ihrer linken Brust liegend ein, während die rechte dem Baby als Schlafplatz diente.
Wach wurde ich durch zweierlei. Erstens ging ein ungeheures Gewitter runter, doch das Dach schien dicht zu sein. Zweitens fühlte ich Ellys streichelnde Hand unter meinem Hemd, dann an meiner Hose. Sie flüsterte, ich solle mich ruhig verhalten. Mit geschickten Fingern legte sie mich frei. Dann nestelte sie an ihren Kleidern, hob sich leise an und setzte sich über mich. Sie bewegte sich langsam und geräuschlos, hielt gar den Atem hinter ihren Raubtierzähnen verborgen. Es war der schweigsamste Fick meines Lebens, aber es war schön, auch wenn das Baby immer irgendwie im Wege war. Kaum glitten wir erschöpft auseinander, kamen Hyacinth und Big John Hookers Bruder zu uns rüber.
Die Mädchen legten sich an meine Seite, der Mann hockte sich im Schneidersitz vor mich, zündete einen Joint und eine Kerze an und sah mich lauernd an. »Jetzt wollen wir verhandeln«, eröffnete er das Verkaufsgespräch. »Gewiss, es ist ein Notverkauf, und einiges stimmt noch nicht ganz an diesem Haus, aber fünftausend Dollar ist es trotzdem wert. Was meinst du?« Was sollte ich schon meinen? Würde ich das Gespräch boykottieren, gab's bestimmt Ärger. So verhandelte ich.
»Okay, mein Freund, Fünftausend ist nicht schlecht, nur ... zunächst brauch ich die Unterlagen, ob das Haus auch auf deinen Bruder eingetragen ist. Hast du die hier?« Er überlegte einen Moment. »Nein, nicht hier. Also gut, ohne Papiere, viertausend Dollar!« »Dann brauche ich die Voll-

macht deines Bruders, dass er überhaupt verkaufen will.«
»Wie sollen wir die denn aus dem Zentralgefängnis rausbekommen? Er hat's unserer Mutter gesagt, und das gilt. Aber ich verstehe dich, okay, also ohne die Vollmacht dreitausend Dollar.«
»Dann muss ich 'ne Stromleitung legen lassen, vom nächsten Verteiler, kostet bestimmt auch 'nen Tausender!« Big John Hookers Bruder schien nichts zu schocken. »Einverstanden, also zweitausend Dollar, aber keinen Cent weniger!« »Und was ist mit dem Wasser? Ich müsste es kübelweise hier raufschleppen.« »Die Mädchen bringen es mit, jeden Tag«, versprach er. »Nein, wenn hier schon alle Leitungen liegen, muss ich auch eine Zuleitung bauen.« Immer noch stoisch antwortete er: »Einverstanden, letzter Preis tausend Dollar.« »Als Ausländer muss ich 'ne Menge Steuern bezahlen, wenn ich hier was erwerbe, mindestens zweihundert Dollar!«
Einen Moment herrschte Schweigen, dann stimmte er auch da zu.
»Allerletzter Preis achthundert Dollar. Wo ist das Geld?«
Jetzt wusste ich nichts mehr zu sagen, höchstens noch, ob er US- oder Jamaika-Dollars meinte, aber das war egal. Er hätte es auch für achthundert Jamaikas verscherbelt.
»In Kingston!« »In Kingston?«, fragte der Schwarze enttäuscht. »Ja, glaubst du, ich schleppe so viel Geld mit mir rum? Fahren wir morgen früh hin und dann hierher zurück.«
Es blieb ihm nichts anderes übrig. Ich erhob mich und ging zur Toilette.
Ein großes Rohr nach außen ließ alles auf die Wiese plätschern. Aus Gewohnheit drückte ich den Spülkasten und erschrak. Mit einem gurgelnden Geräusch lief das Wasser aus dem Kasten. Die drei kamen angelaufen und starrten auf das Wunder. Leise hörte man, wie sich der Kasten wie-

der füllte. Ellys Hand drehte die Dusche an. Ein leichtes Zittern, dann spritzte ein dicker Strahl hernieder.
Nackt wie wir waren, drängten wir uns darunter, kreischten und lachten wie Kinder. Big John Hookers Bruder rannte durchs ganze Haus und drehte an allem, was er fand. Auch in Küche und Waschküche sprudelte es aus den Hähnen. Nur der Herd ging nicht an, der brauchte Strom, kein Wasser. Big John Hookers Bruder rief in einem fort: »Doch tausendachthundert Dollar, mein Freund, doch tausendachthundert!«
Ich ging nach draußen, fand eine Leiter und kletterte aufs Dach. Hinter der vorgetäuschten Dachfassade war ein großes Auffangbecken eingebaut. Der Regen dieser Nacht hatte es zum Überlaufen gefüllt. Unten spielten sich Wasserschlachten ab. Wanne, Becken, Toilette liefen über. Elly setzte sich immer wieder aufs Bidet und sprang kreischend auf, wenn's spritzte. Big Johns Bruder forderte jetzt offiziell tausendachthundert Dollar von mir, die ich ihm ohne Zögern zugestand. Alleine wegen der lustigen Stunden und der verrückten Situation. Auch wenn das Haus nie mir gehören würde. Ebenso wenig wie es wahrscheinlich Big John Hooker oder seinem Bruder gehörte. Sie suchten nur ab und zu 'nen Tölpel wie mich. Auf jeden Fall nutzte ich alles aus.
Zuletzt, kurz bevor die Quelle auf dem Dach versiegte, lief das Wasser schon zur Haustür raus. Dann übermannte uns die Müdigkeit, und wir schliefen bis zum Mittag.
Auf halbem Weg nach Kingston zeigte ich Big John Hookers Bruder meinen Geldgürtel. Sofort bog er in die nächste Seitenstraße ein und stoppte den Wagen. »Du hast es also doch bei dir. Warum sollen wir dann erst nach Kingston fahren?« »Ich will eben nach Kingston«, forderte ich ihn heraus.

»Nein, mein Junge«, grinste er hinterhältig, »hier und jetzt wird bezahlt.«
Damit schlug er seine Jacke zurück und zeigte mir den Griff einer amerikanischen 45er Automatic.
Die Mädchen winkten schon von weitem, als sie den alten Escort den Berg hinaufkeuchen hörten. Aber ihre Freude wandelte sich in Entsetzen, als sie mich erkannten, doch bald hatte ich sie beruhigt.
Nun wohne ich schon drei Jahre dort oben. Wie versprochen werden Hyacinth und Elly noch Rose, Lilli und Elisabeth folgen. Mit Hyacinth und Elly habe ich heute schon viel Spaß und sechs Kinder.
Besucht mich doch mal, ihr aus Deutschland, besonders dann, wenn ihr ein schönes Haus in Jamaika kaufen wollt. Was Besseres könnt ihr nicht finden. Das meinten auch die sechzehn Leute, denen ich's bisher verkauft habe.

Den Besitzer der Disco *Inferno* nannte Peter nur »William den Ersten«, weil er wie ein König residierte. Der Mann hörte sich Peters Lebensgeschichte an und lobte Peter für seine Großzügigkeit, seinem Brother George damals in Deutschland den Rückflug bezahlt und damit dessen vorzeitige Haftentlassung ermöglicht zu haben. William klärte Peter über das Drogengeschäft auf. Marihuana war das eine, aber Jamaika war auch ein Umladeplatz für Kokain. William kaufte das Kokain günstig ein, und weil die Flugzeuge, die aus Kolumbien, Peru oder Venezuela direkt nach Europa flogen, in den großen Drehkreuzen wie London oder Frankfurt unerbittlich kontrolliert wurden, verteilte er es auf die Abflughäfen der französischen oder holländischen Karibikinseln, deren Flieger weder in Paris noch in Amsterdam übermäßig streng gefilzt wurden. Das galt auch für den LTU-Flug nach Düsseldorf. Wenn es gelang, jemandem Rückflüge abzukaufen, setzten Williams Leute meist Frauen ohne Namensänderung des Tickets auf den Flug. Mit Bananenbrei mussten die Mädels vor dem Abflug dreißig bis vierzig mit je fünfzig Gramm Kokain gefüllte Präservative schlucken, außerdem wurden einige in Mastdarm und Vagina verstaut. Bananenbrei deshalb, weil der angeblich den Stuhlgang verhindert. Intern wurden diese Mädels »Black Packages« genannt.

William schickte Peter in die Berge, damit er einen Eindruck von Jamaikas Marihuana-Produktion bekam. Es waren riesengroße Felder, manchmal zwei Bergrücken nebeneinander. Dass die angeblich nicht aus der Luft zu entdecken seien, war kaum zu glauben, aber da Jamaika keine Luftwaffe besaß und die beiden Polizeihubschrauber wegen Triebwerkschäden ständig ausfielen, gehörte die Lufthoheit nicht den Behörden, sondern den Schmugglern.

Jeffrey, den Peter begleitete, zeigte ihm allein in der ersten Woche mindestens zehn Flugzeuge, die lädiert im Gebüsch lagen, weil sie bei der Landung beschädigt, abgestürzt oder gar nicht erst hochgekommen waren. Kleine, meist einmotorige Privatflieger, die von irgendeiner Nachbarinsel oder in Florida, Mexiko oder Belize gestartet waren. Es wurde dann mitten im Urwald ein notdürftiger Runway gebaut, Büsche und kleine Bäume gerodet, ein paar Fässer mit brennendem Holz waren die Signalfeuer für die Nachtlandungen. Peter traf zwei Piloten in amerikanischen Militäruniformen, und es sah nicht so aus, als hätten sie sich die bloß geliehen. Nach der Landung wurden die Maschinen mit Kartons oder Säcken voll Ganja beladen. Manchmal waren sie überladen und kamen deshalb nicht mehr hoch, aber meistens schafften sie es, in

einem mühsam langsamen Steigflug die Insel wieder zu verlassen. Einmal ist Peter mitgeflogen.
Eigentlich durfte er ja die Insel nicht verlassen, weil sein Pass abgelaufen war. Aber als er in der deutschen Botschaft saß und wartete, um ihn verlängern zu lassen, realisierte er, dass immer mehr Leute in den Raum kamen, in dem er saß, in dicken Büchern blätterten und telefonierten. Er spürte, dass etwas nicht stimmte und haute ab. Sie riefen ihm hinterher, er solle bleiben, man müsse etwas klären. Eine Frau hielt ihn sogar am Arm fest, Peter schüttelte sie ab und ging einfach weiter. Es hieß zwar, dass Jamaika nicht ausliefere, aber wer wusste schon, was denen stattdessen eingefallen wäre. Nein, in Jamaika wollte Peter auf keinen Fall in den Knast, das normale Leben war hier schon heftig genug, wie mochte es da erst im Knast sein?
Also flog Peter mit einem von Williams Buschpiloten illegal nach Belize. Ein Jamaikaner, der überwiegend in den USA lebte und bei der US Army das Fliegen gelernt hatte. Sie flogen mit einer Cessna 180. Rund vierhundert Kilo Marihuana waren an Bord, und obwohl die Piste um zweihundert Meter verlängert worden war, kamen sie nur mit Mühe hoch. Steigflug, höchstens ein Meter pro Minute, aber da zwischen dem Ende der Startbahn und dem Meer keine hohen Bäume standen, war das okay. Das war und blieb dann auch die Reiseflughöhe, denn dicht über dem Wasser unterflogen sie die Radarkontrollen. Peter hatte keine Angst, aber später doch einmal Bedenken, als er sich ausrechnete, wie weit das Ziel noch entfernt war. Der Pilot beruhigte ihn: »No problem.« Die Floskel für alles in Jamaika. Aber Peter hatte richtig gerechnet, eine Tankfüllung reichte nicht. Mitten im Nirgendwo der Karibik musste die Cessna auf einer unbewohnten Insel zwischenlanden, wo es eine behelfsmäßige Rollbahn und

im Gebüsch versteckt drei Fünftausend-Liter-Tanks voll Sprit gab, der per Hand ins Flugzeug gepumpt werden musste. Jetzt wusste Peter auch, warum sie zu zweit flogen. Sie mussten die Cessna unter die Bäume schieben. Einer allein hätte das nicht geschafft. Dann wurde der Schlauch angelegt. Peter pumpte, und der Pilot machte ein Schläfchen. Fünf Stunden später ging's weiter, sie wollten im Dunkeln ankommen.

Belize liegt im Südosten der Halbinsel Yucatán und grenzt an Mexiko und Guatemala, daneben liegt Nicaragua. Erst kürzlich hatten die Briten ihre Kolonie Belize aufgegeben und zur Selbstständigkeit geführt. Es lebten fast nur Schwarze dort. Die Maschine landete auf einer richtigen Asphaltpiste in der Nähe von Belmopan, der Hauptstadt. Es war niemand dort, nur ein großer Range Rover stand da, auf dessen Ladefläche Peter, der Pilot und der Roverfahrer im Eiltempo das Ganja verluden. Danach haute der Fahrer mit Vollgas ab. Keine fünf Minuten später erschienen zwei Polizisten. Der Pilot verhandelte mit ihnen wegen der illegalen Einreise, er habe keinen Sprit mehr gehabt und sei notgelandet, erklärte er. Fünfzig US-Dollar wechselten den Besitzer und die beiden Polizisten halfen ihnen sogar noch, die Cessna an die Tankstelle zu schieben. Dann nahmen sie Peter und den Piloten mit in die Stadt und ließen sie in der Nähe des Hafens raus. Der Pilot war müde und ruhte sich aus, derweil schlenderte Peter durchs Hafenviertel und sah sich um. In einer Hafenkneipe saß unübersehbar ein Mann in Uniform mit sehr vielen Orden und Abzeichen. Irritierend angesichts der vergammelten Gäste um ihn herum. Peter trat auf ihn zu, deutete auf die Uniform und fragte hochachtungsvoll, wer er sei? Der Typ, stolz wie ein Gockel, freute

sich über Peters Interesse und stellte sich als Colonel Ramon, designierter Kriegsminister der Sandinistas, vor. Stolz bekannte er, Waffen zu schmuggeln und gegen die Diktatur und den Kapitalismus im nahen Nicaragua zu kämpfen.
Peter hatte in Deutschland schon von den Sandinistas gehört. Viele linke Studenten fuhren nach Nicaragua und halfen den armen Kaffeebauern bei der Ernte, damit die Männer Zeit und Kraft hatten, gegen die Diktatur zu kämpfen. In Wirklichkeit sah das so aus: Während die weißen Intellektuellen den Kaffee pflückten – ein mühsames Geschäft, weil man nur die roten, nicht die grünen Bohnen pflücken darf, und sich dabei ständig die Finger und Hände aufreißt –, saßen die Sandinistas mit ihren Kalaschnikows am Rande des Feldes in der Sonne, grinsten und machten heimlich Witze über die klugen Helfer aus Deutschland.
Colonel Ramon war aus anderem Holz geschnitzt. Ein Kriegsherr. Er behauptete, er verdiene keinen Pfennig an der guten Sache, aber nach dem Sieg würde er Verteidigungsminister werden. Dessen war er sich sicher.
Vorweg gesagt, als Peter etwa sieben Jahre später wieder in Mexiko war, machte er einen Ausflug nach Belmopan. Er ging in dieselbe Hafenkneipe, und wen traf er dort? Richtig, Colonel Ramon. Peter war genauso überrascht wie Ramon. Aber dann erklärte Ramon, er schmuggle immer noch Waffen. Jetzt aber für die Contras, weil die Sandinistas ihn nach ihrem Sieg nicht zum Verteidigungsminister ernannt hatten, obwohl es fest versprochen war. Aber sollten die Contras gewinnen, dann würde er endlich Verteidigungsminister, ganz bestimmt. Und dann verriet er Peter im Flüsterton die große Wahrheit über die südamerikanische Politik: »Weißt du, warum es hier so viele Revolu-

tionen gibt? Ganz einfach, weil noch nicht jeder Einwohner Präsident war und sich die Taschen füllen konnte.«

Peter verstand mittlerweile, wie schwierig es war, Marihuana ordentlich anzupflanzen. Durch das jamaikanische Klima - meist regnete es in den Bergen abends leicht und mit der vielen Sonne tagsüber schossen die Pflanzen nur so in die Höhe - konnte man ständig ernten. Aber gute Erträge bedeuten auch viel Arbeit. Zum Beispiel das Vereinzeln: Wenn die Jungpflanzen heranwachsen, müssen alle männlichen Pflanzen in mühsamer Arbeit per Hacke aus dem Feld entfernt werden, um die weiblichen Pflanzen vor den männlichen Samen zu schützen. Nur so wachsen ihre Pollen, von den Jamaikanern mit Vaginas verglichen, dick und saftig heran und werden immer saftiger, je länger sie auf den Samen warten, der natürlich nicht kommt. Das Ergebnis sind die dicken, satten Dolden, die als Sinsemilla, das heißt ohne Samen, als absolute Spitzenqualität angeboten und verkauft werden.

Mittlerweile hatte Peter einen recht großen Freundeskreis in Jamaika. Und als George in Amerika war, durfte er dessen Trans Am benutzen und fuhr damit durchs Land. Die Sache mit Flowers war eingeschlafen, weil er nicht mehr so oft in Kingston war. Außerdem gab es ja Girls genug.

Immer öfter aber tauchte in seinem Hinterkopf die Frage auf: Wie lief's wohl jetzt in Deutschland? Und er fragte sich, was er hier eigentlich noch wollte? Besonders morgens, wenn er vor die Hütte trat, nach oben schaute und schon wieder die Sonne schien. Dieses ewig schöne Wetter nervte ihn. *Another shitty day in paradise.* Peter träumte davon, nachts durch kalte Straßen zu laufen, den Mantelkragen hochzuschlagen, in eine Kneipe einzukehren und sich mit einem Schnaps innerlich aufzuwärmen.

Doch noch war Peter in Jamaika und nahm mit, was ihm die Insel zu bieten hatte: die schönen Frauen, die geile Musik, Floßfahrten auf wilden Flüssen im Dschungel, die vielen Vögel, vor allem die winzigen Kolibris, und er hörte Jeffrie zu, Williams Plantagenchef, wenn der ihm die Welt erklärte, zum Beispiel den kubanischen Tabak. Jeffrie hatte einige Zeit in Kuba gelebt und schwor Stein und Bein, dass der kubanische Tabak nur deswegen den ersten Platz in der Weltrangliste besetzte, weil nach drei Tabakernten zwei Jahre lang Marihuana auf den Feldern gepflanzt und später untergepflügt wurde, damit es im Boden aufgehen und in die Tabakpflanzen eindringen konnte. Nur deshalb seien die kubanischen Zigarren so gehaltvoll, meinte Jeffrie. Ganz abwegig scheint dieser Gedanke nicht ...

Peter verbrachte jetzt seine Nächte mit Hyacinth in Flankers. Sie wohnte zwar alleine, aber der Geruch in der Hütte war auch nicht besser. Sie gingen zusammen zum Reggae Sunsplash, ein Konzert mit den besten Reggaebands der Insel und ein Volksfest, obwohl mittlerweile viele Ausländer eigens für das Festival angeflogen kamen. Tag und Nacht dröhnte die Musik, aber es machte Spaß – zu tanzen, zu trinken und zu rauchen. Die Menge wogte im Rhythmus der Reggae-Riffs, aber so sehr die Frauen herumtollten, die Männer tanzten cool und doch intensiv mit ihren sparsamen Körperbewegungen. Sie schienen nur aus Unterkörper und Hüfte zu bestehen, so hingebungsvoll bewegten sie sich fast auf der Stelle. Eine Folge der Sklaverei. Wenn die Männer in den Zuckerrohrfeldern arbeiteten und dabei sangen und mit Sugarcane-Stangen Rhythmus schlugen, bewegten sie nur Hüften und Oberkörper, weil die Füße in Ketten lagen und kaum Bewegung zuließen.

Hier begegnete Peter vielen gemischten Paaren, junge deutsche Frauen und Rastas, Hand in Hand. Und jeder Flieger aus Düsseldorf brachte Frischfleisch für die Jungs und ihren Big Bamboo. Aus den Augenwinkeln beobachtete Peter einen langhaarigen Weißen, der sich an einige dieser Paare ranmachte und mit den Männern sprach. Es hörte sich an wie ein Verhör oder war es ein Interview? »Do you know this lady on your side already a longer time?« Bei dem ungelenken Englisch, lachte Peter in sich hinein, konnte das nur ein Deutscher sein.

Die Jamaikaner sprachen natürlich auch kein sehr feines Englisch. Der Satz »Migonnadudat« hatte Peter lange Rätsel aufgegeben, bis er ihn schließlich als »We are going to do that« verstand. In Jamaika wurde das Wort »Irie« sowohl als Gruß, als auch als Einverständnis gebraucht. Ebenso häufig wurde eine Aussage mit »Man« bekräftigt, genauso ausgesprochen wie das deutsche Mann. »Jamann« bedeutete Yes, »Iriemann« Okay und »Nomann« niemals. Marihuana hieß »Ganja« oder »Weed« und das stärkste Schimpfwort der Insel »Claaadt« bedeutete benutzte Monatsbinde.

Peter lauschte also, was der Deutsche mit dem Rasta da zu klären versuchte. Das Interesse des Mannes galt der Frau, die laut Rasta Christine hieß und aus Deutschland kam. Das wusste der Deutsche aber längst, sogar, dass sie aus Frankfurt stammte. Ihn interessierte ihr Nachname, den sie ihm nicht verraten wollte und den der Schwarze nicht kannte. Das Mädel zog ihren Rasta mit einem bösen Blick

von dem neugierigen Deutschen weg, und der suchte sich das nächste deutsch-jamaikanische Paar.
Peter ließ von ihm ab und wandte sich wieder seiner Freundin zu. Hyacinth war fast einen Kopf größer als Peter und schlank. Sie tanzte ohne Pause und ließ stundenlang die Hüften kreisen. Wenn sie frühmorgens heimkamen, briet sie Bananen in der Pfanne, die sie mit Honig getränkt hatte. Sie war überzeugt, dass diese »Plátanos« Peters Libido weckten, und so warf sie sich sofort auf ihn. Vor Jamaika hatte Peter noch keine Frau erlebt, die beim Sex laut lachte und strahlte, es war meist sehr ernst zugegangen. Hier nicht.

Wenn Peter gerade Georges Trans Am nicht zur Verfügung hatte, war er mit sogenannten PPVs unterwegs. *Private Public Vehicles* stand auf den Schildchen, die sich jeder auf die Scheibe kleben und dann für wenige Cent Passagiere mitnehmen durfte. Er mied die Kleinbusse, wo neben den Fahrern, die meist eine Ganjatüte zwischen den Lippen hatten, eine Stereoanlage stand, deren Riesenboxen hinten allein vier Plätze einnahmen und aus denen in einer irren Lautstärke die obligatorischen Reggae-Rhythmen dröhnten, dass man fast taub wurde. Dazu kamen die oft ungepflegten, streng riechenden Passagiere mit ihren Ziegen oder Hühnern.
In den großen Überlandbussen war's bequemer, aber auch gefährlicher. Einmal, als Peter nach Kingston fuhr, wurde der Bus gekidnappt. Gott sei Dank saß er ganz hinten. Er duckte sich unter den Sitz vor ihm und machte sich klein, damit die Kidnapper ihn nicht entdeckten. Sie nahmen dem Fahrer das Fahrgeld ab, erschossen einen Fahrgast, einfach so, und verließen den Bus wieder. Peter war sich sicher, wenn sie ihn, den Weißen, entdeckt hätten, hätten

sie ihn als Geisel genommen. Aber auch die Polizei war nicht sehr zimperlich.
Einmal, Jeffrie und Peter standen mit dem Trans Am in einem Stau, hörten sie viel Lärm und Schüsse. Wie in einem Kriegsfilm. Instinktiv duckten sie sich. Dann herrschte Totenstille. Peter stieg aus, ging vorsichtig die Wagenkolonne entlang nach vorne, versteckte sich hinter einem LKW und beobachtete ... Auf der Straße standen vier Polizeijeeps. Zwei mit aufmontierten Maschinengewehren, die Polizisten trugen Helme wie das Militär. Alle hatten Gewehre in der Hand und deuteten auf ein Auto, das im Graben lag und von Schüssen durchsiebt war wie ein Salzstreuer. Stolz zeigten die Polizisten auf diesen oder jenen Einschuss und behaupteten, sie seien die Schützen gewesen. Die Opfer lagen im Gras: Jamaikas Most wanted man, also der Staatsfeind Nummer eins. Ein neunzehn Jahre altes Jüngelchen, das ein paar Tage zuvor zwei Polizisten erschossen haben sollte. Die Polizei hatte ihm eine Falle gestellt und ihn brutal niedergeschossen. Dass seine achtzehnjährige Freundin auf dem Beifahrersitz mit dran glauben musste, schien niemanden zu stören.
Später sah sich Peter die Leichen an. Ihre Gesichter waren nicht mehr schwarz, sie waren grau und sahen sehr tot aus.

Der Tag der Abreise rückte näher. Lieber wollte Peter in Deutschland im Knast sitzen, als hier in Jamaika länger dumm rumzustehen. Zwar war er der deutschen Justiz für ihren Irrtum, ihn entlassen zu haben, obwohl er noch sechs Jahre einzusitzen hatte, dankbar. Aber langsam reichte es: Immer weglaufen ist scheiße.
In einer Suppenküche in Kingston hatte er den langhaarigen Deutschen, den er beim Reggae Sunsplash belauscht

hatte, wiedergetroffen und versucht, ihm den Pass abzuschwätzen. Aber Gernot, so hieß der Deutsche, weigerte sich. Er war Student und wollte Schriftsteller werden. Er führte ein Reisetagebuch und las Peter daraus vor. Wie langweilig, dachte Peter. Das hätte er ganz anders erzählt, und erlebt hatte er ja auch genug. Zum ersten Mal kam Peter der Gedanke, selbst ein Buch über Jamaika zu schreiben.

Angeblich hatte Daniel Cohn-Bendit, der Herausgeber des Frankfurter Stadtmagazins *Pflasterstrand*, Gernot beauftragt, ausführlich und unter voller Namensnennung über die Studentinnen zu berichten, die sich den Rastas an den Hals warfen, alles unter dem Vorwand, sich für die soziale Situation der Schwarzen zu interessieren. Das war es also, was Gernot auf dem Festival getrieben hatte, Studentinnen ausspionieren. Peter bestätigte Gernot, dass es ihm in den letzten neun Monaten nicht gelungen war, auch nur bei einer einzigen der deutschen Frauen zu landen, weil die nur ihre Rastas im Kopf hatten: eins neunzig groß, Sixpacks, Dreadlocks und der Big Bamboo! Die Pseudo-Rastas, echte religiöse Rastafari waren die wenigsten von ihnen, wohnten mit den Mädels in deren Hotelzimmern, ließen sich aushalten und für den Sex bezahlen, wie Thailänderinnen von männlichen Sextouristen.

Es war ein unglaublich heißer Tag in dem Imbiss, und Peter schwitzte seine Suppentasse schneller voll, als er sie per Löffel leeren konnte. Dabei hörte er Gernots Geschichten zu. Peter hatte in seinem Leben schon viele Bücher gelesen, aber das, was er hier hörte, war weit davon entfernt, ihn zu fesseln. Und dieser Gernot wollte Journalist und Schriftsteller sein? Also, das konnte Peter besser, ganz bestimmt, davon war er wirklich überzeugt.

Am Abend kaufte er sich einen Schreibblock und schrieb die Geschichte vom Haus in den Bergen auf. Er garnierte das, was er erlebt hatte, mit einem phantastischen Ende. Es gefiel ihm. Aber jetzt wurde es Zeit für die Heimreise.

Peter ging also erneut zur Botschaft, legte seinen abgelaufenen Pass vor und sagte, er wolle nach Deutschland zurück. »Wann genau?« Peter nannte ein Datum, und tatsächlich erhielt er seinen verlängerten Pass zurück. Es dauerte allerdings Wochen, bis er mit seinem alten Ticket einen Platz in einem Flieger bekam, der nicht ausgebucht war.

Im Flugzeug waren etliche Paare, weiße Frauen mit schwarzen Männern. Peter sah im Geiste, wie die Jungs in Deutschlands Kälte erfroren und eingingen wie die Primeln, auch weil die Arbeit nach deutschem Zuschnitt sicher nicht ihre Stärke war. Es würde ihnen so gehen, wie es Peter in Jamaika ergangen war. Es war einfach der falsche Ort für sie.

Peter hatte begriffen, dass man sich mit seinen Roots, den Wurzeln der Herkunft im Kopf, nicht einfach in eine fremde Kultur verpflanzen kann. Es sei denn, man findet dort andere Wurzeln. Zum Beispiel einen Ehepartner oder man arbeitet im diplomatischen Dienst oder als Manager oder Arzt, aber auch die wollten über kurz oder lang wieder zurück nach Europa.

So lange es ihm Spaß machte, über eine Autobahn zu fahren, die nur aus Schlaglöchern bestand, »Potholes« genannt, die manchmal so groß waren wie Pool holes, so lange ging es. Aber wenn einen das nervte und man auf einmal wusste, es wäre doch besser, wenn die Autobahn ab und zu mal geflickt würde, dann war man reif für Deutschland.

Peter hatte fest damit gerechnet, am Düsseldorfer Flughafen verhaftet zu werden. Und was passierte? Er trat an den Schalter der Grenzpolizei, legte seinen Pass vor, doch die Augen der Grenzbeamten fixierten jemanden hinter ihm. Einen total vergammelten Weißen mit blonden Dreadlocks, der eine schwarze Frau im Arm hatte. Die beiden rochen förmlich nach Marihuana. Die Beamten winkten Peter unkontrolliert durch. Was für ein Ding! Da stand er – nach all der Zeit – in Düsseldorf und kam nicht gleich in den Knast. Das ging doch nicht, oder?
Als Peter aus dem Düsseldorfer Flughafen herausstolperte, wusste er nicht, was er jetzt mit sich anfangen sollte. Er hatte sich auf die deutsche Justiz verlassen, die ihn hätte in Gewahrsam nehmen und dahin fahren müssen, wo er noch einige Jahre zu verbringen hatte, Essen, Trinken und Bekleidung inklusive. Aber jetzt?
Peter machte Kassensturz, er hatte etwa dreihundert Mark, fünfzig US-Dollar und ein paar läppische Jamaika-Dollars, mit denen er sich den Arsch abwischen konnte. Deutschlands Wetter war wirklich so schlecht, wie er gehofft hatte. Auf jeden Fall war es nicht warm, und das tat sehr gut. Aber so richtig kalt war es auch nicht.
Peter machte sich auf den Weg in die Düsseldorfer Altstadt, an die längste Theke der Welt. Altbier. Ja, das war was! Da konnten sie in Jamaika hundertmal sagen, Red Stripe sei das berühmteste Bier der Welt, das beste war es nicht. Vor allem wurde es selten kalt serviert.
Peter erinnerte sich an sein letztes Jamaika-Bier vor zwei Tagen in den Blue Mountains. An den Hängen hatten die Kaffeepflücker gearbeitet. Ein wunderschönes Bild, die bunten Menschen in den grünen Kaffeefeldern zu beobachten, die sich wie in Zeitlupe bewegten und pflückten. Peter hatte vor dem Holzschuppen gestanden, der sich

Kneipe nannte, ganz weit in der Ferne war das Meer zu sehen gewesen. Er hatte sich vorgestellt, wie das früher gewesen sein musste. Am liebsten wäre er so um 1880 herum geboren worden und dann um die Jahrhundertwende als englischer Offizier, wohlgemerkt, als englischer Offizier, um die Welt gereist. Zu der Zeit, als vieles noch ursprünglich war.

Peter hatte dann die Kneipe betreten. Mittendrin eine riesengroße, rot-weiße Coca-Cola-Kühltruhe. Ahhhh, Peter in Vorfreude. Endlich ein schönes, kaltes Jamaika-Bier. Er hatte sich ans glaslose Fenster gehockt und tief hinab auf die Kaffeepflückerinnen geschaut. »Ein Bier!« Und Madame war gekommen, hatte die Flasche in den Mund genommen, den Kronkorken mit den Zähnen aufgeknackt und ihn in hohem Bogen an Peters Kopf vorbei ins Freie gespuckt. Dorthin, wo schon Tausende seiner verrosteten Kollegen lagen. Dann hatte sie ihm das Bier gegeben. Es war ihm fast aus der Hand gefallen. »Nein, das ist ja pisswarm. Ich will ein kaltes«, jammerte er und hatte auf die Kühltruhe gedeutet. »Ja, ja«, hatte die Frau genickt, »eine schöne Kühltruhe, aber hier oben gibt es keinen Strom.«

Düsseldorf verfügte über Strom, das Altbier zischte herrlich erfrischend. Als Kölner stand er Düsseldorf zwar skeptisch gegenüber, aber nur im Karneval, ihr Bier mochte er. Nicht so gerne wie Kölsch, aber Alt war ihm allemal lieber als die hundert verschiedenen Pilssorten, die in Deutschland gebraut wurden.

Ganz in der Nähe von Düsseldorf wohnte sein alter Kumpel Eckbrecht. Ein cooler Typ, ganz ruhig, ein Jäger, mit viel Ahnung von Waffen. Peter rief ihn an, sagte, dass er in der Altstadt festsitze, und Eckbrecht kam ihn abholen.

Eckbrecht war ein guter Geschäftsmann, er hatte eine

Frau geheiratet, die viel Land besaß, allerdings kein Bauland. Aber Eckbrecht fand heraus, dass darunter Kies lag, Rheinkies. Er ließ im Laufe der Jahre etwa zwanzig große Kieslöcher ausheben. Den Kies verkaufte er und aus den Seen wurden Badeanstalten, Trainingsseen für Taucher und Surfer, andere wurden mit Fischen besetzt und von Anglern genutzt.

Eckbrecht fragte ihn ein bisschen aus, aber obwohl Peter wortkarg blieb, hatte er vermutlich längst gemerkt, dass Peter in einer schwierigen Lage war. Allerdings konnte er auch verstehen, dass Peter nicht noch mal irgendwohin fliegen wollte, nachdem er fast ein Jahr im vermeintlichen Paradies gelebt hatte. Eckbrecht meinte, ganz sachlich, Peter solle sich stellen, den Knast absitzen und dann wieder von vorn anfangen. Peter nickte, er konnte es zwar nicht mehr hören, aber er hatte es selbst erkannt, es musste jetzt sein.

Eckbrecht fuhr Peter zum Kölner Hauptbahnhof, zog einen Tausendmarkschein aus der Tasche und sagte: »Damit du die nächsten Tage über die Runden kommst. Wir sehen uns. Du weißt, wo ich bin, wenn du was brauchst.«

Peter fuhr nach Frankfurt und kam kurzfristig bei seinem Bruder unter. Dann besuchte er Dirk, den Besitzer vom *Sudfass*. Sie berieten, ob es sich für ihn lohne, eine Wohnung zu mieten, wenn er sowieso bald in den Knast musste. Peter wusste, ohne festen Wohnsitz bekäme er keine Hafterleichterungen, und der Haftbefehl könnte auch nicht aufgehoben werden. »Also los«, sagte Dirk, »guck, dass du ’ne Wohnung kriegst. Ich kümmer mich drum, wenn du einrücken musst.«

Es war wie immer mit ihm. Ein Mann, ein Wort. Er hatte einfach ein großes Herz. Peter dachte daran, wie Dirk vor Jahren ihn und einige seiner *Sudfass*-Angestellten aus einer ganz prekären Lage in Singapur gerettet hatte.

Der Betriebsausflug

Auch wenn viele Leute behaupten, weil das *Sudfass* ein Puff sei, ginge es dort nicht mit rechten Dingen zu, so ist das falsch. Es geht dort so *recht* zu wie in jedem anderen Betrieb der Welt auch. Da sind: Anlagevermögen und Umsatz, deftige Steuerzahlungen und hohe Unkosten. Einer der kostenträchtigsten Posten ist, wie überall, das Personal. Trotz Einkommenshierarchie: Putzfrau, Wäscher, Haushandwerker, Barkeeper, Kassierer, Geschäftsführer und Chef verdienen alle gut.

Nachdem das Gericht dem Chef untersagt hatte, die freiberuflich schaffenden Mädchen sozial abzusichern, blieben solche Leistungen auf das festangestellte Personal beschränkt. Da gab es Urlaub und Weihnachtsgeld, ein 13. Gehalt, vermögenswirksame Leistungen, Mutterschaftsgeld, Schwangerschaftsurlaub und natürlich ... den Betriebsausflug. Er wurde, da das Geschäft immer geöffnet war, wie auch anderswo üblich, in zwei Etappen durchgeführt.

Nachdem im Laufe der Jahre die klassischen Urlaubsziele wie Rüdesheim, Drachenfels, Mosel, Reeperbahn, Helgoland, Montmartre und Soho abgeklappert worden waren, beschloss man einen Ostasientrip. Es wurde finanzielle

Selbstbeteiligung vereinbart und dann die Reiseroute festgelegt. Über Hongkong sollte es nach Bangkok, Singapur, Kuala Lumpur, wieder nach Bangkok und von dort zurück nach Frankfurt gehen. Zehn Tage sollte der Trip dauern, und als Erste flogen Gino, Robbi, Harri und ich.
Am siebten Tag lag ich erschöpft auf dem Bett in der Fürstensuite des Hyatt-Hotels von Kuala Lumpur.
Vor einer Stunde erst waren wir, aus Singapur kommend, hier gelandet. Die Fahrt zum Hotel, die schwüle Hitze, die Drinks im Flugzeug hatten mich erledigt. Dazu kamen Auseinandersetzungen mit dem Empfangschef wegen der schon belegten Zimmer, bis er uns endlich, ohne Aufpreis, die Suite im Penthouse überließ. Robbi, Gino und Harri zogen gleich wieder ins Gefecht. Sie saßen entweder an der Hotelbar oder waren schon auf dem Weg in die Stadt zum Fressen, Saufen, Ficken. Es würde mit dem Letzteren nicht leicht werden in dieser islamischen Stadt, aber wir hatten schon Tipps von *Sudfass*-Gästen bekommen, zum Beispiel die Sauna- und Massageabteilung unseres Hotels. Alles müsse heimlich geschehen, wurden wir gewarnt, ob sich unsere Gröhler daran halten konnten?

So ging es schon seit Hongkong: Fressen, Saufen, Ficken. Das Ganze begann mich anzuöden. Von der Stadt hatten wir nichts gesehen. Auch in Bangkok stellten wir lediglich fest, dass die Speisen im *Chit Pochana* so scharf schmeckten, wie die Thailänderinnen zu sein vorgaben. Ich überlegte, warum wir nach Asien gefahren waren. Willige Thais und große Mengen Alkohol gab's auch im *Sudfass*. Die Reisekosten eingerechnet sogar billiger. Meine Kollegen sahen aus wie zu Hause nach durchgearbeiteten Nächten: tiefe Ringe unter den Augen und eine kotzblasse Gesichtsfarbe, der auch die wenigen Sonnenstunden keine Farbtöne bei-

bringen konnten. So war ich in Singapur erstmals ausgeschert und hatte mich von einem indischen Taxifahrer auf den Berg fahren lassen, von dem aus man die ganze Stadt übersehen konnte. Nicht weit davon hatte sich das große Kriegsgefangenenlager der Japaner befunden, das mir aus dem Roman *Rattenkönig* im Gedächtnis geblieben war. Die Geschichte eines einfachen Soldaten, der in den Slums aufgewachsen, im Lager alles, was er als Kind gelernt hatte, ausspielen konnte und so zum Mächtigsten der gefangenen Fünftausend wurde, ohne zu kollaborieren. Alle, auch die Offiziere, erkannten seine Stärke an. Nach der Befreiung verachteten sie ihn, weil er sie schwach erlebt hatte.
In Singapur waren meine Kumpel mit Verspätung am Flugzeug erschienen. Ich hatte bereits das Gepäck aufgegeben. Ständig musste ich mich um alles kümmern, weil ich als Einziger die englische Sprache einigermaßen fehlerfrei beherrschte. Ich fühlte mich wie eine Ersatzmutter. Jetzt lag ich hier und war erschöpft, während meine Kumpel wieder auf Tour waren.

Ein schwaches Klopfen unterbrach meine Gedankengänge. »Come in.« Langsam tat sich die Tür auf. Ein Mädchen erschien. Im linken Arm trug sie einige Bierflaschen. Sie schloss die Tür, trat auf mich zu und strahlte: »Ihre Freunde schicken mich rauf. Ich soll Ihnen eine Massage geben und ein paar Flaschen kaltes Bier bringen.« Sie war eine kleinwüchsige Malaysierin chinesischer Abstammung mit unglaublich großen Augen, nicht sehr üblich in dieser Gegend. Ihr Körper war in die landesübliche Tracht gewickelt, die Linien ihrer Figur kaum erkennbar.
»Wo sind meine Freunde?«
»In die Stadt gefahren. Sie haben einen Wagen gemietet und sind weg. Sie haben mir noch aufgetragen, mich um

Sie zu kümmern, wollen Sie?« Sie schaute mich unsicher an.
»Okay, schenk mir ein Glas Bier ein.«
Sie huschte in den nebenan liegenden Salon, öffnete den Kühlschrank stellte die Flaschen hinein. Eine öffnete sie und erschien wieder mit einem gefüllten Glas, reichte es mir und setzte sich auf die Bettkante.
»Sie sehen erschöpft aus. Legen Sie sich auf den Bauch, ich werde Sie massieren, das wird Ihnen gut tun!«
Ich folgte ihrem Rat. Sie wickelte sich aus ihrem Tuch. Darunter trug sie Höschen und BH. Sie kniete sich auf meinen Hintern und begann mit kräftigem Druck zu massieren. Es war nicht besonders angenehm. Erst stellte sie sich mit den Füßen auf meinen Rücken, dann drehte sie meinen Kopf mit einem solchen Ruck zur Seite, dass es knackte und ich dachte, das Genick sei gebrochen. Dann verrenkte sie meine Arme und Beine, dass ich fast fürchtete, sie könnten abbrechen.
Doch hinterher fühlte ich mich wohl. Weil jetzt begann, was ich mir unter einer Massage vorgestellt hatte. Sie drehte mich auf den Rücken, streichelte mich, schlüpfte aus ihren Sachen und nahm meinen Schwanz in die Faust. Ihre Brust war flach, ihr Schamhaar lang und seidig. Sie lächelte, als sie mich anfasste, sie lächelte, als sie von mir angefasst wurde, selbst im Orgasmus lächelte sie, falls es einer war. Ihr Gesicht schien, wenn sie die Augen schloss, nur noch aus blitzenden Zähnen zu bestehen. Ihr ewiges Lächeln ging mir auf die Nerven. Ich fand mich damit ab.
Wir schliefen ein. Ich erwachte durch ein Geräusch. Sila, so hieß das Mädchen, lag zusammengerollt und schnarchte leise, immer noch mit lächelndem Gesicht. Vielleicht besaß sie nur eine zu kurze Oberlippe. Ihr Schnarchen hatte mich aber nicht geweckt. Es musste etwas anderes gewesen sein.

Ich stand auf, lief in den Nebenraum, Ginos Bett war leer wie das der anderen auch: aufgeschlagen, unbenutzt. Als ich im Salon stand, hörte ich vor dessen zweiflügeliger Tür flüsternde Stimmen. Schlagartig fühlte ich mich beklommen. Ich schlich zur Tür, horchte. Von draußen klangen Geräusche herein, Geräusche von Menschen, die sich bemühten, keine Geräusche zu machen. Ich ging in mein Zimmer zurück. Von dort führte eine weitere Tür zum Flur. Vorsichtig drehte ich den Türknauf, öffnete sie einen Spalt und schloss sie gleich wieder, als ich sah, was ich sah: Zwanzig Soldaten in Khakishorts, mit Stahlhelmen und großen Gewehren hatten sich vor der Salontür aufgebaut. Ich weckte Sila, ich flüsterte: »Irgendwas ist faul. Vielleicht sind Terroristen im Hotel. Auf dem Gang stehen viele Soldaten!« Sie erwachte, erschrak, zog sich blitzschnell an, da klopfte es bereits: »Aufmachen, aufmachen!« Ich öffnete die Seitentür und stand im Rücken der Armee, die ihr Augenmerk auf den Haupteingang richtete. Ich rief: »Was suchen Sie? Dort ist niemand! Ich bin alleine hier.« Wie an der Schnur gezogen, drehten sich alle um. Einige der kleinwüchsigen Soldaten, die aussahen wie Krieg spielende Kinder, sprangen zu mir und drückten mir die Mündungen ihrer Gewehre an die Brust.
Asiatische Soldaten scheinen nur Offiziere werden zu dürfen, wenn sie mindestens zehn Zentimeter größer sind als ihre Untergebenen. Außer an seiner Größe erkannte ich den anwesenden Offizier an seiner Schirmmütze, den dunklen Sonnengläsern und einem Stock, mit dem er gegen sein Hosenbein klopfte. Aha, dachte ich. *Die Brücke am Kwai*.

Der Offizier baute sich vor mir auf und fragte: »Sind Sie Mr. Zingler?« Ich nickte. »Kennen Sie die Herren Claissen, Matzko und Grasso?«

»Ja, was ist mit meinen Freunden?« Die Frage ging in einem Befehl unter, den der Offizier in seiner Landessprache erteilte. Wie Ameisen aufs Aas, so stürzten sich die behelmten Zwerge auf mich und legten mir Hand- und Fußketten an. Ich bekam Angst. War etwa Sila die Frau des Offiziers?
»Ihre Papiere?« Die Stimme des Offiziers klang scharf.
Ich deutete mit dem Kopf ins Zimmer: »Dort, neben dem Koffer.«
Der Offizier steckte alles ein und machte eine Armbewegung. »Abführen!«
Die Soldaten versuchten zunächst, sich mit mir in den Aufzug zu zwängen. Aber da in die Kabine nur fünf Personen passten und kein Platz war, um die Gewehre auf mich zu richten, fuhr nur der Offizier, und wir nahmen die Treppe. Vier Soldaten schritten rückwärts vor mir her. Ihre Gewehre zeigten auf meinen Kopf. Die anderen gingen hinter mir, ebenfalls die Waffen im Anschlag.
Wegen der Fußfesseln wurde es eine mühsame Lauferei. Ein Soldat geriet beim Rückwärtsgehen ins Stolpern, ein Schuss krachte und ich betete, dass keiner nervös würde. Sie stießen mich durch die Halle. Ich rief verzweifelt zur Rezeption: »Informieren Sie die deutsche Botschaft!«
Doch der Manager tat, als hörte er nicht. Man bugsierte mich auf einen offenen Armee-LKW. Umzingelt von meinen Bewachern ging's los, der Offizier fuhr im Toyota-Jeep hinterher. Wir passierten ein scharf bewachtes Tor und bogen in den Hof der Polizeikaserne ein. Das Gebäude bildete ein Karree, umschloss den Exerzierplatz, auf dessen Mitte an einer Fahnenstange das Banner des Staates wehte. Am Ende einer betonierten Abfahrt führte ein Tor ins Fundament der Kaserne. Sie stießen mich vom Auto, schlossen meine Fesseln auf und klopften mit den Gewehrkolben ans Tor. Es wurde aufgesperrt. Meine Begleiter blieben

draußen, ein anderer Polizist übernahm mich, das Tor fiel hinter mir ins Schloss.

Ich stand in einem langen Gang, der bis zum anderen Ende der Kaserne reichte. Ein bestialischer Gestank schlug mir entgegen und nahm mir den Atem. Ich röchelte, würgte und musste kotzen. Der Gestank schien mein Innerstes nach außen zu drehen. Mir kamen die Tränen, und selbst mit leerem Magen gelang es mir nicht, Luft zu holen, jeder Atemzug verursachte Schmerzen, als wäre die Gestankmischung aus lauter kleinen Glassplittern zusammengesetzt. Ein Wärter forderte mich per Fußtritt auf, vorwärtszugehen. Ich wankte voran, kämpfte gegen die Luft, als wäre sie ein Brei, den es zu durchschwimmen galt. Über die gesamte Länge des Ganges waren – unterbrochen von wenigen Zwischenmauern – Bambusstangen vom Boden bis zur Decke befestigt und bildeten auf diese Weise große Käfige. In ihnen hockten, dicht aufeinander, über tausend Menschen. Etwa fünfzig schier endlose Schritte weiter stoppten mich zwei mit Holzknüppeln bewehrte Soldaten vor einem der Käfige. Sie öffneten eine Klapptür und stießen mich in einen Sumpf wimmelnden, stinkenden Unrats. Ich hatte geglaubt, der Gestank am Anfang des Ganges sei nicht zu überbieten. Doch es kam noch schlimmer. Die Galle stieg mir hoch, meine Därme drehten sich, ich glaubte, meine eigene Scheiße im Mund zu spüren.
»He, Peter, hierher!« Mit Mühe entdeckte ich den Rufer. Da saßen Gino, Robbi und Harri. Im Käfig, etwa zehn mal zwölf Meter groß, waren über hundert Menschen zusammengepfercht. Toilette, Wasserleitung oder Fenster gab es nicht. Der Boden schien aus festgestampftem Lehm zu bestehen, oder war das eine Lage alter, trockener Scheiße?
Ich krächzte: »Was ist passiert?«

Gino antwortete: »Robbi hat im Suff 'nen Mann überfahren. Daraufhin haben sie uns alle eingesperrt. Mir kommt's vor, als wäre ich schon Wochen hier. Und als kämen wir nie mehr raus!«
»Aber warum haben sie mich geholt? Ich hab doch nichts damit zu tun?«
»Wir haben unsere Adresse angegeben und gebeten, dass sie dir Bescheid geben, damit du kommst und uns hilfst. Wir verstehen doch fast nichts!«
Ich hockte mich neben sie. Ein einheimischer Gefangener ließ seine Shorts runter und schiss einfach dorthin, wo er stand. Jetzt wusste ich, warum meine drei Kumpel mit geschlossenen Augen dasaßen. Wir verloren jedes Zeitgefühl. Als man uns rausholte, sah ich auf Robbis Uhr. Drei Stunden hatte ich in diesem Loch verbracht.

Unter strengster Bewachung führte man uns in den vierten Stock. An einem offenen Fenster beugte ich den Kopf hinaus und empfand die schwüle, heiße Luft wie eine kühle Alpenbrise. Ich pumpte die Lungen voll. Sie schmeckte wie Champagner. Wir stanken erbärmlich. Als wir ins Verhörzimmer kamen, rümpfte der Offizier die Nase. Außer ihm waren vier Männer anwesend. Alle trugen als Ausdruck der Trauer weiße Kleidung. Der Offizier deutete mit dem Stöckchen auf jeden von uns und sagte: »Sie, Sie und Sie haben einen Menschen getötet. Einen wichtigen Menschen für unser Land. Er war Bürgermeister eines Dorfes hier, in der Nähe der Hauptstadt, ein Liberaler mit vielen Feinden, vor allem unter den Kommunisten. Wer hat Ihnen den Auftrag erteilt, ihn umzubringen?«
Ich übersetzte. Der Schock war allen anzusehen.
»Er ist mir wie ein Brett vors Auto gefallen!«, verteidigte Robbi sich. »Stimmt, ich hatte ein wenig getrunken, aber

auch nüchtern hätte ich nicht mehr ausweichen können. Ich bin fest davon überzeugt, dass er schon tot war. Sie haben ihn mir einfach vors Auto geworfen!« Den letzten Satz übersetzte ich nicht, wandte mich an die Hinterbliebenen.
»Es war ein Unfall. Wir kennen keinen Bürgermeister noch irgendwelche Liberalen oder Kommunisten. Wir sind erst gestern hier im Land angekommen!«
»Stimmt«, sagte der Offizier. »Das haben wir überprüft. Aber Sie haben sich bei einem Autoverleih einen Wagen gemietet. Der Verleih gehört der Linksgewerkschaft. Warum haben Sie nicht bei Hertz oder Avis gemietet, die zudem ein Office in der Hotellounge besitzen?«
Ich fragte Robbi. Der antwortete: »Der Hertz-Schalter war geschlossen, Avis hatte kein Auto. Wir warteten, ob eines zurückkäme, da hat uns der Portier einen Wagen vermittelt. Ein Anruf von ihm, und die Karre war da!«
Der Offizier telefonierte. Dann sagte er: »Selbst wenn es ein Unfall war, müssen Sie Schadenersatz leisten und eine Kaution stellen, sonst bleiben Sie in Haft. Das kann Monate dauern.« Alle hatten auch ohne Übersetzung verstanden.
»Da unten?«, fragte Gino. Der Offizier nickte.
»Wie viel?«, fragte ich.
»Tja, der Fahrer ist der Hauptschuldige. Wenn er nichts hat, müssen die anderen einspringen, so sagt's unser Gesetz. Kaution: zehntausend US-Dollar. Die Herren hier neben mir sind die nächsten Verwandten des Getöteten. Sie fordern fünftausend Dollar Entschädigung.«
»So viel haben wir nicht«, stellte ich klar. »Selbst wenn man hier irgendwo unsere Euroschecks akzeptieren würde, so viel haben wir einfach nicht. Wenn man Traveller-Schecks und Bargeld zusammennimmt, sind es etwa zweitausend. Mehr ist einfach nicht da. Außerdem müssen wir ja noch

weiter, das Hotel bezahlen, wir fliegen erst in drei Tagen von hier über Bangkok nach Hause.«
»Das ist für uns uninteressant. Entweder Sie zahlen oder Sie fliegen nicht. So einfach ist das.«
Der Offizier erhob sich, trat vor Robbi hin und wies auf dessen Handgelenk und die goldene Rolex. »Nehmen Sie mal die Uhr ab. Wie viel ist sie wert? Vielleicht kaufe ich sie Ihnen ab.« Robbi zog die Uhr vom Arm, als wäre sie aus glühendem Eisen, und gab sie dem Offizier. »Was ist sie wert?«, fragte er nochmals.
»Fünftausend Dollar«, sagte Robbi.
»Gut, dafür nehme ich sie auf die Kaution in Zahlung«, sagte der Offizier und zog die Uhr an. Ich mischte mich ein: »Vielleicht sollten wir zunächst einmal die Wünsche der trauernden Hinterbliebenen befriedigen, dann wissen wir, was von uns für Sie übrigbleibt!« Der Offizier lächelte, weil wir begriffen hatten.
»Gut, machen wir's so. Sie hörten, die Verwandten des Herrn Bürgermeisters wollen fünftausend Dollar. Was sind Sie bereit zu zahlen?«
»Wir bieten tausendfünfhundert!«
Der Offizier sprach mit den Männern, schüttelte den Kopf. »Nein, mindestens vier.«
»Nein, zwei, mehr können wir nicht zahlen.«
»Nein, dreieinhalb.« – »Nein, zweieinhalb.« – »Nein, drei.« – »Nein, zwosechs.« Das makabre Gefeilsche um den Toten endete bei zweitausendfünfhundert Dollar. So viel war hier das Leben eines Bürgermeisters wert. Der Offizier brachte aus der Schublade die Scheckbücher zum Vorschein.
Unser Bargeld belief sich, einschließlich Traveller-Schecks, auf 2.280 Dollar. Damit zufrieden, zogen die nun nicht mehr trauernden Hinterbliebenen ab. Ich zählte die vorhandenen Euroschecks. Fünfundsechzig Stück. Doch wer

nahm sie an? Der Offizier stellte eine Telefonverbindung zur Holländischen Bank her. Ich sprach mit dem Manager, erklärte unsere Lage. Es nutzte nichts. Die Bank weigerte sich, Euroschecks anzunehmen. Ich beriet mich mit meinen Kollegen. Blieb nur noch ein Notruf an den Chef. Doch wie lange würde das dauern?
»Zunächst müssen wir wissen, wie viel er will«, sagte Robbi. Ich fragte den Offizier. Er zog seine Mütze aus, setzte die Sonnenbrille ab, wischte den Schweiß aus der Stirn, sah uns alle der Reihe nach an und erklärte sich mit weiteren fünftausend Dollar in bar einverstanden.
»Wo können wir ein Ferngespräch nach Deutschland führen?«
Der Offizier deutete auf seinen Apparat: »Von hier aus geht alles. Oder glauben Sie, ich lass Sie aus dem Haus, bevor das Geld da ist?«
Ich zuckte zusammen. »Da ist zunächst der Zeitunterschied. Deutschland liegt sieben Stunden zurück. Es ist jetzt zwölf, in Deutschland fünf Uhr morgens, der Laden ist noch auf, und wenn wir schnell genug durchkommen, können wir Glück haben.«
Ich kritzelte die Nummer auf ein Stück Papier. Der Offizier nahm es in die Hand, hob den Hörer, wählte mit dem Stöckchen eine mehrstellige Nummer, sprach und legte wieder auf. Wir warteten. Das Telefon klingelte nicht. Das Stöckchen peinigte den Schreibtisch. Das Telefon klingelte nicht. Endlich klingelte es, doch das Läuten erstarb, bevor der Hörer in Offiziershand gelangte. Die Zeit verging. Wir rutschten hin und her, keiner glaubte mehr so recht an den erlösenden Anruf. Als der Apparat schrillte, zuckten wir zusammen.
»Hallo? Hallo?« Irgendein Operator in irgendeinem Land fragte in verflucht schlechtem Englisch, welche Nummer

gewünscht wurde. Ich wiederholte sie langsam und deutlich. Dann erklang Frau Baldorfs Stimme: »*Sudfass.*«
»Hier ist Peter. Wir brauchen den Chef.«
»Er ist eben zu Bett gegangen, ich kann ihn nicht stören ...«
Ich schrie ins Telefon: »Wir sind in Gefahr! Wir alle wurden verhaftet. Geben Sie mir den Chef, aber sofort!«
Frau Baldorf gab keine Antwort mehr. Ich glaubte bereits, die Leitung sei unterbrochen, als ich eine ferne Stimme vernahm: »Wer ist da? Bist du's Peter?«
»Ja, Dirk, Gott sei Dank!« Ich haspelte den Situationsbericht herunter. Ein kurzer Schmerz auf meinem Handrücken ließ mich zusammenzucken. Der Offizier hatte mit dem Stock zugeschlagen, hob ihn an wie einen Dirigentenstab und drohte: »Don't tell lies!« Ich schüttelte den Kopf.
»Welche Bank gibt's da unten?«, fragte der Chef.
Ich gab ihm den Namen der Holländischen Bank.
»Ich notier mir jetzt eure Telefonnummer. In drei Stunden, wenn hier die Banken aufmachen, klär ich alles ab und rufe zurück.«
»Was hat er denn gesagt?« Die Blicke aller hingen an mir.
»Er kümmert sich drum.«
Gott sei Dank schien der Offizier sonst nichts zu tun zu haben. So warteten wir in seinem Büro auf den Rückruf. Es wurde zwei, drei, halb vier Uhr. Alle wurden nervös, nur nicht der Offizier. Gegen vier schrillte das Telefon. Der Offizier nahm ab, horchte, runzelte die Stirn und sah mich an. Mir fiel das Herz in die Hose. Dann reichte er mir den Hörer über den Tisch. Es war nicht der Chef. Die Stimme gehörte dem Manager der Bank, der vier Stunden vorher unsere Schecks abgelehnt hatte. Nun war er bedeutend freundlicher: »Eben erreichte mich ein Telex aus Deutschland. Eine Bankgarantie über fünftausend Dollar für Sie.

Obwohl wir bereits Schalterschluss haben, erwarte ich Sie, um Ihnen aus Ihrer prekären Lage zu helfen.«

Der Offizier begleitete mich alleine zur Bank. Meine Freunde blieben unter Bewachung zurück. In der Schalterhalle nahm der Offizier das Geld, unterschrieb keine Quittung und fuhr mich zurück zur Kaserne. Er war jetzt sehr freundlich.
»Ich lade Sie alle heute Abend zu einem Dorffest ein. Nicht viele Ihrer Landsleute haben dazu Gelegenheit. Wollen Sie? Ich lasse Sie im Hotel abholen.«
Eine Ablehnung kam uns nicht in den Sinn. Vielleicht gehörte die Einladung zur Wiedergutmachung. Es war kurz vor der Dämmerung, als wir geduscht, umgezogen und mit viel Parfüm bestäubt vor dem Hotel in einen Landrover stiegen. Der Offizier behandelte uns wie alte Kriegskameraden. Die Fahrt führte zwanzig Kilometer außerhalb Kuala Lumpurs in einen kleinen Ort. Es war das Dorf des verstorbenen Bürgermeisters. Auf einem großen Platz zwischen den Hütten wurden an zwei Feuern Lämmer gegrillt.
Menschen in weißen Gewändern standen, saßen oder tanzten herum. Etwas abseits, zum Waldrand hin, war auf einem zwei Meter hohen Holzgestell ein Scheiterhaufen angeschichtet, auf dem die Leiche lag. Der Offizier erklärte:
»Die Leute in der Gegend sind Hindi. Seien Sie froh, Muslime oder Buddhisten hätten viel mehr Geld verlangt. Wegen der Hitze wird schnell bestattet. Aber zuerst wird gefeiert. Kommen Sie, niemand hat ein böses Wort für Sie.«
Trotz der Aufforderung standen wir betroffen um die Feuer und fühlten uns deplatziert. Das änderte sich erst nach dem Genuss einiger Holztassen voll halbwarmem Schnaps. Zwei Stunden später waren meine Freunde in Hochform.

Robbi versuchte hartnäckig, ein Mädchen in den Busch zu führen. Gino kaute mit vollen Backen. Die Lämmer hatte man mit Früchten gefüllt, auf der Haut war vor dem Grillen Bananenbrei verrieben worden, so dass ein süßherber Geschmack entstand. Alle griffen kräftig zu. Keiner hatte den Bürgermeister erwähnt. Ohne ihn und uns hätte es kein Fest gegeben. Mir schien, als ende dieser Abend wie die meisten zuvor auf diesem Betriebsausflug: vollgefressen und besoffen. Nur ich blieb halbwegs nüchtern. Als der Scheiterhaufen angezündet wurde und die Flammen den Toten verzehrten, als sich ein ekelhafter Gestank breitmachte und die Leiche die Arme hob, als wolle sie um Einlass in den Himmel bitten, wurde mir erneut übel. Gino kaute ungerührt weiter. Er rülpste und wies mit fettigen Fingern auf den Scheiterhaufen: »Seht mal, da verbrennen unsere zwölftausend Dollar!« Robbi hörte einen Moment auf, an dem Mädchen zu zerren, und starrte ergriffen in die Flammen.

»Ich schwör euch«, flüsterte er, »die haben uns geleimt. Der war schon tot. Ich schwör's euch! Aber das Geld holen wir uns wieder!« Er wandte sich an das Mädchen, tätschelte sie freundlich und sagte auf Deutsch: »Nicht wahr, mein Täubchen, demnächst schick ich dir ein Ticket. Dann kommst du ins *Sudfass* und arbeitest die Dorfschulden ab. Juh anderständ?«

Wenn man in Frankfurt auf die Schnelle eine Wohnung braucht, zieht man am besten nach Offenbach. Angeblich wohnen in Offenbach mehr Underdogs und Ausländer als in jeder anderen Stadt Deutschlands. Die Frankfurter meinen, das Autokennzeichen OF bedeutet fahren »ohne Führerschein« und Offenbach sei der Arsch von Frankfurt. Die Offenbacher kontern: »Offenbacher traut euch nicht über die Brücke, drüben erwartet euch List und Tücke.«

Peter fand sofort eine Wohnung in Offenbachs Stadtmitte. Das Haus gehörte der Frau des Frankfurter Edelsteinhändlers Ignaz Bubis. Es war groß. Im Vorderhaus acht, neun Etagen, fast vierzig Wohnungen, im Hinterhaus noch mal so viele. Vor dem Haus ein großer Parkplatz. Peters Wohnung lag hinten raus, dort, wo sich der zweite Turm aufbaute.

Peter war überrascht, wie viele Leute ihm ihre Hilfe anboten. Italo, der Wirt einer Disco auf einem Mainschiff, das auf der Sachsenhäuser Seite lag, gab ihm ein kleines Bündelchen und schickte ihm seinen dicken Freund, dessen Firma die Deko machte und ihm wenige, aber gute Möbel in die Wohnung stellte. Ohne Geld. Alle wussten, wenn Peter wieder zu Geld kam, würde er sie bezahlen. Der Deko- und Möbelmann hatte mal von Peter einen gefälschten Jagdschein bekommen, weil er beim Versuch, einen richtigen zu machen, durch die Prüfung gefallen war, und revanchierte sich nun. Auch Direktor Siggi, mittlerweile Chef einer Brauerei-Holding kümmerte sich. Schon wenige Tage nach einem Telefonat stand ein LKW aus Nürnberg vor der Tür und lieferte für Peters neue Wohnung Schreibtisch, Stühle und Schränke, ein komplettes Büro, und natürlich vier Kisten Bier.

Dann hatte Peters Anwalt eine gute Nachricht: Staatsanwalt Otter war bereit, die Vollstreckung zunächst aufzuschieben. Wenn Peter eine Wohnung gemietet und seine Sachen erledigt hätte, käme zur gegebenen Zeit ein Strafantrittsbescheid. Das hörte sich gut an. Peter brauchte sich nicht mehr ständig nach rechts und links umzuschauen, ob Polizei in der Nähe war. Er musste nicht mehr mit den Augen im Rückspiegel fahren und auch nicht viermal den Kaiserlei-Kreisel umrunden um festzustellen, ob er verfolgt wurde. Er kaufte sich einen alten, kleinen BMW und war beweglich. War doch schön in Deutschland. Doch, was sollte er machen, wenn er in einigen Jahren entlassen werden würde? Außer Einbrechen konnte er nicht viel. Und als Metzger oder Ladenmetzger zu arbeiten kam nicht mehr in Frage. Wer sollte ihm bei seinem Vorleben einen verantwortungsvollen Job anbieten? Er verwarf den Gedankengang, im Knast würde er Zeit genug haben, sich darüber klar zu werden.

Im *Flair*, der Bordellkneipe im gleichen Gebäude wie das *Sudfass*, interessierten sich Freier und Zuhälter sehr für Peters Erlebnisse in Jamaika, besonders natürlich für die schwarzen Mädels, von manchen als »Black Beautys« angehimmelt, von anderen als »Taucheranzug« verspottet.

Peter hatte dreimal mit Flowers telefoniert, und sie drängte darauf, zu ihm nach Deutschland zu kommen. Er sagte ihr, dass es für sie hier weder Arbeit noch sonst was gebe, aber für einen kurzen Urlaub würde er sie eventuell einladen.

Dann meldete sich überraschend Peters Exfrau Gabriele und meinte geheimnisvoll, sie habe noch etwas gefunden, das ihm gehöre. Tatsächlich lag in ihrem Keller eine Tüte, in der sich einige Blanko-Personalpapiere, Führerscheine, KFZ-Briefe und auch zwei Stempel befanden. Peter hatte diese Tüte völlig vergessen. Nachdem drei Jahre zuvor in seiner konspirativen Wohnung der große Koffer mit dem Fälschungsmaterial sichergestellt worden war, hatte er keinen Gedanken mehr daran verschwendet.

Jetzt vielleicht noch mal ein kleines Autogeschäft aufziehen? Nein, Peter wollte das Schicksal nicht herausfordern. Er suchte und fand jemanden im Milieu, der ihm

die Sachen abkaufte. Nur zwölftausend Mark, aber immerhin. Der Typ war in den hessischen Knästen bekannt als »Unreine Gangart«. Das war sein Spitzname, weil er ständig in den Freistunden das sportliche Gehen trainierte. Bei dieser Sportart führen zu schnelle Laufschritte als unreine Gangart zur Disqualifikation. Sein Ziel war die Teilnahme an deutschen Meisterschaften oder gar die nächsten olympischen Spiele. Aber so gut wurde er nie.
Peter verkaufte ihm die Papiere und erklärte ihm auch genau, wie er sie einsetzen konnte. Aber die Intelligenz der »Unreinen Gangart« hielt nicht Schritt mit seinem flotten Schritt. Er baute schon bald Mist und fiel auf. Zwei Personalausweise und Führerscheinformulare hatte Peter für sich behalten, für alle Fälle. Er brauchte sie schon sehr bald.
Toni, einer von Peters Bekannten, hatte bei einem Einbruch fast dreihundert Euroschecks und die dazugehörige Karte erbeutet. Der Inhaber hatte die Schecks gehortet, vielleicht wollte er selbst mal ein krummes Ding drehen. Toni wollte Peter die Schecks verkaufen, aber Peter schlug vor, gemeinsam die Schecks im Ausland einzulösen, und zwar zum vollen Betrag von dreihundert Mark pro Scheck, und dann zu teilen. Die letzten zwei Personalausweise und Führerscheine bekamen sein und Tonis Foto, aber den Namen des Mannes von der Euroscheckkarte. Sie fuhren mit Tonis Mercedes nach Holland. Peter erklärte Toni genau, wie sie vorgehen müssten mit der Karte und der angelernten Unterschrift, die auf der Euroscheckkarte zu sehen war, und dann legten sie los. Zuerst lösten sie nur ein, zwei oder drei Schecks pro Bank ein, was gut funktionierte. Dann mehr. Damals gab es in den Banken kaum Kameras. Trotzdem hatte Peter seinen Bart rötlich gefärbt und statt seiner Batschkapp trug er einen großen

schwarzen Hut, dessen breite Krempe verhinderte, dass sein Gesicht gefilmt wurde. Manche Banken nahmen sogar zehn Schecks an.

Aber die beiden blieben vorsichtig. Sie hatten schon hundert Schecks eingelöst, als sie in Amsterdam ankamen, wo sie eine Bank nach der anderen besuchten. Am ersten Tag schafften sie sechzig Schecks, aber dann hatte Peter das Gefühl, es könnte etwas schiefgehen, wenn es so weiterginge. Und da er schon seit langem auf sein Gefühl hörte, weil es ihn nie zu Unrecht gewarnt hatte, fuhren sie zurück nach Deutschland. Kurz nach der Grenze gab der alte Mercedes seinen Geist auf. Blöd, wenn das in Amsterdam passiert wäre.

Peter besorgte mit den falschen Papieren einen Leihwagen, und dann fuhren sie erneut los, lösten die Schecks in Belgien und Luxemburg ein. Die beiden letzten in einer deutschen Bank in Trier. Toni war hin und weg, sie hatten fast neunzigtausend Mark erbeutet. So viel Bargeld hatte Toni in seinem ganzen Leben noch nicht besessen.

Als sie heimkamen, fiel ihm seine schwangere Freundin um den Hals und knutschte auch Peter ab. Aber Peter hatte längst einen Blick auf eine Frau geworfen, die neben Tonis Freundin stand. Sie hieß Ines, war Ende zwanzig und hatte wache, warme Augen. Sie war schlank, aber nicht zu dünn, hatte dunkelrot gefärbte Locken und schaute interessiert zu ihm herüber. Toni und seine Freundin sprachen so laut über ihren Holland-Coup, dass es Peter störte. Es ging niemanden etwas an. Warum sich Mitwisser schaffen?

Peter nahm Ines' Hand: »Gehen wir was essen oder trinken? Ich lad dich ein.« Ines war einverstanden und hatte auch ein Auto. Peter gab Toni den Schlüssel des Leihwagens und warnte ihn, damit keine Scheiße zu bauen

und ihn notfalls ohne Kennzeichen irgendwo abzustellen. Toni versprach es hoch und heilig.
So kamen Ines und Peter zusammen. Ines war ausgebildete Buchhalterin, aber da sie zwei Kinder hatte, einen vierjährigen Sohn und eine eineinhalbjährige Tochter, arbeitete sie aushilfsweise in einer Bowlingbahn, denn der Kindsvater zahlte keinen Unterhalt. Sie hatte ein gutes Gemüt und unglaublich viel Wärme und Humor. Im Auto, sie fuhr, legte er seine Hand auf ihre, die auf dem Schaltknüppel lag, und streichelte langsam ihren Handrücken. Ines sah ihn an, drehte ihren Arm um, legte ihn zu ihm rüber und sagte: »Wenn du da innen streichelst, kommt's intensiver.« Beide lachten über die direkte Aufforderung. Sie brachte die Kinder zu ihrer Mutter und fuhr mit Peter nach Offenbach in seine Wohnung. Sie versanken ineinander, er fühlte sich wohl und spürte: Er war verliebt.

Da Ines mitbekommen hatte, dass er wohl mit Toni ein krummes Ding gedreht hatte, fragte sie ihn aus, und er erzählte auch fast alles. Zumindest das, was sie wissen durfte, ohne ihn zu gefährden. Aber er hatte Vertrauen gefasst und auch nicht den Eindruck, dass Ines eine Petze war. Sie wollte wissen, wie man eine Wohnungstür knackt oder eine Terrassentür, eine Alarmanlage stilllegt, und sie war sehr gelehrig. Bis er sie fragte: »Warum willst du das alles wissen?« Ines wand sich, doch dann gestand sie: »Ich muss mal dringend wo einbrechen!« Peter war überrascht: »Hab ich dich richtig verstanden, du *musst* einbrechen? Wo und wieso?« Ohne zu zögern, erzählte sie, dass ihr Ex sie erpresse. Er habe gedroht, intime Fotos, die er während ihrer gemeinsamen Zeit gemacht hatte, unter ihren Arbeitskolleginnen zu verteilen. Mit einem Wort, er war ein Arschloch. Peter beruhigte sie.

Und so brach Peter in die Wohnung von Ines' Ex im dritten Stock ein. Er suchte und fand die Fotos und die Negative, packte sie ein und lieferte sie Ines ab. Sie war happy, machte in einem Riesenaschenbecher ein großes Feuer und verbrannte Bild für Bild. Die Negative versenkte sie in einem fremden Mülleimer.
Da Peter die Wohnung mit einem Elektro-Picker auf- und auch wieder abgeschlossen hatte, konnte Ines' Ex nicht mal einen Einbruch nachweisen. Trotzdem hat er Ines angezeigt. Ines ging stolz zur Polizeivernehmung, sie bestritt alles, sagte aber, dass sie sich freue, wenn das Zeug wirklich weg sei, denn damit habe er sie erpresst, und erstattete ihrerseits Anzeige wegen Erpressung. Beide Anzeigen wurden eingestellt, da die Beweise nicht mehr vorhanden waren.
Mit einem Wort, Ines war ein guter Typ, und es war schade, dass Peter sie nicht früher kennengelernt hatte. Sie wäre gerne mit ihm einbrechen gegangen, sagte sie treuherzig, und sie malten sich aus, wie das hätte gehen können. Vor Juwelier- oder Pelzgeschäften wären sie nie so unangenehm aufgefallen wie zwei Männer. Zur Tarnung hätten sie ein Liebespaar spielen können, sie waren ja auch eines. Sie freuten sich darüber und lachten.
Ines' Wohnung war klein und gemütlich eingerichtet. Sie hatte nur wenige Bücher, darunter Erich Fromms *Die Kunst des Liebens*. Peter hatte das Buch als nicht sehr beeindruckend in Erinnerung und fragte Ines danach. Sie schüttelte sofort den Kopf, dass ihre roten Locken flogen. »Der Kerl geht das Ganze zu mathematisch an. Zu wenig Gefühl. Ich glaube das nicht.«
Ines' Leben war problematisch. Krippen für ihre zwei Kinder gab es dort, wo sie wohnte, nicht. Sie wollte dringend wieder in ihrem Beruf arbeiten, aber das Angebot, die

Buchhaltung einer großen Firma zu übernehmen, musste sie der Kinder wegen ablehnen und weiter abends auf der Bowling-Bahn jobben. Ihre Mutter passte dann auf die Kleinen auf, aber Ines wollte ihr die Kinder nicht den ganzen Tag anvertrauen. Sie saß in der Klemme. Trotzdem schafften sie es, bevor Peter in den Knast musste, noch einmal zusammen zu verreisen.

Sie packte ihre Kinder ein und fuhr mit Peter nach Köln. Es gefiel ihr dort, das Kölsch schmeckte ihr, wie auch die Hausmannskost Himmel un Ääd.

Die Kinder fügten sich irgendwie ein, sie merkten wohl, wie selbstverständlich und liebevoll das Verhältnis ihrer Mutter zu Peter war und umgekehrt. Peter und Ines hatten guten Sex und lagen danach endlos lange ineinander verschlungen, wie Schlangen in der Sonne. Das Gefühl, Haut an Haut zu liegen, angenommen zu werden, war für ihn eine Erfüllung.

Er wusste zwar, das tiefe Misstrauen, das seine Mutter in ihn gepflanzt hatte, würde irgendwann wieder aufbrechen, und er würde, aus Angst, verlassen zu werden, die Beziehung beenden. Die Frage war nur, wann.

Dann kam per Post die Aufforderung zum Strafantritt. Peter rief bei der Staatsanwaltschaft an und bat um einen Aufschub von vier Wochen, der ihm auch sofort gewährt wurde.

Wie konnte er die Beziehung festigen, dass sie ein paar Jahre Abwesenheit überstand? Er wusste, wie schwer das war. Bisher hatte keine seiner Beziehungen länger als ein paar Monate Knast ausgehalten, auch eine Eheschließung gab keine Garantie. Vielleicht gelang es ihm, Ines in den nächsten Wochen so zu beeindrucken, dass das zarte Band halten konnte.

Toni war mittlerweile mit seinem Anteil der Beute nach

Jamaika geflogen, so sehr hatten ihn Peters Erzählungen beeindruckt. Toni kontaktierte die Mädels und kündigte Peter an, dass er auf der Rückreise einige von ihnen, auch Flowers, mitbringen wolle. Er zahle die Tickets. Sie kamen in Luxemburg mit der Aeroflot an, und Peter wusste nichts mit Flowers anzufangen. Er ließ sie in seiner Wohnung wohnen, weil er ja sowieso meistens bei Ines war. Flowers hing ständig mit den beiden Mädels zusammen, die über Toni einen Kontakt zu einer weiteren Jamaikanerin geknüpft hatten, die schon länger in Deutschland war. Sie war offenbar die Tante eines der Mädels und hatte, da sie selbst in einem Bordell arbeitete, nichts Besseres zu tun, als ihre Cousine auch dahin zu vermitteln. Peter riet Flowers ab, aber sie schien begeistert von dem großen Geld, das es dort angeblich zu verdienen gab. Die drei Mädels hatten geflochtene Bastkörbe mitgebracht, in denen ihre Habseligkeiten waren. In diesen Bastkörben, also genauer gesagt in den geflochtenen Bastrohren war fest gepresstes Marihuana. In jedem Korb drei Kilo. Peter wollte nichts mit dem Geschäft zu tun haben, gab aber dann doch den Tipp für die richtigen Leute und ärgerte sich nachher darüber. Er hatte im Prinzip mit der ganzen Transaktion nichts zu tun. Und sein Unwohlsein bei der Sache sollte sich später bestätigen. Denn im Verlaufe seiner Haftzeit wurde ein Verfahren gegen ihn eröffnet. Die Staatsanwaltschaft und einige Polizisten, unter ihnen natürlich sein Frankfurter Freund Schmittkind, der seinen Vorgänger, den Bonner Kripobeamten Kropp, an Wegsperrerfolgen übertreffen wollte, versuchten, ihm Zuhälterei und Menschenhandel anzuhängen. Sie hatten in den Sommermonaten sein Telefon abgehört und ihn wieder observiert. Peter erinnerte sich an den Bus vor seiner Tür. Er hatte schon den Strafantrittsbescheid bekom-

men, als er öfter einen VW-Bus mit Spiegelscheiben auf dem Parkplatz vor seinem Haus bemerkte, den er zuvor noch nie gesehen hatte, ein Kennzeichen aus Groß-Gerau und eine Polaroid-Werbung. Irgendwie hatte Peter ein mieses Gefühl. Da seine Wohnung zur anderen Seite lag, schleppte er eines Tages eine kleine Leiter ins Vorderhaus und schaute aus den Oberlichtern auf den Parkplatz. Er sah, wie zwei Männer aus dem Bus stiegen, ein dritter blieb drin hocken. Die Männer rauchten, redeten miteinander, schauten immer wieder zur Eingangstür und dann stiegen sie wieder ein in ihren VW-Bus. Aha, dachte Peter. Wie zur Bestätigung sprach ihn am nächsten Tag der Hausmeister an. Ein junger Typ, mit dem Peter gut zurechtkam und der ihn fragte, ob er schon mal seinen komischen Nachbarn gesehen habe? Peter war irritiert, er dachte, die Nachbarwohnung sei frei. Ja, sagte der Hausmeister, das hätte er auch gedacht, er hatte auch einen Schlüssel zur Wohnung, aber die Hausverwaltung hatte ihm mitgeteilt, dass die Wohnung zurzeit nicht zu vermieten sei. Neugierig sei er mal reingegangen, im Wohnzimmer hätte ein Mann vor einigen Geräten gehockt und ihn angepfiffen, er solle sofort verschwinden.
Peter hakte nach. Es war das Zimmer zu der Wand, an der auch sein Telefonanschluss war. Es war klar, Peter war wieder voll unter Beobachtung. Einen Moment befürchtete er, es habe mit dem Geldsegen aus Holland zu tun, aber dann wusste er, dass es dabei nicht den geringsten Hinweis auf ihn geben konnte. Es musste also wieder etwas sein, wovon die Polizei meinte, egal, ob er's gemacht hat oder nicht, Hauptsache in den Knast mit ihm. Erst später, im Knast, bekam er die Bestätigung, ein Ermittlungsverfahren wegen Menschenhandels und Zuhälterei. Peter hatte sich längst gestellt, aber Flowers besaß weiter

einen Schlüssel seiner Wohnung. Trotz ihres Versprechens, auszuziehen, war sie geblieben. Sie hatte einen Freier oder Zuhälter mit in die Wohnung geschleppt, vor dem sie dann geflüchtet und im Suff oder aus Panik hinten aus dem Fenster gesprungen war. Jedenfalls stürzte sie zwei Etagen tief ab und brach sich ein paar Knochen. Sie wurde gefunden, ins Krankenhaus gebracht, und tatsächlich brachte es die Polizei fertig, ihr zu suggerieren, Peter habe sie aus dem Fenster geschmissen. Die Bullen wussten zu diesem Zeitpunkt allerdings noch nicht, dass Peter sich vier Tage zuvor im Knast gestellt hatte. Natürlich wurde das Verfahren umgehend eingestellt. Aber durch die Akteneinsicht des Anwaltes erfuhr Peter von der Abhörung und den neuen Mutmaßungen der Polizei. Das war schon eine Büttenrede in Köln wert, was er da wieder an Vermutungen über sich las. Und wie sauer am Ende die Bullen vom mobilen Einsatzkommando auf ihn waren. Peter grinste! Nachdem er festgestellt hatte, dass in dem Spiegelscheibenbus Polizisten saßen, hatte er ihn am nächsten Tag angepinkelt. So richtig kräftig von oben bis unten und hatte dabei in die Spiegel gegrinst. Das hatten sie ihm sehr übel genommen, las er jetzt. Manchmal fragte sich Peter, ob sie nicht das Mädel aus dem Fenster gehetzt hatten? Aber das war nicht mehr festzustellen. Flowers wurde, als sie reisefähig war, nach Jamaika abgeschoben. Eine Kriminalbeamtin aus Offenbach durfte sie bis Kingston begleiten, was ihr, wie Peter später erfuhr, den Beinamen »Jamaika-Mama« eintrug, der sogar unter ihrem Schild *Kriminalobermeisterin* im Behördenflur hing.

Ines kam pünktlich alle zwei Wochen zu Besuch in den Knast, aber Peter ahnte schon, dass es nicht halten würde. Dafür waren sie zu kurz zusammen, dafür hatte sie zu viel anderen Stress, mit den Kindern, mit ihrem Job. Er gab die Hoffnung nicht auf, aber auch nicht seine Zweifel.

Der Besuchstag

Peter lag in seiner Zelle auf dem Bett und hörte vom Gang her den Aufschluss zum nachmittäglichen Arbeitsbeginn. Er brauchte nicht mehr runter, heute war sein Besuchstag. In einer halben Stunde würde er gerufen werden, dann war sie da, seine ... Ja, wie sollte man sie nennen? Freundin, Braut? Frau? Vertraute? Die üblichen Papiere hatten sie nicht, trotzdem war ihre Beziehung mehr als nur eine Freundschaft.

Er freute sich auf den Besuch. Doch seine Freude war nicht ungetrübt. Eigentlich gab es nichts Greifbares, das ihr Verhältnis anspannte, sagte er sich. Vielleicht war's nur sein Pessimismus?

Makaber, so ein Besuch. Eine Vergewaltigung der Gefühle. So nah, so dicht beieinander zu sitzen und doch nicht das tun zu können, was man sich am meisten wünscht: den Partner anzufassen, ihn zu liebkosen, ihn zu lieben. Zwar konnte man in dem großen Saal, anders als im Untersuchungsgefängnis, nebeneinander sitzen, sich an den Händen halten. Mehr ging aber auch hier nicht.

Das war heute auch gar nicht sein Problem. Er wollte, musste mit ihr sprechen. Offen sprechen. So, wie er es mit sich selbst tat, wenn er, wie jetzt, auf dem Bett lag, wenn er an seiner Schreibmaschine oder auf dem Topf saß, wenn er sein Essen am kleinen, dreieckigen Tisch einnahm oder

einfach in dem engen Raum hin- und herlief. Sprechen! Über seine Gefühle, über seine Ängste vor allem. Ein halbes Jahr hatte er nach seiner letzten Haftentlassung gebraucht, um sein Selbstbewusstsein wiederzufinden. Nach nur drei Monaten Knast war's erneut zerstört.
Angst hatte er oft, besonders um seine Beziehung zu Ines. Am Anfang gab er sich großherzig. »Du kannst alles machen, meine Liebe«, hatte er gesagt. »Ich bin eingesperrt und kann von dir nicht verlangen, dass du meine Entbehrungen teilst. Schreibe mir, besuche mich regelmäßig, dann bin ich schon zufrieden.«
Das tat sie auch. Aber wie das so ist, wenn zwei Liebende nicht beieinander sind: Im Laufe der Zeit überkommen den einen wie den anderen gewisse Zweifel. Ihm jedenfalls ging es so.
Bei seiner anspruchslosen Fließbandtätigkeit waren seine Gedanken frei. Mangels anderer Aufgaben beschäftigten sie sich mit Ines. Er stellte sich vor, was sie jetzt, im gleichen Moment, tat, wo sie war, was sie dachte. Und in der typisch masochistischen Art aller Leute mit geschwundenem Selbstwertgefühl wurden die positiven Gedanken weniger und weniger; die negativen trieben ihn schließlich von Zeit zu Zeit in emotionale Zusammenbrüche. Er hatte begonnen, ihr täglich zu schreiben, erwartete sehnsüchtig ihre Briefe. Die kamen auch, wurden dann aber seltener. Vom täglichen Antwortbrief blieb schließlich einer in der Woche, und bald kam keiner mehr.
Er reagierte unterschiedlich. War er down, schrieb er ihr wirre Briefe, denen am nächsten Tag mutige, lustige folgten, weil er sich selbst eingeredet hatte, alles sei Einbildung. Wechselbäder, die letztlich nur eine Lösungsmöglichkeit zuließen: Die klare Aussprache beim nächsten Besuch. Dazu war es bislang nie gekommen. Trotz aller Vorsätze,

trotz der vorbereiteten Spickzettel, die er, im Gegensatz zum Themenzettel, in der Hosentasche verborgen hielt.
Und wenn, zunächst betäubt durch den Abschiedskuss, zwei Tage nach dem Besuch die alten Zweifel wieder aufbrachen, durchlebte er die restlichen zehn Tage wieder zwischen Weinen und Lachen. Er hatte Angst vor einer Wahrheit, die seine Ahnungen bestätigen würde. Er wollte die Wahrheit nicht wissen. Er durchlebte weiter seine schizophrenen Phasen und steigerte sich von der Wochenmitte an in die größte Angst überhaupt hinein, eine Angst, die ihm sagte, dass sie nicht mehr kommen würde.
Er stand auf und schaltete das Radio ab, um die Schritte des sich nähernden Aufsehers nicht zu überhören. Seit einer Stunde bereits trug er die beim Besuch vorgeschriebene Anstaltskleidung, lief auf und ab, blieb stehen, drehte sich eine Zigarette, rauchte sie an und warf sie schon nach wenigen Zügen wieder ins Toilettenbecken.
Was war denn los? Warum kam sie nicht? Er lief wieder hin und her, hielt versunken inne, ertappte sich dabei, dass er die Zahnbürste im Mund hielt: »Verdammt, dreimal habe ich mir heute schon die Zähne geputzt!« Er erschrak über seine Worte, knallte die Bürste ins Glas, spülte den Mund, spuckte aus, drehte sich zum Tisch um und begann erneut, eine Zigarette zu rollen.
Wo bleibt sie?
Sie kommt nicht!
Wie ein Stein fiel die Gewissheit auf ihn. Das, was er seit langem befürchtete, war eingetroffen. Oder ist sie vielleicht doch nur in einen Verkehrsstau geraten? Aber nein, sie kommt nicht mehr. Keine Briefe ... So muss es sein, er ist halt ein Pechvogel. Warum nur? Warum traf es immer ihn? Er tat sich leid. Dann kam Wut in ihm auf. Wenn sie kommt, wenn sie wirklich doch noch kommt, dann ... Dann werd

ich endlich mit ihr reden, eine klare Antwort von ihr fordern! So wartete sein Verstand weiter auf sie, während die Seele jammerte und ihm weiter Schmerz zufügte.
Endlich ging die Tür auf.

Ines schaute verzweifelt aus dem Fenster. Halb eins war's schon, und ihr Sohn war immer noch nicht da. Eine Stunde war die Schule schon aus. Wenn er nicht bald kommt, dachte sie, würde es knapp werden. Sie konnte ihre kleine Tochter nicht alleine lassen; um pünktlich zu sein, musste Ines aber bald aufbrechen. Mehr als dreißig Kilometer waren es bis zu dem Ort, wo Peter im Gefängnis saß. Und sie wollte pünktlich sein. Je eher sie da war und die unangenehmen Kontrollen an der Pforte hinter sich hatte, umso länger konnte sie bei ihm sitzen. Nur, ihr Sohn kam und kam nicht.
Sie lief nervös ins Wohnzimmer, sah dort aus dem Fenster, kehrte in die Küche zurück, schaute nach, ob das Essen noch warm war, rückte Teller und Bestecke hin und her, prüfte schließlich noch einmal ihre Handtasche. Ist alles drin? Besuchsschein? Personalausweis? Genügend Kleingeld, um in der Anstalt eine Schachtel Zigaretten ziehen, eine Cola kaufen zu können? Ihre Tochter rief. Ines beschäftigte sich mit ihr, war in Gedanken aber schon dort, wo sie bald sein wollte, im Gefängnis bei Peter.
Anfangs war es ihr unangenehm gewesen in dem großen Saal. Viele Tische standen da, besetzt von Gefangenen und ihren Besuchern. Zwei Vollzugsbeamte überwachten vom Eingang her den Ablauf. Sie konnten eigentlich sprechen, was sie wollten. Ines allerdings nicht, sie hatte noch nie ihre Gefühle auf der Zunge getragen und hier schon gar nicht. Sie fühlte sich beobachtet und selbst beim Begrüßungskuss kam sie sich hilflos und demaskiert vor.

Sie mochte Peter sehr. Vielleicht liebte sie ihn sogar. Wenige Monate vor seiner Festnahme hatten sie sich kennengelernt, hatten ihre Beziehung langsam, vorsichtig, fast misstrauisch aufgebaut. Beide waren sie geschieden. Erlebte Enttäuschungen verhindern meist Spontaneität. Anfangs gab es einen Widerstand in ihr, vor allem zu der Art, wie Peter ihr Verhältnis gestaltete. Offen, ehrlich, aber durchaus nicht monogam. Sie kannte so etwas nicht. Wenn sie sich jemandem zugehörig fühlte, blieb sie treu.
Andererseits gefiel ihr sein Freibeuterdasein, seine unerschrockene Art, alles möglich zu machen, und er löste in ihr eine Abenteuerlust aus, die sie zuvor immer unterdrückt hatte.
Dann war er in den Knast gekommen. Sie besuchte ihn in Frankfurt und später, als er nach Dieburg kam, fuhr sie sogar jede Woche zu ihm. Zu jener Zeit war sie überzeugt, ihn zu lieben, beantwortete täglich seine Briefe, so lange, bis ihr das zu viel wurde. Immerhin hatte sie einen Haushalt mit zwei Kindern zu versorgen und ging abends noch zur Arbeit. Sie schrieb ihm seltener, aber das änderte ihre Gefühle für ihn nicht. Eher schon sein Ansinnen, das er zunächst als Angebot, dann aber als Forderung ins Gespräch gebracht hatte: Sie möge ihr Leben genießen, nicht etwa eine Pillenpause machen, nur weil er in Haft sei. Das hatte ihr nicht gefallen, damals. »Vielleicht fühle ich mich dir dadurch zu sehr verpflichtet«, hatte er ergänzt, und insgesamt wurde sie wütend über seine Art, alles locker in der Schwebe zu halten.
Doch sie hatte es tatsächlich versucht. Nachts, nach der Arbeit, war sie ausgegangen, manchmal mit einer Freundin, meist aber alleine, hatte auch Anschluss gefunden, wenn sie wollte. Das brachte neue Probleme mit sich. Sie musste ihre Angewohnheit, sich auf einen Mann zu fixieren, über

Bord werfen. Das war für sie nicht leicht. Trotzdem versuchte sie es.
Peter merkte es, weil auch er nun sicher geglaubte Privilegien aufgeben musste. Das gefiel ihm nicht, ihr dagegen schon. Sie war jetzt ausgefüllter, hatte noch weniger Zeit, auch fürs Briefeschreiben – und schon begannen neue Probleme.
Sie liebte ihn kaum weniger, sagte sie sich, war sich aber dessen nicht mehr so sicher. Immerhin war es nicht Peter, der ab und zu ihr Bett mit ihr teilte, aber ein menschlicher Körper ist wärmer, greifbarer als kalte Briefe, mag ihr Inhalt auch noch so lieb gemeint sein. Und ein menschliches Ohr ist mehr als ein Briefkasten.
Gewiss, Peter und sie hatten die Möglichkeit zum Gespräch, einmal wöchentlich. Aber was ist das gegen ein vertrautes Flüstern, aneinandergeschmiegt vor oder nach einem Liebeserlebnis? Alleine das ruhige Atmen des anderen, das Haut-an-Haut-Gefühl kann mehr ausdrücken als tausend Sätze in zehn Knastbesuchsstunden. So verstand sie sehr wohl seine Unsicherheit, seine Vorwürfe, die ihre Schreibfaulheit anprangerten, aber im Grunde gegen das gerichtet waren, worüber sie nicht miteinander sprechen konnten.
Als ihr Sohn endlich kam, fuhr sie mit ziemlich gemischten Gefühlen, aber dennoch freudig los. Verspätet zwar, aber trotzdem.
Er saß am letzten Tisch links, als sie eintrat. Sie sieht gut aus, so frisch, dachte Peter, und sein Vorsatz, heute klar Schiff zu machen, verschwand so schnell wie bei all ihren früheren Besuchen. Ein kurzer Begrüßungskuss, und wie immer schaute sie sich um, als sei ihr die Situation peinlich. Sie drehten die Stühle zueinander und setzten sich an eine Seite des Tisches. Ihre Knie stießen aneinander, und selbst

diese harmlose Berührung setzte ihn unter Strom, verursachte bei ihm eine Gänsehaut. Er schaute sie an, suchte ihren Blick, fand ihn, hielt ihn fest. Sie lachte, schien guter Laune zu sein, und explosionsartig breitete sich in ihm die Gewissheit aus, dass sie zu ihm gehörte. Alles, was sich seit Tagen in ihm aufgestaut hatte, war verflogen. Er liebte sie, das wusste er nun. Ihr Kommen, ihre Nähe verscheuchten alle seine kleinlichen Bedenken, sperrten sie ein.

Zunächst saßen sie sich stumm gegenüber, fragten nur »Wie geht es dir?« und gaben sich die üblichen, nichtssagenden Antworten.

Warum sagt er nichts, dachte sie. Er will doch was, hat es in seinen Briefen angekündigt. Es geht ihm nicht gut, ich seh's ihm an, er ist blass, hat tiefe Augenringe. Aber würde ich ihm die Wahrheit sagen, wenn er Fragen stellt? Fragen gar, die mir unangenehm sind? Ich würde sie einfach nicht beantworten. Lügen würde ich nicht, er hat mich auch nie angelogen. Wären wir doch woanders! Warum kann ich ihn nicht mitnehmen? Für eine Stunde nur! Dann könnte ich alles sagen. Alleine mit ihm möchte ich sein. Ich würde ihn so gerne anfassen. »Hast du Probleme?«, fragte er schließlich doch. »Du schreibst so wenig. Letzte Woche, als es mir schlechtging, habe ich so sehr auf Antwort gehofft. Es kam nichts. Warum gibst du keine Antwort? Wusstest du nicht, wie mir zumute ist?«

Er hatte nun doch einen Teil von dem herausgebracht, was ihn bewegte. Weiter wollte er seine Fragen nicht treiben. Ach bitte, dachte er, sag mir, dass du mich lieb hast. Wie gerne wäre ich jetzt mit dir alleine. Ich möchte dich streicheln, möchte ganz in dich reinkriechen. Sag mir doch, was ich hören will, bitte, auch wenn's nicht stimmt. Mach mich glücklich! Bitte!

»Ja«, antwortete sie, »ich habe Probleme. Mit den Kindern,

auf der Arbeit und mit dem Geld, mit dir hat es nichts zu tun.« Gelogen, dachte sie.
Er richtete sich auf. Bei diesen Problemen konnte er ihr nicht helfen, war froh, dass ihre Probleme von so oberflächlicher Art waren und dass sie nichts mit seinen Befürchtungen zu tun hatten. Er klammerte sich an diese Antwort, speicherte sie im Kopf, so sehr das Herz auch rebellierte. Er blieb skeptisch, fühlte, dass es nicht die Wahrheit war, blieb aber feige, beließ es dabei.
Sie fassten sich an den Händen, waren beide verlegen. Sie dachte: Ich mag ihn so sehr. Warum ist das Leben nur so beschissen? Sie sah ihn an. Er dachte: Ich liebe sie, wie kann ich ihr das nur klarmachen, ohne dass sie denkt, ich liebe sie nur aus Einsamkeit?
Dann sprachen sie über Bekannte, über Freunde, über unwichtige Begebenheiten. Sie tranken Cola, rauchten und vergeudeten so eine der wichtigsten Stunden ihres Lebens. Zum Abschied gaben sie sich noch einen Kuss, draußen auf dem Flur, halbversteckt in der Ecke. Ein letzter Blick in die Augen. Beiden war ihr Versäumnis klar.
Sie ging den langen Gang hinab, spürte seine Blicke im Rücken, bewegte sich hölzern, drehte sich nochmals um, winkte abwesend, in Gedanken war sie schon draußen, frustriert, unbefriedigt.
Peter ließ die Leibesvisitation über sich ergehen und stieg langsam die Treppen zu seinem Gang hoch. In seinen Gedanken und Gefühlen hatte er Ines festgekrallt. Zwei Tage würde er sie so halten können, hoffte er. Aber dann?

In der Knastküche war kein Job frei, deswegen wurde Peter für die Arbeit bei T&N eingeteilt, für die im Akkord Telefonapparate, sogenannte Tischgeräte, zusammengebaut und anschließend verpackt wurden. Der Akkordlohn betrug eine Mark bis eins fünfzig pro Tag! In Wirklichkeit aber hatte Peter gar keine Lust zu arbeiten, denn Gernot, der langhaarige Typ von damals, ging ihm einfach nicht aus dem Sinn. Peter hatte in Jamaika ja nicht nur die Geschichte *Das Haus in den Bergen* geschrieben, sondern danach begonnen, sich Notizen über seine Reise zu machen.

Vage dachte er daran, Journalist oder Schriftsteller zu werden. Freiberuflich!

Denn so weit war er mit seinen Gedanken schon gekommen, dass er als Angestellter sein Vorleben offenlegen müsste, und da hatte er keine Chancen. Auch nicht, wenn er alles verschwieg und es später dann doch rauskam. Hatte er alles schon hinter sich. Also freiberuflicher Schreiber und zum Vorleben stehen. Ging das? Er brauchte Leute, die ihm dabei helfen und ihn unterstützen würden, nicht seine alten Ganovenkumpel, die hatten kein Verständnis für so was. Er wusste es selbst noch nicht, aber er hatte soeben begonnen, seine Überlebensgeschichte zu schreiben.

Er meldete sich zur Literaturgruppe, bestehend aus sechs bis zehn Häftlingen, die schreibend ihre Probleme aufzuarbeiten versuchten. Was im Sozialarbeiter-Deutsch »dem Vollzugsziel der Resozialisierung« diente.

Eine Maßnahme, die den Knast nichts kostete, weil Ehrenamtliche die Leitung der Gruppe übernahmen. Beispielsweise die Pfarrersfrau Anne und Inge Schwager, die Freundin eines Lektors vom Luchterhand Verlag. Auch Klaus Roehler, der Lektor von Günter Grass, von dem alle Jungs schwer begeistert waren, kam ab und zu mal in die Gruppe. Er hörte sich alles an und lobte oder tadelte. Außerdem die Schriftstellerin Ursula Sigismund.

Die nette alte Dame war tatsächlich eine Nichte von Friedrich Nietzsche und hat ein Buch über die Familie geschrieben, *Zarathustras Sippschaft*. Sie war zwar nie im Knast gewesen, hatte aber auch so ihre Wehwehchen erlebt. Mit den Nietzsches und auch mit ihren Ehen. Sie hatte vier Kinder mit ihrem ersten Mann, der sie dann gegen ihre jüngere Schwester austauschte und fortan mit dieser weitere Kinder zeugte. Ursula blieb mit ihren Kids alleine zurück. Aber sie biss sich durch, und sie schrieb wahnsinnig schöne, ironische Geschichten. Ihr Buch über Suzanne Valadon, die Mutter Utrillos, hat Peter sehr begeistert. Diese Frau, diese Schriftstellerin, beeindruckte ihn. Wie überhaupt die Ehrenamtlichen eine Verbundenheit ausstrahlten, die absolut ehrlich schien und für Peter neu war. Im Milieu war alles funktional, die Zuverlässigkeit und auch die vielgerühmte Ganovenehre. Es war einfach nötig, denn Fehler bestrafte die Polizei sofort.
Im Dieburger Gefängnis gab es einen Sozialarbeiter, der immer gerne Schriftsteller geworden wäre und die Literaturgruppe unterstützte. Er hieß Achim. Achim besorgte ihm eine Schreibmaschine. Peters erste Schreibmaschine! Eine *Gabriele* von Triumph. In den kommenden Jahren hämmerte Peter so sehr auf ihre weißen Tasten ein, die er Brustwarzen nannte, dass die arme *Gabriele* mehrfach zusammenbrach.
Er schrieb seine Erlebnisse aus Jamaika auf. Aber nicht nur das. Ständig machte er sich Notizen über den Knastalltag oder schrieb Exposés für Bücher und Geschichten. Immer mehr quoll aus ihm heraus. Ihm wurde klar, dass er über einen großen Schatz an Erfahrungen verfügte, sein Achterbahnleben sprudelte förmlich von Begebenheiten und Begegnungen, heißen Stoffen und dummen Sprüchen. Aus diesem Gemisch müsste sich doch was ma-

chen lassen. Geschichten erzählen konnte Peter immer schon gut. In den Gemeinschaftszellen früherer Knastaufenthalte galt er als Alleinunterhalter. Er erzählte ausführlich, langsam, schnell, schrie, flüsterte, und sie hingen an seinen Lippen, als wäre er ein Zauberer. Jedes Wort so wertvoll, dass sie es nicht verpassen durften. Auch die Richter hatten nicht selten Peters Fabulierkunst geglaubt. Weil die Geschichten, die er ihnen auftischte, oft so schräg waren, dass ein normaler Bürger dachte, so etwas könne man gar nicht erfinden. Peter konnte. Aber das hatte er jetzt nicht mehr nötig. Das, was in seiner Agenda stand und in seinem Kopf ablief, musste er nur noch schön formuliert aufs Papier bringen. So langsam glaubte er selbst, dass sein Schreiben Zukunft hatte, und er fühlte sich durch die Unterstützung und Hilfe der anderen angespornt und bestätigt.

Mittlerweile war auch ein Wissenschaftler aus Münster zur Literaturgruppe gestoßen, der über die Idee, dass Schreiben im Knast der Resozialisierung diene, seine Doktorarbeit geschrieben hatte. Er war es, der mit den Jungs das erste Buch veröffentlichte. Es erschien im berühmten Luchterhand Literaturverlag in Darmstadt, der die Bücher von Günter Grass verlegte. Das Buch hieß *Durchgang bei geöffnetem Tor verboten*; den Titel steuerte Peter bei, und es enthielt natürlich auch eine Geschichte von ihm. Er war sehr stolz, in solch einer Anthologie veröffentlicht worden zu sein. Vor allem in einem derart renommierten Verlag. Peter arbeitete schon am nächsten Projekt, dem Reiseroman über Jamaika, vorläufiger Titel: *Tod in Kingston*, und sammelte Geschichten und Gedichte zum Knastleben, die er *Notizen aus der Mülltonne* nannte. Eine Anspielung auf Konrad Adenauer, der 1949, anlässlich der Gründung der

Bundesrepublik Deutschland, auf die Frage, ob es denn jetzt eine Amnestie für die in den Gefängnissen schmorenden Gefangenen gebe, geantwortet hatte, er werde »Deutschlands Mülltonnen nicht entleeren«. Außerdem skizzierte Peter Milieugeschichten, Filmstorys und last but not least schrieb er erotische Geschichten. Jeder weiß ja, dass den Menschen am meisten das beschäftigt, was er gerne hätte und nicht hat. Oft fehlt Menschen das Geld, um sich Träume oder Wünsche zu erfüllen, und schon werden ihre Gedanken zur Phantasie! Im Knast ist die Erotik Thema Nummer eins. Ohne dieses Kopfkino konnte auch Peter sich gar kein Gefühlsleben mehr vorstellen. Und draußen ging es so weiter. Ob es normal war, dass er, während er mit einer Frau schlief, im Kopf eine andere bediente?

Beim Schreiben der erotischen Shorties gestaltete er Sexualität so, wie sie sein könnte, nahm auch tatsächlich erlebte Momente dazu und baute drum herum seine Geschichten. Das bedeutete nicht, dass die Geschichten unwahr wurden, sondern im Gegenteil – viel, viel wahrer als die lapidare Wirklichkeit. Die richtige Mischung aus Wunsch und Wirklichkeit, aus Phantasie und Realität, die war ihm wichtig. Und er merkte, dass ihm das im Leben schon immer wichtig gewesen war. Lange Zeit mit einer schönen Frau verheiratet, wusste er, dass es nicht die Schönheit war, die die Erotik ausmachte und im Kopf die Geilheit entzündete. Es musste etwas anderes sein. Und dieses andere machte seine Geschichten aus. Eigentlich war es eine traurige Wahrheit. Männer und Frauen wollen im Grunde das Gleiche, lieben und geliebt werden. Und sie tun alles dafür, es zu verhindern.

Jede Woche beim Treffen der Literaturgruppe las er nun ein neues Kapitel aus seinem Jamaika-Buch vor und stellte fest, dass wenn er gut las, ihm alle atemlos zuhörten. Der inzwischen promovierte Literaturwissenschaftler aus Münster sagte ihm in aller Kürze: »Na ja, der eine kann's, der andere nicht.« Peter war sich des Lobes voll bewusst. Er konnte es. Aber würde er davon einmal leben können? Die erste eigene Veröffentlichung kam durch eine Vermittlung zustande. Seine Milieugeschichte *Jackpot* wurde von einem Magazin namens *High Society* veröffentlicht, Peter erhielt zweihundert Mark dafür. Zweihundert Mark waren fünf Monatsverdienste in der JVA. Zweihundert Mark dafür, dass er eine Geschichte erfunden und geschrieben hatte. Das war doch was, zumindest ein Anfang.

Jackpot

Sie stiegen vierzig Kilometer voneinander entfernt gleichzeitig in ihre Autos: Erwin Heller vor seiner Villa in einem Taunusstädtchen nördlich von Frankfurt, Karl Mund südlich der Stadt vor der Garage seines Anwesens.
Erwin Heller war vierzig Jahre alt, genauso wie Karl Mund. Doch während Karl recht gut aussah, schlank war, mit nachblondierten Locken und künstlich gebräunter Haut, wirkte Erwin Heller älter und solider. So wie ein gestresster Manager aussieht, der zu viel arbeitet, unregelmäßig isst und nicht auf seine Gesundheit achtet. Rundlich, blass, mit gelichtetem Haar, verweichlichtem, genießerischem Mund, doch energischem Kinn. Er trug einen unauffälligen,

aber teuren Bleyle-Anzug, handgenähte Schuhe, Maßhemden aus Seide und die obligatorische Krawatte.
Karl Munds Garderobe sah noch teurer aus. Doch die schwarze lederne Bundfaltenhose, das Hemd und die Windjacke von Lacoste und die Tennisschuhe aus Känguruleder kosteten nicht mal halb so viel wie Erwin Hellers Anzug.
Die Automarke, in der sich beide der Stadt am Main näherten, war identisch, nicht aber die Modelle. Erwin Heller steuerte eine unauffällige, graulackierte 500er-Limousine, seinen Geschäftswagen, dessen Anschaffung und Unterhalt durch das Finanzamt subventioniert wurden. Auch Karl Munds SLC existierte vom Gemeinwohl, weil er, trotz hoher Einnahmen, keine Steuern zahlte.
Beide verdienten pro Tag etwa fünfzehntausend Mark. Bei Erwin Heller stammten sie, netto, aus den Einnahmen von vierzig Lebensmittelfilialen, bei Karl Mund aus dem Tagesumsatz, brutto wie netto, zweier gut laufender Bordelle und den Erträgen von etwa zwanzig an Prostituierte vermieteten Wohnungen.
Erwin Heller hatte eine, wie in seinen Kreisen üblich, apart aussehende, sportliche Frau, die er sich, wie fast alles in seinem Leben, gekauft hatte, und zwei Kinder, die sich selbstverständlich in einem Schweizer Internat befanden.
Karl Mund hatte es nie in seinem Leben nötig gehabt, eine Frau zu kaufen. Im Gegenteil. Er ließ sich bezahlen. Stets umgaben ihn, wie einen Pascha, vier bis fünf Frauen, die damit wetteiferten, durch die höchste Tageseinnahme aus ihrer horizontalen Tätigkeit die jeweils anderen auszustechen.
In Hellers Familie trug die Frau den kostbaren, von ihm angeschafften Schmuck, während Karl Mund behängt war wie ein Weihnachtsbaum. Vom Zweikaräter im Ohr bis zur brillantenbesetzten Rolex am linken Handgelenk

gab es keine Stelle, an der es nicht funkelte. Und wäre es Mode, die Nase mit Goldringen zu durchbohren, Karl Mund hätte sich dem willig unterworfen. Eine Zeitlang hatte er mit dem Gedanken gespielt, sich, wie in der Karibik gesehen, die Schneidezähne mit Diamanten zu verzieren, doch weil es nicht seine echten waren, ließ er es bleiben.

Ihre Fahrzeuge gerieten jetzt in den Vorstadtverkehr. Erwin Heller in Eschersheim, Karl Mund in Isenburg.

Die Ausbildung der beiden Einkommensmillionäre unterschied sich in Art und Dauer. Erwin Heller durchlief Grundschule, Gymnasium und Studium dank elterlicher Mittel – zwar nur mittelmäßig, aber ohne Probleme. Er trug aus dieser Zeit als einzig sichtbare Verletzung den Schmiss auf der Wange, den er, auf Vaters Wunsch, im gleichen Heidelberger Studentenkorps erworben hatte wie dieser.

Die Narben an Karl Munds Körper waren dicht gesät. Die unterschiedlich dicken Handknöchel erinnerten an häufige Faustkämpfe, ebenso wie das fehlende Originalgebiss. Sein Körper wies zudem einige Messerstich- und Schusswunden auf. Nur sein klassisch schönes Gesichtsprofil blieb stets verschont. Es war ebenso wichtig für seinen Lebensunterhalt wie die Grundausbildung durch Erziehungsanstalt, Jugendgefängnis und Zuchthaus. Seine Intelligenz war dadurch nicht geschädigt worden. Sie half ihm immer wieder, den Kopf aus frisch gelegten Schlingen zu ziehen und dahin zu gelangen, wo er heute war: in einer fast unangreifbaren Position.

Erwin Heller war auf seine Art genauso clever und skrupellos, und der Unterschied zwischen Zuhälter und Lebensmittelkaufmann war auf diesem Gebiet gleich null. Jahre zuvor hatte Heller Schlagzeilen gemacht, als er anlässlich eines kleinen Streiks in einem seiner Läden das gesamte Personal aller vierzig Filialen so lange ausschloss, bis dieses

übereinander herfiel und sich gegenseitig zerfleischte. Dann erst ließ er sie wieder an ihre Arbeitsstellen.
Dennoch, oder gerade deswegen, genoss er öffentliches Ansehen. Sein persönlicher Kredit war hervorragend, und sein Name bürgte für jeden Betrag. Kleinigkeiten räumte er mit Scheckbuch und Kreditkarte aus, wo Karl Mund, misstrauisch beäugt, Bargeld zücken musste. So trug dieser für kurze Geschäfte und ein schnelles Spielchen stets ein kleines Bares von sechzig bis hundert Riesen mit sich herum.
Gleichzeitig trafen sie vor der Tiefgarage der Bank für Gemeinwirtschaft ein und erhielten von dem Parkwächter eine Box zugeteilt. Heller, weil er prominenter Kunde der Bank war, Mund, weil er stets ein gutes Trinkgeld gab.
Fünf Meter voneinander im Halbdunkel des Parkhauses entstiegen sie ihren Wagen und tauchten für Sekundenbruchteile ihre Blicke ineinander.
Acht Stunden später würden sie sich gegenübersitzen.
Heller traf in der Bank einen Kaufmann, den er als häufigen Besucher der Spielbank Wiesbaden kannte. Nach einem vertraulichen Geschäftsgespräch fuhr man gemeinsam ins Spielkasino, vertändelte dort einige Stunden und einige tausend Mark, bevor ein anderer Bekannter des Kaufmanns diesem mitteilte, heute gehe im Hinterzimmer des Las Vegas im Frankfurter Bahnhofsviertel eine starke Pokerpartie ab. Minimum fünfzig Mille pro Platz.
Heller, vom Ort des Spiels peinlich berührt, aber nicht minder angereizt wie sein Kollege, folgte der Einladung. So saß er kurz nach dreiundzwanzig Uhr am runden, filzbespannten Tisch und nahm die Karten entgegen, nachdem er zuvor bei dem ihm wohlbekannten Kasinokassierer auf einen Scheck fünfzigtausend Mark Bargeld erhalten hatte.
Für Karl Mund war die Partie obligatorisch. Den Spät-

nachmittag hatte er damit verbracht, verschiedene Bekannte aufzusuchen, vom Bediener seines Puffs die eingesammelte Miete der Nachtschicht zu kassieren und zu Abend zu speisen. Fünf Minuten vor dem Eintreffen Hellers betrat er das Spielzimmer und nahm den für ihn freigehaltenen Platz ein.
Um vier in der Früh befand sich Erwin Heller nahe der psychischen und physischen Erschöpfung. Er hatte seine fünfzig Mille bereits vor Stunden verloren, und seine Opponenten, hauptsächlich dieser blondgelockte Zuhälter, waren im Besitz hochdotierter Schuldscheine. Sein Begleiter war gegen Eins nach dem Verlust seines Geldes gegangen, nicht ohne vorher alle Mitspieler auf die Bonität Hellers hingewiesen zu haben. Heller wusste, dass er diesen Raum nicht eher verlassen würde, bis am Morgen ein von ihm geschickter Bote die geschuldeten Beträge beibrachte. Er wagte sich nicht auszudenken, was ihm geschähe, könnte er die Summe nicht beschaffen.
Um sieben schuldete er achtzigtausend Mark, und selbst kulante Mitspieler weigerten sich mit dem Hinweis, nicht gegen ihr eigenes Geld spielen zu wollen, weitere Schuldscheine anzunehmen. Karl Mund folgte schweigend dem kurzen Disput, blätterte seinen Gewinn durch und kaufte alle Verpflichtungen Hellers zusammen.
»Spielen wir alleine weiter?«, bot er an.
»Natürlich«, nickte Heller heftig.
Karl Mund stoppte mit einer Handbewegung den Kartengeber, der wieder verteilen wollte.
»Rufen Sie jemanden an, er soll das Geld herbringen. Hunderttausend, dann leih' ich Ihnen die weiteren Zwanzigtausend.«
»Genügt es nicht, wenn wir um neun auf die Bank gehen?«
»Nein«, schüttelte Mund den Kopf. »Das Geld muss her.

Die Schuldscheine verlassen diesen Ort nicht, ohne eingelöst zu sein. Also rufen Sie schon an!« Seine Stimme klang jetzt deutlich fordernder.

Erwin Heller schwitzte. Nicht der Gedanke an den Verlust, sondern der, dass nur seine Frau berechtigt war, derartige Summen abzuheben, beschäftigte ihn. Sie kannte zwar seine Spielleidenschaft, aber größere Verluste hatte er ihr stets verheimlicht. Er verlangte nach dem Telefon. Es war halb acht, als seine Frau sich meldete.

»Heller?« Sie schien tief geschlafen zu haben und Erwin Heller ärgerte sich darüber.

»Renate? Ich bin's. Hör jetzt genau zu. Bitte, steh gleich auf und fahre, sobald die Bank aufmacht, dorthin, sprich mit dem Filialleiter, hebe hunderttausend Mark ab und bring sie mir sofort hierher.«

»Erwin?«, schrie sie auf, »ist etwas passiert? Wurdest du entführt?«

»Nein, Liebling, es ist nichts. Nur, ich brauche dringend hunderttausend Mark in bar.«

»Dann geh doch selbst. Auf meinem Konto ist nicht so viel, und fürs Geschäftskonto bräucht ich deine Unterschrift zusätzlich.«

Das hatte Erwin Heller nicht bedacht. »Ich kann nicht. Renate, glaub mir doch! Ich werde um halb neun die Bank anrufen, dass du berechtigt bist, den Betrag abzuheben, ja?«

»Erwin, was ist los? Warum gehst du nicht selbst?«

Erwin Heller sah sich um, fühlte sich unbehaglich und schämte sich vor den Männern. So sagte er lauter und härter als nötig: »Ich kann dir's nicht erklären. Renate, du musst es hierherbringen!«

Er gab ihr die Adresse. »Wo ist das?«, fragte sie.

»Im Bahnhofsviertel.«

»Also ist doch etwas geschehen?«
»Nein«, entschied er sich für die Wahrheit. »Ich habe verloren. Im Kartenspiel. Jetzt weißt du es, und ich muss das Geld haben. Bitte, beeile dich!«
»Erwin! Hunderttausend Mark verloren?«, ihre Stimme klang schrill.
»Renate, jetzt ist keine Zeit für Diskussionen. Hol's ab und bring's her«, brüllte er in den Apparat. Sie atmete tief ein und aus. »Gut, ich komme. Aber darüber sprechen wir noch.«
Erleichtert legte Erwin Heller den Hörer auf, sah mit verlegenem, um Verzeihung bittendem Lächeln um sich. »Das Geld kommt. Muss nur um halb neun die Bank anrufen, damit sie's ihr auch geben. Ich halte meine Frau nämlich kurz«, meinte er hinzusetzen zu müssen.
»Spielen wir weiter?«, fragte er Karl Mund.
»Gleich«, erwiderte dieser, erhob sich, trat an eines der Fenster und riss den Vorhang auf.
Helles Tageslicht drang ein und ließ die übernächtigten Zockergesichter karikaturhaft und blass aussehen. Karl Mund tankte mehrmals tief Luft in seine Lungen, bevor er Fenster und Vorhang wieder schloss. Er orderte einen Kaffee und gab dem Verteiler das Zeichen.
Die Karten flitzten über den Filz. Das Spiel lief ausgeglichen. Mal gewann Heller ein paar Tausender, mal Mund.
Um halb neun instruierte Heller telefonisch den Bankfilialleiter, der versprach, seinem Wunsch nachzukommen.
»In welchem Auto kommt Ihre Frau?«, fragte Karl Mund.
»Mit einem weißen Porsche.«
Mund winkte dem Faktotum, der für Kaffee und Verpflegung zuständig war, flüsterte kurz mit dem Clubbesitzer und wies den Alten an: »Geh auf die Straße, sonst findet die Dame den Weg nicht. Sie kann auf dem Hof parken.«

Trotz des Geräuschs, das der Porsche bei der Einfahrt in den Hof machte, war die Ankunft der großen, blonden Frau fast unbemerkt geblieben.
Alle Anwesenden starrten auf die Spieler, die, ihre Karten in der Hand verborgen, einander ansahen. Auf der Tischmitte lag bereits mehr als die mit Kredit zugesagten Zwanzigtausend, und doch stand das Ausreizen der Karten erst am Anfang. Jeder war sicher, ein unschlagbares Blatt in der Hand zu halten.
Da trat Renate Heller ein. Nur schwer lösten sich die Blicke der Anwesenden von den Vorgängen am Tisch. Als Letzter blickte Karl Mund auf. Seine Augen verengten sich.
»Klasse Frau«, dachte er. »Viel zu schade für den schlappen Sack.«
Ihr schulterlanges Haar fiel glatt herab, war in der Gesichtsmitte zu einem spitz zulaufenden Pony geschnitten. Große, blaue Augen, eine kurze, gerade Nase und ein sinnlicher, breiter Mund, der jetzt zornig verzogen war, lagen über dem runden, festen Kinn. Ihr Hals war lang und schlank. Ihre helle Bluse verbarg nichts, ließ die dunklen, spitzen Nippel ebenso erkennen wie die gut geformte Brust. Ein Krokogürtel umspannte die schlanke Taille, und die hauteng sitzende, hellbraune Stoffhose gab keine Rätsel auf.
Sie schloss die Tür, trat näher und sagte mit einer Stimme, die ahnen ließ, dass das, was sie tat, ihr gegen den Strich ging: »Hier hast du's«, und warf den prallen Umschlag vor Erwin auf den Tisch. Ein dickes Bündel Fünfhunderter- und Tausendmarkscheine rutschten auf den grünen Filz.
»Danke«, sagte Heller kurz und schob den Umschlag zu seinem Kontrahenten Karl Mund. Der legte seine Karten vorsichtig mit den Bildern nach unten auf den Tisch, zog das Geldbündel zu sich, zählte es durch, schob Heller die Schuldscheine zu und entnahm auch dem in der Mitte lie-

genden Pott die handschriftlichen Zettel und ersetzte sie durch Bargeld.
»Sie spielen nicht?«, fragte Mund die Frau und schaute sie mit spöttischem Lächeln dabei an.
»Ich kann mir einen besseren Zeitvertreib vorstellen«, erwiderte sie spitz.
Karl Mund grinste. »Ich mir auch«, sagte er anzüglich. Ihm entging das kurze Aufzucken der Iris nicht, bevor ihr Blick wieder gleichgültig wurde.
»Es ist die letzte Partie, bleiben Sie doch«, sagte Karl Mund, als sie sich der Tür zuwandte. »Vielleicht gewinnt er alles zurück, oder Sie müssen nochmals tätig werden.«
»Nein«, sagte sie kalt und klar. »Ich werde keinen Pfennig mehr holen!«
Dennoch blieb sie, beobachtete schweigend die Vorgänge und die Männer.
»Los, weiter, weiter«, drängte Erwin Heller und wandte sich an seine Frau. »Es ist wirklich das letzte Spiel. Wir gehen dann.«
Er hob seine Karten an. Misstrauisch schaute er hinter sich, ob ihn auch niemand beobachtete, führte das Blatt dicht vor sein Gesicht und fächerte es langsam auf, um sich erneut davon zu überzeugen, dass er das hatte, was er bereits seit zehn Minuten wusste. Vier Damen. Weil er beim Kaufen einen König und ein As weggeworfen hatte, hielt er den besten Vierer in der Hand, den es in dieser Runde gab.
»Nun, was ist?«, forderte er Karl Mund auf. »Machen Sie zu oder setzen Sie nach?«
Mund ließ die Karten auf dem Tisch und fixierte sein Gegenüber. »Nachsetzen?«, fragte er ihn. »Sie haben zwar alles bezahlt, doch jetzt liegt der Rest Ihres Geldes bereits im Topf. Wenn ich erhöhe, müssten Sie den Betrag auch bringen, doch Sie haben nichts mehr.«

Heller verschluckte sich. Sein Gegenüber hatte zwar recht, aber er ärgerte sich, vor allem jetzt, wo er eine kaum zu überbietende Siegeskarte hatte.

»Das ist ein ganz übler Trick, mit dem Sie mich rauswerfen wollen, ich habe doch Kredit, habe doch bisher alles bezahlt!«

Karl Mund lachte gewinnend, wiegte aber den Kopf. »Aber Ihre Frau hat gesagt, sie holt nichts mehr. Und es zählt nur das, was cash gebracht wird.« Damit griff er in sein Geldbündel, zählte es durch, warf achtzigtausend in die Tischmitte und sagte: »Ich gebe Ihnen Gelegenheit, Ihre hundert Mille zurückzugewinnen. Doch jetzt fehlen Sie mit achtzig.«

Erwin Heller kochte vor Wut. »Sie spüren, dass ich ein bombiges Blatt habe. Sie wollen mich betrügen. Ich werde die Polizei rufen!«

Er hatte noch nicht ganz ausgesprochen, da veränderten alle Anwesenden bedrohlich ihre Mienen. Selbst seine Frau schüttelte den Kopf über so viel Dummheit. Sofort ruderte er zurück.

»So habe ich's nicht gemeint. Natürlich, keine Polizei, aber ich lasse mich nicht verladen. Ich habe eine Riesenkarte, und Sie wollen mich durch Ihre Regeln aufs Kreuz legen.«

»Die Regeln sind auf der ganzen Welt gleich«, unterbrach ihn Mund. »Wer kein Geld mehr hat, kann nicht mehr spielen. Bringen Sie nun die achtzig oder geben Sie auf?«

»Niemals«, schrie Heller. »Ich bin besser als Sie. Renate!« Er drehte sich bittend zu seiner Frau. »Geh zur BFG und hol die Achtzigtausend. Bitte! Ich kann mit diesem Blatt nicht verlieren.«

»Nein«, sagte sie hart, »ich hab's dir gesagt. Einmal und nie wieder. Brich ab, lass das Geld sausen.«

»Es ist mein Geld«, schrie er sie an. »Alles mein Geld, und du hast zu tun, was ich dir sage. Du bist meine Frau!« Blut stieg ihm in den Kopf, verwandelte sein Gesicht in eine überreife Tomate.
Alle Anwesenden starrten durch den dichten Zigarettenqualm auf die Frau. Sie wurde blass. Ihre Augen zogen sich zusammen. Beherrscht erwiderte sie: »Es mag sein, dass es dein Geld oder das deiner Firma oder das deiner Eltern ist. Und du kannst dir alles damit kaufen, nur nicht meinen Weg zur Bank!« Ihre Lippen vibrierten und in den Augen erschienen kleine Tränen der Wut.
Karl Mund betrachtete die Szene. Ihm imponierte diese Frau. Ruhig sprach sie weiter: »Ich sage es dir noch einmal. Lass das verfluchte Geld sausen und komm mit.«
Erwin Heller tat, als habe er nicht gehört, sondern wandte sich an Karl Mund: »Nehmen Sie einen Scheck? Ich selbst gehe, sollte ich wirklich verlieren, anschließend mit Ihnen zur Bank.«
Mund schüttelte den Kopf. »Sie kennen doch das BGB? Spielschulden sind nicht einklagbar. Wenn Sie mir vor der Türe sagen, Sie zahlen nicht, kostet mich das achtzig Mille und noch ein paar Tausender, um Sie anschließend verprügeln zu lassen. Nein. Ihre Frau hat recht. Werfen Sie das Blatt hin, nehmen Sie sie mit und geh'n Sie!«
»Nein!«, geiferte Heller, der sich in der letzten halben Stunde total verändert hatte. Die Augen quollen hervor und standen vor seinem Gesicht wie bei einem Frosch, das Haar lag schweißnass angeklebt flach am Kopf, und da, wo seine Hände den Filztisch berührten, bildeten sich feuchte Flecke. Er atmete heftig, und seine Kinnlade ging rauf und runter, bevor er das nächste Wort formulierte. Seine Stimme vibrierte »Ich habe das bessere Blatt. Sie müssen mir die Chance geben. Sie müssen!«

»Ich muss gar nichts«, stellte Mund fest, »aber ich mache Ihnen einen Vorschlag.«
Sofort wurde es still. Selbst Hände auf dem Weg zum Aschenbecher hielten inne, als hätten sie Angst, das Abstreifen der Asche könnte verhindern, dass sie Munds Worte verstünden.
»Was für einen Vorschlag?«, fragte Erwin Heller.
»Ein Pfand!«
»Ein Pfand? Welches Pfand! Ich habe keine Wertgegenstände in dieser Höhe bei mir.«
»Nicht?«, Karl Mund runzelte die Stirn. »Da bin ich anderer Meinung.« Er wies mit dem Kopf auf die Frau. »Sie unterschätzen den Wert Ihrer Frau. Wenn Sie verlieren, gehört die Frau bis morgen mir. Dann können Sie sie, wenn sie Ihnen achtzig Mille wert ist, einlösen. Morgen, nicht heute!«
Die Anwesenden, die Karl Mund kannten, waren erstaunt. Nie im Leben hatte dieser Mann Geld für eine Frau ausgegeben.
Der Frau schoss die Röte ins Gesicht und sie brauste auf. »Du nimmst diesen Vorschlag doch nicht etwa ernst?«, fragte sie ihren Mann. »Abgesehen davon, dass das gegen meinen Willen nicht geht.«
Ihr Mann sah von Karl Mund auf seine Frau, ächzte, atmete tief ein und aus, die Schweißtropfen fielen von seiner Nasenspitze in schneller Folge auf seine Anzughose, und es sah fast so aus, als habe er sein Wasser verloren. Dann winkte er seine Frau zu sich.
»Renate, komm her, bitte. Sieh dir das Blatt an, bitte. Na komm doch schon! Sieh, ich kann gar nicht verlieren. Komm nur, schau!« Er wurde wütend und lauter, weil sie sich nicht bewegte.
»Erwin, du willst das doch nicht im Ernst erwägen?« Ruhig

trat sie jetzt an den Tisch, stützte sich mit beiden Händen darauf ab und brachte ihr Gesicht über die Tischplatte in die Nähe ihres Mannes. »Es geht nicht um todsichere Blätter, um gewinnen oder verlieren, sondern darum, dass du deine Frau weder verpfänden noch verspielen kannst wie einen Chip. Ich bin kein Jackpot. Ist dir das klar?«
Erwin Heller sah auf den Tisch, wich ihrem Blick aus und sagte leise, ja er zischte: »Renate, begreif doch! Ich will, ich muss dieses arrogante Arschloch schlagen, und du musst mir dabei helfen. Mir geht's nicht ums Geld. Ich schenke es dir. Alles, was ich gewinne, schenke ich dir. Ich will ihn schlagen. Nur das! Verstehst du?«
Sie starrte ihn eine Minute lang unverwandt an, doch er hielt die Augen gesenkt und wiederholte immer nur den letzten Satz: »Ich muss ihn schlagen!«
Renate Heller sah auf einmal sehr erschöpft aus. Sie trat vom Tisch zurück, sah einzeln in die Gesichter aller Umstehenden, zuletzt in das von Karl Mund, der ihren Blick ruhig erwiderte. Dann sagte sie mit kaum hörbarer Stimme: »Mach, was du willst!«
Erwin Heller verstand den drohenden Unterton nicht. »Also gut«, wandte er sich an Karl Mund. »Es gilt! Meine Frau bleibt bei Ihnen, bis ich die Achtzigtausend gebracht habe, wenn ich sie verlieren sollte!«
Mund schüttelte den Kopf. »Morgen, nicht vor morgen, wenn Sie verlieren«, sagte er sanft, doch es klang hart.
»Also gut, morgen«, stimmte Heller zu, kritzelte mit schnellen Bewegungen einen weiteren Schuldschein, warf ihn auf die Tischmitte und rief: »Hiermit bringe ich den Betrag. Los, decken Sie auf!« Er warf sein Blatt auf den Rücken. »Vier Damen!«, sagte er mit triumphierender Stimme.
Karl Mund drehte, als ginge ihn das alles nichts mehr an,

seine Karten um. Sie lagen übereinander. Zu erkennen war nur die Kreuz sieben.
Fahrig griff Erwin Heller danach und schob sie auseinander. Seine Hand wurde zögernder und zögernder. Kreuz sieben, acht, neun, zehn und Bube. Ein Straight Flush.
Als glaube er es nicht, wischte Heller nochmals und nochmals mit der Hand darüber, als könne er aus der Spielfarbe einer Karte eine andere machen. Dann, als er begriff, entwich die Luft aus ihm wie aus einem Ballon. Er fasste sich ans Herz, stand auf und schleppte sich ans Fenster, riss es auf und atmete tief ein.
Minutenlang sprach niemand.
Dann ging Heller mit staksigen Schritten zur Tür und sagte: »Sie haben meinen Schuldschein. Kommen Sie nachher in mein Büro und holen Sie das Geld. Renate, komm mit. Niemand kann dich zwingen, hier zu bleiben!« Er zog die Tür auf. »Na, komm schon, worauf wartest du noch?«
Seine Frau stand zwischen Tisch und Tür. Sie schaute ihn an und drehte ihren Kopf zu Mund, der sie unverwandt ansah, aber keinen Ton sagte.
»Los, komm«, rief Erwin Heller aggressiv und war schon halb aus der Tür.
»Nein!«
Sie schüttelte den Kopf.

Mit den erotischen Geschichten hatte Peter von Anfang an Geld verdient. Nicht viel, aber immerhin. Jede neue Geschichte ging in der Abteilung von Zelle zu Zelle und wanderte später auch in andere Abteilungen. Jeder, der sie lesen wollte, musste dafür mit Tabak oder Kaffee zahlen. Ausnahme: Zigeuner-Willi. Weil Willi kaum schreiben und schlecht lesen konnte, brauchte er immer sehr lange für einen Text, aber er las wenigstens, nämlich Peters erotische Geschichten und sonst nichts. Peter war richtig stolz darauf, dass Zigeuner-Willi durch ihn zur Leseratte geworden war. Deshalb bekam er Rabatt! Aber auch, weil er ein guter Typ war. Willi hatte in Notwehr einen arabischen Bordellbetreiber erschossen; er war in erster Instanz zu lebenslänglich verurteilt worden, aber die Revision ging durch, und nun sollte er bald erneut vor Gericht stehen. In Strafhaft war er aber wegen eines anderen, seltsamen Deliktes, weshalb ihn auch die meisten Mitgefangenen, sofern sie es wussten, kritisch betrachteten. Willi hatte eine Vorliebe für Leichen. Warum und was er daran gut fand, darüber hat er wenig gesprochen. Jedenfalls soll er des Öfteren Leichen, die zur Bestattung in der Friedhofskapelle aufgebahrt waren, den Särgen entnommen und sie weggeschleppt haben. Da es sich sowohl um Männer als auch Frauen handelte, war ihm ein sexuelles Tatmotiv kaum nachzuweisen. Oder ist ein Nekrophiler immer nur an Sex mit Toten interessiert, egal welchen Geschlechts? Verurteilt worden war er wegen Störung der Totenruhe, und in der Zeitung hatte gestanden, wofür genau: Dem Wiesbadener Landtag gegenüber hatte ein Bettler auf der Straße gesessen, den Hut im Gesicht, das Trinkgeldgefäß, eine Plastikschüssel vor sich. Die Schüssel lief über vor Geld, aber der Mann leerte sie nicht. Bis jemandem auffiel, dass der Bettler schon tagelang dort saß. Er versuchte ihn anzusprechen und bemerkte, dass da etwas nicht stimmte. Polizei und Rettung kamen und tatsächlich, der Mann war tot. Aber der Hammer war, und das kam erst bei der Autopsie raus: Der Mann war schon lange tot und schon mal obduziert worden. Der Brustschnitt mit den großen Notnähten war noch frisch und einige Innereien fehlten.

Der Mann hätte längst beerdigt sein müssen. Willi behauptete, wenn er gewusst hätte, dass der Tote so viel Geld sammeln würde, hätte er mehrere dahin gesetzt.
Obwohl Peter Zigeuner-Willi damit zu locken versuchte, mal eine erotische Geschichte mit Leichen zu schreiben, erzählte er ihm nicht, was da in ihm abging. Einmal allerdings, gestand er, habe er eine alte Dame in ihrem Totenhemd zu Hause neben sich aufs Sofa gesetzt. Sie hielt den Mund, und er war nicht alleine. Manchmal hatte er ihr Pornofilme gezeigt, die sie Zeit ihres Lebens wahrscheinlich nie gesehen hatte. Das gefiel ihm.

Alle anderen Jungs im Knast wurden von Peter abkassiert. Leihgebühr für eine erotische Geschichte: halbes Pack Tabak oder zehn Suppenlöffel Nescafé. Pro Tag. Im Voraus. Ein ganzes Pack Tabak hatte einen Schwarzmarktwert von zehn Mark, eine Bombe Kaffee, zweihundert Gramm, von zwanzig Mark.
So musste Peter beim monatlichen Einkauf weder Tabak noch Kaffee kaufen und konnte sein Geld für andere Sachen ausgeben. Zum Beispiel Schreibmaschinenpapier, Farbbänder, Tipp-Ex und Ähnliches. Aber für die Jungs lohnte es sich, sie fanden die Storys einfach gut. Zum Beispiel diese.

Lisa

Es war schon spät, und eigentlich wollten mein Freund Bert und ich nur schnell einen Absacker trinken, als wir irgend-

wo reingingen, nur weil die Außenreklame noch beleuchtet war. Ich kannte das Lokal nicht. Wir standen gerade in der Tür, da verkündete die Wirtin den Feierabend. Ich versuchte es trotzdem. »Noch schnell zwei Bier?«
»Nichts gibt's mehr.« Unfreundlicher hätte ihre Stimme nicht klingen können. Und ich wollte eben genauso bissig antworten, als ich das Mädchen sah.
Sie stand links von uns, dort, wo die Theke einen Knick machte und in der Wand verschwand. Sie war groß, hatte ein feingeschnittenes Gesicht unter blondem, kurzem Haar und trug einen todschicken Fuchsmantel, der bis zu den Füßen reichte. Mit der rechten Hand drückte sie ein leeres Schnapsglas gegen ihre Lippen und kaute gedankenverloren darauf herum, während sie uns musterte.
Jetzt erst fiel mir auf, dass alle Gäste Frauen waren, wir waren in einem Sub, einer Lesben-Kneipe gelandet. Das erklärte den unhöflichen Ton der fetten Wirtin, sie war kein Freund der Männer.
»Na denn nicht«, rief ich ebenso unfreundlich, drehte mich um und schob Bert vor mir her zum Ausgang. Ich blickte einmal kurz über die Schulter zu der Frau im Pelz und blieb wie angewurzelt stehen. Ein konzentriert verruchter Blick traf mich und hielt mich fest. Nie zuvor hatte ich eine derart geballte erotische Ausstrahlung von einer fremden Frau gespürt. Ihre Gier war so greifbar, dass ich meinte, ich könnte sie anfassen und riechen. Dann senkte die Frau den Blick, der Kontakt brach ab, und ich eilte hinter Bert her. Bert kann man mit gutem Gewissen einen Womanizer nennen: groß, blond und blöd genug, um auf Frauen sofort großen Eindruck zu machen. Außerdem hatte er einen Trieb wie ein Pavian-Männchen.
Wir beide saßen schon im Auto, als uns ein Ruf einholte: »Warten Sie einen Moment, bitte!« Es war die Frau, die

mit unsicheren Schritten, als wäre sie betrunken, zur Fahrerseite kam, wo ich die Tür wieder öffnete. Als sie so auf mich zu stolperte, kam mir eine schwache unheilvolle Erinnerung, ohne dass ich sie genau einordnen konnte. Irgendwo, irgendwann hatte ich diese Frau schon einmal gesehen. Mehr als das, irgendwann hatte ich schon Kontakt mit ihr gehabt. Zwar noch nie mit ihr geschlafen, da war ich sicher, aber irgendetwas war da gewesen. Ich zermarterte mein Gehirn, bis sie die wenigen Meter zu uns hergetrippelt war und sich vor uns aufbaute.

»Du bist doch der Marcel?«, fragte sie, »hab ich recht?« Sie hielt sich am Türrahmen fest, beugte sich nieder und hauchte mir ihre Alkoholfahne voll ins Gesicht. Richtig, sie war früher Stammgast in meiner Sachsenhäuser Kneipe gewesen. Ihr Name fiel mir nicht ein.

»Stimmt, ich bin Marcel. Und du?«

»Kennst du mich nicht mehr? Lisa!« Richtig, Lisa hieß sie, und nun kamen mir auch andere Erinnerungen. Bert, der schnelle und leichte Beute gewittert hatte, beugte sich von der Beifahrerseite herüber und sprach sie an. »Hallo Lisa, ich bin der Bert, wo willst ’n hin?«

»Ihr sucht doch auch ’ne Kneipe, die noch offen ist, stimmt’s?«

»Eigentlich wollten wir heim!«, sagte ich mit Bestimmtheit und versuchte, Bert daran zu hindern, die Frau einzuladen, denn immer mehr ungute Erinnerungen kamen in mir hoch. In dem Moment trat die dicke Wirtin vor das Lokal und sah mit grimmiger Miene zu uns herüber. Lisa duckte sich, obwohl sie längst gesehen worden war, öffnete die Fondtür und huschte hinten in den Wagen. »Schnell weg, bevor sie hier rüberkommt.«

Ich drehte mich zu ihr um. »Was soll das? Alle Gaststätten sind geschlossen. Wir wollen nach Hause.«

Die dicke Wirtin näherte sich bedrohlich. »Los, fahr an!«, drängte Lisa, »ich fahr mit zu euch, wenn ihr noch was zu trinken habt.« Bert stieß bereits seinen Ellenbogen in meine Seite, er wollte nicht, dass sie es sich noch anders überlegte und wieder ausstieg. Also fuhr ich los, war aber keineswegs erfreut. »Das Glück, zu später Stunde noch etwas aufzureißen, bleibt immer dem überlassen, der es nicht geplant hat«, dachte ich. Mir schwante, dass eine Frau wie Lisa sich eigentlich nicht so leicht abschleppen ließ, wie besoffen sie auch sein mochte. Zudem wurden mir in der Erinnerung ihre Besuche in meiner Kneipe von Minute zu Minute deutlicher. Edelzwicker hatte sie immer getrunken, Glas für Glas, so fünf Flaschen am Abend, stets auf Kosten männlicher Gäste. Und dann hatte sie Stunk gemacht, wenn die Männer glaubten, sie wäre abgefüllt genug, um sie abzuschleppen. Oder sie verschwand ganz einfach. Mehrmals hatte sie mich gebeten, ihr den Durchgang hinter der Theke zum rückwärtigen Ausgang zu gestatten. Einmal fand ich sie nach Feierabend eingeschlafen auf der Damentoilette. Ich wurde immer sicherer, dass mein Freund sich mit der ›leichten Beute‹ geirrt hatte.

Wir fuhren, und Lisa sah fortwährend nach hinten.

»Die Dicke folgt uns nicht«, sagte ich.

»Niemand ist hinter uns her. Warum hast du solche Angst vor ihr?«

»Nicht vor ihr, vor den Koreanern!«

»Den Koreanern?« Ich war verblüfft.

»Die Koreaner!«, sagte sie. »Die beschatten mich schon seit Wochen, aber auch der deutsche Geheimdienst!«

Bert und ich wechselten einen Blick, uns fiel die Kinnlade runter.

Bert versuchte es mit einem Joke. »Das macht gar nichts,

uns sucht die Kripo. Wenn du bei uns bist, kann der Geheimdienst ja so lange Pause machen.«
»Meinst du?«, kam es voller Ernst von der Rückbank. Dann sah sie sich um, weil wir die Stadt verlassen hatten. »Das ist aber weit draußen«, beschwerte sie sich. »Wer fährt mich denn zurück?«
»Ich nicht!«, sagte ich schnell und sah endlich eine Lösung des Problems. »Aber Bert hat sein Auto hier stehen, er fährt nachher wieder in die Stadt. Er nimmt dich mit.«
Wir stiegen aus und gingen hoch in meine Wohnung. Ich machte es mir gleich bequem, zog Schuhe, Jacke, Hemd und Socken aus, um zu demonstrieren, dass ich auf keinen Fall mehr die Wohnung verlassen würde, egal, wer heimgefahren werden wollte oder nicht. Ich legte mich aufs Bett, stellte die Musik an und harrte der Dinge, die da kommen würden.
Lisa setzte sich, trotz Heizung voll bekleidet, auf die Bettkante. Sie umklammerte ihre große Tasche, schaute aus dem Fenster auf das gegenüberliegende Hochhaus. Plötzlich sprang sie auf und deutete auf ein beleuchtetes Fenster.
»Da, da, da, wer wohnt da?«, fragte sie aufgeregt, drehte sich um, schrie: »Licht aus«, stürzte zum Schalter und besorgte es selbst.
»Was ist los?«, fragte ich erstaunt.
»Wer wohnt da?«
»Keine Ahnung, welches meinst du? Da gibt's Hunderte Fenster.«
Sie zog mich vom Bett hoch, führte mich hinter den Vorhang. »Dort, siehst du, wo eben das Licht ausgegangen ist?«
Sie presste meinen Arm so fest, dass sich das Blut staute. Ich spürte ihre enorme Kraft und riss meinen Arm los. »Hast du jetzt gesehen?«

Ich schaute ins Dunkle, da war gar nichts. »Du spinnst!«, sagte ich. Bert erschien mit dem, was an Getränken aufzutreiben war, eine halbe Flasche Blanc de Blanc, zwei Büchsen Bier, eine halbe Flasche Cognac, eine Cola, ein Rest Jamaika-Rum und eine volle Flasche Fernet Branca.
»Was willst du trinken?«, fragte er Lisa. Seine Augen klebten an ihr, sicher war sein Schwanz schon hart, gleich würde der Angriff erfolgen. Doch vorher wollte er noch etwas trinken. Ich nahm mir eine Büchse Bier, Bert die andere. Lisa schnappte sich die Weinflasche, setzte sie an den Mund und trank sie aus. »Habt ihr nicht ein bisschen Shit hier, Jungs?«
Ich bedauerte. »Vielleicht ist noch ein Krümel in der Pfeife.«
Ich reichte sie ihr. Sie ging damit in den Flur, um besser sehen zu können, kratzte dann mit einem Streichholz den Teer im Pfeifenkopf zusammen, krümelte aus der Zigarette etwas Tabak hinein, zündete es an und inhalierte alles mit einem Zug weg. »Scheiße, das war nichts mehr, bringt nichts, habt ihr wenigstens ein großes Glas?«
Bert flitzte, brachte einen Maßkrug herbei. Sie nahm meine angetrunkene Bierbüchse, leerte sie ins Glas, gab Cognac dazu, dann Rum und schließlich eine halbe Flasche Fernet Branca, schwenkte das Ganze, setzte an und soff es aus. Bert fielen die Augen aus dem Kopf. Er stand hinter ihr, bereit, sie aufzufangen, falls sie umfiele. Lisa fiel nicht, setzte sich stattdessen wieder auf die Bettkante und verlangte: »Du fährst mich jetzt zurück.« Sie deutete mit dem Finger auf mich. Dann wies sie auf Bert. »Mit dem fahr ich nicht, der hat so geile Augen, ich bin schon so oft vergewaltigt worden!« Bert schluckte. So etwas hatte ihm noch niemand gesagt.
»Nein«, sagte ich, »entweder du fährst mit Bert oder gehst

zu Fuß, ich fahre nicht.« Lisa nickte verständnisvoll. »Gut, dann bleib ich hier. Aber schick den weg.«
»Hör zu«, sagte ich, »das ist mein Freund, und wenn hier jemand weggeschickt wird, dann bist du das. Du hast wohl nicht mehr alle Tassen im Schrank, wie?«
Bert spürte wohl, dass er sich verkalkuliert hatte, und wollte nun selbst weg. »Ich hau ab«, sagte er und erhob sich. »Viel Glück!« Dann war er aus der Tür verschwunden.
»Halt«, rief ich hinterher, »nimm sie um Gottes willen mit, ich will sie hier nicht haben!«
»Mit dem fahr ich nicht!«, schrie Lisa. »Ich bleibe!«
Die Wohnungstür fiel zu, weg war er. Lisa ging zum Fenster, schob den Vorhang beiseite, öffnete es und spähte hinüber. Es war empfindlich kalt. Ich stand auf, zog sie sanft vom Fenster weg und schloss es wieder. Kaum hatte ich mich wieder hingelegt, wurde es erneut geöffnet. Ich machte es zu, sie öffnete es wieder.
»Wenn du jetzt das Fenster noch einmal aufmachst, werfe ich dich raus!«, drohte ich.
Sie schaute mich an, nicht im Geringsten eingeschüchtert. »Mir ist heiß!«, sagte sie. »Dann zieh das Gelump aus, wir sind hier in einer Wohnung mit Heizung. Aber noch besser wäre es, wenn du verschwindest.« Ich gab ihr einen Zwanziger. »Fahr mit dem Taxi, ich ruf dir eins«, sagte ich und griff zum Telefon. Blitzschnell war sie bei mir, drückte die Gabel nieder.
»Nein, ich fahr mit keinem Taxi, ich bin schon ein paar Mal von Taxifahrern vergewaltigt worden, nein!«
Ich schaute sie an. »Du redest zu viel von Vergewaltigung. Entweder gehst du jetzt oder legst dich hin und pennst und ... das Fenster bleibt zu!«
Sie stand in der Zimmertür, so als wollte sie gehen, im Mantel, die Tasche in der Hand, doch sie ging zur Küche.

Ich hörte sie in Schubladen kramen, dann erschien sie wieder, mein großes Fleischermesser in der Hand. Ich erschrak.
»Was willst du damit?«
»Mich verteidigen!«
»Dich verteidigen? Gegen wen? Ich will nichts von dir. Leg das Messer weg und penn oder mach, was du willst. Aber jetzt ist der Ofen aus, ich will schlafen!«
Ich löschte das Licht. Sie schaltete es wieder an, ging zur Ecke, legte das Messer auf den Fernseher, die Tasche auf den Boden, begann, sich langsam, Stück für Stück auszuziehen, ohne den Blickkontakt mit mir zu unterbrechen. Ihre Augen waren groß und dunkel, ihr streichholzkurzes Haar pappte verschwitzt an der Stirn und sah aus wie angeklebt. Unter dem Pelzmantel, den sie sorgfältig auf den Teppichboden legte, trug sie noch einen zweiten Pelz wie eine große Weste, ohne Ärmel, Futter nach außen, ein teurer Blackglama-Nerz. Dann folgten der dicke Pullover, das Shirt, der Büstenhalter, die Cordhose, die Socken, Schuhe und der Schlüpfer. Sie war schlank, hatte eine gute Figur. Ihre Brüste waren fest mit großen, hellroten Vorhöfen und kleinen dicken Nippeln. Unter ihrem flachen Bauch zog sich blonder Flaum bis an ihre rosafleischige Muschi, aus der ihre Schamlippen vorwitzig herausschauten. Provozierend bewegte sie ihre Beine hin und her und drehte sich um, bückte sich. Der Anblick raste direkt in meinen Schwanz. Sie drehte sich wieder um, lachte spöttisch und war sich ihrer Attraktivität bewusst.
Blitzschnell hielt sie nun ihre Hände vor die Scham, als bemerkte sie jetzt erst, dass sie nackt war. Dann hob sie all ihre Sachen vom Boden auf, legte sich aufs Bett und deckte sich mit ihren Kleidungsstücken in der Reihenfolge zu, wie sie sie ausgezogen hatte.

Als Letztes legte sie den Pelzmantel über sich, sah aus wie ein aufgebahrter Wikingerfürst bei seiner Totenfeier.
»Und was soll das?«, fragte ich, als sie auch noch ihr Gesicht mit dem Kissen bedeckte. »So sieht mich keiner, weder Freund noch Feind.«
Ich löschte das Licht, kroch neben sie und überlegte. Wollte sie nun oder wollte sie nicht? War sie verrückt? Oder gehörte das zu ihrem Spiel? Ich rutschte näher und schob meine Hand unter ihren Mantel. Als ich die Haut berührte, zuckte sie zusammen, sprang mit einem Satz aus dem Bett und stellte sich mit dem Rücken an die Wand, das Messer zum Abwehrkampf bereit. Ich knipste das Licht wieder an.
Mit schwarzgeränderten Augen stand sie da, wie ein in die Enge getriebenes Tier.
»Gib das Messer her, ich lass dich in Ruhe, gib das Messer her!«
Sie schüttelte den Kopf, blieb stehen. Fünf Minuten, zehn. Ich war es leid, ging zur Küche, holte sämtliche als Waffe in Frage kommenden Gegenstände, packte sie in eine Plastiktüte, öffnete die Wohnungstür, stellte alles in den Hausflur, schloss ab und versteckte den Schlüssel, meine Papiere und mein Geld in der Hohlwand der Badewanne und überlegte, wie ich ihr das Messer abnehmen könnte.
Ich legte mich wieder aufs Bett, belauerte sie, wie sie da stand, abwehrbereit. Dabei schlief ich ein.
Ein schönes Gefühl weckte mich. Sie kniete neben meiner Bettseite, hatte ihren Kopf auf meinem nackten Schoß, meinen Schwanz im Mund und bewegte sich langsam und zärtlich, als wollte sie mich dabei nicht aufwecken. Ich tat, als ob ich weiterschliefe. Das war nicht leicht, denn ihr kunstvolles Saugen und Lutschen entlockten mir zufriedene Geräusche. Als es mir kam, holte sie tief Luft und

nahm alles in sich auf. Jetzt erwachte ich und wollte sie liebevoll anfassen und streicheln. Erschrocken erschien ihre rechte Hand und schwang das Messer. Wollte sie mich kastrieren? Ich hielt ihre Hand fest, doch die Klinge streifte meinen Arm, ein Schnitt, Blut. Es wurde ein verbissener Kampf. Ich gewann, nahm das Messer und warf es aus dem Fenster. Dann holte ich ein großes Pflaster aus dem Bad, klebte es auf die Wunde und ging wieder ins Bett.
Sie saß stumm und bewegungslos auf dem Boden, den Kopf auf die Arme gelegt. Nach fünf Minuten hob sie das Gesicht, sah die Schnapsflaschen, ergriff die halbvolle Fernet Branca und trank sie mit einem Zug leer. Mir drehte sich der Magen um. Lisa rülpste, legte den Kopf wieder auf die Arme. Ich versuchte zu schlafen, doch es wurde nur ein Dämmern. Plötzlich bekam ich wieder Angst. Mir fiel ein, dass ich die Rasierklingen im Bad vergessen hatte, den Hammer in der Dielenschublade und dass man einen Menschen im Schlaf auch leicht erwürgen kann. Trotzdem nickte ich weg. Merkte, dass sie auf das Bett geklettert war, außerdem war das Licht wieder an. Fluchend drehte ich mich um. Sie saß, immer noch nackt, im Schneidersitz neben mir und hatte ihre Tasche ausgeleert. Ein Berg glitzernden Modeschmucks lag auf dem Bett. Sie hielt eine Zange in der Hand, begann, die Silberdraht-Ketten zu verbiegen.
»Was soll denn das nun wieder?« Meine Stimme war matt, ich war erschöpft, unfähig, gegen ihre Vitalität anzukämpfen. Trotzdem reizte sie mich schon wieder. Der Schneidersitz hatte ihren Schoß geöffnet. Die fein behaarten Schamlippen und das blassrosa Fleisch befanden sich genau auf meiner Augenhöhe.
»Das sind die Kronjuwelen aus England. Die hab ich heute Morgen gestohlen«, sagte sie stolz. »Glaubst du mir?«

»It's hard to believe.« Sie kramte aus ihrer Tasche einen *Daily Mirror* vom selben Tag und begann, daraus vorzulesen. Ihr Englisch war gut.
Ich unterbrach sie. »Wieso Kronjuwelen? Ich denke, die Koreaner und der deutsche Geheimdienst sind hinter dir her?«
»Aha, endlich glaubst du mir«, erwiderte sie mit strenger Stimme. »Aber der Secret Service auch! Was meinst du? Muss der Rubin an diese Stelle?« Sie bog wieder ihren Modeschmuck um.
»Pass auf, Lisa, tu mir einen Gefallen: Setz dich in die Küche an den Tisch, arbeite dort und lass mich endlich schlafen. Vor allem zieh dir was an und halt mir nicht deine Muschi ins Gesicht.«
Sie lachte. »Gefällt sie dir nicht?« Sie öffnete ihre Schenkel noch weiter, doch als ich danach greifen wollte, war sie wieder weg.
Jetzt wurde ich wütend. »Ich vergewaltige dich nicht!«, schrie ich, »ich brauch das nicht«, nahm mein Glied in die Hand und tat so, als wollte ich masturbieren, auf sie spritzen, ließ es dann, ging ins Bad und nahm eine Dusche.
»Warum mache ich das eigentlich mit?«, fragte ich mich. »Warum werfe ich sie nicht raus, hole mein Werkzeug rein und schließ hinter mir ab? Jawohl, genau das werde ich jetzt machen!«
Ich drehte die Dusche ab, wandte mich um, da stand Lisa im Türrahmen. Sie fixierte mich und sagte: »Na, Kleiner? Du hast wohl Angst vor mir?«
Sie hielt ihre Drahtzange in der Hand, öffnete und schloss sie, während sie auf mich zukam.
»Ich drück dein Schwänzchen jetzt ab«, zischte sie drohend, warf dann aber plötzlich die Zange in die Wanne, stürzte auf mich zu, umarmte mich, nass, wie ich war, und

küsste mich mit solcher Gier, dass mir die Luft wegblieb. Ich stand in der Wanne. Sie zog an mir, packte meinen Schwanz, kletterte an mir und dem Wannenrand hoch, schob ihn sich rein, bewegte sich heftig, wild wie bei einem Anfall. Dabei schrie sie: »Du hast wohl Angst vor mir, du Sau?« Sie wurde wieder frech.

»Ich schneid ihn dir noch ab, warte!« Ihre Muskeln zogen sich so stark zusammen, dass es mir wehtat, ich konnte meinen Schwanz nicht mehr bewegen.

»Jaaa, tut dir das weh?«, fragte sie lüstern mit glitzernden Augen, und ich war wirklich froh, das Messer aus dem Fenster geworfen zu haben. Sie drückte mich in die Wanne, setzte sich auf mich, ritt auf mir herum, dann drehte sie sich, hielt mir ihren Hintern entgegen. Durch meine Stöße klopfte ihr Kopf gegen die Wanne und die Wand dahinter, sie schrie auf, als ich mein Ding unerwartet in ihren Hintern rammte. Jetzt wollte ich ihr wehtun, wollte mich für ihr Horrorspiel revanchieren. Ich war voller Wut. Endlich war ich an der Reihe. Dann wurden meine Gedanken friedlicher, die Hektik verschwand. Alles verströmte in einem schönen langen Fick. Wir waren beide erschöpft, verschwitzt, die Säfte hatten den Wannenboden verschmiert, unsere Schamhaare klebten, bis ich die Dusche aufdrehte, die uns so, wie wir dalagen, reinigte und kühlte. Ohne mich abzutrocknen, schleppte ich mich ins Bett und schlief sofort ein.

Es können nur wenige Stunden gewesen sein, bis ich wieder erwachte. Ich lag mitten im Modeschmuck und auf englischen Zeitungsseiten.

Lisa saß in der Ecke voll bekleidet und auch wieder in die Pelzmäntel gehüllt und schaute mich böse an. »Du Schwein! Du hast mich vergewaltigt!« Ich wollte weiterschlafen, drehte mich um. Doch Lisa erhob sich und rüttelte an mir. »Steh auf, ich muss weg!«, sagte sie.

»Fahr mit der Taxe, ich hab dir gestern einen Zwanziger gegeben.«
»Nein, du weißt, dass ich nicht Taxi fahre!«
»Dann warte, bis ich ausgeschlafen habe, dann bring ich dich, wohin du willst.« Ich drehte mich um, fühlte mich total zerschlagen, aber Lisa ließ nicht locker, sie schüttelte mich erneut an der Schulter. »Steh auf, verdammt noch mal!«
»Wie spät ist es?« Ich drehte mich um. »Sieben Uhr. Verflucht, was willst du denn so früh, lass mich pennen, um elf ist es auch noch früh genug.« »Nein, dann ist es zu spät.«
»Für was?«
»Zu spät, zu spät, zu spät!«, brüllte sie.
»Für was zu spät?«, schrie ich jetzt auch. »Was hast du denn Großes vor?«
Apathisch setzte Lisa sich aufs Bett und erwiderte leise: »Ich muss um neun Uhr zurück in der Psychiatrie sein, in Niederrad. Wenn ich zur Visite nicht da bin, gibt's Ärger und mir wird das Krankengeld gestrichen.«

Obwohl Peter beim Tippen dieser Geschichte ein Durchschlagpapier verwendet hatte, fehlten ihm weitere brauchbare Kopien. Aber die konnte sich kaum einer leisten. So was lief im Knast über den Bittsteller, ein Formular, das ausgefüllt werden musste, wenn etwas Außergewöhnliches beantragt wurde. So ähnlich wie es Reinhard Mey besungen hatte: Der Antrag für den Antrag eines Antragsformulars.
Wollte Peter seine Geschichten kopieren, musste er schriftlich auf dem Formular namens Bittsteller darum bitten, dass dieses und jenes für ihn kopiert würde. Dieses

Formular ging zum Dienstaufsichtsleiter, der es seinerseits weitergab. Zunächst an die Kasse, wo geprüft wurde, ob überhaupt Geld da war. Dann an die Sozialarbeiter und an die zu genehmigende Stelle, den Sicherheitsinspektor. Wenn keiner etwas Schlimmes oder Sicherheitsgefährdendes daran fand, dass Peter etwas kopieren wollte, kam ein Beamter, meist war es donnerstags, nahm das zu kopierende Stück, ging in den Ort und kopierte es: Pro Blatt fünfzig Pfennig. Ein wahnsinniger Preis, besonders für dicke Manuskripte. Das konnte Peter sich bald nicht mehr leisten. Obwohl Dirk, der Puffbesitzer aus Frankfurt, ihm signalisiert hatte, er solle ihm schreiben, wenn er Geld brauche.

Es war sowieso eine vertrackte Situation. Seitdem Peter so viel schrieb, hatte er die Arbeit bei T&N aufgegeben, weil er es einfach unsinnig fand, für eine Mark fünfzig am Tag Telefone zusammenzubauen, statt an seiner Zukunft zu arbeiten.

Arbeit?

Der Knastbeamte schließt meine Zelle auf. »Warum hacken Sie immer auf dem Ding rum?«, fragt er und deutet auf meine Schreibmaschine. »Ich arbeite.« – »Das ist doch keine Arbeit!« – »Natürlich ist das Arbeit!« – »Das ist keine Arbeit. Warum geh'n Sie nicht arbeiten, wie die anderen auch?« – »Die anderen arbeiten auch nicht an der Schreibmaschine!« – »Das können Sie doch abends machen!« – »Abends ist die Zeit zu kurz!« – »Jedenfalls sollten Sie's mal mit richtiger Arbeit versuchen.« – »Was ist das denn, richtige Arbeit?« – »Na, so bei T&N oder VDO, mit den Händen und so!«. – »Warum geh'n Sie denn nicht zu VDO, wenn nur Arbeit mit den Händen richtige Arbeit ist? Wenn man's so sieht, arbeiten Sie ja auch nicht!« Leicht verunsichert erwidert er jetzt: »Ich bin Beamter!« – »Weiß ich, aber so wie Sie es beschreiben, kann es keine Arbeit sein, die Sie da verrichten.«

Der Beamte schweigt einen Moment, überlegt. »Zingler, ich glaube, Sie wollen mich auf den Arm nehmen.« Die Zellentür fällt zu, kurz darauf erscheint er wieder, hält zwei Zellenschildchen in der Hand und meint nun: »Wenn Sie schon klimpern, können Sie mir auch die Namensschilder hier ausfüllen. Dann tun Sie wenigstens was Richtiges, Nützliches.« – »Gerne.« Ich schreibe die beiden Schildchen und gebe sie ihm. »Hier, jetzt sind Sie aber froh, dass ich mal richtig gearbeitet habe, oder?« Er grinst: »Deshalb hab ich sie ja gebracht.«

Am nächsten Tag bringt er mir wieder zwei Namensschilder. Ich schreibe sie, er bedankt sich. Als ich abends an den Zellen vorbeigehe, finde ich sie nicht, sehe überall nur Handgeschriebene.

Morgens bringt er wieder zwei. Er verschwindet mit den getippten Schildchen. Vor dem Mittagessen laufe ich schnell den Gang auf und ab. Sie sind nirgends zu sehen. Er steht bei der Essensausgabe. Ich frag ihn nach den Schildchen. Er lacht: »Die brauch ich gar nicht, aber Ihnen bringe ich das Arbeiten schon noch bei.«

Peter stellte den Antrag, dass auch in der Anstalt kopieren erlaubt werden solle. Er wies darauf hin, der Pfarrer hatte es ihm erzählt, dass in der Verwaltung neun Fotokopierer standen, die teilweise über Wochen und Monate gar nicht gebraucht wurden. Warum also dem armen Gefangenen fünfzig Pfennig pro Kopie abnehmen, statt zum Beispiel den Gefangenen einen Kopierer zur Verfügung zu stellen, bei dem er, natürlich unter Aufsicht, ab und zu das kopieren konnte, was er wollte, zu dem Preis, den das Papier kostete oder eventuell einen Aufschlag für den elektrischen Strom.

Aber das war Miller, dem Anstaltsleiter, zu viel. Er schmetterte Peters Vorschlag ab. Justizeigentum! Stattdessen schlug er vor, man solle versuchen, in der Stadt einen Kopierer zu finden, der nicht so teuer sei. Peter war frustriert, denn mittlerweile war nicht nur sein Romanmanuskript fertig, sondern auch das Knastbuch. Er hatte noch einige Zeichnungen hinzugefügt und wollte jetzt einen Verlag suchen. Zwar hatte er es bereits Luchterhand angeboten, aber die zeigten kein Interesse.

Sie hatten wohl auch geschäftliche Probleme und überlegten, ob sie den Verlag verkaufen sollten, was später auch geschah.

Peter hatte sich ein Nachschlagewerk besorgt, in dem alle Verlage mit ihren Schwerpunkten und Adressen aufgeführt waren. Er fing zwar nicht bei A an und endete bei Z, aber so ähnlich war es schon. Den Verlagen, die als Literaturverlage bekannt waren, schickte er ein Exemplar des Manuskripts. Kopiert hatte es der Pfarrer, und Peter hatte ihm durch Dirk das Geld für Kopien und Porto überweisen lassen. So waren stets drei bis vier Exemplare der *Notizen aus der Mülltonne* unterwegs. Wenn eines zurückkam, schickte es Peter dem nächsten Verlag, und so ging er Adresse für Adresse den Almanach durch.

Ärger machte nur einer, der Lehrer, der Peters Post zensierte. Die ausgehende Post sollte eigentlich gar nicht

mehr zensiert werden, sondern es sollten nur noch Stichproben genommen werden. Aber davon war man wieder abgekommen. Und so beschwerte sich der Lehrer, dass er ständig Peters dicke Wälzer lesen musste. Peter verwies darauf, dass der Lehrer doch jedes Buch nur einmal lesen solle, das täte er doch mit normalen Büchern auch. Das empfand der Lehrer jetzt als bösartig und beschwerte sich beim Anstaltsleiter. Dr. Miller, der bekanntlich ein Paragraphenreiter war, schlug sich dieses Mal auf Peters Seite. Er fragte den Lehrer, ob er wirklich jedes Mal die Manuskripte lese. Eine Antwort bekam Dr. Miller nicht, und der Lehrer sprach danach auch kein Wort mehr mit Peter.
Peter war sich sicher, dass der Typ nie etwas von ihm gelesen hatte. Es ging ihm nur ums Prinzip. Die Anstaltsleitung tat zwar immer so, als freue sie sich, dass in der Literaturgruppe Texte entstanden, die sogar veröffentlicht wurden, aber wirklich davon begeistert war sie nicht. Es war mehr so eine Art repressiver Toleranz. Was natürlich auch daran lag, dass die Mauer ums Gefängnis nicht nur den Ausbruch verhindern sollte, sondern auch, dass jemand hineinschaute. Zu viel Einblick wäre für Außenstehende irritierend, missverständlich oder gar unakzeptabel gewesen. Zum Beispiel die Sache mit dem Gebiss.

Das Gebiss

Josef sah aus wie seine eigene Oma. Seine Wangen waren eingefallen und bildeten eine spitze Schnauze. Bis vorgestern, als er wenigstens noch zwei braunschwarze Schneide-

zähne besaß, rief man ihn Biber. Doch jetzt bot er einen derart erbärmlichen Anblick, dass ihn niemand mehr damit aufziehen mochte, der jemals im Leben beim Zahnarzt war.
Grauenhafte Monate lagen hinter ihm. Anfang Februar begann der Zahnarzt, nach und nach, sämtliche Zähne aus seinem vom Heroin zerstörten Gebiss zu ziehen, einem Gebiss, das eher einem Steinbruch glich. Josef verbrachte schlaflose Nächte und schmerzvolle Tage. Nun lag der Lohn der Angst vor ihm. Nächste Woche würde der Arzt einen Abdruck machen und dann ging's an die Arbeit für ein schönes, neues Gebiss auf Staatskosten.
»Wird's auch bis zu meiner Entlassung fertig?«, hatte Josef ganz zu Anfang gefragt. »Aber sicher«, antwortete der Zahnarzt. Und so unterzog sich Josef nach jahrelangen Dauerzahnschmerzen geduldig der erbarmungslosen Prozedur. Die Abdrücke waren Anfang April fertig. Josef sollte am 28. entlassen werden. Zwei Wochen lang lief Josef fast täglich vergebens zur Krankenstation. »Zähne fertig?«
»Nein!«
Er war es leid, wochenlang nichts als Grießbrei essen zu dürfen oder die Kartoffeln in der Maggisoße so klein zu zerdrücken, dass sie trinkbar wurden. Endlich, eine Woche vor dem Stichtag war es so weit. Seine neuen Zähne lagen strahlend weiß auf dem Instrumententisch. Josef stellte sich vor, wie er damit wirken würde, auf Freunde, auf Frauen vor allem. Seit Jahren war er gewohnt, selbst beim Lachen den Mund geschlossen zu halten. Das Gebiss passte noch nicht exakt, es drückte etwas im Oberkiefer, eine Kleinigkeit, die in der verbleibenden Woche behoben werden sollte.
Nur ein anderes Problem tauchte jetzt auf. »Die Kostenzusage des Justizministeriums ist noch nicht da.« Josef

starrte den Zahnarzt entgeistert an, begriff noch nicht ganz. »Was heißt das? Ihr habt mir doch gesagt, alles sei klar?« »Ja, schon«, beschwichtigte der Sanitätsbeamte, »nur, du wirst bald entlassen, und das Ministerium will nicht mehr so recht. Hast du draußen eine Krankenversicherung?« »Woher denn?«, empörte sich Josef, dem langsam aufging, was da auf ihn zukam. »Ich bin seit drei Jahren im Knast!« »Haben Sie Eigengeld?«, fragte der Zahnarzt mit verkniffenem Gesicht, so als spreche er von etwas, an dem ihm nicht liegt. »Dreihundert Mark Rücklage, seit Monaten gibt's doch keine Arbeit mehr!« »Wir werden sehen«, vertröstete ihn der Weißkittel. Tag für Tag stand Josef jetzt auf der Matte: »Was Neues vom Ministerium?« »Nein, noch nicht.«
Auch vierundzwanzig Stunden vor der Entlassung noch nicht. »Aber ihr könnt mich doch nicht ohne Zähne auf die Straße schicken!« Er weinte. Doch es half nichts. Verzweifelt bot Josef seine erbärmlichen dreihundert Mark Rücklage als Anzahlung an, aber das war dem Zahnarzt wohl zu wenig. Er argwöhnte, Josef und das Gebiss nie wiederzusehen. Er irrte sich!
Es ist zwar richtig, dass sie Josef ohne einen einzigen Zahn aus der Haft entließen. Ob es aber stimmt, dass er nur, weil er auf den Felgen kaute und keine feste Nahrung zu sich nehmen konnte, die intravenöse Ernährung mit Heroin wiederaufnahm, bleibt seine unbewiesene Behauptung. Jedenfalls ist er wieder da. Nur eine Woche war er draußen. Jetzt hat er seine Zähne. Jetzt ist das Justizministerium wieder zuständig.

Peter hatte diese Geschichte der Dieburger Zeitung geschickt, weil seine Kumpel meinten, sie sei brüllend

komisch. Dr. Miller hatte getobt, als er davon erfuhr, und auf Peter als Verfasser getippt. Aber die Dieburger Zeitung verriet nicht, von wem der Text stammte.
Die Jungs aus der Abteilung lagen Peter immer in den Ohren, seine erotischen Geschichten an den *Playboy* zu schicken. Aber Peter wollte nicht. Er hatte natürlich Angst vor Ablehnung und argumentierte auch ähnlich: »Beim Playboy, da schreiben der Hochhuth und der Zwerenz oder auch der Hemingway. Die würden meine Geschichten gar nicht nehmen.« Aber irgendwann gab er sich doch einen Ruck und schickte drei unterschiedliche Geschichten los, an *Playboy*, *Lui* und *Penthouse*, sogenannte Herrenmagazine. Dann kam das Warten. Nichts tat sich. Sechs Wochen wartete Peter in hoffnungsvoller Spannung. Dann wartete er nicht mehr. Zumal ja auch in den Impressen stand: »Eingesandte und nicht verlangte Manuskripte werden nicht zurückgeschickt.«

Zwei Zellen weiter auf seiner Abteilung lag Ruben, ein alter Betrüger, der seinen Kunden auf der Halbinsel Isla Cristina an der spanischen Atlantikküste Bauland verkauft hatte, das man nur bei Ebbe sehen konnte. Er kam nur ab und zu zur Literaturgruppe, aber er unterstützte Peter total. Ruben hockte oft mit ihm beim Zellenumschluss zusammen, und der Alte tröstete Peter, der fast fünfzehn Jahre jünger war, über schwierige Zeiten mit Ines oder jetzt über die ausbleibende Antwort von den Verlagen hinweg. Er war ein kluger Typ mit einer bedrückenden Kindheit im KZ. Aber er glaubte an Peter, sagte immer, alles werde gut, alles gehe gut weiter. Er tat Peter gut, und er sollte recht behalten.
Peter beschäftigte sich mit der Idee, ein Drehbuch zu schreiben. Und das kam so: Ursula Sigismund, die Darm-

städter Schriftstellerin, kannte Günter Strack persönlich, den Darmstädter Schauspieler. Und dieser Strack wiederum war der Hauptprotagonist der erfolgreichen ZDF-Serie, in der er und sein Adlatus, Detektiv Matula, gemeinsam Gerichtsfälle lösten. Detektiv und Anwalt. Eine Kombination, die es so in Deutschland nicht gab. Die Idee dafür hatte der Autor Karl-Heinz Willschrei aus Amerika übernommen. Und es funktionierte im deutschen Fernsehen phantastisch.

Peter wusste längst, dass das Fernsehen nicht das Abbild der Wirklichkeit zeigt. Zum Beispiel wird im Fernsehen viel zu oft gemordet. Im Milieu kam das nur äußerst selten vor, weil jeder Mord eine Sonderkommission auf den Plan ruft, die nicht eher aufhört zu ermitteln, bis sie die Leute am Wickel hat. Also im richtigen Leben: Finger weg von derart leichtsinnigen Sachen. Aber ein Fernsehmord hat natürlich keine Folgen. Ebenso empfand er die Täterbeschreibungen als einfältig und uniform. Die Täter waren immer die anderen. Peter wusste seit Kindertagen, dass die Täter wir alle sind und nicht nur die Stigmatisierten, schleimige, gemeine Versager, Asoziale und Ausländer. Natürlich waren die wirklichen Täter manchmal Ausländer, aber das war den Fernsehleuten auch wieder nicht genehm, es könnte ja Beifall von der falschen Seite geben, also musste den kriminellen Ausländern immer wieder ein deutscher Ganove hinzugefügt werden, der die Fäden zog.

Peter hatte eine Geschichte für *Ein Fall für zwei* entwickelt. Da er nicht wusste, wie man daraus ein Drehbuch schreibt, entwarf er sie einfach als Erzählung. Die gab Ursula Sigismund nun weiter an Günter Strack. Und um es gleich vorwegzunehmen, sie hat ihm so gut gefallen, dass er sie seinem Produzenten, Georg Althammer, dem Chef der

Monaco- und Odeon-Film in München und Wiesbaden, vorgelegt hat. Wieder musste Peter lange warten.
Doch plötzlich geschahen in kurzer Zeit drei wahnsinnig schöne Dinge: Zuerst schickte ihm *Penthouse* einen Vertrag, sie boten ihm tausendachthundert Mark für den Exklusivabdruck der ihnen zugesandten Geschichte an. Peter unterschrieb sofort. Selbst der Pfarrer, wahrlich kein Freund schlüpfriger Genres, freute sich mit ihm. Drei Wochen später kam der Vertrag von *Lui*, zweitausend Mark! Und tatsächlich meldete sich, wenn auch nach langer, langer Zeit auch der *Playboy* und bot ihm sogar dreitausendzweihundert Mark. Peter unterschrieb alles und erwartete sehnsuchtsvoll den Eingang des Geldes. Bis ihn der zweite Anstaltsleiter, der unter anderem für die Arbeit in der Anstalt zuständig war, zu sich rief und ihm mitteilte, die eingegangenen Beträge würden selbstverständlich beschlagnahmt und mit den Haftkosten verrechnet. Da Peter Zingler im Knast keine Arbeit verrichte, müsse er für seine Haftkosten selbst aufkommen. Das finden die Stammtischbrüder draußen, die der Meinung sind, dass jeder, der die Freiheit entzogen bekommen hat, auch noch täglich Prügel beziehen müsste, natürlich super. Aber Peter war sauer. Er hatte sich schließlich um seine Zukunft und ein straffreies Leben bemüht.
Schließlich handelte er einen Kompromiss aus: Er würde die Hälfte seiner Einkünfte abdrücken. Er beschimpfte die Anstalt zwar als Zuhälter, weil er ja schließlich mit schmutzigen Geschichten sein Geld verdiente, aber das beeindruckte sie wenig. Dafür war Peter sich sicher: Jetzt, nach diesem Erfolg, wird er Schriftsteller werden. Wer schrieb denn schon solche Geschichten? Und es sollten noch viel mehr werden.

Anne von der Literaturgruppe fuhr eigens nach Frankfurt zum Bahnhof und kaufte sämtliche einschlägigen Hefte, die sie finden konnte: Von den *St. Pauli Nachrichten* über ach, wie sie alle hießen. Lauter Frauen mit nackten Brüsten auf den Titeln. Peter blätterte sie durch und las tatsächlich schmutzige Geschichten und Kurzkrimis, die er aber ausgesprochen doof fand, weil sie so platt waren. Also schrieb er die Verlage an. Bald stellte er fest, dass es einen Hauptabnehmer gab, den berühmten Klaus Rainer Röhl, den Mann von Ulrike Meinhof. Röhl gehörten nicht nur die *St. Pauli Nachrichten*, sondern auch viele andere Blättchen. Peter schickte ihm einen Kurzkrimi und eine erotische Geschichte und erhielt ein beschämendes Angebot: fünfzig Mark pro Seite für den Krimi und hundert Mark für die erotische Geschichte. Peter sagte ihm ab. So stolz war er mittlerweile schon. Daraufhin lud Röhl ihn ein, nach Hamburg zu kommen. Dass er im Knast saß, hatte Peter natürlich verschwiegen.
Und dann gab es auch Neues in Sachen Buch. Der Pfarrer ließ ihn holen und sagte: »Ich habe eine gute Nachricht für Sie.« Er strahlte dabei übers ganze Gesicht. Peter ahnte schon, dass sich ein Verleger gemeldet haben wird. Der Pfarrer nickte: Gleich würde er anrufen. Tatsächlich meldete sich ein Verleger aus Mainz. Ein kleiner Verlag mit einer schönen Edition kleiner, aber wertvoller Bücher, meist solchen, die etwas mit der Eisenbahn zu tun hatten, denn im Hauptberuf arbeitete der Verleger bei der Bundesbahn, in der Werbeabteilung des Rhein-Main-Verkehrsverbundes. Der Eisenbahn gehörte seine ganze Liebe. Deswegen gab es bei ihm auch wunderbare Bildbände, zum Beispiel über die Hochalpenbahn in der Schweiz, aber auch Raul Hilbergs *Sonderzüge nach Auschwitz*, eines der meistverkauften Bücher der Edition. Der Verleger hieß

Dumjahn, er hieß zwar so, war es aber keineswegs! Er fragte Peter, ob er ihn besuchen dürfe. Der Pfarrer sagte ihm zu.

Dumjahn kam, war begeistert von dem Manuskript des Knastbuches und stellte fünfhundert Mark Vorschuss in Aussicht. Peter bat ihn, das Geld an den Pfarrer zu schicken, weil er noch etliche Portoschulden hatte und nicht wollte, dass der Knast ihm wieder die Hälfte wegnahm. Er ging in die Zelle zurück und legte sich glücklich aufs Bett. Er hatte einen Buchvertrag, von einem richtigen Verlag, mit Lektor, Vertretern und allem Drum und Dran. Peter war jetzt ein richtiger Schriftsteller. Das Buch würde zur Buchmesse 1983 erscheinen. Auch für den Jamaika-Roman interessierte sich ein Frankfurter Verlag. Er war happy. Die Sache mit Ines schmerzte immer noch stark, aber er dachte daran, ihr das Buch zu widmen. Lange überlegte er den Text und dann schrieb er auf Seite drei der *Notizen aus der Mülltonne*: »Für Ines und die Zeit, die sie mir schenkte.«

THE LOOSER

Als mir meine Freundin mitteilte
dass unsere Beziehung
keine mehr sei
vielmehr
nie eine gewesen sei
und deshalb
auch keine Erklärung

für ihr Ende
benötigt werde
hätte ich sie am liebsten
erwürgt
erschlagen
geküsst
geliebt

ich habe nichts davon getan
nur genickt
eben so wie man
als harter Knacki
so was hinzunehmen hat

nie ist mir der Satz
everybody loves the winner
klarer geworden
auch wenn der Gewinn
nur darin besteht
einen Meter
jenseits der Mauer zu stehen

Als dann auch noch der Brief der Monaco-Film aus München eintraf, vergaß Peter in einer Sekunde alle Probleme. Mit schwitzenden Händen öffnete er das Kuvert. Er las und las und konnte es kaum fassen: Er hielt eine Einladung in den Händen, in der nächsten Woche, Donnerstag, nach München zu kommen, um über einen eventuellen Drehbuchvertrag zu sprechen, das Flugticket würde erstattet. Peter flippte fast aus. Aber wer würde ihm – so kurzfristig –, wer würde ihm überhaupt Urlaub geben?
Dr. Miller lehnte ab. Aber Peter redete auf ihn ein, er las

ihm den Brief vor und fragte, ob ihm bewusst sei, welche Chancen er damit verspiele? Peter drohte Miller, wenn der den Antrag ablehne, würde er eine Beschwerde an die Vollstreckungskammer schreiben. Damit hatte Miller offensichtlich keine guten Erfahrungen gemacht. Nachdem ihm der Pfarrer, aber auch Kollegen wie sein Vertreter zurieten, Peter war immerhin als Selbststeller gekommen und das Fluchtrisiko gering, bekam er für den kommenden Donnerstag Ausgang. Das bedeutete, Peter durfte morgens, um 6.30 Uhr, den Knast verlassen und musste abends, spätestens um 19.00 Uhr wieder zurück sein. Peter ließ einen Flug buchen, ab Frankfurt um 8.30 Uhr, Rückflug gegen 16.00 Uhr. Es war ein total geiles Gefühl.

Der Pfarrer fuhr Peter zum Flughafen. Der Flieger startete gen Süden und machte einen Schwenk nach Osten, Peter sah unter sich Darmstadt und glaubte sogar, den Dieburger Knast von oben zu erkennen, bevor das Flugzeug durch die Wolken stieß.

In München nahm er sich ein Taxi und fuhr nach Schwabing. Die Monaco-Film war damals dicht am Mittleren Ring, dort wo er als Tunnel unter dem Englischen Garten verschwand. Der Produzent Georg Althammer und eine Sekretärin begrüßten ihn, auch Axel Willschrei war da, um den neuen Autor kennenzulernen. Peter sprach sofort sein Problem an. »Ich muss spätestens um 16.00 Uhr wieder in der Maschine zurück sitzen, damit ich pünktlich um 18.30 Uhr im Knast sein kann.« Sie schauten Peter verdutzt an. Das glaubten sie ihm nicht. Er zuckte mit den Achseln und zeigte ihnen seine Tagesausgangsbescheinigung. Alle begannen zu lachen. »Stimmt«, sagten sie. »Du sitzt wirklich im Knast.« Althammer schüttelte den

Kopf und meinte: »Dann kannste ja sicher viele schräge Geschichten erzählen. Um es kurz zu machen, Axel hat *Ein Fall für zwei* erfunden und schon viele Drehbücher fürs deutsche Fernsehen geschrieben, mindestens hundertfünfzig. Er wird dir jetzt sagen, wie's geht. Du musst einfach üben.« Axel nahm einen Stapel Papier. »Das hier ist ein Exposé«, er reichte Peter etwa fünf, sechs Blätter, »der Verlauf der Geschichte, die Hauptfiguren und wie sie sich entwickeln. Wenn das Exposé gefällt, musst du ein so genanntes Treatment erstellen. Praktisch die ganze Geschichte schon in Szenen aufgeteilt, aber ohne Dialoge. Wenn uns das gefällt, kommt's zum Drehbuch. Von der gleichen Story gebe ich dir hier alle drei Stufen inklusive fertiges Drehbuch. Der Film von diesem Stoff ist übrigens gerade abgedreht und wird morgen abgenommen. Schade, dass du nicht bleiben kannst, sonst könntest du ihn sehen. Also, lies dir das gut durch. Und anschließend formulierst du deine Geschichte, die wir von dir haben, in diese Formate.«

Dann gingen sie essen. Das Bier, das sie für ihn bestellen wollten, lehnte Peter ab. Er wusste natürlich, dass Miller ihm eine Alkoholkontrolle aufdrücken würde, wenn er zurückkam. Er durfte nichts trinken. Also trank er nur Wasser und Kaffee. Es war trotzdem ein schöner Tag. Er hatte drei halbe Hähnchen gefuttert.

Peter begann mit der Arbeit. Es war ihm klar, dass es nicht leicht werden würde. Aber getreu seinem alten Einbrechervorsatz »Geht nicht gibt's nicht« machte er sich ans Werk. Er war da längst im offenen Vollzug und hatte viel Zeit. Aber: Es wurde viel schwerer als erwartet. Er ist daran fast verzweifelt. Siebzehn Fassungen waren es am Ende, und immer wieder schickte ihm Althammer das Buch zurück und merkte an, dass er nicht zufrieden sei. Peter hatte geglaubt, man habe ihn engagiert, weil er das Milieu kannte, aber Althammer sagte: »Das ist zwar ganz wichtig, aber Film ist Kunst und hat nur wenig mit der Realität zu tun.« Das hatte Peter zwar schon oft gehört, aber was das bedeutete, wie es genau aussah, was er durfte oder musste oder nicht, das lernte er jetzt auf die harte Tour. Besonders die Figurenentwicklung musste Peter erst verinnerlichen, denn für ihn war klar, was er oder sie für Typen waren, wenn sie dies oder jenes taten. Im Film aber musste man erzählen, wie sie dazu gekommen waren, so zu sein und dies oder jenes zu tun.

Irgendwann kam der Durchbruch. Peter wohnte längst wieder in Frankfurt, als Althammer sich mit ihm zusammen an das Buch setzte und sagte: »Ich glaube, du willst zu viel auf einmal erzählen. Eigentlich sind es zwei Geschichten. Weißt du was, wir teilen das jetzt und du kriegst zwei Verträge. Das macht alles etwas leichter.« Damit war der Knoten geplatzt! Peters erster Film hieß *Fasolds Traum*. Es ging um einen Haftentlassenen, der mit seiner Frau eine Kneipe betreibt und von der Polizei laufend bedroht wird, wenn er seine früheren Kumpels nicht verrate, würde ihnen die Gaststättenkonzession entzogen. Es war der erste Film der Serie, der ohne Mord auskam. Und auch der separierte zweite Teil *Gewissensbisse* war mordfrei. Bis die Produktion mitteilte, das sei alles schön und gut und spannend, aber der Zuschauer verlange nach einem Mord. Peter konnte es nicht glauben, dass der Zuschauer das je verlangt hätte, aber ab sofort gab es immer einen Mord in seinen Krimis.

Peter kehrte nach dem Münchenbesuch in den Knast zurück und schrieb und schrieb. *Notizen aus der Mülltonne* sollte zur Frankfurter Buchmesse erscheinen. In Vorschauen und Verlagsprospekten fand Peter seinen Namen; das gefiel ihm. Er gab der Dieburger Zeitung ein Interview. Und schrieb einen Antrag für einen Kurzurlaub während der Buchmesse. Dr. Miller lehnte ab.

Peter war sauer, dachte an eine Beschwerde bei der Vollstreckungskammer Darmstadt und telefonierte mit seinem Anwalt. Der reagierte ebenso verständnislos auf Millers Entscheidung und bat Peter, nichts zu unternehmen, er selbst wolle mit Staatsanwalt Otter sprechen. Schon kurz darauf rief der Anwalt zurück. Der Pfarrer nahm das Gespräch an, sagte: »Ja, das werde ich ihm ausrichten, das ist ja schön«, legte auf und nickte Peter zu.

Der Staatsanwalt hatte Peter für die Dauer der Buchmesse eine Unterbrechung gewährt. Am nächsten Tag lag der Beschluss bereits vor. Anstaltsleiter Miller war stinksauer. Der Nachteil war natürlich, dass Peter die Tage, die der Staatsanwalt ihm als Unterbrechung gewährt hatte, am Ende seiner Haft nachsitzen musste. Aber diese Woche würde Peter auch noch überleben.

Anne, die Pfarrersfrau und Ehrenamtliche aus der Literaturgruppe, holte ihn ab. Sie fuhren durch den Wald, Richtung Langen, und von dort auf die Autobahn nach Frankfurt. Peter bat Anne anzuhalten, sie fuhr in einen Waldweg, Peter stieg aus und ging ein paar Schritte. Wahnsinn. Vor ein paar Wochen, auf dem Weg zum Flughafen, dann im Flieger und in München hatte er es nicht so sehr gespürt, was ihm in der Zelle so fehlte, wie jetzt: die Luft, die Natur. Peter setzte sich auf einen bemoosten Baumstamm. Überall um ihn herum nasses, vergammeltes Laub. Aber es roch. Es roch so gut, so intensiv. Peter pumpte sich die Lungen voll und nahm sich vor, so was öfter zu machen. Einfach in den Wald gehen, sich hinsetzen und atmen.

Auf der Buchmesse war es dann weniger genussvoll. Im Gegenteil. Es war rappelvoll und die Luft so dicht wie Pudding. Peter saß am Stand von Dumjahn zwischen seinem und den anderen Büchern des Verlags und schaute in die vorbeiflutende Menschenmenge, bis ihm schlecht wurde. Er musste die Augen schließen, um die wabernde Masse nicht mehr zu sehen, dann kippte er vom Stuhl. Wahrscheinlich hätte ein Riechfläschchen, das ältere Damen ja immer in ihren Handtaschen trugen, schon gereicht, aber der Notarzt verpasste ihm eine Spritze. Peter wusste es auch so, es war einfach zu viel für ihn. Jahrelang starrte er auf Gitter oder allenfalls auf den kleinen Kreis träge gehender alter Männer, und hier strömte ein Publikum an ihm vorbei, so bunt, so alt, so jung, dass ihm der Kopf schwirrte. Der Arzt hatte geraten, viel zu trinken, und Peter gehorchte. Der Verleger besorgte Peter ein paar Flaschen Bier, und sofort ging es ihm besser. Das Highlight folgte zwei Tage später. Wieder hatte Peter Standdienst, was bedeutete: An jedem Stand gab es ein Schild, auf dem zu lesen war, welcher Autor wann zugegen war. Manchmal las Peter eine kleine Geschichte vor oder ein Gedicht. Und dann stand da ein Mann und blätterte und las in seinem Buch. Der Mann schaute Peter an, Peter schaute zurück und dachte: »Den kennste doch, den kennste doch.« Dann kam der Mann auf ihn zu, streckte ihm die Hand entgegen und sagte: »Hab gerade dein Gedicht *Arbeit* gelesen. Besser geht's nicht.« Peter schaute ihn an und dachte: »Das wird doch nicht? Das wird doch nicht? Doch er war's!« Henry Jaeger, Peters Hero! Sein Knastautorheld der letzten zehn Jahre. Mein Gott! Hatte der Mann geile Bücher geschrieben. *Die Festung*, sein Erstling, 1961, im Knast in Bruchsal auf Klopapier geschrieben, war ein Riesenbestseller. Nicht nur in Deutschland. Allein als Hardcover verkaufte sich das Buch der verlorenen Nachkriegsgeneration über eine Million Mal und wurde mit Martin Held und Hildegard Knef in den Hauptrollen verfilmt. Und dieser Henry Jaeger lobte jetzt gerade Peters Gedicht! Peter spendierte ihm eines von seinen Bieren und sie tranken. Henry Jaeger stellte ein paar Fragen, die nur jemand stellen konnte, der wusste, wie es im Knast aussieht, und sagte, als er ging: »Wir bleiben in Verbindung.« Er gab Peter seine Karte. Peter schaute drauf: *Lugano*. Mein Gott, Lugano in der Schweiz. Peter bekam eine erste Ahnung, wie es werden könnte, wenn er tatsächlich aus dem »kleinen Kreis« im Knast in den »hehren Kreis« der Autoren, Redakteure, Regisseure, Schauspieler und Kulturmenschen kam. Obwohl sein Bauchgefühl »Vorsicht!« mahnte.

Es gab nur zwei Knastautoren, deren Bücher von den Gefangenen öfter bestellt und gelesen wurden als die von Jaeger, beides Franzosen, Henri Charrières *Papillon*, dessen Flucht von den Teufelsinseln in Französisch-Guayana mit Steve McQueen verfilmt worden war, und Jacques Mesrines Thriller *Der Todestrieb*.

Was Peter damals nicht wusste: Jaeger war schon lange auf dem absteigenden Ast. Leider. Er hatte Frankfurt verlassen, weil er in der Schweiz unter hehren Autoren und Spießbürgern leben wollte, dadurch hatte er den Kontakt zu allem verloren, was ihn einst ausgemacht hatte. Jetzt versuchte er, Gesellschaftsromane zu schreiben, die, um es klar zu sagen, nicht seine Stärke waren. Außerdem hatten Jaeger und seine Frau sich getrennt, was teuer für ihn wurde. Als Peter ihn später in Lugano besuchte, hatte er schon sein Haus verloren. Egal, Henri Jaeger war Peters großes Vorbild. Er war mindestens fünfzehn Jahre älter als Peter und sah immer aus wie ein Gentleman. Jackett, Rollkragenpullover, Stoffhose und eine schöne Uhr.

Jaeger war einfach ein Typ mit Stil.
Am dritten Abend der Buchmesse fuhr Peter in die Offenbacher Stadthalle. Peter Tosh war angekündigt, und Peter fieberte der Begegnung entgegen. So schwierig die Zeit in Jamaika gewesen war, das Negative verschwand im Laufe der Monate hinter den wirklich schönen Erlebnissen auf der Insel, die Musik und Peter Tosh gehörten dazu. Und es wurde wirklich eine Offenbarung. Erstens weil Steve Golding den Bass spielte und wegen des Sounds. Peter wiegte sich im Rhythmus der Reggae-Riffs und roch die Marihuanawolken der anderen Besucher. Nach der Show nahmen Peter Tosh und Steve ihn mit in ihren Tourbus. Sie fuhren noch in der Nacht nach Amsterdam. Beide versuchten ihn zu überreden, mit ihnen zu fahren. Sie konnten überhaupt nicht verstehen, dass er die Chance, dem Knast zu entrinnen, nicht wahrnehmen wollte. Aber nach zwei Joints kletterte Peter an der Raststätte Siegburg aus dem Bus und fuhr am frühen Morgen mit der Bahn zurück. Es hat ihm nicht leidgetan. Er wollte etwas anderes mit seinem restlichen Leben anfangen. Und ein klein wenig stolz war er auch auf sich, weil er der Versuchung widerstanden hatte. Er war auf einem guten Weg.
Zurück am Buchmessen-Stand dachte er an Ellen Schuster, eine Brieffreundin. Sie saß in der Preungesheimer Frauenanstalt und verbüßte eine Jugendstrafe von zehn Jahren wegen Mordes. Sie hatte einen Freier umgebracht. Peter erinnerte sich an das Drama, weil es in der Nähe des Wohnortes seines leiblichen Vaters geschehen war, der auch das Opfer, einen Autoverkäufer, kannte. Ellen arbeitete in der Redaktion der Knastzeitung und besaß eine flotte, direkte Schreibe, die Peter gefiel. Auch dass sie ihm geile Zeilen widmete, machte ihn an. Er revanchierte sich und sandte ihr seine erotischen Geschichten. Sie hatte

jetzt schon über die Hälfte ihrer Strafe abgesessen und erhielt Hafterleichterungen wie Ausgang oder Urlaub. Vielleicht war sie draußen oder konnte kurzfristig raus? Ihn treffen und aus der fiktiven Schreiberotik eine tatsächliche machen, mit Anfassen, Fühlen und Schmecken. Peter hatte die Telefonnummer von Ellens Mutter und erfuhr, dass Ellen erst gestern nach einigen freien Tagen in den Knast zurückgekehrt war, vorerst keine Chance. Er ließ sie grüßen und schrieb ihr eine Postkarte von der Buchmesse.

Peter hatte fünf schöne Tage auf der Buchmesse verbracht. Sein Verleger erklärte stolz, er habe etwa tausendfünfhundert Bücher verkauft, was für einen kleinen Verlag nicht wenig war. Aber der Bestseller des Verlags war und blieb *Die Sonderzüge nach Auschwitz*. Seite für Seite wurde aufgelistet, wie der Holocaust nur mit Hilfe der Reichsbahn durchzuführen gewesen war.

Wenn Peter bisher geglaubt hatte, nichts bei der Justiz hätte ihn mehr überraschen können, so hatte er sich geirrt. Als er am sechsten Tag vor der Pforte des Dieburger Knastes stand und klingelte, schüttelte der Beamte an der Außenpforte den Kopf. »Für Sie ist kein Platz mehr frei. Ich darf Sie nicht mehr reinlassen!«
Wie bitte? Was sollte das denn nun bedeuten? Peter glotzte ihn an wie blöd. Der machte wohl Witze? Natürlich ahnte Peter, dass der Anstaltsleiter längst sein Buch und das Kapitel über ihn, Miller, gelesen hatte. Aber konnte das der Grund sein, Peter auszusperren? Einen Moment hatte er den Verdacht, der Beamte mache Spaß. Aber nein, Beamte machen keinen Spaß.
Peter trabte zur Telefonzelle vor dem Amtsgericht. Gott

sei Dank war Staatsanwalt Otter noch da. Als Peter seinen Namen nannte, unterbrach Otter ihn sofort. »Jetzt erzählen Sie mir nicht, welche Krankheit Sie haben oder dass Sie gestürzt sind ...« – »Nein, nein, nein, nein!«, unterbrach Peter ihn: »Ich bin kerngesund. Ich stehe in Dieburg vor der Pforte, und die lassen mich nicht rein.« Einen Moment herrschte perplexes Schweigen, dann sagte der Staatsanwalt: »Zingler, Sie wollen mich doch nicht verarschen?« Peter sagte, dass er sich das nie erlauben würde. Er habe es doch gut gefunden, dass er den Aufschub bekommen habe, aber jetzt stehe er hier an der Knastpforte und man lasse ihn nicht rein. Der Staatsanwalt überlegte kurz, dann fragte er: »Wo sind Sie jetzt?« Peter suchte in der Telefonzelle nach einer Nummer, er fand sie nicht und sagte: »Ich ruf Sie später noch mal an.« »Okay«, sagte Staatsanwalt Otter. »Ich rufe jetzt die Anstalt an, melden Sie sich in einer Viertelstunde.«

Peter ging einmal um den Knast herum, schaute zum Haus mit der Terrasse und glaubte, Louisa zu sehen, seine Phantasiefigur aus der gleichnamigen Kurzgeschichte, von der er mittlerweile wusste, dass sie Brigitte hieß, und die er vor Jahren so oft aus seinem Zellenfenster beobachtet hatte.

Warum war dieser Miller nur so, wie er war? Auch die Sache mit Peters Kumpel Ruben, vor einigen Wochen, war so ein merkwürdiger Beschluss. Ruben saß auch schon einige Jahre hier und trotzdem hatte Miller plötzlich behauptet, er sei nicht für ihn zuständig.

Ruben

Die Hitze ist unerträglich. Ruben sitzt nackt und um Atem ringend in der nur einen halben Quadratmeter großen Zelle des dunkelgrünen Gefangenentransportbusses. Die Belüftung ist gleich null, die Innentemperatur beträgt gut und gerne vierzig Grad. Jedes Mal, wenn der Bus hält, stellt der Dachventilator seinen Dienst ein, und die Hitze droht Ruben zu erdrücken. Der Schweiß läuft in Bächen an ihm herab, sammelt sich in der hölzernen Sitzschale und reizt mit seinem Salzgehalt Anus und Geschlechtsteile. Ruben denkt an das kleine Sicherheitsgefängnis, dem sie entgegenfahren. Die nächsten sieben Jahre soll er dort verbringen. Er hat zwar schon einiges hinter sich, der kleine, rundliche Jude mit dem deutschen Fremdenpass, aber sieben Jahre auf einmal sind verdammt viel. Und nicht vorstellbar. Insgesamt hat Ruben zwar schon acht Jahre in Haft verbracht – die drei Jahre als Kind im KZ nicht mitgerechnet – doch hat er sich immer noch nicht an den Knast gewöhnt. Ruben ist ein Gezeichneter, eine Zukunft malt er sich gar nicht mehr aus. Hoffentlich, denkt er, lässt es sich in dem neuen Knast aushalten.
Es lässt sich nicht aushalten.
Keine Arbeit. Keine Bildungsmöglichkeit. Kaum Freizeitgestaltung. Was ihn aber am schlimmsten trifft: Er bekommt keine Einzelzelle. »Einzelzellen nur für Lebenslängliche«, sagt man ihm gleich auf der Kammer, »die Anstalt ist stark überbelegt.« So muss er die Zelle mit einem Türken teilen. Im Grunde hat Ruben nichts gegen seinen Zellengenossen, doch auf Jahre hinaus wird er es mit ihm bestimmt nicht aushalten.

Ruben ist fünfzig Jahre alt, lebenserfahren, weise, ruhig und nachgiebig. Kemal ist erst sechsundzwanzig, ein anatolischer Bauer, kaum des Deutschen mächtig, unsicher, aber arrogant. Schon seine übertriebene Reinlichkeit geht Ruben auf den Wecker.
Stundenlang steht Kemal täglich vor dem Spiegel, drückt unsichtbare Pickel aus, bestäubt sich mit etlichen Duftwässerchen nacheinander, gerade so, als ginge er gleich aus. Dabei zieht er, unehrlich wie jeder Mensch vor dem Spiegel, laufend Grimassen, besieht sich immer wieder von allen Seiten – und gefällt sich. Und dann spricht er dauernd über seine angeblichen Abenteuer mit deutschen Frauen, die nur auf ihn, den orientalischen Liebhaber gewartet hätten; bei diesen Erzählungen kämmt er sich ausdauernd. Im Grunde ist Kemal noch ein Kind, denkt Ruben.
Neun Quadratmeter Zelle. Ein Spind, ein Spiegel, ein Waschbecken, ein Abort, zwei Betten, zwei Menschen, zwei Welten.
Es gibt keine gemeinsame Ebene, aber auch kein Entkommen. Entkommen in eine Einzelzelle, das wär was. »Einzelzellen nur für Lebenslängliche!«, hört er den Mann auf der Kammer wieder sagen. Erstmals kommen Ruben Selbstmordgedanken. Sie halten nur bis zum ersten Samstag. Da geht Ruben in die Bibliothek.
Die Bibliothek wird von einem alten, herrischen Gefangenen verwaltet, vor dem selbst Vollzugsbedienstete strammzustehen scheinen. Ruben erstarrt. Er hat diesen Mann nie vergessen. Der Mann benutzt noch das gleiche Gesicht wie vor fünfunddreißig Jahren, auch wenn's älter geworden ist und jetzt aussieht wie zerknittertes Butterbrotpapier. Aber er ist derselbe geblieben: Schulze, SS-Obersturmführer Schulze, einer der Peiniger seiner Kindertage aus Theresienstadt und mitverantwortlich für den Tod seiner Eltern.

Richtig, jetzt erinnert Ruben sich wieder. In den sechziger Jahren, als er noch in Israel lebte, hatte er aus den Medien erfahren, dass man Schulze festgenommen und später auch verurteilt hatte. Jetzt also sieht er ihn vor sich und erkennt, da hat sich nichts geändert. Stolz steht Schulze da, arrogant wie damals und schnarrt mit fester Kommandostimme: »Dass mir jeder die Bücher wieder an ihren Platz zurückstellt, sonst gibt's 'ne Büchersperre!« Und die Uniformierten nicken dazu beifällig. Jawoll, gut so, der Schulze hat alles im Griff!

Ruben leiht kein Buch aus. Er geht zurück in die Zelle, legt sich aufs Bett und starrt das ganze Wochenende über an die Decke. Montags meldet er sich beim Direktor, will in eine andere Anstalt, will nicht mit diesem Mann in einem Haus leben. Der Anstaltsleiter kann ihn nicht verstehen. »Schulze tut niemandem etwas. Er ist schon sechzehn Jahre in unserem Hause und wird sicher bald entlassen.«

Ruben kann es nicht fassen. Auch er wird nach dieser Strafe fast sechzehn Jahre verbüßt haben, für ein paar mehr oder weniger ertragreiche Betrügereien. Gleichgesetzt mit einem Massenmörder.

Ruben begreift das nicht, grübelt.

Und konzentriert nun alle seine Gefühle auf diesen Mann, entwickelt eine wahnsinnige Wut. Kemal, sein Zellengenosse, ist vergessen, ist für Ruben gar nicht mehr vorhanden.

Wie im Traum verbringt Ruben seine Tage, bis er anfängt, sein Buttermesser an einem Tellerrand so lange zu schleifen, bis es spitz und scharf ist. Bei dieser Arbeit wandern seine Gedanken zurück. Sein schon durch die Geburt in diesem Land verpfuschtes Leben zieht noch einmal an ihm vorüber. Ihm wird dabei klar, dass er weder eine Kindheit noch eine Jugend gehabt hat. Und alle späteren Versuche, das Versäumte nachzuholen, hatten nur immer wieder zu

schweren Depressionen geführt. Doch nichts im Leben hat ihn mehr schrecken können. So alt, wie er damals als Zwölfjähriger im KZ war, würde er nie mehr werden. Und einer dieser Verbrecher saß hier, nur wenige Meter von ihm entfernt.
Schicksal?
Bestimmung?
Er wird es tun, dann gibt's auch eine Einzelzelle. Er wird es nicht tun.
Er wird es doch tun.
Am nächsten Samstag geht er wieder zur Bibliothek, das Messer verborgen in der Hosentasche.
Er tut's nicht. Weint vor Wut über sich, über seine Feigheit, über sein Unvermögen.
Schleift weiter sein Messer, Tag für Tag.
Bringt es wieder nicht ...
Ruben hat bis heute keine Einzelzelle.

Peter ging zurück zur Telefonzelle und rief den Staatsanwalt an, der lachte: »Was haben Sie dem denn getan?«, fragte er. »Nix«, sagte Peter, »ich hab ihn nur in meinem Buch erwähnt.« »Ja«, sagte Otter, »das muss ich auch noch lesen. Ich hab es schon hier liegen. Ich bin hoffentlich nicht der Einzige, der Ihr Buch gekauft hat?« Peter sagte, das hoffe er auch, habe aber von tausendfünfhundert Verkäufen gehört, bis jetzt. »Also hören Sie zu«, sagte Otter, »die Anstalt behauptet, sie sei wegen der Dauer Ihrer Strafzeit nicht mehr zuständig und hätte Ihre Akten schon nach Butzbach abgegeben. Jetzt kommen Sie mir nicht mit Einwänden, natürlich hätten die das schon vor einem Jahr sagen können, aber so ist es. Miller will Sie nicht. Ich gebe Ihnen jetzt noch drei Tage Unterbrechung und dann melden Sie sich in Butzbach, okay?« »Okay«, sagte Peter.

Was sollte er in den drei Tagen jetzt machen? Die Sache mit Ines war längst vorbei und seine Freude über die Buchmesse dahin. Also fuhr er zu seinem alten Freund Dirk nach Frankfurt und schenkte ihm ein Exemplar seines Buches.

Dirk klopfte ihm auf die Schulter und sagte: »Wenn sie dich rauslassen und du arbeitest als Schriftsteller, helfe ich dir. Weil ich glaube, dass du es schaffen kannst.« Peter fiel ihm um den Hals, diesem Mann mit dem großen Herzen.

Peter erinnerte sich an den *Spiegel*-Artikel, der den Prozess kommentierte, als Dirk in Köln wegen Förderung der Prostitution angeklagt war. Selten hatte Peter eine derart geharnischte Richterschelte von Gerichtsreporter Gerhard Mauz gelesen. Endlich hatte mal ein Puffbesitzer die Frauen ordnungsgemäß angemeldet, sozial- und krankenversichert, bezahlte Steuern – und schon mäkelte das Gericht daran herum und verhandelte wegen positiver Förderung der Prostitution. Mit der fadenscheinigen Begründung, wenn Frauen so gut im Puff behandelt würden, würden sie nicht mehr aussteigen wollen. Mit anderen Worten: Wenn die Frauen verprügelt und gezwungen werden, wäre das in Ordnung.

Da das Gericht durch die Presse inzwischen ziemlich in die Enge getrieben worden war und es angesichts des aufwendigen Prozesses auch ein großes öffentliches Echo gab, wurde Dirk nicht freigesprochen, sondern zu einer verhältnismäßig geringen Geldstrafe von zehntausend Mark verurteilt, und nicht zu einer hohen Gefängnisstrafe, wie es die Staatsanwaltschaft noch zu Beginn des Verfahrens verkündet hatte.

Dirk und Peter saßen in der Kellerbar des *Sudfass*, wo sie in Ruhe ein Fläschchen Champagner tranken. Immer wieder schaute Peter mal auf, wenn eines der Mädels an ihm vorbeiging, nackt, bis auf einen winzigen Slip. Auch die Männer hatten nur Saunahandtücher um die Hüften geschlungen.
»Los! Such dir eine aus«, ermunterte Dirk ihn. Aber Peter wollte nicht, er hatte noch vom letzten Mal die Nase voll. »Weißte noch, als ich vor ein paar Jahren gerade aus dem Knast kam?« »Ja«, Dirk erinnerte sich, »aber das ist jetzt anders.« Peter lachte. »Damals hab ich gedacht, wenn ich rauskomme, ficke ich die ganze Welt. Jeden Morgen im Knast hab ich einen Ständer. Jeden Abend hab ich einen. Und wenn ich meine Geschichten schreibe oder nur daran denke, krieg ich einen Ständer.«
»Ja und? Hier?«, fragte Dirk. »Die machen mir keinen«, sagte Peter. »Und beim letzten Mal hab ich sogar ...«
»Es ging nicht?«, half Dirk nach. Peter nickte und Dirk tröstete ihn: »Das kommt immer wieder mal vor.« »Das weiß ich ja«, sagte Peter. »Aber es gibt Frauen, bei denen es dann geht. Zum Beispiel bei Ines ging es immer.« »Mach, was du willst«, sagte Dirk lachend. Peter zeigte seine Freude über diesen verständnisvollen Mann und schwor sich, wenn es mit der Schriftstellerei klappen würde, dann würde er ihm ein Denkmal setzen. Ein Buch über das Leben von Dirk und dessen Schaffen, dem *Sudfass*, dem berühmtesten Puff Deutschlands oder gar der Welt. Er wusste auch schon den Titel: *Rotlicht im Kopf*.

Peter sah sich die Mädels genauer an. Einige kannte er, Tina aus Köln zum Beispiel, die schon fast ihre Rente hier im Haus bekam. Aber Peter wollte nicht so enden wie viele Freier, die nur mit den Nutten aufs Zimmer gingen, um sich bei ihnen auszuweinen. Über ihre Frauen, ihr Scheißleben, und weil er nicht steht. Das waren so Peters Gedanken, bis er Christine sah, eine Engländerin. »Wie geht's?«, fragte sie, und ob er nicht mit ihr in die Kabine gehen wolle?

Peter schüttelte den Kopf, er wollte weder in die Kabine noch aufs Zimmer. »Verstehe«, Christine nickte. »Wie lange warst du jetzt im Knast?« »Das hat damit nichts zu tun«, wehrte Peter ab. Christine sagte: »Komm mit, ich massier dich. Deinen Rücken. Du bist ja total verspannt. Einfach nur massieren.« Peter ging mit ihr hoch auf ein Zimmer. Er legte sich auf den Bauch, sie kam mit dem Öl, und sofort war er eingeschlafen. Als er wach wurde, spürte er immer noch ihre Hände auf seinem Rücken, seinen Beinen, an seinem Hintern, aber er spürte auch, dass er eine gewaltige Erektion hatte. Er drehte sich um und Christine jubelte begeistert: »Genau das hab ich mir gedacht.«

Am Morgen telefonierte er mit Ines. Sie wusste schon, dass er ein Buch geschrieben hatte und zur Buchmesse draußen war. »Wie wär's, wollen wir uns treffen?«, fragte er. Langes Schweigen. »Hältst du das für gut?« Schweigen. »Du weißt, ich hab eine Beziehung und das hat Folgen für mich. Ich würde dich wahnsinnig gerne sehen, aber ich glaube ... besser nicht.« »Na ja, der kann doch nichts dagegen haben ... wenn wir uns ... nur mal so« ... »Nur mal so?« Sie lachte spöttisch, »das glaubst du doch selbst nicht. Nein, besser nicht.« Peter wurde ironisch. »Wenn du meinen Nachfolger auch so hingehalten hättest ...« Sie unterbrach ihn sofort: »Du weißt genau, es war anders. Du warst der große Versteher und hast mir zugeraten. Ich hab dir geglaubt ... obwohl ich gespürt habe, dass du anders denkst. Aber du hast immer wieder gesagt, ich

soll machen, was mir guttut. Du hast mich praktisch weggeschickt.«
»Was hätte ich denn Deiner Meinung nach sagen sollen«, fragte Peter lauter, als er eigentlich wollte. »Ganz einfach: Ich liebe Dich und bitte, warte auf mich. Dann stünde ich heute neben Dir.« Peter verstummte. Und das Schlimme war, er glaubte ihr aufs Wort. »Also dann, bis später mal, ich komm sicher bald in den offenen Vollzug«, sagte er und legte schnell auf. »Scheiße!«, schrie er, und dann war ihm nach Weinen zumute.

Peter kannte jeden hessischen Knast, auch den in Butzbach. Als er sich nach drei Tagen dort meldete, kam er in den vermeintlich zweitschlimmsten Knast Hessens, mit vielen Langzeitstrafgefangenen. Sicherheitsknast Nummer eins Schwalmstadt liegt an der Schwalm in Mittelhessen, Butzbach in der Wetterau, etwa vierzig Kilometer von Frankfurt entfernt. Das Gebäude stammt aus dem 19. Jahrhundert.
Peter hatte im Vollzug keine Probleme. Der Anstaltsleiter und auch die Lehrer, Sozialarbeiter und Psychologen hatten längst von ihm gehört und sprachen mit ihm wie mit einem erwachsenen Menschen. Peter bekam einen Job in der Küche und war, weil er sich selbst gestellt hatte, auch sofort urlaubsfähig. Das hieß, da er bis jetzt nur eine Unterbrechung hatte, standen ihm für das ganze Jahr noch zwanzig Tage Urlaub zu.
Die Leute, die in Dieburg seine Sachen hierher nach Butzbach geschickt hatten, hatten sogar die Schreibmaschine eingepackt, die gar nicht ihm, sondern der Anstalt gehörte. »Macht nichts«, dachte Peter, »ich verwende sie hier weiter und wenn ich in den Freigang komme, bringe ich sie zurück.«

Den Jahresurlaub nahm er über Weihnachten, weil er sicher war, anschließend ins Freigänger-Haus zu kommen. Entweder nach Darmstadt, ins Fritz-Bauer- oder nach Frankfurt ins Gustav-Radbruch-Haus. Beide benannt nach fortschrittlichen Juristen.

Peter verbrachte ein paar Tage im Raum Köln. Er besuchte seine Kinder, seine erste Frau und seine Oma, die ja gleichzeitig seine Adoptivmutter war und die schon seit einigen Jahren bei ihrer Tochter wohnte, also Peters leiblicher Mutter.
Die Oma freute sich wie ein kleiner Hund, leider hatte sie schon starke Demenz. Trotzdem begriff sie, dass ihr Junge jetzt Schriftsteller werden wollte. Sie tranken einen Melissengeist zusammen, und die Oma war ganz sicher, dass ihr Peter alles schaffen würde, was er sich vornahm.
Mit seiner leiblichen Mutter sprach er nur kurz, aber sie sagte, sie hätte ihm einen Brief nach Butzbach geschrieben.
Am 5. Januar, seinem Geburtstag, fand Peter sich zur Weiterverbüßung in Butzbach ein. Der Brief seiner Mutter lag schon in der Zelle. Zum ersten Mal teilte sie ihm mit, was an jenem 5. Januar 1944, also vor vierzig Jahren, passiert war, als sie ihn zur Welt brachte. Warum sie unter Druck war, warum sie ihn weggegeben hatte und warum und warum und warum ...
Peter war sehr irritiert, und es war ihm auch sehr unangenehm, dass sie sich immer wieder entschuldigte, für den Krieg, die Umstände, die Männer, und alles, was nicht so gelaufen war, wie sie es sich vorgestellt hatte. Aber immerhin gab es jetzt diesen Brief, in dem sie sich zumindest mal Gedanken über ihre Mutterrolle gemacht hatte.

Einen Tag zuvor war Peter auf einer Versammlung des deutschen Schriftstellerverbandes gewesen. Mit seinem ersten Buch hatte er sich um die Mitgliedschaft beworben und sie auch erhalten. Im Gewerkschaftshaus in Frankfurt lernte er seine Frankfurter Kollegen kennen. Eine der Frauen fiel ihm besonders auf, sie gefiel ihm. Sie hatte ein lustiges Gesicht, eine kleine Brille mit runden Gläsern, schöne blonde Haare und lachte immer. Das machte ihn an. Sie wusste längst, wer er war, denn die Vorsitzende der Frankfurter Sektion hatte Peter vorgestellt. Und so hatte er am letzten Tag vor seinem erneuten Strafantritt ein sehr langes Gespräch und eine schöne Nacht mit einer der besten Cartoonistinnen Deutschlands, Doris Rabe.
Schon am Tag nach der Rückkehr in Butzbach wurde ihm eröffnet, dass er in den offenen Vollzug kommen würde. Er sollte seine Sachen wieder packen und nach Darmstadt fahren, ins Fritz-Bauer-Freigänger-Haus.

Der Leiter des Freigänger-Hauses bestand nicht darauf, dass Peter sich eine Arbeit suchte, aber er erwartete, wenn Peter wirklich als Schriftsteller oder Journalist arbeiten wollte, dass er damit Geld verdiente, jede Woche. Sie wussten, dass Peter eine Wohnung in Offenbach hatte, und machten folgende Vorgaben: Peter konnte täglich die Anstalt von acht bis zweiundzwanzig Uhr verlassen. An zwei Wochenenden im Monat brauchte er gar nicht zurückzukommen. Das hörte sich toll an, aber schon nach drei Wochen hatte Peter Zweifel. Was musste er doch für ein Idiot sein, was war das für eine Gehirnwäsche, der er sich da unterzog, nur um sich jeden Tag selbst wieder freiwillig in Gefangenschaft zu begeben. Gehörte das zu den Prüfungen, zur Verinnerlichung des Wechsels, den er anstrebte? Peter hielt durch und schaffte sich nun endlich eine elektrische Kugelkopfschreibmaschine an. *Gabriele* hatte ausgedient.

Abschied von Gabriele

Morgen wirst du mich verlassen. Es ist unumstößlich der letzte Termin, und du sollst wissen, es tut mir weh. Morgen werde ich dich in Dieburg abgeben und du wirst der Gefangenenmitverantwortung übergeben. Die haben einen Anspruch auf dich. Vermutlich wirst du dem neuen Protokollführer in die Hände fallen, und ich sage dir, der wiegt drei Zentner und hat ganz dicke Finger, wie Knackwürste!

Ach Gabriele, was haben wir alles miteinander erlebt. Tausende von Seiten haben wir produziert, Briefe und Literatur. Ich brauchte nur meine Finger auf deine hellen Warzen zu legen, und du hast geplaudert! Nimm nur mal die Briefe! Weißt du noch, wie viele es waren? Böse und liebe, überschwänglich lustige und genauso depressive. Manchmal hab ich dich richtig zum Weinen gebracht, stimmt's? Ich hab dich gepflegt, massiert und eingeölt. Was, sag's mir jetzt, hat dir am besten gefallen? Was war das für ein Gefühl, als ich neulich mit einem langen Draht und dem alten Rasierpinsel dein Innerstes streichelte?

Nun musst du weg. Ein letztes Mal arbeiten wir zusammen, diktiere ich dir diese Zeilen, altes Mädchen. Und du wirst nie müde! Tag und Nacht bist du bereit zu einem schnellen Tick, Tick, Tick!

Wer hat dir nur den Namen Gabriele gegeben? Nun ja, er

passt schon besser zu dir als dein Nachname, Triumph! Du bist doch so schlank, dass du kein Korsett nötig hast ... Ich liebe deine flache, elegante Figur und dein graublaues Äußeres. Ha! Weißt du noch? Als ich zum Säubern einmal mit Verdünner über deine Warzen strich und sie so weich wurden, dass ich zwei Tage lang nicht an dir rumspielen konnte? Ja, ja, du hast viel von mir ertragen müssen. Meine Wut, die ich in dich hineinhämmerte, mit deiner Hilfe wurden daraus Beschwerden. Wie viele hast du im Laufe der Zeit davon ausgespuckt, stimmt's? Ich wünsch dir von nun an ein besseres Leben. Mein dicker Nachfolger ist, Gott sei Dank, kein Literat. Sicher spielt er nicht so oft an dir rum wie ich. Oder, du kleiner Schlingel, hat es dir etwa gefallen? Manchmal hast du gelacht, sicher dich auch manchmal geschämt über das, was ich dich auszusprechen zwang. Hoffentlich vergeht dir das Lachen nicht, man wird dich jetzt überwiegend zum Schreiben von Vervielfältigungsmatrizen missbrauchen. Das sind die dicken Dinger, die dich immer so weit öffnen, und du kannst dich nicht mal dagegen wehren, du armes Ding.
Alles, alles Gute, Gabriele.

Am nächsten Tag gab Peter *Gabriele* in Dieburg an der Pforte ab. Die haben sie angenommen. Danach ging er zum *Dieburger Anzeiger* und bewarb sich testweise als Journalist. Sie kannten ihn, hielten seine Bewerbung für einen Scherz, aber versprachen ihm, Geschichten abzukaufen. Na also. Es gab wenig Chancen, einen festen Job als Journalist zu finden. Den würde ihm bei seinem Vorleben und der fehlenden Ausbildung sowieso keiner anbieten. Aber wenn er Geschichten vorschlug, bekam er sowohl von Stadtzeitungen als auch Magazinen oder Tageszeitungen

Zusagen. Schließlich machte er auch dem *Stern* einen Vorschlag und wurde prompt eingeladen.
Er fuhr nach Hamburg und saß drei Chefredakteuren gegenüber, Liedtke, Bremer und Jürgs. Jürgs war ihm am sympathischsten. Er erhielt seinen ersten Auftrag, eine Reportage übers Milieu. Fortan wurde er vom *Stern* fast nur für solche Themen gebucht. Verbrecher, Nutten, Drogen. Aber sie zahlten gut, und auch die Spesen waren ordentlich.

Durch diese Geschichten wurde auch *Die Zeit* auf ihn aufmerksam. Ein Redakteur rief ihn an und fragte nach einem Krimi. Aber einem, der etwas mit ihm, Peter Zingler, zu tun habe. Bevor Peter nun eine neue Geschichte schrieb, zum Beispiel eine Einbruchsgeschichte, spannend zwar, mit Kitzel, dachte er, dass es die Gelegenheit sei, die Geschichte *Der Totengräber* einmal anzubieten. Die Geschichte eines alternden Einbrechers, der sein Geschäft längst aufgegeben hat. Als Totengräber war er überwiegend in die Häuser soeben verstorbener reicher Menschen, meist Millionäre oder Fabrikanten, eingebrochen und hatte abgeräumt, was da für die Erben aufgestapelt war. Er hatte recht gut gelebt, aber auch sehr lange im Knast gesessen. Wie Peter auch. Also schickte Peter die Story zum *Zeit-Magazin*, und sie wurde tatsächlich gedruckt.

Der Totengräber

Es sah nach einem schönen Tag aus. Die breiten Atelierfenster und die mosaikartig eingesetzten Glasziegel ließen helles Licht herein, noch bevor die Sonne aufgegangen war.

Henry Rohwedder gähnte, streckte seinen Körper und setzte sich auf den Bettrand. Dort hielt er einen Moment inne, bis sein altes Herz den ganzen Körper mit Blut versorgt hatte. Dann stand er auf und lief barfuß durch das große Dachgeschoss, das ihm, nur durch Holzpfeiler unterteilt, als Schlaf- und Wohnraum diente; er trat in den Flur, schlüpfte in die dort bereitstehenden Pantoffeln und schlappte zur Küche, drückte den Knopf, der den Boiler anheizte, kramte Tasse und Nescafé hervor und füllte, als das Wasser kochte, die Tasse auf. Er wartete, bis sich die Süßstofftabletten aufgelöst hatten, und streute eine Prise Salz hinein.

Die vielen Jahre, die er im Gefängnis verbracht hatte, bestimmten immer noch seine Lebensgewohnheiten: die Zubereitung des Kaffees, die Art, ihn im Stehen zu trinken, oder die Selbstgespräche, die er führte. Summend trat er ans Fenster, trank Schluck für Schluck, sah dabei über die Dächer der Stadt und prostete der eben aufgehenden Sonne zu.

»Und nun ab ins Bad.« Henry stellte die Tasse weg und verließ die Küche. Er putzte seine noch vollständig vorhandenen Zähne, schaute prüfend in den Spiegel, betrachtete sein braungebranntes Gesicht, die hohe Stirn, die Glatze, die von langem, weißem Haar umrahmt wurde; er zog die Haut straff, sah an sich herunter, fasste den kleinen Wulst an den Hüften und stieg, den Kopf schüttelnd, auf die

Waage. 71 Kilo bei 1 Meter 76 Größe. Sollte er mit seiner Tochter frühstücken, die eine Etage tiefer wohnte? Er überlegte, entschloss sich dann, heute zu fasten. Ja, Henry war sehr eitel für seine neunundfünfzig Jahre und trotzdem nicht unzufrieden. »Du hast dich gut gehalten, Henry«, lobte er sich. »Sicher ist was Wahres dran: Zehn Jahre Knast sind zehn Jahre nicht gelebt.«
Er beendete seine Morgentoilette, schlurfte durch den Flur und streifte vor Betreten des Wohnraums die Pantoffeln wieder ab. Sein Gesicht begann zu strahlen, als seine nackten Füße über den seidenen Keshan glitten. Das war ein Gefühl! Die Berührung der kurzgeschorenen Woll- und Seidenfäden mit Füßen oder Händen machte ihn froh. Henry einen Teppichliebhaber zu nennen war viel zu wenig. Ein Streicheln über den Flor mit verbundenen Augen sagte ihm, ob es sich um Wolle, Korkwolle oder Seide handelte; ein leichtes Kratzen mit dem Fingernagel an der Rückseite ließ ihn, ohne zu zählen, die exakte Knotendichte angeben und sogar feststellen, ob es sich um eine Senneh- oder Giordesknüpfung handelte.
Henry kleidete sich an. Die Wohnung lag nun voll im Sonnenlicht und ließ in den vielen Bildern, die an Stellwänden und Pfeilern hingen, die Farben explodieren. Ohne Schuhe und Strümpfe, aber sonst vollständig angezogen, bezog Henry seine Lieblingsposition mitten im Raum. Er setzte sich auf ein orientalisches Kissen, das, aus einer Kameltasche gefertigt, mitten auf einem beigen Nain mit blauem Spiegel stand, und ließ die Bilder auf sich wirken.
Es gab nichts, was ihn mehr stimulierte, als barfuß auf einem Teppich zu verweilen und Bilder zu betrachten. Hier hing ein Kirchner, dort ein Schmidt-Rotluff, Mueller, Nolde, Klee. Ein Schatten zog über Henrys Gesicht. Er dachte daran, wie viele Kunstwerke er in seinem Leben gestohlen und

für wenig Geld an Hehler verkauft hatte, während er nur Drucke, Lithos, allenfalls Aquarelle besaß.
Eine Stimme ließ ihn aufschauen.
»Opa, die Zeitung.« Er erhob sich und öffnete die Tür. Seine Enkeltochter hielt ihm die Tageszeitung entgegen.
»Kommst du zum Frühstück?«
»Nein, mein Kind.« Er lächelte sie freundlich an und streichelte über ihren blonden Haarschopf. »Sag deiner Mama, dass ich heute faste.«
Er sah ihr nach und horchte ins Treppenhaus. Kein Geräusch. Die Kneipe im Erdgeschoss war noch geschlossen. Henry hatte das Haus vom Ertrag der letzten Coups für seine Tochter gekauft und lebte nun mietfrei. Außerdem war er am Gewinn der Gaststätte beteiligt. Das reichte ihm. Ein Mann in seinem Alter benötigte nicht mehr viel Geld. Er fuhr seit fünfzehn Jahren den gleichen alten Sportwagen, und die Frauen kosteten ihn nichts. Seine Eroberungen waren alle Ende dreißig bis Mitte vierzig, versorgt, geschieden oder berufstätig; und heiraten würde er nicht mehr.
»So, dann wollen wir mal sehen, wen es erwischt hat.« Henry bezog wieder seinen Lieblingsplatz, blätterte die Zeitung von hinten auf und suchte, wie gewohnt, als Erstes die Todesanzeigen. Plötzlich erstarrte sein Blick. Mit zitternden Händen faltete er das Blatt ganz auseinander, legte es flach vor sich auf den Boden und kniete sich darüber. Er atmete schneller. Drei große halbseitige und eine kleinere Annonce kündeten vom Tode eines augenscheinlich wichtigen Menschen – Georg Kratz.
Das erste Inserat stammte von den trauernden Hinterbliebenen. Henry grinste schwach und sah die raffgierigen Gesichter vor seinem inneren Auge. Die zwei anderen großen Anzeigen stammten von den beiden Aktiengesellschaften, denen Kratz vorgestanden hatte. Etwas kleiner, aus

dem Steuersäckel bezahlt, die Anzeige der Stadt, die ihrem prominenten Mitbürger und Träger des Bundesverdienstkreuzes nur Gutes nachsagte.
»Dieses Schwein«, sagte Henry und erinnerte sich an seine letzte Begegnung mit Kratz.
Sie hatte, wie immer, im großen Gartenhaus der Villa stattgefunden, in der Kratz mit seiner Familie wohnte. Georg Kratz hielt sich meistens allein im Teehaus, wie er es nannte, auf. Das war sein Reich, in dem ihn niemand stören durfte. Vierzehn Jahre waren es her, seit Henry vor Kratz gesessen hatte.
»Na, bist du wieder draußen? Was hast du mitgebracht?«
Henry schüttelte den Kopf. »Nichts!«
»Nichts?«, Kratz' Stimme klang enttäuscht. »Was willst du dann hier?«
»Ja, weißt du«, hatte Henry begonnen, »ich will nur etwas mit dir besprechen. Ich bin zu alt für solche Sachen. Die letzten vier Jahre Knast haben mir gereicht. Gott sei Dank wohne ich im Haus meiner Tochter, meine Frau hat sich scheiden lassen, und eigentlich brauche ich nur etwas Geld, um ein paar alte Verpflichtungen einzulösen und einige für mich wichtige Dinge zu kaufen, ein Auto zum Beispiel. Ich dachte, dass es dir nicht schwerfallen wird, mir die paar Tausender zu geben, die ich brauche, um endlich in Ruhe leben zu können.«
Das Gesicht von Georg Kratz hatte sich während Henrys Rede verdüstert. Der fünfzigjährige schwergewichtige Mann mit dem grauen Igelhaar kaute auf einer kalten Zigarre, und sein Blick ging an Henry vorbei. »Willst du mich erpressen?«, fragte er leise.
Henry erschrak. »Aber nein, wo denkst du hin? Sieh mal, du hast zwanzig Jahre lang von mir gekauft, die besten und teuersten Kunstwerke, Teppiche, Bilder, Juwelen, alles, was

gut war, und du hast einen lächerlichen Preis dafür bezahlt. Heute ist das Zeug mindestens zwanzig Millionen wert, und da dachte ich ...«
»Hast wohl im Knast rechnen gelernt«, unterbrach Kratz zynisch. »Aber wie dem auch sei. Ich habe dich immer bezahlt. Und wenn du dein Geld nicht zusammenhalten kannst, ist das dein Problem. Ich versteh dich, hier ...« Er nestelte etwas aus einer Schublade, »hier schenke ich dir fünfhundert Mark. Geh dafür mal anständig essen und ficken. Ansonsten gibt's nur Geld, wenn du was bringst.«
Henry ließ den Schein liegen. Sein Blick fiel auf ein Louis-XV-Tischchen, auf dem ein altes chinesisches Schachspiel aus Elfenbein stand. Diese Kostbarkeit, er kannte sie genau, stammte aus der Villa eines verstorbenen Spielers aus Baden-Baden.
Er hat mir fünfhundert Mark dafür gegeben, dachte Henry. Ich erinnere mich, weil es jetzt wieder fünfhundert sind, die er mir anbietet. Und da, hinter ihm, der Wandteppich, der antike figurale Isfahan, der eine Koransure abbildet. Kratz hat ihn vor zwanzig Jahren von mir gekauft. Stammte von diesem angeblich pleitegegangenen Reeder aus Hamburg, der nach seinem Tod erst wirklich pleite war, als ich sein Haus geleert hatte. Zwei Millionen war der Plunder wert. Was hat Kratz mir damals bezahlt? Erst achtzig, dann noch mal fünfzehntausend, weil er angeblich nicht flüssig war.

Dass der Kerl hier noch mal auftaucht, gefällt mir gar nicht, dachte Kratz, aber wenn er mir drohen will, ist es zwecklos. Längst habe ich mir aus der Schweiz Quittungen besorgt, und in der Schweiz gilt im guten Glauben gekauft als ordnungsgemäßer Besitzwechsel. Ich habe sogar Zoll bezahlt, grinste er innerlich. Und außerdem, wer wird Henry schon

glauben? Ihm, einem heruntergekommenen Ganoven auf dem absteigenden Ast? – Im Gegensatz zu mir! – Ob er schon weiß, dass ich im Vorjahr das Bundesverdienstkreuz bekommen habe?
»Nein, Henry«, sagte Kratz, »es ist mir egal, ob du erpresst oder nur bettelst: Für mich gibt's nur eine Antwort: Nichts!« Damit nahm er auch den Fünfhunderter wieder vom Tisch, legte ihn in die Schublade und brachte dafür eine kleine FN Baby, Kaliber 6,35 zum Vorschein. »Und nun, Henry, hau ab und lass dich hier nie mehr blicken.«
Henry war gegangen und nie mehr ins Teehaus zurückgekehrt. Er dachte nicht im Entferntesten daran, Kratz Schwierigkeiten zu machen. Das lag seinem Ganovenverständnis fern.

»Hat's das Schwein endlich erwischt!« Henry erholte sich und ging in die Küche, kippte einen Fernet Branca und ein Glas Wasser hinterher. Er überlegte, kippte noch einen Fernet. Dann kam er zu einem Entschluss. Sein Gesicht leuchtete auf. Er zog Socken und Stiefel, Windjacke und Schal an, hastete die Treppe hinab, ging in den Hof, öffnete das Garagentor und sprang, ohne die Tür zu öffnen, in das alte 230-SL-Cabrio, entnahm dem Handschuhfach Mütze und Sonnenbrille, setzte zurück und fuhr gemütlich durch die Stadt in den Südteil, wo seit Menschengedenken die Kapitalisten wohnten. Auch Georg Kratz' Villa lag dort.
Mit wehendem Schal und Haar sah er aus wie ein Kunstprofessor. Und wirklich, über sein Gebiet – deutsche Maler der Jahrhundertwende und orientalische Teppiche – hätte Henry manche Vorlesung halten können.
Kratz' Anwesen hatte sich in vierzehn Jahren nicht verändert. Durch das geöffnete Haupttor sah Henry mehrere

Autos vor dem Portal stehen. Er umfuhr das Grundstück, parkte, fand die kleine Gartenpforte wie früher offen und ging, durch Büsche und Bäume vor Blicken aus der Villa geschützt, zum Teehaus. Er stellte fest, dass es noch durch dieselben Gitter, dieselbe Alarmanlage und dasselbe Schloss geschützt wurde. Einen kurzen Blick warf er durch die Butzenscheiben und erkannte im Halbdunkel das Schachspiel auf dem kleinen Tisch. Alles war unverändert!
Im Auto dachte er nach. Versonnen zeichneten seine Hände das Lenkrad nach, bis er entschlossen zum Zündschlüssel griff, den Gang einlegte und abfuhr. Morgen um zehn würde die Beerdigung sein. Es gab noch viel zu besorgen, wenn er seinen Beruf als *Totengräber* noch einmal ausüben wollte.
Er fuhr Richtung Vogelsberg, ließ die Ronneburg rechts liegen und parkte zwanzig Minuten später vor der baufälligen Hütte, die am Ufer einer ganzen Anlage von Forellenteichen lag. Er öffnete die Bretterbude mit einem Schlüssel, sah einen Augenblick prüfend auf die Menge des vorhandenen Fischfutters und ergriff einen Spaten. Am oberen Ende der Teiche, dort, wo der Bach einfloss, der die Anlage speiste, begann er, neben einer Eiche zu graben. Nach zwei Minuten hielt er ein verrottetes Plastikbündel in der Hand, tauchte es in den Bach, reinigte es, riss die morsche Kordel durch und ließ es aufrollen. Es war eine Plastiktüte mit der Aufschrift *Mokri-Zigaretten*. – Henry schmunzelte. »Hab ich sogar eine Zigarettenmarke überlebt.« Er fasste hinein. Vier silbrigglänzende Edelstahlteile kamen zum Vorschein, drei Passformen für Schlosszylinder und eine Verlängerung. Liebevoll wog er sie in der Hand. Dann fuhr er zurück.
In der Stadtmitte betrat er ein Kaufhaus und kleidete sich ein. Seine alte Berufskleidung existierte nicht mehr. Er hatte damals geschwankt zwischen Wegwerfen und Behalten, als ihm auf der Zeil ein zerlumpter Bettler aufgefallen

war, der neben seinem Hut ein Schild mit den Worten *Wenn Sie kein Geld haben, tut's auch ein Lächeln* aufgestellt hatte. Henry war so beeindruckt gewesen, dass er heimgeeilt war, den schwarzen Anzug, Krawatte, Schuhe, Mantel, Hut und ein weißes Hemd geholt hatte und den Bettler zwang, alles auf der Stelle anzuziehen. Er grinste jetzt noch über das Staunen der Menge, die zugesehen hatte, wie sich der Bettler in einen, wenn auch unrasierten, eleganten Bankkaufmann verwandelte.
Nach dem Kleiderkauf ging er in die Spielzeugabteilung, erstand dort ein großes Auto in Styroporverpackung, besuchte drei Konditoreien, bevor ihm ein Laden die benötigte Sahnespritze verkaufte, und besorgte eine Packung Gips sowie ein Kilogramm Mehl. Zu Hause schlich er mit schlechtem Gewissen seiner Tochter gegenüber die Treppe hoch und betete, dass sie ihn nicht mit den verdächtigen Einkäufen erwischte. In der Küche breitete er alles aus, mischte etwas Gips und Mehl mit Wasser, prüfte auf der Armbanduhr die Zeit des Antrocknens, beschloss, am nächsten Tag eine Idee mehr Gips zu nehmen, und griff zum Telefon. »Gärtnerei Weiß am Südfriedhof!«, meldete sich eine Frauenstimme. »Ich möchte für morgen neun Uhr dreißig noch einen Kranz bestellen, geht das?«
»Ja, aber nur ohne Eigennamen auf der Schleife, dazu braucht's zwei Tage Vorbestellung. Was wünschen Sie denn?«
»Na gut, dann nehme ich ...«, er zögerte einen Moment, »haben Sie irgendwas wie, ›Die ausgleichende Gerechtigkeit trifft jeden‹ oder ›Gottes Mühlen mahlen langsam‹?«
»Nein, leider nicht. Für wen ist es denn?«
»Ach, dann nehmen wir einfach ›Ein Gruß von einem alten Freund‹.«
Er hängte ein, legte sich ins Bett und schlief, erstmals seit

langer Zeit, unruhig und schlecht, hörte noch tief in der Nacht die Kirchturmuhr und sein Herz um die Wette schlagen.
Punkt zehn parkte Henry vor dem Gartentor. Er war zuvor ums Grundstück gefahren. Alles lag in tiefem Schweigen. Die Hausangestellten waren jetzt mit der Vorbereitung für die späteren Festlichkeiten beschäftigt, sie würden ihm kaum in die Quere kommen.
Auf dem Boden neben dem Fahrersitz schüttete er seine Mischung aus Mehl und Gips in einen kleinen Eimer, goss aus einem Kanister Wasser hinzu und rührte kräftig, bis es ein dickflüssiger Brei war. Damit füllte er den Beutel der Sahnespritze bis zum Rand. Er verbarg die Vorrichtung durch den über den Arm gelegten Kranz, ging durchs Tor zum Teehaus, stellte den Kranz ab, sah sich um, öffnete den Mantel, kletterte aufs Vorgeländer und hangelte sich mit gekonnten Griffen auf das tiefgezogene Dach. Vor der Alarmsirene kniete er nieder, führte die Tülle der Spritze an den Lautsprecherschlitz und presste die gesamte Füllung ins Innere. Dann zog er aus dem Mantelfutter die Styroporverpackung des Spielzeugautos und presste sie über die rote Signallampe. Henry kletterte wieder hinunter und sah auf die Uhr. Nach drei Minuten trat er an die Tür, setzte sein Werkzeug an und stand wenige Sekunden später im Flur. Einen Moment verharrend, horchte er auf die eventuell doch losplärrende Sirene. Sie blieb stumm. Er schloss die Tür hinter sich, ging in den großen Raum und setzte sich in einen Ledersessel. Sein Herz klopfte bis zum Hals, sein Gesicht war so grau wie die Steinplatten des Trottoirs draußen, sein Atem wurde knapp. Er hatte Herzschmerzen, und es dauerte fast fünf Minuten, bis er sich erholt hatte.
Da waren sie, die Kostbarkeiten seines verpfuschten Lebens. Da drüben, neben dem Kamin, dessen Sims drei goldene

Boulle-Uhren zierten, die er einst in Aachen erbeutet hatte, hingen die Noldes – dreimal Emil Nolde in Öl. Daneben, klein wie Postkarten, die sogenannten ungemalten Bilder Noldes, die er während seines Malverbotes im Dritten Reich geschaffen hatte. Der Max Ernst dort, auch von Henry, ebenso wie der Liebermann an der gegenüberliegenden Wand. Links, passend zur Täfelung, die alten Flamen, meist auf Holz gemalt, Barend Gael, Brueghel, sie stammten aus dem Privatbesitz eines verunglückten Galeristen. Im Nebenraum: das Ikonenzimmer, die Riemenschneider-Madonna, die alten türkischen Hereckes und Kayseris. Henrys Herz ging auf. Und erst als die hölzerne Jugendstiluhr, die, verborgen durch eine Tiffanylampe, auf einer Kommode stand, *Üb immer Treu und Redlichkeit* spielte, stellte er fest, dass es bereits elf Uhr war. Mit schnellen Griffen nahm er die Ölbilder von der Wand, löste mit einer Zange die kleinen Nägel, hob die Bilder aus dem Schmuckrahmen und legte sie übereinander auf wertvolle Wandteppiche, die er zusammenschlug, verknotete. Die Aquarelle rollte er. In zwanzig Minuten war alles im Kofferraum und auf dem Beifahrersitz verstaut. Den Kranz ließ er zurück.

Es kostete ihn Stunden, alles, ohne dass seine Tochter etwas merkte, ins Dachgeschoss zu schaffen. Henry war am Ende seiner Kräfte, und sein Herz schmerzte derart, dass er die ganze Nacht keinen Schlaf fand und sich vornahm, am Morgen den Arzt aufzusuchen. Müde und erschöpft nach durchwachter Nacht schlich er in der Frühe die Treppen hinab. Nicht einmal der Anblick der großen Beute bereitete ihm Freude.

Am unteren Treppenabsatz musste er einen Moment verharren, dann ging er weiter, öffnete die Haustür und sah direkt auf einen Streifenwagen, der gegenüber abgestellt

war und dem soeben zwei Polizisten entstiegen. Sie schauten zu ihm und kamen über die Straße auf ihn zu. Henry fasste sich ans Herz, erst wurde ihm heiß, dann kalt. Er setzte sich auf die Treppe, der Kopf sank auf die Knie, als sein Leben erlosch.
»Zustände sind das«, sagte der eine Polizist zu seinem Kollegen, »am frühen Morgen schon besoffen.« Dann betraten sie die Kneipe, um einen Kaffee zu trinken.

Henrys Tochter hätte nie gedacht, dass ihr Vater so viele Kumpel hatte. Zwar hatte sie ein großes Inserat aufgegeben, aber mit einer derartigen Resonanz nicht gerechnet. Schon auf dem Friedhof hatten Dutzende mehr oder weniger auffällige Jungs herumgestanden, jetzt saßen alle in der Kneipe und verzehrten Kaffee und Kuchen. Es waren so viele, dass ihr die Kaffeelöffel ausgingen. Sie schickte ihre Tochter nach oben. »Geh mal in Opas Wohnung. Hol alle Kaffeelöffel, die du findest.« Die Kleine kam schnell und total verwirrt zurück, sie brachte kaum ein Wort raus. Henrys Tochter war irritiert, dann ahnte sie etwas und eilte die Treppe hoch. Auch ihr stockte der Atem, als sie die Wohnungstür aufzog, die nicht verschlossen war. Die Wohnung war besenrein leer. Nichts stand oder lag herum, nur ein großer Kranz in der Mitte des Wohnzimmers mit Schleife und der Aufschrift: *LETZTER GRUSS VON EINEM ALTEN FREUND!*

Ein Mitgefangener im Freigänger-Haus, der Kölner Eishockeypräsident Dr. Jochem Erlemann, erzählte Peter von seinem wohlhabenden Leben, über das Peter den Roman schrieb: *Die Millionen des Dr. Erlemann oder die Kunst, Geld zu machen*. Der *Spiegel* hatte Erlemann gejagt und zur Strecke

gebracht. Der zuständige Redaktionsleiter Peter Boehlke forderte Peter auf, einige Sätze über Erlemanns derzeitige Lebenslage zu schreiben. Zwar kurz, aber es erschien im *Spiegel*. Peter war stolz.
Dann schlug Peter dem *Stern* ein Porträt Hemingways vor, der sich vor knapp fünfundzwanzig Jahren das Leben genommen hatte. Ein Jubiläum, zu dem man etwas über ihn machen sollte, fand Peter, der ein sehr ambivalentes Verhältnis zu Hemingway hatte. Er mochte Hemingways knappen Schreibstil, aber ihm war aufgefallen, dass Hemingway immer nur übers Töten schrieb. Das Töten von Fischen, das Töten von Stieren, das Töten von Menschen. Das missfiel Peter. Dann wieder gab es eine Zeit, da verstand er den Alten total, bis er begriff, was wirklich mit ihm los war: In allen Romanen gab es eine Hauptfigur, und diese Hauptfigur versuchte Hemingway stets mit sich selbst zu füllen, aber nicht nur auf dem Papier. Auch im Leben wollte Hemingway die erfundene Hauptfigur sein. Das hat ihn etliche Ehen und Beziehungen gekostet, weil er natürlich in Wirklichkeit nie die Größe erreichen konnte, die er gerne gehabt hätte. Eine arme Sau. Und so machte sich Peter auf die Suche nach Hemingways europäischer Vergangenheit.
Mit Sondergenehmigung des Justizministeriums durfte er im Freigang sogar Deutschland verlassen, um in Madrid und Sevilla zu recherchieren.

Während der paar Wochen in Butzbach hatte Peter sich entschieden, der Partei der Grünen beizutreten. Die Grünen waren vor drei Jahren gegründet worden, und ihm gefiel, wie alternativ sie zur SPD agierten.
Damit war Peter im Knast eine absolute Ausnahme, denn, man glaubt es kaum, bei Wahlen entschieden sich die

meisten Knackis für rechts bis scharf rechts. Die CDU holte im Knast die meisten Stimmen, nicht die SPD, die in den Siebzigern doch recht viel für den Strafvollzug getan und zum Beispiel ein Strafvollzugsgesetz verabschiedet hatte.
Mittlerweile saßen die Grünen in der hessischen Regierung! Peter nahm, immer noch als Knacki, an einer Sitzung des hessischen Parlamentes teil, bei dem es um Knastneubauten ging. Es war eine Anhörung. Es gab eine Menge Leute, die etwas zu sagen hatten. So erfuhr Peter erstmals das Geheimnis der leeren Zellen. Es gab gar keine leeren Zellen. Sobald ein Gefängnisbau stand, wurde er von den Richtern gefüllt! Holland hatte am wenigsten Gefangene, weil es dort die wenigsten Gefängniszellen gibt. Ähnlich war es in Norwegen und Schweden. Amerika hatte die meisten Gefängniszellen und trotzdem immer zu wenig.
Bei der Anhörung ging es um Neubauten. In Weiterstadt war ein Knast geplant und einer in Schlüchtern. Die Grünen kippten das Schlüchterner Vorhaben, weil es dort irgendeine Wanderheuschrecke gab oder ein Frosch durch die Gegend hüpfte. Peter fand das amüsant.
Für Weiterstadt sollte es die kleine Lösung geben. Also weniger Zellen, was bedeutete: wenig neue Gefangene. Es wurde dann, als später die CDU wieder alleine regierte, doch die große Lösung daraus. Und als der Knast fast fertig war, sprengte die dritte Generation der RAF das halbfertige Gebäude in die Luft, mit dem Erfolg, dass es zwei Jahre später als vorgesehen fertiggestellt wurde.

Peter hatte Sympathie und Mitgefühl für die vielen Langstrafigen. Er wusste, dass das Gerücht, alle Mörder würden nach fünfzehn Jahren auf freien Fuß kommen, gar

nicht stimmte. Er traf viele Täter, die dreißig Jahre und länger saßen, meistens in der Sicherungsverwahrung. Dazu die anderen Sicherungsverwahrten, im Knastjargon »mit Rucksack« genannt. Höchstens zehn Prozent von ihnen waren wirklich gefährlich, die anderen einfach nur lästig. Hundert Mal vorbestraft, machten sie viel Arbeit, und die Richter wollten sie sich einfach vom Halse halten, also: Sicherungsverwahrung. Peter nahm sich vor, auch nach seiner Entlassung am großen Thema Knast und Justiz dranzubleiben, zumal die Sicherungsverwahrung aus der »bösen« deutschen Vergangenheit stammte. Sie wurde im Dritten Reich ins Strafgesetzbuch eingefügt, zusammen mit der Schutzhaft, die die KZs füllte. Beide hatten miteinander das Unrecht, ohne spezielle Straftat Menschen einsperren zu können.
Natürlich machte Peters Karriere auch bei einigen Leuten Eindruck, die was zu sagen hatten. Zum Beispiel bei einem Staatssekretär der Grünen. Peter bekam die Zusage, dass sein Halbstrafen-Gesuch wohlwollend geprüft werde.
Mit Doris war er im Laufe der Zeit sehr eng zusammengekommen, aber irgendwie fürchtete er sich vor der Zukunft. Jedes Mal, wenn er abends zurück in den Knast fuhr, dachte er, dass er dies bald nicht mehr könnte, und ihr damit rettungslos ausgeliefert wäre. Was war nur mit ihm los? Warum konnte er sich nicht auf Doris' einladende Seele einlassen? Aber das würde er vielleicht auch noch lernen, oder? Jedenfalls stand ihm bald die Welt offen, und der große »hehre Kreis« wartete nur auf ihn.

Peter hatte nicht nur eine gutaussehende und humorvolle Frau gefunden, sie war auch eine erfolgreiche Autorin, genauer gesagt, Cartoonistin. Damals, Anfang der achtziger

Jahre, stürmten die Frauen mit Beziehungsbüchern die Bestsellerlisten. Auch Comics und Cartoons waren gefragt.

Doris hatte von ihrem Cartoon-Buch *Du streichelst mich nie* schon einige hunderttausend Stück verkauft. Als Peter sie kennenlernte, wurde gerade die Taschenbuchausgabe vorbereitet. Wolfgang Fienhold, ein Schriftstellerkollege aus Frankfurt, der mit *Die flambierte Frau* einen großen Erfolg feierte, nahm ihn im *Club Voltaire* zur Seite. »Stimmt das? Du bist mit der Oberemanze Doris zusammen? Mensch, haste nicht ihr Buch gelesen?« Doch, aber jetzt las Peter es noch mal und verstand, was Wolfgang gemeint hatte. Aber nach jeder Seite, die er umblätterte, nach jeder neuen Bildergeschichte wurde ihm klarer: Fienhold hatte unrecht. Doris war sehr gerecht, die Frauen wurden angesichts ihrer Unfähigkeit zu lieben genauso abgestraft wie die Männer.

Aber sie hatte natürlich mit ihrem Ruf als Emanze zu kämpfen. Das stellte Peter in der *Stern*-Redaktion fest. Er wollte Doris überraschen und ihr einen Job besorgen. Da der *Stern* von einigen Cartoonisten wöchentlich, für sehr gutes Honorar, deren Bildgeschichten abdrucken durfte, versuchte Peter für Doris eine Bresche zu schlagen. Der Redaktionsleiter der Sparte *Humor* empfing ihn auch, aber als Peter den Namen Doris Rabe aussprach, wurde der Mann aggressiv. Er habe Doris' Buch *Du streichelst mich nie* seiner Freundin geschenkt, die daraufhin Schluss mit ihm gemacht habe. Und er habe natürlich schon mit Frau Rabe gesprochen, aber die komme nicht in Frage. Der Mann machte den Eindruck, als habe Doris ihn stark beleidigt. Zu Hause befragt, machte Doris eine wegwerfende Handbewegung. »Der Arsch«, sagte sie, »hat mich nach Hamburg bestellt und zwei Stunden vor seinem Büro war-

ten lassen. Dann hat er mir auch die Story von meinem Buch und seiner Freundin erzählt und angeboten, er werde mich und meinen Zeichenstrich entwickeln und dann vielleicht ... Ich habe gesagt, ich brauch ihn nicht, ich entwickele mich selbst, und meinen Strich habe ich schon immer und der bleibt.« So wurde es nichts aus Doris und dem *Stern*, leider. Sie hätte gut in das Magazin gepasst, und Geld braucht jeder Autor.
Doris hatte immer alles auf den Punkt gebracht. Und die Leute haben es erkannt. Bei einem Fest im S. Fischer Verlag, wo ihre Bücher erschienen, erzählte ein Lektor, dass es in Deutschland wohl keine psychologische Praxis gebe, in der nicht Doris Rabes Buch im Regal stehe. Sie war wirklich eine Frau mit großem Mut, ließ sich nicht leicht einschüchtern und fuhr auch mitten in der Nacht mit der S- und U-Bahn oder ging im Dunkeln durch den Park.
Einmal war ihr jemand hinterhergeschlichen, Doris bemerkte es, drehte sich um, ging drei Schritte auf den Kerl zu und fragte: »Was willst du? Willst du was von mir? Dann komm! Zeig doch mal her, was du hast!« Der Typ hat sich auf der Stelle umgedreht und ist weggelaufen.

Doris informierte Peter früh über die vielen Fallstricke und doppelten Böden im Literaturbetrieb. Er ahnte, dass sein Ausstieg aus dem Milieu und Einstieg ins hehre Schriftstellerleben doch nicht so glatt vonstattengehen würde, wie er sich das vorgestellt hatte. Die ersten nicht so schönen Erfahrungen waren die versprochenen und nie stattfindenden Rückrufe und die fehlende Direktheit. Alles ging hintenrum. Da war das Milieu anders. Direkt und zuverlässig.
Dauernd haderte Doris mit den Verträgen. Sie bläute Peter ein, niemals etwas mündlich zu vereinbaren und

nie sofort zu unterschreiben, sondern alles mindestens dreimal zu lesen. Anlass für diese Belehrung war eine Lesung in einem Offenbacher Buchladen gewesen. Als Peter hinkam, war kein einziger Zuhörer da. Außer einem Plakat in der Buchhandlung hatte der Buchhändler überhaupt keine Werbung gemacht. Er hatte weder Anzeigen geschaltet, noch die Presse oder die Veranstaltungskalender informiert und meinte: »Leider keiner da, also auch kein Honorar. Sie können uns aber gerne etwas vorlesen, vielleicht kommt ja noch jemand.«
Das wollte Peter nicht, aber er schämte sich auch, die hundert Mark zu verlangen, die sie mündlich vereinbart hatten.
So kam es also, dass Doris Peter ausschimpfte und den legendären Satz sagte: »Alles, was nix kostet, ist nichts wert. Weil die Leute das glauben, musst du immer Geld verlangen. Und glaub mir, dann wird der Typ beim nächsten Mal schon dafür sorgen, dass sein Laden voll ist.«

Der offene Vollzug bedeutete, dass Peter die Nächte im Fritz-Bauer-Haus in Darmstadt-Eberstadt verbrachte und tagsüber in seiner Wohnung in Offenbach arbeitete. Aber sein altes Auto war der täglichen Strecke von Darmstadt nach Offenbach und zurück nicht mehr gewachsen. Doris lieh ihm Geld für ein neues. Sie glaubte einfach an ihn, und er kaufte sich einen kleinen Toyota Corolla, flott und preiswert, so um die zehntausend Mark.
Er war wieder mobil. Zu seinen festen Zielen gehörte auch Dieburg, die Kontakte zu Ursula Sigismund und Anne Duster, der Frau des Ortspfarrers, waren ihm sehr wichtig. Immerhin hatte er ihnen sehr viel zu verdanken. Immer wieder mal gab es ein Treffen hier oder dort.
Anne Duster lebte mit ihrem Mann Gerd und zwei halb-

wüchsigen Kindern in einem großen, unübersichtlichen Haus am Stadtrand mit einem kleinen Garten, einer Garage, einigen Kaninchenställen und ganz viel Krimskrams aus der Vergangenheit. Mindestens einer von beiden konnte nichts wegschmeißen, und so füllten sich alle Zimmer, Keller, Hof, Ecken und natürlich die Garage. Sie war so voll, dass gerade noch die Fahrräder der Kinder, nicht aber das Auto des Pfarrers Platz hatten. Wenn er doch mal reinfuhr, bemerkte er am nächsten Tag Kratzer und Schrammen, die Fahrradpedale oder Lenker an seinem geliebten Auto hinterlassen hatten. Mehr als einmal trafen die Wuttiraden des korpulenten Diener Gottes seine Frau und die Kinder. Mehrmals sogar in Peters Anwesenheit. Peter schlug ihnen vor, sich eine Fahrradgarage anzuschaffen. Der Pfarrer fand die Idee gut und nahm das Projekt in Angriff, schließlich war er der Chef, und mit Gottes Hilfe wusste und konnte er alles. Also bestellte er in einem Großmarkt einen Fahrradunterstand, eine Hütte, wie er es nannte, aber er schaffte es in Jahren nicht, sie aufzubauen. Da hat ihn dann Gottes Hilfe verlassen.

Obwohl Doris wirklich eine gutverdienende Schriftstellerin war, wohnte sie in einer Wohngemeinschaft mit zwei anderen Autoren zusammen. Ihr Zimmer war das reinste Chaos. Überall stapelten sich Zeitungen, Zeitschriften und Bücher bis unter die Decke. Es gab nur einen schmalen Gang zwischen Schreibtisch und Bett, das war alles. Deshalb verstand Peter sehr gut, dass Doris gleich Interesse zeigte, als er erwähnte, dass sein Freund Dirk beabsichtigte, ein Haus zu kaufen, und für ihn eine Wohnung einplante. Es war das Haus, aus dem dann die *Romanfabrik* werden sollte.

Peter wollte nicht mit Doris zusammenziehen. Er hatte Angst, dass die Nähe ihre Beziehung zerstören würde. So, wie es jetzt war, ging es sehr gut. Wenn sie was zusammen machen wollten, verabredeten sie sich, manchmal sogar täglich. Doris wohnte im Nordend und war auch oft in dem Haus in Spanien, das sie zusammen mit einem Kollegen und einer Lektorin gekauft hatte. Sie schwärmte von der Sonne, dem Meer und dass sie dort in Ruhe arbeiten konnte. Spanien, sagte sie, sei Europa und zur Not könne man sogar mit dem Fahrrad hinfahren.
Doris' Haus war in Conil. Peter hatte noch nie von dem kleinen Ort gehört. Er liegt an der Costa de la Luz, der südlichen Atlantikküste Spaniens, jenen rund zweihundert Kilometern, die von der Straße von Gibraltar den Atlantik entlang bis an die portugiesische Grenze führen. Hier gibt es die Städte Tarifa, Cádiz und Huelva und eben die kleine Stadt Conil de la Frontera, die in Peters Leben noch eine große Rolle spielen sollte.
Doris und ihre Kollegen hatten das Haus Ende der siebziger Jahre gekauft und keine zwanzigtausend Mark dafür bezahlt. Ein Altbau, mitten in der Stadt, mit Innenhof, Räumen wie Höhlen mit kleinen Fenstern ohne Glas. Alles diente dem Schutz vor der Sonne, nicht vor der Kälte. Heizungen gab es nicht. Normalerweise wohnten große spanische Familien in diesen Häusern, und die kleinen fensterlosen Räume heizten sie mit ihrer Körperwärme.
Peter kannte das Haus nur von Fotos. Um Deutschland während des Freigangs verlassen zu dürfen und mitzufahren, hätte er eine Sondergenehmigung gebraucht. Also fuhr Doris öfter und für längere Zeit alleine dorthin. In dieser Zeit erreichte Peter ein Anruf von Ellen Schuster, seiner Brieffreundin, der Mörderin, die nun entlassen worden war. Er holte sie an der Bahnstation ab, fuhr mit

ihr nach Hause und sie prallten heftig auf- und ineinander. Als könne man all das, was man in Entsagungszeiten geträumt und aufs Papier gebracht hat, in einer Nacht abarbeiten. Das Wort ist nicht falsch gewählt, Ellen hatte all die Dinge aus seinen und ihren Geschichten auf einem Erledigungszettel im Kopf und setzte sich zum Schluss auf die Waschmaschine im Schleudergang und zog ihn zu sich herein. Es war eine ihrer Phantasien gewesen, gewiss ganz cool, aber in der Ausführung nicht so spritzig. Die Beachtung der äußeren Umstände, wie nicht ab- oder auszurutschen, ließen keine geile Entspannung zu. Später fuhr er sie ins Krankenhaus. Sie hatte einen Termin zur Tätowierungsentfernung. Damals waren Tatoos noch nicht gesellschaftlich akzeptiert, zumal auf Körperteilen, die man im Sommer zeigt. Ellen wohnte wieder in ihrer Heimatgegend, hundertfünfzig Kilometer von Frankfurt entfernt, und so sahen sie sich nur noch ein- oder zweimal, bis es dann irgendwann einschlief. Auch hier waren die Erinnerungen an die Träume im Knast weitaus heißer als die gelebte Realität. Es war Peter recht, so konnte er sich auf seine Karriere konzentrieren.
Anfang der achtziger Jahre gab es drei verschiedene Stadtzeitungen in Frankfurt, allen bot Peter Geschichten an. Sie nahmen sie, aber zahlten sehr schlecht. Zum Beispiel für die Geschichte des Richters am Verwaltungsgericht in Frankfurt-Bockenheim, zu dessen Aufgaben es gehörte, das Gewissen der Kriegsdienstverweigerer zu prüfen. Der hatte verlauten lassen, man könne keine Gewissen prüfen. Peter wollte diesen Mann unbedingt kennenlernen und erhielt tatsächlich den Auftrag, ein Interview mit ihm zu führen. Der Richter lud ihn ein, und Peter saß ihm gegenüber, nicht so, wie er früher Richtern gegenübergesessen hatte, nein, auf Augenhöhe. Peter war neugierig und wurde

überrascht. Anders als die Richter, die Peter bisher kennengelernt hatte, war er nicht verschlossen, sondern erzählte ganz offen von seinen Schwierigkeiten, den richtigen Weg, ein gerechtes Urteil zu finden. Deshalb hatte er auch beschlossen, jedem Antrag eines Wehrdienstverweigerers stattzugeben. Wie sollte man denn eine Gewissensentscheidung prüfen? Jemandem in den Kopf schauen? Er meinte, alles, was bisher entschieden worden war, sei Pippifax gewesen. Wer nicht zur Waffe greifen wolle und behaupte, er könne es mit seinem Gewissen nicht vereinbaren, dem müsse man glauben. So schlicht und einfach war es, und genauso verständlich formulierte es der Richter. Es war ein tolles Interview und ein toller Artikel. Leider bekam Peter vom *Auftritt* nur hundert Mark dafür.

Aber es gab ja die Drehbuchverträge. Peter hatte sich ausgerechnet, dass wenn er einen Drehbuchvertrag pro Jahr bekäme, er davon die Miete und die laufenden Kosten bezahlen könnte. Für einen Film von sechzig Minuten wie *Ein Fall für zwei* gab es fünfundzwanzigtausend Mark. Für Wiederholungen, meist zwei Jahre später, noch mal das Gleiche. Auch von den Verkäufen der Filme ins Ausland profitierte der Autor. Und diese Serie war sehr begehrt in Italien, Frankreich und anderen europäischen Ländern. Nur aus dem damaligen Ostblock kam wenig. Für eine in Rumänien ausgestrahlte Folge gab es gerade mal hundertfünfzig Mark. Aber Peter arbeitete und arbeitete und schrieb Exposés und Treatments für Fernsehfilme und Serien. Damals galt der Autor noch als wichtige Person. In den Fernsehzeitungen stand sein Name vor dem des Regisseurs. Heute wird der Autor dort gar nicht mehr erwähnt. Aber Peter spürte damals schon, dass die Würde des Autors wenig zählte. Zwar redeten alle großspurig, das Wichtigste für einen Film sei: ein gutes Drehbuch, ein gutes Drehbuch, ein gutes Drehbuch ... doch die Drehbuchautoren spürten nichts von der Hochachtung. Als Guru der Drehbuchautoren in aller Welt gilt der Amerikaner Sid Field. Er hat ein Standardwerk übers Drehbuchschreiben verfasst, und in seiner deutschen Ausgabe erwähnt er Peter Zingler, Fred Breinersdorfer und Matthias Seelig als positive Beispiele für die Kunst, ein Drehbuch auf den Punkt zu bringen. Trotzdem spürte Peter von Seiten der Sender und Produzenten selten ein aufmunterndes Signal, selbst dann wenn sie ihm einen Filmstoff abkauften.

Peter verbuchte das als Ablehnung eines »Nicht-Ihresgleichen«. Er war halt der kriminelle Seiteneinsteiger. Ihm gegenüber konnten die Redakteure ihre eigene Problematik, mit Stoffen anderer umzugehen, leichtherziger weitergeben. Sie hatten schließlich studiert, und dieser Typ da, dieser angebliche Schriftsteller war ja nur ein Ex-Knacki. Sie dachten, wenn sie selbst die Idee für die Geschichte gehabt hätten, wäre ihr Buch mit Sicherheit wesentlich besser geworden. Peter spürte das alles, auch wenn es nicht ausgesprochen wurde. Er ging auch kein bisschen überheblich damit um. Es tat ihm einfach weh, nicht wahrgenommen zu werden, wie er es ja von seiner Mutter kannte, aber er beherzigte den Tipp der Oma. »Mach et wie de Schusterjung. Faust in de Täsch und lachen und denken, du kannst mich mal.«

Peter besuchte immer wieder seine Oma. Dabei lief ihm auch stets seine Mutter über den Weg. Aber zu dem versprochenen Gespräch über ihr Verhältnis, vom Säugling bis heute, kam es nie, weil seine Mutter immer wieder Gründe fand, weshalb sie es verschieben musste.

Die Demenz der Oma schritt fort. Manchmal erkannte sie

Peter gar nicht mehr. Als sie ihm von ihrem Enkel Peter erzählte, der ein guter Junge sei, hat er vor Rührung geweint. Der gute Junge saß nämlich vor ihr, und dass er der Oma mal böse gewesen war, konnte er gar nicht mehr verstehen.

Seine Oma erwies ihm auch noch einen letzten Dienst oder glaubte, ihm einen erweisen zu müssen: Sie hat auf ihn gewartet. Offiziell wurde Peter am 6. Juli 1986 entlassen. Einen Tag später starb sie. Und so begann Peters Freiheit mit einer Beerdigung.

Auf einer Veranstaltung des Schriftstellerverbandes lernte er Hilmar Hoffmann kennen, einen der besten und bekanntesten Kulturpolitiker Deutschlands. Peter war schwer beeindruckt. Der sechzigjährige Hüne mit wallendem weißen Haar war das, was man eine gestandene Persönlichkeit nennt. Er sah nicht nur gut aus, sondern wusste auch, was er wollte: Kultur.

Kultur für alle hieß eines seiner ersten Bücher, und das war auch sein Lebensmotto. Kurz nachdem er aus amerikanischer Kriegsgefangenschaft in das Ruhrgebiet, seine Heimat, zurückgekehrt war, stürzte er sich in die Kulturarbeit. Er gründete das Oberhausener Kurzfilmfestival und war stets besonders dem Film verbunden.

In Frankfurt wurde er Kulturdezernent der SPD, aber auch die darauf folgende CDU-Regierung hielt an ihm fest. Einen Besseren konnten sie nicht finden. Hilmar Hoffmanns Lieblingsprojekt war das Museumsufer. Er schuf etliche Museen entlang des südlichen Mainufers, beginnend neben dem Städel und seiner berühmten Kunstschule. Ob Film- oder Ikonenmuseum, ob Architektur-, Kommunikations- oder Völkermuseum. Hoffmann fand immer noch eine alte Villa, die es wert war, zum Museum umfunktioniert zu werden. Die Bürger Frankfurts dankten es ihm.

Peter auch. Denn schon bei dem ersten Treffen empfanden sie Sympathie füreinander. »Das ist mein neuer Freund«, stellte Doris ihn vor. »Schon gehört, der aus dem Knast«, lachte Hilmar Hoffmann und meinte es kein bisschen böse.

Kurz darauf, bei der Einführung des Frankfurter Stadtschreibers in Bergen-Enkheim, trafen sie wieder aufeinander. Hilmar stellte ihn dem Bürgermeister Andreas von Schoeler mit den Worten vor: »Das ist ein Verbrecher, aber ein richtig Guter. Und er schreibt tolle Sachen.«

Peter wusste nicht, wie von Schoeler das einschätzte, aber es schien, als nehme er es mit Humor.

Am Zustandekommen des Ikonenmuseums hatte auch Peter einen Anteil, aber einen schrägen! ... Dabei ging es ihm ehrlich darum, jemandem etwas Gutes zu tun. Wie meistens ging dann etwas furchtbar in die Hose.

Hilmar hatte ihm erzählt, dass im Taunus ein älterer Mediziner wohnte, der im Zweiten Weltkrieg als Arzt an der Ostfront in russische Gefangenschaft geraten war und in etlichen Gefangenenlagern deutsche Kriegsgefangene und Russen behandelt hatte. Der Mann habe einen Zugang zur russischen Seele gefunden, zur Religion und ihren Heiligen sowie den berühmten Reliefheiligenbildern, allgemein als Ikonen bekannt. Aus der Kriegsgefangenschaft zurück baute er hier ein neues Leben auf, aber die Ikonen konnte er nicht vergessen. Dank seiner Sprachkenntnisse hielt er den Kontakt nach Russland, besuchte das Land oft, suchte, fand und sammelte Ikonen. Im Laufe von über dreißig Jahren platzte sein Haus fast vor Ikonen, und er machte sich Sorgen über die Zukunft der Samm-

lung. Seine Kinder hatten kein Interesse, und so sprach er mit Hilmar Hoffmann.
Der joviale Mann aus dem Pott sagte zu allem immer erst einmal ja, besonders wenn es um Kunst und Kultur ging. Als er sich dann im Haus des Arztes von der Menge und Schönheit der Ikonen überzeugt hatte, war er total begeistert. Doch wohin damit? Das Amt für Wissenschaft und Kunst, das er leitete, war in einem ehemaligen Kloster am Sachsenhäuser Ufer untergebracht, aber nur in den oberen Räumen, die unteren standen leer. Genau der richtige Ort für die Ikonen. Bevor er das Ikonenmuseum etablierte, erzählte er Peter davon und bat ihn, etwas für den edlen Spender zu tun. Der Mediziner war völlig unbekannt, und Hilmar lebte nach dem Grundsatz: »Tue Gutes und erzähle es allen!« Also sollte Peter erzählen. Er suchte sich einen Auftraggeber und fand ihn in der Lokalredaktion der *Bild*-Zeitung. Er besuchte den edlen Spender und schrieb dessen Geschichte. Die Story war voll des Lobes, denn der Arzt hatte sich sein Leben lang auf die Sammlung konzentriert, er kannte jede Ikone, konnte wunderbar über sie erzählen und war völlig selbstlos. Die Übergabe an die Stadt geschah in Form einer Schenkung. Dass es wirklich so selbstlos war, bezweifelte nach Erscheinen von Peters Artikel allerdings das Finanzamt. Sie stürzten sich auf den edlen Spender und warfen ihm vor, dass er niemals den Wert seiner Sammlung in der Vermögensaufstellung angegeben habe. Der Spender konterte, er habe die Ikonen nicht als Vermögen verstanden, sondern als ganz private Sammlung. Die Ikonen hätte er mit bereits versteuertem Geld bezahlt. Aber das Finanzamt starrte natürlich mit gefletschten Zähnen auf den Gesamtwert der Sammlung, es handelte sich um Millionen, die Peter ganz selbstverständlich in seinem Artikel erwähnt hatte,

schließlich wollte er die Großzügigkeit des Mannes veranschaulichen. Es wurde für den Mediziner aus dem Taunus zu einem Spießrutenlauf. Und - heute kann man es ja sagen - selbst seine Kinder trieben ihn. Sie, die kein Gefühl für die Heiligenbilder hatten, nahmen es ihm übel, dass er sie einfach verschenkte, statt sie zu verkaufen und ihnen, den Erben, das Geld zu geben. Da nun aber die Stadt Frankfurt der Nutznießer war, also praktisch auch der Staat, arrangierten sich Hilmar Hoffmann, sein Oberbürgermeister und die Landespolitiker mit dem Finanzamt. Und so nahm die Geschichte dann doch noch ein halbwegs glückliches Ende.

Es war eine Lehre für Peter. Seitdem hat er seine Reportagen oder Hintergrundgeschichten auf solche Fallen abgeklopft. Der Vorfall sollte sich nicht wiederholen. Das hatte der Ikonensammler aus dem Taunus nicht verdient. Er war wirklich großzügig, und seine Sammlung kann man bis heute im Ikonenmuseum bewundern.

Dirk erklärte Peter den Hintergrund für den geplanten Hauskauf: *Das Sudfass*, sein Puff, die Bordellbar *Flair*, das Laufhaus und die Sauna, insgesamt fünf Häuser in der Oskar-von-Miller-Straße, waren gewerblich nutzbar, nur das Haus Nr. 12, in dem er jetzt noch ein Hotel und die Bar *West-östlicher Diwan* unterbringen wollte, war ein reines Wohnhaus.

Die hohe sechsstellige Umnutzungsgebühr, die Dirk der Stadt zahlen musste, konnte er sparen, wenn er dafür neuen Wohnraum in gleicher Größenordnung zur Verfügung stellte. So war er auf das Haus in der Uhlandstraße gekommen, ein wunderschöner Altbau aus den siebziger Jahren des 19. Jahrhunderts.

Ursprünglich gehörte es einem Pferdehändler, denn genau gegenüber war damals der Pferdemarkt. Das Haus hatte fünf große Etagen, jeweils circa hundertsiebzig Quadratmeter groß, im Hof stand ein kleines Fachwerkhaus, in dem früher der Knecht gewohnt hatte, und es gab etliche Pferdeställe. Das Haus war zuletzt vom Sozialamt mit Obdachlosen und anderen sozial Schwachen belegt worden. Entsprechend sah es auch aus, total heruntergekommen. Bevor Dirk es kaufte, handelte er mit dem Liegenschaftsamt den Deal aus: Wenn er das Haus wiederherrichtete und mindestens siebenhundertfünfzig Quadratmeter Wohnfläche zur Vermietung zur Verfügung stellte, konnte er die Nr. 12 in der Oskar-von-Miller-Straße ohne Strafgebühr umnutzen. Dirk war zum Kauf entschlossen. Da er mitbekommen hatte, wie mühsam Peters neue Existenz als Schriftsteller und Journalist war und er nicht wollte, dass Peter wieder einbrechen ging, bot er ihm eine Wohnung in dem Haus an und im Gewölbekeller sollte er eine *Literaturkneipe* betreiben. Er könnte dort beim Wein mit Kollegen zusammensitzen und literarische Gespräche führen. So romantisch stellte sich der Puffbesitzer das Schriftstellerleben vor. Der arme Poet an der literarischen Front!

Da Peter, trotz Aufträgen von Zeitschriften und Stadtmagazinen und ab und zu einem Drehbuchauftrag, vermutlich lange Strecken mit unsicherem Einkommen überstehen musste, sagte er zu.

Als er dann mit Doris über Dirks Pläne sprach, fielen ihr sofort ganz viele Kolleginnen und Kollegen ein, die am Rande des Existenzminimums lebten. Sie überlegte, dass es schön wäre, wenn sie alle in einem Haus wohnen könnten, vielleicht als WG in den großen Wohnungen.

Peter ging mit Doris zu Dirk, und sie erklärte ihm, was ihr vorschwebte. Sie lief offene Türen bei ihm ein. Innerhalb

eines Jahres renovierte Dirk das Haus Uhlandstraße 21 aufs Feinste und Originellste. Überall zogen Leute ein, die was mit Büchern, Zeichnen, Schreiben oder Fotografieren zu tun hatten. Das Knechthaus im Hof wurde das Haus des *Romanfabrik*-Stipendiaten, denn so sollte das neue Haus heißen: *Romanfabrik*. Das war Doris' Idee, denn sie wollte, dass schon der Name klarmachte, das *Romane zu schreiben richtige Arbeit* war.
Dirk hatte die Pferdeställe im Hof zu sechs kleinen Wohnungen umbauen lassen, und so zogen im Herbst 1985 etwa fünfundzwanzig mehr oder weniger junge Leute dort ein. Zur selben Zeit sollte die Kneipe eröffnet werden.
Peter hatte Hilmar Hoffmann von dem Projekt berichtet, aus der Uhlandstraße 21 einen Wohn- und Veranstaltungsort für Autoren zu machen. Hilmar geriet ein bisschen unter Zugzwang, denn auch er wollte etwas Bleibendes für Autoren schaffen. Museen für tote Künstler gab's genug, auch Goethe war ja gut vertreten. Aber für lebende Autoren gab es noch nichts. Erst ein Jahr später sollte das *Literaturhaus* in der Bockenheimer Landstraße eröffnet werden und ein von Autoren geführtes, sogenanntes Literaturbüro. Und nun kam Hilmar Hoffmann ein Privatmann in die Quere, dazu noch ein Puffbesitzer, aber er nahm es sportlich. Obwohl er sagte, er werde wohl nicht zur offiziellen Eröffnung kommen, weil er sich keine Pressefotos mit einem Bordellbesitzer leisten könne.
Aber wichtig war Hilmars Hilfe auch für die Bar im Keller, den Literaten-Treffpunkt der *Romanfabrik*. Peter hatte schlechte Erfahrungen mit Ordnungsämtern. Aber siehe da, jetzt bekam er sogar eine Gaststättenkonzession, obwohl er genauso vorbestraft war wie acht Jahre zuvor, als sie ihm verweigert worden war. Hilmar Hoffmann hatte sich für ihn verbürgt. Der Ordnungsamtsbeamte drohte

zwar, er werde alles im Auge behalten und beim Geringsten … Aber die Konzession wurde zugesagt.

Es wundert sicherlich niemanden mehr, dass Peter in jener Zeit, es muss 1984 gewesen sein, auch mal wieder observiert wurde. Er hatte es sehr schnell festgestellt. Und etwa zwei Wochen später, er wohnte noch in Offenbach, standen zwei Männer vor seiner Tür, die sich als Beamte des Landeskriminalamtes ausgaben. Es ging um einen Einbruch in einer Frankfurter Ausstellungshalle, drei weltberühmte Gemälde waren gestohlen worden, mehrere Millionen wert.

Es reichte den Beamten nicht, dass Peter ein Alibi hatte, sie kannten ja seine Connections, aber er hatte wirklich nichts damit zu tun. Natürlich hatte er von dem Diebstahl in der Zeitung gelesen, aber er hatte sich nicht dafür interessiert. Viel mehr interessierte ihn, endlich mal einen Vertrag für einen *Tatort* oder einen anderen Neunzig-Minuten-Film zu bekommen. Das glaubten ihm letztlich auch die beiden Beamten.

Drei Wochen später teilte ihm die Staatsanwaltschaft mit, dass das Verfahren eingestellt und sein Telefon sechs Wochen lang abgehört worden war. Peter wusste gar nicht, dass ein Verfahren gegen ihn eröffnet worden war. Und jetzt interessierte ihn der Fall doch.

Er selbst wäre nie auf die Idee gekommen, in diese Ausstellungshalle einzubrechen, um die Gemälde zu klauen. Da hätte er die Polizei gleich selbst um Handschellen bitten können. Es musste also irgendwie anders gelaufen sein. Peter war neugierig und seine Neugier brachte ihn bald weiter. Es war zwar nicht klar, wer die Täter waren, aber dass sie einen Schlüssel gehabt hatten und die Bilder mittlerweile in den USA waren, erfuhr er blitzschnell.

Käufer und Auftraggeber war ein Großbetrüger, der ein Jahr zuvor in Butzbach im Knast gesessen und dort etliche Jungs kennengelernt hatte, die nun, aufgrund seines finanziellen Backgrounds, die Möglichkeit hatten, eine derart große Beute zu Geld zu machen. Und da der Vorschuss reichlich war, konnten sie einen Schlüssel kaufen und so den Coup problemlos durchführen.
Es sollte noch etwa fünf, sechs Jahre dauern, bis der Fall tatsächlich aufgeklärt wurde. Und siehe da: Peters Version bestätigte sich. Aber er hatte nichts mehr damit zu tun; ihn interessierte Hemingway viel mehr.

Die Geschichte über Hemingway für den *Stern* war noch nicht fertig. Zwar hatte Peter nach dem Besuch bei den Kontaktleuten etliche Infos bekommen. Aber ein ganz wichtiger Besuch stand noch aus, der bei dem Stierkämpfer Luis Miguel Dominguín. Hemingway hatte ihn und dessen Konkurrenten Ordóñez in seinem Buch *Tod am Nachmittag* gefeiert. Peter musste also dringend nach Spanien. Da das Auslandsverbot ganz aufgehoben wurde, war es eine gute Gelegenheit, endlich einmal mit Doris nach Conil zu fahren.

Der *Stern* hatte Peter den Kontakt zu dem Fotografen Jörg Steinert vermittelt, der die Geschichte gegebenenfalls illustrieren sollte. Steinert wohnte in Madrid jenseits des Retiro-Parks, an der Plaza Niño Jesús, dem Platz des kleinen Jesuskindes. Dort wohnten außer ihm noch der ARD-Korrespondent Robert Gerhardt und dessen Lebensgefährtin Mirjana, die sämtliche deutsche Klatschblätter mit Geschichten aus dem spanischen Königshaus belieferte. Sie hatte die Adresse des Stierkämpfers, und sie machte auch die Kontakte.

Aber zunächst fuhr Peter mit Doris im Auto nach Spanien. Fast zweitausendfünfhundert verdammt lange Kilometer von Frankfurt bis nach Conil de la Frontera, einem schönen, kleinen Städtchen direkt am Meer.
Dort war es noch fast ursprünglich. Die Fischer zogen ihre Kähne mit dem Traktor aus dem Wasser. Der Sand der zwischen Stadt und Wasser liegenden, kilometerlangen Düne wurde soeben abgetragen und wegen Geldbedarfs nach Marbella verkauft. Das Haus von Doris und ihren Freunden lag in der Calle Alta, wie der Name schon sagt, in einer Straße, die etwas höher lag. Sie war so schmal, dass Parken nur ganz dicht an der Häuserzeile möglich war und man nur einseitig ein- oder aussteigen konnte.
Eine Woche später fuhr Peter mit dem Auto nach Andújar am Río Guadalquivir in der Provinz Jaén. Dort war er mit Mirjana und dem Fotografen Jörg verabredet. Peters Spanisch war bei weitem noch nicht so gut, dass er ein Interview alleine hätte führen können. Von Andújar aus ging es in die Sierra Morena zu einem Stausee, dem Embalse del Jándula, wo Luis Miguel Dominguín wohnte, einst der berühmteste Stierkämpfer Spaniens. Was würde er über Ernest Hemingway erzählen können?

Der alte Mann und die Mär

Das Ende einer Legende

Es war ein Amerikaner, der mir die spanische Seele nahegebracht hat: Ernest Hemingway. Als Kind hab ich seine Storys verschlungen. Noch heute spüre ich ein erotisches

Kribbeln, wenn in *Wem die Stunde schlägt* der Held zu Pilar in den Schlafsack kriecht. Noch jetzt kommt in mir blanke Wut auf die Haifische hoch, die in *Der alte Mann und das Meer* den Fischer um seine schwer erkämpfte Beute bringen. Und selten habe ich so schadenfroh gelacht wie über den Schweizer Almbauern, der seiner im Winter verstorbenen Frau die Laterne an den gefrorenen Kiefer hängte. Für mich ist Hemingway der Reiseschriftsteller schlechthin, der letzte einer Zunft, die das Fernsehen mit seinen schnellen Bildern ausgemerzt hat. Und seit Jahren wird immer wieder behauptet, es hafte ein Makel am Mythos Hemingway, seine Legende sei nichts als Lüge. 1961 hat sich der Nobelpreisträger von 1954 mit einer Richardson-Flinte erschossen. Auch wenn es lange her ist, sollten doch noch Menschen leben, die ihn persönlich gekannt haben. Ich mache mich auf die Suche nach ihnen. Ich will wissen, ob Hemingways Anspruch, er schreibe immer alles auf, *wie es war*, wirklich stimmt.

Madrid, Hotel Victoria. Fünfzig Jahre lang das Stierkämpferhotel. Es gehört jetzt zu einer Hotelkette und befindet sich zurzeit im Umbau. Die schäbige Pracht ist noch nicht ganz wegrenoviert. Die Wintergärten kleben an der Fassade wie Bienenwaben, verkünden verblichene Eleganz. Die Läufer in den Gängen sind abgetreten. Übergroße Ölschinken mit Stierkampfmotiven zeugen von besseren Zeiten. Im Zimmer 220 hat Hemingway während des Bürgerkrieges des Öfteren gewohnt. Holztäfelung, Barocktischchen, Brokatdeckchen und der Blick auf die Plaza Santa Ana und den Eingang seiner Stammkneipe, der Cervecería Alemana. Es sind nur hundert Meter zu Fuß – eine Entfernung, die sich der oft volltrunkene Autor noch so eben schleppen konnte.

Die Einrichtung der Cervecería ist fast ein Jahrhundert lang gleich geblieben. Alte Tische, alte Theke, alte Kellner, nur die Tapas scheinen frisch zu sein. Don Ramón González, der Inhaber, will nichts verändern. Sein Lokal hat Geschichte gemacht, das sieht man an den Fotos vieler Prominenter. Hemingway ist nicht darunter. Ich frage Don Ramón, warum. »Hemingway mag ein guter Autor gewesen sein, das kann ich nicht beurteilen. Aber als Journalist war er eine Niete und als Mensch ein Arsch. Was er über Spanien geschrieben hat, stimmt oft nicht. Während des Bürgerkrieges war er täglich hier, dort drüben an diesem Tisch, hat mit Offizieren getrunken, sie ausgehorcht und danach seine Berichte abgefasst, die sich lasen, als wäre er persönlich draußen an der Front gewesen. Er tönte immer, er käme, um Spanien zu helfen. Aber ich weiß, er kam nur, um billig zu saufen, zu vögeln und um aus unserer Not Kapital zu schlagen, für seine Geldbörse und für seinen Ruhm! Jede Frau hier im Raum hat er angebaggert und ihr versprochen, sie in seinen Romanen zu erwähnen, wenn sie mit ihm ins Bett ginge. Er war ein Großmaul, ständig besoffen, und er hat alle angepöbelt. Wenn aber mal einer aufstand und es mit den Fäusten austragen wollte, hat er gekniffen. Nein, bei mir wird nie ein Foto von ihm hängen.«

Mehr will Don Ramón nicht über Hemingway sagen. Vielleicht, denke ich, liegt's an den politischen Differenzen. Don Ramón war Franquist. Er hat im Zweiten Weltkrieg mit der Blauen Division auf deutscher Seite in Stalingrad gekämpft und ein Bein verloren.

Doch es bleibt mir auf jeden Fall der Stierkämpfer Don Luis Miguel Dominguín. Er soll erzählen, was er über Hemingway weiß. In seinem letzten Roman hat Hemingway das Duell Dominguín-Ordóñez um den Rang des besten Toreros Spaniens beinhart beschrieben.

Auf dem Weg in die Sierra Morena muss ich oft an Hemingway denken. Hier, in den Schluchten dieser sonnenverbrannten Berggipfel, stand die Brücke, deren Sprengung in *Wem die Stunde schlägt* Aufgabe einer republikanischen Partisaneneinheit war, die Papa Hem so genau beschreibt, als wäre er dabei gewesen.
Natürlich weiß ich, dass er nichts umsonst gemacht hat. Warum auch? Jahrhundertelang lebten die Verleger als Millionäre und erwarteten von den Autoren, dass Armut Großes gebiert. Hemingway forderte und erhielt reichlich. 1951 zahlte ihm die Zeitschrift *Cosmopolitan* für einen Romanvorabdruck fünfundachtzigtausend Dollar, ohne dass auch nur ein Wort geschrieben war. Aus Angst ums Geld stellte der Verlag ihm einen Redakteur zur Seite, der ihn auf allen Reisen begleitete und ihm das Manuskript Seite um Seite aus der Maschine zog. Der Typ war sein späterer Biograf A. E. Hotchner.
Aber was soll an Hemingways Erwerbstrieb falsch gewesen sein? Ich kenne Pamplona, und jeden Juli zu San Fermín erlebe ich die Stadt so, wie Hemingway sie in *Fiesta* schon vor sechzig Jahren beschrieben hat.
Es ist heiß, im Auto mindestens fünfzig Grad, die Luft flimmert. Hier, zwischen Andújar und Virgen de la Cabeza, biegt die mir am Telefon beschriebene schmale Asphaltstraße nach rechts ab. Das Tor ist nicht verschlossen. Kein Hinweis, wer hier wohnt. Ich fahre langsam weiter. Hinter jeder Biegung erwarte ich, die Finca zu sehen. Nichts. Auch nicht nach drei, nicht nach fünf, nicht nach acht Kilometern. Einige Hinweisschilder zeigen vorwärts: *Casa Principal.* Nach zwanzig Minuten Fahrt erreiche ich das Ufer eines großen Stausees, des Embalse del Jándula. Dort, auf einem Gipfel, zweihundert Meter über dem Wasser, rund und gedrungen wie ein Adlerhorst, das Domizil des

berühmtesten Stierkämpfers der vierziger und fünfziger Jahre, Don Luis Miguel Dominguín.
Das Haus ist vollgestopft mit Jagdtrophäen. Es gibt Cognac und Whisky am frühen Morgen in späten Mengen. Dienerschaft humpelt herum, alte Kampfgefährten des Meisters, die ihm vor Jahrzehnten den Degen reichten und die Pferde pflegten. Eine reine Männergesellschaft, denke ich. Doch dann kommt sie: Doña Rosario, Enkelin von Exdiktator Primo de Rivera und Lebensgefährtin von Dominguín. Sie ist groß, mager, trägt eine dunkle Brille, nimmt einen riesigen Schluck Whisky und verkündet mit rauchiger Stimme, sie sei auf dem Weg zur heiligen Messe.
Auch Don Miguel schüttet reichlich Whisky nach. Seine erste Bemerkung: Er sei erst gegen sieben in der Früh eingeschlafen. Ich frage besorgt, ob er krank sei. Nein, antwortet der alte Macho, es gebe für Männer auch andere Gründe, erst am Morgen einzuschlafen.
Er hat sich seit den Fünfzigern nicht verändert. Damals machten seine Amouren Schlagzeilen. Ava Gardner, bayerische Prinzessinnen, Filmsternchen und Jetset-Groupies. Immer bewies der gutaussehende, stolze Spanier, dass er nicht nur in der Arena seinen Mann steht.
Er war der erste Torero, der über die Grenzen der Stierkampfwelt hinaus bekannt wurde. Er war mit Ernest Hemingway befreundet. Hat der Schreiber den Stierkämpfer Dominguín populär gemacht?
»Unsinn. Ich kannte Hemingway sehr gut, aber ich war schon berühmt, bevor er meine Bekanntschaft gesucht hat. Außerdem: Von einer Freundschaft kann keine Rede sein. Hemingway hat sich mir zwar immer wieder aufgedrängt, aber zu wirklicher Freundschaft war er nicht fähig. Er war allen Männern gegenüber Konkurrent!«
Wenn das stimmt – was ist der Grund? Hemingway war

doch wer. Er hatte schon zu Lebzeiten einen Platz im Literatenhimmel. Seine Fähigkeit, Inhalte zu vermitteln und nicht nur schöne Satzkonstruktionen zu bauen, ist unübertroffen. Er hatte wirklich was zu erzählen und es nicht nötig, neidisch oder eifersüchtig zu sein.

»Das sollte man meinen, aber es war nicht so«, behauptet Dominguín. »Er wollte immer im Mittelpunkt stehen. Sehen Sie, er hat sich ›Papa‹ nennen lassen. Die meisten glauben, das sei von Vater abgeleitet. Aber ich weiß, er sah sich als Papst.«

Wessen Papst? »Für alle und jeden. Hemingway glaubte, von allem alles zu wissen und zu verstehen. Ein Beispiel: Als junger Bursche nahm er drei Stunden Boxunterricht. Ich wiederhole: drei Stunden! Fortan ließ er sich jahrzehntelang als Boxexperte feiern. Oder nehmen wir den Stierkampf. Auch wenn er viel über Stierkampf geschrieben hat, er hatte keine Ahnung! Ende der Zwanziger hat er zwei Corridas gesehen, in einer trat mein Vater auf. Hemingway hat darüber berichtet und sich seitdem zum Fachmann erklärt.«

Ich habe gelesen, Hemingway hätte Dominguín moralisch und finanziell unterstützt, nachdem er 1953 in der Arena schwer verletzt worden war.

»Quatsch! Ich kenne die Geschichten, die er in Umlauf gebracht hat. Er hätte mir Stiere gekauft, damit ich trainieren könnte. Er hätte mich ermutigt, ein Comeback zu wagen. Ein Witz! Ich war schon immer viel reicher als Hemingway. Und zum Weitermachen brauchte er mich nicht zu inspirieren. Ich stand damals auf dem Höhepunkt meiner Karriere, seitdem ich mit zehn Jahren zum ersten Mal vor Publikum aufgetreten war. Und Stiere kaufen? Er hatte immer Geldsorgen, auch sehr viel Angst, eines Tages nichts mehr zu verdienen. Nachdem ich ihn 1954 auf seiner Finca

Viga in San Francisco de Paula auf Kuba besucht hatte, erfuhr ich später von Journalisten, er habe ihnen ein Telegramm geschickt, ich sei nach Kuba gekommen, um mich von ihm im Stierkampf unterrichten zu lassen. Das muss man sich vorstellen! Er mich unterrichten! Er hat noch nie im Leben einen Fuß in die Arena gesetzt! Außerdem konnte er kein Blut sehen. Und ein Beispiel aus Afrika: Die Massai haben eine spezielle Art, Büffel mit der Lanze zu jagen. Dazu muss man zwei, drei, manchmal acht Stunden bewegungslos am Wasserloch stehen, bis der Büffel sein Misstrauen aufgibt und sich nähert. Hemingway beschreibt das so, als habe er das selbst gemacht. Ich weiß, er hat es nie getan. Er konnte es keine Minute aushalten, ohne zu schwätzen, geschweige denn Stunden. Im Schwätzen war er große Klasse. Er war einfach ein Angeber. Auch im Bürgerkrieg. Hemingway war stets auf der Seite des Flusses, auf der die Generäle standen. Dort gab es zu essen und zu trinken. Seine späteren Berichte hörten sich allerdings immer so an, als habe er ganz vorne im Kugelhagel gestanden.«

»Aber ein Autor hat doch nicht immer die Verpflichtung, sich selbst erschießen zu lassen.«

»Nein, aber Hemingway erhob den Anspruch, es müsse so sein. Daher hat er an seinen Kollegen, die erfolgreiche Kriegsromane geschrieben haben, kein gutes Haar gelassen.«

»Ich weiß. Hemingway nannte James Jones, den Autor von *Verdammt in alle Ewigkeit*, einen fetten Major ohne Ahnung vom Krieg. Norman Mailers, *Die Nackten und die Toten*, hielt er für so schlecht, dass er sich geschämt hätte, es einem Verlag anzubieten.«

»Da haben wir's doch. Er konkurrierte mit allen, die Cojones hatten.«

»Kann es sein, dass Don Luis Miguel Dominguín sauer auf Hemingway ist, weil der ihm seine Gunst entzog und sich dem Stierkämpfer Ordóñez zuwandte, den er für besser hielt?«

»Unsinn. Hemingway und ich mochten uns schon viel früher nicht. Weil alle Leute ihm in den Arsch krochen, nur ich nicht. Ich habe ihm gesagt, was ich denke und wenn er unrecht hatte, und das konnte er absolut nicht vertragen. Ordóñez und ich waren keine Konkurrenten, wir waren Freunde, und er war mit meiner Schwester verheiratet, und er war ein ebenso guter Torero wie ich auch! Hemingway hätte gern gesehen, wenn wir uns gestritten hätten, dieser alte Intrigant. Denn Hemingway war unaufrichtig und feige. Noch eine Geschichte aus dem Bürgerkrieg, die mir mein Freund Pablo Picasso erzählt hat, der ja der Pate meiner Tochter ist: Es war kurz vor Kriegsende. Republikanische Freunde kamen zu Hemingway und brachten eine Kiste mit. Sie baten Hemingway um die Gefälligkeit, sie bei ihm abstellen zu dürfen. Hemingway, der immer den Hilfreichen spielte, sagte zu. Kaum waren die Männer aus dem Haus, packte er die Kiste in seinen Wagen und fuhr sie zu Picasso. Er hat gesagt: ›Pablo, kannst du die Kiste einige Zeit aufbewahren, es sind Schinken und Wein darin, ich muss kurz in die USA fahren.‹ Pablo war einverstanden. Als Hemingway nach Wochen immer noch nicht wiederkam, hatte Picasso Sorge, der Schinken könnte schlecht werden, und öffnete die Kiste. Darin fand er zwei MG und einige Handgranaten. Er war sehr böse auf Hemingway. Wenn die Franquisten die Waffen bei ihm gefunden hätten, wäre es schlimm für ihn ausgegangen.«

Peter fragte den Stierkämpfer Dominguín, ob er jemals Hemingways Bücher gelesen habe.

»Ja, einige.«, antwortete dieser. »Ich finde nicht alles über-

ragend, was er über Spanien schreibt. Der Grund dafür ist wohl, dass er oft nicht mit Spaß bei der Sache war, sondern nur Geld verdienen wollte. In Kuba, als ich einige Wochen sein Gast war, hat er jeden Morgen gearbeitet. Beim Frühstück hat er dann immer gesagt: ›Heut morgen hab ich dreitausend Wörter geschrieben und dreitausend Dollar verdient.‹ Das meine ich damit. Immer nur Geld, Geld, Geld.«
»Aber Hemingway hat den Literaturnobelpreis bekommen!«
»Nicht seiner literarischen Leistung wegen. Das weiß ich genau. Das war ein Dankeschön Europas für den Marshallplan. Das war regierungsgesteuert!«
»Politik hin, Politik her, er hat den Nobelpreis bekommen, und er hatte einen enormen Bekanntheitsgrad. Warum soll er ein solcher Aufschneider gewesen sein?«
»Es war aber so! Noch eine Geschichte aus Kuba: Nachmittags ging er für zwei Stunden weg. Als er zurückkam, erzählte er mir, soeben habe er eine Frau fünfmal gevögelt. Er hätte noch öfter gekonnt, aber wegen einer weiteren Verabredung am Abend habe er sich zurückgehalten. Nun, abends waren wir im *Floridita*, seiner Stammbar, und Hemingway war überraschend schnell besoffen. Der Barkeeper nahm mich zur Seite und meinte, ansonsten vertrüge Papa mehr, aber er sei ja schon am Nachmittag zwei Stunden da gewesen und habe kräftig gezecht. Überhaupt, ich kann mich kaum an ein Zusammensein mit Hemingway erinnern, bei dem er nicht geprahlt hat, er habe soeben mit dieser oder jener Dame geschlafen.«
Wir können davon ausgehen, dass Hemingway ein Egozentriker war, aber Miguel Dominguín ist doch auch einer!, denkt Peter und ahnt, dass die wenig schmeichelhaften Aussagen über Hemingway doch aus dieser Rivalität zu ver-

stehen sind. Und so fragt er Dominguín, ob Hemingway ihm vielleicht mal eine Frau ausgespannt hat, Ava Gardner zum Beispiel? Jetzt grinst der alte Kämpe, seine Augen sind hinter der dunklen Brille nicht zu erkennen. Er kippt den großen Rest aus seinem Whiskyglas mit einem Schluck und zündet sich eine an.

»Gut, dass Sie diesen Namen nennen. Ava Gardner ist ein klassisches Beispiel für Hemingways Lügengeschichten. Ich lernte sie in Las Vegas kennen, wo ich im *Caesar's Palace* den Amerikanern einen Stierkampf vorführte. Frank Sinatra hat mir Ava vorgestellt. Hemingway kannte sie nur flüchtig, in Spanien hat er aber all unseren Bekannten erzählt, er sei ihrer überdrüssig gewesen und habe sie an mich abgetreten. Er hat niemals seine Finger in der Nähe ihrer Unterwäsche gehabt, höchstens in seiner Phantasie. Nein, ich war eine Herausforderung für Hemingway, er für mich nie! Das ist ganz einfach zu erklären. Papa besaß Millionen Fans auf der ganzen Welt, aber er hatte keinen Kontakt zu ihnen. Sie saßen irgendwo und streichelten höchstens das Papier seiner Bücher. Ich aber stand Abend für Abend im Mittelpunkt, um mich herum Zehntausende meiner Fans. Sie haben mich geliebt und angefeuert. Um dieses Triumphgefühl hat mich Hemingway immer beneidet.«

Peter wollte in Conil nicht nur Doris' Gast in ihrem Haus sein, er wollte gleichberechtigt mit ihr dort wohnen. Sie bat die Miteigentümer, Peter in ihren Kreis aufzunehmen, aber die wollten nicht. Also verkaufte Doris ihnen ihren Anteil und sie und Peter suchten sich was Neues. Außerhalb Conils, Richtung Colorado, am Rand des Pinienwaldes, gab es einige versteckte Häuschen. Eines davon, relativ klein, mit dreitausend Quadratmetern Grundstück,

kostete siebzigtausend Mark. Doris zahlte die eine Hälfte, Peter pumpte sich seine bei Freunden und dem Mann seiner Mutter zusammen. Da er wusste, dass er im darauffolgenden halben Jahr noch einige Drehbuchvorschüsse bekam, kaufte er auch das unbebaute Nachbargrundstück, genauso groß. Und auf diesen sechstausend Quadratmetern, mitten im Pinienwald, mit Blick über die Ebene bis nach Conil und zum Meer, entstand ihr Traum.
Im Lauf der Jahre wurde das Häuschen unterkellert und wuchs um eine Etage, einige Ecken und eine Garage. Schließlich hatte es dreihundertfünfzig Quadratmeter Wohnfläche. Von den hundert Pinien mussten einige für Palmen Platz machen. Um das Gelände zu bewässern, wurde ein zwölf Meter tiefer und vier Meter breiter Brunnen gegraben, und schließlich auch noch ein Swimmingpool angelegt sowie ein Grillplatz und eine Sauna für den Winter.

Die Sache mit dem Brunnen war Peter ein Lehrstück. Der Baumeister hatte ihn gefragt, wohin er den Abraum schaffen solle? Peter sagte: »Einfach neben dem Loch aufschütten.« Grinsend fragte der Baumeister: »Ihr Ernst?« Sie hatten erst zwei Meter tief gebuddelt, aber der Abraumberg war bereits höher als die Pinien. Zwölf Meter Tiefe, vier Meter Durchmesser waren dreißig LKW Abraum. Kein Wunder, dass der Kerl gegrinst hatte.
Es musste eine andere Lösung her. Hinter der Grenzmauer zur Straße schütteten sie über die ganze Grundstücksbreite von sechzig Metern einen Wall auf und bepflanzten ihn mit Kakteen. Das passte dann gerade so.
Nie zuvor hatte sich Peter für Pflanzen interessiert. Aber in Spanien begann er, seine Umgebung grün zu veredeln. Dabei half ihm Manuel, der Nachbar, ein Bauer. Ob Pal-

men, Sträucher oder Blumen, ja sogar Tomaten und Auberginen baute Peter mit Manuels Hilfe an. Was daran lag, dass die Bauern mit Blumen und Bäumen wenig, dafür umso mehr mit Ertragsfrüchten anfangen konnten. Als die Tomaten und Auberginen reif waren, schmeckten sie köstlich. Aber Peter hatte viel zu viel, sechzig bis siebzig Kilo Tomaten und Auberginen. Weil jetzt alle ernteten und selbst genug hatten, konnte er sie auch nicht verschenken. Also wurden die Tomaten- und Auberginenpflanzen mitsamt den Früchten untergepflügt und Rosenbeete, Oleander und Jasmin gepflanzt.

Manuel konnte übrigens alles: Mauern setzen, Verputzen, Dächer aus Gras bauen, Bäume beschneiden und Wespennester mit Diesel ausheben, und noch vieles, vieles mehr. Peter lobte ihn: »Manuel, du kannst einfach alles.« Manuel nickte und erwiderte: »Ja, ich kann alles, und du kannst nix. Aber du hast Geld und ich nicht.«

Peter hatte jetzt alle Hände voll zu tun: Hausbau und Grundstücksgestaltung, Schreiben für Fernsehen, Verlage und Zeitschriften-Redaktionen. Daher schaute er immer aufmerksam nach links und rechts und stieß auf die absonderlichsten Geschichten. So, als er eines Tages von Conil nach Granada wollte, und kurz vor Sevilla eine Abkürzung nahm, um nicht durch die Großstadt fahren zu müssen. Neben der Straße tauchte plötzlich hinter einer hohen Mauer der Petersdom auf. Peter hielt an und fragte sich, was das denn sei? Er stieß auf eine Story, die erzählt werden musste!

Papa Clemente, der Papst von Sevilla

Armes Rom. Auf fünf Millionen Einwohner ein Papst. Da sieht das Verhältnis in Palmar de Troya anders aus. Nur fünfhundert zu eins. Auch über die sieben Hügel Roms können die Andalusier nur lachen. Hier, vierzig Kilometer südlich von Sevilla, gibt es Tausende davon, normalerweise dem Sherryanbau vorbehalten. Und auf einem dieser Hügel an der Verbindungsstraße von Utrera zur Nacional IV, steht der Petersdom. Er ist nur wenig kleiner als das Vatikanoriginal. Der Bau selbst ist nicht gerade stilsicher, eher ein verspieltes Gemisch aus Gotik, Renaissance, Bauhaus, Jugendstil und Gelsenkirchener Barock. Die Kuppel sieht aus wie in Rom, die schlanken Beitürme erinnern an Bagdad. Die Stahlgerüste für weitere Türme an der Westseite rosten vor sich hin. Eine haushohe Mauer umgibt die Baustelle, bewacht von karabinerbewaffneten Wächtern und vier scharfen Doggen.

Um die Osterfeiertage herum ist Wallfahrt angesagt. Wenn im übrigen Spanien die Semana Santa mit ihren allnächtlichen Umzügen der Büßer- und Kapuzenmänner anfängt, wenn die Andalusier einmal mehr ihren Mutterkomplex an der Jungfrau Maria abreagieren, beginnt in Palmar de Troya der Anmarsch der Gläubigen. Sie kommen überwiegend aus dem Ausland, um sich von Papa Clemente, wie der vierundvierzigjährige Papst Gregor XVII volkstümlich genannt wird, das vierzehnstündige Hochamt lesen oder sich schnell zum Bischof weihen zu lassen. Ohne Diözese. Papa Clementes beste Zeit scheint jedoch vorbei zu sein. Nur etwa hundertfünfzig Wallfahrer, die meisten mit zwei Reisebussen aus dem bayerischen Aichach angereist, versam-

meln sich im Mittelschiff des Protzbrockens und dokumentieren laut ihre Lateinkenntnisse. Vor zweieinhalb Stunden haben sie begonnen, noch ist kein Ende abzusehen. Sie sind erst bei der Wandlung.
Mir tun schon seit langem die Knie weh. Ich stehe auf. Sofort ist ein etwa achtzehnjähriges schwarzhäutiges Bürschchen, seines Zeichens Bischof, bei mir und weist mich streng an, wie alle anderen wieder auf die Knie zu fallen. Ich krümme mich also wieder nieder, versuche, mich mit den Armen abzustützen. Um mich herum alles Märtyrer, kein Schmerzenslaut, nur fröhliches Gebet – auf Lateinisch.

Die Messe dauert mittlerweile drei Stunden. Alle machen weiter mit, keiner scheint heiser zu werden. Am wenigsten die »Karmeliterinnen vom heiligen Antlitz«, wie Clemente seine Frauentruppe nennt. Sie sind deutlich, wenn auch eine Oktave höher zu vernehmen, und knien halb verborgen hinter einer spanischen Wand, rechts vom Altar. Sie haben ihre Gesichter verhängt und sehen aus wie Mumien. So viel Scham angesichts des Papstes? Dann wären die Parolen, die Clementes Gegner an die Klostermauer sprühten, reine Spekulation: »Hier vögelt der Papst selbst!« Ich hatte schon früher beschlossen, Clemente persönlich nach dem Wahrheitsgehalt der Sprühdosenparole zu fragen, aber so hartnäckig ich auch bleibe: Der Papst ist nicht zu sprechen. Das war nicht immer so. Erst mit der sinkenden Popularität seiner »Kirche der Christenheit« wuchs seine Scheu vor der Öffentlichkeit. Dabei hatte alles so gut begonnen.

Am 30. März 1968 erschien vier kleinen Mädchen auf ebenjenem Hügel leibhaftig die Jungfrau Maria. Die Sache sprach sich im spanischen Blitztempo herum, wie immer, wenn es um die Virgen geht. Man muss das verstehen. Spanien, als das katholischste aller katholischen Länder, hat ein ungebrochenes Verhältnis zur Kurie – und kein sehr gutes. Im Gegensatz zu anderen Ländern, wo die Kirche unter staatlicher Kritik steht oder gar verboten ist und so die Menschen an sich bindet, hat sie in Spanien immer heftig mit den Machthabern paktiert. Auch in den Jahren faschistischer Herrschaft teilten sich der Pfarrer und die Guardia Civil die Macht im Dorf. Das haben die Spanier – und erst recht die Andalusier mit ihrer langen anarchistischen Tradition – nicht vergessen. Vom Glauben abschwören mochten sie aber auch nicht. Sie stürzten sich auf die einzige Frauenperson der Heiligen Familie – die Jungfrau Maria. Kaum ein Flecken im ganzen Land, in dem sie nicht Patronin ist. Kein Fest ohne sie. Und die größte Wallfahrt überhaupt, den Camino de Rocío, erleben jährlich Hunderttausende, die, alkoholisiert und fanatisch, die Wallfahrtskirche in einem für manche tödlichen Gedränge umlagern und mit dem Schrei »Viva la guapa!« – Es lebe die Hübsche! – die Herausgabe der tonnenschweren Madonnenfigur fordern, die man ihnen dann auch zeigt.

Kein Wunder also, dass der Besuch »ihrer Jungfrau« auf ihrem andalusischen Hügel die Menschen verzückte. Von nah und fern eilten Heilige und Unheilige herbei, um das Wunder zu feiern oder daran zu verdienen. Unter ihnen waren: Clemente Dominguez, Laufbursche der »Versicherungsanstalt zum Erzengel Raphael«, der seinen Wunsch, Priester zu werden, frühzeitig wegen mangelnder Intelligenz aufgeben musste – nach heutigem Wissensstand eine wohl unzutreffende Entscheidung des Priesterseminars; Clementes Freund Manuel Alonso, ein wegen Unterschlagung entlassener Kassierer der gleichen Versicherung, sowie Carmelo, ein Flamencotänzer. Das Gespann war in Sevillas

Homoszene unter der Bezeichnung »Brüderliche Dreifaltigkeit« stadtbekannt.

Clemente, der Junge aus den Slums, hatte die heftigsten und schönsten Begegnungen mit der Jungfrau und Gottesmutter. Und er verkündete sie am schönsten. Damit hatte er selbst professionelle Konkurrenten, es waren auch Priester unter den »Sehenden«, abgehängt. Die ersten Millionen spendete die neunzigjährige Großgrundbesitzerin Baronesa de Castillo, und Clemente errichtete auf dem Hügel eine vorläufige, grüne Plastikkathedrale. Dort betete er fortan und wirkte Wunder, so lange, bis es sich auf der ganzen Welt herumgesprochen hatte. Und alle, alle kamen. Eine Völkerwanderung setzte ein: Reste der Blumenkindergeneration, Aussteiger, Priester und Laien, die mit dem Ergebnis des Vatikanischen Konzils unzufrieden waren, und jede Menge Wundergläubige, die vom portugiesischen Wallfahrtsort Fatima schnell einen Abstecher nach Sevilla machten, um diese zweite Chance zu nutzen, ihre Gebrechen loszuwerden.

Der Ruf, Clemente heile von der Drogensucht, zog besonders viele junge Amerikaner, Australier und Iren an. Die meisten Gläubigen pflegen beim Eintritt in Clementes Orden alles, was sie haben, abzugeben – einige das wenige, was sie in der Tasche tragen, andere Millionen. Clementes Spezi Manuel, der frühere Defraudant, ist Kassenverwalter des Ordens. Er kaufte jahrelang Grundstück um Grundstück in Sevilla, Palmar und am Ende den ganzen Hügel.

Anfang 1975 holten Clemente, Manuel und Carmelo zu ihrem größten Coup aus. Umberto Eco hätte es nicht besser erfinden und beschreiben können. Als der religiöse

Akkordarbeiter Clemente einmal eine längere Betpause einlegte, kutschierten er und seine beiden Spießgesellen nach Rom. Dort überredeten sie den senilen, im Exil lebenden vietnamesischen Erzbischof Ngô Đình Thục zu einem Trip nach Palmar, schleppten ihn ins Flugzeug und verfrachteten ihn zum Marienhügel. Dort ließen sie ihn, mit Clementes Hilfe, ausführlich die Gottesmutter erleben, bis er begeistert und erschöpft die drei und noch ein paar ihrer Kumpels am 11. Januar 1975 zu Priestern und auch gleich zu Bischöfen weihte. Clementes erste Tat danach hieß Rache. In vollem Ornat eilte er zum Erzbischof von Sevilla, der ihm einst das Priesteramt verwehrt hatte, und baute sich stolz vor ihm auf: »Sieh her, ich bin auch Bischof, ääääätsch.« Der alarmierte gleich seinen Chef in Rom, Paul VI.

Aber zu spät. Eine Priesterweihe gilt und ist nicht rückgängig zu machen. Ngô Đình Thục verschwand im Vatikanverlies – sprich Hausarrest –, und nach Sevilla schleuderte der Papst den Bannstrahl der Exkommunikation. Kurz darauf – so seine Gegner – strafte Gott Clemente. Noch im gleichen Jahr erblindete er nach einem Autounfall. Trotzdem weihen Clemente & Co. kraft ihres Amtes seither weiter und weiter. Es ist leicht, in Sevilla Bischof zu werden: Aufnahmeantrag an den Orden stellen, gut bezahlen und vier bis sechs Wochen warten: Fertig ist der purpurne Beichtvater.

Clementes Blindheit hindert ihn hingegen keineswegs, noch besser zu »sehen« als vorher. So sagte er 1978 Papst Paul VI. seinen baldigen Tod voraus und sah sich selbst als dessen Nachfolger. Doch die Römer luden ihn erst gar nicht zur Wahl. Clemente, unbeeindruckt, berief sein eigenes Konzil ein (Bischöfe gab's ja genug). Er ließ sich wählen, nannte sich Gregor XVII. und setzte sich selbst die Tiara auf.

Das Hochamt geht in die fünfte Stunde. Nun schmerzt mir der ganze Körper. Steif und hinkend verlasse ich den Dom und trete in den Hof. Die Luft tut gut nach so viel Weihrauch. Ich schlendere zum verschlossenen Außentor, beobachte die bewaffneten Wärter und ihre Doggen. Einer der kalbsgroßen Hunde springt hoch und fängt einen Vogel im Tiefflug. Sein Halter liegt, die Hundeleine um sein Handgelenk gebunden, der Länge nach im Dreck. Ich bin schwer beeindruckt und lasse meinen Plan fallen, heimlich über die Mauer zu steigen, um auch die hinteren Gemächer des Riesenbaus zu besuchen.
Der vierzehnjährige Stefan aus Singen kommt aus der Kirche. Er erzählt, er sei in den letzten fünf Jahren dreißig- bis vierzigmal mit seinen Eltern hier gewesen. Sein Vater habe im Dorf ein Haus gekauft, sie kommen zu jedem Kirchenfest, zu jeder Wallfahrt und auch alle Urlaube. Sein Vater ist in Deutschland ein hoher Beamter. Sobald der Vorruhestand möglich ist, zieht die Familie ganz hierher. »Schließlich ist mein Vater Bischof«, sagt Stefan stolz. Mittlerweile gibt es Gerüchte, der Papst sei pleite und die Zahl seiner Anhänger nehme ab. Doch egal, wie viele Bischöfe noch in Sevilla leben, egal, ob sie fasten oder schwelgen. Solange Busse scharenweise Pilger aus Bayern ankarren, nagt Clemente nicht am Hungertuch. Der Dom hat Zeit. Auch Rom wurde nicht an einem Tag erbaut.

In Frankfurt wurde die *Romanfabrik* durch ein großes Hoffest mit allerlei Attraktionen eingeweiht. Auch die Kneipe war einbezogen. Aber da die Konzession offiziell noch nicht erteilt worden war, durfte nichts ausgeschenkt werden. Also entschied Dirk: »Es wird alles umsonst ausgegeben, bis die Konzession da ist. Ich zahle. Aber macht es nicht publik.«

Unglaublich, wie schnell es sich trotzdem herumgesprochen hatte, täglich war die Kneipe brechend voll. Aber als nach sechs Wochen die Konzession kam und die Gäste ihre Getränke bezahlen sollten, waren sie beleidigt und blieben weg: Freibiergesichter!
Die Kneipe in der *Romanfabrik* mit dem offenen Kamin und den Veranstaltungen wurde dann immer bekannter, und die Gästeschar wuchs. Apropos Kamin. Schon seit Sommer waren im Hof große Ladungen Brennholz gestapelt worden. Bei der Eröffnungsparty geschah es dann. Als ein Zauberer auftrat, kletterten einige Kinder auf das Holz, der Stapel geriet ins Rutschen und stürzte auf die im Hof sitzenden Gäste. Just in diesem Moment blitzten die Fotoapparate der Presse, und so erwischten sie doch noch Hilmar Hoffmann, der mit einem Glas Wein in der Hand neben dem Puffbesitzer Dirk Engel auf einer Bank im Hof saß.

Zwischen den Parteien, die in der Uhlandstraße 21 wohnten, gab es einen regen Austausch. Doris, Peter und der Präsident der deutschen Akademie für Sprache und Dichtung, Herbert Heckmann, hatten ein Stipendium ausgelobt: Ein Jahr konnte der *Fabrikschreiber*, wie sie den Stipendiaten nannten, kostenfrei in dem Fachwerkhäuschen im Hof wohnen und Dirk zahlte ihm oder ihr pro Monat tausend Mark bar auf die Kralle. Heckmann, der Peters Schreibe mochte, »direkt unverblümt und treffend«, fragte, warum er, Peter, im ersten Jahr nicht selbst Fabrikschreiber werden wolle, er könne das Geld doch gut gebrauchen. Aber Peter weigerte sich. Nein, das wollte er nicht. Wenn er schon alles organisierte und die Kneipe führte, konnte er sich nicht selbst einen Preis verleihen. Das war ihm zu anrüchig. Also suchten sie einen anderen. Der erste Fabrikschreiber hieß Peter Kurzeck. Ein begnadeter Autor und rechter Kauz. Die *Romanfabrik* gewann immer mehr an Ansehen und Reputation. Und im Kellerlokal, das Peter mit seinem Bruder Gino betrieb, fanden wöchentliche Lesungen statt.

Der erste Prominente, der ihnen seine Aufwartung machte, war Gerhard Zwerenz, dann Bodo Kirchhoff und Henry Jaeger. Noch viele sollten folgen. Einmal im Monat gab es die Veranstaltung: *Jeder darf mal*. Wer wollte, durfte auf die Bühne und einen Text vortragen. Manchmal war es grauenhaft, man musste ihn oder sie regelrecht von der Bühne zerren, weil sie nicht aufhören wollten. Und manchmal gab es richtige Talente, die so schöne Geschichten oder Gedichte vortrugen, dass es einem schier die Sprache verschlug.

Als dann noch ein Klavier in die Kneipe kam, wurde natürlich auch musiziert. Es war eine tolle Zeit, aber es war nicht so einfach, jemanden zu finden, der ihnen bei der Organisation half. Und so saßen dann die Schriftsteller des Hauses, die gleichzeitig Vereinsgründer waren, einige von ihnen auch im Vorstand, zusammen und waren hoffnungslos überfordert. Zwar halfen ihnen ab und zu Leute, unter anderem der grüne Landtagsabgeordnete Raphael Keppel, der 1979 in Frankfurt ein Flugzeug entführt und nach Köln geflogen hatte, wo er nach Verhandlungen mit dem damaligen Innenminister Gerhart Baum aufgab. Es ging ihm damals um Gerechtigkeit und grüne Werte.

Hilmar Hoffmann, der in der *Romanfabrik* aus seinem *Taubenbuch* las, hatte empfohlen, einen Verein zu gründen, damit öffentliche Gelder beantragt werden konnten. Kultur macht Freude, aber sie kostet auch Geld. Doch mittlerweile wurde es Peter zu viel. Die *Romanfabrik* entwickelte eine starke Eigendynamik, und zur selben Zeit kam er immer besser ins Geschäft. Peter wollte als Schriftsteller und Drehbuchautor reüssieren und nicht anderen Leuten Bier kredenzen und Lesungen organisieren.

Ab jetzt suchten sie keine Helfer, sondern einen richtigen *Romanfabrik*-Manager. Der Erste, den sie freiberuflich beschäftigten, war Günter Jawota. Weil sie keinen Etat hatten, konnten sie ja auch niemanden fest anstellen. Günter hatte recht gute Ideen für Lesungen und die Werbung. Aber mehr auch nicht. Ums Geld kümmerte er sich gar nicht, umso mehr um Bier und Schnaps.
Auch der zweite Kandidat war ein Reinfall.
Schließlich vermittelte ihnen das Arbeitsamt einen Langzeitarbeitslosen. Zwei Jahre würde sein Gehalt bezahlt, wenn er danach fest angestellt werden würde. Wolfgang Zimmer hatte auf Lehramt studiert, aber keine Stelle bekommen. Er hatte sich darauf verlassen, dass der Staat ihn versorgen würde. Nun saß er da, gestrandet, noch ehe das Schiff in See gestochen war, total lebensuntüchtig. Man musste den Kerl immer an die Hand nehmen.
Da alle Sitzungen und Besprechungen in Peters Wohnung stattfanden, zu der Wolfgang einen Schlüssel hatte, konnte er so nach und nach Peters Alkoholvorräte plündern. Damit es nicht auffiel, füllte er die Flaschen mit Wasser auf. Mit viel Mühe und Not gelang es ihm, seinen Job einigermaßen zu erledigen. Peter wäre fast verzweifelt.
Und dann kam der Hammer: Als nach zwei Jahren das Arbeitsamt die Gehaltszahlungen einstellte, musste der *Romanfabrik*-Verein Wolfgang Zimmer anstellen, mit allem, was dazu gehörte: Sozialversicherung und Krankenkasse. Kaum war das geschehen, meldete er sich krank, gab zu, Alkoholiker zu sein, und verschwand für ein halbes Jahr in einer Entziehungskur. Erst danach wurden sie ihn los.

Auch Michael Urban hatte studiert, aber als Dozent keinen Job an der Uni gefunden. Allerdings war Michael Urban fit: Er arbeitete sich flott und gut in die *Romanfabrik* ein und besorgte Geld von der Stadt und vom Land. Da er auch die Bücher führte, war dem Verein erst gar nicht aufgefallen, dass er sich, statt sich als Freiberufler zu entlohnen, angestellt und ein fettes Gehalt von siebzigtausend Mark jährlich überwiesen hatte. Im Verein wurde diskutiert, ihn rauszuschmeißen. Aber die Mitglieder waren vereinsmüde, und so kam er mit seinem Coup durch, führte ihn sogar noch sehr erfolgreich weiter. Während der Veranstaltungen der *Romanfabrik* warb er stetig neue Mitglieder, meist Freunde von sich. Bekanntlich sind Mitgliederversammlungen nicht unbedingt gut besucht, doch Michael Urbans Freunde kamen und wählten ihn zum neuen Vorsitzenden. Und so hat er sich den Verein nach und nach unter den Nagel gerissen. Einige Jahre später zog er mit seiner Beute in die Hanauer Landstraße, wo er immer noch die *Romanfabrik* betreibt, die wegen ihres guten Programms heute hoch angesehen ist. Er hat schon alles richtig gemacht, der Michael, wenn auch anders, als die *Romanfabrik*-Gründer es geplant hatten. In Peters Augen war er ein Ganove wie wir alle, eben auf seine Art und nicht zu Unrecht erfolgreich. Und Peter war die Verantwortung los.

Er erhielt immer mehr Aufträge, Geschichten aus Spanien zu schreiben. Und kam daher oft nach Conil. Meist flog er über Madrid nach Sevilla und wurde dort abgeholt oder hatte am Flughafen sein Auto stehen.

Kurz vor Sevilla

Dass die Leute so dumm sind! Peter legte kopfschüttelnd die Tageszeitung auf seine Knie und nahm von der Stewardess das Glas Orangensaft entgegen. Sein Blick fiel auf die Armbanduhr. Kurz nach fünf. In zwanzig Minuten würden sie in Sevilla landen. Diese Scheißverspätungen, dachte er. Doris würde sicherlich schon unten am Flughafen auf ihn warten. Peter war kein Fan von Spaniens Fluglinie Iberia. Sein Beruf brachte es mit sich, dass er häufig mit dem Flugzeug unterwegs war. Was hatte er mit der Iberia nicht schon alles erlebt ... Vor acht Wochen erst war er in einer alten DC-9 von Madrid Richtung Paris geflogen. Schon zwanzig Minuten nach dem Start kippte die Maschine ohne Vorwarnungen in einen Sturzflug, weil das Sauerstoffdrucksystem ausgefallen war. Als sie in Zaragoza notlandeten, sahen Peters Hemd und Anzug aus wie ein Gemälde von Miro. Tomatensoße, Senfsoße und Tortenstückchen hatten es eingefärbt, auf der Stirn prangte eine dicke blau gefärbte Beule und Spuren des Nasenblutens waren noch eingetrocknet über der Lippe und am Kinn zu erkennen.
Vor drei Jahren gar hatte sie ein Pilot während dichten Nebels auf einer viel zu kurzen Militärpiste zur Erde gebracht, statt dreißig Kilometer weiter den internationalen Airport von Nizza anzufliegen.
Aber auch dieser Flug hier zeugte von Schlampigkeit. Der Pilot hatte sie kaum an Bord begrüßt, das Rangierauto stieß ihre Boeing 727 zurück, als ein erschreckter Ruf aus dem Cockpit durch die Lautsprecher in die Kabine drang: »Steward, la puerta, la puerta!« Und tatsächlich: Die hintere Tür der Maschine war noch geöffnet, die ausfahrbare

Hecktreppe rutschte über den Zementboden des Flughafens. Peter hatte daher sein Herz längst an Fluggesellschaften wie die Lufthansa verloren. Nun ja, dachte er, trank den Orangensaft aus und widmete sich wieder der Zeitung – immerhin ist das Fliegen auch bei der Iberia ungefährlicher, als mit dem Auto unterwegs zu sein. Außerdem, so grinste er in sich hinein, ist man an Bord vor Straßenräubern sicher. Er suchte auf Seite vier der *El Pais* den Artikel, der ihn soeben hatte den Kopf schütteln lassen. *Überfälle auf Touristenautos nehmen in Sevilla überhand*, stand dort. Besonders zwei Hauptverkehrsampeln seien als Tatorte beliebt. Einmal die von Süden in die Stadt hineinführende Straße, am Betis-Stadion vorbei, sowie die aus der Stadt herausführende Straße Richtung Osten zum Flughafen. Der Tathergang sei immer der gleiche: Wenn die mit Gepäck beladenen Touristenautos an der Ampel stehen bleiben mussten, nähere sich ein Motorrad mit zwei Personen dem Fahrzeug. Ein kurzer Blick des Sozius – winkt Beute, wirft er einen Stein durch die Scheibe und reißt das gewünschte Stück aus dem Wageninneren. Bevor sich die Insassen des Fahrzeugs von ihrem Schreck erholt haben, rast das Motorrad entgegen der Einbahnrichtung davon und verschwindet über die Böschung auf einem der nahe gelegenen Wege Richtung Slums.

Peter ließ die Zeitung sinken und sah aus dem Fenster. Das müsste Córdoba sein, dachte er und war mit dem Gedanken noch nicht zu Ende, als die Lautsprecherstimme bat, sich anzuschnallen, man befinde sich auf dem Anflug auf den Flughafen von Sevilla. Touristen, dachte Peter verächtlich und vergaß, dass er hier auch ein Tourist war. Er besaß ein Haus in der Nähe von Cádiz nahe am Meer. Dort verbrachte er meist die Wintermonate.

Als das Flugzeug seine Warteposition erreichte, blieb Peter

sitzen. Erst als einer der letzten erhob er sich, warf sich den Tragriemen des Rucksacks über die Schulter und verließ das Flugzeug. Als sich die Glastüren der Sperre auseinanderschoben, entdeckte er Doris. Irgendetwas an ihrem Gesichtsausdruck gefiel ihm nicht, sein Blick schweifte durch die wartende Menge, und er entdeckte neben dem Ausgang zur Straße ihre Mutter.

»Peter, es ist etwas passiert, ich muss dir etwas Wichtiges sagen.«

»Ich hab's schon gesehen.« Peter deutete auf ihre Mutter.

»Wir sind auf dem Weg hierher überfallen worden. Man hat uns einen Stein in die Scheibe geworfen. Mutter wurde die Handtasche vom Schoß gerissen.«

»War viel drin?«

Doris schüttelte den Kopf. »Nein, nichts, ein Kamm, ein Schal, ein Schlüssel für ihre Wohnung, sonst nichts. Kein Pass, kein Geld, kein Schmuck, gar nichts.«

»Na, dann ist es doch gut.«

»Was heißt gut? Die Scheibe des Autos ist kaputt, es ist kalt, es zieht – und der Schock! In was für einem Land leben wir, Peter?«

Beschützend nahm er sie in den Arm und führte sie zum Ausgang. Ihre Mutter saß mit strengem Gesichtsausdruck in sich versunken auf einem Plastiksessel in der Wartehalle und starrte auf den Boden.

»Sie hat sich fürchterlich erschreckt«, flüsterte Doris.

»Guten Abend, Mama.« Die alte Dame sah auf, wie auf Kommando stürzten Tränen aus ihren Augen.

»Es ist doch gar nicht so schlimm!« Peter versuchte, sie aufzuheitern.

»Wie konnte ich nur so dumm sein, meine Tasche sichtbar auf dem Schoß zu halten?«

»Kommt, lasst uns fahren.«

Sie stiegen ins Auto und verließen den Flughafen, passierten die Südstadt und bogen am Betis-Stadion auf die Straße nach Cádiz ein.
»Hier ist es passiert, dort drüben!« Seine Frau wies mit der linken Hand auf die Gegenfahrbahn, und ihre Stimme wurde schrill. »Da sind sie wieder, da sind sie wieder!«
Peter schaute auf und sah ein gelbes Enduro-Motorrad mit zwei jungen Burschen. Auch die beiden schauten herüber. Sie schienen zu grinsen. Bevor Peter seine Kamera heben konnte, die wie meist neben dem Sitz lag, war das Motorrad zwischen den Blechlawinen verschwunden.
»Dort rechts stehen vier Autos der Nationalpolizei.« Peter regte sich auf.
»Die waren vorhin auch da«, meinte Doris. »Und was haben sie gesagt?«
»Ich habe keine Anzeige erstattet, was nützt es denn? Außerdem mussten wir dich ja abholen.«
Peter nickte. Er verzichtete darauf, den beiden zu erzählen, welche Gedanken er erst vor einer halben Stunde im Flugzeug über die Opfer solcher Raubtaten gehegt hatte. Doris fuhr die Strecke zügig, sie kannte sich aus – da kam ihm eine Idee.
»Wir werden die Burschen erwischen«, sagte er plötzlich.
»Wie denn?«, fragte Doris. »Hast du die Zeitung gelesen? Ein Mann aus Madrid hat neulich sein Fahrzeug angehalten, ist herausgesprungen und ihnen nachgelaufen, da haben sie ihn niedergestochen.«
»Nein«, sagte Peter, »so nicht. Ich weiß einen besseren Weg.«
Er brachte das ganze Wochenende damit zu, auf der Lauer zu liegen. Er baute ein Stativ neben der Stadionausfahrt auf, etwas erhöht, mit einem guten Blick auf den neuralgischen Punkt, montierte seine Nikon F1 mit dem Tele und

harrte der Dinge, die da kommen würden. Die Dinge kamen nicht. Obwohl Peter etliche Fahrzeuge ortete, von denen er sich gute Beute versprochen hätte, wenn er einer der Täter gewesen wäre, erschienen keine Täter. Ab und zu lichtete er Motorradfahrer ab, doch es ereignete sich nichts.
Nun ist Peter ein Mensch, der nicht so leicht aufgibt, erst als es fürs Fotografieren zu dunkel wurde, packte er ein. Auf dem Nachhauseweg fasste er den nächsten Entschluss. Er teilte seiner Frau mit, dass er sie jetzt mit nach Sevilla nehmen und dass sie die Nacht dort bleiben würden. Er wolle in aller Frühe wieder vor Ort sein.
Sie verbrachten einen schönen Abend, bummelten am Ufer des Guadalquivir, nahmen gegenüber dem Torre de Oro in einem Terrassenrestaurant Platz, aßen Mariscos und tranken Rioja.
Gegen neun in der Früh stand Peter wieder auf dem Posten. Die Polizisten, die ihn schon gestern gesehen hatten, begrüßten ihn wie einen alten Bekannten. Ein paar Burschen mit Motorrädern fuhren verdächtig nahe bei ihm vorbei. Er wusste natürlich nicht, ob das etwas zu sagen hatte, aber er blieb eisern. Gegen Mittag wechselte er die Position. Er überquerte die Straße und baute sich, etwa sechzig Meter von der Ampel entfernt, auf dem Feld zwischen dem Straßenrand und den Hochhäusern auf. Er stellte Blende und Entfernung sauber ein und wartete. Immer dann, wenn ein mit zwei Personen besetztes Motorrad an der Schlange vorbeifuhr, machte er ein paar Fotos. Aber wieder ereignete sich nichts. Außerdem fühlte er sich gestört. Von den nahen Slums näherten sich Kinderscharen, plapperten, kreischten, spielten um sein Stativ herum. Sie beobachteten ihn aus altklugen Augen in frechen Gesichtern. Mit schmutzigen, flinken Fingern befummelten sie seine Sachen. Peter wusste nicht, worauf er am meisten aufpassen sollte. Die

Kinderhorde wurde immer größer, umfasste bald zwanzig Jungen und Mädchen.

»Was machst du hier?«

Peter sah sich um. Da stand ein halbwüchsiges Mädchen mit einem Kind an der Hand. Peter sah ihr ins Gesicht und verbesserte sich. Nein, sie war mindestens achtzehn oder gar neunzehn. Braune Augen, umscheitelt von langen, zotteligen schwarzen Haaren, in einem asketischen Gesicht. Das Mädchen hatte eine dünne, lange Nase und einen sinnlich aufgeworfenen Mund. Sie trug Jeans und ein hellblaues T-Shirt, ohne Aufschrift, aber voller Flecken. Sie war barfuß. Die Haut ihrer Füße, ihres Gesichts und ihrer bloßen Arme war dunkelbraun. Das Mädchen an ihrer Hand mochte vielleicht drei Jahre alt sein.

»Ich fotografiere«, entgegnete Peter. »Was fotografierst du?« Die Frage klang, als erwarte man dringend Auskunft von ihm. Peter zauderte, dann rang er sich zu einer Lüge durch.

»Die Verkehrsdichte. Ich arbeite im Auftrag der Stadt. Es ist geplant, die vielbefahrene Kreuzung durch einen Tunnel zu entschärfen.« Er sah das Mädchen an, während er sprach. Sie war mehr als schlank, doch es stand ihr gut. Die Jeans klebte am Körper wie eine zweite Haut, und unter dem Shirt zeichnete sich ein gefüllter Büstenhalter ab. Ihre Brauen waren dicht, und wenn man ihren Schwung fortführte, über die tiefen, dunklen Augenringe herum, dann wirkte es, als trage sie eine Brille. Sie fasste jetzt in ihre Gesäßtasche, brachte eine zusammengeknäulte Schachtel Ducados zum Vorschein, faltete sie auseinander und entnahm ihr eine letzte Zigarette, steckte sie in den Mundwinkel, suchte in der Schachtel nach weiteren Glimmstängeln, fand keine mehr und warf die Schachtel auf den Boden. Wieder fingerte sie mit den Fingerspitzen in ihrer Gesäßtasche herum, brachte ein Feuerzeug zum Vorschein und zündete sich die Zigarette an. Peter hatte sie die ganze Zeit betrachtet. Irgendetwas faszinierte ihn an ihr.

»Darf ich mal durchsehen?«

Peter sah sie verständnislos an. Sie blies Rauch aus und wies mit der Zigarette auf die Kamera. Peter nickte. Das Mädchen trat hinter das Stativ, sie brauchte sich nicht zu bücken, obwohl sie für eine Spanierin relativ groß war, und schaute durch den Sucher. Sie ließ nicht erkennen, ob sie etwas davon verstand. Schon nach Sekunden trat sie zurück, nahm das kleine Mädchen wieder an die Hand und ging davon. Peter sah ihr nach. Sein Blick glitt von ihren schmutzigen Füßen über den festen Hintern bis zu ihrem schlanken Nacken zurück und blieb am Büstenhalterverschluss hängen. Er schloss die Augen und wandte sich wieder seiner Kamera zu.

Es ereignete sich nichts. Am Abend auf der Fahrt nach Cádiz sagte er mehr zu sich als zu seiner Freundin: »Ich muss das hinkriegen! Erstens hätte man die Täter, zweitens fiele eine gute Story für die Presse ab. Morgen früh noch einmal, und wenn dann nicht, dann halt am nächsten Wochenende.«

Peter hatte für Montag die Mittagsmaschine gebucht. Gegen 10.00 Uhr verließen sie El Puerto. Seine Frau fuhr, er saß daneben. Diesmal benutzten sie die Autobahn. Noch bevor sie Dos Hermanos erreichten, pulte er die Kamera aus seinem Gepäck.

»Siehst du vorne den Peugeot mit dem Madrider Kennzeichen?«, fragte er. Seine Frau blickte aus dem Fenster.

»Ja. Was ist damit?«

»Bleib hinter ihm.« Seine Freundin gehorchte. »Warum?«, fragte sie.

»Siehst du nicht – zwei Frauen, eine am Steuer, ihre Tochter daneben, der hintere Sitz umgeklappt und der Wagen voller Gepäck. Wenn das kein Lockvogel ist!«
»Ach so«, das Gesicht von Doris leuchtete auf. »Du meinst, wir sollen hinter ihnen herfahren, und wenn was passiert, fotografierst du.«
»Genau das meine ich.«
Der Peugeot aus Madrid hatte offenbar viel Zeit. Schon vor der Stadtgrenze von Sevilla verlangsamte er sein Tempo und schlich dahin. Durch einige LKW verlor er noch mehr an Geschwindigkeit. Peter hatte das Teleobjektiv seiner Kamera auf das Armaturenbrett gelegt und den Sitz nach hinten geschoben, er hatte den Wagen genau im Sucher. Etwa zweihundert Meter vor der berühmten Ampel überholte sie rechts ein Motorrad. Eine gelbe Enduro, auf der zwei junge Männer saßen. Beide trugen Motorradhelme mit herabgelassenem Visier, Lederjacken, Jeans und Stiefel. Sie verlangsamten ihr Tempo und fuhren auf gleicher Höhe wie der Madrider Wagen. Beide Motorradhelme ruckten nach links.
»Das sind sie, das sind sie, das sind sie!«, rief Doris. Peter hörte gar nicht hin. Er drückte auf den Auslöser. Der Motor spulte den Film durch die Kamera, aber es passierte nichts. Das Motorrad blieb neben dem Peugeot, die Fahrzeugkolonne wurde langsamer. Nichts geschah – dann standen alle, der Motorradfahrer brachte die Füße auf die Erde. Wieder ruckten die Helmgesichter nach links, auch einmal nach hinten, dann nach vorne, nichts tat sich. Peter sah auf das Zählwerk. Es stand schon bei 25. Er hatte einen 36er Film drin. Sollte er jetzt noch wechseln? Bis zur Ampel waren es etwa zweihundertfünfzig Meter, hundert Meter schlich die Kolonne, dann stand sie schon wieder. Die Enduro fuhr im Schritttempo weiter, passierte den

Peugeot, dann den davor stehenden Tankwagen und entschwand Peters Blicken.
»Verdammt, sie sind's doch nicht, oder sie machen nichts!«
»Abwarten«, meinte Doris. Wieder ruckte die Kolonne an, kam nach fünfzig Metern zum Stehen. Das Motorrad war nicht mehr zu sehen. Peter schaute durch den Sucher. Der Hinterkopf der Frau auf dem Beifahrersitz füllte groß die Mitte des Bildausschnittes, verdeckt durch die Kopfstütze. Rechts von ihr ein Teil des Fahrzeuginneren und dann die Rückfront bis zum Spiegel und einen halben Meter daneben. Es war genau die Einstellung, die er brauchte, sollte der Überfall stattfinden. Wieder ruckte die Kolonne vor. Der LKW fuhr bei Gelb über die Kreuzung, der Peugeot blieb an erster Stelle stehen.
»Den nehmen sie sich nicht mehr«, sagte seine Frau, »denn der könnte ja lospreschen und ihnen hinterherfahren.«
»Mhm«, murmelte Peter, während er immer noch durch den Sucher blickte. »Die gehen nur an Frauen, weil Frauen ängstlicher sind.«
Er hatte noch nicht ganz ausgesprochen, als der Stein dicht neben seinem Kopf durch die Scheibe krachte und seine Frau am Arm traf. Eine Hand schoss herein, packte die Kamera am Objektiv, und schon war sie verschwunden. Er sah nur noch die gelbe Enduro rechts über den Bordstein durch den Graben fahren, auf der anderen Seite hochklettern und zwischen zwei Büschen hindurch in Richtung der Slums entschwinden.

Drei Wochen lang sprach Peter kein Wort über das, was vorgefallen war. Doris hütete sich, ihn darauf anzusprechen. Schon das Glitzern seiner Augen genügte ihr, um zu wissen, dass höchste Alarmbereitschaft bestand. Auch seinen Kollegen hatte Peter nichts von dem Vorfall berichtet.

Immerhin kannten alle Peters Vorleben als Einbrecher, und es wäre ihm schwergefallen zu erklären: »Es gibt kein größeres Leid auf Erden, als als Dieb bestohlen zu werden.« Die Sache hatte ihn tief getroffen. Manchmal lachte er plötzlich und ohne Grund los. Dann wieder wurde er ernst.
Am übernächsten Wochenende flog er allein nach Sevilla. Doris und ihre Mutter waren in Deutschland geblieben. Peter war fest entschlossen, sein Vorhaben so lange fortzusetzen, bis er Erfolg haben würde. Sein Auto wartete am Flughafen auf ihn, unter einem der bewachten Parkdächer. Er verstaute seine neue Kamera hinter dem Sitz und fuhr los. Als er an die Kreuzung kam, war es bereits dunkel. Dennoch parkte er den Wagen und schloss ihn ab. Er lief herum und betrachtete sich die Umgebung noch einmal, um vielleicht einen besseren Standort für den nächsten Tag ausfindig zu machen. Er fand ihn auf der Seite, wo die Baracken der Slums lagen. Zwischen Büschen war er vor Sicht geschützt. Zur Straße hin lag sein Blickfeld frei.
»Hier stehe ich morgen um zehn«, nahm er sich fest vor. Er stieg in seinen Wagen, um über die National IV Richtung Jerez zu fahren. Kaum hatte er Gas gegeben, als er am Straßenrand einen winkenden Arm bemerkte. Er trat abrupt auf die Bremse und schaute in den Außenspiegel der Beifahrertür. Ein Mädchen näherte sich. Peter beugte sich nach rechts und stieß die Tür auf. Das Mädchen schaute ins Wageninnere.
»Wo willst du hin?«, fragte er. Es war das Mädchen, das er vor einigen Wochen während des Fotografierens getroffen hatte. Es erstaunte ihn nicht, dass sie die gleichen Kleidungsstücke trug wie damals. Sie huschte neben ihn auf den Sitz und sagte nur: »La Cabeza.« Peter fuhr an.
»Wir haben uns schon einmal gesehen«, begann er das Gespräch.

»Ich weiß. Du bist der Fotograf von der Stadt.« Peter schaute sie verständnislos an, dann erst erinnerte er sich an seine Lüge.
»Ach ja«, sagte er, »du hast ein gutes Gedächtnis.«
»Hast du eine Zigarette?«, fragte sie. Peter reichte ihr die Schachtel.
»Feuer?«
»Nimm den Anzünder.«
Sie lehnte sich wohlig zurück, zog ihre Beine an und setzte sich im Schneidersitz auf den Sessel. Mit dem Rücken gegen die Tür gelehnt, zog sie genüsslich an der Zigarette und beobachtete Peter von der Seite. Peter wurde nervös.
»Wird der Tunnel gebaut?«, fragte sie.
»Ich weiß es nicht.«
»Wo fährst du hin?«
Er zögerte. »Nach Hause. Das heißt in mein Haus, nahe Cádiz.«
»Du hast ein Haus in Cádiz?«
Peter nickte. »Ja, genau gesagt in Conil.«
Sie drückte ihre Zigarette im Aschenbecher aus, nahm sich ungefragt eine weitere aus der Schachtel, zündete sie an und sah durch die Windschutzscheibe.
»Und du, was machst du?«, fragte er sie.
»Nichts.«
»Ich meine, was hast du gelernt oder was arbeitest du?«
»Nichts.«
»Hast du keinen Beruf, nichts gelernt – oder wolltest du nichts lernen?«
»Hab keinen Beruf«, sagte sie.
»Möchtest du denn keinen Beruf haben?«, fragte er.
Sie lachte. Es war ein kehliges, dunkles Lachen und es klang weder spöttisch noch gezwungen. »Willst du mir Arbeit vermitteln?«

»Vielleicht. Kannst du denn was?«
»Ja«, sagte sie einfach, »tanzen.«
»Ach, tanzen? Und das ist ein Beruf?«
Sie schien den Spott nicht zu bemerken.
»Ich tanze besser Sevillana als die meisten Frauen auf den Bühnen der Stadt«, stellte sie fest.
»Kannst du sonst noch was?«
»Ja, singen.«
Peter wusste nicht, was er von ihr halten sollte. Sie erreichten die Ortseinfahrt von El Palazio. Auf den Bürgersteigen herrschte reger Betrieb, wie immer um diese frühe Abendstunde. Durch die geöffneten Türen und Fenster konnte man in die Kneipen schauen, sie waren noch leer.
»Hast du Zeit? Wollen wir einen Kaffee trinken oder ein Glas Wein?« Sie drückte ihre dritte Zigarette aus.
»Wenn du mich einlädst, ich habe kein Geld.«
Peter lenkte das Fahrzeug an den Straßenrand, stieg aus und schloss ab. Sie stand am Kotflügel und sah ihn mit ruhigem, abschätzendem Blick an. Wie schon vor drei Wochen überkam Peter ein seltsames Gefühl. Es war ein Kribbeln, das im Rücken begann, tiefer wanderte und in seinem Bauch eine wohlige Wärme verbreitete. Er warf die Beifahrertür zu.
»Komm«, sagte er und ließ sie vorgehen. Er bestaunte ihre gertenschlanke Figur, die ihn noch viel mehr reizte als an dem Tag, als er sie zum ersten Mal gesehen hatte.
Die Kneipe war typisch spanisch, gefliest bis zur Decke, eine Edelstahltheke als Karree in der Mitte, und von der Decke baumelten Hunderte abgenagter Schinkenknochen. Sie nahmen an einem der sterilen Metalltische Platz. Er bestellte sich Wein, sie trank Café con leche und Cognac. Er legte die Zigaretten auf den Tisch, und sie griff zu.
»Eine Tapa?«, fragte er. Sie stand auf, ging zur Theke und

deutete auf zwei der ausgestellten Speisen. Dann kehrte sie zum Tisch zurück und zündete sich die Zigarette an. Der Camarero kam und brachte die Tapa mit Pulpo a la gallega. Sie aß, während sie rauchte, trank den Cognac auf ex und den Milchkaffee schluckweise hinterher.

»Noch einen Cognac?« Sie nickte. Sie imponierte ihm. Er wusste, dass die streunenden Kinder untereinander keine Scheu kannten, wenn sie sich jedoch auf fremdem Terrain bewegten, wurden sie unsicher. Nicht diese Frau.

»Wie heißt du?«, fragte er.

»Ana. Und du?«

»Peter.« Sie nickte. Auch den zweiten Cognac trank sie ex.

»Willst du mit mir ans Meer fahren?«, fragte er wie beiläufig und sah sie dabei nicht an.

»Willst du mich fotografieren?«, antwortete sie. Er war überrascht. Daran hatte er noch gar nicht gedacht. Schon öfter hatte er Mädchen privat fotografiert, aber die Idee wäre ihm jetzt nicht gekommen. Er ging auf ihren Vorschlag ein.

»Ja. Ich möchte dich fotografieren. Du gefällst mir. Vielleicht kann man die Fotos sogar verkaufen, und du bekommst Geld dafür.«

»Ich denke, du arbeitest für die Stadt?«

»Ja, ja, aber ab und zu arbeite ich auch für verschiedene Redaktionen.«

»Redaktionen? Was ist das?«

»Das sind die Leute, die die Zeitungen machen.«

»Ich denke, Zeitungen machen die Drucker?«

»Ja, auch. Die Drucker drucken, was die Redaktion ihnen vorschreibt. Verstehst du?«

Das Thema schien sie nicht mehr zu interessieren. Sie stand auf. »Darf ich?«

Er nickte. Sie ging zur Theke, bestellte sich eine weitere Tapa und auch noch einen Cognac.
»Hast du ein großes Haus?«
»Nicht so groß.«
»Liegt es am Strand?«
»Nicht direkt. Im Wald, zwei Kilometer vom Meer.«
»Ich fahre mit«, entschied sie.

»Es ist doch ein großes Haus«, sagte sie, als sie angekommen waren, und lief weiter von Zimmer zu Zimmer. Peter stand im Wohnzimmer mit Blick auf die Terrasse und baute seinen Fotokram auf. Er wusste nicht, ob er sie wirklich fotografieren sollte. Im Grunde wusste er gar nichts. Mehrfach während der Fahrt hierher hatte er den Wunsch verspürt, sie anzufassen. Seine Hand auf ihr Knie zu legen, sie zu umarmen, ihr das Haar zu streicheln, doch irgendetwas hatte ihn davon abgehalten. Wie alt mag sie sein, dachte er, und er traute sich nicht zu fragen. Er war über vierzig und zählte nach, wie jung sie sein müsste, um seine Tochter sein zu können. Nein, das haute nicht hin. Er fühlte sich erleichtert. Sie spielte im Badezimmer herum, drehte Hähne auf, die Dusche, betätigte die Spülung. Dabei lachte sie.
»Der Kühlschrank ist leer«, sie kam zurück und setzte sich auf ein breites Ledersofa, das Peter im Norden gekauft hatte. »Bisschen kalt«, meinte sie und stand wieder auf. »Wo willst du mich fotografieren?«
Wieder verließ sie den Raum, ging durch den Flur und öffnete die Tür zum Schlafzimmer. Am liebsten hätte Peter gerufen, nein, dort nicht! Er wusste selbst nicht, warum er das am liebsten gerufen hätte. Er rief nichts und ging ihr hinterher, trug den Fotoapparat und das Stativ und den Blitz, schleppte alles in das Schlafzimmer und legte es ab, während sie das Fenster öffnete und hinausschaute in die

Dunkelheit. Dann drehte sie sich um und sah ihm bei der Arbeit zu. Wie er den Blitz und die Lampe auf das Stativ schraubte, den Kabelstecker in die Dose steckte. Dann schraubte er die Kamera aufs Stativ. Als er den Blitz ausprobierte, flog die Sicherung raus. Sie lachte, er fluchte, tastete sich in den dunklen Hausflur, suchte den Sicherungskasten und drückte den Hebel nach oben. »Dann halt ohne Blitz, nur mit Licht«, meinte er. Als er zurückkam, stand sie nackt mitten auf dem Doppelbett. Ihre Hose lag unordentlich zusammengeknäult – sie hatte sie zusammen mit der Unterhose ausgezogen – links neben dem Bett, das Shirt und der Büstenhalter rechts vom Bett. Sie stand einfach nackt da und sah ihn an. Die braune Tönung ihrer Haut war Naturfarbe. Kaum heller ihre Brüste und die Pobacken. Ihre Brüste waren klein, wie zwei reife Äpfel. Die Warzen schimmerten dunkelblau, fast schwarz. Vom Bauchnabel zog sich ein schwacher, dann dichter werdender Flaum bis an ihr Schamdreieck, das so dicht und seidig wirkte.

»Steh ich so richtig?«, fragte sie.

»Ja«, meinte er, »einen Moment noch.« Seine Hände zitterten, als er den Belichtungsmesser in ihre Richtung hielt und ablas. Er stellte Blende ein und Belichtungszeit, doch dann ließ er die Arme sinken. »Es geht nicht so«, sagte er, »es geht nicht so. Du machst mich wahnsinnig.«

Sie stieg vom Bett und setzte sich auf die Kante. Dabei sah sie ihn an, als verstehe sie nicht. Sie bohrte mit einem Finger in ihrer Nase und wippte mit den Beinen, öffnete dabei, wie unbeabsichtigt, von Zeit zu Zeit ihre Schenkel. Peter wandte sich ab, machte zwei schnelle Schritte zur Tür und löschte das Licht.

»Willst du im Dunkeln fotografieren?«, fragte sie. Und erstmals hörte er Spott in ihrer Stimme.

»Ich will gar nicht fotografieren. Jetzt nicht. Ich kann nicht, du machst mich wahnsinnig.«
»Wenn du etwas anderes von mir willst, musst du bezahlen. Fünftausend Peseten.«
Peter blieb stehen, als wäre er gegen eine Wand gelaufen. Einen Moment lang wollte er seiner Empörung Luft machen, doch dann tat er es nicht. Was kann ich von so einer schon anderes erwarten, dachte er. Er hätte auch zehntausend oder zwanzigtausend oder mehr bezahlt.
»Muss es denn unbedingt vorher sein?«, fragte er schnell, um seine Verlegenheit zu überspielen.
»Nein, ich traue dir«, sagte sie ruhig.
»Das ist aber lieb von dir«, es sollte sarkastisch klingen. Er trat sich die Schuhe von den Füßen, sie flogen in die Zimmerecke, riss sich die Hose herunter, das Hemd auf, das Unterhemd vom Leib. Dann ließ er sich aufs Bett fallen, griff nach ihr, zog sie zu sich, streifte über ihre Brust, über ihre Schenkel. Sein Verlangen war so groß geworden, dass es ihm fast wehtat. Jetzt wollte er nur noch eins. Sie schob seine drängenden Finger zurück.
»Du musst nicht meinen, dass ich unfair bin. Wenn du wirklich nachher noch Fotos machst und sie mir bringst und an die ... wie heißt das – Redaktion schickst, kriegst du die fünftausend von mir zurück.« Er hörte gar nicht hin, wieder drängte sich seine Hand zwischen ihre Schenkel.
»Wann willst du denn die Fotos machen?«
»Morgen früh«, keuchte er, »dann haben wir besseres Licht.«
Wieder schob sie seine Hand zurück. »Sei nicht so grob, du tust mir weh. Komm, leg dich auf den Rücken.«
»Nein!«, schrie er zornig. Drückte ihre schmalen Schultern aufs Bett und hob sich über sie. Die Hitze, die ihn empfing, war zu viel für ihn. Nach einer Minute bäumte er sich auf ...

Vorbei. Er ließ sich schwer auf sie fallen, sie drehte sich unter ihm weg, rollte ihn auf den Rücken. Er war froh, dass das Licht nicht eingeschaltet war. Ihre Lippen lagen dicht an seinem Ohr.
»Das war ja wohl nichts«, meinte sie. Und er hätte ihr am liebsten zugestimmt, aber er schwieg. »Wenn wir schon die Nacht zusammen verbringen, will ich auch etwas von dir haben«, sagte sie, »und wenn es nur die Wärme deiner Haut ist.«
Sie schmiegte sich enger an ihn. Peters Gedanken ordneten sich. Was war er doch für ein Idiot, wegen einer kleinen Hure hatte er sich total vergessen, und dann noch diese Blamage. Aber dann spürte er ihren heißen, warmen Körper an seiner Seite, ihre streichelnde Hand auf seiner Brust. Er gab seine Starre auf, vergrub seinen Mund in ihrem Hals und erwiderte ihre Zärtlichkeiten. Jetzt erst fand er die Ruhe, sie überall dort zu streicheln und zu küssen, wo er es vorher in Gedanken bereits getan hatte. Und jetzt reagierte sie so, wie er es sich gewünscht hatte. Er legte sich wieder auf sie und verhielt sich ganz ruhig, als er weiter ihre Haut, ihre Brüste streichelte. Er spürte ersten Schweiß im Tal ihrer Brüste, an ihrem Hals, und er bewegte sich langsam und zärtlich in ihr. Dann wurden ihre Bewegungen wilder, ruckhafter, und ihr Stöhnen endete in lustvollen Lauten. Sie schliefen ein.
Am anderen Morgen fotografierte er Ana. Er fotografierte sie nackt und in Kleidern von Doris, mit Bademantel und im Bikini. Er fotografierte sie in der Küche und im Bad, auf der Terrasse und am Strand. Er fotografierte und fotografierte, bis die Dunkelheit hereinbrach. Da nichts zu essen im Haus war, besuchten sie ein nahe gelegenes Restaurant. Dort alberten sie herum wie zwei Schulkinder. Der Wirt und die Gäste schauten zu ihnen herüber und schüttelten

verständnislos die Köpfe. Die Nacht wurde eine Wiederholung der ersten, und Peter schien zu vergessen, weshalb er an diesem Wochenende nach Andalusien gekommen war.
Montagmorgen gegen neun setzte er sie an der besagten Kreuzung ab und nahm Kurs auf den Flughafen.
Als er sich eine Woche später wieder der Kreuzung näherte, war ihm bewusst, dass es ihm weniger um Motorradfahrer und Raubüberfälle ging als darum, Ana vielleicht winkend an der Straße zu entdecken. Ja, er rechnete fest damit, aber sie war nicht da. Enttäuscht wendete er in Dos Hermanas und fuhr die Kreuzung von der anderen Seite an, drehte im Kreisel, umkreiste das Stadion, fuhr wieder gen Süden, wieder stadteinwärts und dann wieder hinaus aus der Stadt. Ana fand er nicht. Am anderen Tag packte er seine Fototasche und fuhr nach Sevilla hinein. Er suchte den Platz, den er in der Woche zuvor gefunden hatte, baute Stativ und Fotoapparat auf und wartete. Immer wieder sah er hinüber zu den Slums, immer wieder hoffte er, Ana mit ihrer kleinen Schwester an der Hand würde dort auftauchen. Sie kam nicht.
Es war gegen fünfzehn Uhr, als er die gelbe Enduro entdeckte. Peters Hände begannen zu schwitzen. Er war ganz sicher. Das waren die Burschen. In Jeans, Stiefeln, Lederjacken und Sturzhelmen, die Visiere heruntergeklappt, fuhren sie im Schritttempo zwischen den Autoschlangen in Richtung Stadtmitte. Sofort ahnte Peter, auf wen sie es abgesehen hatten. Es war ein anthrazitfarbener Mercedes mit deutschem Kennzeichen. Drei Personen saßen darin. Peter versuchte durchs Fernglas festzustellen, welches die Beute sein könnte, als der Soziusfahrer auch schon den Arm schwang, einen Stein in die Heckscheibe schleuderte und mit schnellem Griff einen kleinen, ledernen Aktenkoffer

herausriss. Der Motor der Enduro heulte auf, die Maschine hob sich aufs Hinterrad, mit Schwung riss der Fahrer sie um neunzig Grad herum und war im Nu zwanzig, dreißig Meter gegen die Einbahnrichtung gefahren, bevor er sich durch eine Lücke schob, über die Bordsteinkante bockte, den Graben durchfuhr, die kurze Anhöhe hinaufraste und dann über den Sandweg zwischen zwei Häusern verschwand. Noch als die Maschine sich auf der Straße befand, löste Peter mit schnellen Griffen die Kamera vom Stativ und lief über den Hügel hinab auf die Häuser zu. Er umrundete die Frontseite des ersten Siedlungshauses in dem Moment, als die Enduro von zwei Personen in einen Schuppen geschoben wurde. Peter hob die Kamera. Der Beifahrer warf den Handkoffer der Maschine hinterher und hob sich mit beiden Händen den Sturzhelm vom Kopf. Peter legte den Finger auf den Auslöser, drehte das Objektiv auf volle Schärfe und erstarrte. Dieses Motiv brauchte er nicht zu fotografieren. Davon hatte er bereits Fotos genug. Es war Ana.

Ab und zu fuhr Peter die ganze Strecke von Frankfurt nach Conil mit dem Auto, meist, um Sachen für das Haus zu transportieren, die es dort in der Gegend nicht zu kaufen gab. Dabei nahm er meist die Mittelmeerautobahn bis an ihr Ende und besuchte dann den Drehbuchautor und Partner der Monaco/Odeon Film Karl-Heinz Willschrei in Altea. Axel, wie er von Freunden genannt wurde, hatte Peter das Drehbuchschreiben zwar nicht beigebracht, aber erklärt und ermöglicht.

Axel wollte Spanien am liebsten gar nicht mehr verlassen. Und Peter war erstaunt, als er ihm bei der Arbeit zuschaute. Axel diktierte seine Drehbücher! Dann ließ er die Bänder

abschreiben, korrigierte den Text und brachte ihn in die Schlussfassung. Das probierte Peter sofort aus und es klappte. Sein Talent, gut erzählen zu können, kam ihm jetzt zugute, vor allem waren seine Dialoge gut sprechbar. Er kaufte sich in Sevilla ein Diktiergerät und die letzten neunundreißig Kassetten, die der Laden hatte, und legte bei jeder Gelegenheit los.
Er fand heraus: Jeder Weg zum Meer und zurück waren fünf Kilometer Fußmarsch und zwei diktierte Kassetten. Für einen Sechzigminüter wie *Ein Fall für zwei* brauchte er fünf Kassetten, für einen Neunziger sieben bis acht Kassetten. Also eine flotte Produktion. Allerdings wurde nun der Nachteil seines Hauses mitten im Wald deutlich. Nicht nur kein Telefon, das erst viel später kam, nein, es gab auch keine richtige Adresse. Es hieß zwar Mayorazgo Viejo sn. Also der Name der Gegend und dann das berühmte »sin número«. Das hieß, für alles eine Rücksendeadresse zu finden. Nun ist die spanische Post nicht die schnellste, und damit auch nicht die sicherste. Peter war gezwungen, fast täglich nach Cádiz zu fahren und von dort mit der Firma *Seur* die Kassetten via Overnight abzuschicken. Sie waren dann wirklich am nächsten Tag bei Peters Mitarbeiterin Ingeborg, die sie abtippte, die Textseiten dann aber per Normalpost an eine Kneipe, die *Venta el canario* schickte. Overnight kostete jedes Mal um die hundert Mark, aber ... zu der Zeit gab es noch keine E-Mail, kein Handy, nur den alten Postweg.
Es wurde später viel über Handys geschimpft, dabei haben Handys natürlich auch viele Vorteile, zum Beispiel bei Verabredungen. Peter erinnerte sich daran, als sich Carla mit ihm treffen wollte. Sie war an der Mittelmeerküste bei Altea rund sechshundert Kilometer entfernt. Sie wollte ihm entgegen kommen bis Málaga oder Marbella. Natür-

lich war ein so ungewisses Treffen in einer Stadt schwer zu organisieren, daher schaute Peter auf die Karte und fand dicht bei Marbella in den Bergen den kleinen Ort Ojén.
In Ojén am übernächsten Tag gegen Mittag, in der Ortsmitte, die nächste Kneipe neben der Kirche, so hieß die Verabredung.
Eine Kirche gibt es in jedem Ort und auch die nächste Kneipe. Schwierig wurde es bei mehreren Kirchen. Aber egal, los.
Peter war zuerst da, da war er sicher. Und am Platz gab es mehrere Gaststätten und Bars. Aber eine war die nächste an der Kirche. Peter konnte das Auto direkt davor parken und betrat sie. Es waren nur Ausländer drin, Engländer. Peter bestellte einen Vino Fino und schaute auf die Uhr, 12.30 Uhr. Er stand neben einem der Engländer, und es entwickelte sich ein richtig gutes Gespräch. Irgendwann glaubte Peter, den Mann schon mal gesehen zu haben, oder er ähnelte irgendjemandem, auf dessen Name Peter jetzt nicht kam. Es war spannend und relaxed, einer gab dem anderen noch ein paar aus, aber Peter musste aussteigen, immerhin wollte er mit Carla runter an die Küste in den Marbella Club fahren, wo sie übernachten wollten. Als Carla kam, sie hatte sein Auto erkannt, verabschiedete er sich schnell und freundlich. Draußen fragte Carla, wer das denn gewesen sei, der Mann sei ihr bekannt vorgekommen, wie auch die anderen Engländer in der Bar? Peter wusste es nicht, obwohl in seinem Kopf die Erinnerung immer klarer wurde. Sie stiegen in ihre Autos, und Peter fuhr voraus, hinunter nach Marbella, und schon vor der Stadt gab es keinen Zweifel mehr: Überall hingen Plakate und kündigten ein Konzert am Abend in der Stierkampfarena an: Queen! Peter hatte anderthalb Stunden mit Freddy Mercury geschwätzt, ohne ihn erkannt zu ha-

ben. Für den Weltstar sicher ein ungewohnter, lockerer Schnack.
Marbella war damals im Umbruch, es hatte einen neuen Oberbürgermeister. Der frühere Präsident des Fußballclubs Atlético Madrid fiel wie ein Wirbelsturm über die Stadt. Er monierte sofort, dass es nur einen Polizeiwagen gebe, aber fünfzig Rolls-Royce, das müsse geändert werden, die Guten und Reichen geschützt, das Proletariat raus. Bald gab es zwanzig Polizeiwagen, Triumphbögen an Stadtein- und -ausfahrt, überall blau-weiße Leitplanken, seine Familienfarbe. Mit den seit Jahren die Umgehungsstraße behindernden Häusern, deren Eigentümer um hohe Entschädigungen zockten, machte er kurzen Prozess. Die Ramme kam und riss sie ab, die Leute flüchteten entsetzt aus den einstürzenden Häusern. Natürlich gab es Prozesse und die Hausbesitzer bekamen recht, aber die Häuser waren weg, und die Straße wurde gebaut. Betrunkene und Streuner wurden von der Polizei weit ins Gebirge hinaufgefahren und dort ausgesetzt. Dann wollte der Bürgermeister noch einen alten Flugzeugträger, den er in Amerika gekauft hatte, als Touristenlockmittel in den Hafen stellen, doch das konnte er nicht durchsetzen.
Als Dieter Wedel dort seinen Film *Der große Bellheim* drehte, eine Strandvilla diente als Drehort, traf Peter auf das Team, Mario Adorf und Heinz Schubert und all die anderen.
Peter war nicht ihretwegen in der Stadt, er suchte eine Versicherung auf, die Versicherung, die einen Einbruchschaden in seinem Haus partout nicht regulieren wollte oder besser gesagt, von allem keine Kenntnis nehmen wollte. Kein Brief wurde beantwortet, kein Telefongespräch führte zu einem Kontakt.
Einbrecher hatten in Peters Abwesenheit das Haus auf-

gebrochen, dort wohl einige Tage verbracht, bis die Alkoholvorräte alle waren. Viel zu klauen gab's nicht. Um den Fernseher aus einem Zimmer zu schaffen, schlugen sie die dünne Gipswand ein, weil sie die Tür nicht aufbrachten. Den Tresor hatten sie zwar circa zwanzigmal angebohrt, aber nicht öffnen können, es war sowieso nix drin. Peter nahm ihnen den Einbruchsversuch an sich nicht übel, aber den Vandalismus. Sie hatten zum Beispiel im Garten einen jungen Jacaranda, den ihm Karl Heinz Willschrei geschenkt hatte, abgebrochen und damit versucht, die Gitter zu knacken. Sie hatten überall hingepinkelt. Der Schaden war weitaus höher als der Wert des Diebesguts (ein Fernglas, ein Fotoapparat, ein Fernseher), insgesamt mit den Reinigungen und Reparaturen etwa zehntausend Mark. Peter meldete den Schaden der Versicherung, keine Antwort; Peter sandte ihnen das Protokoll der Guardia Civil, keine Antwort; er fuhr nach Marbella zum Hauptsitz, niemand zuständig; Peter nahm einen Anwalt, ließ die Versicherung mahnen, keine Antwort; der Jurist beauftragte einen Notar in Marbella, der ein Gespräch moderieren sollte, keine Reaktion; der Anwalt erhob Klage, keine Reaktion. Erst als nach etwa einem Jahr ein Richter die Klage zuließ, kam eine Reaktion: Sie zahlten, sie zahlten alles, inklusive der Anwaltskosten und Peters Flügen, die aufgrund des Schadens notwendig geworden waren, einfach alles. Die Herrschaften hatten wohl gedacht, mal sehen, wie lange der Deutsche das durchhält. Tja, das hätten sie wohl nicht gedacht, Peter hatte ihnen eine Lektion in deutscher Hartnäckigkeit erteilt.

Vom *Stern* kamen nun auch andere Jobs. Egal, was Peter vorschlug, meist stimmten die Redaktion zu. Selbst für die kleinste Geschichte gab es mindestens zweitausend

Mark Honorar, sogar wenn sie nicht einmal gedruckt wurde. Und darüber hinaus bezahlten sie großzügige Spesen.
Eines seiner schrägsten Themen war die Geschichte vom *Sauerlandstern* in Willingen. Peter hatte es vorgeschlagen; Carla, seine Freundin und Fotografin, war Sauerländerin, sie stammte aus Winterberg, und sie sollte fotografieren. Was kaum jemand weiß, der *Sauerlandstern* in Willingen ist eines der größten Hotels Deutschlands. Es lebte natürlich nicht von dem kargen Fremdenverkehr während der Skisprungsaison, sondern von den sogenannten Cluburlaubern. Eine Agentur in Münster sammelte Wochenende für Wochenende Deutschlands Clubs ein und brachte sie dorthin, vom Kegelclub bis zum Kanarienvogelzuchtverein, alles war vertreten. Ob zwanzig Clubmitglieder oder vier, alle folgten dem Slogan: *Einmal im Jahr auf den Ettelsberg*, der gleich neben dem Hotel liegt. Im Winter eine relativ leichte Abfahrt, im Sommer ein beliebtes Ausflugsziel. Entweder kletterte man hinauf oder fuhr mit dem Lift hoch. Und dort traf man dann auf Siggi, den Wirt der Berghütte. Seine Spezialität war es, mit der Bierleitung wie auf einer Trompete Musik zu machen. Es klang flach, aber da die meisten vor und nach dem Aufstieg schon Etliches getrunken hatten, lachten sie sowieso. Es war ein buntes Völkchen, das da von Köln, Münster, Kassel oder dem Ruhrpott kam. Schon in den Zügen, Samba-Express genannt, gab es Alkohol in rauen Mengen. Und so taumelten viele der Clubmitglieder schon leicht benommen die Straße entlang zum *Sauerlandstern*. Eine aufgedrehte Frau aus dem Rheinland erklärte beim Bier auf dem Ettelsberg, wie sehr sie diese Clubreisen genoss. »Ich war schon zweimal hier, aber auch in den anderen Zentren. An der Mosel, in Bad Hönningen am Rhein und auf Mallorca. Aber hier

is et mit am schönsten. Et is nit e so weit«, sie grinste: »Und hier geht's schnell zur Sache.«
Was sie meinte, war am Abend zu sehen. Der Veranstalter hatte einen Tanzabend mit dazugehöriger Show arrangiert, und spätestens da sortierten sich die Paare. Es gab nur ein einziges Hindernis. Da alle Cluburlauber in Doppelzimmern untergebracht waren, aber natürlich nicht jeder mit dem Partner desjenigen zusammenkam, mit dem man gut hätte das Zimmer tauschen können, stellte die Nutzung der Betten ein Problem dar. Zwar gab es Absprachen, wie lange man nicht stören durfte, aber trotzdem waren viele gezwungen, andere Plätze für ihr Schäferstündchen zu finden. Beispielsweise die Toiletten, die Büsche ums Haus herum oder die Tiefgarage, wobei diejenigen, die mit dem eigenen Auto gekommen waren, praktischerweise ein mobiles Fummelzimmer hatten. Und irgendwie schien sich immer alles zu fügen.
Das Ganze wiederholte sich am Samstagabend. Sonntag war Abreise. Ab Mittag, spätestens, saßen sie in ihren Autos, Bussen oder Zügen. Auch Peters Interviewpartnerin hatte sich blendend amüsiert. »Das muss auch so sein«, sagte sie. »Das ganze Jahr Mann und Kinder. Arbeit, Haushalt, da muss man irgendwann mal zwei, drei Tage die Sau rauslassen.«
Irgendwann muss die Sau aber auch wieder eingefangen werden, denn bei der Ankunft am Kölner Bahnhof sahen Peter und Carla, wie sie ihren Mann herzlich umarmte und sagte: »Mensch, war dat langweilig. Ich bin froh, wieder daheim zu sein.«
Carla hatte natürlich für ihre Fotos die Männer und Frauen um Erlaubnis gefragt und es sich schriftlich von ihnen bestätigen lassen. Als die Reportage dann im *Stern* erschien, hagelte es trotzdem Beschwerden, obwohl keiner der Ab-

gebildeten direkt mit Textstellen in Verbindung gebracht worden war, fühlten sie sich verraten. Der *Sauerlandstern* litt nicht darunter. Rainer Schacke, einer der damaligen Direktoren, rief an und sagte, seit Peters Artikel hätten die Buchungen enorm zugenommen.

Schon zuvor waren Peter und Carla einige Male nach Willingen gefahren, wo Peter Jochem Erlemann traf, mit dem er eine Zeitlang zusammen im Knast gesessen hatte und der wollte, dass ein Buch über ihn geschrieben würde. Er hatte sich Peter als Autor ausgeguckt, weil er glaubte, er sei bisher nie richtig verstanden worden und Peter verstünde ihn.

Der Name Erlemann stand für Geld und Sport. Erlemann hatte als Mäzen mit dem Kölner Eishockey-Club Die Haie zum ersten Mal die süddeutschen und bayerischen Clubs von der Spitze verdrängt und Die Haie dauerhaft oben platziert. Wie er das geschafft hat? 1976 bei den Olympischen Spielen hatte er zum ersten Mal ein Eishockeyspiel gesehen und war beeindruckt. Diese Geschwindigkeit, diese Härte. Als alter Kölner kannte er den Kölner Eishockey-Club, aber der hatte nie viel gerissen. Im Gegensatz zu dem Düsseldorfer Rivalen, der ab und zu an die bayerischen Clubs heranreichte.

Erlemann war ein, wie er sich selbst gerne titulierte, »Finanzmagier«. Noch während des Studiums hatte er mit einigen Kumpels das sogenannte Bauherrenmodell erfunden. Eine Möglichkeit, ohne Eigenkapital Wohnungseigentum zu schaffen. Sale-and-lease-back war auch eine seiner Spezialitäten, also das Objekt zu verkaufen und dann zurückzumieten, weil Abschreibungen weniger bringen als die Miete, die beim Finanzamt voll absetzbar ist. Im Grunde machten Erlemann und seine Kumpels aus

den Lücken der Steuergesetzgebung eine Industrie. Leider reichte ihnen das irgendwann nicht mehr aus und sie begannen, Luftschlösser zu bauen. Eines der phantasiereichsten war das Gasgeschäft im Libanon.
Drei große Gasbehälter im Hafen von Beirut. Fünfhundert große LKW, um die Gasflaschen zu den Kunden zu transportieren, und rund Fünfhunderttausend Gasflaschen, das war die Grundausstattung der Firma, in die investiert werden sollte. Und zwar steuermindernd. Mit einigen Ländern hatte die Bundesrepublik in den sechziger und siebziger Jahren ein Abkommen. Investitionen in Strukturprojekte dieser Länder waren in Deutschland steuerlich absetzbar. Eine Art Aufbauhilfe, auch Spanien hatte jahrzehntelang davon profitiert. Da die Finanzämter keine eigenen Beamten ins Ausland schickten, um die Geschäfte dort zu kontrollieren, verlangten sie Testate von freiberuflichen Sachverständigen. Ein solcher fuhr dann auch im Auftrag des Finanzamtes Offenbach nach Beirut und fand all das, was angegeben war, tatsächlich vor. In Wirklichkeit gab es nichts. Aber auch gar nichts.
Die Leute um Erlemann jonglierten mit dem Geld anderswo, aber letztlich gab es doch einen Hinweis und alles zerfiel in Asche. Erlemanns Partner Klein setzte sich nach Costa Rica ab, wo er die Verjährungsfrist von zehn Jahren bestens überstand. Erlemann wurde geschnappt und musste sechs Jahre in den Knast.
Dies war die logische Folge seines öffentlichen Auftretens, er war keiner Kamera und keinem Interview aus dem Weg gegangen. Er hatte als Frontmann die Geschäfte angekurbelt. Klein hingegen hatte im Hintergrund agiert; dass es ihn überhaupt gab, kam erst im Laufe des Verfahrens heraus.
Erlemann war ein begnadeter Verkäufer. Auch sein Interesse am Eishockey hatte zwei Seiten. Einerseits freute er

sich über den Erfolg der Haie, andererseits war er so tagtäglich im Fernsehen oder in der Zeitung, zwar auf den Sportseiten, doch er vergaß nie zu erwähnen, dass es nur ihm und seiner Arbeit zu verdanken sei, dass es den *Haien* so gut ging. Und dass alle Leute viel Geld verdienen könnten, wenn sie bei ihm investierten.

Trotz vieler Warnungen aus seinem Umfeld: »Du machst so gute Geschäfte, du wirst doch nicht mit Eishockey Geld verlieren wollen.«, wusste Erlemann genau, was er wollte, und er dachte positiv. Er fragte: »Warum sind die bayerischen Eishockey-Clubs besser als die meisten anderen in West- oder Norddeutschland?« Antwort: »Weil dort die besten Spieler spielen.« Eishockey war in Bayern schon für viele von Kindesbeinen an ein beliebter Sport, also war das Reservoir an Spielern viel größer. Der berühmteste Eishockey-Spieler hieß Erich Kühnhackl. Erlemann fuhr nach Landshut, wo Kühnhackl wohnte und spielte. Der war gerade auf der Kirmes. Und dort, im Festzelt, mit bayerischer Blasmusik, setzte sich Erlemann an den Tisch von Erich Kühnhackl, reichte ihm die Hand und sagte: »Mein Name ist Erlemann, ich bin der, der die Kölner Haie übernommen hat, und würde Sie gerne für die nächste Saison engagieren.« Kühnhackl lachte: »Ich spiel doch nicht bei den Karnevalsjecken.« Erlemann zuckte die Schultern, öffnete sein Köfferchen – Eishockey war damals ein reiner Amateursport, gezahlt wurde nur wenig oder unter der Hand – und schob Kühnhackl den vollen Koffer zu. Dreihunderttausend Mark lagen darin, gebündelt. Blitzschnell klappte Kühnhackl den Deckel des Koffers zu und spielte ab sofort in Köln, und nicht nur er. Köln wurde Meister, und Erlemann ließ sich pompös auf einem Rheinschiff feiern.

All diese Geschichten hatte Erlemann Peter schon im

Knast erzählt, die anderen erzählte er ihm jetzt nach seiner Entlassung hier, in Willingen. Zum Beispiel die über die Entführung seines Sohnes Johannes. Kurz nach Erlemanns Verhaftung, als er wochenlang Thema in der Presse gewesen war, hatten Ganoven seinen Sohn entführt, um von der Familie mehrere Millionen Lösegeld zu erpressen. Die Polizei glaubte gar, Erlemann selbst habe seine Finger in dem Deal, um so aus dem Knast zu kommen. Aber das war falsch, und die Täter konnten nicht ermittelt werden. Erst als Erlemanns Frau mit Hilfe von Freunden und Jochems Vater, der als Erfinder der Düsseldorfer Modemesse Igedo auch sehr vermögend war, das Lösegeld zahlte, kam Johannes frei.
Es war übrigens die gleiche Art der Lösegeldübergabe, wie sie später der berühmte Gangster Donald kopierte. Frau Erlemann musste den Geldsack in einer Kiste für Streusand am Straßenrand deponieren. Die Polizei bewachte die Kiste drei Tage lang, bis sie auf die Idee kam, mal reinzuschauen. Und siehe da, die Kiste stand auf einem Kanaldeckel, durch den das Geld und die Täter längst verschwunden waren. Der Kanal führte in den Rhein. Erst das unvorsichtige Geldausgeben der Täter führte später zu ihrer Entdeckung.
Erlemanns Leben war spannend, doch Bedingung für das Zustandekommen des Buches war, dass Erlemanns Frau Gaby als Mitautorin fungierte. Peter war es egal. Und so erschien 1988 bei Eichborn das Buch: *Die Millionen des Dr. Erlemann oder die Kunst Geld zu machen. Eine unglaubliche Karriere.*

Eine große Deutschland-Geschichte machte Peter mit dem *Stern*-Fotografen Klaus Drinkwitz: *Wer heute aus dem Blechnapf frisst.*

Peter hatte vorgeschlagen, eine Reportage über das Knastessen zu machen. Sie fingen in München an und hörten in Flensburg auf. Sie flogen mit dem Knacki-Lufttransport von Hannover nach Berlin, weil kein Gefangener über die Zonengrenze transportiert werden durfte, und schauten sich die Küchenzettel aller deutschen Knäste an. In Moabit trafen sie Ex-Boxweltmeister Bubi Scholz, der seine Frau durch die Tür erschossen hatte und nun in großen Kochtöpfen rührte. Auch eine Menge alter Kumpel liefen Peter über den Weg. *Wer heute aus dem Blechnapf frisst* wurde eine erfolgreiche *Stern*-Reportage.

Als Nächstes schlugen Jörg Steinert und Peter dem *Stern* eine Reportage über die spanische Fremdenlegion vor. Sie war in den zwanziger Jahren des 20. Jahrhunderts entstanden, nach französischem Vorbild wurde die Legion aufgebaut und außerhalb Spaniens etabliert, zum Beispiel in den marokkanischen Enklaven Ceuta, Melilla oder in Spanisch-Sahara. Mit diesen Fremdenlegionären hatte Franco seinen Bürgerkrieg in Spanien begonnen. Via Luftbrücke der deutschen Luftwaffe wurden die Legionäre aus Marokko geholt und auf dem spanischen Festland abgesetzt, wo Franco sie einsetzte, und wo sie unter der spanischen Zivilbevölkerung bis zum Sieg wie die Berserker wüteten. 1975, kurz nach Francos Tod, gaben die Spanier ihre Kolonie Spanisch-Sahara auf, und das Hauptquartier der Legion wurde nach Puerto del Rosario auf die Kanareninsel Fuerteventura verlegt. Eine Insel, die nur aus Steinen, Sand und Gestrüpp besteht. Es gab dort keinen einzigen Baum und auch kein Wasser. Täglich kam ein großer Tanker voller Frischwasser von Gran Canaria, legte im Hafen an und wurde an die Wasserleitungen der Insel angeschlossen. In diese Einöde versetzte man die Legion, und dort landeten auch Peter und Jörg und begannen, die Jungs zu interviewen.

Es war eine Männergesellschaft, in der sich verlorene Männer finden konnten. Das war, glaubte Peter, überhaupt der Grund, weshalb es diese Konstrukte gab: Drückerkolonnen, die Fremdenlegion oder andere militärische oder religiöse Gruppen, wie heute die IS. Sie locken Menschen an, die anerkannt werden wollen, eine Familie suchen und eine Heimat, und die bereit sind, alles dafür zu tun, um diese Gemeinschaft zu erhalten. So wie die Selbstmordattentäter sich in die Luft sprengen, um ihre Zugehörigkeit zu beweisen und eventuell zweiunddreißig Jungfrauen im Paradies zu beglücken, genauso nennen die Legionäre ihre Waffe und den Tod ihre Braut. Genauso ertragen auch Drücker unglaubliche Zwänge bis hin zu Prügeln, um erfolgreich Zeitungsabonnements zu verkaufen. Prügel und Zwang kennen die meisten von zu Hause oder aus Heimen. Daran sind sie gewöhnt oder einfach gesagt: Sie suchen und finden das, was sie kennen.
In Puerto del Rosario trafen Peter und Jörg auch etliche Deutsche. Ihre Geschichten klangen ähnlich. Hier fühlten sie sich sauwohl, angenommen und akzeptiert. Ein Autoschlosser aus dem Schwäbischen erzählte: »Zu Hause saß ich nach der Arbeit immer alleine am Biertisch. Hier habe ich endlich Freunde.« Er schraubte die alten Jeeps auseinander und wieder zusammen.
Die Bewaffnung der Legion war nicht auf dem allerneuesten Stand, aber das sollte sich sehr bald ändern. Das Generalkommando wurde nach Ronda verlegt, ins andalusische Mittelgebirge. Ein schönes Städtchen, in dem sich auch der deutsche Dichter Rainer Maria Rilke wohlgefühlt hatte. Er steht bis heute, als Bronzefigur, im Garten eines großen Hotels und schaut in die Ferne.
Hier in Ronda entstand die Spezialtruppe La Legión, die immer dann eingesetzt wurde, wenn sich das Nato-Land

Spanien an internationalen Konflikten beteiligte. Ob in Bosnien, im Kosovo, im Irak oder in Afrika, immer schickte Spanien zuerst La Legión ins Gefecht, übrigens genau wie die Franzosen. Die meisten Legionäre waren inzwischen allerdings Schwarze aus Afrika, die sich erhofften, nach Vertragsende mit spanischer Nationalität in der EU leben zu dürfen.

Für den *Stern* reisten Peter und Jörg weiter nach Jamaika. Sie besuchten all die Orte, die Peter während seines Aufenthaltes kennengelernt hatte. Jörg fotografierte, aber er war nie zufrieden. Immer stimmte was nicht, meist das Licht, und so setzte er jedes Mal einen neuen Termin für das gleiche Motiv an, abends nach fünf, morgens in der Dämmerung. Wäre es nach Jörg gegangen, hätte der Job zehn Jahre gedauert.

Peter schleppte Jörgs schwere Tasche mit Objektiven, Kameras und Filmen, damit der die Hände frei hatte, und alle hielten ihn für Jörgs Assistenten. Jörg lachte darüber: »Du brauchst doch nur einen Bleistift zu tragen. Also nimm schon die Tasche.« Sie machten einen Abstecher nach Belize und trafen dort auf Colonel Ramon, den ewigen Verteidigungsminister.

Ebenfalls in Jamaika traf Peter den ehemaligen Terroristen Peter Paul Zahl, der sich nach seiner Entlassung dort in die Blue Mountains verzogen hatte, also dahin, wo der beste Kaffee der Welt wächst. Zahls Roman *Die Glücklichen* hatte Peter im Knast mindestens dreimal gelesen, und dessen Theaterstück über den Hitler-Attentäter Georg Elser hielt er für das Beste, was zu diesem Thema geschrieben worden war. Zahl war nicht sehr zugänglich. Er hatte wohl noch den langen Knast in den Knochen. So kam nur ein mageres Interview zustande, das Peter später unter dem

Titel *Zahl zahlt zurück* der *Frankfurter Rundschau* verkaufte. Zahl lebte in einem Haus mit einigen Jamaikamädels zusammen und machte nicht den Eindruck, wieder zurückkommen zu wollen, was er ja auch nicht getan hat.

Die Jobs fürs Fernsehen waren gut bezahlt, aber schwer zu ergattern. Das lag nicht etwa daran, dass Peter die Geschichten ausgingen, die gehen ihm bis heute nicht aus, aber er musste seine Ideen verkaufen und zwar an Redakteure, von denen viele überfordert waren. Zumindest mit Peters Geschichten, die sie oft nicht verstanden.

Peter rang mit ihnen um die von ihm erfundenen Figuren, warum sie so handelten, wie sie es in der Geschichte taten. Er setzte wohl zu viele Kenntnisse bei den Redakteuren voraus. Er wusste, dass es Menschen gibt, die etwas tun, ohne erst lange den innerlichen Jakobsweg zu gehen. Er wusste auch, dass letztlich jeder Mensch kriminell werden kann, wenn es die Lage erfordert. Und so waren seine Täter nicht immer nur die anderen, auf die konnte man ja leicht zeigen, gut und böse ...

Die Redakteure verlangten zwar, dass das Böse auch ein bisschen ambivalent schattiert sein sollte, aber das Gute sollte gut sein. Und bei Peter war der Gute meist genauso schlecht wie der Böse, nur in einem feineren Gewand. So wie früher im Knast gesagt wurde: »Es gibt nur zwei Sorten Menschen, die, die im Knast sitzen und die, die auch sitzen müssten.«

Obwohl Peters Filme beim Publikum und bei den Kritikern erfolgreich waren, war es schwer, die nächsten Redakteure zu überzeugen. Und seit einigen Jahren gab es fast nur noch Redakteurinnen. Das machte es nicht leichter. Man muss sich mal vorstellen, dass so ein Mädel, nach Abitur und Studium der Theaterwissenschaften oder wer

weiß was über einen Stoff entscheiden muss, der mitten aus dem Leben kommt. Das können die meisten nicht. Nicht weil sie Frauen sind, das ist bei ihren männlichen Kollegen ja nicht anders, wohl eher, weil ihnen die Welt, aus der Peter kommt, fremd ist und sie sie nicht verstehen. Sie wollen Stoffe aus Milieus, die sie kennen, und Geschichten, die sie nachvollziehen können. Was wäre wohl aus der Filmindustrie geworden, wenn in Hollywood auch solche Verhinderer das Sagen gehabt hätten?
Leider sind nur wenige Redakteure so gefestigt, dass sie sagen: »Lass ihn mal machen, der kennt sich doch aus.« Lieber lehnen sie in ihrer Unsicherheit einen Stoff ab und liefern sich mit dem Autor aus ihrer starken Position heraus ekelhafte Gefechte, bis dieser entnervt aufgibt. Bei Peter war das nicht anders. Autoren mit Lebenserfahrung sind jungen Redakteuren inhaltlich weit überlegen, aber ansonsten ... Redakteure bestimmen, wer das Geld kriegt und wer nicht.
Die Zuschauer kennen die abgelehnten Geschichten nicht, wissen also gar nicht, was sie versäumen, und darauf bauen die Redakteure: »Wenn nichts gesendet wird, kann ich keinen Fehler gemacht haben.«

Am Anfang wollte Peter das alles gar nicht so wahrnehmen. Was möglicherweise daran lag, dass die Monaco/Odeon Film und deren Produzenten, Georg Althammer, Axel Willschrei und Werner Kließ, auf der Seite der Autoren standen. Ehe die drei die Firma gegründet hatten, waren sie selbst Drehbuchautoren gewesen. Althammer und Willschrei hatten als angestellte Autoren der Bavaria für lang laufende Serien in den sechziger und siebziger Jahren geschrieben, wie beispielsweise *Die seltsamen Methoden des Franz Josef Wanninger* mit Beppo Brem oder *Graf Yoster*.

Kließ hatte ein berühmtes Buch über Jean Genet verfasst und Drehbücher für viele, viele Fernsehfilme. Sie waren die stärksten Produzenten, die Peter je kennenlernen sollte. Aber das wusste er damals noch nicht.
Natürlich gab es auch bei *Ein Fall für zwei* einen Redakteur, Gehrmann. Er war in Wiesbaden bekannt geworden, weil er einen erbitterten Kleinkrieg vor Gericht und in der Presse gegen einen Frosch führte, der im Teich des Nachbargrundstücks saß und quakte, laut und oft und zur unpassenden Zeit, wie es Froschnatur ist. Das störte Herrn Gehrmann.
Außer der Serie betreute er auch *Ehen vor Gericht* und fühlte sich als Kriminalsachverständiger. Was sich darin ausdrückte, dass er zum Beispiel bei Drehbuchbesprechungen vorschlug, statt »Leg die Pistole weg!« doch »Wirf den Revolver weg!« zu schreiben. Natürlich ist das Blödsinn, weil ein Revolver etwas anderes ist als eine Pistole. Das versuchte Peter ihm auch zu erklären. Ob er es jedoch wirklich begriffen hat, dass ein Revolver eine Trommel und eine Pistole ein Magazin hat, eine Pistole halbautomatisch schießt und der Revolver durch Double Action, also der Bewegung des Zeigefingers am Abzug? Gerade von Waffen hatte Peter nun wirklich Ahnung, und oft gab es darüber heftige Dispute mit Regisseuren. Aber die cleveren und guten unter ihnen begriffen, dass er sich auskannte und übernahmen seine Vor- und Ratschläge gerne.
Wie es um Herrn Gehrmanns Humor bestellt war, erfuhr Peter, als er einmal so richtig ins Fettnäpfchen trat. Gehrmann kam nach München zur Drehbuchbesprechung, das Drehbuch hatte er in einem kleinen schmalen Koffer. Die Seiten, bei denen er etwas zu monieren oder anzumerken hatte, waren mit einem Eselsohr markiert. Als er das Buch aus dem Köfferchen holte, war es am oberen Ende

ganz aufgebläht. Also sagte Peter aus Jux, wenn er die Seiten mit einem Eselsohr markiert hätte, an denen er nichts auszusetzen hatte, wäre das Buch doch viel leichter zu transportieren gewesen. Gehrmann sah Peter streng an, steckte das Buch ein, sagte einen Abschiedsgruß und ging zur Tür. Althammer hatte viel Mühe, ihn zurückzuhalten.

Öffentlich-rechtliche Anstalten sind, wie das Wort »Anstalt« schon sagt, ein Haus voller Bürokraten und Anstaltsinsassen. Bei den privaten Fernsehsendern, die damals gerade entstanden, war es noch schlimmer. Wenn das einzige Ziel eines Senders der Profit ist, kann der Autor nicht frei erzählen. Genauso wenig, wenn ständig neben der Angst, etwas falsch zu machen, moralische Überlegungen die Phantasie einschränken, die so genannte Political Correctness. Kein Mut weit und breit, sich darüber hinwegzusetzen. Peter hat sich immer gefragt, wovor die Redakteure eigentlich Angst haben, sie sitzen doch so sicher in ihren Sesseln wie Beamte. Und selbst wenn sie mal danebengreifen sollten, würde sie keiner rausschmeißen. Trotzdem fürchten sie das Risiko wie Luzifer die gute Tat. Wie geht es einem Autor, der mit solchen Feiglingen zusammenarbeiten muss? Peter hat in den letzten zwanzig, dreißig Jahren viele Serien- und Filmvorschläge gemacht, die zum Beispiel einen kriminellen Protagonisten hatten, dem auch die Sympathien der Zuschauer hätten zufliegen können, und immer wurde ihm gesagt, dass könne man nicht machen, dass dürfe nicht sein. Erst als die Amerikaner später mit *Breaking Bad* genau das mit internationalem Erfolg taten, durften auch deutsche Redakteure darüber nachdenken, so etwas zu machen. Leider viel zu spät.

Ein gutes Beispiel dafür ist Peters Lieblingsprojekt. Mit

dem Schauspieler Heinz Schubert in der Hauptrolle, bekannt als *Ekel Alfred*, von dem später noch zu reden sein wird, hatte Peter die Figur eines Steuerfahnders entwickelt. Ein frecher Kerl, der sich über arrogante Steuerhinterzieher ärgerte, die so taten, als wären sie die besseren Menschen, aber trotzdem jeden und alle beschissen. Auch mit seinen Vorgesetzten hatte der Steuerfahnder, der Filzlaus genannt wurde, weil er sich so tief in den Pelz der Steuersünder biss, Probleme. Denn sobald die Filzlaus dem Erfolg nahe war, machten die Verdächtigen einen Deal mit seinen Vorgesetzten. Die Steuerschulden samt einer kleinen Strafe wurden beglichen. Das war's, sonst passierte ihnen nichts. Und genau das stank der Filzlaus.
Man muss sich einmal *Ekel Alfred* als Steuerfahnder vorstellen. Wäre das nicht eine gigantische Serie gewesen? Mindestens fünf Sender im Laufe von zehn Jahren haben sie abgelehnt. Angeblich weil Steuerfahnder kein Thema für den Film sind. Igitt. Dann kamen die ersten Filme mit Steuerfahndern. Aber an Peters guten Stoff wollte keiner mehr ran, der sei zu alt, hieß es jetzt.

Das erste wirklich große Problem hatte Peter mit dem Hessischen Rundfunk. Ende der achtziger Jahre gab es einen Fleischskandal, er begann irgendwo in Trier und endete überall in Deutschland. Es ging dabei um Kängurufleisch. Das Känguru ist ein Paarhufer, schmeckt ähnlich wie Rindfleisch, und wenn es entsprechend deklariert ist, auch ohne weiteres in Deutschland als solches zu verkaufen. Aber es muss eben deklariert sein.
In Peters erfundenem Fall hatte ein Importeur mit gefälschten irischen Europastempeln einige Hundert Tonnen – zu allem Überfluss auch noch salmonellenverseuchtes – Kängurufleisch zu argentinischem Rindfleisch

umdeklariert. Das war die Grundidee. Es passte perfekt zu Peters Sicht der Dinge, keine Geschichte über einen stümperhaften Bankräuber zu erzählen, sondern über Leute, die eigentlich das Verbrechen nicht nötig gehabt hätten, aber der Versuchung nicht widerstehen konnten. In Peters Geschichte war es ein Metzger, der viele Filialen hatte, in finanziellen Schwierigkeiten steckte und hoffte, durch den Verkauf des günstigen Rindfleischs aus der Bredouille zu kommen. Aber der Metzger flog auf und stand vor dem Ruin. Das wollte der so nicht hinnehmen. Er war schließlich ein Mann, der es gewohnt war, seine Probleme selbst zu regeln, notfalls mit dem Kopf durch die Wand. Also griff er zu Fleischermesser und Pistole und beabsichtigte, denen auf den Pelz zu rücken, die ihn reingelegt hatten. Das war allerdings kein kleiner Fleischgroßhändler, sondern hinter dem Coup verbarg sich die italienische Mafia. So verlor der Metzger in seiner blinden Wut nicht bloß das Kängurufleisch, sondern auch noch sein Leben!
Der damalige Fernsehspielchef des Hessischen Rundfunks fand den Stoff gut und gab Peter einen Drehbuchauftrag. Warum Peter ein Jahr später in der Literaturzeitschrift *TransAtlantik* statt über den Mord an einem Metzger über die Ermordung seines Drehbuches schrieb, erzählt der folgende Bericht.

Tatort Hessischer Rundfunk
Über die Ermordung eines Drehbuchs

Fleischskandale in Düsseldorf, Trier, München. Falsche Fleischbeschaustempel, falsche Zolldeklarationen, Blauesel- und Kängurufleisch, Salmonellen-Trichinen-Finnen-Befall. Ein kriminelles Klientel ohne Gangstervisagen, ohne Vorstrafen, ohne Revolver und Messerstechereien. Das gab mir den Anstoß, dem Hessischen Rundfunk einen Stoff mit dem Titel *Hüpfendes Fleisch* im Herbst 1986 als Kriminalfernsehspiel anzubieten. Am 6. Dezember gab es einen Exposé-Vertrag. Für zweitausend Mark sollte ich die Geschichte in Kurzform zu Papier bringen. Ein Jahr lang strich ich in harmonischer Zusammenarbeit mit den Redakteuren weg, fügte hinzu, schrieb einige Szenen ganz aus. Am 19. November 1987, ein ganzes Jahr später, wurde der Exposé-Vertrag erweitert, und ich erhielt weitere dreitausend Mark. Ich arbeitete – immer in Abstimmung mit zwei Redakteuren – auf einen Fernsehkrimi hin: Sendelänge circa neunzig Minuten. Am 6. Mai 1988 kam dann, nachdem ich bereits viel Vorarbeit geleistet hatte, der Drehbuchvertrag.

Das Drehbuchhonorar für einen Fernsehfilm von neunzig Minuten Länge beträgt bei deutschen ARD-Anstalten zwischen dreißigtausend und achtunddreißigtausend Mark. Das Angebot für mich: dreißigtausend DM, vorgefertigt im Vertrag zugesandt, mit der Aufforderung, zu unterschreiben. Meine telefonische Rückfrage in der Buchhaltung wurde von der Dame so beantwortet: »Dreißigtausend ist bei uns üblich, wir sind eine kleine ARD-Anstalt, außerdem sind Sie Anfänger.«

Ich weiß heute, dass auch der HR durchaus mehr bezahlt. Und Anfänger? Zu diesem Zeitpunkt waren bereits drei meiner verfilmten Drehbücher im Hauptabendprogramm gelaufen. Von den dreißigtausend bekam ich nun, nach mehr als anderthalbjähriger Arbeit, zehntausend Mark ausgezahlt – macht zusammen mit den Vorschüssen fünfzehntausend. Die restlichen fünfzehntausend Mark werden in der Regel dann bezahlt, wenn das Buch vom Sender abgenommen, das heißt, wenn die letzte Fassung als drehfähig anerkannt wird.
Im September 1988 legte ich die letzte Fassung des Drehbuchs vor, mit der der Sender sehr einverstanden schien. Man bat mich nur noch zu überlegen, wie ich die Gefährlichkeit von Salmonellenerkrankungen optisch überzeugend darstellen könnte. Daher baute ich nachträglich eine Notlandung ein. Redakteur: »Tolle Idee, so funktioniert's!« Alles schien sonnenklar.
Nächtliche Notlandung auf dem Frankfurter Flughafen. Passagiere und Besatzung sind an Salmonellenverseuchung erkrankt. Die Spur führt vom Catering-Unternehmen zum Lieferanten der verdorbenen Ware, dem Großmetzger Heinz Hessmüller. Hessmüller, Mitte fünfzig und von Aussehen und Charakter ein richtiger Metzger: klein angefangen, immer mit dem Herz bei der Sache, fünfundzwanzig Stunden am Tag gearbeitet. So wurde man was im Nachkriegsdeutschland, einschließlich der kleinen Schweinereien wie Subventionsbetrug durch Fleischimport im Umweg über Westberlin und anderer Tricks. Doch eines Tages übernimmt sich Hessmüller, gerät in Schwierigkeiten. Da erscheint es wie ein Wink des Himmels, als ihm ein italienischer Fleischhändler einen Riesenposten gefrostetes Rindfleisch, eurogestempelt, weit unter Preis anbietet. Hessmüller geht davon aus, dass es sich um argentinisches

Rindfleisch handelt, das, weil die Importquote überschritten ist, schwarz in die EG eingeführt wurde. Er mobilisiert seine letzten Reserven, pumpt sich Geld und legt zwei Millionen bar auf den Tisch.
Er wird angeschmiert. In den Kartons ist kein Rind-, sondern salmonellenverseuchtes Känguruflleisch. Hessmüller ist ruiniert. Er beschließt, seine Haut zu retten. Aus dem Opfer wird ein Täter. Er fühlt sich im Recht, will seinen Schaden begrenzen, nimmt in Kauf, dass er die Gesundheit Tausender Menschen aufs Spiel setzt. Er verscherbelt das verseuchte Fleisch an Kollegen weiter, während das Gesundheitsamt lange Behördenwege geht, um eine Beschlagnahmeverfügung zu erreichen. Als das gelingt, sind die Kühlhäuser leer. Jetzt will Hessmüller noch seine zwei Millionen zurückhaben, bevor er sich in ein adäquates Auslandsquartier absetzt. Eine Geschichte ohne Mord und Totschlag, mit geringer Polizeipräsenz. Wie in der Realität lässt sich vieles unter der Hand regeln.
Am 4. Dezember 1988 tauchte Bernt Rhotert bei mir zu Hause auf und stellte mir die Regisseurin Sylvia Hoffman vor. Beide lobten mein Buch über den grünen Klee. Und dann, aus heiterem Himmel, sagte Herr Rhotert lässig: »Wir machen aus dem Stoff einen *Tatort*!«
Ich begriff nicht sofort. Rhotert klärte mich über Sachzwänge auf: Der Süddeutsche Rundfunk verzichte, da er eine Pfarrerserie produziere, auf den nächsten *Tatort*, der HR plane für 1990/91 einen zusätzlichen *Tatort*, und dieser Film sei dafür ein so wunderbar geeigneter Stoff. Jetzt mischte sich Frau Hoffman ein, mein Buch sei großartig, sie sei ganz begeistert. Natürlich müssten einige Änderungen rein, denn ein *Tatort* habe seine eigenen Gesetze.
Ich kenne *Tatorte* und ihre Gesetze: Mord, böser Täter, gute Polizei, Happy End. Das wollte ich meinem Buch

nicht antun. Beide redeten engagiert auf mich ein. Sylvia Hoffman: »Ein *Tatort* ist nur gut für dein Renommee, Peter, da wirst du an deinen Schriftstellerkollegen Loest und Walser gemessen, die ja jetzt auch *Tatort* machen, außerdem hast du mit Sonntagabend den allerbesten Sendeplatz ...« – »Und«, fuhr Rhotert triumphierend fort, »es gibt bei der Ausstrahlung siebentausend Mark mehr vom ORF, und ein *Tatort* wird garantiert in zwei Jahren wiederholt, also noch mal Honorar.« Er zögerte, »die Sache ist jetzt bei uns im Hause entschieden, das vorliegende Buch kann so, wie es jetzt ist, nicht abgenommen werden!«
Tatort, das bedeutete, ein völlig neues Buch zu schreiben. Und wer, fragte ich, sollte das bezahlen? Rhotert wusste Rat. Der HR habe zwar kein Geld, im Moment erst recht nicht, weil Ministerpräsident Wallmann Intendant Kelm wegen mangelnder politischer Hörigkeit den Überziehungskredit gestrichen habe, aber da ich ja sowieso bei der Verfilmung meiner Drehbücher stets eine kleine Schauspielrolle übernähme, solle es diesmal eine größere Rolle sein. So fünf bis sechs Drehtage à tausendfünfhundert Mark seien schließlich auch Geld. Ich schlug Herrn Rhotert einen anderen Stoff aus meiner Schublade für den *Tatort* vor, den ich in wenigen Wochen hätte ausarbeiten können, da die Story schon in groben Zügen entwickelt war.
Aber der HR hatte sich an meinen Salmonellen festgebissen.

Wir gingen mit folgender Vereinbarung auseinander: Da ich die nächsten beiden Monate nach Spanien in Schreibklausur gehen würde, versprachen Rhotert und Frau Hoffman, derweil über Änderungen nachzudenken. Selbstverständlich würde nichts ohne Rücksprache mit dem Autor entschieden. Falls gravierende Dinge anlägen, die disku-

tiert werden müssten, werde er mich einfliegen lassen, versprach Rhotert.
Bis zu diesem Zeitpunkt war ich zu feige gewesen, Redakteuren offen zu widersprechen. Kein Drehbuchvertrag, kein Geld. Und ich wäre nicht der Erste, der unter der Hand zur persona non grata erklärt würde.
Ich habe mich nun zu dieser Veröffentlichung entschlossen, weil ich in absehbarer Zeit mit dem HR kein Geschäft mehr machen will und ihm seither auch nichts mehr angeboten habe. Anders bei den folgenden Beispielen.
Redakteure öffentlich-rechtlicher Rundfunkanstalten sind oft eine besondere Spezies, verbeamtet und doch voller Angst um ihren Arbeitsplatz. Sie wissen: Shakespeare ist besser als Becks Bier. Sie kennen die Einschaltquoten der letzten *Schwarzwaldklinik*-Folge auswendig bis zur sechsten Stelle hinter dem Komma, aber vom Leben wissen sie wenig, schon gar nichts vom Ganovenleben. Erstaunlich, dass sie ausgerechnet mir – der ich vom Fach bin – erzählen wollen, wie es bei Kriminellen zugeht, nur weil sie Filme von Leuten gesehen haben, die es auch nicht wissen. Das Klischee vom Ganoven ist in vielen Fernsehgehirnen festgeklopft: Einbrecher gleich Fixer gleich Mörder. Und sympathisch darf er in der Regel ebenso wenig sein wie Polizisten unsympathisch. Mein Einwand, dieser Mensch sei Einbrecher und trage keine Waffe, weil er weiß, dass ihm das zwei Jahre mehr einbringt, wenn er erwischt wird – außerdem sei er kein potenzieller Mörder, und überhaupt werde auf der Mattscheibe viel mehr gemordet als im Milieu –, wird mit der Standardformel weggewischt: »Denen ist alles zuzutrauen.« Redakteure sind fleißig, aber wenig kreativ. Wenn sie ein Drehbuch vor sich liegen haben, glauben sie, dass sie selbst es besser gekonnt hätten, wenn ihnen nur die Idee dazu gekommen wäre.

Einer von ihnen hat es mit meinen Dialogen: Er blättert im Drehbuch, schlägt die erste Seite auf und sagt: »Finden Sie es nicht besser, statt ›Komm sofort her!‹ ›Wo bleibst du denn?‹ zu schreiben?« Ich schweige, nehme den Bleistift, streiche den Satz und kritzele den anderen daneben. Ein wenig irritiert über meine Fügsamkeit, blättert er weiter. »Finden Sie nicht, dass es statt ›Reich mir mal die Pistole‹ besser ›Gib mal die Knarre her‹ heißen sollte?« Ich streiche und kritzele seinen Satz daneben. Er, nun wirklich ungehalten: »Was soll das, keine Diskussion?« Ich lächle milde: »Was meinen Sie, wie oft ich schon alles umgeschrieben habe. ›Gib mal die Knarre her‹ und ›Wo bleibst du denn?‹ stand schon in meiner allerersten Fassung, ich hab das gestrichen. Schließlich arbeite ich seit Monaten an diesem Drehbuch.« Beleidigt schlägt er das Manuskript zu.
Ein anderer Redakteur bemängelt einen Satz, den ich einem Akademiker in den Mund gelegt habe: »Wenn die Sache in die Hose geht, sitzen wir ganz schön in der Patsche.« »Das«, widerspricht der Redakteur, »sagt ein Mann mit Hochschulbildung nicht. Er würde sagen: ›Wenn sich nicht alles nach unserem Gusto entwickelt, gibt es Probleme.‹«
O-Ton Redakteur: »Die Geschichte stimmt noch nicht. In den ersten zehn Minuten muss ein Mord her, sonst schalten die Zuschauer um.« »Hören Sie, Dienstagabend Viertel nach acht! Da muss das Timing stimmen! Da läuft im Kontrastprogramm *Abrakadabra*. Wenn wir nicht innerhalb fünfzehn Minuten drei Highlights servieren, sind die Zuschauer bei der Konkurrenz!« »Das mit der Bettgeschichte geht zu der frühen Sendezeit nicht. Dann rufen wieder die erbosten Eltern an.« »Muss denn immer alles so depressiv enden? Schreiben Sie ein Happy End, dann können die Zuschauer befriedigt ins Bett gehen.«

Und ist es nicht der Redakteur, so hat der freie Produzent das Machtwort: »Mensch, das Ding ist fürs Hauptabendprogramm! Da muss es vorne krachen, wir wollen doch nicht, dass die Zuschauer umschalten, dann hab' ich's schwer, meinen nächsten Film unterzubringen.« Auf meine Frage, was ihm lieber wäre, guter Film und gute Kritik oder Scheißfilm mit guter Einschaltquote, sagt er klar: »Einschaltquote!« Mit solchen Redakteuren kann man leben, sie sind diskussions- und kompromissbereit.

Doch anders im Fall des HR-*Tatort*: Mit mulmigen Gefühlen fuhr ich nach Spanien. Es kamen weder Anruf noch Ticket. Merkwürdig. Als ich zwei Monate später wieder zu Hause war, schickte mir der Hessische Rundfunk per Boten das fertige *Tatort*-Drehbuch. Die Figuren waren die gleichen, das Thema war das gleiche, sonst stimmte nichts mehr. Die Polizei ermittelte, der Metzger war nur ein dummer und gieriger Metzger ... Wutentbrannt griff ich zum Telefon.

Frau Hoffman: »Aber es ist doch schön spannend.« Natürlich war nach zehn Minuten der obligatorische Mord drin, denn wie sonst kommt die Mordkommission ins Spiel, und im *Tatort* arbeiten ja Mordkommissare, beim Hessischen Rundfunk noch dazu dieser langweilige Kommissar Brinkmann, der irgendwann einmal auf seinen Schnürsenkel treten und so langsam fallen wird, dass es neunzig Minuten dauert. So konnte ich das Buch nicht akzeptieren.

Antwort: »Dann gehen Sie doch selbst noch mal ran.«

Das tat ich und krempelte den Stoff gründlich um. Alles für null Mark. Von den mir zustehenden fünfzehntausend ließ man mir nur die Hälfte – siebentausendfünfhundert – zukommen. Beim Überarbeiten grauste es mich ein ums andere Mal. Da sollte zum Beispiel ein Metzger sagen: »Dieser Stempel hat eine Mailänder Signifikation.« Ich be-

zweifle, dass auch nur drei deutsche Metzger wissen, was eine Signifikation ist. Am meisten aber ärgerte mich, dass unversehens der Name der Regisseurin in der Urhebersequenz des Titels erschien. Ich nahm Rücksprache mit der Mediengewerkschaft und der von ihr beauftragten Rechtsanwältin für Urheberrecht. Man sagte mir Unterstützung zu, meinte, schon lange würden sie auf einen Autoren warten, der die Konsequenz zeige, gegen den Hessischen Rundfunk anzugehen. Die Rechtsanwältin riet mir allerdings, eine gütliche Einigung zu suchen, da eine gerichtliche Entscheidung risikobehaftet sei. Eventuell käme das zustehende Honorar jahrelang nicht. Außerdem gäbe es eine Schwarze Liste – kein Sender würde einem mehr einen Satz abkaufen, wenn man als Querulant bekannt wäre. Ich ging also mit dem geänderten Drehbuch am 5. April 1989 zum HR und stand endlich vor dem Mann, der alles entschied, Dr. Hans Prescher, nach eigenen Worten der Erfinder des *Tatort*. Was übrigens nicht stimmt.
Prescher, damaliger Fernsehspielchef des HR, saß am Schreibtisch seines Vier-Fenster-Büros. Als ich eintrat, erhob er sich, rollte mit seiner massigen Figur drohend auf mich zu, streckte dann die Hand aus, ein gezwungenes Lächeln quälte sich in sein Gesicht, er sagte: »Aha, der Herr Autor«, wobei er »Herr« besonders betonte. Dann dirigierte er mich zur Couch, verlor sein Lächeln und polterte los: Sylvia Hoffman sei eine exzellente Regisseurin, und sie müsse schließlich den Film realisieren, ich sei nur fürs Buch zuständig, und wenn ich mein Resthonorar haben wolle, müsse ich unterschreiben, dass Sylvia Hoffman das Recht erhalte, mein Manuskript einer Endbearbeitung zu unterziehen. Ich wollte mein Geld und unterschrieb. Dann sprach ich die mir zugesagte Filmrolle an, fünf bis sechs Drehtage à tausendfünfhundert Mark. Prescher tat

empört. So was könne mir außer ihm und dem Besetzungsbüro niemand zusagen. (Es wurden am Ende nur drei Tage à tausend Mark ...)
Dann erhielt ich *die vorläufige Endfassung* aus Sylvia Hoffmans Feder. Meine Änderungen waren kaum noch zu erkennen. Außerdem fehlte mir der Kommissarname Brinkmann. Also rief ich am nächsten Tag im HR an, und nachdem ich meinen Namen genannt hatte, war keiner der gewünschten Partner zu sprechen. Die Sekretärin von Herrn Rhotert bat ich um Rückruf – ohne Erfolg. Die Tage darauf das gleiche Spiel. Erst als ich Frau Hoffman privat erreichte, erfuhr ich, dass *Hüpfendes Fleisch* doch kein *Tatort* werde, das sei schon seit Wochen klar, man habe für den Sendetermin einen anderen Stoff gefunden, und ihr sei unerklärlich, wieso mir das niemand mitgeteilt habe. Nein, sagte sie, es sei nicht daran gedacht, jetzt, nach der erneuten Sachzwangänderung die Urfassung zu verfilmen, schließlich habe sie – die Regisseurin – schon seit Monaten an dem Stoff gearbeitet.
In den darauffolgenden Tagen telefonierte ich wieder mit der Gewerkschaftsanwältin. Sie wies mich auf einen Paragraphen des Vertrags hin. Unter Punkt 11/04 stand, dass die Rundfunkanstalten wohl berechtigt sind, das Werk zu verändern, aber nur unter Wahrung seiner geistigen Eigenart. Danach sprach ich mit Kollegen und bat sie um Rat. Sie winkten ab, sagten, es sei zwar eine Unverschämtheit, was mit der Story geschehen sei, rieten mir aber ab, gerichtliche Schritte anzustrengen.
Ich überlegte eine Woche lang, las den Vertragsparagraphen 11/04 nochmals durch und entschloss mich Anfang Mai, nicht so einfach zu kapitulieren.
Ich ging zu Dr. Prescher und erklärte, ich sei mit der Verfilmung der von Frau Hoffman angefertigten Drehbuch-

fassung nicht einverstanden, weil sie eben jenen Paragraphen 11/04 verletze. Außerdem bestand ich nun auf einer Ausstrahlung als *Tatort*, andernfalls solle mir der HR das ausfallende ORF-Honorar in Höhe von siebentausend Mark zahlen. Prescher war seltsam friedlich. Er tröstete mich: Der Film sei doch als Einzelstück viel schöner. Ja, ich solle doch die von mir beanstandeten Teile des Buches erneut umarbeiten. Wie beiläufig erzählte er noch, dass Sylvia Hoffman in den nächsten Tagen nach Sizilien fliege, um mit einer zufällig dort anwesenden 2. Unit des HR die Auslandsszenen zu drehen. Daher hatte der Wolf also Kreide gefressen.

Frau Hoffman fuhr nach Sizilien, ich schrieb – ein wie vieltes Mal? – um und lieferte ab.

Als Frau Hoffman aus Sizilien zurückkam, schrieb mir Prescher lapidar, »dass wir bei der von uns verabschiedeten Fassung des Drehbuchs bleiben«.

Im mir zugesandten Drehplan waren einige meiner überarbeiteten Szenen zwar noch enthalten, doch sie wurden einfach nicht gedreht.

So entstand *Hüpfendes Fleisch* als ein Mischmasch aus meiner ursprünglichen Filmidee und Frau Hoffmans Vorstellung eines Kriminalfilms. Vom Ergebnis mag sich jeder selbst ein Bild machen. (Der Film lief am 11. Juli 1989, um 20.15 Uhr, in der ARD.)

Die Zeitschrift *TransAtlantik* war damals in Schwierigkeiten und wurde vom *Spiegel* gekauft. Um die Zeitschrift am Leben zu erhalten, machte der *Spiegel* für sie exklusive Werbung im eigenen Blatt. In ein oder zwei seiner Ausgaben war ganzseitig das Titelblatt der *TransAtlantik* mit Peters Artikel *Tatort Hessischer Rundfunk* angekün-

digt. So haben natürlich viele Leute Wind von der Sache bekommen.
Und um es kurz zu machen: Preschers Vertreter Rothert rief Peter an und machte die Kampfansage: Er versuche, die Wiederholung am nächsten Tag zu verhindern. Das klappte zwar nicht mehr, weil es schon zu spät war und in den Programmzeitungen stand, aber Peter hat vom Hessischen Rundfunk, und das nun schon seit fast dreißig Jahren, keinen einzigen Auftrag mehr erhalten. Obwohl sich viele Stoffe geradezu aufgedrängt hatten, vor allem politische, die in Frankfurt spielten. Aber nein, Peter Zingler war hiermit für den Hessischen Rundfunk gestorben. Obwohl Peter immer wieder das Gespräch mit den Redakteuren suchte und auch ganz klar formulierte, warum der HR und nur dieser Sender gerade dieses oder jenes Thema machen müsse. Deshalb wurde auch der politische Krimi *Maus und Katz, Walter Wallmann gegen das Milieu* vom WDR verfilmt. Mario Adorf spielte den Bürgermeister, Dieter Mann, Walter Kreye und Ulrich Tukur waren die Gegenspieler. Natürlich wusste jeder, dass es sich dabei um eine Frankfurter Geschichte handelte, aber gedreht wurde in Duisburg und Wuppertal, was dem Film leider die Authentizität, aber nicht den großen Erfolg nahm.

Das Frankfurter Milieu, aber nicht nur das, sondern die gesamte Prostitution in Europa, hatte bereits vor Herrn Wallmann ein großes Problem: Aids. Aids war die große Strafe Gottes. Bis sich so nach und nach herausstellte, wie sich die Krankheit übertrug, von Blut zu Blut. Viele Theorien kreisten um das Virus, natürlich auch Verschwörungstheorien, wie die, die Amerikaner hätten es erfunden, um den Kalten Krieg zu gewinnen. Tatsächlich bedeutete das Aids-Virus für die Bordelle einen erheblichen Umsatz-

rückgang, der weit über fünfzig Prozent hinausging und der auch durch Verwendung von Kondomen zunächst nicht aufzuhalten war.
Was Peter aber noch mehr faszinierte, war, wie die Öffentlichkeit und bestimmte Politiker mit diesem Thema umgingen. Er selbst war eingedenk seiner fleißigen Unterleibstätigkeiten im exotischen Ausland gleich zu einem Arzt gegangen. Der hatte ihm Blut abgenommen, es dauerte etwa zwei, drei Wochen, dann ging er wieder zum Arzt. Und dann kam der Schock, die Arzthelferin fragte: »Weshalb sind Sie da?« Peter sagte: »Ich will mein Ergebnis vom Aids-Test.« Sie suchte seine Kartei, schaute rein, und, so wie es Peter vorkam, erschrak sie, jedenfalls sagte sie mit unbewegtem Gesicht: »Das kann Ihnen nur der Doktor selbst sagen. Da müssen Sie warten.«
Es waren unangenehme dreißig Minuten. Peter überdachte noch mal jede Mimik der Arzthelferin. Wie hatte sie es ausgesprochen und betont? Er wurde immer sicherer, es konnte nur ein positives Ergebnis geben. Wie wahnsinnig, dass in diesem Falle »positiv« etwas absolut Negatives bedeutete. An der Wortwahl hatte Peter sich von Anfang an gestört.
Nun aber sagte der Arzt klipp und klar: »Sie haben nix.«
Peter atmete tief ein und aus und fragte: »Wirklich nix?«
Der Arzt grinste und sagte: »Weniger als nix geht nicht.«
Peter war erleichtert. Erleichtert war viel zu wenig.
Der Arzt hatte seine Praxis in Bockenheim. Peter ging um zwei Ecken rum, in eine Kneipe, bestellte einen Weißwein und einen Grappa und nahm einen beruhigenden Schluck, doch dann bestellte er eine Flasche Champagner. Ganz alleine für sich.

Inzwischen machte nicht nur Herr Gauweiler aus Bayern von sich reden, sondern auch ein schwedischer Mediziner, der dringend forderte, Zwangstests für alle einzuführen, um die Bösen und Schlechten auszusortieren. Auch die Pfarrer auf ihren Kanzeln sahen endlich die Macht Gottes kommen und dröhnten und mahnten.
Peter war sich bewusst, wie einmal mehr Politik und Kirche versuchten, das Thema für sich auszuschlachten, um Macht auszuüben. Das war die Idee für einen Roman. Er erschien unter dem Titel *Die Seuche* 1989 im Eichborn Verlag.
In diesem Buch hatte Peter die schlimmsten Prognosen der Angstmacher umgesetzt. Alle wurden getestet. Die Tests wurden immer besser, es ging auch immer schneller, und wer positiv getestet war, wurde von einer sogenannten Gesundheitsschutz-Truppe abgeholt und in schwarzen Bussen oder schwarzen Flugzeugen nach Berlin gebracht. Berlin war Peter so eingefallen. Immer noch eingeschlossen von den Russen und der DDR war es ein natürliches Gefängnis. Die guten ins Töpfchen, die schlechten ins Kröpfchen, also nach Berlin. Berlin lief bald über von sogenannten Infizierten. Die Guten, sprich Gesunden, beziehungsweise nicht Infizierten, verließen die Stadt, die anderen blieben. Statt nun in tiefe Depression zu verfallen, lebte das Volk auf. Berlin hatte nichts mehr zu verlieren und deswegen wurde Party auf Party gefeiert. Es wurde nur noch getanzt und bis zur Besinnungslosigkeit gesoffen und gevögelt. Peters Hauptfiguren im Roman hatten allerdings vor, sich die Absonderung nicht lange gefallen zu lassen. Sie organisierten einen Ausbruch aus Berlin. Und so kam es, dass irgendwann eine große, große Masse von Menschen, Hunderttausende, sich auf der Autobahn zu Fuß gen Westen bewegte.

Und was taten die Russen? Sie ließen sie gehen. Ganz Westdeutschland standen die Haare zu Berge, auch die wenigen von Kanzler Kohl.
Der Roman hatte dem WDR-Redakteur Martin Wiebel so gut gefallen, dass er Peter einen Drehbuchvertrag anbot. Natürlich wurde er im Hause nicht gerade gefeiert dafür. Der Roman war politisch nicht korrekt und ein großer Angriff auf die politischen Eliten, die sich die Krankheit zunutze machten.
Der *Stern*, der den Roman als Fortsetzung vorabdrucken wollte, ließ den Filmregisseur Rosa von Praunheim, einen bekennenden Schwulen, das Buch rezensieren, ein Totalverriss. Von Praunheim jammerte über die böse Krankheit, die die Schwulen getroffen habe, und beklagte, dass in dem Buch überhaupt kein Mitleid oder Empathie vorhanden sei. Er hatte es wohl nicht richtig gelesen. Denn es ging nicht um ihn und die Schwulen, sondern darum, wie die Politik mit solchen Katastrophen umgeht und sie für sich ausnutzt.
Jedenfalls brauchte und suchte Peter Ruhe, um dem Drehbuch vielleicht noch einen anderen Twist zu geben als im Buch. Er beschloss, in die Einsamkeit zu fahren. Dorthin, wo er schon mehrfach war, aber noch nie so lange, wie er es jetzt vorhatte, nach Marokko und zwar mit dem Auto.
Von Conil, seinem Wohnort in Spanien, waren es nur sechzig Kilometer bis nach Gibraltar, dort setzte er über zur spanischen Enklave Ceuta. Er hatte sich extra für diesen Weg entschieden, denn er hatte doch ein wenig Bedenken ... Immerhin waren es erst zehn Jahre her, seit er in Marokko kurz im Knast gesessen hatte. Damals hatte er einen Polizisten aus Tanger reingelegt, als der ihn erpressen und ohne zu zahlen einen Mercedes Modell 123 von

ihm haben wollte. Peter war ihm mit einem Trick entkommen. Ein Busfahrer, der Tagestouristen aus Gran Canaria durch Marrakesch kutschierte, hatte ihm Ausweis und Ticket eines Touristen gegeben. Der Betroffene dachte, man habe ihn auf der Straße bestohlen. Noch während er zum Konsulat lief, um sich Ersatzpapiere zu besorgen, konnte Peter ausfliegen. War so etwas nach zehn Jahren in Marokko noch aktenkundig?

Er fuhr also nicht mit seinem Auto an die Sperre zwischen Ceuta und Marokko, sondern stellte es ab und ging zu Fuß zur Passkontrolle. Da das auch etliche Marokkaner taten, fiel es gar nicht auf. Peter schob also seinen Pass durch den Schlitz unter die Scheibe und sah durch das sich spiegelnde Glas auf die Sonnenbrille eines grimmig dreinschauenden Marokkaners. Er war bereit, jederzeit blitzschnell abzuhauen. Doch der Marokkaner nickte nur, nahm einen Stempel, schlug ihn in den Pass und fragte auf Spanisch, ob Peter wirklich zu Fuß da sei. »Nein, nein«, sagte Peter, »mein Auto steht da drüben.« »Dann holen Sie es und bringen Sie die Fahrzeugpapiere mit, ich muss das Auto nämlich eintragen«, sagte der Marokkaner.

Es klappte also. Peter fuhr raus aus dem Ort, ein Stück die Mittelmeerküste entlang und dann ins Rif-Gebirge. Hier legte er eine Rast ein und schaute über die Meerenge hinüber nach Spanien. Er sah in der Ferne einen recht hohen Berg mit dem Dorf Castellar de la Frontera, ein Ort, dessen Bewohner alle weggezogen waren, weil sie ihre Felder im Tal und an den Hängen an einen Stausee verloren hatten. Die Häuser verfielen aber nicht, sondern deutsche Hippies zogen dort ein. Seit nun schon mehr als zehn Jahren hielten sie die Wacht.

Peter wusste, dass er dieses Dorf bald einmal besuchen musste, er hatte so viel davon gehört. Aber nun war er hier

im Rif-Gebirge, wo ihn ebenfalls einiges erwartete. Am Straßenrand standen Männer und boten ihm Haschisch an. Das lehnte Peter ab. Einige kletterten auf sein Trittbrett und fuhren ein Stück mit. Aber er ließ sich nicht beirren, bis sie schließlich absprangen. Und tatsächlich, hinter der nächsten Kurve, stand die Polizei. Sie untersuchten sein Auto nur flüchtig, vermutlich hatten sie von den Verkäufern schon erfahren, dass er nichts gekauft hatte. Dieses Spiel mit Marihuana-Händlern und der Polizei und den Touristen, die darauf hereinfielen, spielten sie schon so lange, dass es nahezu jeder kannte. Es kostete die Touristen, die dennoch darauf hereinfielen, dann einen ordentlichen Batzen Geld, um sich freizukaufen.
Peters Tagesziel war die Stadt Fez, eine der fünf Königsstädte des Landes. Er kannte sie und liebte ihre einzigartige Schönheit. Es wurde Herbst und kühl, und über den Pass des Rif-Gebirges wirbelten schon ein paar Schneeflocken. Im Tal unten war es hingegen warm. Peter bewunderte die Farben des Gebirges, der Wälder und des Himmels. Die Erdfarbe wechselte von Braun zu Rot bis zu Blau, dazwischen die kleinen weißen Häuschen und auf der Straße vorbeihuschende Männer und Frauen, teilweise verschleiert, teilweise nicht.

Er wollte im *Palais Jamaïs* übernachten, einem ehemaligen Sultanspalast, der zum Hotel umgebaut worden war. Er hatte damals in seiner Autoschieberzeit einmal einen Tag dort gewohnt und erinnerte sich an die orientalische Pracht, die ihn umgeben hatte. Das könnte er jetzt auch ganz gut vertragen.
In seiner Tasche steckte sein Arbeitsgerät: Stift, Diktiergerät und das Treatment des Films *Die Seuche*. Jeden Tag, so hatte er sich vorgenommen, würde er es neu lesen und

überlegen, wie er das Drehbuch spannender machen könnte. Schließlich bestand der Roman aus sehr vielen reflexiven Passagen, die man im Film nicht darstellen konnte und in Handlung verwandeln musste. Er schrieb und strich zusammen, dann diktierte er einige Szenen, und dann wieder tat er nichts.

Peter trat auf den Balkon des *Palais Jamaïs*, vor ihm lag die Stadt Fez in einer Talmulde, in der sich die weißen verschachtelten Häuser drängten. Auch in Meknès, einer anderen Königsstadt, war Peter schon gewesen. Aber, kein Vergleich, Fez war größer, schöner und interessanter.

Am Nachmittag lief er an den Mauern des Hotels vorbei in die Souks. War das ein Leben und Gewimmel! Mehrmals ging er an einem Raum vorbei, in dem mehrere kleine Jungen ein Feuer fütterten und immer wieder Holz nachlegten. Er blieb stehen und begriff nicht, wofür das Feuer gut sein sollte. Die Kinder brieten nichts, noch kochten sie etwas, sondern sie machten einfach nur Feuer, allerdings sah es nicht danach aus, als würden sie es zum Spaß machen. Ein Mann beaufsichtigte ihr Tun und trieb sie von Zeit zu Zeit an. Erst als Peter die steile Seitenstraße betrat, sah er das Haus, das über dem Feuer lag: ein Hamam, ein arabisches Bad. Jetzt begriff er. Die Kids heizten Wasser und Fußboden. Er schmunzelte und beschloss, in den nächsten Tagen dort hinzugehen und zu baden.

Schon früher war ihm die große Anzahl von Juden aufgefallen. Sie waren leicht an ihrer Kleidung zu erkennen und daran, dass in ihren Läden unverschleierte Frauen saßen und arbeiteten. Aber, ob Juden oder Araber, alle hatten interessante Gesichter. Gesichter, die erzählten, dass sie etwas erlebt hatten. Dass sie nicht so gut genährt und glatt durchs Leben gekommen waren wie die meisten

Europäer. Die Gesichter von Fez, dachte Peter, müsste man fotografieren und als Bildband herausgeben.
Das *Palais Jamaïs* war ein Luxushotel und bot Fernseher mit europäischen Programmen. Peter spürte Tag um Tag mehr, dass sich in Berlin und der DDR irgendetwas zusammenbraute.
Er war schon in Marrakesch, als er im Fernsehen Außenminister Genscher sah, der in Prag vor die Botschaft trat und den dort Schutz Suchenden erklärte, sie könnten ab sofort ausreisen. Peter wusste, dass dies auf ein ganz großes Ziel hinauslief, und er dachte an seinen Roman und seinen Film. Ergab es jetzt noch Sinn, Berlin als Gefängnis zu deklarieren, wenn es vielleicht gar keines mehr sein würde? Aber Peter vertraute zunächst einmal darauf, dass nichts in der Politik, und erst recht nicht bei den Russen, so schnell ging. Dennoch zögerte er mit der Arbeit, dann wieder sagte er sich, auch wenn es mit der Isolation Berlins vorbei wäre, könnte man ja immer in der Vergangenheit denken. Aber er wusste auch um die Gegner dieses Projekts beim WDR. Der Programmdirektor war überhaupt kein Freund von Peters politischer Erpresserstory. Andererseits gab es beim WDR ein bestimmtes Redakteursstatut, das dem Redakteur inhaltliche Freiheit gewährte. Peter wollte nicht aufgeben!

Jeder Filmfan kennt Marrakesch. Hitchcocks *Der Mann, der zu viel wusste* spielte mitten auf dem Markt, dort sank ihm der vermeintliche Araber tot in die Arme, der sein Gesicht nur dunkel geschminkt hatte. Dort wurde auch Doris Days Sohn entführt, den sie dann später in London mit dem Song *Que Sera, Sera* wieder zum Vorschein lockte. Von der Stadt aus erschienen die verschneiten Gipfel des Hohen Atlas zum Greifen nah. Peter fuhr hinauf in die

Berge nach Oukamaiden. So heißt der Ort, der nur etwa eine Autostunde von Marrakesch entfernt, aber fast dreitausend Meter höher liegt. Es sah aus wie in der Schweiz. Skipisten und schnieke Hotels und Skilifte zeigten der Welt, dass man auch in Marokko Ski fahren kann. Die einheimischen Bewohner des Gebirges jedoch drängten sich mit ihren Kühen zusammen in eine riesengroße Höhle und schliefen auf deren warmen Körpern. Ein unwirklicher Kontrast.

Es gab nur teure Quartiere, also fuhr Peter zur schwarzen Stadt, Quarzazate. Wie im Mittelalter, dunkle gewaltige Steingebäude, Türme und Mauern, mitten in der Bergsteppe. Auch an diesem Ort wurden schon sehr viele Filme gedreht, und Peter gefiel die Atmosphäre von Düsternis und geheimnisumwitterten Geschichten.

Zwischen dem Hohen und dem Mittleren Atlas drehte er nach Norden und wollte in die Wüste zum Erg Chebbi. Die etwa hundert Kilometer lange Straße verlief schnurgerade, allerdings war nur eine Spur geteert, daneben Schotter. Also spielte er das *Sahara-Spiel*: Die Autos, es waren nicht so viele, fuhren aufeinander zu, und wer als erster in den Schotterweg abbog, hatte verloren. Es waren meist die LKWs, die gewannen. Peter hat zweimal verloren, dann ließ er es bleiben.

Beim Abfahren auf den Schotter war ihm eine grüne Rinne aufgefallen, die sie links von der Straße einige hundert Meter entfernt begleitete. Peter fuhr mit seinem Jeep über die Geröllwüste und stand plötzlich vor einem Abgrund. Unter ihm, etwa fünfzig Meter tief, floss ein nicht zu kleiner Fluss in einem grünen Tal, das er sich im Laufe der Jahrhunderte oder Jahrtausende selbst geschaffen hatte. Unten, Felder und Obstbäume. Es war ein Kontrast, der schärfer kaum sein konnte. Hier oben trockene Steinwüste, braungelb, und unten am Fluss, dieses satte Grün. Bei Erg Chebbi blieb Peter nur einen Tag. Er fand diese riesengroßen Sandberge gigantisch, aber auch langweilig. Er stieg auf ein, zwei dieser Sandhügel hinauf, er hatte sich eine Sitzschale mitgenommen und rutschte damit die Düne hinunter, wie es auch Kinder und andere Touristen taten. Aber das war es dann auch. Immerhin hatte er in diesen Tagen vier Kassetten voll diktiert, sein Drehbuch nahm Konturen an.

Er fuhr zurück nach Casablanca, wo ihn die Fernsehnachrichten vom Fall der Mauer erreichten. Dass das wirklich das Ende seines Filmprojektes bedeuten könnte, wollte er nicht akzeptieren. Er hatte schon anderes durchgekämpft. Später erzählte ihm der Redakteur, dass ihm auf dem Flur im WDR der Programmdirektor entgegengekommen sei und grinsend gesagt habe: »Dann können Sie Ihr Ding ja jetzt wohl einstampfen!«
Ja, es wurde nichts daraus. Anständig, wie der Redakteur war, zahlte er Peter die bisher geleistete Arbeit, aber der Film wurde nie gedreht.

Spuk in marokkanischer Nacht

On a dark desert highway, cool wind in my hair
warm smell of colitas, rising up through the air
up ahead in the distance, I saw a shimmering light
my head grew heavy and my sight grew dim
I had to stop for the night ...

Hotel California, The Eagles 1977

Dunkelheit, eine endlos lange, schnurgerade Straße. Rechts und links Eukalyptuswälder, so weit der Scheinwerfer reicht. Kein Gegenverkehr. Herbst in Marokko, hier an der Küste immer noch warme Nächte. Seitenfenster und Schiebedach sind geöffnet, laue Brisen mit dem Salzgeruch des Atlantiks wehen herein, irgendwo links von mir liegt das Meer, hinter hohen Sanddünen, die noch von keiner Strandarchitektur wegplaniert wurden.
Die Straße zieht sich hin. Für Sekunden ein anderes Bild: ein kleiner Ort, weiße Mauern und Verschläge, flackernde Lämpchen, zwei Nasen voll Geruch nach Mensch, Tier, Holzkohlenfeuer. Dann wieder Eukalyptus, feuchter Moder. Ich halte an und studiere im Kabinenlicht meine alte Michelinkarte aus den Sechzigern. Es gibt keine neuen, guten Straßenkarten von Marokko. Ich befinde mich ungefähr vierzig Kilometer hinter Rabat Richtung Tanger. Weiter im Norden, die Entfernung kann ich nur schätzen, müsste es ein Strandhotel geben, das *Bernard l'Hermite* heißt und am Plage des nations liegt. Dort will ich versuchen, ein Nachtquartier zu finden. Ich fahre weiter. Nach viertausend aufregenden Kilometern durch dieses Land der Kontraste war der heutige Tag in Casablanca nicht so spannend. Eine hektische europäische Stadt mit hektischen Menschen und vor der Küste im Schwemmland ein gigantischer Moscheeneubau, der mich an den Turmbau von Babel erinnert.
Immer noch ist die Straße ohne Kurven. Eukalyptus. Hoffentlich kommt es bald, das Hotel, ich bin hundemüde. Bin ich schon zu weit? Eigentlich ist Marokko ein gut ausgeschildertes Land, wenn auch oft nur in Arabisch. Ich fahre langsamer, spähe nach Straßen, Wegen, die ins Gebüsch führen. Kein Gegenverkehr, seit einer halben Stunde nicht, kein Mensch, den man fragen könnte.
Da – ein schmaler Asphaltweg und hinter Büschen auch

ein Schild: Plage des nations. Jetzt geht der Mond auf und beleuchtet die Gegend vor mir wie eine schwebende Laterne. Die Düne – da ist sie, hochhausgroß und mit Pinien bewachsen. Ich fahre steil bergan, und mir scheint, hinter dem Hügel brennt ein großes Feuer. Auf dem Kamm halte ich überrascht an und lösche die Scheinwerfer. Tief unten vor mir liegt ein gestrandeter Luxusdampfer in Festbeleuchtung. Kurz darauf begreife ich: Kein Schiff, das muss mein Hotel sein! Unter *Bernhard dem Einsiedler* hatte ich mir etwas anderes vorgestellt. Trotzdem scheint mir der Name nicht ganz abwegig. Als ich den Motor abstelle, herrscht Stille. Kein Laut dringt herauf aus dieser Lichterburg. Doch ein Geisterschiff, eine Fata Morgana?

Ich überlege. Im Auto schlafen will ich nicht. Nach den letzten Strapazen muss ich mich mal ein, zwei Tage richtig ausruhen. Das kann man heutzutage in Marokkos Hotels gut und preiswert. Als ich vor fünfzehn Jahren zuletzt hier war, musste ich selbst in sogenannten Drei-Sternehotels meine Hängematte aufspannen, um dem im Bett lauernden Ungeziefer auszuweichen. Vor den klugen Wanzen, die sich von der Zimmerdecke auf den schlafenden Körper fallen lassen, gab es allerdings kein Entkommen. Jetzt habe ich selbst in Souk-Gasthöfen gut geschlafen, wenn sich die Nase an die abenteuerlichen Gerüche gewöhnt hat und wenn kein Markttag ist. Denn mit den Händlern kommt das Fleisch, und mit dem Fleisch kommen die Fliegen.

Nein, das Haus da unten sieht gut aus, wenn mich auch die gespenstische Stille stört. Ist es vielleicht geschlossen? Aber warum dann die Lichter? Ich lasse den Motor an und fahre die letzten dreihundert Meter abwärts, halte vor dem hell erleuchteten Portal und steige aus. Die Stille hält an, doch jetzt höre ich aus dem Hintergrund die rollende Brandung des Atlantiks. *Hotel Firdaous* steht über dem Ein-

gang, den Einsiedler scheint's nicht mehr zu geben. Glasflügeltüren, eine Seite steht offen, ich trete ein.
Niemand zu sehen. Eine kleine architektonisch raffinierte Empfangshalle voll bunter Fliesen und Edelhölzer. Die geschwungene Rezeptionstheke scheint verlassen, bis ich rufe: »Hallo, ist da jemand?« Ein Mann taucht hinter der Theke auf. Er ist etwa vierzig, klein, in elegantem Grau mit öligem Haar, aber verschlafenen Gesichtszügen. Ich habe ihn offenbar geweckt. »Ich hätte gerne ein Zimmer.« Er nickt. »Garage auch?« Er zieht sein Jackett glatt und kommt um den Tresen rum, tritt mit mir vors Portal und weist mich ein. »Dort unten am Ende durchs große Tor, ich öffne Ihnen.« Er verschwindet die Treppe hinab.
Bevor ich ins Auto steige, schaue ich durch ein Belüftungsfenster in den Keller. Dort sitzen, schweigend, einige Küchenhelfer und pulen Shrimps. Zwei hochgefüllte Drahtkörbe stehen zwischen ihren Beinen, die Gummistiefel bis zur halben Höhe im rosa Schalenberg vergraben, haben sie bereits eine Riesenschüssel mit weißem Garnelenfleisch gefüllt. Sicher für ein Festessen oder eine größere Gesellschaft, denke ich.
Das Metalltor wird aufgeschoben, ich fahre in den Keller, suche die Parkplätze, schaue nach den anderen Autos: Es gibt keine. Irritiert schließe ich das Fahrzeug ab und folge dem Mann. Wir passieren die Spülküche mit den Garnelenpulern, durchqueren die riesige neue Nirostaküche. Überall dampft, kocht und brutzelt es, etwa zehn Mützenträger sind bei der Arbeit. Ich grüße. Die, die es sehen, grüßen zurück. Neben der Küche das Restaurant. Zwanzig Tische, alle gedeckt mit blütenweißen Tischtüchern, Besteck, Servietten, drei Gläsern pro Platz und einer Vase voll frischer Schnittblumen pro Tisch. Nur Gäste sind jetzt, gegen dreiundzwanzig Uhr, keine zu sehen.

Wir steigen die Treppe hoch zum Empfang. Der Mann verschwindet hinter dem Pult, legt mir ein Anmeldeformular auf den Tisch, fordert den Reisepass und händigt mir einen Schlüssel aus. Dabei blickt er mir erstmals ins Gesicht. Seine dunklen Augen scheinen nur aus der vergrößerten Iris zu bestehen. Ist er bekifft? Er drückt auf eine Klingel, ein weißlivrierter Diener erscheint und trägt mein Gepäck in ein nahe gelegenes Zimmer.
Der Raum, maurisch gestaltet mit hohen Bogenfenstern, einem großen Balkon, Rabattteppichen und einem Satellitenfernseher ist behaglich und luxuriös eingerichtet. Goldene Armaturen und Marmor im Bad, teure Lithos an den Wänden, kunsthandwerklich gefertigte Lampen an der Decke und ein handgestickter Bettüberzug. Nur die Minibar fehlt. Allah schaut offensichtlich auch durch Mauern.
Ich brauche noch ein Gute-Nacht-Bier, verlasse das Zimmer, gehe durch lange, totenstille Gänge dem Hinweisschild *Bar* nach. Auch die Bar hat Atmosphäre: große Fensterwände nach außen zur Meeresseite, maurisch modernes Mobiliar und ein Barkeeper, der einem alten Kolonialhotel entstammen könnte: pechschwarze Haut, weiße Jacke, goldene Kordeln. Ich nehme an einem niedrigen Tisch Platz. Der Schwarze bringt mir Storck-Bier, gebraut in Tanger. Auf den Tischen verteilt stehen Erdnüsse, Salzgebäck, getrocknete Feigen. Alles wartet auf den großen Ansturm, aber ich bleibe alleine. Irgendwo muss doch diese Gästeschar sein, für die hier so großzügig vorbereitet ist. Aber ich sehe niemanden bis auf den Barkeeper, der mir geduldig, ohne eine Miene zu verziehen, zusieht, wie ich ein zweites Bier trinke. Was ist hier los?
Ich schlafe gut. Ein frischer Windstoß weckt mich. Ich hatte die Terrassentür offengelassen und die Klimaanlage ausgeschaltet. Ich trete auf den Balkon. Welch ein Aus-

blick! Vor mir ein blauer Atlantik bis zum Horizont, dessen meterhohe Wellen auf den breiten Strand donnern. Links ein Felsensturz bis weit ins Wasser hinein, der die stärksten Wogen bricht und die Gischt hoch in die Luft spritzen lässt. Nach rechts, so weit das Auge reicht, weißer Sand. Zwischen mir und dem Meer ist ein uniformierter Diener beschäftigt, mit einer Handwalze den Sand zu glätten.

Ich greife Badehose und Handtuch und laufe hinaus über den Strand ins Wasser. Es ist nicht kalt, hier ist Golfstromseite. Ich tobe herum, schwimme ein paar Züge, tauche unter, pruste wie ein Walross, lasse mich von den Wellen auf den Strand treiben. Dann spurte ich zurück, springe kurz in den Swimmingpool, um das Salz abzuwaschen, und trabe die Treppen hinauf in mein Zimmer. Erst als ich dort bin, wird mir bewusst, dass ich wieder der Einzige gewesen bin. Vom Balkon schaue ich hinab. Sorgsam tilgt der Walzenmann meine Spuren im Sand, entfernt ein anderer mit dem Wasserstaubsauger die von mir hinterlassenen Sandkörner aus dem Pool, so als wäre ich gar nicht da gewesen. Beklemmung überkommt mich. Man könnte mich hier verschwinden lassen, ohne dass ein Hahn nach mir kräht, ohne dass es einen Beweis für meine Anwesenheit gäbe.

Vor meiner Zimmertür höre ich Geräusche, Geflüster, Kichern. Ich schleiche mich an, reiße die Tür auf. Ein Pulk von Zimmermädchen stiebt zur Seite, zieht sich einige Meter zurück. Sie tragen Lappen und Putzeimer, Staubsauger und frische Wäsche, blicken mich an, kichern, schauen verlegen weg. Ich schließe die Tür, warte. Wieder nähern sich die Geräusche. Wieder reiße ich die Tür auf. Reaktion wie vorher. Warum bringen sie nicht erst die anderen Zimmer in Ordnung? Ich fühle mich bedrängt und gebe nach.

Ich gehe frühstücken. Es ist das Restaurant von gestern

Abend, eingedeckt zum Frühstück. Die Wand zur Küche wird von einem großen Buffet eingenommen, an dem ich die Shrimps wiederfinde. Auch sonst ist alles vom Feinsten bis hin zu warmen Pfannkuchen. Zwei Köche stehen am Buffet, vier Kellner überwachen den Raum, anders kann man es nicht nennen. Sie stehen aufgereiht an der Fensterfront zur Terrasse und harren der Gäste, die da kommen oder auch nicht. Ich unterdrücke weiteres Nachdenken, setze mich und nehme ein kräftiges Mahl zu mir, das der Menge nach für den ganzen Tag reicht. Dann erst lasse ich weitere Gedanken zu.
Ich beobachte die Terrasse, wo Tische und Stühle aufgestellt sind und Sonnenschirme aufgeklappt werden. Beim mehrmaligen Öffnen der Schwingtür zur Küche hin sehe ich die zehn Mützenträger von gestern Abend und den großen Herd. Überall kocht, dampft und brät es. Für wen bloß?
Am Tag sieht die Geschichte nicht so gespenstisch aus, daher beschließe ich zu bleiben. Ich lasse einen Liegestuhl an den Strand schleppen, lege mich drauf, lese ein Buch und schaue doch von Zeit zu Zeit rüber zum Hotel, warte auf Motorengeräusche, auf Reisebusse, die doch bald auftauchen müssen ... oder etwa nicht?
Der Tag vergeht, kein Bus kommt und auch kein Auto. Nur der Lieferwagen des Hotels, von dem Gemüsekisten und Fleischstücke abgeladen werden, große Stücke, zwei Rinderhinterviertel, fünf oder sechs ganze Hammel. Für wen denn nun?
Am Abend esse ich Hammel mit Couscous. Wie selbstverständlich bin ich der einzige Gast. Ich habe mich daran gewöhnt. Auch dass ich auf einige vorsichtige Fragen an die Kellner keine oder nichtssagende Antworten bekomme. Ich frage an der Rezeption meinen Freund mit den Drogenaugen, was mich der Tag bisher gekostet hat, bin aufs

Schlimmste gefasst. Aber dann: keine hundert Mark. Mein Entschluss steht fest: Hier bleibe ich, egal ob Spuk oder nicht.
Am dritten Tag immer noch allein in meinem Schloss, wie ich es jetzt nenne, immerhin habe ich über neunzig Diener, die mir ergeben sind. Während des Nachmittags entwickelt sich im ganzen Haus emsige Geschäftigkeit. Nervös werden Tische zu langen Tafeln gerückt, eingedeckt. Es stört meine Ruhe, wer dringt da ein? Niemand zum Glück. Fehlalarm, alles umsonst. Keiner kommt, die Blumen verwelken, die Schüsseln werden wieder abgetragen. Ich bin glücklich.
»Wissen Sie«, sagt der Mann mit den großen Augen, nachdem er sein Pfeifchen nicht mehr vor mir versteckt, »wir sind ein staatliches Hotel. In den Ferienmonaten im Sommer sind wir ausgebucht. Davor und danach stehen wir nur in Bereitschaft. Die Regierung ruft an, wenn sie eine Besuchergruppe einquartiert oder zu Geschäftsessen kommt. Manchmal kommen sie ohne Anmeldung, und auch dann muss alles bereit sein, sonst trifft uns der Fluch Allahs. Also sind wir bereit.« Ich finde diese Anordnung der Regierung nicht schlecht und bleibe.
Leider erscheinen am nächsten Tag zwei neue Gäste. Schwaben, die fürs deutsche Verteidigungsministerium auf Montage unterwegs sind und der marokkanischen Armee irgendetwas einbauen. Sie fühlen sich verloren in dieser Einsamkeit, schimpfen ununterbrochen auf alles Fremde, vor allem auf ihre Gastgeber. Ich beschließe abzureisen, sitze ein letztes Mal an der Bar und höre den beiden Aluminiumschweißern zu. »Diese Moros sind alle doof, die kapieren nichts, egal was du auch sagst. Alles musst du alleine machen.« Und wie verständigen die beiden sich mit den Marokkanern, sprechen sie außer Schwäbisch noch Französisch? »Nein, die können alle Deutsch. Waren auf

der Bundeswehrakademie in Konstanz.« Genüsslich schüre ich den Unfrieden. »Also, wenn sie fließend Deutsch gelernt haben, können sie so dumm nicht sein. Vielleicht wollen sie euch eure Drecksarbeit nur alleine tun lassen?« Ich bin sehr zufrieden, als ich am nächsten Tag abreise. Sie haben meinen Frieden gestört und ich den ihren.

Das Projekt Aids war wirklich gestorben, und Peter blieb, wie immer, Neues anzubieten. Stoffe hatte er genug, aber für wen?

Bei einer Veranstaltung in der *Romanfabrik* lernte er den Redakteur des Österreichischen Rundfunks, Ernst Petz, kennen. Der las aus einem satirischen Werk.

Als Petz erfuhr, dass Peter auch Drehbücher für Krimis schreibt, bat er ihn, ihm doch mal einen Stoff zu schicken, der auch zu Wien passen würde. Petz' Vorgesetzter war der Fernsehspielchef, Michael Kehlmann, der Vater des heutigen Bestsellerautors Daniel Kehlmann.

Michael Kehlmann war zeitlebens Regisseur und hatte viele große Filme inszeniert. Der Österreichische Rundfunk hatte ihn gegen Ende des Berufslebens zum Fernsehspielchef befördert und ermöglichte ihm so, seine Rente aufzubessern. Gleich Peters erster Stoffvorschlag, *Seven eleven*, eine Gangstergeschichte, bei der zur Beerdigung eines ermordeten Ganoven dessen Kollegen aus ganz Europa anreisen, überzeugte Petz und Kehlmann. Sogar den englischen Titel *Seven eleven* fanden sie gut. Kleine Strukturfehler erkannten sie, und ansonsten taten sie etwas nicht, was bei allen deutschen Sendern offensichtlich Standard war, sie versuchten nicht, sich durch und mit Peters Stoff selbst zu verwirklichen.

Es kam sogar noch besser, leider wusste Peter das damals

noch nicht zu schätzen. Petz, der bei seinen deutschen Kollegen als Faulpelz verschrien war, war gar nicht faul, er war nur sehr clever. Er sagte: »Wir suchen uns jetzt ganz schnell einen Regisseur und mit dem kannst du dich dann balgen und alles ausknobeln. Mich interessiert nur, dass was Anständiges rauskommt.« Außerdem spendierten sie Peter zwei Wochen Wiener Unterweltrecherche. Peter nahm mit Freuden an und durchkämmte die Stadt mit den seltsamen schrägen Menschen und ihrer im Wiener Lied demonstrierten Todessehnsucht.

Es war so spannend, dass er über seine Erfahrung auch einen Artikel für die *Frankfurter Rundschau* schrieb.

Wiener Blut, Wiener Tod

Film ist Kunst, und Kunst hat nichts mit Realität zu tun, heißt eine der Regeln, die mir mein Filmziehvater Georg Althammer einhämmerte, als ich vor einigen Jahren die ersten Drehbücher schrieb. Meine Annahme, ich sei engagiert worden, weil ich das Ganovenleben aus eigener Erfahrung gut kenne, erwies sich als falsch. Alle Versuche, real zu berichten, wenige Morde zu produzieren und Frankfurter Motive exakt zu schildern, waren zum Scheitern verurteilt. Gedreht wird dort, wo es am billigsten ist, und Blut ist Nektar für die Zuschauer.

Diese Richtlinien hatte man mir eingebläut, und so schrieb ich einen wilden *Tatort* fürs österreichische Fernsehen, dachte, die machen schon alles passend.

Dann rief mich überraschend der Redakteur an. »Jetzt muss Ihr Buch ins Österreichische übersetzt werden, aber nicht ohne Ihr Zutun. Kommen Sie her, stecken Sie Ihre Nase in Wiens Unterwelt, und dann gehen Sie noch mal ans Buch.« Noch nie hatte ich mich als Autor so ernst genommen gefühlt.

Mein Quartier, *Parkhotel Schönbrunn*. Abblätternde Fassade, endlose schlauchartige Gänge, muffiger Geruch, symptomatisch für die Fäulnis eines Wiener Lebens, das, mühsam übertüncht, schon vor siebzig Jahren zu Ende war. Hochstapler fühlen sich hier wohl, denke ich. Betrüger, die sich auf eindrucksvollen Briefbögen (*Parkhotel Schönbrunn, Gästehaus des Kaisers*) bei Banken und vermögenden Witwen einschleichen. Ich find's zu teuer, aber praktisch. Nur wenige Minuten entfernt vom ORF-Zentrum, einem modernen Glaspalast auf einem Hügel, mitten im ruhigsten Villengebiet, wo es hinpasst wie Senf auf Rote Grütze.

Von diesem Gipfel, aus dem obersten Stockwerk soll der Intendant einmal den versammelten österreichischen Drehbuchautoren, die um mehr Honorar baten, die Stadt gezeigt und gesagt haben: »Dort unten leben zwei Millionen Menschen. Jeder von ihnen schreibt Drehbücher und bietet sie zum Nulltarif an. Und jetzt geht brav an eure Schreibmaschine und tut eure Pflicht.«

Das ORF-Zentrum hat, wie man weiß, auch so seine Geschichte, aber da mein Film nichts mit Politik und Schmiergeld zu tun hat, will ich das nicht aufwärmen.

Ich muss in ein anderes Milieu. Wohin zuerst? Natürlich zum Zentralfriedhof. Nicht nur wegen *Der dritte Mann*, sondern weil auch mein Film mit einer Friedhofsszene beginnt.

U4 von Schönbrunn zum Schwedenplatz. Die Bahn ist um 11.30 Uhr vormittags proppenvoll. Von geregelter Arbeit

scheinen die Wiener nicht viel zu halten, das macht sie mir auf Anhieb sympathisch. Irgendwo habe ich all diese Gesichter schon mal gesehen. Dann fällt mir ein, wo: bei Manfred Deix! Er hat es leicht, braucht nur abzuzeichnen.
Umsteigen in die S-Bahn. Im Waggon sitzen zwei Frauen und zwei Männer. Jeder liest. Nicht die Zeitung, nein – ein Buch! Vorsichtig versuche ich, die Titel zu erkennen, und gebe auf. Mein Gegenüber liest tschechisch, der Herr schräg links ungarisch, die dicke Dame, die vor sich hin schmunzelt, scheint Jugoslawin zu sein, und das vierte Buch trägt einen Titel in kyrillischer Schrift.
Die gleiche osteuropäische Mischung finde ich auf dem Naschmarkt. Hier, zwischen den aufgestellten Bohnensäcken – ich habe nicht gewusst, wie viele Bohnensorten es gibt –, den an Galgen schwingenden Geflügelleichen, den Maroniverkäufern und Imbissangeboten in acht Sprachen könnte ich vielleicht eine Verfolgungsjagd inszenieren? Umstürzende Gemüsekisten, schreiende Basarverkäufer. Ich will später darüber nachdenken.
S-Bahn-Station *Zentralfriedhof*. Ich steige aus. An diesem Ort liegen mehr Wiener unter der Erde, als über der Erde leben, und ich erinnere mich an einen Spruch meiner Jugendzeit in Bonn, der lautete: »Bonn ist halb so groß, aber doppelt so tot wie der Wiener Zentralfriedhof.«
Durch ein Versehen betrete ich den Friedhof durch Tor II. Vielleicht, denke ich später, hätte mich der Haupteingang abgeschreckt, aber hier betrete ich, ehrfürchtig staunend, Wiens letztes Biotop, den jüdischen Friedhof. Büsche, Bäume, Blumen, Gräser, alles hat sich hier zu einem dichten Dschungel verwoben. Wege gibt es nicht, nur Trampelpfade und dazwischen Grabsteine, stehend oder umgestürzt, verlottert und vermodert. Eines fiel auf, wenn man die Daten auf den Grabsteinen verglich. Nach 1941 schien in Wien

kaum ein Jude mehr gestorben zu sein. Erst Anfang der fünfziger Jahre sterben sie wieder, hier, in Wien. Viele Vögel sehe ich, Kaninchen, einen Fuchs, der im Gebüsch verschwindet. Das Grunzen eines Wildschweins glaube ich zu hören. Erst am Abend erfahre ich, dass einmal pro Jahr der jüdische Friedhof zur Jagd freigegeben wird. Die Beute soll beachtlich sein.
Hauptportal, Krematorium, Leichenhalle, alles so protzig wie das Burgtheater. Dort liegen sie, rechts und links des alleenbreiten Hauptweges, die wichtigen Menschen, deren Titel halbe Obelisken füllen. Der wirkliche Hofrat, der Geheimrat, der Hoflieferant. Im Geiste sehe ich sie vor mir. So wie sie einst in der Oper die erste Ränge füllten, so liegen sie auch hier in der ersten Reihe und versuchen, durch mächtige schwarze Steine ihre Umgebung nach dem Tode noch zu beeindrucken.
Ich flüchte. Totengräbern sei Dank, gibt's gegenüber dem Haupteingang eine alte vergammelte Kneipe. Kanonenöfen verbreiten bullige Hitze. Hier hat sicher manche Winterbeerdigung die kalten Ärsche gewärmt. Die dicke Kellnerin mit schmutziger Schürze und schwarzen Fingerrändern lächelt freundlich, während sie Rindsgulasch serviert und fragt, wie viel Knödel ich wolle. Knödel werden einzeln verkauft. Nach dem Essen Kaffee. Natürlich Melange.
Apropos Kaffeehaus, da steht eins auf meiner Liste, das man besucht haben muss. Ein Café, das in den letzten zehn Jahren Schlagzeilen gemacht hat wie kein anderes. Schummrig ist es im *Café Demel*, sofort denke ich an Geschäfte, die das Licht scheuen: Den Untergang der Lukonia, Schmiergeldaffären und Seifenschlachten nach dem Motto, eine Hand wäscht die andere.
Das Flair im Demel kommt mir eher moralisch vor, erinnert an eine Klosterschule. Die Kellnerinnen tragen Schwarz mit

kleinen weißen Kragen wie Novizinnen, und sie sind genauso verschlossen, doch das kann ebenso vorgetäuscht sein wie die Marmortäfelung, die sich als kunstvoll bemalte Tapete erweist, was ich allerdings erst bemerke, als ich den Lichtschalter, halb Marmor, halb Plastik, entdecke.
Der Laden ist ziemlich teuer und doch proppenvoll, was die These beweist: Die Wiener mögen nicht zu Hause sein, aber auch nicht an der frischen Luft.
Am nächsten Morgen gibt's Nachhilfestunde in Milieustudien. Ich bin verabredet mit einem alten Kumpel aus Hamburger Tagen, den ich fünfzehn Jahre nicht gesehen habe. Er betreibt ein Bordell, führt mich rum und übersetzt. Zuhälter heißt hier Strizzi, den Ausdruck Lude versteht man gerade noch. Die Huren sehen aus wie die in Frankfurt, haben gleiche Lebens- und Leidenswege, aber im Gespräch dann doch eine Spur Humor – oder ist es Selbstironie? – mehr als ihre deutschen Kolleginnen.
In Wien gibt's kein Sperrgebiet, der Strich ist über die ganze Stadt verteilt. Man erkennt die Damen dennoch. Irgendeine hat vor Jahren mit der Mode angefangen, und nun ist sie allerorten allnächtlich zu besichtigen: Frauen im Bodystocking, schenkelhohe Stiefel mit Turmabsätzen, überall sieht man sie durch die Innenstadt flanieren, »Wiener Gewerbefreiheit«, das muss ich mir merken. In meinem *Tatort* ist von »Sperrgebiet« die Rede.
Apropos *Tatort*: Meine Vorgänger, Drehbuchautoren der österreichischen *Tatorte* der letzten Jahre, haben ein gemeinsames Buch gemacht. Frei nach dem Motto: »Das Buch nach dem Film verspricht es nicht erst seit Dirty Dancing ein Geschäft.«
Heute Abend ist Vorstellung der Anthologie *Tatort Wien*. Und wo? Im Prater!
Es ist noch nicht warm abends, daher sind viele Spiel-

buden und Karussells schon geschlossen. Irgendwer hatte die Idee, die Autoren im Kassenhäuschen der Geisterbahn ihre Texte über Mikrofon vorlesen zu lassen, das sonst der Anreißer benutzt. Währenddessen sausen die Zuhörer kostenlos auf Schienen durch das Gruselkabinett und lauschen den Texten, die im Lärm allerdings kaum zu verstehen sind.
Ein Autor heißt Leo, früher Polizeibeamter der Republik, ein Mann, zu dem ich während meiner Begrüßung keinen Kontakt fand. Ihn zu feiern, ist die Spitze des Wiener Sicherheitsbüros erschienen, darunter die Mordkommission. Alle sitzen im Biergarten. Es gibt Heurigen, Brezeln und Polizei-Internes. Film ist Kunst und hat nichts mit der Realität zu tun, wird mir erneut klar. Schon die Rangbezeichnungen in den Wiener Fernsehkrimis: Inspektor, Chefinspektor, reine Erfindung. In Österreich geht's streng militärisch zu: Leutnant, Hauptmann, Major! Den Inspektor hat man erfunden, um die Filme auch ins ARD-Gesamtprogramm verkaufen zu können. Österreich soll ja nicht militaristisch wirken, nachdem sie vor fünfzig Jahren nur gezwungenermaßen mitgemacht haben.
Die frohe Feier am langen Tisch der Mordkommission findet ein Ende, als der erste Polizeiwagen mit blauem Geheul vorbeiprescht. Aus der Ferne jaulen weitere Martinshörner, offenbar eine größere Geschichte: Das riecht nach Arbeit.
Vorsichtshalber bricht man auf und feiert woanders weiter. Am nächsten Morgen klärt die Zeitung auf. Eine Prostituierte wurde nur wenige hundert Meter entfernt durch mehrere Schüsse ermordet. Die Kugeln stammten, schnell festgestellt, aus der Pistole eines Polizisten, der seinerseits sechs Monate zuvor erschossen und seiner Waffe beraubt worden war. Dieser Polizist stand in engem Zusammen-

hang mit dem Milieu, doch das ist wieder eine andere Wiener Geschichte.
Man kommt hier schnell ins Gespräch. Reden tun sie gerne und viel, die Wiener, und es braucht nur einen kleinen Anstoß, und sie erzählen, so wie der Mann im Café.
Ich setze mich an einen Fenstertisch, aber die Kellnerin scheucht mich weg. Es ist fünfzehn Uhr, sagt sie, ab fünfzehn Uhr sei der Platz seit vierzig Jahren besetzt. Da kommt er auch schon, Zeitung unter dem Arm, Stöckchen, wie einer Zeit entsprungen, die uns die Hörbiger und Moser im Film als echtes Wien verkaufen. Er erkennt den Touristen in mir, bittet mich, sitzen zu bleiben, und als ich ihm seine Melange bezahle, wechselt er völlig auf meine Seite. »Wien ist verkommen«, erzählt er, »die Stadt, die Menschen, aber nicht etwa erst seit heute, das war schon von Anfang an so. Keine Großstadt der Welt hatte derartige Wohnungsprobleme.«
Er lebe schon seit zweiundfünfzig Jahren in der gleichen Gemeindewohnung für umgerechnet knapp fünfzig Mark Miete. Fünfzig Quadratmeter Wohnfläche mit Balkon, Toilette auf dem Flur.
Die Nasszelle habe er sich vor zwanzig Jahren selbst eingebaut, und er habe auch schon – für die Zeit nach seinem Tod – einen entfernten Verwandten als Nachmieter. »Bist du einmal in der Wohnung, bleibst du bis zum Tode darin. Das ist Sozialismus. In Wien denken alle öfter als anderswo an den Tod. Und wie zum Beweis hebt mein Gegenüber, nach nunmehr zwei Schnäpsen, zu singen an: »Wenn wir einmal tot sind …«
Der Eingang ins Museum Josephinum ist trotz seiner Bedeutung schwer zu finden. Ein kleines Schild am Eisengitter, ein paar Stufen hinauf, und schon ist man in der Welt der Medizin. Freuds erste Schriften im Original, Mes-

singwerkzeuge zum Aufmeißeln der Schädelplatte und sonstige Highlights.

Die Wachsgalerie. Dort stehen sie in gläsernen Kästen: der Mensch als Skelett, der Mensch als Haut, der Mensch als Nervenbahn, der Mensch als Muskelstrang geteilt, Einzelorgane, zur besseren Unterscheidung eingefärbt. Beeindruckend, aber für meinen Film weniger geeignet. Da ist ein anderer Platz vielleicht besser: das Wiener Bestattungsmuseum, der Werbung nach einzigartig auf der Welt. Ein mit allem Makaberen vertrauter Wiener Autor stellt dort heute Abend sein neues Buch vor. Es heißt *Unerwartet und plötzlich*.

Das Bestattungsmuseum liegt im zweiten Stock der städtischen Beerdigungsverwaltung in der Goldeggasse. Hof und Garagen sind voller schwarzer Autos. Im zweiten Stock geht's nostalgisch zu. Dort steht, hängt und liegt alles, was die Wiener seit zweihundert Jahren unter die Erde bringt. Ich beginne mit der Todesstatistik vom Mai 1769: Kindersterblichkeit hoch. Ermordet einer, Selbstmorde fünf, davon drei weibliche Personen.

Dann wende ich mich einer Sargsammlung aus verschiedenen Epochen zu, häufig ist der Sarg mit einer Notklingel ausgestattet, für den Fall eines Scheintodes!

Auch Wiens größtes Sozialärgernis der Jahrhundertwende ist zu besichtigen: der Armensarg. Der letzte Kaiser ließ ihn in einem Anfall ökologischen Verantwortungsbewusstseins konstruieren, um die Wälder der Alpenregion vor der Axt zu schonen. »Warum«, so fragte er sich wohl, »muss jeder Mensch auch noch einen Baum mit in den Tod nehmen.« Er verfrachtete die Toten per Dekret in einen Holzkasten, der zwar in die Erde gesenkt, aber dann gleich wieder herausgezogen wurde, nachdem man mittels Seilzug die Bodenklappe geöffnet hatte, und der Leichnam in die

Grube gekollert war. Es gab einen derartigen Sturm der Entrüstung, dass das Dekret zurückgenommen werden musste.
Die Wiener stehen dem Tod besonders nahe, meint auch der Autor Ernst Petz, als er am Abend seine Geschichten vorliest. Zum Beispiel die des Wiener Kellners und Zockers, dem das Roulettespiel keinen besonderen Nervenkitzel mehr versprach. Er veranstaltete sein eigenes Glücksspiel. Auf großen Empfängen kippte er in eine von zweihundert vorbereiteten Suppentassen stets einige Tropfen Zyankali und beobachtete dann aus sicherer Entfernung, wer samt Stuhl umfiel. Vorher wettete er mit sich selbst: Saal, Reihe, Tisch, Stuhl, rot, schwarz, Dutzend, gerade oder ungerade. Das passt zu Wien, denke ich, ein verkommener Typ unter anderen in dieser heruntergekommenen Stadt. Tolle Stadt, richtig sympathisch.
Sollte ich einmal aus Frankfurt wegziehen, käme nur Wien in Frage.

Der erste Regisseur für Peters Tatort *Seven eleven* hieß Kurt Junek, ein alter Haudegen. Es war überhaupt keine Schwierigkeit, ihn von den Gepflogenheiten der Ganovenwelt zu überzeugen, von denen er selbst keine Ahnung hatte. Sieghardt Rupp, bekannt als Zollfahnder Kressin, spielte die Hauptrolle, den Gangster. Es machte Spaß, zu sehen, wie etwas entstand, was Peter wirklich so entworfen hatte.
Und so sollte es in Wien in den nächsten Jahren weitergehen.

Und immer wieder Spanien. Wenn man sich von der spanischen Seite der Straße von Gibraltar, dem Ort Algeciras

aus, ins Landesinnere auf den Weg macht Richtung Sevilla, fährt man durch riesige Eichen- und Korkeichenwälder bis zur Stadt am Guadalquivir, so beschreibt es jedenfalls Rainer Maria Rilke, der vor knapp hundert Jahren diesem Weg folgte, in Ronda pausierte und dann weiter gen Sevilla reiste. Er war sehr von dieser Gegend beeindruckt, Peter übrigens auch. Er kannte diese Ecke ja schon länger, weil er oft abkürzte, wenn er von Algeciras nach Conil fuhr, also nicht an der Straße von Gibraltar vorbei und am Atlantik entlang, sondern quer durch die Sierra de Cádiz. Nach Los Barrios, bei Medina-Sidonia ging's hinunter nach Chiclana und Conil.
Schon etwa fünfzehn Kilometer von Algeciras entfernt befindet sich ein hoher Berg, auf dessen Gipfel die Kleinstadt Castellar de la Frontera angesiedelt ist. Als im Tal ein Stausee entstand, der die Felder der Bewohner unter Wasser setzte, waren sie zum Umzug nach Castellar Nuevo gezwungen. Die leeren Häuser wurden später in den siebziger Jahren blitzschnell von Hippies besetzt.
Peter traf sich mit dem Fotografen Jörg in Almoreima. Diese Gegend bis Sevilla hat einmal komplett José María Ruiz-Mateos gehört, dem einst reichsten Mann Spaniens, der auf eine skandalöse Weise vom damaligen Ministerpräsidenten González enteignet und wegen angeblicher Steuerhinterziehung verfolgt wurde. Ruiz-Mateos war nach Frankfurt entkommen, aber auch dort nicht der Auslieferung entgangen, sondern in den Knast gewandert. Sein Neffe Alfonso und andere Frankfurter Freunde hinterlegten eine fette Kaution, und er kam auf freien Fuß. Ruiz-Mateos gehörte zu jener Zeit nicht nur die Banco Bilbao, eine der größten Banken Spaniens, sondern unter anderem auch die Kaufhauskette Galeria Preciosas. Der Sozialist González, seinerzeit Ministerpräsident, machte

sich daran, das Konglomerat zu zerschlagen. Möglicherweise hat Ruiz-Mateos nicht genügend Steuern bezahlt, aber das träfe wohl auf alle zu. Kaum ein spanischer Unternehmer hat je korrekte Steuern bezahlt. Ruiz-Mateos, ein pfiffiger fünfzigjähriger, wusste sich zu wehren. Er stammte aus der Gegend um Jerez, wo er die Sherry-Firma Dry Sack Rumasa besaß, bekannt durch jene Sherryflaschen, die in einen Sack eingepackt waren. Dieses Grundvermögen erlaubte es ihm, zu spekulieren und vieles zu kaufen. Wie gesagt: Banken, Versicherungen, Kaufhausketten. Bis die Sozialisten dazwischenfuhren. Der Haftbefehl stand, und Ruiz-Mateos betrieb aus Frankfurt in Spanien seine Wahl zum Europaabgeordneten. Er wurde tatsächlich gewählt, denn er hatte sehr, sehr viele Anhänger. Und somit besaß er den Status eines politischen Abgeordneten, diplomatische Immunität und konnte nicht verhaftet werden. Sofort schlug er zurück und strengte etliche Klagen gegen die politische Klasse an, die wiederum verklagten ihn. Höhepunkt war ein Prozess, bei dem sämtliche Minister als Zeugen geladen waren und von Ruiz-Mateos Verwandtschaft mit Torten begrüßt wurden, die sie ihnen ins Gesicht klatschten. Die spanische Justiz wurde selten blamabler vorgeführt als bei jenen Schauprozessen. Aber am Ende ging die Sache aus wie das Hornberger Schießen, was Ruiz-Mateos nicht viel nützte. Sein Imperium war zerschlagen. Die Großkaufhauskette Galerias Preciosas hatte der Ministerpräsident für den symbolischen Preis von einer Pesete an einen Kaufhaustycoon aus Venezuela verkauft. Der, wie man erst später erfuhr, ein alter enger Freund von Felipe González war. Auch die Bank fand schnell einen Käufer und gilt heute als eine der größten Spaniens. José María Ruiz-Mateos lebte bis zu seinem Tod in einem Vorort von Madrid.

Sein Neffe Alfonso und Peter kannten sich aus Conil. Alfonso poussierte damals eine Dame, deren Vater in den Hügeln hinter Jerez eine Stierfarm besaß, wo er versucht hatte, Kampfstiere mit blauen Augen zu züchten. Das ist kein Joke. Es ist ihm wohl nie gelungen. Von dieser Farm aus zogen Alfonso, die junge Dame und auch Peter per Pferd zu einer der größten Wallfahrten Spaniens, dem Camino del Rocío. El Rocío liegt neben dem Naturschutzgebiet Coto de Doñana in der Nähe von Almonte und beherbergt eine besondere Madonna. Angeblich wurde sie in einem gespaltenen Baum entdeckt, nachdem die Mauren vor einigen hundert Jahren endlich aus Spanien vertrieben wurden. Die Madonna war schwarz. Man holte sie aus ihrem Baum und brachte sie nach El Rocío. Wie immer bei Jungfrauen, waren die Spanier sofort bereit, ihr zu huldigen, und der Camino del Rocío war geboren. Alljährlich am Pfingstmontag und den Tagen zuvor bewegen sich Hunderttausende zu Fuß, per Kutsche, per Pferd in Richtung El Rocío zum Kloster, in dem die Madonnenfigur aufbewahrt wird. Es ist natürlich ein Götzenspiel und nicht wirklich eine katholische Wallfahrt. »Kampf ums goldene Vlies« wäre die bessere Benennung. Die übliche Huren- und Mamageschichte der Spanier, die sie mit ihrer Virgin, ihrer Jungfrau, verbindet. Wenn dann endlich alle im Laufe des Tages auf dem großen Platz in Rocío eingetroffen waren, schrien sie laut nach La Guapa, der Hübschen. Sie riefen so lange, bis die Priester sich erbarmten und die, durch Thron und Baldachin tonnenschwere Jungfrau durch viele Träger herausbringen ließen. Das Geschrei der Menge war nicht zu überbieten, wie ein simultanes Kreischen Tausender Menschen beim Orgasmus. Sie wollten die Guapa, und sie bekamen sie und jonglierten dieses Unikum über ihre Hände durch die Menge. Bis sie kippte. In jedem Jahr gab es Verletzte und manchmal auch Tote zu beklagen. Aber das Gefühl, die Virgin auf ihren Händen zu tragen, muss für viele der Männer das Höchste gewesen sein, was das Leben zu bieten hat. Anders kann es sich ein vernünftiger Mensch nicht erklären.

Sotogrande liegt am Meer etwa zehn Kilometer von Gibraltar entfernt mit einem wunderbaren Blick auf den Felsklotz und praktisch auf englischem Terrain. Nicht nur Gibraltar ist britisch besiedelt, auch die ganze Umgebung von Sotogrande. Hier haben die Engländer schon früh große Ländereien gekauft und sie an ihre Landsleute weiterverkauft oder vermietet. Tausende Engländer wohnen dort für immer. Es ist jedoch, anders als Gibraltar, spanisches Nationalgebiet. Zu Spaniens Verdruss werden aber alle diese Grundstücksgeschäfte in Gibraltar getätigt, so dass keinerlei Grundsteuern für den Staat abfallen. Jeder Hauswechsel, jeder Grundstücksverkauf wird notariell in Gibraltar beglaubigt, die Spanier haben nichts davon. Kein Wunder, dass Gibraltar wie ein englischer Stachel im iberischen Fleisch steckt.

Jörg und Peter fuhren am Stausee des Río Guadarranque entlang und gelangten auf den Gipfel, den Berg der Hippies, Castellar de la Frontera. Es waren nicht viele Häuser, vielleicht hundert. Zum Teil verfallen, zum Teil gut restauriert, aber wer sie bewohnte, war nicht zu übersehen. Überall standen dort ältere Autos mit deutschen Kennzeichen, teilweise aufgebockt und ohne Räder, aber es war klar, wer die Eroberer waren.

Hippies haben ihre Überzeugung »make love not war«, ansonsten geben sie sich eher unpolitisch, international und menschenfreundlich. Bei ersten Interviews merkte

Peter bald, so menschenfreundlich waren auch diese Hippies nicht, wenn es galt, vermeintliches Eigentum zu verteidigen, nämlich das, das sie in Besitz genommen hatten und für das die Vorbesitzer oder der Kreisverband Geld forderte. Das könne nicht sein, sagten sie, weil alles, was verlassen wurde, niemandem gehöre oder eben jetzt ihnen. Und dann bliebe es auch ihrs. Es war müßig, darüber mit ihnen zu diskutieren, und das wollte Peter auch nicht. Er wollte einfach ihren Lebensrhythmus einfangen, wie er das bereits woanders getan hatte, beispielsweise in Indien, in Goa. Die Hippies hatten schon immer die schönsten Fleckchen auf der Welt gefunden. Auch dieser Berg war nicht verkehrt, übrigens derselbe Berg, den Peter im Jahr zuvor, bei seiner großen Marokko-Reise vom Rif-Gebirge aus über die Straße von Gibraltar hinweg gesehen hatte, und er überlegte, ob es tatsächlich möglich sei, von hier nach Marokko Rauch- oder Spiegelsignale zu senden. Aber auch dieses Gerücht konnte weder bestätigt noch widerlegt werden. Dass es genug Haschisch auf dem Berg gab, kein Wunder. Die Grenze zu Marokko lag ja nur wenige Kilometer entfernt.

Die Hippies auf dem Berg waren friedliche, nette Menschen, die ihr schönes Leben auch mit anderen teilen wollten. Das heißt, sie ließen sich willig fotografieren und zeigten »love and peace«. Eines der jungen Hippiemädchen, das schon vier Jahre auf dem Berg lebte, hatte schon vier Kinder von vier verschiedenen Jungs. Gelobt sei die Reproduktion! Auch das mit dem fehlenden Nationalstolz war natürlich nicht ganz so, wie es diese Liebesgemeinde vorgab. Es lief gerade die Fußballweltmeisterschaft in Italien, und es gab tatsächlich in der einzigen Kneipe einen Fernseher, und vor dem saßen alle die Hippies, die keinen eigenen hatten, und drückten Deutschland die Daumen.

So viel zur Neutralität und dem angeblich fehlenden Nationalstolz.

Peter war selbst Fußballfan. Natürlich hatte er als Kind in der Schule gebolzt, aber später, durch seine frühe Tätigkeit als Autodieb und seine frühen Knastaufenthalte nie die Möglichkeit gehabt, in einem Fußballverein zu spielen. Aber er war, wie man so schön sagt, Fernsehfußballer. Und er ging früher häufig zum FC Köln ins Stadion, später manchmal zur Eintracht Frankfurt, aber sein Herz schlug für die Rheinländer und natürlich für die deutsche Nationalmannschaft. Er war bei etlichen Länderspielen dabei gewesen, so auch im gewonnenen WM-Endspiel 1974 in München. Er war am Morgen von Fulda aus aufgebrochen, in seinem Porsche nach München gefahren, hatte sich frech einen Parkplatz ganz dicht am Olympiastadion gesucht und gehofft, dass ihn keiner abschleppte. Aber die Polizei hatte zum Glück anderes zu tun, zum Beispiel, das Spiel zu beobachten.
Am Vortag hatte Peter gelesen, dass die Eintrittskarten für das Endspiel auf dem Schwarzmarkt über tausend Mark kosten sollten. Wenn es überhaupt noch welche gab, so kurz vor dem Spiel würden sie vermutlich preiswerter sein. Und so war es. Er traf schon auf dem Weg hinauf zur Gegentribüne einen Mann, der noch fünf Karten für die Haupttribüne hatte. Er wollte nur noch zweihundert statt tausend Mark für die Karte, Normalpreis sechzig Mark. Peter gab ihm einhundertzwanzig und erwischte auf der Haupttribüne einen wunderbaren Platz, links von der Mitte, rechts saßen die Prominenten. Und dort erkannte auch seinen Kinderfreund »Eschebub«, Walter Eschweiler, einen bekannten Schiedsrichter, der nicht pfiff, sondern zuschaute.

Das Spiel begann und man braucht es nicht zu beschreiben, denn jeder, der sich dafür interessiert, hat es mindestens einmal gesehen. Deutschland gewann 2:1! Und mit dem Abpfiff lief Peter durch die Katakomben aus dem Stadion heraus zu seinem Auto, drinnen jubelte noch das Volk. Die Übergabe des Pokals, alles stand noch bevor, als Peter bereits in seinen Porsche stieg und losbretterte. Er begegnete keinem Menschen, nicht auf dem letzten Stück in Schwabing, erst recht nicht auf der Autobahn. Bis Nürnberg sah er überhaupt kein Auto, weder auf der Gegenfahrbahn, noch hatte er eins zu überholen, erst ab Nürnberg Richtung Würzburg begegneten ihm ein oder zwei Wagen, und als er dann abbog Richtung Norden und in Fulda von der Autobahn rollte, hatte er vierhundert Kilometer in wenig mehr als zwei Stunden geschafft. Solche leeren Autobahnen sind ein Traum. Also, bitte mehr Fußballweltmeisterschaftsendspiele mit deutscher Beteiligung!
Peter hatte bereits öfter wichtige Spiele gesehen, an eines im Jahr 1969 erinnerte er sich noch gut ...

Das Bedürfnis

Es war *das* Länderspiel des Jahres 1969. Nicht nur des Gegners Schottland wegen, sondern weil es die Entscheidung für die Teilnahme an der Weltmeisterschaft im nächsten Jahr bringen würde. Ein Sieg musste her, sonst war's Essig mit der Reise ins schöne Mexiko!
Also wirklich ein Jahrhundertspiel, aber Peter hatte nur

eine Stehplatzkarte ergattern können. Daher leistete er sich einen Flug von Frankfurt nach Hamburg, um nur ja früh genug dort zu sein.
Vor Peter waren schon drei Leute im Stadion. Er betrat seinen Kurvenplatz, stieg die Stufen hinauf und hinab, ging nach links und nach rechts, um sich die beste Position zu suchen. Er fand sie neben der Betonmauer, die die Stehplätze von der Tribüne trennen. Von dort hatte er einen Überblick über das ganze Feld, direkt vor ihm: ein Strafraum. Peter holte sein Taschenmesser raus und markierte die Betonmauer mit einem X. Dann stieg er über den Wall zurück hinters Stadion und ging zum Bierstand.
Gegen sechzehn Uhr, vier Stunden vor Spielbeginn, hatte Peter schon einiges getrunken. Inzwischen waren etwa hundert Leute da. Plötzlich sah er acht olivgrüne Busse vorfahren. Es war aber nicht die Bereitschaftspolizei, sondern es waren Rekruten der Bundeswehr, die jetzt wie lästige Ameisen in die Stehplatzkurve schwärmten.
Peter hatte auf einmal Angst um seinen Platz. Er kaufte sich noch zwei große Becher Bier, bereit, die von ihm in die Mauer eingeritzte Position um alles in der Welt zu verteidigen – notfalls auch gegen Soldaten.
Am Kreuz in der Mauer standen drei von ihnen, einer stammte wie Peter aus Bonn. Peter lud die drei zum Bier ein. Das Bier zahlte er gerne, die Rekruten liefen für ihn. Jeder der drei Jungs hatte schon mal 'ne Runde geholt, jetzt war der Bonner wieder an der Reihe. Es gab ein Jugendvorspiel, aber viele Leute, besonders in der Stehplatzkurve, waren um diese Zeit, etwa eine Stunde vor Anstoß, bereits im Stadion. Eine gewaltige Menge Menschen. Aber solange er noch erkennen konnte, dass dieser eine helle Jacke und jener einen dunklen Mantel trug, so lange war das Stadion noch nicht voll. Erst wenn die Gesichter eine

geschlossene Mauer aus hellem Brei bildeten, dann war's pickepacke voll.
Es wurde ruhig im Stadion. Die Nationalhymnen erklangen. Wie praktisch, so ein Stehplatz, dachte Peter, auf einem Sitzplatz hätte ich jetzt aufstehen müssen. Die Seiten wurden ausgelost, das Heer der Fotografen verließ das Spielfeld. Anstoß!
Ein gewaltiger Jubel brauste auf. Alle riefen: »Deutschland! Deutschland!« Auch Peter stimmte volltönend ein. Doch beim ersten Schrei schon fühlte er einen kleinen Stich im Bauch, ignorierte ihn jedoch. Aber nach einem Schuss der deutschen Mannschaft, der dicht über die Latte strich, als auch aus seinem Mund ein enttäuschtes »Aaaahhh!« erklang, spürte er es wieder. Nanu, dachte er, doch dann wusste er Bescheid. Er musste pinkeln, und zwar dringend. Fünf Stunden waren es her, seit er seine Blase zuletzt geleert hatte, seitdem waren mindestens acht oder gar neun halbe Liter Bier in seinem Bauch verschwunden. Kein Wunder also! Peter schaute sich um, nach hinten oben. Da stand sie: Die erwartete Mauer, der helle Brei Tausender Gesichter! Er wusste, wenn er jetzt seinen Platz verließ, würde er ihn nie wieder einnehmen können. Soeben erschien der Rekrut mit der letzten Runde. Zwanzig Minuten hatte er gebraucht, um durchzukommen. Die Bierbecher, die er so hielt, dass in jedem zwei Finger steckten, waren nur noch halbvoll, der Rest im Gedränge der Menge verschüttet.
Nein, sagte sich Peter, das musst du durchstehen. So lange hast du gewartet, jetzt kannst du auch noch weitere anderthalb Stunden warten. Aber seine Konzentration war weg. Immer, wenn er dem Spielgeschehen folgte, zwickte die Blase. Er bekam schlechte Laune. Vor ihm hatten sich zwei ältere Fußballfans platziert und quatschten die ganze Zeit – Peters Meinung nach blödes Zeug.

Es regte ihn auf, weil der eine dauernd rief: »Mensch, ständ doch der Wolter im Tor, Mensch, ständ doch der Wolter im Tor, der Meier kann doch nichts.«
Auch für Peter war der Bayern-Keeper Meier keineswegs erste Wahl, aber in diesem Moment fühlte er sich solidarisch mit dem Münchener, so sehr konzentrierte sich seine aufsteigende Wut gegen die beiden vor ihm Stehenden. »Ihr habt doch keine Ahnung von Fußball!«, brüllte er ihnen ins Genick, denn mit dem Druck auf der Blase stieg die Aggression. Die beiden Männer gingen zum Glück nicht auf ihn ein, sie beobachteten das Spiel. Das wollte Peter auch, allein, er konnte es nicht. Stets wenn sich auf dem Rasen etwas tat, tat sich auch was in seinem Bauch, zwickte, drückte, schmerzte, ja durchzuckte ihn wie ein Messerstich. Seine Laune wurde immer mieser. Er schaute links die Betonmauer hinab – fünf bis sechs Meter zu tief! Er drehte sich um und blickte in die weiße Wand der Gesichter.
Nein, nein, nein, sagte er sich. Ich komme nicht von so weit her und zahle so viel Geld, und dann sehe ich nichts! Nein, abermals nein! Peter konnte noch nicht mal für Erleichterung sorgen, indem er von einem Bein aufs andere trat, dafür war kein Platz vorhanden, und zu allem Überfluss begann die Menge nun zu schieben. Er stemmte sich dagegen, doch vergebens, er wurde nach vorne gedrückt, genau mit Bauch und Blase gegen den Vordermann. Ein Schmerz durchzuckte ihn erneut, und die ersten kleinen Tropfen gingen in die Hose.
Da geschah zweierlei: Stan Libuda schoss ein Jahrhunderttor, und ein leichter Regen setzte ein. Auf dem Rasen jubelten die deutschen Spieler, und auf den Rängen wurden Schirme aufgespannt und Regenüberhänge angezogen. Auch die beiden Männer vor Peter zogen lange gelbe

Gummimäntel an. Das Spiel ging weiter, der Regen auch. Peter war der Bewusstlosigkeit nahe. Hinzu kam die Wirkung des Alkohols. Wieder der Druck der Menge von oben, wieder gegen einen der beiden gelben Männer vor ihm, da konnte er nicht mehr anders. Unter dem Getöse der Menge, den Anfeuerungsrufen der Zuschauer, holte er seinen Schwanz aus der Hose, legte ihn unbemerkt und heimlich an den gelben Gummiüberhang und ließ es laufen.
Ein unsagbares Wohlgefühl überkam Peter. Er sah, dass sein Wasser von der Unterkante des Mantels genau in den rechten Schuh des Wolter-Fans lief. Der Mann trat von einem Bein aufs andere, der Mantel schlug eine neue Falte und nun füllte sich der linke Schuh.
Unbeschreiblich glücklich schloss Peter den Hosenlatz. Er hätte die ganze Welt umarmen können. Nun machte ihm das Spiel Spaß, und er hörte kaum zu, als der Mann vor ihm hoch in den grauen Himmel schaute und sagte: »Für'n späten Oktober ist das aber ein warmer Regen.«

Wenn auch das Leben mit Produzenten und Redakteuren nur selten richtig schön war, eher gar problematisch und zum Kotzen, gab es doch Highlights. Zum Beispiel Gyula Trebitsch, genannt »Gulasch«, ein ungarischer Filmproduzent der ersten Stunde. Er hatte einiges gelesen, was Peter vorgeschlagen hatte, lud ihn nach Hamburg ein und sagte im Beisein seiner Tochter Katharina wortwörtlich zu ihm: »Sie sind ein außergewöhnlicher Autor. Sie haben etwas Außergewöhnliches zu erzählen, und Sie können es auch. Gratuliere. Wir werden sicher etwas finden.« Das Finden erwies sich dann allerdings als schwierig, zumal er ja schon älter und gesundheitlich etwas angeschlagen war. Aber für Peter waren diese Worte mehr wert als der Ver-

kauf eines oder zweier Drehbücher. Was der alte, erfahrene Mann über ihn gesagt hatte, tat ihm richtig gut. Aber der war auch Produzent und kein Redakteur. Bei Letzteren wunderte sich Peter immer über den Widerspruch, wenn sie ihm erzählten, welche Ansprüche sie an einen Film hätten, und wenn er dann deren Filme sah, in denen nichts so war, wie sie es als Anspruch formuliert hatten.
Dann das sogenannte Product-Placement, unter dem Peter sich damals nichts vorstellen konnte. Er hatte stets das geschrieben, was ihm die Produzenten vorgeschlagen hatten, nachdem der Redakteur gesagt hatte, dies oder jenes sei im Dreh zu teuer, und wenn man einen Hubschrauber bräuchte, müsse man auch das Geld dafür besorgen. Das war – und Peter begriff es wirklich erst viel später – der indirekte Auftrag, ein Product-Placement einzubauen und so das Geld für den teuren Stunt einzunehmen. Also baute Peter dies oder jenes ein, von dem der Produzent wusste, dass es dafür dreißig- bis fünfzigtausend Mark Produktionskostenzuschuss gab, um den Film gut auszustatten.
Als man sich bei ARD und ZDF später öffentlich so furchtbar über Product-Placement aufgeregt hat, hätten sie sich besser selbst auf die Anklagebank gesetzt, denn sie waren es, die es indirekt immer eingefordert hatten. Als hätte niemals ein Redakteur das Budget abgesegnet, das deutlich erkennen ließ, dass fremde Gelder in die Produktion geflossen waren. Was auch immer Produktionskosten bedeuteten. Es gab zum Beispiel einen fetten, alten Redaktionsleiter der ARD, der in Wiesbaden wohnte und ständig mit Schauspielerinnen protzte, nur mit dem Hubschrauber flog und darauf bestand, immer eine Prostituierte im Hotelbett vorzufinden. Das gehörte dann zu den Produktionskosten! Peter war natürlich in seinen

Grundfesten nicht erschüttert, er wusste ja, dass im Grunde jeder kriminell ist.

Für seinen Einbruchswerkzeughersteller Adi aus Bergheim, westlich von Köln, nutzte er das Product-Placement jedenfalls gerne. In einem Film rüttelte er mit dem Original-»Picker« eine Türe auf und ließ dabei das Köfferchen *Ein- und Aufbrechwerkzeuge* so in der Nähe stehen, dass die Kamera darüber huschen konnte.
Adi arbeitete für Feuerwehren, Geheimdienste und die Polizei. Peter wusste aber, dass Adi auch im Auftrag von Regierungen gearbeitet hatte. Beispielsweise in Afrika. Wenn der eine Diktator weg war und die Nachfolger vor den verschlossenen Tresoren des Vorgängers standen, wurde Adi gerufen und öffnete ohne größere Probleme die Tresore. Wenn Adi diese Geschichten erzählt, glänzen ihm noch heute die Augen, wegen des Tresorinhalts natürlich.
Adi war äußerst pfiffig. Früher hatte er Rennmotorräder gebaut und sich dann dem »Picken« hingegeben, dem Öffnen von Zylinderschlössern mit zwei kleinen Nadeln. Aber es ist ein unglaubliches Feingefühl dafür erforderlich, deshalb erfand Adi den »Elektropicker«, der die Stifte so lange rüttelte, bis sie auf Druck einrasteten und man das Schloss drehen konnte. Aber wer kaufte so was? Daher war Adi nicht so ein guter Product-Placement-Zahler wie Zigarettenfirmen. Wie oft hat Schimanski seine Marlboros aus der Tasche gezogen, als er noch rauchen durfte. In einem Film sogar im Flugzeug, das war damals noch erlaubt.
Peter hatte eine schlechte Erinnerung ans Rauchen im Flugzeug. Es war wohl 1990, als er von Jamaika nach Los Angeles flog. In Miami musste er die Maschine wechseln,

aber das war zu dem Zeitpunkt nicht möglich, denn ein Sturm peitschte über Florida, und kein Flugzeug durfte starten. In den USA war damals schon das Rauchen im Flieger und auch in einigen Airports verboten, darunter in dem von Miami. Peter rauchte, seitdem er vierzehn war, James Dean hatte ihn verführt, der mit der Zigarette im Mundwinkel einfach obercool aussah. Und er rauchte heftig, zwei bis drei Schachteln Gitanes ohne Filter täglich. Nun stand er in Miami an der Gepäckausgabe, aber das Gepäck kam nicht, weil wegen des Regens nichts ausgeladen wurde. Und er hatte großes Verlangen nach einer Kippe. Schließlich betrat er die Toilette und setzte sich auf einen Topf. Die Türen wiesen oben und unten einen meterbreiten Spalt auf. Peter zündete sich eine Zigarette an und inhalierte wie ein Todeshungriger. Eeeendlich! Da wurde die Toilettentür geöffnet und schwere Schritte kamen näher. Peter erkannte unter der Schamwand, mehr war die Tür nicht, Uniformhosen und Stiefel. Die Person blieb vor seiner Kabine stehen, und Peter glaubte zu hören, dass der Mann schnupperte. Blitzschnell warf er die Kippe zwischen seinen Beinen hindurch ins Becken, hatte aber nicht mit der Behaarung seines Geschlechtsteiles gerechnet. Die Kippe blieb hängen und schmorte weiter. Peter verbiss sich den Schmerzensschrei, fummelte die Kippe frei, warf sie ins Becken und zog ab. Im Geräusch des sprudelnden Wassers traute er sich, einen unterdrückten Schmerzenslaut loszuwerden. Er zog die Hosen hoch und öffnete die Tür. Da stand der Polizist und sah Peter lauernd an, schaute an ihm vorbei in die Kabine, sagte aber nichts. Peter verzog sich und ging hinaus. Als er sah, dass das Gepäck immer noch nicht da war, kehrte er zurück. Der Polizist war fort. Peter trat an ein Waschbecken, zog die Hose runter und kühlte sein verletztes bestes Stück.

Als das Gepäck dann endlich kam, musste er damit an der Einwanderungskontrolle vorbei, um es später im Inlandsbereich neu einzuchecken. Die Kontrolle war, wie immer in den USA, nervig und langwierig. Die taten immer so, dachte Peter, als wolle jeder in ihrem Scheißland bleiben. Dann raste er zum Check-in und, weil gesagt wurde, die Maschine starte bald, auch ins Flugzeug.
Was für ein Ärger. Er war der Erste in der Kabine und aussteigen ging nicht mehr. Es dauerte noch länger als zwei Stunden, bis die Maschine besetzt war und zum Start rollte.
Er wurde immer zorniger. Es schmerzte zwischen den Beinen und in den Lungen. Kaum hatten sie die Reiseflughöhe erreicht, stand er auf und ging zur Toilette. Er steckte sich eine an, und zog den Rauch genussvoll ein. Eben überlegte er, ob er sich gleich noch eine zweite anzünden sollte, da klopfte es an der Tür und eine Frauenstimme fragte, ob er etwa rauche, das sei verboten. Peter vernichtete die Kippe und öffnete mit Unschuldsmiene. Die Stewardess stand empört vor ihm und herrschte ihn an, drohte mit Anzeige, aber Peter schüttelte nur den Kopf, tat, als verstehe er nichts, und ging an ihr vorbei zu seinem Sitz. Doch sie ließ nicht locker, zeterte, verschwand und kehrte mit dem Flugkapitän zurück. Der drohte ihm mit der Polizei in Los Angeles und sie schnatterte, da wurde es Peter zu bunt. Er zog die Zigarettenschachtel aus der Tasche, steckte sich drei Glimmstengel gleichzeitig in den Mund und zückte sein Feuerzeug. Die Stewardess wollte es ihm entringen. Der Kapitän sah nur zu, griff nicht ein und verschwand, der Feigling, und überließ die Schlacht seiner Stewardess. Schließlich gab die Stewardess mit Blick auf den verschwindenden Kapitän auf, und Peter zündete alle drei Kippen an. Alle Passagiere starrten

ihn mit einer Mischung aus Hass, Neid und Respekt an. Ihn störte es nicht. Er rauchte Kette bis L.A. Nach der Landung rollte die Maschine auf eine Parkposition, alle blieben sitzen, der Kapitän kam mit zwei Polizisten, die Peter Handschellen anlegten und ihn aus der Maschine führten. Am Gepäckband trugen sie auch noch seinen Koffer, weil er ja gefesselt war, und dann ging es in die Polizeiwache. Nach etwa zwanzig Minuten in einem Raum, der nicht Zelle genannt werden konnte, zahlte Peter dreihundertfünfzig Dollar Strafe und durfte gehen. Es war die schönste Strafe, die er je bezahlt hat. Er freute sich über seinen Widerstand.

Warum er letztlich nach Hollywood gefahren war, wusste er später nicht mehr genau, aber eine Begebenheit blieb im Gedächtnis haften, die Jacke! Als er so durch Beverly Hills schlenderte, blieb er vor dem Schaufenster eines Second-Hand-Shops stehen. In der Auslage fesselte eine Jacke seine Aufmerksamkeit. Dunkelrot glitzernd mit schwarzem Schalkragen. Elegant, aber ein bisschen abgenutzt sah sie aus, aber am spannendsten war das Schild daneben. *Worn by an academy award winner.*

Peter dachte, die muss ich kaufen, und auch er würde sie tragen, falls er jemals einen Oscar gewänne. Die Jacke hängt bis heute noch im Schrank.

Nach dem Fall der Berliner Mauer lernte Peter den Schauspieler Heinz Schubert kennen. Er hatte eine Idee und wollte sie mit ihm besprechen. Schubert, Professor an der Hamburger Filmhochschule, war den meisten Zuschauern unter dem Namen der Serienfigur als *Ekel Alfred* bekannt.

Mit der Fotografin Carla fuhr Peter nach Paris, um ihn dort für *Stern-TV* zu interviewen. Er spielte dort unter

Zadeks Regie Theater in Shakespeares *Maß für Maß* und wohnte, bescheiden, wie er war, in der Privatwohnung des Ost-Berliner Autors Wolf Biermann.
Es war eine seltsame Reise. Peter und Carla wohnten im Hilton. Als sie dort im Februar 1991 ankamen, waren sie die einzigen Gäste. Dazu das Gespensterfrühstück: Gedecke für Hunderte Menschen und zwanzig Kellner, aber keine Gäste, die, überwiegend Amerikaner, des Golfkrieges wegen Angst hatten, Europa zu besuchen.
Der Golfkrieg war im Übrigen auch ein Grund, warum Frankfurts Bordelle ihren großen Umsatz verloren. Nach der Aidskrise hatten sie sich gerade wieder erholt, da blieben mit einem Mal die Araber Europa fern. Waren früher zwanzig bis fünfzig Prozent der Gäste aus dem Nahen Osten, so versiegte nach 1991 dieser Kundenstrom vollkommen. Die ausbleibenden Scheichs waren tatsächlich der Grund, warum nach und nach viele Frankfurter Bordelle nicht mehr existieren konnten.
Schubi, wie *Ekel Alfred* von Freunden genannt wurde, bekam zwar vom Theater einen großzügigen Spesenbetrag, um ein Hotel zu bezahlen, aber das Geld sparte er lieber und wohnte bei Biermann privat. Drei Zentner Zuckertütchen in seinem Hause legten Zeugnis darüber ab, dass er nichts wegwarf. Im Gegenteil, alles wurde eingesammelt. Seine Frau meinte einmal, der große Zuckervorrat sei der Grund gewesen, weshalb sie gut über die Nachkriegszeit hinweggekommen seien, weil sie genug Zucker zum Eintauschen hatten.
Heinz Schubert war überhaupt ein spannender Typ. Neben seinem Sparsamkeitsfimmel hatte er ein Hobby, er fotografierte Schaufensterpuppen wie er sie vorfand, nackt, bekleidet, unbekleidet, eingewickelt in Papier oder wie auch immer. Auf der ganzen Welt zog er los mit seiner

Leica und fotografierte Schaufensterpuppen. Es waren skurrile Bilder, die dabei zustande kamen, und Schubi hatte schon große, erfolgreiche Ausstellungen mit den Fotos gemacht. Also zogen sie durch Paris an Schaufenstern vorbei, und während er sein Leben erzählte, fotografierte er Puppen und wurde dabei von Carla fotografiert.
Bei dieser Tour fuhren sie mit der Metro, als eine deutsche Familie einstieg und ihn ununterbrochen anstarrte, bis einer sagte: »Du, guck dir den mal an, der sieht aus wie Ekel Alfred.« Darauf der andere: »Ne, der hier is noch viel hässlicher, dat hier is sicher 'n Franzos.« Man sah Schubi an, dass er innerlich tobte, und als er dann ausstieg, konnte er es sich nicht verkneifen, aus seiner Tasche eine Visitenkarte *Professor Heinz Schubert* herauszuziehen und sie den Leuten zu übergeben. Ob sie es kapiert haben?
Schubert war ein begnadeter Schauspieler, nur leider ist es uns beiden nicht gelungen, die Filzlaus-Serie für die Leinwand zu drehen. Die Sender waren dagegen.
Carla hatte genug Material, Peter schrieb das Porträt. Sie flogen zurück nach Frankfurt. Noch am gleichen Tag sollte im ZDF *Ex und Hopp* laufen, was dann durch den Bodenangriff der US-Truppen im ersten Golfkrieg total in die Hose ging. Gegen Krieg live kommt kein Film an. Aber schon bei der ersten Wiederholung hatte der Film eine gigantisch hohe Quote. Kein Wunder bei dem Staraufgebot: Mario Adorf, Manfred Zapatka, Maja Maranow, Rainer Hunold, Claude-Oliver Rudolph und last but not least Désirée Nosbusch.

Aber Peter war längst mit einem anderen großen politischen Fernsehfilm beschäftigt, der Geschichte des Frankfurter Oberbürgermeisters: Dr. Walter Wallmanns Kampf gegen das Milieu. Nach etlichen Titelvorschlägen,

unter anderem »Zweigroschenoper«, hieß er endlich *Maus und Katz* – weil umgedreht hatte Grass die Titelrechte. Da auch in diesem Fall der Hessische Rundfunk die Mitarbeit verweigerte, ging Peter damit zum WDR. Martin Wiebel war von der realen Dramatik des Stoffes begeistert. Allerdings mussten die Spielorte ans WDR-Sendegebiet angepasst werden, nach Duisburg und Wuppertal.
Aber natürlich wusste jeder in Frankfurt, dass Mario Adorf OB Walter Wallmann verkörperte und keinen anderen. Außerdem gab es eine Realsatire obendrauf. Beim Suchen der Drehorte im Großraum Köln landete Produzent Joachim Mendig im Wuppertaler Rathaus. Der Bürgermeister lud ihn ein, in seinem Haus zu drehen. Es war ein schönes altes Gebäude, dasselbe, in dem sich im Film Ulrike Kriener vom dritten Stock in den Flur hinabstürzte. Der Bürgermeister sagte: »Wir haben kein schlechtes Gewissen, bei uns könnt ihr drehen. Hier gibt es solche schrägen Sachen nicht.«
Drei Monate nach Fertigstellung des Films wurde der Bürgermeister verhaftet, wie viele andere Kommunalpolitiker auch im Trienekens-Skandal. Es ging um Wahlkampfspenden seitens eines Bauunternehmers, der zufälligerweise die Müllentsorgungsanlagen der Stadt baute.
Peter war nicht überrascht. Er wusste ja, es gibt nur zwei Sorten Menschen auf der Welt: die, die im Knast sitzen, und die, die eigentlich auch dort sitzen müssten.

Kurz vorm Dreh von *Maus und Katz* besuchten der Regisseur Hajo Gies und seine Frau, die Schauspielerin Brigitte Janner, Peter in Conil. Dort besprachen sie noch einmal die letzten Einzelheiten des Drehbuchs. Brigitte Janner spielte die Ehefrau des Bürgermeisters, stets betrunken, aber ansonsten gut drauf.

Am nächsten Morgen sollte ihr Flug von Jerez über Barcelona nach Hamburg abgehen. Früh genug packte Peter die beiden in sein Auto und sie fuhren los. Aber schon nach ein paar Hundert Metern war die Landstraße Richtung Cádiz blockiert. Es gab noch keine Autobahn, es gab nur diese eine Straße, und die war verstopft. Es ging sehr langsam voran, und alle waren besorgt, die Maschine zu verpassen. Etwa eine halbe Stunde vor dem Abflug, sie hätten eigentlich längst auf dem Flughafen sein sollen, erreichten sie nach etwa vier Kilometern auf der Landstraße die Ursache, ein Unfall und ein Riesenschock: Auf der Straße standen sieben Särge und ein völlig zerstörter Kleinbus hing, fast zweigeteilt, an einem Baum. Hinter der Unfallstelle war die Straße geräumt und frei.
Später, am nächsten Tag, hat Peter dann aus der Zeitung und durch die Gespräche der Leute im Ort erfahren, was passiert war: Sieben Zigeuner, die mit ihrem Stand zum Flohmarkt wollten, sind beim Ausweichen vor einem LKW mit ihrem Bus gegen den Baum gerast. Alle sieben waren auf der Stelle tot.
Auch heute noch, mehr als zwanzig Jahre später, stehen an dieser Stelle, kurz vor dem Ort Chiclana, stets frische Blumen.
Das Problem aber war der Abflug, also trat Peter aufs Gas, aber wie. Er kannte zwei, drei Abkürzungen, und die fuhr er mit einer derartig halsbrecherischen Geschwindigkeit, dass Brigitte und auch Hajo immer die Hände vors Gesicht schlugen und schrien: »Mensch, bist du verrückt! Hast du das nicht gesehen, eben! Sieben Särge! Und du rast trotzdem wie ein Irrer!« Peter sagte: »Es ist wie nach dem Knast, wenn du nicht am ersten Tag wieder einbrechen gehst, gehst du nie wieder aus Angst vorm Knast. Und wenn ich jetzt nicht aufs Gas trete, fahre ich nie wie-

der flott aus Angst vor einem Unfall!« Die beiden schauten ihn verstört an.
Sie kamen nicht pünktlich, aber noch früh genug an. Die Maschine aus Barcelona hatte Verspätung und setzte erst auf, nachdem sie am Flughafen eingetroffen waren.

Während Hajo den Film machte, saß Peter an der Serie *Die Gerichtsreporterin*, die er mit Martin Buchhorn, dem Redakteur des Saarländischen Rundfunks, selbst entworfen hatte, er schrieb und schrieb und schrieb – alle dreizehn Folgen der ersten Staffel, die ab Ende des Jahres gedreht wurden. Und die Serie wurde ein Erfolg für die ARD, durchschnittlich sechs Millionen Zuschauer pro Folge.

In der Zeit begegnete Peter Margarete Schreinemakers. In einem erstklassigen Lokal im Stil einer Dorfkneipe, dem *Goldenen Stern*, hatte er sie im Jahr zuvor in Steinbach im Taunus getroffen. Margarete saß mit ihrem Mann Werner am Tisch von Uwe Steinbrecher, einem Finanzjongleur und dessen Frau Elfie. Peter kannte niemanden von ihnen, aber Uwe Steinbrecher sprach ihn an, ob er der Peter Zingler sei, der Bücher schreibe, er habe alle gelesen und sei beeindruckt. So lernten sich Margarete und Peter kennen. Sie hatte nach einigen erfolgreichen Vorlaufsendungen seit kurzem bei Sat.1 ihre Erfolgsserie *Schreinemakers Live* gestartet; klar gab es gleich Überlegungen, was sie beide zusammen machen könnten.
Und so kam Peters kriminelles Vorleben zu neuen Ehren. Aufhänger für den ersten Coup war das Versprechen einer Daimler-Werbung, ihre neuen Modelle seien nicht mehr zu knacken. Peter erkundigte sich in seinem früheren Umfeld und erfuhr – wie nicht anders erwartet –, dass das nicht stimmte. Er besorgte sich weitere Informationen,

und dann kam die Sendung. *Schreinemakers Live.* Mitten auf dem Kölner Domplatz vor einem Hotel standen mehrere neue Mercedes-Limousinen, die Peter am hellen Tag knackte. Zwei versteckte Kameras nahmen alles auf.
Von den Tausenden Menschen, die in den zwei Stunden dort vorbeiliefen,
nahm nur ein Einziger Anstoß an Peters Aktion, gab sich aber mit der Auskunft, Peter habe seinen Schlüssel im Auto vergessen, zufrieden.
Der Coup war ein voller Erfolg.
Dann die Steigerung: Damals nahm, als Folge der Wende, die Zahl der Wohnungseinbrüche rasant zu. Ein Alarmanlagenhersteller aus Hamburg warb damit, er habe das Nonplusultra aller Sicherheitssysteme erfunden. Seine Alarmanlage sei unüberwindbar. Schreinemakers bestellte die Anlage, und Peter testete sie. Sie war nicht besser als die der Konkurrenz, eher schlechter. Vor allem durch Entzug der Energie wurde das Ding sofort untauglich. Der Hersteller behauptete jedoch, sein Büro und seine Wohnung seien damit geschützt, nie könne es jemand knacken. Margarete lud ihn in die Sendung nach Köln ein. Er sagte zu, und an dem Tag, als er kam, fuhr Peter mit seinem Werkzeug im Übertragungswagen von Sat.1 nach Hamburg in die Straße, wo der Hersteller wohnte. Er selbst wusste nichts davon. Peter besah sich das Haus, den Vorgarten, die Tür, das Fenster. Er fand die Alarmanlage im Baum neben der Eingangstür und klemmte sie sofort vom Strom ab. Sie tat keinen Mucks. Dann öffnete er unter Zeugen die Haus- und danach die Wohnungstür und setzte sich ins Wohnzimmer des Alarmanlagenherstellers. Das Drehteam baute auf. Magaretes Sendung begann zur selben Zeit. Der Alarmanlagenhersteller saß ihr gegenüber und erzählte von seinem Wundersicherheitssystem, bis sie

lächelnd umschaltete. Der Schock, Peter in seinem Wohnzimmer sitzen zu sehen, ließ ihn kreidebleich werden. Er verschwand schimpfend aus dem Studio, erstattete sogar Anzeige, aber das Verfahren wurde eingestellt.
Bei Schreinemakers waren oft gute Typen zu Gast wie Pierce Brosnan, Bo Derek oder gar Alain Delon. Ihr Erfolg war überragend. Wer schafft es sonst, abends nach zweiundzwanzig Uhr drei, vier oder gar fünf Millionen Zuschauer vor den Bildschirm zu bringen, und das täglich. Solch ein Erfolg weckt Neid, und bald schon wucherten die Gerüchte. Schreinemakers wohnte in Belgien, woraus sie nie einen Hehl machte. Ihre Firma lag in Vaals, drei Kilometer vom Aachener Dom entfernt, aber in Holland. Die Firma Telemaus agierte in Köln. Ein Steuergefälle, das bekannt und offensichtlich gewollt ist, sonst hätte es die EU ja schon abgeschafft. Also hieß es, Schreinemakers hinterziehe Steuern; die angeblich unterschlagenen Steuersummen wurden in der Presse immer größer. Alle Medien beteiligten sich am Abschuss der Quotenfrau, auch der *Stern*, der angeblich sogar einen Hubschrauber über ihr belgisches Haus schickte und es aus der Luft fotografierte. Da setzte Margarete noch einen drauf. Bundesfinanzminister Waigel hatte sich gerade von seiner Frau Karin getrennt und sie gegen die viel jüngere Skiläuferin Irene Epple eingetauscht. Margarete lud Karin Waigel in die Sendung ein, und ließ ihr viel Zeit, sich auszukotzen. Waigels Reaktion? Ein Schelm, der Böses dabei denkt. Wenige Tage später schlugen die deutschen Finanzämter mit aller Macht zu, beschlagnahmten Dutzende Konten von Schreinemakers und Telemaus und noch ausstehende Zahlungen der Sender. Der nun offizielle Vorwurf: Steuerverkürzung. Der Boulevard jubelte, Schreinemakers stand mit dem Rücken zur Wand. In der nächsten Sendung

wollte sie ihrem immer noch sehr großen Publikum alles erklären, aber der Sender Sat.1 schaltete einfach mitten in der Sendung ab. Es war das erste Mal im deutschen Fernsehen, dass eine Sendung vorsätzlich abgebrochen wurde. Margarete verklagte Sat.1 und wechselte zu RTL, die nur darauf gewartet hatten, diese Moderatorin zu übernehmen, allerdings nicht in einem solchen Moment. Trotzdem ließen sie die Sendung einige Male laufen, bis auch RTL sie absetzte. Schreinemakers Mann und Anwalt Werner Klumpe klagte.
Es wurde still um Margarete Schreinemakers, so still, dass auch keiner bemerkte, wie die Sache weiterging. Alle Verfahren wurden innerhalb von sechs Monaten eingestellt. Das Finanzamt und RTL mussten zusammen etwa fünfzig Millionen Mark an Frau Schreinemakers erstatten. Klingt viel, ist aber ein kleiner Trost für das Ende einer großen Karriere.
Peter fand das, was sich die Presse erlaubt hatte, zum Kotzen und versuchte, etwas für Margarete zu tun. Da er ja einen Draht zum *Stern* hatte, bat er dessen Chefredakteur, Peter einen Artikel schreiben zu lassen mit dem Tenor »Verzeihung Margarete«, um so Vorreiter der Rehabilitation Margarete Schreinemakers zu werden. Es stehe dem *Stern* gut an, bei der Entschuldigung voranzuschreiten.
Der Chefredakteur wusste nicht so richtig. Peter vereinbarte ein Essen mit allen Betroffenen. Der Chefredakteur, ein Mitarbeiter, Margarete mit ihrem Jugendfreund, dem Sohn eines bekannten Hamburger Spediteurs, als unbelasteten Beobachter und Peter setzten sich in ein Restaurant in der Nähe der Binnenalster. Es kam zu keiner Aussprache. Der Chefredakteur hatte vielleicht Angst vor seinem Herausgeber, und Margarete war aufgrund ihrer Erfahrungen mit der Presse voller Misstrauen. Peter ge-

lang es nicht, das Ganze aufzulockern. Es blieb beim Small Talk, Margarete und der Chefredakteur verabredeten sich lose zum Joggen, aber das war's dann.

Damals fuhr Peter erstmals nach Peru. Doris Rabes Bruder Pit lebte dort seit Jahren. Die Uni Berlin hatte ihn als Ethnologie-Studenten dorthin geschickt, und er war geblieben. Zwar hat er noch seine Doktorarbeit abgeliefert, aber selbst die Verlockungen einer Professur konnten ihn nicht dazu bringen, das Land wieder zu verlassen. Mittlerweile war er mit einer Peruanerin verheiratet und hatte im Land viele Erfolge in der Erforschung der Vor-Inka-Völker. Zum Beispiel fand er Dutzende Grabstätten mit eingemauerten Mumien, auch den größten Fund jener Zeit in Leimabamba, wo ihm später die Republik Österreich sogar ein Museum baute.
Pit war ein Abenteurer, ein deutscher *Indiana Jones*, wie Harrison Ford in dem gleichnamigen Hollywood-Streifen. Pit ritt, Gewehr am Sattel, alleine in den Dschungel und blieb so lange dort, bis er gefunden hatte, was er suchte. Er richtete sich nach den mündlichen Überlieferungen der Chachapoyas, wie die Völkergruppe im Norden Perus hieß, und stieß auf unglaubliche Leistungen der Menschen vor mehr als tausend Jahren. Einige konnte auch er nicht erklären. Darunter die Tatsache, dass die »Nebelkrieger«, der Name kommt von den Hochnebeln im Andenabhang, Kartoffelspeicher bauten, runde Hütten mit Dächern, die exakt auf einer Höhe von tausendachthundert Metern über dem Meer lagen. Woher die Menschen damals wussten, wie hoch sie luftdruckmäßig waren, ist bis heute ein Rätsel. Tatsache ist, die Kartoffeln froren in dieser Höhe nicht, verdorrten und faulten nicht. Außerdem hatten sie schon damals eine Möglichkeit des Dehydratisierens

durch Auspressen gefunden. Die Reste wurden getrocknet, eingefroren und später nach dem Auftauen in Wasser wieder aufquellen gelassen. Die Chachapoyas waren somit die ersten Hersteller gefriergetrockneter Lebensmittel. Das war alles so spannend, dass Peter zum fünfhundertsten Jahrestag der Entdeckung Amerikas im *Stern* eine Geschichte der Kartoffel veröffentlichte, in die all das, was er in Peru erfahren hatte, eingeflossen war! Vor dem Rückflug besuchte er in Lima jene Insel an der Küste, auf der die Regierung den Top-Terroristen Abimael Guzmán, den Chef des *Sendero Luminoso*, des Leuchtenden Pfads, interniert hatte. Diese marxistisch-leninistische Truppe hatte jahrelang das Land verunsichert und alle erschossen, die nicht für ihre abstruse Politik waren. Siebzigtausend Menschen sollen im letzten Jahrzehnt ums Leben gekommen sein.

Der Gefangene Guzmán war vom Ufer aus gut zu erkennen. Unglaublich! Er lief im Freien in einem Käfig herum, wie ein Hamster im Laufrad. Die Peruaner haben schon eine eigenartige Vorstellung von Untersuchungshaft!

Zurück in Deutschland wollte er einen Kinofilm schreiben, seinen Knastfilm. Denn wenn einer wusste, was im Knast abgeht und darüber schreiben konnte, dann war es Peter. Und er hatte auch schon eine gute Geschichte. Er nannte sie zunächst »Das Fest«, weil es um ein Weihnachtsfest im Knast ging, aber dann kam ihm später der bessere Titel: *Alles nur Tarnung*. Weil jeder, ob im Knast oder draußen, sein Leben tarnt und immer etwas vorgibt, was er meist nicht ist: Alles nur Tarnung!

Peter liefen die Schauspieler zu. Mario Adorf, nach dem Erfolg von *Maus und Katz* und *Ex und hopp*, war direkt dabei. Ben Becker, in der Rolle seines Sohnes, sagte sofort zu. Als Bens Freundin meldete sich Muriel Baumeister, die im

Sommer eine schwere Krankheit überstanden hatte und erzählte, dass ihr das Drehbuch über die schlimmen Stunden hinweggeholfen habe, so sehr habe sie gelacht. Selbst für die kleinen, schrägen Figuren bekam er gute Schauspieler. Heinz Hoenig als durchgeknallten Knacki, Claude Oliver Rudolph als das, was er ist, wenn man sein Gesicht sieht. Martin Semmelrogge als die kleine gierige Ratte, ein Kalfaktor, der die Knackis immer an die Beamten verrät. Und so weiter und so weiter.
Es wäre nicht richtig zu behaupten, dass Peter gegen den Strich besetzt hätte, nein, er hatte die Typen so besetzt, wie er sie kannte. Er wollte eine schöne Geschichte erzählen, eine wahre Geschichte, die ihren Humor daraus bezog, dass die Zuschauer über etwas lachen würden, was für Knackis bitterernster Alltag ist. Mit dem Drehort hatten sie Glück. Der alte Knast in Wuppertals Stadtmitte war frisch renoviert und noch nicht neu belegt. Das hatte einen Grund. Die Feuerwehr bemängelte, dass der Knast keine Fluchtwege habe. Was wie ein Witz klingt, war Tatsache. Das Haus wurde nie mehr genutzt, was bedeutet, dass alle alten Knäste nicht sicher sind, wenn es brennt.
Das Gefühl, am Set der Boss zu sein, drang nicht sehr durch. Peter hatte zu viel Respekt vor dem, was er machen musste, und vor seinen Darstellern und dem ganzen Team. Dieter Wedel hatte ihm zwar gesagt, er müsse jeden rausschmeißen, der rumzicke. Da hätte Peter jeden Tag welche feuern müssen, sogar Mario Adorf. Wedel hatte aber auch wirklich den Ruf, knochenhart zu sein, der Mann mit der Peitsche. Wedel kannte den Spruch und lachte ihn weg. Er sagte: Wichtig ist, dass sie glauben, ich hätte eine Peitsche, das genügt. Peter hat sich also ohne Peitsche durchgesetzt, oder auch nicht. Schon nach ein, zwei Tagen lief es richtig gut. Nur Kameramann Jörg zickte

immer mal wieder. Elke Sommer meinte, der Kerl tue das, weil er so klein gewachsen sei. Aber Jörg hatte wirklich ständig Probleme mit seinem Umfeld, vor allem mit Frauen, und er beleidigte sie oft sehr heftig, wobei die Gürtellinie überm Kopf angesetzt war. Als es Peter einmal doch zu viel wurde und er ihn bat, sofort seine Nörgelei einzustellen, wurde der Kerl kess. »Dann bitte *Herr* Regisseur«, er betonte das Wort »Herr« besonders, »dann stellen *Sie* doch das Licht.« Es war gemein. Er wusste, es war Peters erster Film, und er hatte zugesagt, ihn zu unterstützen, und nun kam so was. Aber Peter stellte das Licht, mit Hilfe der Beleuchter, die eh wussten, was zu tun war. Jörg hat sich später für sein Verhalten entschuldigt.

Der Film war Ende 1995 endlich fertig. Während des Karnevals 1996 saß Peter noch in Köln im Schneideraum und schnitt daran herum, um aus hundertfünf Minuten knapp über neunzig zu machen. Auch Hajo Gies, der mit dem Film nichts zu tun hatte, außer dass seine Frau mitspielte, kam und half Peter beim letzten Cut vor dem Bildschirm. Am Ende fanden alle den Film perfekt.

Der Produzent Daniel Zuta bestand darauf, mit dem Film nach Cannes zu gehen. Nicht in den Wettbewerb, aber auf den Markt, und er war sicher, man werde den Film schon verkaufen.

Peter fand, dass er das auch nötig hatte. Denn einen Teil seiner Produzentenpflicht hatte Daniel nicht erfüllt, er hatte keinen Pfennig Geld besorgt. Das hatte Peter gemacht. Zum Beispiel hatte er zwei Millionen von Paul Gauselmann erhalten, dem größten Automatenaufsteller in Deutschland. Peter hatte über Gauselmann mal ein Porträt geschrieben, was diesem gefallen hatte.

Sie trafen sich zu einem Gespräch in Bad Kissingen, wo Gauselmann kurte. Bei dem üblichen »Wie geht's« und

»Was machen Sie?« erzählte Peter von dem fehlenden Geld für den Film. Gauselmann fragte: »Wie viel?«, und Peter antwortete: »So zwei Millionen.« Gauselmann verzog keine Miene und sagte wie nebenbei, »das mach ich doch«, und er machte es wirklich! Er war bereit, mit zwei Millionen in den Film einzusteigen. Ebenso die Firma Telemaus – Schreinemakers und Co., die fünfhunderttausend Mark dazu gab, sowie etliche Freunde und Bekannte, die je hunderttausend gaben. Daniel Zuta, der Produzent, hatte es nicht fertiggebracht, auch nur einen Pfennig Fördergelder zu besorgen. Im Gegenteil, einige der Gelder, die Peter besorgt hatte, auch über Product-Placement, wollte Daniel Zuta in seine eigene Kasse stecken, was Peter verhinderte. Er hatte das Geld besorgt, und sie konnten es für den Film gebrauchen.

Peter freute sich auf Cannes. Er wohnte allerdings in Nizza, und am ersten Abend hörte er auf der Promenade ein Freiluftkonzert: Zucchero, Senza una donna!
Es war die perfekte Einstimmung. Am nächsten Tag lief Peters Film im Markt. Und da passierte das erste Missgeschick, was Peter noch nicht begriff, so firm war er ja nicht. Der Redakteur von *Cinema*, der wichtigsten Filmzeitschrift Deutschlands, sah sich den Film an, ging aber bereits nach zwanzig Minuten, weil er, wie er sagte, noch einen anderen Termin habe. Peter sprach mit Daniel, der aber meinte, der Redakteur werde schon noch mal kommen und er schicke ihm auch noch ein Video. Der Redakteur hatte den Film mit Sicherheit nicht noch mal gesehen. Er schrieb trotzdem eine vernichtende Kritik. Allerdings eine sehr persönliche, so schrieb er in etwa: »Da kommt einer aus dem Knast, schreibt erst Drehbücher und jetzt will er auch noch den Regisseur machen.« Es war ganz klar,

der Redakteur war voller Neid auf Peter. Den Film, von dem er, wenn überhaupt, nur zwanzig Minuten kannte, hatte er weder begriffen noch begreifen wollen, trotzdem hat er ihn als Ganzes total verrissen. So etwas, das weiß Peter heute, hätte ein guter Produzent verhindert. Besser gar keine Kritik als so eine, denn keiner der nachfolgenden Kritiker hat sich noch auf ein eigenes Kinoerlebnis eingelassen. Der Film kam in die Kinos, es waren fünf Premieren angesagt in verschiedenen Städten. Peter war morgens noch in Berlin, im Sat.1-*Frühschoppen* und flog nach Köln zur Pressekonferenz. Es war eine grausame Stimmung. Hoenig hatte sich gerade einen Journalisten geschnappt und schüttelte ihn, die Tendenz war vernichtend. »Herr Adorf, warum spielen Sie in so einem schlechten Film mit?« Bevor es zu einer handfesten Schlägerei kam, fragte Peter: »Hand aufs Herz, wer hat den Film gesehen?« Niemand, keiner der anwesenden Journalisten, die schon darauf eingestimmt waren, den Film zu verreißen, hatte ihn gesehen. Alle hatten *Cinema* gelesen und es nicht für nötig befunden, sich selbst ein Bild zu machen. Also sagte Peter: »Dann schauen Sie sich den Film doch heute Abend an.«
Aber es war zu spät. Die Presse hat überwiegend bei *Cinema* abgeschrieben und der Film floppte. Und dabei hatte es einen Gag gegeben, der dem Film eigentlich hätte helfen können. Während der Premiere in Köln, als alle Mitwirkenden vor der Leinwand standen, stürmte die Polizei den Saal und verhaftete Claude Oliver Rudolph aus ihrer Mitte, weil gegen ihn ein Haftbefehl vorlag. Das hätte prima zum Inhalt des Films gepasst.
Peter war stinksauer. Überall, wo er ins Kino gegangen war, sah er, wie sich die Zuschauer amüsierten und lachten. Aber kaum jemand ging ins Kino. Der Film hatte einfach eine zu schlechte Vorkritik.

Peter war tief getroffen und fühlte sich ausgetrickst. Er zog sich nach Conil zurück und wollte niemanden und keinen sehen.
Hatte er sich zu viel zugetraut? Oder hatte er bloß Pech? Natürlich war er sich im Klaren darüber, dass ein Knastfilm, in dem entgegen der Vorstellung der meisten keine Monster, sondern Menschen sitzen, es schwer haben würde. Die Kinogänger kannten nur amerikanische Filme mit amerikanischen Gefängnissen und der in den USA üblichen Gewalt. Peter wollte den Zuschauern ein richtig deutsches Gefängnisgefühl vermitteln, ein Knast, in dem die Gefangenen sich nicht prügeln und vergewaltigen, sondern gewaltlos verraten, um sich Vorteile zu verschaffen. Zum Beispiel Hafturlaub. Peter hatte alles ein wenig schräg, nahe der Komödie angesiedelt. Waren die Zuschauer überfordert? Wollten sie sich nicht auf einen Knastfilm einlassen? Er spürte, dass der Kritiker dem Redakteur geistesverwandt ist: Was der Bauer nicht kennt, das frisst er nicht. Dass der Film dann tatsächlich in den folgenden Jahren zwölfmal in der ARD mit großem Erfolg gezeigt wurde, kam für ihn zu spät.
Es dauerte, bis Peter sich so weit erholte, dass er wieder an Arbeit denken konnte. Davon profitierte sein Garten in Conil. Peter pflanzte vier neue Palmen.

In Wien lief es dagegen ausgezeichnet.
Acht *Tatorte*, zwei Filme der Reihe *Eurocops* und vier weitere Neunzigminüter entstanden in diesen Jahren. Darunter ein Film mit Wolfgang Ambros und seiner Band *Der Bessere gewinnt* sowie ein Drama mit Mario Adorf und Otto Sander, *Bauernschach*. Für Ambros hatte Peter einige Liedtexte verfasst, die auch in den Filmen gesungen wurden.

Der Tatort *Kinderspiel* war im Jahr zuvor mit dem Adolf-Grimme-Preis ausgezeichnet worden. Er spielte kurz nach der Wende in Wien und behandelte die häufigen Wohnungseinbrüche von Kindern osteuropäischer Zigeuner, eine Bezeichnung, die es heute, laut Political Correctness, gar nicht mehr geben darf, obwohl sie sich selbst so nennen, die Sinti und die Roma. Im Grunde ein soziales Problem, die wirtschaftliche Perspektivlosigkeit eines ganzen Volkes, die zu diesen Straftaten führt. Die Jungs und Mädels, angeblich alle noch keine vierzehn, sind keine Profis. Wie führen diese Kids denn ihre Straftaten aus? Klingeln, und wenn keiner da ist, den Schraubenzieher ansetzen, wenn's klappt, geht's rein, wenn's nicht klappt, geht's an die nächste Tür. Das ist nicht professionell, das ist Hilflosigkeit. Es geht nur um die große Streuung, ein Einbruch nach dem anderen, so oft wie möglich, damit es sich überhaupt lohnt, denn Kleinvieh macht auch Mist. Damals nahmen die Kinder noch Videorekorder und Fernseher mit. Damit ist heute allerdings kein Geschäft mehr zu machen.

Vor dem Film hatte Peter mit vielen dieser Kids gesprochen, keines von ihnen konnte wirklich lesen und schreiben. Keines hatte einen Schulabschluss, alle hätten gerne etwas anderes gemacht, zum Beispiel gearbeitet. Alle waren voller Träume und hatten den Willen, etwas zu erreichen. Alle wollten wie Schwarzenegger nach Hollywood. Und alle sind gescheitert. Das erzählt der Film. Und die Zuschauer – die haben die Kinder mit ihren Träumen geliebt. Obwohl sie Diebe waren.

Es ist natürlich unverständlich, warum gerade die deutsche Regierung für diese Menschen so wenig unternimmt. Im Dritten Reich wurden Hunderttausende von ihnen in den KZs umgebracht. Und heute: Keiner will sie, keiner

gibt ihnen eine Chance. Auch ihre Geburtsländer Bulgarien oder Rumänien nicht! Was sollen sie anderes tun als stehlen?
Während seiner Recherche erfuhr Peter aber auch positive Dinge. Er erkundigte sich bei einem Frankfurter Jugendrichter, wie der damit umgehe, dass etliche dieser Kindertäter sogar schon siebzehn oder achtzehn Jahre alt waren, vom vermeintlichen Vater aber immer behauptet wurde, der Junge sei noch keine vierzehn.
Da vernünftige Papiere in vielen Fällen nicht vorlagen, gab es nur die Möglichkeit, ihr Alter zu schätzen oder es untersuchen zu lassen. Aber, erklärte der Richter ernst, das habe er für sich ausgeschlossen. Da die heutige Altersfeststellung von Kindern immer noch auf der *Grundlagenforschung* von Dr. Mengele basiert, der dafür Tausende Kinder zerschnitten hatte, wollte dieser Richter nicht, dass sein Gericht davon Gebrauch machte. Er lehne es kategorisch ab. Wenn es keinen Beweis gab, dass das Kind älter war, musste das angegebene Alter gelten.
Tatsächlich wurden die erwischten Jungs von der »Familie« sofort ausgetauscht. Der angebliche Sohn wurde nach Rumänien oder Bulgarien zurückgeschickt, und dann kam der nächste »Sohn«, der ihn ersetzte.

Der Grimme-Preis ist der begehrteste aller Fernsehpreise, weil Zuschauer und Fachpresse abstimmen und nicht die Sender selbst, wie bei allen anderen Fernsehpreisen. Der Preis kam für Peter nicht so überraschend. Schon im Jahr zuvor war sein *Tatort Telefongeld* nominiert gewesen, aber für einen *Tatort* war es damals nicht so leicht, einen Preis zu bekommen. In der gesamten Grimme-Preis-Geschichte hatte es bis dahin nur einer zu Ehren gebracht, der Schimanski-*Tatort Moltke*. Ehe Peter offiziell von der Nominie-

rung erfuhr, hatte er sich in jenem Jahr nicht extra dorthin bemüht, da man ja eh nichts beeinflussen konnte.
Er hatte auswärts übernachtet und hörte seinen Anrufbeantworter ab. Oliver Hirschbiegel hatte angerufen und gesagt, er habe auf dem Anrufbeantworter seines Wiener Anschlusses etwas gehört, was wie »Grimme-Preis« klang. Hirschbiegel war gerade in Hollywood. Also rief Peter in Marl an und erreichte den damaligen Chef des Preises, Ulrich Spies. »Nett, dass Sie anrufen, Herr Zingler. Man muss alle Leute zusammensuchen, auch Herrn Hirschbiegel habe ich noch nicht erreicht. Sie kriegen für Ihren *Tatort* den Grimme-Preis. Außerdem würden wir gerne, stellvertretend für die anderen Schauspieler, die Dame aus dem Kommissariat einladen, Sylvia Haider.«
Und so kam's dann auch. Sylvia, Oliver und Peter checkten in der *Loemühle* ein, einem Hotel außerhalb von Marl, dieser seltsamen Stadt, die sehr großflächig ist und zwischendurch immer aussieht wie ein Bauernhof. Neben dem Hotel lag ein kleiner Verkehrsflughafen, mit einer großen Fallschirmflugabteilung, zu der auch ein ehemaliger FDP-Politiker gehörte, dessen Fallschirm sich nicht geöffnet hatte.
Sie waren nicht die einzigen Preisträger, und so warteten sie gemeinsam im Nebenraum des Marler Theaters. Nach und nach wurden sie aufgerufen. Im Vorjahr hatte es einen Preis für die ZDF-Krimi-Serie *Ein Fall für zwei* gegeben, unter anderem war Rainer Hunold ausgezeichnet worden, und ihn hatte man nun für die Moderation engagiert. Da Peter auch für *Ein Fall für zwei* geschrieben hatte, befand er sich also unter Freunden. Die Verleihung schleppte sich dahin. Dann kam jemand und sagte: »Kommt und wartet hinter der Bühne, jetzt kommt der Rüdiger Hoffmann mit Comedy und danach seid ihr dran.«

Peter hatte Rüdiger Hoffmann vorher noch nie gehört, aber sein westfälisch langsames, »Guten Abend, erstmal« gefiel ihm schon, dann erzählte er, genauso schnell wie am Anfang, also elend langsam, die Geschichte einer Reise um die Welt mit dem Moped. O Gott! Nicht nur, dass Peter sich wünschte, Rüdiger Hoffmann hätte schneller sprechen mögen, sondern immer, wenn er meinte, jetzt sei Hoffmann endlich mit dem Moped angekommen, hob er wieder an und fuhr zum nächsten Ziel. Die Geschichte war bestimmt richtig gut, denn das Publikum lachte ununterbrochen. Aber denen hinter der Bühne war gar nicht zum Lachen. Sie standen da und warteten wie Schulkinder mit der Schultüte vor dem ersten Schultag. Dann rief man sie auf die Bühne. Ein kurzer Filmausschnitt wurde gezeigt. Hunold gratulierte ihnen, ließ sie die üblichen Dankesreden sagen, und eine Dame überreichte ihnen diese seltsamen, utopisch aussehenden Preisstatuetten. Und das war's. Aber Peter hat sich richtig gefreut, und wie. Er war stolz auf sich, aber das wollte er niemandem sagen. Er dachte an die vielen Fallstricke in seinem neuen Berufsleben und gratulierte sich innerlich für sein Durchhaltevermögen. Da war der Grimme-Preis ein gutes Pflaster.
Es war ebenfalls ein erster Preis für Oliver Hirschbiegel, der es noch weit bringen sollte. Und da am gleichen Abend noch der Frankfurter Matthias Beltz einen Preis gewonnen hatte, gab es ein »Hessisches Siegerfoto«.
Peter schrieb nicht nur gern für die Österreicher, er hielt sich auch gerne in Wien auf. Er hatte ja das dortige Milieu recherchiert, um es richtig in seine Drehbücher einbringen zu können. Trotzdem mussten sie erst vom Deutschen ins Österreichische übersetzt werden. Es gab zu viele Spezialausdrücke, wie Häfn – Knast oder Kieberer – Polizist, die er nicht kannte. Sogar Tomaten heißen anders: Para-

deiser. Außerdem, in Österreich guckte keiner, das ist deutsch, die Österreicher schauen. Und so weiter und so fort. Allerdings hatte Peter ihnen etwas voraus. Das Milieu erschloss sich ihm besser als den offiziellen Filmemachern. So hatte der Hauptdarsteller Michael Janisch behauptet, das Spiel Seven Eleven kenne in Wien niemand, hier spiele man Stoß! Peter brauchte nur zwanzig Minuten, um in Kneipen-Hinterzimmern gleich zwei Seven-Eleven-Würfeltische zu finden. Er war oft bei den Dreharbeiten dabei und schrieb sich deswegen auch selbst kleine Rollen ins Drehbuch, wurde für gutes Honorar engagiert, Hin- und Rückflug wurden bezahlt, und er konnte sehen, wie die Regisseure seine Vorlage in Bilder umsetzten. Er hatte es teilweise mit richtigen Meisterregisseuren zu tun, und die wollte er studieren, um zu lernen.
Das war vor seinem Regiedebüt. Da gab es den Altmeister Hans Noever oder den jungen Wilden Oliver Hirschbiegel, mit denen er jeweils einige *Tatorte* machte. Mit Oliver waren es *Kinderspiel* und *Ostwärts.*

In *Kinderspiel* konnte Peter als Einbrecher glänzen. Er besorgte über seine Verbindungen eine Feuerlanze, das Allerbeste, um einen Geldschrank zu knacken. Der ORF zahlte, und Peter brannte den Tresor im Film auf: um das Schloss herum, dann Schloss raus und die Tür öffnen. Es sah toll aus. Selten war's im Film derart echt.

So phlegmatisch die Wiener nun mal sind, so spielerisch konnte man mit den Straftaten und dem Krimi umgehen. Während man in Deutschland immer alles ganz korrekt abhandelte, durfte in Wien die Sache mit der schönen Leiche auch einmal ironisch erzählt werden. Als echte Satire, sehr provokant.

In *Ostwärts*, dem *Tatort* über die Autoverschiebungen nach Polen, wollte Peter die Täterin, die ihren Peiniger und Zuhälter erschossen hatte, zum Schluss entkommen lassen. Zu seiner Überraschung gab es im Vorfeld keine große Diskussion. »Okay, macht das«, sagte der Redakteur. In Deutschland hätten sie aufgeheult. Also durfte unsere Polizistin, Sylvia Haider, der Täterin so viel Vorsprung geben, dass sie über die Grenze kam. Nur wenige Kritiker fanden das nicht gut. Beschwerden kamen über *Ostwärts* aber auf diplomatischem Niveau. Sowohl die polnische Botschaft in Wien als auch die in Bonn wandten sich nach der Ausstrahlung an die ARD und beschwerten sich über den Satz: »Kaum gestohlen, schon in Polen.«
Die Redakteure überlegten schon, wie sie nach Canossa gehen sollten und was ihnen an Ausreden einfallen könnte, da half ihnen die Wirklichkeit.
Unter anderem hatte man in Warschau auf einem riesigen Autoparkplatz gedreht, auf dem Gebrauchtautos gekauft und verkauft wurden. Eine Pointe im Film war nämlich, dass den Wiener Polizisten in Warschau ihr Polizeiwagen geklaut wurde, ein weißer Volvo. Und auf diesem Autoplatz wurde er dann wiedergefunden. Daher dieser Drehort. Im Hintergrund, ganz unbeachtet, stand ein großer LKW.
Noch am Sonntagabend, unmittelbar nach Ausstrahlung des *Tatorts*, rief ein Spediteur aus Münster in Westfalen an, der auf dem Parkplatz im Film seinen vor einem Jahr geklauten LKW entdeckt hatte. Er wollte ganz genau wissen, wann und wo gedreht worden war. Der Satz »Kaum gestohlen, schon« in Polen war also keine Erfindung. Der Kameramann hatte unbeabsichtigt einen Beweis geliefert. Damit waren die Redaktionen aus dem Schneider. Sie haben diese Neuigkeit gleich beiden polnischen Botschaften

weitergeleitet und hörten fortan kein einziges Wort mehr von denen.

Privat brannte es wieder einmal. Peter hatte einige Jahre zuvor die Berufsfotografin Carla kennengelernt. Sie kam, um ihn zu fotografieren. Carla hatte damals ein Studio in Frankfurt-Bockenheim, wo sie auch wohnte. Über ihr lebte ein viel berühmterer Fotograf, der Amerikaner Will McBride, der in den sechziger Jahren unter anderem die Jugendmagazine *Twen* und *Bravo* mit Fotos ausgestattet hatte. Ein umgänglicher Typ. Carla schätzte seinen fachlichen Rat und Peter seine Klugheit.

Carla hatte von Anfang an gewusst, dass Peter und Doris ein Paar waren. Er stand dazu und ging auch bei anbahnenden Liebschaften offen damit um. Das schien Carla nicht zu stören, also hielten sie ihr Techtelmechtel zunächst geheim. Dann schlug Carla vor, er solle Doris fragen, ob sie nicht, modern wie sie waren, eine Dreierbeziehung führen sollten. Peter fragte, aber Doris lehnte schroff ab. Sie war beleidigt, und Peter war beleidigt, dass sie sich den Vorschlag nicht einmal anhörte. Also blieb es zwischen Peter und Carla eine Affäre: Sie zog sich über fast zehn Jahre hin.

In der *Romanfabrik* wohnte zu der Zeit auch die Journalistin Claudia Pai. Sie war Volontärin bei der FAZ. Anfang 1988 schlug sie dem *Stern* für sein TV-Magazin Peters Leben als Titelgeschichte vor. Und der *Stern* sagte zu.
Natürlich konnte er die Geschichte über sich selbst nicht schreiben, das machte Claudia Pai, aber Carla kam als Fotografin ins Geschäft.
Carla und Peter haben dann im Laufe der nächsten Jahre

mindestens zwanzig Titelgeschichten für das *Stern*-TV-Magazin gemacht. Meistens handelte es sich um Zinglers Filme, deren Hauptdarsteller oder Regisseure. Er schrieb das Porträt, und Carla schoss die Fotos dazu.

Claudia ging dann zu Gruner und Jahr nach Hamburg. Zunächst war sie bei *Brigitte*, wechselte zum *Spiegel* in die Berliner Redaktion, wo sie kurz darauf, sie war gerade einmal neunundzwanzig Jahre alt, einfach tot umfiel. Es war ein Schock. Und Peter begann sich wieder mal Gedanken über das Leben zu machen.

Doris hatte sich mittlerweile von Peter zurückgezogen, was ihm nicht wirklich gefiel, weil er jetzt mit Carla in derselben Situation war wie vorher mit Doris. Er war mit einer Frau allein. Wenn Carla ihn jetzt verließ, wie damals seine Mutter, würde er wieder alleine dastehen. Also brauchte er ein weiteres Standbein. Es war dann nicht nur eines, sondern gleich mehrere. Er empfand das keineswegs als Harem, er brauchte es als Schutz.

Spanien war nicht nur das Haus in Conil. Spanien war Spanien mit all seiner Exotik. Der Sonne, dem Atlantik, den Gebirgen, dem nahen Afrika, der Straße von Gibraltar. Orte, die von der Geschichte des Bürgerkrieges erzählten und vieles andere mehr.
Dabei wurde ihm klar, wie unterschiedlich Menschen Dinge um sich herum erkennen und einordnen. Seine Ikonografie für Schräges war ganz sicher eines seiner Talente fürs Schreiben und Beschreiben.
Auf der Fahrt von Madrid in den Süden machten sie Halt in der Extremadura. Ein verschlafenes Kaff in glühender Hitze. Sie setzten sich in den Schatten der Terrasse eines

Cafés. Ihr Auto parkte vor ihnen auf der verlassenen Straße, niemand traute sich bei der Hitze aus dem Haus. Gegenüber lag die Filiale einer Bank. Plötzlich schrillte dort eine Alarmsirene. Peter fuhr auf, sah sich hektisch um, nur ja nicht in eine Schießerei geraten, aber ... niemand war zu sehen. Der Sirenenton erlosch, um eine Minute später erneut aufzujaulen. Jetzt kam der Kellner, der sie zuvor bedient hatte, mit einem Tablett voller eiskalter Bierflaschen und überquerte flott die Straße, betrat die Bank und die Sirene soff mit gurgelndem Ton ab. Als Peter und Doris begriffen, bekamen beide einen Lachanfall. Spanien war schon ein geiles Land.
Conil war seit ewig ein Fischerort. Peters Lieblingslokale hingen voller Fotos rund ums Thema Fisch. Die beiden besten Restaurants lagen direkt am Strand, Hauswand an Hauswand, die Holzbestuhlung stand im Sand, ein Fischernetz als Schattenspender über ihnen und alles wirkte sehr romantisch. In Wahrheit jedoch waren sich die beiden Fischer-Brüder spinnefeind. Seit über zwanzig Jahren sprachen sie kein Wort miteinander, und dies galt auch für die Frauen und Kinder. Peter fand die Konsequenz, über Jahre so etwas durchzuhalten, einerseits blöd, aber dann doch wieder sehr stark. Keiner wusste, warum die beiden so stur waren. Was war vorgefallen?

Die Brüder Rondanilla

Erstmals seit vielen Jahren fuhren Pedro und Francisco mit ihrem Boot gemeinsam zum Fischen hinaus aufs Meer.

Früher war Fischen ihre Hauptbeschäftigung gewesen. Seitdem sie das Restaurant besaßen, fuhren sie getrennt; man durfte eine Kneipe nicht unbeaufsichtigt lassen, sonst brachte sie jedem Kellner mehr ein als dem Chef. Daher war es überraschend, dass Pedro eines Abends seinen Bruder bat: »Du, Francisco, bist morgen mit dem Fischen dran. Ich möchte dich begleiten.« Mehr sagte der wortkarge Mann nicht, und Francisco, ebenso wenig sprachgewaltig wie sein Bruder, freute sich. Er hatte Pedro nämlich um das Gleiche bitten wollen.

Sie bestiegen in aller Frühe, es war noch dunkel, den fünf Meter langen Holzkahn. Wie immer hatte derjenige, der am Vortag das Boot benutzt hatte, die Angelleinen sorgfältig geordnet und in die Kaube gerollt. Sie hatten am Hafen eine Kiste Sardinen als Köder gekauft, nun warfen sie den Zweizylinder-Diesel an und tuckerten hinaus.

Niemand weiß, was damals auf See geschehen ist. Die Brüder kehrten bereits gegen Mittag ohne Fang in den Hafen zurück und sprachen fortan nicht mehr miteinander.

Der erfolglose Fischzug lag nun schon über zwanzig Jahre zurück. Doch angefangen hatte alles viel früher.

Es begann mit einem Stück Land. Das Grundstück maß genau dreitausendeinhundert Quadratmeter. Es war hundert Meter lang und einunddreißig Meter breit. Dieses Maß galt jedoch nur für die Zeit der Ebbe. Bei Flut, oder gar bei Sturmflut, die im Winter oder Frühjahr nicht selten vorkam, schmolz die Breite auf zehn Meter oder weniger. Der Boden bestand aus Sand, einem Material, an dem in Spanien kein Mangel herrscht und der keinesfalls eine Wertsteigerung bedeutet, wie es vielleicht bei Ton, Lehm oder Ackerboden gewesen wäre. Das Grundstück besaß eine natürliche Abgrenzung zum Land hin – einen Steilhang aus bröckeligem Lehmfels, von dem Wind und Wetter jedes

Jahr Teile lösten, die nach unten rutschten. Das war in den vergangenen dreißig Jahren so oft passiert, dass eine natürliche, steil abfallende, aber passierbare Straße zum Strand entstanden war. Auf der anderen Seite bildete das Meer die natürliche Grenze. Rechts und links war der Strand durch weit ins Meer reichende Wehrtürme eingegrenzt, die irgendein spanischer Diktator, aus was für Gründen auch immer, hatte errichten lassen. Für Spaniens Angstgegner Nummer eins – die Mauren – waren die Betonbrocken zu spät entstanden, für eventuelle andere Feinde aber überflüssig, denn der einzige Krieg, der das Land heimsuchte, war hausgemacht.

Mit einem Satz: Das nutzlose, sandige Grundstück, das Ernesto Rondanilla als siebzehntes Kind eines Bauern im Jahre 1936 geerbt hatte – was ihn keineswegs vor Freude jubeln ließ, hatten doch die Brüder und Schwestern mit saftiger Tierra negra oder Sandäckern, auf denen Brunnen angelegt waren, die besseren Stücke ergattert – dieses sandige, verfluchte Stückchen Dreck, das selbst bei Ebbe nur dreitausendeinhundert Quadratmeter maß, war nichts als eine zauberhafte windgeschützte Bucht.

Ernesto hätte den Strand längst vergessen, wäre nicht jeweils im März, wenn der Gemeindeinspektor die Grundsteuern für Landbesitz forderte, auch ein Betrag für diesen nutzlosen Sandkasten fällig gewesen. Ende der fünfziger Jahre verpachtete er es an zwei seiner Söhne, Francisco und Pedro, die beide als Fischer arbeiteten, und vererbte es ihnen, als er im Jahre 1964 starb.

Zu jenem Zeitpunkt existierte bereits das Strandrestaurant *Rondanilla*. Francisco und Pedro waren durch ihren Militärdienst in der Welt herumgekommen. Pedro bis nach Katalonien, wo er fasziniert den ersten Run weißhäutiger Teutonen auf die Costa Brava erlebte. Francisco bestaunte in

Ceuta und Melilla sonnen- und erlebnishungrige Amerikaner. Warum, dachten beide, sollen die nicht auch zu uns kommen? In Andalusien scheint die Sonne noch intensiver.
Also errichteten sie einen vierzig Meter langen und zwölf Meter breiten Bau, völlig flach, wie in Spanien üblich, wo Boden nichts kostet und Aufgestocktes oft zusammenbricht. Zum Strand hin wurde die Fensterfront angelegt, über die ganze Breite des Restaurants. Nach hinten, dem Steilhang zu, waren Theke, Küche und Versorgungsräume vorgesehen. Zwischen Meer und Haus lag die Terrasse, ein mit Schilfmatten beschattetes Stück Sand, das sie mit blauen Stühlen und gelben Tischen möblierten. Zuerst von Freaks entdeckt, wurde der kleine Ort und die *Rondanilla*, wie man die Kneipe taufte, zum Geheimtipp. Geheimtipps haben es an sich, dass sie gerne weitergeplappert werden. Genau das nützte Pedro, Francisco und der *Rondanilla*. Es dauerte nur wenige Jahre, und der Laden war von April bis September proppenvoll.
Im zweiten Jahr ihres gemeinsamen Gastwirtlebens geschah es dann.
Pedro war damals einunddreißig Jahre alt, kleinwüchsig und glatzköpfig, mit der verbrannten Haut der Fischer. Francisco, achtunddreißig Jahre, war größer, mit ebenso dunkelbrauner Haut. Er trug noch volles Haupthaar und war der besser Aussehende der beiden. Die Brüder hatten sich die Aufsicht über das Restaurant geteilt. An geraden Tagen des Monats arbeitete Pedro, an ungeraden Francisco. An den Zwischentagen fuhren sie, je nach Wetterlage, mit dem eigenen Fischerboot hinaus, um Gaststättenküche und Fischmarkt mit den frischesten Meeresfrüchten zu beliefern. Jeder von ihnen war heute Kapitän und morgen Kneipier.

Beide hatten nie geheiratet.
An einem Sonntag ungeraden Datums stellte Francisco Antonia als Kellnerin ein. Er tat damit ein gutes Werk, dem anderntags auch Pedro zustimmte. Antonia wurde im gesamten Dorf bemitleidet, denn der Mann war ihr weggelaufen und hatte sie mit vier Kindern sitzenlassen. Doch Antonia spielte keineswegs die gramgebeugte Frau, wie es die spanische Sitte verlangte. Im Gegenteil: Sie schien stark wie der Torre Guzmán, das Wahrzeichen der Stadt, der schon den Mauren getrotzt hatte.
Ihre Lebenslust fuhr den Umstehenden wie elektrische Schläge in die Glieder. Sie sah aus, wie eine Spanierin auszusehen hat: dunkler Teint, schwarzes Haar, in den Ohren goldschimmernde Reifen. Sie war schlank, die vier Geburten hatten keine Spuren auf ihrem Leib hinterlassen. Ihre Augen blitzten wie das Feuerwerk am Karneval, und ihre Stimme war laut und herausfordernd. Freunde wussten denn auch, dass bei ihr das Verschwinden des Mannes eher Freude als Trauer ausgelöst hatte. So fiel es Pedro am vierten geraden Tag auch nicht allzu schwer, Antonia nach Hause zu begleiten. Dort allerdings verließ ihn seine Zuversicht. Er war so gut wie unschuldig. Doch Antonia kannte sich aus ... und Pedro verbrachte eine glückliche Nacht. Er wusste nicht, dass Francisco bereits am dritten ungeraden Tag das Glück gehabt hatte, Antonia nach Hause zu begleiten. Dort allerdings hatte auch ihn die Zuversicht verlassen. Aber Antonia kannte sich aus ... und Francisco hatte eine glückliche Nacht verbracht. So lebten alle drei ein zufriedenes halbes Jahr.
An einem Morgen gegen vier, zur üblichen Zeit, weckte Antonia ihren Francisco. »Du musst gehen.« Francisco murmelte vor sich hin, verfluchte die spanische Prüderie, die ihn zwang, jeweils vor dem Hellwerden das Haus bezie-

hungsweise Antonias Bett zu verlassen. Er drehte sich um. Mondlicht fiel vom Innenhof durch die halbgeöffnete Tür und legte einen hellen Streifen wie eine Schärpe von Antonias Hüfte bis zu ihrer Schulter. Von Aufstehen war keine Rede mehr. Antonia schlang noch im Halbschlaf ihre Arme um ihn, und als er sie anfasste, fand er Nässe und Hitze noch genauso vor, wie er sie vor zwei Stunden verlassen hatte. »Du musst gehen. Du musst gehen. Was soll denn Señorita Perez von mir denken? Sie hat einen leichten Schlaf und steht immer früh auf.« Doch Sprechen und Handeln sind zweierlei. Mit einer geschickten Drehung bugsierte Antonia ihren Francisco auf sich, ließ ihn eindringen, umschlang ihn mit den Beinen und sagte: »Es ist nicht richtig, was wir tun. Es ist nicht richtig. Nicht richtig ...«

Francisco hatte bei ihr gelernt. Seine körperliche Konstitution war immer gut gewesen. Harte Arbeit, die gesunde Luft auf dem Meer und die Ernährung aus stets frischen Feld- und Meeresfrüchten hatten seinen Körper mit harten Muskeln und starken Sehnen und einer schier unerschöpflichen Ausdauer ausgestattet.

Ihm kam es auf das Ziel weniger an als auf den Weg. Er spürte, wie er mit ihr verschmolz, und als ihre und seine Hitze als gemeinsames Feuer aufloderte, fragte er sie: »Liebst du mich?«

»Ja, ja, ja«, stammelte Antonia. »Ich bete dich an. Du bist mein Ein und Alles!«

Francisco verlangsamte seine Bewegungen. Mit seinem ganzen Gewicht erstickte er ihren Versuch, die Hüften zucken zu lassen. »Mach weiter«, flüsterte sie. »Komm, mach weiter. Ich bin bald so weit.«

»Du musst mich heiraten«, sagte er.

Ihre Bewegungen erschlafften. Den Kopf zur Wand gedreht, sagte sie: »Du weißt, es geht nicht. Ich bin verheira-

tet. Scheidung geht nicht. Warum fängst du immer wieder davon an?«
»Dann komm zu mir. Ich will dich immer bei mir haben.«
»Nein«, sie rutschte ein Stück höher. Francisco ließ sie nicht entkommen. Langsam begann er sich wieder zu bewegen. Ihre Erstarrung schmolz.
Später sagte sie: »Jetzt musst du aber gehen.« Francisco zog sie an sich. »Du wirst bald zu mir ziehen«, bestimmte er. Sie zuckte die Schultern.
Francisco lief langsam durch die verwinkelten Gässchen. Noch nicht einmal fünf Uhr früh. Er ärgerte sich und betrat die Fischerkneipe. Erst wenige Männer saßen, Schlaf in den Augen, mit ihren Brotbeuteln an der Theke, tranken ersten Kaffee oder Cognac, sprachen wie immer über Wind und Wetter oder Sturm, der ihnen gestatten würde, wieder nach Hause zu gehen. Heute stürmte es nicht. Francisco marschierte zum Hafen. Seit der Sache mit Antonia war er stets der Erste, der sein Boot klarmachte. Gegen sechs erschien sein Helfer. Erst vor einigen Tagen hatte ihn ein anderer Fischer spöttisch gefragt: »Morgenstund hat Fisch im Mund, oder warum seid ihr immer so früh auf dem Wasser?« Francisco hatte nicht reagiert. Über das »ihr« hatte er nicht weiter nachgedacht.
Antonia rüttelte Pedro an der Schulter. »Es ist vier. Du musst gehen.«
Pedro hatte nicht geschlafen. Seit Wochen plagten ihn Gedanken, wie dieser unwürdige Zustand abzuändern wäre. »Es ist noch zu früh«, brummte er, drehte Antonia auf den Bauch und kniete sich hinter sie. »Ich muss mit dir reden«, stöhnte er. »Dann besteig mich nicht wie ein Hengst, sondern wie ein Mensch«, murmelte Antonia ins Kissen. »Wir sollten uns beim Sprechen ansehen können.«
Pedro drehte sie um. »Liebst du mich?«, fragte er.

»Natürlich.« Antonia zog sich an seinem Oberkörper in die Höhe und küsste ihn leidenschaftlich auf den Mund. »Ich liebe dich. Du bist mein Ein und Alles!«
Sie sank zurück ins Kissen und gab sich seinen Bewegungen hin. Er hielt inne. »Du musst zu mir ziehen. Ich finde es unwürdig, Nacht für Nacht durch die Straßen zu schleichen wie ein Dieb.«
»Das geht nicht. Ich habe Kinder, bin verheiratet. Das ganze Dorf würde über uns herziehen. Nein, ich will nicht.«
»Du wirst es müssen«, sagte er und drehte sie wieder auf den Bauch.
Als er durch die Straßen lief und die Fischerkneipe betrat, dachte er: »Morgen, nein, besser heute muss ich alles regeln. Ich werde mit Francisco reden, damit er mich versteht. Ich könnte auf die eine Seite des Daches drei Zimmer aufstocken.«
Einen Tag später fuhren sie dann gemeinsam aufs Meer.
Die erste Veränderung betraf Antonia. Zwar wollten Francisco wie auch Pedro ihre Beziehungen zu ihr aufrechterhalten, aber keiner von ihnen gönnte sie dem anderen. So verzichtete Antonia auf beide und verzog mit unbekanntem Ziel.
Die sichtbarste Veränderung zeigte sich danach im Lokal. In der Mitte des Raumes wurde eine dicke Mauer hochgezogen. Pedro baute hinten eine neue Küche, Francisco vorne neue Toiletten. Auf den linken Teil des Flachdaches setzte Pedro eine weitere Etage, rechts tat Francisco das Gleiche. Pedro strich die Stühle gelb, Francisco die Tische blau. Da sie nicht miteinander sprachen, liefen alle Verhandlungen über Dritte. Als sie sich nicht einigen konnten, wer das Fischerboot bekommen sollte, vermittelte der Bankdirektor. Das Boot wurde verkauft. Pedro suchte sich eine neue Bankverbindung, Francisco einen neuen Fisch-

händler, Pedro einen anderen Bäcker, Francisco wechselte den Fleischer.
Nur in einem blieben sie gleich: in der Preisgestaltung. Kaum hing Pedros Preistafel auf der Terrasse, erschien einer von Franciscos Kellnern und schrieb sie ab. Fügte Francisco neue Speisen hinzu oder veränderte die Preise, ließ Pedro abschreiben.
Natürlich hätten beide heiraten können, sie galten als wohlhabend und längst nicht zu alt. Besonders im Juli und August, den Ferienmonaten, herrschte auf der Terrasse *Rondanilla* der wahre Heiratsmarkt. Familien ließen ihre Töchter am Strand flanieren. Hübsche, langbeinige Geschöpfe mit raffinierten Bikinis, an deren Rändern die Schamhaare sorgfältig ausrasiert waren. Sie blickten so keck, so auffordernd, dass Unwissende den Eindruck erhielten, jede sofort hinter den nächsten Busch schleppen zu können.
Während die Brüder Rondanilla bei allen Lieferungen auf unterschiedlichen Kaufleuten bestanden, gab es bei der Versorgung mit Gemüse leider nur den Großhändler *Bonilla und Bonilla*. An einem Freitag stand Francisco dort und wartete auf die Versteigerung der Auberginen. Eine junge, dralle Bäuerin kam ihm ins Blickfeld. Sie schleppte Kisten von einem Traktoranhänger und stellte sich dabei sehr geschickt an. »So was könnte ich im Geschäft gebrauchen«, dachte Francisco. Die Frau erhaschte seinen Blick und lächelte. Francisco lächelte zurück.
Er wandte sich an den Versteigerer und erfuhr: Das Mädchen hieß Angela, die zwanzigjährige Tochter eines großen Bauern. Francisco hielt um sie an.
Der Zufall wollte es, dass Pedro am gleichen Tag, eine Stunde später, ebenfalls bei *Bonilla und Bonilla* einkaufte. Ihm fiel ein dralles Bauernmädchen auf, die Gemüsekisten

von einem Traktoranhänger lud. Er erkundigte sich beim Versteigerer. Es handelte sich um Felicia, die achtzehnjährige Tochter eines Großbauern. Er hielt um sie an.
Erst eine Woche vor den geplanten Hochzeiten erfuhren beide, dass sie sich mit Schwestern zu vermählen gedachten. Da sie jedoch ihr Versprechen gegeben hatten und bereits seit einiger Zeit die Früchte der drallen Bauernleiber genossen, blieben sie bei ihrer Entscheidung. Francisco heiratete einen Tag vor Pedro. Die Eltern und Familienangehörigen der Bräute waren an beiden Hochzeitstagen gerngesehene Gäste. Sie durften aber nur an einem Hochzeitsschmaus teilnehmen.
Das war vor zwanzig Jahren gewesen. Beiden wurden Söhne und Töchter geboren. Das Verbot von Francisco und Pedro an ihre Frauen, nicht miteinander zu verkehren, wurde nur in Gegenwart der Brüder eingehalten. Die Kinder kümmerten sich gar nicht darum. So brüteten die alten Männer ihren Hass alleine aus.
Beide besaßen mittlerweile Gästehäuser, hoch oben auf der Klippe, dicht nebeneinander.
Für Juli dieses Jahres hatte sich eine Madrider Familie namens Rodriguez mit vier Personen für zwei Wochen angesagt. Eine Woche wollten sie bei Pedro, eine zweite bei Francisco verbringen. Es handelte sich, wie erst bei Ankunft klar wurde, nicht um ein Ehepaar mit zwei Kindern, wie alle geglaubt hatten, sondern um eine elegante Dame mit drei bezaubernden Töchtern. Alle waren nach der neuesten Mode gekleidet, und nur wenn man genau hinsah, waren Mutter und Töchter zu unterscheiden. Am ersten Abend saßen sie an Pedros gelben Tischen, gleich an der Grenze zu der blauen Bestuhlung, und aßen Urta al horno.
Es war Hauptgeschäftszeit, aber die vier blieben bis spät in die Nacht. Die Reihe der Gäste lichtete sich, und dann

standen auch die drei Mädchen auf und verschwanden zum Tanz in die *Caseta municipal*. Die Mutter blieb alleine zurück. Sie winkte dem Kellner, flüsterte mit ihm und tat dasselbe im Nachbarrestaurant.

»Bestell Francisco einen schönen Gruß von Antonia, er soll mal zu mir kommen.« Pedro hatte bereits an ihrem Tisch Platz genommen, als Francisco erschien. Steif blieb er an der Grenze seines Grundstücks stehen und sah auf die Frau und den Mann herab. »Stellt euch nicht an wie Kinder«, sagte die Frau. »Ich kenne euch beide gut genug. Eure Geschichte wird selbst in Madrid erzählt. Komm, Francisco, setz dich hin. Du brauchst kein Wort zu sagen, wenn du nicht willst. Du auch nicht, Pedro. Hört mir zu! Ich weiß, dass es nicht in eure stolzen spanischen Schädel passt, aber ich habe euch beide geliebt. Beide, versteht ihr? Ich habe niemanden hintergangen und ihr ebenso wenig. Zumal ihr voneinander nichts wusstet.«

Francisco setzte sich, weigerte sich aber, von Pedros Kellner einen Cognac anzunehmen. Er bestellte bei seinem eigenen Kellner.

»Seit langen Jahren bekümmert mich euer Streit, der um meinetwegen entstanden ist«, sagte die Frau. »Jetzt bin ich da. Wir müssen miteinander reden, alle drei.« Antonia sah sich um. In den Fenstern beider Restaurants standen die Schaulustigen. Pedro und Francisco an einem Tisch, das war eine Sensation. Die Ehefrauen der beiden Männer schauten argwöhnisch zu Antonia hinüber. Auch die letzten Gäste hatten ihre Gespräche eingestellt und sahen neugierig zu. Antonia senkte ihre Stimme.

»Ich sehe, wir erregen Aufmerksamkeit. Ich habe das erwartet. Kaff bleibt Kaff. Ich mache euch einen Vorschlag ... Nein, nein«, lachte sie, als beide Männer hochschraken. »Kein nächtliches Rendezvous bei mir. Ich habe uns ein

Fischerboot gemietet, damit fahren wir drei morgen früh hinaus aufs Meer? Einverstanden?«
Die Männer saßen da wie Ölgötzen. »Also gut«, meinte Antonia. »Wenn keiner als Erster eine Äußerung tun will, mache ich es euch leichter. Wenn jemand dagegen ist, soll er mit dem Kopf schütteln!« Die Männer blieben starr. »Gut, dann morgen früh. Es sind Angelleinen auf dem Boot. Köder können wir am Hafen kaufen. Ich erwarte euch pünktlich um sechs.« Antonia stand auf und ging. Auch Francisco und Pedro erhoben sich ohne Worte.
Das war vor acht Monaten gewesen. Sie fuhren an jenem Junimorgen hinaus. Es herrschte schönes Wetter, weder Sturm noch Nebel zogen auf. Trotzdem kehrten sie nie zurück.
Vier Wochen später, als alle Suchaktionen abgeblasen worden waren, ging man zur Tagesordnung über. Antonias Töchter Sonia und Gabriela kehrten nach Madrid zurück. Ana, die dritte, blieb und zog ins alte Haus der Mutter und wartete weiter auf ein Lebenszeichen. Als ihr das Geld ausging, arbeitete sie als Bedienung mal bei Tonio, dem Sohn von Pedro, und mal bei Augustin, dem Sohn von Francisco. Die Familien verkehrten wieder miteinander, und alles schien seinen geordneten Lauf zu nehmen.
Im Oktober bat Ana Augustin in ihre Wohnung. Als er das Haus betrat und seinen Cousin Tonio entdeckte, verdüsterte sich sein Gesichtsausdruck. Auch Tonio sah nicht eben glücklich aus.
»Was soll das heißen?«, fragte er Ana.
»Setzt euch, beide«, befahl sie und stellte sich zwischen die Männer. »Ich bin nicht meine Mutter, und ihr seid nicht eure Väter. Und ich will keine Zustände wie vor zwanzig Jahren. »Du«, sie wies mit der Hand auf Tonio, »sagst, dass du mich liebst und mich heiraten willst, und du«,

Augustin erhob sich und öffnete den Mund, doch sie winkte ihm herrisch zu, sitzen zu bleiben, »bleibst still, bis ich ausgesprochen habe. Du erzählst mir das Gleiche. Ich will keinen von euch heiraten. Nächstes Jahr gehe ich zurück nach Madrid und setze mein Studium fort und bis dahin ...«
Sie löste die Träger ihres einfachen Kleides. Es rutschte zu Boden und zeigte ihre nackte, zarte Gestalt, ihr flaumiges Vlies, ihre knospenden Brüstchen.
»... bis dahin will ich euch beide. Ich kann mich für keinen entscheiden.«
Die Blicke der jungen Männer hafteten auf ihrem Körper, keiner wagte es, den anderen anzusehen.
Ana hob einen Fuß aus dem Kleid und stieß es mit dem anderen Fuß in die Zimmerecke. Nackt schlenderte sie auf das Schlafzimmer zu.
»Ihr könnt mir jetzt folgen. Ihr könnt aber auch, wenn ihr Dickköpfe wie eure Väter seid, morgen mit dem Boot aufs Meer hinausfahren.« Sie verschwand im Nebenraum.
Zögernd bewegten sich Augustins und Tonios Blicke aufeinander zu, abwehrend, zurückhaltend, bemüht, das Feuer des Verlangens und der Eifersucht zu bändigen. Beide erhoben sich, standen unschlüssig herum.
»Kommt ihr?«, hörten sie Anas Stimme von nebenan. Die jungen Männer sahen sich an. Wie auf Kommando nickten sie einander zu.

Peter wäre gerne mal mit Fischern raus aufs Meer gefahren. Er arbeitete daran, doch es sollte noch eine Weile dauern. Stattdessen lief er zu Fuß den Strand entlang, sechzehn lange Kilometer in Richtung Süden. An einer Halbinsel mit Leuchtturm war der Weg zu Ende. Dahinter begann die Steilküste vor Barbate.

Die Halbinsel hatte etwas Besonderes. Peter war dem Namen schon in London begegnet: das Denkmal von Admiral Nelson am Trafalgar Square. Hier nun lag der echte Ort Trafalgar. Dem Meer war nichts mehr davon anzusehen, dass dort Anfang des 19. Jahrhunderts eine der größten und berühmtesten Seeschlachten der Geschichte geschlagen worden war. Hier siegte Admiral Nelson gegen die spanisch-französische Armada.

Dazu existieren viele Legenden. Nördlich von Conil, vor der Stadt Chiclana gibt es auch einen Leuchtturm. Von diesem Chiclana-Turm aus also sah der Leuchtturmwärter an jenem Morgen vor zweihundert Jahren dicht unter dem Horizont die Mastspitzen vieler Schiffe gen Trafalgar segeln, das rund zwanzig Seemeilen südlich liegt. Er konnte die Flaggen nicht identifizieren, nahm aber an, es handele sich um die spanisch-französische Flotte, von der er wusste, dass sie im Hafen von Cádiz vor Anker lag, um über den erwarteten Gegner England herzufallen.

Kurz nachdem der spanische Leuchtturmwärter die ersten Mastspitzen am Horizont entdeckt hatte, sah er erneut Mastspitzen auftauchen, aber diesmal erkannte er, dass es sich um die spanisch-französische Armada handelte. Sofort wurde ihm klar: Er hatte zuvor die englische Flotte gesehen. Also segelten die Spanier in eine Falle, er musste sie warnen. Der Mann setzte sich in ein Ruderboot und ruderte und ruderte, bis er das Schiff des Flottenbefehlshabers, des Admirals Herzog von Medina-Sidonia, erreicht hatte. Doch ehe er ihn warnen konnte, erlag er einem Herzschlag. Also hielten die Spanier weiter Kurs auf ihren Untergang. Kurz vor Trafalgar wurden sie von den Engländern erwartet. Das Wasser dort ist sehr flach, und die großen, klobigen Schiffe der Spanier und der Franzosen waren nicht mehr manövrierfähig. Anders die leichteren, kleineren Schiffe der Engländer, sie griffen die Armada von vorne und von hinten an. Vorzugsweise da, wo die Gegner ihre gewaltigen Breitseiten mit den vielen Geschützen nicht einsetzen konnten. Die Schlacht dauerte einige Stunden, und die Engländer errangen einen triumphalen Sieg. Nur für Nelson ging die Sache nicht gut aus. Er wurde von einer Kugel tödlich getroffen.

Peter fragte sich, warum sich die Spanier immer wieder mit den Engländern anlegten. Bereits hundert Jahre zuvor hatten sie Gibraltar an die Briten verloren. Bis heute ist es ihnen nicht gelungen, diesen wichtigen Felsen im Mittelmeer, der die Kontrolle über die Meerenge zum Atlantik gewährleistet, zurückzubekommen.
Die Engländer bedienten sich immer vieler Tricks. In der Karibik zum Beispiel unterstützten sie den Piraten Henry Morgan so lange, bis ihn die Königin sogar zum Gouverneur von Jamaika ernannte und adelte: Sir Henry Morgan. Was hatte der Seeräuber Gutes getan? Unter Protektion der Krone spanische Schiffe überfallen, ihnen das Gold, das sie in Südamerika gestohlen hatten, geraubt und es mit der englischen Königin geteilt. Sie waren schon clever, die Engländer.
Peter Zingler und Doris Rabe lebten also an geschichtsträchtiger Küste. Die Vorfahren des schon erwähnten Admirals, die Herzöge von Medina-Sidonia, einem Städtchen auf einer Bergspitze, nur zehn Kilometer von der Küste entfernt Richtung Jerez, hatten dem Ort Conil allerdings schon fünfhundert Jahre zuvor ein Recht eingeräumt, das nur wenige Küstenstädte erhielten: Das Recht zum Thunfischfang. Es ist nicht bekannt, wie intensiv die Fischer und Einwohner von Conil im 14. Jahrhundert dieses Recht ausübten, denn erst wenige Jahrzehnte

zuvor war die Jahrhunderte andauernde Vormacht der Moros, der muslimischen Truppen, beendet worden.
Die letzte Grenze zu diesem islamischen Reich wurde von einigen Städten gebildet, die heute noch den Zusatz »de la Frontera«, an der Grenze, tragen. Dazu gehört auch Conil, und mitten im Ort steht der Torre de Guzmán, der Turm, der an den Anführer der spanisch-katholischen Armee erinnert, von dem die Kunde geht, man habe ihn tödlich verletzt noch aufs Pferd gebunden und damit den Arabern eine solche Angst eingejagt, dass sie panisch flüchtend in die Straße von Gibraltar gestürzt seien. Jedenfalls war im Mittelalter in der Gegend allerhand los. Und ob alle den so genannten Reyes Católicos, den katholischen Königen, zugejubelt haben, bleibt zweifelhaft. Die Muslime hatten alle Menschen geachtet und gleich behandelt, ob Juden oder Christen, es gab keine Ressentiments, solange alle ihre Steuern bezahlten. Als jedoch die katholischen Könige kamen, haben sie nicht nur die Muslime, sondern auch die Juden verjagt. Statt steuerzahlende freie Menschen zu bleiben, wurden viele Iberer wieder zu Leibeigenen der Adligen, die die christlichen Könige mitbrachten. Und die waren keine Iberer, sondern Habsburger, also Österreicher.
Das Recht zum Fangen von Thunfischschwärmen übt die Almadraba in Conil auch heute noch aus. Almadraba ist arabisch und bedeutet, die Stelle, wo man sie totschlägt. Früher wurden diese Fallen von Land aus geschlossen und die Fische mit Netzen hereingezogen und am Strand getötet. Heute läuft das anders. Peter beobachtete, wie von Januar bis April die sogenannte Thunfischfalle aufgebaut wurde. Tausende Anker nagelten förmlich das Netz vom Strand weg in den Meeresboden, fünf, sechs, sieben Kilometer hinaus im relativ flachen Küstengewässer. Dieses

Netz bildete eine Barriere. Thunfische schwimmen dicht an Land und kommen sie an eine Absperrung, drehen sie ins Meer hinaus, bis das Hindernis zu Ende ist und biegen dann wieder Richtung Küste ein. Das ist die Falle. Hier warten große sackartige Netze von Hunderten Quadratmetern auf sie.
Peter fuhr mit einem Fischer hinaus aufs Meer, ein Boot, drei bis fünf Mann Besatzung, das von Conil oder der Küste entlang bis zur Straße von Gibraltar dem alltäglichen Fischfang nachging. Tintenfische, Salmonettes, Doraden, Peces espadas, Urtas oder auch Plattfische, der Fischer Antonio fing alles.
Peter fand es spannend, wenn er im Hafen saß und die einlaufenden Schiffe beobachtete und sah, was sich in den Eiskisten tummelte. Er wusste, wie mühsam es war, denn es erinnerte ihn an seine Zeit in Saint Tropez vor dreißig Jahren.
Antonios Frau, eine Deutsche, die durch Spanien trampend irgendwann einmal in Conil hängengeblieben war und ihren Antonio, einen großen, dunkelbraun gebrannten, schwarzhaarigen Fischer, lieben lernte, brachte Peter und Antonio zusammen. Und so fuhr Peter eines Tages mit ihnen zum Fischen hinaus. An diesem Teil der Küste fischten sie mit Netzen, aus Nylon geknüpft und den ganzen Tag an Land vorbereitet, ehe sie akkurat zusammengelegt an Deck gebracht wurden. Die Mannschaft traf sich zwischen vier und fünf Uhr morgens in einer Kneipe am Hafen. Dort tranken sie zu früher Stunde schon späte Mengen Kaffee und Cognac. Antonio, der Kapitän, drei Fischer und Peter.
Ein Bodenechogerät, das auch größere Fischschwärme anzeigt, erkannte die Wassertiefe; nur wenig mehr als zehn Meter, ideal zum Netzeauswerfen. Aber es war kein guter

Fang an diesem ersten Tag. Deswegen beschloss die Besatzung, bis in die Nacht hinein auf See zu bleiben. Antonio zerhackte eine dicke Dorade und briet sie auf dem Gaskocher. Nachdem sie in der Dunkelheit die Netze ausgelegt hatten, hieß es zunächst einmal warten.
Peter ließ sich eine Koje zuweisen. Oje, das Schiff war eh nicht das größte, und man konnte unter Deck nur gebückt stehen. Die Kojen waren schmale Schlitze. Wenn man den Kopf nur leicht hob, knallte man schon mit der Stirn an die Decke oder an den Unterboden des oberen Bettes.

Dort, wo die Netze auf der Meeresoberfläche endeten, hatten die Fischer Lampen an die Bojen gehängt, so dass man sie im Dunkeln sehen konnte.
Die Nachtausbeute war besser. Aber auch nicht sehr gut. Als sie morgens gegen sechs in den Hafen einliefen, waren sie über vierundzwanzig Stunden unterwegs gewesen. Peter fühlte sich mehr als zerschlagen. Das wäre kein Job auf Dauer. Es machte ihm trotzdem Freude, die Fische nach Arten in die entsprechenden Kisten zu sortieren, Eis draufzuschütten und an Land zu hieven.
Antonio kündigte an, dass ein Tag Pause sei, dann werde man es woanders versuchen, im Moment lief hier vor Conil nicht viel, also auf zur Straße von Gibraltar. Die sei tiefer und viel fischreicher, sagte er.
Antonio und ein anderer Fischer würden das Boot am nächsten Abend nach Tarifa überführen und übermorgen früh sollten alle dort sein.
Peter nahm in der nächsten Nacht die beiden Fischer in seinem Auto mit und sie erreichten am verabredeten Morgen zwischen vier und fünf Uhr den Hafen von Tarifa.
Tarifa ist die südlichste Spitze Europas, die Halbinsel mit

dem Leuchtturm liegt nur achtzehn Kilometer von Tanger entfernt. Die Wüste von Libyen und Tunesien befindet sich breitengradmäßig nördlicher. Und so kommt es, dass bei Levante, einem starken Ostwind, jede Menge Wüstensand durch die Luft wirbelt.

Anders als in Conil fischte Antonios Crew hier mit Haken. Peter schnitt mit klammen Fingern in eisiger Morgenkälte Hunderte Sardinen in Stücke und spießte sie auf Haken. Etwa jeweils fünfzig wurden an eine Leine gebunden und an einem Stein befestigt, der sie ins tiefe Wasser zog. Ungefähr fünfzig Meter waren es an dieser Stelle. Wenn Stein und Haken den Grund erreicht hatten, wurde oben als Schwimmer ein Stück Corco blanco gebunden, weißer Kork, eine schöne Bezeichnung für Styropor. Dazu ein kleines Fähnchen, um die Angel aus der Entfernung besser zu orten. Dann los, an die nächste Angel. Zwölf Angeln hatten sie an diesem Morgen ausgelegt, dann wurde es gefährlich. Zwei Mal mussten sie großen Frachtern ausweichen, die aus der Straße von Gibraltar in den Atlantik drifteten und nördlich, Richtung Europa abbogen. Kleine Fischerboote wie das von Antonio hätten sie glatt überfahren, ohne es zu merken.

Stunden später, beim Einholen der Leinen, zogen sie viele Fische an Bord. Plattfische, Rochen und seltsame Barsche, die sich während des Heraufziehens so aufblähten, dass sie aussahen wie ein riesengroßer Kugelfisch. Alles Bluff gegen die Fresskonkurrenz. Diesmal schlachtete Antonio einen Rochen, enthäutete ihn und warf die hellen Fleischstückchen in eine mit braun gebrannter Butter gefüllte Pfanne. Etwas Salz darauf und fertig, alles ganz einfach. Peter hatte selten so einen guten Fisch gegessen.

Nach Ablieferung des Fanges im Hafen musterte er aus. Es reichte ihm. Denn so kalt es morgens war, so heiß war es zwei Stunden später, wenn die Sonne hoch am Himmel stand. Ein Knochenjob. Die Männer zahlten mit ihrer Gesundheit.

Einige Wochen später besuchte ihn Jörg Steinert, sein Lieblingsfotograf. Auch er war vom Thunfischfang fasziniert. Sie suchten den Kapitän eines der Boote auf, aber der war nicht begeistert. Schließlich, nach vielen Copas besten Brandys, lud der Kapitän sie ein, mitzufahren. Peter hatte zu diesem Zeitpunkt noch nicht begriffen, was der Mann durch die Mitnahme der Journalisten befürchtete.

Sie fuhren mit vier Booten am Morgen aus dem Hafen in Richtung Thunfischfalle. Das Ende des Sperrnetzes war etwa sechs Kilometer vom Strand entfernt. Die Sperre war gut zu erkennen. Alle zehn Meter schwamm ein roter Korken auf dem Wasser und zeigte, wie endlos weit der mit großen Ankern gesicherte Zaun ins Meer hinausführte.

Die sechs Boote verteilten sich über die Breite der Falle und begannen, das Netzende an Bord zu holen und festzuhaken. Sie bildeten einen Kreis.

Als der geschlossen war, begann das Einholen des Netzes. Und je mehr sie das Netz anhoben, umso weniger Wasser hatten die Fische für ihre Bewegungen. Sie sprangen hoch und schwammen ziellos umher, stießen gegen die Boote, und je flacher das Netz wurde, umso dichter hingen sie aufeinander, wie Sardinen in der Büchse. Ein Fischer, der sich vorbereitete, ins brodelnde Wasser zu springen, erzählte Peter, dass der Schwanzschlag der großen Fische einem die Knochen brechen könne. Nun stürzte er sich hinein, er und seine Kumpel, etwa zehn Männer, bewaffnet mit einem Haken, an dem das Seil der Winde befestigt war. Jörg fotografierte begeistert drauflos. Er konnte kaum nachladen. In jener Zeit musste man in einen Fotoapparat noch einen Film einführen. Und jetzt kam der Moment, dessen Kritik die Fischer fürchteten: Die Männer versuchten, die Enterhaken in die Augen des Thunfischs zu stechen, der daran hoch- und aus dem Wasser gezogen und auf Deck abgelegt wurde. Der Kapitän hatte Peter entschuldigend erklärt, es seien die Japaner, die das verlangten. Der Körper des Fisches müsse völlig unbeschädigt sein, wenn sie ihn ablieferten. Das habe etwas mit ihrer Religion zu tun.

Es war für die Fischer und die Almadraba ein erfolgreicher Tag, einer der erfolgreichsten überhaupt. Über achtzig dieser großen, hundertzwanzig bis dreihundert Kilo schweren Fische lagen als Beute an Bord, zuzüglich Beifang. Der Beifang bestand aus Bonitos und Melvas, ein bis drei Kilo leichte Fische, die aussahen wie Thunfische, aber keine waren. Bonitos und Melvas begleiten die Thunfische in großen Schwärmen, sind aber im Grunde nur die Nahrung der großen Verwandten. Eine seltsame Art des Zusammenlebens.

Viele Melvas und Bonitos wurden von den Fischern sofort geschlachtet, im Salzwasser getränkt und an großen Leinen, wie Fahnen, aufgehängt. Sie sollten bis zum nächsten Tag im Salz trocknen. Der übrige Beifang wurde in der Lonja, auf dem Fischmarkt, verkauft. Außerdem ein Thunfisch. Einen einzigen Thunfisch täglich haben die Japaner den Coniler Restaurants zugestanden. Alle anderen gingen nach Japan.

Peters Unverständnis der japanischen Anordnung, den Haken in die Augen zu stechen, wurde noch vertieft. Am Abend begleitete er zwei der Boote, die mit Thunfisch so vollgeladen waren, dass sie bis zur Reling im Wasser lagen, auf ihrer Fahrt nach Barbate, etwa zwanzig Kilometer die

Küste entlang nach Süden. Und dort lag es, das japanische Kühlschiff. Riesengroß. Die Besatzung erwartete sie bereits, obwohl sie nicht die Einzigen waren. Auch in Barbate gab es eine Almadraba und kurz vor Tarifa eine weitere Thunfischfalle. Also genügend Thunfische für die fressgeilen Japaner. Aber was sie dann mit den Fischen machten, hat Peter tief verstört. Sie schnitten ihnen mit einer Kettensäge die Köpfe ab und warfen diese zurück in die Boote der Fischer. Warum also der Stich ins Auge statt hinter die Kiemen? Peter fand keine Antwort.
Die Köpfe durften die Fischer behalten. Und plötzlich verstand Peter, was es mit dem Satz auf sich hatte, der Kopf sei das Beste am Fisch. Was ja gar nicht stimmte. Die Körper mit den langen Filets wurden verkauft. Der Fischer durfte nur den Kopf mit nach Hause nehmen und hat, um seinen Stolz nicht zu verlieren, seine Frau belogen und behauptet, das sei das Beste.
Natürlich sind die Bäckchen lecker und beim Thunfisch sind sie sogar zwei Kilo schwer, aber der Rest geht halt nach Japan. Sushi olé.

Da die spanische Bauaufsicht nicht das war, was sie in Deutschland war, waren der Kreativität für den Umbau ihres Hauses wenig Grenzen gesetzt. Auch in Spanien darf man außerhalb des Baugebietes nicht bauen, trotzdem tun es alle, weil man ja eh keine Baugenehmigung bekommt. Die wird hinterher von der Behörde erzwungen, indem sie wartet, bis der Rohbau fast fertig ist und dann durch die Guardia Civil einen Baustopp verfügt. Diesen Baustopp konnte man abwenden, indem man eine Strafe zahlte, etwa fünftausend bis fünfzehntausend Mark, also genau so viel, was auch ein Bauantrag gekostet hätte.
Als sie die Grundstücke kauften, erfuhren sie erst danach,

dass zur Legalisierung des Kaufvertrages eine Genehmigung der Militärregierung nötig war. Eine Militärregierung gab es für jede Provinz, die sich in ihrem Fall in San Fernando bei Cádiz befand. Als sie sich dort die Unterlagen für die Erteilung der Genehmigung holten, bekamen sie einen Schreck. Eine der Voraussetzungen war ein polizeiliches Führungszeugnis. Sie überlegten, was sie machen sollten. Doris sagte einfach: »Na ja, dann lass ich das Haus auf mich alleine eintragen.« Aber das wollte Peter nicht. Zwar hatte sie vom ursprünglichen Häuschen die Hälfte bezahlt, aber wie schon vorauszusehen war, hat Peter später alles beglichen, was dort gebaut und angeschafft wurde. Er hatte schon damals einen guten Steuerberater, der ihm riet, bloß nichts Illegales zu machen. Alles anzugeben und die Ausgaben entsprechend abzusetzen. Also: Kredit aufnehmen, um alles zu bezahlen. Und die Abtragung des Kredits von der Steuer absetzen. So hatte Peter es immer gemacht. Das Problem mit dem Führungszeugnis regelten sie, in dem sie die Kopie fälschten. Peters Name auf Doris' Zeugnis.

Das Haus wuchs in die Tiefe, sie brauchten dringend einen Keller. Es wuchs in die Höhe und die Breite. Und es war, verglichen mit deutschen Preisen, nicht teuer. Nein, es war billig. Obwohl Doris und Peter manchmal am Können der Bauarbeiter zweifelten. Der Baumeister selbst, Augustin Bermudez, hatte damit keine Probleme. Wenn etwas schief wurde, sagte er: »Macht nix. Abreißen. Neu bauen.« Und so sahen Doris und Peter eines Tages einem Bauarbeiter zu, der im Durchgang zwischen Garagen und Haus eine Mauer hochzog. Und dabei das Loch für die Türe vergaß. Er mauerte von innen und hätte sich um ein Haar selbst eingemauert. Erst sehr spät fiel ihm auf, was er da machte. Doris und Peter waren neugierig, wie weit der

Idiot gehen würde. Das war wieder so eine Sache für Bermudez: abreißen und neu bauen.

Doris wollte nie einen Swimmingpool. Das war ihr zu snobistisch ... obwohl das Haus mittlerweile über dreihundert Quadratmeter Wohnfläche hatte. Hinter dem Haus hatten sie einen überdachten Grillplatz, reetgedeckt, einen Ofen, um Fische zu räuchern, und eine Sauna. Peter und Doris waren wohl die Ersten in Andalusien, die eine Sauna hatten, im Winter nicht das Schlechteste.
Ein Pool war Doris aber nicht nur zu snobistisch, nein, sie hatte auch ein schlechtes Gewissen. »Es gibt zu wenig Wasser in Andalusien«, meinte sie. Die beiden wussten ja, dass der Brunnen zwölf Meter tief sein musste, um die Bewässerung des Grundstückes sicherzustellen. Also kein Pool. Warum auch? Der große Pool, das Meer zwischen Amerika und Europa, war doch nur wenige Kilometer entfernt. Oft radelten sie dorthin. Und abends ging Peter mit seinem Diktiergerät und neuen Ideen im Kopf zur Küste und füllte auf dem Weg die Kassetten. Dann sprang er ins Meer, zog seine Runden, verließ es wieder. Nahm sein Diktiergerät und erzählte weiter, was im *Tatort* später zu sehen sein würde.
Ein Telefon hatten sie schon seit Jahren beantragt, aber alles in Spanien dauerte länger als in Deutschland. Als es dann schließlich kam, waren sie schwer beeindruckt. Zwei große LKW mit Anhängern fuhren vor und luden etwa fünfzig Holzmasten ab. Dann begannen sie mit Bagger und Autokran zu arbeiten. Von der Hauptstraße bis zum Haus, etwa zwei Kilometer, setzten sie Masten. Das dauerte etwa zwei Wochen, und als sie dann vom Haus bis zur Straße nur ein einziges Kabel an den Masten befestigten, schüttelte Peter den Kopf. Ein einziger Telefon-

anschluss und solch ein Aufwand? Da waren die sechstausendfünfhundert Mark, die es letztlich kostete, fast noch preiswert, aber warum sie nicht wenigstens ein dickes Kabel drangehängt hatten, blieb ihm ein Rätsel. Wie erwartet beantragten nun sämtliche Waldhäuser Telefonanschlüsse; bei ihm stand ja jetzt der Verteiler. Die Telefónica zog nach, noch ein Kabel, noch eins, bis sie dann ein ganz dickes anhängten, aber so viele Häuser gab es denn doch nicht.

Ihre Meinung bezüglich des Pools änderte Doris dann doch! Peter hatte, entgegen des Rates aller, im heißen Sommer begonnen, Abfälle auf einer freien Fläche, mit fünf, sechs Meter Sicherheitsabstand vom Wald entfernt, zu verbrennen. Neben ihm lag der Schlauch für den Fall, dass etwas schiefgehen sollte. Doris kam unterdessen vom Bauern zurück und hatte eine große Melone in ihrem Korb. Peter lief das Wasser im Munde zusammen. Er ging hinter ihr her in die Küche, schnitt sich ein großes Stück Melone ab, ging zurück und erschrak: Der Wind hatte binnen Sekunden so stark aufgefrischt, dass es schon eine Feuerfront von fünf, sechs Metern im Unterholz des Waldes gab. Peter ließ die Melone fallen, griff sich eine Harke und den Schlauch. Aber es war zu spät. Das Feuer fraß sich mit unglaublicher Geschwindigkeit durch das Unterholz, die Flammen sprangen die Baumstämme hoch und setzten trockene Äste in Brand. Es war fast vierzig Grad heiß. Die Flammen hatten bereits die Grenze des Grundstücks erreicht, dort war der Zaun. Der Zaun hielt Doris und Peter auf, aber nicht die Flammen. Doris alarmierte den Nachbarn, der alarmierte die anderen. Gott sei Dank hatten wir jetzt alle Telefon, und so waren in kürzester Zeit etwa zwanzig Leute damit beschäftigt, die

Flammen zu bekämpfen. Der Nachbar jenseits des Weges hatte einen Pool und begriff sofort, was zu tun war. Im Nu waren etwa zwanzig Eimer zur Stelle. Sein Pool wurde ausgeschöpft und der Weg, den das Feuer noch nicht erreicht hatte, richtig nass gemacht. Kleine überspringende Flammen wurden sofort erschlagen. Und so endete das Feuer an diesem Weg, etwa fünf Stunden nachdem es begonnen hatte.

Peter war, wie alle anderen auch, total erledigt. Er hustete, seine Füße schmerzten, denn er war barfuß, und immer, wenn er über die verbrannte Erde ging, spürte er, wo in der Erde noch Wurzeln brannten. Also kippten sie dort wieder einen Eimer Wasser drauf und es brodelte. Auch als die Nachbarn schon weg waren, lagen Peter und Doris draußen und achteten darauf, ob wieder Flammen aufkommen würden. »Du Idiot!«, sagte Doris zu ihm. Und Peter fühlte sich auch so. Es hätte nichts genützt, wenn er jetzt gesagt hätte: »Ach, wenn der Wind nicht gekommen wäre, oder wenn oder wenn oder wenn ...«. Für Peter war es nun ein Leichtes, Doris zu überreden, dass vor das Haus ein Pool gehörte. Schon im Winter war er fertig. Den Erdaushub ließen sie dieses Mal von vielen LKW wegschaffen. Noch ein Hügel mit Kakteen hätte keinen Sinn gemacht.

Damals diktierte Peter einen Film, der in die Zeit zurückging, als er eine Drückerkolonne für Brauereien führte. Er bot das Drehbuch Klaus Bassiner an, einem Redakteur des ZDF. Es ging um einen machtgierigen, autoritären Brauereidirektor, der seine Brauerei und die finanzielle Kraft des Hauses benutzte, kleine Kunden und Verkäufer in seinen Machtbereich einzubinden und zu beherrschen.

Es war ein typisches Sechziger-Jahre-Stück, das mit dem damaligen CDU-Werbeslogan *Keine Experimente* auf vielen

Wahlplakaten jene Zeit heraufbeschwören sollte. Darauf abgebildet, der Hauptdarsteller und Brauereidirektor, gespielt von Mario Adorf. Es war Peters erste Zusammenarbeit mit dem großen Star.

Maja Maranow spielte die Ehefrau des Bierverlegers Rainer Hunold, die ein Verhältnis mit dem Vertreterboss Manfred Zapatka hatte und deshalb von Hunold erschossen wurde. Aber auch der alte, geile Brauereidirektor Mario Adorf hatte in der Luxemburgerin Désirée Nosbusch eine Sekretärin gefunden, die er ständig aufforderte, ihr Höschen in der Schublade zu lassen. Es gab fast nur miese Typen in dem Film, aber sie waren komisch und lustig. Und damit die Zeit wirklich echt wirkte, wurden einige Originalszenen mit eingespielt: Das Fußball-Endspiel 1966 in England, mit dem berühmten dritten Tor, und eine Schah-Demonstration in Berlin.

Den Titel lieferte ad hoc der Frankfurter Regisseur Rolf Silber nachdem er das Buch gelesen hatte: *Ex und hopp*!

Damals begann das Abendprogramm des ZDF bereits nach den *heute-Nachrichten* um 19.30 Uhr. Die ARD begann wie immer um 20.00 Uhr mit der *Tagesschau*. Um die Zuschauer nun am Umschalten zu hindern, bestand der Redakteur darauf, dass in der 28. bis 30. Minute etwas ganz Wildes passieren musste. Der Regisseur, Luxemburgs Bester und Einziger, Andy Bausch, weigerte sich zunächst, wurde dann aber so stark unter Druck gesetzt, dass er an den Schneidetisch zurückkehrte und versuchte zu tricksen. Auch Peter versuchte, ihm zu helfen. Sie überlegten, welche Szenen vorgezogen oder verschoben werden könnten, um den Zuschauer bei der Stange zu halten. Sie entschieden sich für eine heiße Bettszene mit Maranow und Zapatka, aber es nutzte alles nichts. Die Erstausstrahlung des Films war für den 3. März angesetzt.

Peter war, wie schon erzählt, am Tag zuvor mit Carla aus Paris zurückgekehrt, um nichts zu verpassen. Natürlich konnte kein Mensch ahnen, dass ausgerechnet an diesem Tag im ersten Golfkrieg der Angriff der amerikanischen Bodentruppen auf den Irak erfolgen sollte. Alle Sendungen verschoben sich und keiner interessierte sich noch für unseren Film. Krieg ist eben unschlagbar.
Der ganze Umschnitt war also für die Katz gewesen. Aber welcher Redakteur nimmt sich schon zurück? Es gab welche, wenige, und selbst von denen sind einige an ihrer kreativen Selbstüberschätzung gescheitert wie Frau Heinze, an die Peter mit großer Dankbarkeit denkt, denn sie hatte nicht nur einige Filme mit ihm gemacht, sondern diese auch durchgesetzt. Zum Beispiel den Gangsterfilm *Napoleon Fritz*, zwei Teile mit Klaus Löwitsch, der in seiner natürlichen Härte so war, wie er sein musste. Und das hat sie vertreten. Dass sie später so unglücklich abdriftete, will Peter gar nicht weiter kommentieren, er glaubt aber nicht, dass sie des Geldes wegen eigene Bücher oder die ihres Mannes unter falschem Namen sich selbst angeboten und verkauft hat. Er ist überzeugt, es ging den beiden um das Künstlerische. Doris Heinze wollte immer selbst schreiben. Aber es ist ein Unterschied, ob man dramaturgisch an einem Stoff etwas verbessern kann oder ob man eine Geschichte völlig neu erfinden muss. Und das klappte bei Doris Heinze leider nicht wirklich. Man siehe: Holstein Lover, ein Film, dessen Drehbuch Frau Heinze mit Genehmigung des Senders geschrieben hatte. Thema: Frauen bringen Männern bei, was Frauen wünschen. Das Thema hört sich spannend an, aber den Film fand Peter oberkitschig und die meisten Kritiker auch.
Schlimmer noch war es mit ihrer ZDF-Kollegin Sabine Groß und deren Mitarbeiterin, der Berliner Opal-Film-

Producerin Frau von Unger. Die waren richtige Betrüger. Der damalige Fernsehspielchef und stellvertretende Programmdirektor Hans Jahnke hatte die Verbindung zwischen Peter Zingler und seiner Redakteurin Groß hergestellt. Weil sie zusammen mit der Producerin die Vorabendserie *Küstenwache* so hervorragend und erfolgreich managten, erlaubte er den Damen für einen Neunzigminüter einen Sprung ins Hauptabendprogramm. Peter oder sein Kollege Fred Breinersdorf sollten das Drehbuch schreiben. Fred hatte keine Zeit, Peter erklärte sich bereit. Unter dem Titel *Mord, Mord-West*, eine Verballhornung des Seemannsrichtungsbegriffs *Nord, Nord-West*, lieferte er ein Exposé ab und war überrascht, wie enttäuscht die Damen reagierten. Er begreife kein bisschen ihre Figuren, monierten sie. Schon dieser Ausdruck hatte Peter stutzig gemacht. Ihre Figuren? Als ob die Figuren das Eigentum der Redakteurinnen wären. Aber aus mieser Erfahrung wollte Peter sich mit den Damen nicht streiten. Er empfahl ihnen, die Geschichten selbst zu erfinden, und verlangte zweitausend Euro für das Exposé. Entweder von Frau Groß, der Redakteurin des ZDF, oder von Frau von Unger, der Producerin von Opal-Film. Nach einigem Jammern zahlte Opal-Film die zweitausend Euro. Doch jetzt kam ein seltsamer Wandel, für die zweitausend Euro bestand Frau von Unger darauf, Peters Idee behalten zu dürfen. Aber das wollte Peter nicht, auf gar keinen Fall! Die Damen hatten ja gesagt, dass sein Exposé nichts wert sei, also was wollten sie damit? Die zweitausend Euro waren für seine Arbeit, schließlich hatte man ihn beauftragt, damit schien die Sache erledigt.

Bis zum nächsten Treffen des Verbandes der deutschen Drehbuchautoren in Berlin. Beiläufig erzählte Peter einer Kollegin den Vorfall, und die sagte ganz überrascht:

»Komisch, mir auch.« Peter fragte: »Was heißt, mir auch?« »Ja, mir haben sie auch gesagt, ich hätte nicht ihre Figuren getroffen und haben mir fünfhundert bezahlt.« »Und was ist mit deiner Idee?«, fragte Peter. »Na ja, die habe ich ihnen gegeben.« Das kam Peter seltsam vor. Er fragte in die Runde. Da sich noch zwei meldeten, denen exakt dasselbe passiert war, informierten sie den Justitiar des Verbandes der Drehbuchautoren. Nach einigen Rückfragen unter den Mitgliedern meldeten sich über zwanzig Autoren, die schon für *Küstenwache* Exposés geschrieben, aber keine Drehbuchverträge bekommen hatten. Teilweise wurden sie mit kleinem oder ganz ohne Geld abgefertigt. Stets hatten sie irgendetwas unterschrieben, das sich letztlich als Übertragung der Idee erwies. Aber keiner hatte etwas unternommen. Auch jetzt waren nur wenige bereit, sich in dieser Hinsicht zu beschweren, aus Angst davor, beim nächsten Mal nicht mehr berücksichtigt zu werden. Peter konnte die Kollegen verstehen, er hatte ja auch seine Erfahrungen gemacht.
Einmal gegen die Sender öffentlich geschossen, und schon stand man auf der schwarzen Liste. Aber dann kam's! Der Justitiar fand heraus, dass es einige der abgelehnten Exposés doch noch ins Fernsehen geschafft hatten, und zwar unter dem Mädchennamen der Producerin von Unger! Sie und die Redakteurin Frau Groß haben gemeinsam die Bücher geschrieben und bezahlt bekommen, auch die Wiederholungen. Die ZDF-interne Nachforschung ergab, dass Frau von Unger unter ihrem Mädchennamen auch Bücher geschrieben hatte, wovon das ZDF nichts wusste. Dass diese Geschichten auf den Ideen anderer beruhten, sagte das ZDF lapidar, könne ihr nicht nachgewiesen werden. Daher haben diese Autoren bis heute keinen Pfennig für ihre Geschichten erhalten.

Die Opal-Film entließ Frau von Unger, sie war das Bauernopfer. Und für das ZDF schien der Fall damit erledigt. Was geschah aber mit der Redakteurin, Frau Groß? Peter sprach Jahnke darauf an. »Sabine Groß ist so eine nette Frau. Sie hatte niemals ein wirtschaftliches Interesse. Um Gottes willen. Es war die gierige Unger«, sagte Jahnke. Peter widersprach energisch und erklärte, dass es unmöglich für Frau von Unger gewesen war, ohne Wissen der Redakteurin all diese Coups durchzuziehen.
Jahnke, dem natürlich vor allem an der Ruhe in seinem ZDF gelegen war, ging darauf nicht ein. Ihm fehlte es an Mut. Früher hatte er Peter einmal erzählt, wie viele Probleme er mit den Produzenten Georg Althammer und Werner Kließ hatte, den beiden, die die Erfolgsserie *Ein Fall für zwei* mehr als zwanzig Jahre lang für das ZDF produzierten und auch andere Formate lieferten. Sie seien immer in langen, schwarzen Kaschmirmänteln ins ZDF gekommen, so als spaziere die Mafia herein. Althammer und Kließ wurden abgewimmelt und kamen nun nicht mehr in langen, schwarzen Kaschmirmänteln ins ZDF. Dafür hörte Jahnke jetzt auf andere Produzenten, die nicht so selbstbewusst ins Haus platzten und es trotzdem als Gewinner verließen. Einer von ihnen war Nico Hofmann. Er war vielleicht nicht der Produzent, als der er sich immer präsentiert, der Erzähler der deutschen Geschichte, aber als Regisseur hatte er für Peter einen der besten ZDF-Streifen gedreht: *Tödliche Wende*. Aber die Art und Weise, wie er im Laufe der Zeit den Sendern alle wichtigen Themen nahebrachte, so, als wären sie selbst auf die Idee gekommen, war genial für sein Geschäft, nicht so sehr für die Konkurrenz und die Zuschauer. Seine Firma teamWorx, im Schoße der großen UFA und damit das Bertelsmann-Geld im Rücken, machte den Sendern finanzielle

Zugeständnisse, die andere Produzenten sich nicht leisten konnten. Daher brachte teamWorx zwar wenig Gewinn, aber viel Ruhm. Der reichte Nico dann sogar, den langjährigen UFA-Chef zu entmachten und selbst an dessen Stelle zu rücken.

Auch Peter hatte unter Jahnkes fehlendem Mut gelitten, weil er in mehreren Fällen Stoffe, die seine Redaktionen mit Peter machen wollten, gar nicht oder nur zögerlich realisierte. Das Erfolgsstück *Tödliche Wende* zum Beispiel hielt Jahnke für so schwierig und gewalttätig, dass er es nicht um 20.15 Uhr senden wollte, sondern erst im Nachtprogramm.
Es wurde dann an einem Samstag, direkt nach einem Fußballspiel, ausgestrahlt und war ein Bombenerfolg, einschließlich der vielen Wiederholungen. Was nun die Redakteurin Sabine Groß anging, die wurde sogar noch befördert, zur Redaktionsleiterin der Freitagabend-Krimis, wozu *Der Alte* und andere Sendungen gehörten, die auf dem exklusiven Sendeplatz 20.15 Uhr dauerliefen. Schon zu Zeiten Frau von Ungers und des ersten Skandals war bekannt geworden, dass ein gewisser Autor, dessen Bücher nicht die besten gewesen sein sollen, zum Zuge kam, von dem erst später bekannt wurde, dass er mit Frau Groß liiert war und sie dann auch heiratete. Herrn Jahnkes Kommentar: »Man kann den Mädels doch nicht verbieten, sich zu verlieben. Auch nicht in einen Autor.« Das war natürlich sehr lieb gemeint, aber für Autoren ist es ein Horror, wenn – um im Fußballjargon zu reden – einer schon im Finale spielt, während die anderen noch um den Einzug in die Vorrunde kämpfen. Frau Groß machte es dann letztlich wie Frau Heinze, ihr Mann benutzte einen Tarnnamen, und sie kaufte ihm die Drehbücher ab. Als das

auch bei großer Rücksichtnahme nicht mehr zu übersehen war, wurde sie doch noch entlassen. Angeblich sei dem ZDF durch sie kein Schaden entstanden. Wie viel Schaden anderen Autoren im Laufe ihrer Redakteurstätigkeit entstanden war, darüber hat das ZDF kein Wort verloren.
Das ZDF hatte ja auch Übung darin, schließlich schrieb die Frau des damaligen Unterhaltungschefs Behling jahrelang die Drehbücher für *Unser Charly* und die Robben-Serie. Zusammen sicherlich über zweihundert Drehbücher. Was zwischen fünf oder sechs Millionen Euro ausmachte. Kein schlechtes Zusatzeinkommen für den Haushalt eines Unterhaltungschefs.
Im Fall Behling ging das ZDF aber bei Nachfragen offen damit um und verwies auf den Erfolg der Serien, den sie ihrer Autorin zuschrieben. Jahnke war wohl einer der sehr guten Fernsehspielchefs. Und mit mehr Mut hätte er vielleicht sogar ein wirklich großer werden können.
Der erwähnte Krimi *Tödliche Wende* jedenfalls war ein Top-Stoff. Peter hat erst nach der Fertigstellung gemerkt, was er da wirklich geschaffen hatte. Die Redakteurin, Gabi Heuser, war schon vom Exposé begeistert gewesen. Der Produzent der Polyphon, Dieter Zeisberg, genauso. Es ging um vier Männer aus dem gutbürgerlichen Lager. Sehr gut besetzt mit Michael Mendl als Staatsanwalt aus Baden-Baden, Walter Kreye als Verleger, Dietmar Mues als Zahnarzt und Rudolf Kowalski als Hotelier. Diese vier, verheiratet und eng eingewoben in ihre Kleinstadt-Idylle, leisteten sich einmal im Jahr einen reinen Männer-Segeltörn. Wie zur Studentenzeit, so lange kannten sie sich schon, fuhren sie irgendwohin, mieteten ein Boot und setzten die Segel, nie aber auf dem Bodensee, wo zwei von ihnen ein Segelboot liegen hatten. Das war ja der Alltag. Nein, in diesem Jahr hatten sie sich für Amsterdam und

das Ijsselmeer entschieden. Sie mieteten das Boot und eine Prostituierte, die mit an Bord kam. Doch dieses Mal taten sie einen Fehlgriff. Das Mädel war keine Prostituierte, sondern *nur* eine deutsche Heroinabhängige, brillant gespielt von Claudine Wilde, die ihnen nicht gefügig sein wollte, weil sie im kalten Entzug war. Statt sie einfach abzusetzen, kam Kreye auf die Idee, noch mal in Amsterdam anzulegen und Heroin zu besorgen. Aber auch danach wollte die Frau nicht. Zwei der vier vergewaltigten sie schließlich, und sie drehte durch, beschuldigte die vier und drohte, sie anzuzeigen. Als sie in der Kabine eingeschlossen war, hatte sie den Schrank aufgebrochen und sich die Ausweise angesehen. Der da sei Staatsanwalt, zeigte sie mit dem Finger auf Mendl, und der dies, der das, hielt sie ihnen vor. Und alle vier bekamen gehörige Angst. Kreye forderte sie auf, ihre Namen zu vergessen. Aber sie wurde immer aggressiver. Bis er sie schlug. Sie fiel um und rutschte von Deck. Sofort unternahmen alle den Versuch, sie zu retten. Aber sie war abgetaucht und blieb zunächst verschwunden. Eine wahnsinnige Stimmung entstand unter den vier Freunden. Am nächsten Morgen fanden sie sie. Tot, auf dem Wasser treibend. Sie bargen sie, legten sie an Deck und überlegten, was zu tun sei, bis sie in der Nacht bei einem Sturm einfach verschwand. Oder hatte jemand nachgeholfen? Jedenfalls beschlossen die vier, besonders unter Zuspruch des Staatsanwaltes, so zu tun, als wäre nichts passiert. Wer konnte ihnen schon was? Sie waren schließlich wer und die nur eine Junkie-Schlampe.

Was sie nicht wussten: Die tote Frau hatte einen Vater, einen Hamburger Journalisten, gespielt von Tilo Prückner, dessen Frau sich von ihm getrennt hatte. Er war alleine mit seiner heroinsüchtigen Tochter nicht klargekommen, auch in seinem Job, bei einem Hamburger Boulevardblatt, kämpfte er laufend mit Schwierigkeiten, weil er die Ungerechtigkeit der Welt irgendwie nicht ertrug.

Die Szene des Films: Ein Fischer hebt mit dem Ladebaum sein Netz an Land, darin erkennen wir, unter Hunderten von Fischen, Claudine Wilde.

Das Netz wird geöffnet und mit der Flut der Fische flutscht die Tote auf den Boden.

Die Amsterdamer Polizei identifizierte die Tote. Und Tilo Prückner, der Versager, machte sich auf den Weg nach Amsterdam. Als erfahrener Boulevardjournalist brauchte er nur kurze Zeit, bis er feststellte, dass seine Tochter auf ein Boot gegangen war, das vier Männer aus Baden-Baden gemietet hatten. Er fuhr nach Süddeutschland, kannte ihre Namen und Berufe. Alle vier waren prominente Bürger, mit einer Anzeige hätte er keinen Erfolg gehabt. Also begann er, sie gegeneinander auszuspielen. Er ließ den Ehefrauen kleine Nachrichten zukommen, rief anonym die Männer an. Er setzte sich beim Zahnarzt in den Stuhl und sprach vom Datum des Todes seiner Tochter, dass er seitdem starke Zahnschmerzen habe. Jedenfalls verunsicherte er alle dermaßen, dass sie immer mehr in Panik gerieten. Kowalski, der Hotelier, brachte sich schließlich um, er hatte ja noch mehr Probleme am Hals. Unter anderem die Scheidung, die ihn zum armen Mann gemacht hätte. Und Mues, der Zahnarzt, fuhr dauernd von Baden-Baden nach Straßburg, um eine holländische Zeitung zu kaufen, in der über den Fall berichtet wurde. Er war der Schwachpunkt, sagten sich Kreye und Mendl und beschlossen, mit ihm am Wochenende auf ihr Boot am Bodensee zu fahren und ihm zuzusetzen, um ihn so zum Schweigen zu verdonnern. Mittlerweile war es niemandem mehr verborgen geblieben, dass sich dort jemand rumtrieb, der mehr wusste, als ihnen lieb war. Der Gipfel:

Tilo Prückner ließ Kreyes Frau, der Mitarbeiterin eines Zeitschriftenverlages in Baden-Baden, das Manuskript einer Kriminalgeschichte zukommen, in der vier homosexuelle Männer mit einem Strichjungen an Bord auf eine Segeltour gehen. Sie war von diesem Stoff so angetan, dass sie erwog, ihn zu drucken. Allerdings nicht so, mit Schwulen, sondern es sollten vier Männer sein und ein Mädchen. Ihr Mann flippte fast aus. Und so wurden auch die beiden Frauen misstrauisch. Und es kam zu einer Art Prozess. Die zwei Frauen gegen ihre Männer. Sie stellten sie und fragten, was wirklich passiert sei, aber die beiden Männer hatten sich längst abgesprochen. Der vierte Mann, Kowalski, der sich umgebracht hatte, war der Schuldige, sagten sie. Sie hätten weder mit dem Mädchen nichts zu tun gehabt, er habe sie mitgebracht und auch über Deck geschubst. Aber die Frauen blieben misstrauisch, sie würden mit dem Zahnarzt reden, der sei eine ehrliche Haut. Damit sprachen sie unbewusst Mues Todesurteil aus. Kreye und Mendl fuhren am Wochenende zum Bodensee mit dem Ziel, ihrem weichen Kumpel Mues das Maul zu stopfen. Staatsanwalt Mendl hatte natürlich auch einige Fehler gemacht. Unter anderem ein Informationsanruf in Hamburg, um sich über den Journalisten zu erkundigen. Dabei hatte er sich als Baden-Badener Kriminalkommissar ausgegeben. Der wiederum erfuhr von diesem Anruf, und als Prückner dann zu ihm kam, glaubte er ihm. Prückner war sicher, Mues würde das nächste Opfer sein. In Polizeibegleitung düsten sie zum Bodensee, und dort gab es den Showdown: Es gelang Kreye tatsächlich, das Boot in Brand zu stecken, in dem volle Gasflaschen standen, und dann sprang er ins Wasser, um sich vor der Explosion zu schützen. Nun waren nur noch Mues und Mendl an Bord. Mendl entdeckte im letzten Moment,

dass Mues verkabelt war. Alles, was kurz zuvor an Bord gesprochen worden war, war über einen Sender abgehört worden, zu dem Prückner den Zahnarzt überredet hatte. Mendl wusste, das war das Aus. Er packte den Zahnarzt und warf ihn über Bord. Er selbst ging in die Kabine in die lodernden Flammen, das Boot explodierte.
Die Zeitung schrieb, Peter habe einen Klassiker geschrieben. Nämlich: Wie kommen ehrbare bürgerliche Menschen dazu, einen Mord zu begehen? Etwas, was sie immer von sich weisen würden. Aber in diesem Fall hatte er es Stück für Stück genauso aufgebaut, wie es in Wirklichkeit hätte gewesen sein können. Die Männer hatten Angst, um alles. Um sich selbst, ihre Freiheit, alles, was sie in ihrem Leben aufgebaut hatten, um ihre Frauen. Und damit das alles nicht kaputtginge, mussten sie den einzigen wirklichen Zeugen zum Schweigen bringen. Ein gigantischer Film. Er bekam bei der von RTL veranstalteten Preisverleihung den Goldenen Löwen als bestes Fernsehspiel, und Peter bekam für das Drehbuch außerdem den Goldenen Gong der gleichnamigen Münchener Fernsehzeitschrift. Als dann die Quoten des Films, auch bei den Wiederholungen, stark bis sehr stark waren, hatte auch Herr Hans Jahnke nichts mehr dagegen, dass der Film zu christlichen Zeiten in seinem Sender ausgestrahlt wurde.

Der Film lief zu einer Zeit, als Peter ganz andere Sorgen hatte.
Die Aufträge funktionierten ganz gut, aber nicht sein Liebesleben. Nachdem Doris die Dreierbeziehung auf Dauer nicht wirklich wollte, verließ sie ihn. Erst zu diesem Zeitpunkt bekannte Carla, dass genau das ihre Absicht gewesen war, und sie überredete Peter zu einer Therapie. Einer Paartherapie. Und zwar beim Guru der Paarthera-

peuten, dem Frankfurter Professor Michael Lukas Moeller, der einige Bücher über Beziehungen und die Liebe geschrieben hat. Fünf Paare trafen sich einmal im Monat am Wochenende bei ihm und saßen vier Doppelstunden lang zusammen, um sich zu öffnen und zu finden. Das Ziel war keineswegs, die Beziehung zu kitten, sondern zu begreifen, wie sie funktionierte, und wenn nicht, warum nicht. Peter hatte sich immer gewehrt, seiner Beziehung wegen irgendwelche Psychotherapien zu absolvieren. Aber der lockere Ton und die fehlenden Vorwürfe, die sonst in Auseinandersetzungen immer zu hören waren, gefielen ihm, und so merkte er, wie gut das klappte.
Jeder der zehn Teilnehmer, ob Mann oder Frau, erzählte aus seinem Leben, und nach kurzer Zeit war Peter klar, auch wenn die Namen andere waren oder die Zeiten, die Situationen, alle hatten das gleiche Problem: Angst vor Nähe.

Es waren fast drei Jahre, die Peter und Carla in dieser Gruppe verbrachten. Es gab nur eine geringe Fluktuation, ein oder zwei Paare wechselten im Laufe der Zeit. Wenn auch durch die Therapie ihre Beziehung nicht gerettet werden konnte, Peter lernte sich viel besser kennen, obwohl er im Knast schon geglaubt hatte, er kenne sich gut. Er begriff, dass Carla ihn gesucht hatte, zusammen mit Doris, weil es ihr erging wie ihm. Als sie nämlich ihre Beziehung eine Zeitlang zu zweit führen wollten, suchte sie sich einen dritten, den Zauberkünstler Alfons. Peter in seinem generösen Versuch, alles zu verstehen, versuchte, damit umzugehen, aber mittlerweile nicht um des Friedens in der Beziehung willen, sondern vielmehr, um seine Grenzen auszuloten. So verbrachten sie einen gemeinsamen Kurzurlaub in seinem Haus in Spanien. Es war

schon etwas seltsam, zu dritt in einem Bett zu liegen, dieses Mal nicht er mit zwei Frauen, sondern seine Frau mit ihm und einem anderen Mann. Es war irgendwie geil. Trotzdem hatte Peter am nächsten Tag einen Kater, ohne getrunken zu haben. Daraufhin beschloss er, alleine zu leben und zu warten, ob sich gelegentlich etwas ergab. Also etwas mit einer Frau, deren Ausstrahlung ihn berührte, denn er wusste ja längst, dass die Lust auf Erotik nicht durch die Schönheit eines anderen Körpers entstand, nicht dadurch, dass der andere Körper jünger war, sondern durch irgendetwas, was die Sinne geheimnisvoll anders ansprach. Das Gefühl, jetzt muss es sein, mit der oder mit keiner, dass die Lust wuchs, bis der Körper zu platzen schien. Natürlich hielten solche Gefühle nicht lange an, aber egal, sie waren es wert, gelebt zu werden. Manche Beziehungen dauerten länger, einige sogar Monate und Jahre, bevor auch sie verblassten. Vor der Therapie hätte er sich manchmal gefragt, was er denn da alles falsch machte, jetzt wusste er, es gab kein Richtig oder Falsch, es gibt nur Menschen, die für eine gewisse Zeit zueinander passen.
Und ohne Schuldvorwurf, denn alles wird zu zweit gemacht.
Die Therapie dauerte einige Jahre, und es machte Spaß, ohne Druck dort hinzufahren und zu beobachten, wie sich die anderen entwickelten. Bei einem Paar hatte die Frau irgendwann gestanden, dass die Lieblingstochter ihres Mannes, mittlerweile fünfundzwanzig Jahre alt, nicht von ihm stammte. Und jetzt, lange Zeit später, saßen die beiden immer noch da, und Peter fand, sie waren inniger miteinander denn je. Als die Tage und Stunden mit Moeller, die in der Uniklinik stattfanden, zu Ende gingen, verabredeten sie, dass man sich lose, vielleicht einmal im Jahr treffen wolle. Dies geschah dann in Portugal, weil

Moeller sich nach der Trennung von seiner Frau dem Kindermädchen zugewandt hatte, einer Portugiesin. Die beiden lebten nun schon eine Zeitlang zusammen, und die Hochzeit stand bevor. Außerdem studierte Moellers Zukünftige fleißig Psychologie, mit der Absicht, später in seine Fußstapfen zu treten.
Das erste Treffen in Portugal fand übrigens einen Tag nach Nine Eleven statt. Peter erlebte den New Yorker Terroranschlag in seinem Haus in Conil und fuhr noch unter dem Eindruck des grausamen Ereignisses am nächsten Tag die etwa dreihundert Kilometer bis ins einsame portugiesische Hinterland, wo sie sich in einem Hotel über einem Stausee trafen.
Natürlich war der Terroranschlag auch Thema der Gruppe. Peter hatte erst wenige Jahre zuvor auf einem der Türme gestanden, als er sich in New York mit Elke Sommer getroffen hatte, die er unbedingt für seinen Kinofilm hatte begeistern wollen. Er fragte sich, wie es ihm ergangen wäre, hätte der Anschlag zu jenem Zeitpunkt stattgefunden. Aber Peter war durch viele schwierige Situationen in seinem Leben fatalistisch geworden und nahm alle Schicksalsschläge hin wie Unfälle. Nicht zu vermeiden, es kommt, wie es kommt, die alte Kölner Lebensweisheit.
Beim zweiten Treffen im April 2002, auch in Portugal, war es schon ein grausamer Abschied. Moeller bekannte, Bauchspeicheldrüsenkrebs zu haben. Er hatte früher mal erzählt, dass er als junger Mann an einer Entzündung der Bauchspeicheldrüse gelitten habe und sich seitdem von Rohkost ernähre. Es hatte nichts genützt. Leider. Er starb kurz darauf. Aber er lebt in seinen Büchern weiter. Jeder sollte zumindest *Die Liebe ist ein Kind der Freiheit* gelesen haben, um zu wissen, wie viel Liberalität eine Beziehung braucht und wie sie funktionieren kann.

Die Frau, die für längere Zeit zu Peter zu passen schien, hatte er bisher nicht getroffen. Obwohl einige Beziehungen schon einige Jahre hielten und durchaus sehr, sehr schön waren. Eine ganz wichtige Sache, die er gelernt hatte, war, nicht alle unbedingt halten zu wollen. Das kostete zu viel Kraft. Er wurde sich darüber klar, dass man nach einem alten Spruch »mit seinem Arsch nur auf einer Hochzeit tanzen könne«. Das stimmte zwar nicht ganz, er konnte durchaus auf mehreren tanzen, allerdings nicht dauerhaft und am wenigsten im privaten Bereich.

Mit der Arbeit klappte das hervorragend, morgens diktierte er noch ein Drehbuch für *Schimanski*, während er sich an den nächsten Tagen mit einem *Palu-Tatort* für den Saarländischen Rundfunk beschäftigte. Die Konzentration auf die Arbeit gelang ihm fast überall, in Spanien besonders gut. Das Diktiergerät begleitete ihn auf langen, langen Wegen.

Die Gerichtsreporterin, Peters erste selbst erfundene Serie für die ARD, entstand, weil beim Saarländischen Rundfunk mit Martin Buchholz ein Redakteur saß, der zu Unrecht einige Jahre wegen Bankraubes im Knast gesessen hatte, bis seine Unschuld bewiesen wurde. Der wusste, wie es war, und kannte das Gefühl, die Welt und die Dinge aus einer anderen Perspektive zu sehen, und begriff sofort, was Peter meinte. Zudem war er Abenteurer und hatte als Journalist lange Zeit in Afghanistan verbracht, als die Sowjets das Land besetzt hielten.

Peter und Martin waren auf einem Level; sie sprachen oft miteinander, auch über andere Redakteure, von denen auch Martin sagte, er begreife ja, dass nicht jeder Redakteur in den Knast müsse, um wirklich alles zu verstehen, aber sie sollten zumindest so viel Rückgrat besitzen, den erfolgreichen Autoren freie Hand zu lassen und zu sagen:

»Ich vertraue dir. Das ist dein Ding, du kennst dich aus. Mach mal!« Martin vertraute Peter, und so beschlossen sie, dass Peter eine Serie schreiben sollte, die sich mit Gerichtsfällen beschäftigte. Und zwar nicht über die Polizei, nicht über das Gericht, sondern mit den Augen einer unparteiischen Gerichtsreporterin. Regisseur Hartmut Griesmayr, in der Branche beliebt, weil er schnell und preiswert drehte und immer pünktlich Feierabend machte, war auserkoren, die Folgen zu inszenieren. Die Hauptdarstellerin, Gerit Kling, nannte Griesmayr wegen ihrer Lockenpracht zwar abschätzig »Sarotti Mohr«, aber war schließlich mit ihr zufrieden. Peter ging nach anzüglichen Bemerkungen Griesmayrs davon aus, dass er Gerit nachts darüber aufklärte, was sie am nächsten Tag zu spielen habe oder auch nicht. Sie spielte jedenfalls gut. Sie hatte ein markanteres Gesicht als ihre Schwester Anja. Gerits Körpersprache passte genau zu der knallharten Figur, die sie zu spielen hatte.
Nun war es in der ARD nicht so leicht, eine Serie zu platzieren, besonders nicht für einen kleinen Sender wie den Saarländischen Rundfunk. Auch als der Redakteur sich Radio Bremen zur Hilfe suchte, den allerkleinsten ARD Sender überhaupt, ging es nicht ohne die Anschubhilfe des NDR und der schon erwähnten Redaktionsleiterin Doris Heinze. Sie mochte die Drehbücher, fand die Figur »toll und unverwechselbar« und unterstützte Peter und Martin Buchholz. Dafür ist Peter ihr heute noch dankbar.
Der Drehbeginn in Saarbrücken war ein Highlight in Peters Leben. Ein großer Gerichtssaal und all die Figuren, die *er* sich ausgedacht hatte. Die waren bestens besetzt, zum Beispiel Altstar Walter Giller als Heiratsschwindler.
Es gab in der ARD allerdings noch eine weitere Serie mit

einer Journalistin. Gedreht wurde die in Bonn, und Thekla Carola Wied spielte die Reporterin. Die Geschichten fand Peter sehr weit hergeholt und kunstgestrickt, auch das Publikum hatte das längst gemerkt. Als Peters Gerichtsreporterin über die Bildschirme flimmerte, waren seine Folgen meist wochenbeste bei den Einschaltquoten, über sechs Millionen Zuschauer. Viel mehr als die Bonner Konkurrenz. Trotzdem wurde Peters Serie nicht fortgesetzt. Bei der anderen Serie waren die großen Sender WDR und BR unter sich, und es gelang ihnen, den SR und Radio Bremen abzuwürgen. Thekla Carola Wied durfte weiter aus Bonn berichten und später sogar nach dem Umzug der Regierung aus Berlin. Aber Peter, Undankbarkeit gewohnt, schloss damit ab und arbeitete an den nächsten Stoffen. Er entwarf und entwarf und war ständig mit seinem Diktiergerät unterwegs. Ob nun in Spanien oder in den USA, ob in Marokko oder am Wörthersee. Und wenn auch nur jede dritte oder vierte Geschichte Interesse fand, aufgrund seiner großen Erfahrung und der Menge an Wissen, das er im Leben angesammelt hatte, war er nicht um neue Geschichten verlegen.

Damals, in den Neunzigern war noch alles anders: Peter telefonierte mit einem Redakteur, schlug ihm eine Story vor und der sagte: »Okay, schreib mir mal ne Seite.« Für ein kleines Exposé gab's zweitausend Mark. Gefiel es, wurde ein Treatment erstellt, dafür gab's fünftausend und danach einen Drehbuchvertrag oder eben nichts. Heute ist es anders, da verlangen die Sender oder die Produzenten am liebsten ein fertiges Drehbuch, ohne nur einen Euro dafür bezahlen zu wollen. Was viele Autoren auch jahrelang mitgemacht haben. Leider gibt es in Deutschland keine richtige Gewerkschaft wie die Writers Guild in

den USA. Hier würde ein Streik nur dazu führen, dass die vielen, die bis jetzt noch nicht drangekommen sind, sofort bereit wären, ein Drehbuch zu schreiben. Ob so gut wie die Etablierten, sei mal dahingestellt, aber den Sendern wäre es eh egal. Qualität ist für sie meist nur ein vollmundiges Wort.
Hilfe von Seiten der Produzenten war also kaum zu erwarten. Deutschlands Produzenten entschieden sich in der Regel erst dann für einen Stoff, wenn sie einen Fernsehsender gefunden hatten, der ihnen die finanzielle Last von den Schultern nahm. Das galt leider gleichermaßen für Kinoproduktionen. Ohne Fernsehsender wird kaum eine Kinoproduktion an den Start gehen können, weil Sender eine Grundfinanzierung gewährleisten, die nicht zurückgezahlt werden muss. Der große Nachteil, das weiß mittlerweile jeder, der dieses Buch aufmerksam gelesen hat: Damit hatte auch beim Kinofilm der Fernsehredakteur eine Kontrollfunktion, vor allem was die Inhalte betraf. Denn natürlich wissen sie, dass ein Kinofilm, der ausgefallen, schräg, wild, hart, sexy und unorthodox ist, später auch im Fernsehen laufen soll. Und schon kommen Bedenken wie: nicht jugendfrei, zu gewalttätig, politisch unkorrekt.
Wäre seine Muttersprache Englisch, hätte Peter längst versucht, in den USA Fuß zu fassen. Wenige Regisseure aus Deutschland haben es dort gepackt. Autoren noch weniger, aber vor allem jene, die im Dritten Reich Deutschland verlassen mussten und im Grunde genommen erst Hollywoods Glorie entstehen ließen. So kam es dazu, dass Peter sich damals vornahm, bei seinen eigenen Stücken selbst Regie zu führen. Bei Regisseuren waren die Redakteure vorsichtiger. Schreiben kann jeder, dachten sie, aber einen Film inszenieren, trauten sie sich dann doch nicht.

Letztlich musste der Regisseur den fertigen Film abliefern. Peter hatte noch nie eine Abnahme erlebt, bei der der Redakteur gesagt hätte, der Film sei Scheiße. So was traute er sich nur beim Drehbuch. Wenn der Film abgedreht und das Geld ausgegeben ist, finden sie alles gut. Selbst den größten Mist.

Es war schwer genug, als Autor zu glänzen. Und doch hatte er als Schriftsteller schon Preise gewonnen, unter anderem den Ingeborg-Drewitz-Literaturpreis. Ingeborg Drewitz war eine Autorin, die sich zu Lebzeiten um Inhaftierte bemüht hat und einen Preis für gefangene Autoren stiftete, der alle drei Jahre verliehen wurde, zum ersten Mal 1989. Peter hatte ihn mit den Kurzgeschichten *Ruben* und *Zur letzten Unruh* gewonnen, die beide *Im Tunnel* schon vorgestellt wurden.
In der zur Preisverleihung erschienenen Anthologie waren außer Peter weitere Autoren abgedruckt, die in die Endauswahl gekommen waren. Unter anderem der Österreicher Jack Unterweger, ein Häfenpoet, die österreichische Übersetzung für Knastautor. Unterweger ließ sich in Österreich kräftig feiern. Zu Recht. Seine Geschichten aus dem Milieu waren echt. Er saß in Stein an der Donau und verbüßte eine lebenslängliche Haftstrafe für ein Verbrechen, das er in Deutschland begangen hatte. Den Mord an seiner Freundin. Auch wenn hinterher immer wieder behauptet wurde, sie sei eine Prostituierte gewesen, um besser in das Bild der späteren Anschuldigungen zu passen; es stimmte nicht. Beide, Unterweger und seine Freundin, arbeiteten in einer Drückerkolonne. Sie waren in Mittelhessen tätig, als das Mädchen ihn nach einer Auseinandersetzung beim Drückerboss anschwärzte, dass er Verträge gefälscht hätte. Ob er wirklich die Verträge ge-

fälscht hatte, konnte Peter nicht mehr feststellen. Aber Unterweger geriet über den Vertrauensbruch so in Rage, dass er die junge Frau mit einem Knüppel totschlug. Nicht zu entschuldigen. Aber wenn man Unterwegers Lebensgeschichte kannte, die verfilmt Anfang der neunziger Jahre im ORF zu sehen war, dann konnte man einiges begreifen. Unterwegers Mutter war eine Prostituierte aus Graz. Sie hatte Jack gleich nach der Geburt dem Großvater überlassen, der einen einsamen Hof in den Bergen bewirtschaftete und den Kleinen, sobald er laufen konnte, als Arbeitssklaven einsetzte und seine schlechte Laune an ihm ausließ. Unterweger konnte die Prügel, die er bekommen hatte, nicht mehr zählen. Wenn man ihm glauben wollte, bekam er sie täglich mehrfach. Mehrfach war er auch vom Hof seines Großvaters abgehauen, aber die Polizei hatte ihn immer wieder gefunden und ins Martyrium zurückgeschleppt. Erst mit fünfzehn Jahren gelang ihm eine längere Flucht, er hielt sich in Graz und Wien auf, kellnerte oder lebte von kleinkriminellen Erträgen. Die Tat in Deutschland, Unterweger war gerade volljährig geworden, war die erste schwere Straftat in seinem Leben.

Peter hatte Unterweger zweimal im ORF getroffen und fand ihn nicht unsympathisch. Nur ein bisschen angeberisch. Aber das war okay, wenn man bedenkt, was er alles vertuschen musste. Unterweger hatte als Autor Erfolg. Er schrieb Theaterstücke, kaufte sich einen Ford Mustang mit dem Kennzeichen *Jack*, also seinem Spitznamen, und versuchte, sich als Autor zu etablieren. Es gab etwas, was ihn und Peter sehr verband, die Liebe zur Arbeit und der damit verbundene große Output. Peters Anliegen war: Er wollte die Sachen aufschreiben, ehe er sie vergessen hatte,

aber er wollte sie außerdem gerne verkaufen, was ihm ja auch gelang.
Bei Unterweger war das Schreiben sicherlich in erster Linie ein Versuch, davon gut zu leben und berühmt zu werden. Es hatte nach seinen ersten Veröffentlichungen ein sehr großes Interesse an ihm gegeben, besonders von Künstlern und Intellektuellen, die sich dafür eingesetzt hatten, dass er aus der Haft entlassen wurde.
Peter fand, dass Unterweger getan hatte, was er konnte, ein bisschen Show machen, aber auch von dem berichten, was ihm passiert war, so stark seine Kindheits- und Milieuschilderungen der österreichischen Bergdörfer der sechziger Jahre inhaltlich waren, so stark war seine Ausdrucksweise. Mit dem Gedicht *Führung durchs Gefängnis* war er in der Anthologie vertreten, in der die Texte der Gewinner des Ingeborg-Drewitz-Preises veröffentlicht wurden. Peter hatte das Gedicht sorgfältig gelesen und fühlte sich darin bestätigt, wie sehr es die Justiz immer wieder verstand, die wahre Härte des Vollzuges zu verbergen.

Fakt ist: Unterweger geriet in den Verdacht, nach seiner Entlassung ein oder zwei Prostituierte erwürgt zu haben. Wie das alles zusammenhing, wurde in der Öffentlichkeit nicht bekannt, denn die Boulevardpresse in Verbindung mit der Polizei und der Staatsanwaltschaft bliesen zur Verbrecherjagd. Unterweger, der aus schlechter Erfahrung ahnte, was ihm da drohte, setzte sich mit seiner neuen Freundin in die USA ab. Zunächst ging er nach Los Angeles, wo er dem Regisseur Dornheim seine Lebensgeschichte anbot. Daraus wurde zunächst nichts. Irgendwann erreichten die österreichischen Behörden, dass die amerikanische Polizei zuschlug und Unterweger in Miami verhaftete und nun abwartete, was aus Österreich an Beweisen kommen würde. Währenddessen untersuchten sie drei ähnlich ausgeführte Frauenmorde im Großraum Los Angeles, die in der Zeit geschehen waren, als Unterweger dort war, auf seine Täterschaft.

Es gab Ähnlichkeiten. Da die US-Mordserie aber insgesamt sechzehn Frauenmorde in sechs Jahren umfasste, konnte Unterweger nicht bei allen der Täter gewesen sein. In den drei Fällen während seiner US-Anwesenheit gab es keinen einzigen Beweis gegen Unterweger. Die amerikanischen Behörden, gemeinhin nicht als zimperlich bekannt, winkten ab und erhoben keine Anklage. Dummerweise akzeptierte Unterweger, sich nach Österreich ausliefern zu lassen. Hätte er das nicht getan, hätten die Österreicher alle Anklagepunkte, die sie ihm vorwarfen, beweisen müssen. Denn die Amerikaner gehen mit derartigen Anschuldigungen sorgfältiger um.

Unterweger kam also zurück nach Österreich und wurde wegen elf Morden angeklagt. Immer, wenn in den letzten Jahren irgendwo eine Prostituierte getötet worden war und Unterweger mit seinem schnellen Auto den Ort innerhalb weniger Stunden hätte erreicht haben können, schob man ihm die Tat in die Schuhe. Es war eine Farce. Das Geschworenengericht Graz, bestehend aus befangenen Berufsrichtern und acht greisen österreichischen Landbewohnern als Geschworene, die eine so schillernde Figur wie Unterweger sofort in eine Schublade steckten und nur sahen, was sie sehen wollten, prüften die Fakten nicht sachlich und vorurteilsfrei und verurteilten ihn wegen neun Morden. Die Pointe, die schon jeden vernünftigen Menschen nachdenklich machen musste: Die beiden Morde, für die er freigesprochen wurde, waren genau die, wegen denen Unterweger zuvor durch die ganze Welt gejagt worden war, und die als Auslieferungsgrund auf

den Haftbefehlen standen. Das konnte er nicht gewesen sein, das sahen selbst die alten Bauernköpfe ein. Schließlich verurteilten sie ihn auch noch wegen der drei Morde in Amerika, deren Verfolgung die Amerikaner längst aufgrund fehlender Beweise eingestellt hatten.
Peter interessierte sich für den Fall. Er war eh häufig in Wien mit seinen *Tatort*-Filmen beschäftigt und wühlte sich durch. Hinzu kam, dass er Unterwegers Verteidiger, Dr. Zanger, kennenlernte, einen der bekanntesten Medienanwälte Österreichs, den er bat, ihn in einem Verfahren gegen den ORF zu vertreten, von dem er sich um Wiederholungshonorare geprellt fühlte. Der ORF hatte so getan, als wären die deutschen Ausstrahlungen der Gemeinschaftsproduktion *Tatort* ein verkaufter Film, was ihm nur acht Prozent brutto eingebracht hätte, und nicht eine Gemeinschaftsproduktion, für die zum Beispiel alleine die ARD fünfundzwanzigtausend Mark Wiederholungshonorar zahlte. Kurz gesagt: Zanger siegte. Der ORF, beziehungsweise dessen Verteidiger, zog kurz vor der Urteilsverkündung den Einspruch zurück und erkannte alle Forderungen an, also die Kosten von Peters Anwalt und Peters Reisekosten zwischen Frankfurt und Wien und die Wiederholungshonorare. Die Abteilung Rechte und Lizenzen des ORF hatte es halt probiert und nicht gedacht, dass der Piefke Zingler sie verklagen würde.
Zanger überließ Peter die Unterweger-Akten und Peter las und las und las. Und es grauste ihn ein ums andere Mal. Dann lernte er Astrid kennen. Die junge Frau, die in Zangers Kanzlei ihr Praktikum absolvierte und die den Kontakt zu Unterweger aufrecht hielt und sich dabei in ihn verliebt hatte. Zangers Ehefrau erzählte Ähnliches. Sie sagte, der Typ hätte einen derartigen Charme versprüht, sie hätte sich in ihn verlieben können, wenn in

ihrem Hinterkopf nicht immer der Mordverdacht aufgeflackert wäre.
Peter begann schon sehr bald nach dem Gerichtsprozess und Unterwegers fatalem Tod, sich in die Sache einzuarbeiten, um daraus einen Film zu machen. Der Prozess in Graz hatte mit lebenslänglich geendet, und am gleichen Tag hatte sich Unterweger angeblich selbst gerichtet. Zumindest wurde er im Knast erhängt an einer Heizung aufgefunden.
Unterweger gehört zu den Geschichten, in die Peter Zingler viel Kraft und viel Zeit steckte. Unabhängig von seiner tiefen Empörung über dieses tödliche Konglomerat von Boulevardpresse, Polizei und Justiz, das zur größten Hetzjagd, die es in Österreich je gab, geführt hatte, war ihm klar: Es gab nicht einen einzigen echten Beweis. Außer einem, der keiner war, nämlich: »Wer einmal killt, dem glaubt man nicht und wenn er auch die Wahrheit spricht.«
Der frühere Totschlag an seiner Lebensgefährtin in Deutschland war letztlich dafür verantwortlich, dass er erneut verurteilt wurde. Anwalt Zanger gelang es mehr als fünfmal gerichtlich die Boulevardpresse zu zwingen, ihre Titelseiten zu widerrufen. Man muss sich das mal vorstellen: Titelseiten voller falscher Beschuldigungen, und die Verlage müssen das eingestehen. Und schon Tage später machen sie das Gleiche wieder und wieder.
Ein Beispiel, der sogenannte Blutgruppen- oder DNA-Test, der damals noch nicht so genau ausgewertet werden konnte. Unterweger war in den USA um einen DNA-Test gebeten worden, dem er sich freiwillig unterzog. In der österreichischen Boulevardpresse stand am nächsten Tag: *DNA-Test erfolgreich. Unterweger ist der Mörder!* Tatsächlich hatte es noch über eine Woche gedauert, bis das Ergebnis

des Testes überhaupt feststand und klar war, dass Unterweger mit den vorgefundenen Spuren nichts zu tun hatte.
Es gelang Peter nicht, das Drehbuch unterzubringen. Die Story war allen zu heiß und sie ließen die Finger davon. Erst Jahre später hörte er von dem Versuch, einen Film über Unterweger zu machen. Peter sprach den Produzenten an, den er kannte und mit dem er früher auch schon mal einen Film in Österreich gemacht hatte, aber der hatte sich auf Frau Scharang, eine Regisseurin festgelegt, die ihr Buch selbst geschrieben hatte. Der Film war nicht schlecht, allerdings verfehlte er das Thema um Längen. Der Film befasste sich damit, was in einem Serienmörder vorgeht, damit er zum Serienmörder wird. Und nicht damit, was in diesem Fall viel wichtiger war, nämlich die brutale Vorverurteilung durch alle Behörden, die Öffentlichkeit und die Presse. Unterweger hatte keine Chance.

Bei all der Hektik und den vielen Aufgaben hatte er seinen alten Wohltäter, Direktor Siggi, den Brauereidirektor, nicht vergessen. Und der ihn auch nicht. Kurz nach der Entlassung versorgte der ihn noch mit Büromöbeln, und ab und zu sprachen sie miteinander. Siggi und seine Frau freuten sich über jede Veröffentlichung von Peter, ob im Print oder auf der Mattscheibe.
Siggi war mittlerweile Vorstandsschef einer großen Brauereigruppe geworden, die ihren Hauptsitz in Nürnberg hatte und der etliche Brauereien in ganz Deutschland angehörten. Sie war neben Oetker die größte Brauereigruppe und gehörte den Gebrüdern Merz, seinerzeit enge Kumpels von Bayerns Kini Franz Josef Strauß. Bei einem Besuch Siggis in Nürnberg musste Peter in der Brauereigaststätte auf ihn warten. Die Gaststätte hatte

einen Nebenraum für besondere Gäste. In dem saß Peter, las die Zeitung, wartete und trank ein Bier. Sehr langsam, denn mehr als eins wollte er nicht trinken, er musste ja weiterfahren. Außer ihm saß in diesem Sonderkabinett nur noch ein junger Mann, der ziemlich nervös mit den Füßen wippte und auf etwas wartete. Jemand rief, er möge zum Direktor kommen. Nanu, dachte Peter, der Kerl ist vor ihm bei Siggi dran. zwanzig Minuten später kam Siggi. Sie begrüßten sich herzlich wie immer. »Viel zu tun«, sagte Siggi und bestellte sich ein großes Bier. »Wie läuft's? Was ist mit deinem Kinofilm?« Peter wiegelte ab. »Die Finanzierung steht noch nicht. Ich habe eine Idee, was ich machen will, aber es ist alles nicht einfach, vor allen Dingen ...«. »Und warum machst du nichts fürs Fernsehen? Warum machst du nicht als Regisseur einen Fernsehfilm?«, fragte Siggi. Peter schüttelte den Kopf. »Keine Redaktion wird mir bei meiner null Erfahrung den Auftrag geben, einen Fernsehfilm zu inszenieren. Nee, das habe ich mir abgeschminkt, das habe ich auch nie versucht. Ich weiß, ich muss das Geld besorgen und irgendwo einen Kinofilm finanziert bekommen, den ich mit einem Kumpel auch selbst produziere.« »Das verstehe ich«, sagte Siggi. »Wenn du was brauchst, und ich kann dir helfen ...« »Naja«, sagte Peter, »wenn's denn so weit ist, in meinem Film wird sicher Bier vorkommen.« Siggi runzelte die Stirn: »Product-Placement, ist das nicht verboten?« Peter schüttelte den Kopf. »Nicht beim Kinofilm. Im Fernsehen sollte es nicht sein, aber das machen doch fast alle.« »Ach«, fragte Peter noch. »Was war denn das für ein junger Typ, der eben hier saß, der war ja ganz nervös. War der bei dir?« Siggi stutzte einen Moment und überlegte, dann sagte er: »Ach, der Hohlmeier.« Peter: »Wer ist Hohlmeier?« Siggi sagte: »Das wird der Schwiegersohn

von Franz Josef Strauß.« Peter fragte: »Und was macht der hier?« »Naja, man hat mich gebeten, ihm einen Job zu geben, irgendetwas im Konzern. Er ist eigentlich ein ganz Netter. Ich denke, wir finden was für ihn.« »Ach«, sagte Peter, »da hätte ich den Strauß aber auch gerne als Schwiegerpapa, wenn er so für einen sorgt.« Siggi lachte und sagte: »Du brauchst den Strauß nicht, du sorgst für dich selbst. Du kommst schon durch.«
Da zu seinem Brauereikonzern die Frankfurter Binding-Brauerei gehörte, traf Peter ihn kurz darauf in Frankfurt. Im gleichen Hotel, in dem Siggi abgestiegen war, wohnte damals ein Redakteur der Illustrierten *Neue Revue*, der ein Interview mit Peter machen wollte. Und so kam Peter an Udo Lindenberg wie die Jungfrau zum Kind. Erst traf er Siggi, dann den Redakteur, der wiederum kurz darauf mit Udo Lindenberg verabredet war. Als Udo früher erschien, wurde Peter ihm vorgestellt. Peter war kein Fan seiner Musik, aber er achtete Lindenberg als einen Typ, der es immer wieder fertigbrachte, ins Geschäft zu kommen oder im Geschäft zu bleiben. Damals trug Peter noch seine Batschkapp, Udo – wie bekannt – Hut. Peter legte die Batschkapp erst Jahre später ab, nachdem ihm am Hinterkopf die Haare ausfielen und die Kappe nicht mehr hielt. Seitdem trägt Peter Borsalino. Udo hat ein ähnliches Haarproblem, also liefen da zwei Typen zusammen im Frankfurter Bahnhofsviertel herum, die beide eine Kopfbedeckung trugen. Und es war kein Winter.

Das Erste, was Udo zu Peter sagte, nachdem er von dem Journalisten hörte, dass Peter ein erfolgreicher Drehbuchautor sei, war, dass Peter doch einen Film mit ihm, Udo, machen solle. Er habe schon einen Film mit Eichinger gemacht, aber der sei nichts geworden.

Peter kannte zu dem Zeitpunkt Eichinger noch nicht persönlich, erst später sollte er ihn, sehr gut sogar, kennenlernen. Aber dass Eichinger wirklich schlechte Filme machte? Peter hatte längst erfahren, dass Promis sich als Schauspieler überschätzten. Aber das wollte er Udo zunächst nicht unterstellen, stattdessen wollte er sich mal den Film ansehen und sagte zurückhaltend zu Udos Ansinnen, »mal sehen, was sich so entwickelt«. In Wirklichkeit war er froh über das Kennenlernen, denn Udo wäre ein Thema und mit seinem Bekanntheitsgrad ließ sich sicher was machen.

Es entwickelte sich zunächst nicht viel. Udo wohnte damals noch nicht im *Hotel Atlantic*, sondern im *InterConti* an der Außenalster. Etwa einen Block von der damaligen Redaktion des *Stern* entfernt, dem sogenannten »Affenfelsen«. Wenn Peter beim *Stern* war, wohnte er ebenfalls im *InterConti*, und so traf er Udo zwangsläufig wieder. Aber es blieb ein loses Geplänkel. Einmal saß er mit ihm in der Lobby, als ein aufgeregter Journalist reinstürzte, auf Udo zulief und verkündete, Nena habe Zwillinge geboren, es sei eine schwere Geburt gewesen. Udo bewegte sich zum Telefon, kam zurück, tat geheimnisvoll, als wäre er der Vater der Babys, stritt es aber auf Nachfrage grinsend ab.

Udo zeigte Peter sein Haus. Denn Udo, obwohl lebenslanger Hotelgast, besaß ein wunderschönes Haus ganz in der Nähe, zwischen *Stern* und *InterConti*. Im Haus wohnte Udos Bruder Erich und das nicht näher zu bezeichnende Umfeld. Denn Udo hatte seinen Beruf mit Geheimrat angegeben, er beriet vor allem sich und sein Umfeld, wie man reich und erfolgreich wurde. Nun ja, das war ja mal was. Aber Peter wollte sich nicht von ihm beraten lassen.

Udo lud ihn ein zu seiner Feuerland-Tournee, die ihn in die Nähe von Frankfurt führte. Er schickte ihm eine Back-

stage-Karte und Peter schaute sich die Show zweimal an. In der hessischen Provinz und eine Woche später in Wittlich in der Eifel. Damals waren es kleine Hallen, die Udo immer noch füllte, obwohl er zu jener Zeit keine aktuellen Erfolgssongs hatte. Aber er machte mit seiner Art und als Typ die Halle voll. Trotzdem spürte Peter Udos innere Zerrissenheit, obwohl der wenig von sich selbst erzählte.
Einmal gingen sie zusammen über die Reeperbahn. Peter kannte sich dort aus, vor allem, weil er viele Bekannte im Milieu hatte, die mal in Hamburg, mal in Frankfurt lebten. Zu denen gehörte auch Hanne, der Wirt der *Ritze*, ein Freund vom dicken Fred, der in Frankfurt unübersehbar mit seiner Körperfülle einen Teil des Milieus kontrollierte. Peter fand den Hamburger Kiez überhaupt recht gut. Schon damals gab es, außer den eindeutigen Angeboten, auch nette Unterhaltung. Immerhin ist auf der Reeperbahn das St. Pauli Theater, und es gibt einige Discos und Läden, die nicht nur von Nutten bevölkert sind. Eine besondere Attraktion war der *Elbschlosskeller* am Hamburger Berg, in dem es nur Flaschenbier gibt. Da saßen alle die, die vor zwanzig, dreißig Jahren mal geglaubt hatten, der Kiez gehöre ihnen. Nun waren sie, gescheitert an Alkohol und Drogen, die drei Stufen hinabgestiegen und wärmten sich in der Runde anderer Absteiger.
Udo kannte den Keller nicht, deswegen führte Peter ihn hin. Es war ein Erlebnis. Die Säufer schauten auf, Männer wie Frauen erkannten Udo und jubelten. Udo nahm mehr als ein Bad in der Menge. Als Peter gehen wollte, weigerte sich Udo, mitzugehen. So ein Wohlgefühl bekam er zu der Zeit wohl nicht allzu oft.

Peter ließ Udo also alleine zurück und ging zu Hanne in die *Ritze*, trank ein Bier mit ihm und erzählte Neuigkeiten von Hannes Freund Fred. Der dicke Fred aus dem Ruhrpott hatte in den fünfziger Jahren mit Hanne zusammen im Knast gesessen. Fred, seit dreißig Jahren Bordellwirt im Frankfurter *Leierkasten*, hatte es nicht nur im Milieu zu Ansehen gebracht. Er durfte sogar die Jägerprüfung ablegen, angeblich schwerer als das Abitur. Und seitdem ging er weltweit auf die Jagd. Hundert Kilometer außerhalb von Frankfurt in Montabaur, im Westerwald, hatte er sich eine Villa mit Riesengrundstück gekauft und das Gelände mit einem Kunstschmiedezaun abgegrenzt, der einen Kilometer lang war.

Hanne kannte das Haus, aber nicht die neueste Story: Ein Abgesandter des Finanzamtes war auf dem Weg zu Fred, als er total beeindruckt vor dem Tor und dem Zaun stand und einen Schlosser bemerkte, der eine Reparatur am Zaun vornahm. Der Finanzbeamte sprach ihn an, ohne seinen Beruf und die Hintergedanken zu verraten, bewunderte die Kunstschmiedearbeit und fragte, wie nebenbei, was denn so was koste. So zweitausend bis dreitausend Mark pro laufendem Meter, hieß die Antwort. Da brauchte man gar nicht viel im Kopf zu rechnen. Der Finanzbeamte schritt den ganzen Zaun ab und kam auf gut drei bis vier Millionen Mark. Entsprechende Rechnungen fanden sich aber nicht, also Schwarzarbeit. Fred erhielt eine Nachzahlungsaufforderung von über einer Million Mark. Der Schlosser auch.

So was war im Milieu nicht das Problem, das könnte man zahlen, aber wie dem Finanzamt begreiflich machen, dass man zahlen konnte? Woher stammte dieses Geld nun wieder? Ansonsten war Fred wie alle Jungs aus dem Milieu äußerst zuverlässig. Und professionell. Peter erlebte den dicken Fred eines Abends im *Flair*, der Bar im *Sudfass*. Sie warteten dort auf Dirk, den Chef. In der Bar waren außer ihnen nur die Mädels und drei Kosovo-Albaner, die laut und provozierend die Sau rausließen. Die Mädels wurden beleidigt und begrapscht und mit Drinks wieder zu versöhnen versucht. Bis der dicke Fred leise fragte, ob die Jungs sich nicht benehmen könnten, die Mädchen seien keine Schlampen. Die drei schauten verdutzt, dann lachten sie ihn aus. Sie sahen einen dicken, großen etwa sechzig Jahre alten Mann, der sich erdreistete, ihnen, den stärksten, größten, und reichsten Jungs Vorschriften zu machen. Sie beschimpften und beleidigten den »alten Sack«. Fred warnte sie, sie schütteten ihm ein Bier über den Anzug und lachten ihn aus. Aber dann nicht mehr. Mit einem Satz, den man einem unförmigen, alten Mann nicht zugetraut hätte, war er bei den dreien. Während er mit dem Fuß den Barhocker unter dem Ersten wegkickte, hatte sich seine Hand einen großen Aschenbecher gegriffen, den er dem Zweiten an den Schädel schlug. Der Dritte wollte entsetzt fliehen, aber Fred hatte ihn schon am Nacken gepackt und auf den Boden geschmettert. Dann stieg er über alle Drei und trat sie zusammen, bevor er die Barfrau um das Telefon bat und die Polizei anrief. »Ich werde hier von drei Männern angegriffen, bitte kommen Sie!« Er grinste. »Ich zeig sie an, bevor sie mich anzeigen. Denn das tun solche Ratten immer, wenn sie verloren haben.« Es gab einige solcher Typen wie Fred in Frankfurt. Der berühmteste war Aki, der, wie viele seiner Kollegen, seit Jahren auf den Balearen lebte und mit einem Piratenboot umhersegelte. Peter hatte ihn gefragt und mit seinem Okay eine Geschichte im *Playboy* geschrieben. Er nannte Aki darin Micky, was nichts nutzte, denn jeder erkannte ihn und der Neid seiner Kollegen führte zu manchen Anfeindungen. Natürlich hätte jeder gerne als der Häuptling einige Doppelseiten im *Playboy* gehabt.

Der Häuptling

Die Stimmung in der Schlachthofgaststätte schäumt über. Eine Band spielt *Born To Be Wild*, und über Hundert geladene Gäste gehen voll mit. Der Gastgeber – laut Interpol eine der schillerndsten Figuren im internationalen Zuhältergewerbe – feiert Geburtstag. Die Kosten des Abends zahlt er lässig – cash – aus der Tasche. Der Parkplatz bleibt bis in die frühen Morgenstunden besetzt von der Crème de la Chrome. Dann klettern die Jungs in ihre Daimler und Rolls-Royce, in Lamborghini und Porsche und dampfen davon, Richtung Heimatpuff – sei's der Eierberg in Bochum, das Zürcher Niederdorf, die Essener Stahlstraße oder St. Pauli. Sie haben einem der ihren ihre Referenz erwiesen. Der Jubilar steigt als Letzter auf seine Harley-Davidson und zieht knatternd von dannen.

Die Rede ist von Micky, vor fünfzig Jahren auf den Namen Michael getauft. Er wirkt nicht jünger als fünfzig, macht aber den Eindruck, als habe er all die Jahre nicht im Großstadtdschungel, sondern im echten Urwald als Indianer verbracht. Micky ist mittelgroß und stämmig. Ein leichter Bauchansatz zeigt seine Vorliebe fürs Essen – beileibe kein schöner Mann. Er trägt die Haare schulterlang und hält sie mit einem Stirnband zusammen. Nase, Kinn und Wangenknochen sind groß, breit und kantig, wie ein Schnitzwerk von Riemenschneider.

Wenn er lacht, wirft die dunkle Gesichtshaut Falten und sieht aus wie zerknittertes Butterbrotpapier. Die Zähne sind echt und kräftig, wie ein Raubtiergebiss. Seine dunklen Augen strahlen Wärme aus. Er trägt die Ärmel seiner teuren Lederjacke hochgekrempelt, und in sehnigen Unterarmen wälzen sich Adern wie Flüsse. Micky ist Zupacken gewöhnt. Wenn er seinen Oberkörper freimacht, erkennt man Kampfspuren seines fünfunddreißigjährigen Berufslebens: Narben von Fußtritten und Messerstichen, einen Einschuss.

In der Stadt wird erzählt, Micky habe alle seine Kämpfe gewonnen. Ist er stolz darauf? Er lacht verschmitzt. »Nein. Stolz bin ich auf die vermiedenen Kämpfe, die ich vielleicht verloren hätte.« Alle Probleme hindern Micky nicht daran, das Leben für ein großes Fest zu halten. Als Beruf gibt er »Strolch« an.

Micky wuchs in einer nordbayerischen Kleinstadt auf. Als Treibholz des Flüchtlingsstroms kam er mit Mutter und Geschwistern aus dem Osten. Der Vater war im Krieg gefallen. Von Einheimischen als »Polacken« beschimpft, wurde die Familie in Notunterkünfte am Stadtrand verbannt.

Eine normale Karriere endete, bevor sie begann. Aus finanzieller Not gab's kein Schulgeld für Mickys Traum vom Gymnasiumbesuch. Der talentierte Junge – heute parliert der Autodidakt fast perfekt in Englisch und Spanisch – blieb auf der Volksschule. Er ergriff seine einzige Chance: mit Fäusten und Raffinesse nach oben!

In Mickys Stadt gab's eine große amerikanische Kaserne. Im Schatten der Garnison blühte die Prostitution der Nachkriegszeit. Schon vor Aufhebung des Fraternisierungsverbots trieb wirtschaftliche Not viele Frauen in die amerikanische Besatzungszone und in jene Kleinstädte, deren gewachsener Frauenbestand der amerikanischen Herausforderung nicht standhielt.

Eine jener Mischungen aus Dorfgaststätte und Honky-Tonk-Kneipe war auch Mickys erste Begegnungsstätte mit dem Milieu. Im Alter von fünfzehn verliebte er sich in eine Hure. Sie war sieben Jahre älter, ihr Zuhälter saß im Knast.

Alle warnten Micky vor Hammer-Karl und dem Tag seiner Entlassung. Es wurde ein Meilenstein in Mickys Leben, als der Mann, doppelt so alt wie er, endlich vor ihm stand. Mit der gesammelten Erfahrung aus zwanzig Kneipenschlägereien machte er Hammer-Karl binnen Sekunden mit Flaschen, Aschenbechern und Tritten nieder.
Es war der Einstieg in ein Leben, das von der Gesellschaft als minderwertig eingestuft und mit Verachtung gestraft wird. Micky weiß das und lacht darüber. »Ohne diese Normalbürger würde ich keine müde Mark verdienen und müsste malochen gehn. Die Spießer sind feige und stehen nicht zu ihren Lastern. Sobald sie den Puff verlassen, blicken sie scheu nach allen Seiten und hasten über die Straße. Kommt die Rede auf Prostitution, verziehen diese Leute angewidert das Gesicht. Mit dieser Doppelmoral muss ich leben, und ich leb' ganz gut davon!«
Sein Aussehen brachte Micky den Namen Häuptling ein. Er ist allerdings auch so etwas wie ein Vorstandssprecher. Was er sagt, wird im Milieu anerkannt. Daher ist er für mich der Ansprechpartner. An seinem Telefonanschluss hängt ein Anrufbeantworter.
Vor dem Hintergrundgeräusch einer Buschtrommel erklingt seine Stimme: »Häuptling Micky ist nicht in seinem Wigwam. Ihr könnt ihm allerdings einige Rauchzeichen hinterlassen. Aber Vorsicht: Der Sheriff kann die Rauchzeichen auch lesen.«
Micky ruft zurück. Wir kennen uns schon lange, daher kein Misstrauen. Das erntet nur Carla, eine befreundete Foto-Reporterin. Aber auch Carla ist misstrauisch, als sie hört, dass sie einen bekannten deutschen Zuhälter fotografieren soll. Sie zeigt Abscheu.
Auf der Fahrt zu Mickys Hauptquartier, einer Villa im Grünen vor der Stadt, zählt sie sämtliche Vorurteile auf, die sie

gesammelt hat: Zuhälter sind böse, schlagen Frauen, zwingen sie zur Prostitution, pushen sie mit Drogen, machen sie abhängig, töten sie.
Auf Mickys Terrasse lümmeln etliche Männer rum. Zuhältergilden sind Männervereine. Wenn sie auch von der Arbeit ihrer Frauen profitieren, bleiben diese meist von gemeinsamer Freizeit ausgespart. Begründung: Erstens haben Frauen zu arbeiten, jede Mark wird dringend gebraucht, und zweitens gibt es richtige Freunde nur unter Männern. Richtige Freunde bedeutet: gemeinsam saufen, lachen, zocken. Aber auch: in fremde Puffs einzufallen, das Geld, das die eigenen Frauen verdienen, bei anderen Huren wieder loszuwerden. Solche Aktionen laufen unter dem Begriff: Arbeitsbeschaffungsmaßnahmen. Wenn die Horde aus dem fremden Bordell abzieht, hat nicht selten der eine oder andere einen Kontakt geknüpft, um die Dame dem eigenen Dienstleistungsbetrieb anzugliedern.
Carla zückt ihren Fotoapparat, und die meisten Jungs verschwinden aus der Reichweite des Objektives. Es dauert Wochen, bis sie sich an meine Begleiterin und ihre Fototasche gewöhnen. Micky lässt sich nicht irritieren. Er steht zur Verfügung. Carla, eine gestandene Frau von dreißig Jahren, und der Oberlude sitzen dicht beieinander. Carla: »Ich muss ihn erst beschnuppern.«
Micky scheint ihr Misstrauen nicht zu stören. Er lacht. »Mein Gott, hast du 'nen tollen Arsch.« Sein Gesicht strahlt. Carla rutscht unruhig hin und her. Dann reden sie und reden, eine Stunde lang, bis sich beide erheben. Micky wirft die Harley an, sie setzt sich hinter ihn und ruft: »Wir fahren ein paar Runden, ein ungestörtes Plätzchen für ein Foto suchen!«
Kaum ist das Stakkato des Motorrads verklungen, da grinsen die anderen schon: »Die bist du los!«

Als Carla zurückkommt, funkeln Sternchen in ihren Augen.
»Hol mal was zu essen!«, befiehlt Micky. Adlatus Ringo macht sich auf. Leute wie er sind wichtiger Bestandteil für das Renommee erfolgreicher Zuhälter. Ringo sieht aus, als sei er früher Boxer gewesen und habe alle Kämpfe verloren. Heute ist er Fahrer, Butler, Kassierer, Portier, Mädchen für alles in Mickys Diensten. Zum Beispiel bringt er, wenn Micky im Knast sitzt, die wöchentliche Ration Geld für den Einkauf sowie frische Wäsche und das Geburtstagspaket.
»In solchen Situationen sind Frauen sehr unzuverlässig«, sagt Micky. Ringo arbeitet seit zehn Jahren für ihn.
Ringo kommt zurück und packt aus: Moët & Chandon und gerösteten Hummer vom Chinesen. Alle greifen zu. Kaum hat Micky den ersten Bissen im Mund, spuckt er ihn wieder aus. »Ringo!«, schimpft er. »Was bringst du denn da für 'n Scheiß an. Der Hummer war ja gefrostet. Du weißt doch, dass ich nur frischen mag!«
Uns anderen ist der Unterschied nicht aufgefallen, mir schmeckt's. Ringo verschwindet und taucht eine Stunde später wieder auf. Beim Italiener in der Stadt hat er einen noch lebenden Hummer erwischt und trägt ihn in die Küche. Ringo ist auch Koch.
Zum Abschluss des Tages gibt's eine Einladung zum Ochsenfest, einer traditionellen Feier der »Jungs aus dem Leben«, wie sie sich gern nennen.
Auf der Heimfahrt strahlt Carla innerlichen Frieden aus. Binnen dreier Stunden wurde aus Micky, einer persona non grata, die nicht einmal ihre Toilette hätte benutzen dürfen, ein Mensch. »Ich hab ihn mir anders vorgestellt – dumm, frech, gewalttätig, aber das ist er nicht. Er hat eine sehr warme Art, mit Menschen umzugehen, kann zuhören, behutsam erklären, hat keine Arroganz, keine dumme Anmache. Wie er spricht, lacht, schaut, sich bewegt, lässt seine

Kraft, seine Vitalität ahnen, ohne dass er sie ausspielt. Ein richtiger Mann, sehr selbstsicher. Kein Kokettieren mit seinem Alter, alles ist selbstverständlich. Ich kann mir nicht vorstellen, dass er Frauen schlägt. Das hat er nicht nötig!«
Carlas Vorurteile sind dahin, bis wir einige Tage später zu Gast in der Bordellkantine sitzen. Der Puff hat dreißig Zimmer und einen großen Raum für den Wirtschafter, der Laken und Pariser ausgibt, die Kunden zählt und die Mieten kassiert. Hier stehen auch Cola-, Kaffee- und Bierautomaten sowie Tische und Stühle. Vier, fünf Männer und etwa zehn Frauen sitzen bei guter Stimmung und Kaffee, Captagon, Koks und Champagner.
Eine Musikbox dröhnt, und nichts stört diesen Teil des endlosen Lebensfestes der Zuhälter. Außer Benni. Mickys jüngste Eroberung ist ein Groupietyp. Ihre knallengen Jeans können nur mit dem Schuhanzieher bewegt werden. Sie trägt wildgelocktes, schwarzes Haar und große goldene Ohrringe, die ihr ohnehin schon zigeunerinnenhaftes Flair noch unterstreichen.
Benni, altersmäßig etwa zwei Generationen hinter Micky, ist total in ihn verliebt. In den Pausen zwischen ihrer Kundenbetreuung kommt sie rein, setzt sich auf seinen Schoß, küsst ihn ab und wirft wütende Blicke auf Carla.
»Sie weiß doch sicher, dass du noch fünf Frauen hast, die für dich anschaffen. Wie kommt sie damit zurecht?«, frage ich, als Benni wieder mal zur Arbeit im Kontakthof verschwindet.
Mickys Antwort: »Eben deswegen hat sie mich ja ausgewählt. Sie tritt in Konkurrenz zu den anderen, will mir beweisen, dass sie die Beste ist. Wenn ich ihr sage, Bettina hat heute siebenhundert abgeliefert, steht sie sich garantiert die Beine in den Bauch, bis sie achthundert hat!«
»Was kriegt sie von dir dafür?«

»Zuneigung! Und das Gefühl, in ihrer Scheißsituation nicht alleingelassen zu sein. Sie hat aus eigenem Entschluss diesen Job hier angenommen und sich mich ausgesucht. Die landläufige Meinung, dass Huren erst von einem Zuhälter auf den Strich geschickt werden, stimmt nur bedingt. Früher war das so, heute ist das anders.«
»Wie denn?«
»Anfang der Siebziger begann ein Run auf den Prostituiertenjob. Es kamen Hausfrauen, gescheiterte Berufsanfängerinnen, Frauen, denen das Dach auf den Kopf fiel vor Langeweile, und solche, denen die Werbung vorgaukelte, was man sich alles zu leisten hat. Es gab einen gewaltigen Boom, der uns, den Leuten, die die Prostitution in der Stadt organisieren, geschadet hat. Auch der Zuhältertyp änderte sich. An die Stelle des gelernten Kriminellen trat der Liebesloddel, ein Mechaniker oder Büroangestellter, dessen Freundin plötzlich auf den Strich ging und der seinem Job nachging, bis er einsah, wie unsinnig es ist, den ganzen Monat für zweitausend Mark zu arbeiten, wenn die Freundin dasselbe in zwei Tagen verdient.«
Micky ist in seinem Element: »Diese Jungloddel werden jetzt, nach Aids, so nach und nach verschwinden. Sie besitzen weder die Härte noch die kriminelle Energie, sich durchzukämpfen, um ihre Frauen auf den verbleibenden guten Plätzen zu platzieren. Die Männer sind verweichlichter Wohlstandsabfall, haben nicht mal das Stehlen richtig gelernt. Alles, was sie können, ist, bei Frauen die Hand aufzuhalten und allenfalls Drogen zu dealen. Ich gehöre noch zum alten Schrot und Korn. Okay, ich war ein paar Jährchen im Knast, aber das gehört dazu.«
»Wegen Zuhälterei?«
»Nein, nie! Dazu gehört die Aussage einer Frau. Mich hat nie eine angezeigt, warum auch? Außerdem genieße ich als

Zuhälter den Schutz der Behörden. Wir machen die Drecksarbeit für sie, sorgen dafür, dass alle Frauen zur Gesundheitskontrolle gehen. Wöchentlich geben wir eine Liste ans zuständige Polizeirevier, auf der alle Frauen aufgeführt sind, die in den Häusern arbeiten. Auch Ausländerinnen ohne Arbeitsgenehmigung. Die Polizei weiß immer, was bei uns los ist, und zeigt sich erkenntlich. Denen sind ja oft die Hände gebunden. Als etwa die Senegalesen mit ihrem Heroin bis in die Puffeingänge vordrangen, haben wir beschlossen, das Problem selbst abzuschaffen. Es ist uns gelungen!«

Es ist wahrlich gelungen. Vor drei Jahren bewaffnete sich die deutsche Garde mit Baseballschlägern und ging Streife. Nach zwei Tagen waren die Bordellstraßen frei von Senegalesen.

Ähnliches passierte letztes Jahr beim Champagnerfest. Die Sackgasse vorm Hauptbahnhof wimmelt seit Jahren von Junkies und Dealern. Ausgerechnet dort bauten die Jungs ihr Festzelt auf und erklärten die Straße während des Festes zur Sperrzone für Süchtige und Dealer. Nach deutlichen Hinweisen auf eventuelle körperliche Schäden wurde während der ganzen Woche nicht ein einziger Dealer gesehen.

Das Kantinenfest wird lauter und wilder. Man tanzt. Die Frauen legen eine Art Flamenco hin, laut angefeuert und beklatscht von den Männern. Wieder erscheint Benni mit Eifersuchtsmiene und wirft Micky vor, er flirte mit Carla.

Die Störung der Stimmung behagt Micky nicht. Er fasst in Bennis wilden Haarbusch, reißt ihren Kopf nach hinten und schlägt ihr die Faust ins Gesicht. Sie fällt zu Boden, rappelt sich auf, weint, klammert sich an Micky, küsst sein Gesicht, drückt ihre Zunge in sein Ohr, lässt sich von ihm mit einem Klaps auf den Hintern zur Arbeit abschieben.

Carla ist verstört. »Ist das auch ein Beweis deiner Zuneigung?«, fragt sie. Es sollte ironisch klingen, aber Micky lacht nicht einmal, als er nickt. »Natürlich, alle wollen beherrscht werden. Es ist wie bei Hunden – je öfter man sie schlägt, umso abgöttischer lieben sie einen. Ich mach das nicht gerne, aber manche Frauen verlangen es einfach, sie brauchen es.«
»Aber das ist doch absurd!« Carla regt sich auf. Ihre Augen strahlen nicht mehr, sie blitzen jetzt.
»Du hast keine Ahnung.« Micky ist nicht mal beeindruckt. »Es wird immer kritisiert, das Milieu sei gewalttätig. Aber Gewalt als Ausdruck zwischenmenschlicher Beziehung gibt es nicht nur im Milieu. Der Bürger schlägt seine Frau hinter verschlossener Tür, hier wird Gewalt offen gezeigt. Wir stehen dazu. Der Stärkste ist der Größte. Frag doch mal die Frauen, was sie anzieht. Das ist keine Frage von Dummheit. Frag doch mal Angelika!«
Angelika ist das Paradebeispiel. Sie sieht aus wie die junge Bardot, nur größer, etwa 1,80 Meter. Sie hat Sport studiert und bekam einen Job als Lehrerin in Köln. Während der Ferien lernte sie durch eine Freundin, die in finanziellen Schwierigkeiten war, die Wohnungsprostitution kennen. Angelika sprang zwei Tage für die Freundin ein und fand Gefallen an der Arbeit beziehungsweise am Ertrag dieser Arbeit. In Köln wollte sie nicht bleiben. Dort war sie zu bekannt Sie wechselte die Stadt. Die Ferien hörten auf, Angelika nicht. Tausend bis Tausendfünfhundert pro Tag machten sie schwach. Sie ist eine agile Frau, spricht Männer geschickt an. Und, wie sie beteuert, empfindet sie ab und zu Spaß bei der Sache. Es ist weniger das Vögeln selbst, das sie anmacht, sondern das Überlegenheitsgefühl, wenn sie einen Mann benutzt wie einen Dildo und sich das auch noch bezahlen lässt.

Vom Geld kaufte sie sich eine Rolex, Brillantschmuck und Kleider, dann einen teuren Mercedes und schließlich eine Eigentumswohnung. Zwischendurch reiste sie um die Welt. Als sie dann nicht mehr wusste, wie sie ihr Geld ausgeben sollte, nahm sie sich einen Zuhälter, natürlich den besten, den es gab: Micky. Keine Nacht, in der Angelika nicht um vier Uhr morgens ans Telefon eilt, um ihrem Micky, der gerade in irgendeinem Spielklub das Geld verzockt, die Tageseinnahmen mitzuteilen.
Angelika: »Wenn ich Feierabend habe, brauche ich einen richtigen Typ! Einen, der mich versteht, einen, bei dem ich meinen ganzen Frust abladen kann und der das auch aushält! Das lass ich mir was kosten. Das Beste kostet eben immer etwas mehr. Und Micky ist sein Geld wert.«
Eine Disco in der Innenstadt. Das Publikum ab Mitte zwanzig. Es ist nach ein Uhr, viele Leute aus dem Milieu verkehren hier. Micky ist eine Legende. Wo er hinblickt, lachen ihn die Frauen an. »Es kommt ein Groupie-Effekt dazu«, sagt er. »So wie alle Mädchen Mick Jagger ficken wollen oder den Maffay, so kriege ich auch jede Menge Angebote. Meist lehne ich ab.«
Und was ist mit der Geschichte vom Zuhälter, der ruhelos Vorortdiscos nach jungen, naiven Opfern durchstöbert?
»Das mag's geben, aber selten. Heute entschließen sich die meisten Frauen ja selbst zur Prostitution und geraten in ihrer Unerfahrenheit und Einsamkeit über kurz oder lang an einen Luden. Er ist ihr wichtigster Ansprechpartner. Immerhin tut sie als Hure etwas, das die Öffentlichkeit ächtet. Sie kann keine normale Beziehung eingehen, ohne dass ihr Beruf irgendwann zur Sprache kommt. Damit geht die Bindung kaputt. Der Zuhälter ist für die Hure eine Art Gott, ein Vertrauter, der sie akzeptiert, wie sie ist. Andere Leute haben ihren Bhagwan. Das Ganze ist keine rein finanzielle

Kiste. Ich nehme meine Frauen nicht aus. Ich lass sie alle gut leben. In heutigen Zeiten, wo der Umsatz relativ schlecht ist und es Tage gibt, an denen nichts läuft, geh ich auch mal in die Tasche, ans eigene Portemonnaie.«
Micky erzählt weiter: »Kennt ihr den neuesten Luden-Witz? Sagt einer zum anderen: Was, drei Partien hast du im Puff stehen? Mensch musst du 'nen gut bezahlten Job haben, die alle am Fressen zu halten. Aber ich mach' mir keine Sorgen. Ob viel oder wenig Geld, es ist immer genug da zum Leben, zum Trinken, zum Zocken, zum Feiern.«
Das Ochsenfest findet auf dem Hof eines Puffs statt. Am Spieß der Ochse, in großen Waschzubern einige hundert Liter Champagner auf Eis. Etwa sechzig Jungs sind angetreten. Micky hat als Einziger eine Frau mitgebracht – Angelika. »Sie hat heute ihren freien Tag.« Während des Festgewimmels ziehe ich sie in eine ruhige Ecke und frage sie nach Micky und ihrer Beziehung.
Angelika hat bereits eine Flasche Schampus intus. Ihr Gesicht ist gerötet, ihre Zunge locker: »Micky ist der erotischste Mann, den ich kenne. Zärtlich und verständnisvoll und total unberechenbar. Aus heiterem Himmel explodiert er und macht dich nieder. Vor ein paar Wochen machten wir eine Motorradtour nach Berchtesgaden. Vorm Eingang zum Führerbunker – Micky ist ja ein Hitlerverehrer – saßen wir auf der Maschine, als es ihn überkam. Er wollte vögeln, sofort. Wir machten es auf dem Motorrad. Die umstehenden Leute waren völlig verstört, aber das hat ihn nicht interessiert. Als ein Typ wagte, Bemerkungen zu machen, hat Micky nur gedroht: Hau ab, sonst erlebste was! Da ist der Mann weg. Micky ist echt ein irrer Typ!«
Der irre Typ sitzt mittlerweile im Kreise seiner Genossen, zecht, isst, erzählt Geschichten. Männer erzählen noch immer die besten Geschichten, behauptet er. Hauptthema seit

Jahren: die große Zuhälterverhaftung auf Gran Canaria und ihre Folgen für die deutsche Szene.
Ausgelöst durch eine Fehlinformation stürmte die Guardia Civil das Café. Die Polizei kannte weder Namen, noch besaß sie Fotos. Sortiert wurde nach Schmuckbehang. Geschmeideträger links, andere Gäste rechts. Wer Rolexbehangen war, kam in den Knast. Sitzt man erst einmal, finden sich Gründe.
Die Aktion sprach sich in Deutschland rum. Sofort begannen Grabenkriege; Grenzen und Gebiete wurden umverteilt. Den Jungs auf Gran Canaria schwammen die Felle weg. Es kam zu Schießereien, vor allem in Hamburg. Die Fehde Nutella gegen GMBH ging durch die Presse, auch als sich Micha, das M aus GMBH, im Wald erhängte. Dann kam die Ära Pinzner – und das alles, weil eine eifersüchtige Frau in Spanien zur Polizei lief, um ihrer Urlaubsliebe eins auszuwischen.
»Wir haben eine Schlacht verloren, aber nicht den Krieg«, erklärt Micky. Dann stimmen die Jungs das Zuhälterlied an. Aus vielen Kehlen erklingt:

Das, das, das ist ein Geschäft,
das bringt heute noch was ein.
Ein jeder aber kann das nicht,
er muss ein Lude sein.

Micky breitet beim Singen die Arme aus, als wolle er die Welt umarmen. Gefällt ihm das Fest? »Welches Fest? Das Leben ist immer so!«

Micky ist leider vor einigen Jahren gestorben. Die Beerdigung war die eines Stars, Tausende von Menschen säum-

ten die Wege zum Friedhof. Das ist so, man muss sich von den Kumpels verabschieden. Micky hatte in seinem Haus auf Mallorca einen Raum mit Pokalen für ehemalige Freunde, die uns schon verlassen haben, wie er es nannte. Unter ihnen auch der Zuhälter und ehemalige Gesangsstar der sechziger Jahre Benny Quick.
Peter war erst neulich auf der Beerdigung des kleinen Erich in Langenselbold gewesen, einem Ort dreißig Kilometer östlich von Frankfurt. Auf dem Parkplatz standen eine Menge staunender Dorfbewohner vor den Rolls-Royce, Ferraris und Porsches, und wussten gar nicht, welche Berühmtheit denn nun beerdigt wurde. Der Pfarrer verriet es ihnen auch nicht. Er sagte nur: »Wer ohne Schuld ist, werfe den ersten Stein« und lobte den Verstorbenen. Die Adresse des Pfarrers hat Peter sich aufgeschrieben, mal sehen, wie lange es bei ihm noch dauert. Es wäre hier auch mal der Moment, klarzustellen, warum im Milieu teure, protzige Autos gefahren, dicke goldene Uhren und Schmuck und die Fünfhunderter gebündelt in der Tasche getragen werden. Was aussieht wie Protz, ist in erster Linie ein Zeichen der Bonität. Keiner hat wirklich ein Geschäftskonto, da hätte die Polizei ja Einblick oder gar Zugriff. Nein, wer einen Ferrari für hundertfünfzig Mille fährt, eine Rolex Day Date für fünfundvierzigtausend am Arm hat und Schmuck für weitere hunderttausend am Gelenk oder um den Hals oder an den Fingern trägt, noch dazu das Geld-Röllchen in der Tasche, der ist solvent und stets bereit für ein schnelles Geschäft, »Cash aus de Täsch«.

An dem Abend in Hamburg sah Peter Udo nicht mehr, der ließ sich endlos feiern, um diese Zeit seines Lebens brauchte er das wohl wie frische Luft.

Beim ersten Besuch der Feuerland-Tournee wurde Peter Zeuge einer Szene, in der ihm Udo gar nicht gefallen hatte. Er bekam eine Ahnung von Udos Egozentrik. Sie unterhielten sich, als jemand kam und zu Udo sagte, in der Cafeteria würden zwei Mitglieder der Band Tote Hosen warten, die ihn sprechen wollten. Damals waren die Toten Hosen kaum bekannt. Peter hatte keine Ahnung, aber Udo machte eine wegwerfende Handbewegung und sagte: »Die machen Punk, die Jungs. Können aber nix.« Trotzdem stand er auf und ging zu ihnen. In der Cafeteria saßen zwei Männer, aber Peter wusste später nicht, ob Campino dabei war. Sie redeten kurz mit Udo, der schon nach wenigen Minuten den Kopf schüttelte, aufstand und ging. »Die wollen 'ne Russland-Tournee machen«, sagte er, »und wollen Tipps von mir. Weil ich da so meine Kontakte hab«. »Und?«, fragte Peter. Udo schüttelte den Kopf. »Sollen selbst sehen, wie sie zurechtkommen. Muss ich auch. Ich hab gesagt, sie sollen sich 'nen guten Manager nehmen.« Er grinste. »Ich habe ihnen den Fritz empfohlen.« Er meinte Fritz Rau. Ob und wie nun die Toten Hosen nach Russland gekommen sind, weiß Peter nicht. Aber er fand es trotzdem recht unkollegial von seinem »neuen Freund« Udo. Peter dachte jedenfalls nicht im Entferntesten daran, für Udo einen Film zu schreiben, ohne dass seine Arbeit bezahlt würde. Er hatte Udo mal darauf angesprochen, doch der verwies ihn an die Produzenten. Im Brustton der Überzeugung sagte er: »Es muss doch außer Eichinger noch Produzenten geben, die was mit mir machen wollen.« Aber die gab es nicht, und so gab es auch von Peter kein Drehbuch. Vorerst. Die ganze Bekanntschaft zerfledderte wieder, bis die beiden sich einige Jahre später in Köln erneut trafen.

Anlässlich der Ausstrahlung des 250. *Tatorts* gab es im Warteraum des Kölner Hauptbahnhofes eine große Veranstaltung. Der Warteraum war für Fernsehzuschauer nichts Neues, von hier wurde jahrelang *Bios Bahnhof* gesendet. An dem Tag wurden fünf *Tatorte* auf einer großen Leinwand gezeigt, darunter auch einer von Peter. Es war die Folge *Telefongeld*, die Geschichte von Warentermin-betrügern. Regisseur Noever war richtig erfreut, als er das Drehbuch las, und rief Peter sofort an: »Klasse! Klasse! Klasse!«, sagte er, »endlich mal ein neues Thema und nicht wieder eine von diesen ewigblöden, gleichen Rauschgiftgeschichten.« Gute Figuren und Typen, fand er und bat Peter: »Überleg doch mal, was dir da so an Musik einfällt. Ich meine textmäßig. Mein Kumpel Nellis wird die Musik machen.« Peter hatte ja schon öfter für sich selbst Liederreime gemacht, aber der Hinweis sollte aufgehen. Allerdings anders, als Noever es sich wohl gedacht hatte.

Warenterminbetrüger waren eine Gruppe meist junger Leute, die es am Telefon fertigbrachten, wildfremden Menschen das Geld aus der Tasche zu ziehen, indem sie ihnen versprachen, auf der Weltwarenterminbörse für sie zu zocken und sagenhafte Gewinne an Land zu ziehen.
Die Warenterminbörse gibt es wirklich, dort kommt alles unter den Hammer. Silber und Gold genauso wie Schweinehälften oder Soja. Und das Geschäft der Warenterminbetrüger florierte. In Peters *Tatort* war es ein solider Wiener Bäckermeister, der seine Altersvorsorge aufbessern wollte und letztlich sein ganzes Vermögen verlor. Die Jungs selbst sahen ihre Opfer nie. Um den Film ansehnlich zu machen und zu zeigen, um welche Beträge es ginge musste einer der Jungs täglich in die Bank laufen und das Geld bar abholen, was natürlich in Wirklichkeit so nicht ge-

schah. Aber es sah schon ganz gut aus, wie der junge, smarte Mann da an der Theke stand und der Kassierer ihm eine Trage voller Geld vorzählte, das die Jungs nach Verteilung ihrer Provision natürlich mit vollen Händen ausgaben. Einer dieser Orte, wo sie es ausgaben, war eine Bar mit viel nackter Haut und Alkohol. Und dort, so hatte es sich dann ergeben, saß Wolfgang Ambros. Peter hatte ihn in Wien kennengelernt und gefragt, ob er für diesen *Tatort* nicht ein Lied singen wolle. Ambros sah sich den Text an, schmunzelte und der ORF engagierte ihn auch noch für die Rolle des Barpianisten.
Wir machen Sie reich in vier Wochen, viel reicher noch, als Sie sind. Reich von Ihren Steuergroschen, die sonst beim Staat verschwunden sind ...

Das Lied war sehr erfolgreich, wie der Film, zunächst aber nicht auf Platte erschienen. Und jetzt bekam Peter zum ersten Mal mit, was Zuschauer-Kontakte bedeutete. Innerhalb weniger Tage nach der Ausstrahlung erhielt er mindestens zehn Anrufe von Warentermin-Betrüger-Gruppen, die das Lied gerne gehabt hätten. Sie kokettierten damit, wie darin ihr Job beschrieben wurde. Peter, der nur eine schlechte Kopie auf einer Kassette besaß, kopierte sie zehnmal, verlangte tausend Mark pro Kassette, bekam sie und dachte sich, jetzt hatte er die Betrüger auch mal betrogen.
Noever war ein guter Regisseur, stand aber trotz seines Alters dem Kokain näher als der Schlaftablette. Besonders wenn es am Set schwierig wurde, drehte er durch. Den *Tatort Stahlwalzer* drehten sie am Wiener Hafen. Dort kam es zu einem der kleinen Missgeschicke, die sich aufbauen und manchmal einen ganzen Drehtag verhauen. Die Leute vom Catering hatten sich, wie sich später herausstellte,

verfahren und fanden den Drehort nicht. Alle am Set hatten Hunger. Also schickte Noever die Leute an die Bratwurstbude. Als dann der Cateringwagen doch noch kam, verweigerte der Produktionsleiter die Zahlung der Bratwürste. Noever flippte aus. Seine Retourkutsche kam prompt: Er brauche noch zwei Steiger, so lange könne er nicht weiterdrehen. Steiger, allgemein bekannt als Kranwagen mit Plattform, waren teuer und konnten so schnell nicht beigebracht werden. Dem Produktionsleiter war klar, dass zwei Steiger dreißigmal so teuer waren wie die paar Bratwürste, aber Noever ließ sich nicht mehr beruhigen. Er war der Regisseur, er wollte zwei Steiger. So lange war Pause, und dass alle Angestellten in die Überstunden gingen, war ihm egal. Seine Revanche kostete die Produktion mindestens fünftausend Mark.

Alles dauerte, der Produktionsleiter erwog gar eine Absage. Doch Noever tobte und schnaubte. Wer ihn kannte, wusste, er brauchte Koks, und zwar dringend. Kurzentschlossen stieg er in einen VW Bulli des Senders ORF und bedeutete dem Fahrer, ihn zu chauffieren. Der, ein älterer ganz normaler Mensch, der ansonsten Material transportierte. »Wohin?«, fragte er Noever, als er losfuhr. »In die Stadt.« »Und wohin da?« »Du bist doch Wiener?« »Ja.« »Dann kennst du dich ja aus. Fahr mich dahin, wo es den besten Stoff von ganz Wien gibt.« Der Fahrer trat aufs Gas. »Ich weiß 'ne gute Adresse in Meidling.« »Dann fahr dahin«, befahl Noever und lehnte sich entspannt zurück.

Nun ist diese kleine Geschichte längst zum Klassiker im Wiener Funkhaus geworden, und eine Generation Filmleute hat schon darüber gelacht.

Der Fahrer fuhr zur Meidlinger Hauptstraße 75, nahe dem U-Bahnhof und hielt an. »Wir sind da«, sagte er zu Noever und zeigte aus dem Fenster. Noever schaute verblüfft auf einen Laden, über dem das Schild *Seiden Semmler* prangte. »Die besten Stoffe in ganz Wien«, setzte der Fahrer hinzu.

Noevers Antwort ist nicht überliefert. Jedenfalls lief sein und Peter Zinglers Film *Telefongeld* zum *Tatort*-Fest in Köln mit noch vier anderen *Tatorten*. Zur Feier der 250. Ausstrahlung hatte der WDR auch Musik bestellt, und zwar Klaus Doldingers Band Passport, die einst die Erkennungsmelodie des *Tatorts* kreiert hatte, die nun schon tausende Male am Anfang des mittlerweile Kult gewordenen Formats *Tatort* gespielt wurde. In dieser alten Passport-Band war Udo Lindenberg vor seiner Solokarriere Schlagzeuger gewesen. In Erinnerung an alte Zeiten saß er bei diesem Fest mal wieder an der Trommel, und so trafen sich Peter und Udo wieder.
Und dieses Mal wurde das Filmvorhaben konkreter. Denn unter den Gästen war auch die NDR-Redaktionsleiterin Doris Heinze. An ihrem Tisch saßen Udo und Peter zusammen und tranken einen, und schon kam Heinzes Vorschlag: »Peter, warum schreibst du nicht mal einen Film für Udo?« Udo reagierte sofort: »Das habe ich ihm schon länger vorgeschlagen.« Peter, ein wenig verdutzt, sah Frau Heinze an. »Im Ernst?« Frau Heinze nickte: »Wenn euch was Gutes einfällt, jederzeit.« Und so saß Peter in den nächsten Monaten häufiger in dessen neuem Domizil, dem *Hotel Atlantic*, mit Udo zusammen.

Udo war es seit ihrem letzten Treffen nicht wirklich besser ergangen. Er dümpelte zu Beginn der Neunziger in einem Mittelmaß dahin, das man noch nicht als Absturz bezeichnen konnte, das aber bestimmt kein Höhenflug war. Zudem schien er gesundheitlich angeschlagen und trank sehr viel Champagner, aber auch Kurze und das, was ihm so zwischendurch in die Finger kam. Er war aufgequollen, hatte erhebliches Übergewicht und sein Markenzeichen, die flexible Streifenhose, pappte nun an seiner Haut wie eine Leggins bei übergewichtigen Frauen. Er nuschelte in seinen Bart und hob die Flasche. Peter weiß nicht, ob es anderen Leuten außer ihm auch aufgefallen ist, aber Udo hat Hände wie ein Bär. Er könnte damit Fische fangen. Sie waren so groß wie ein kleines Netz.

Udo sprach über sein größtes Problem: antörnen, abtörnen und Begeisterung. Es gab wenig, was ihn noch begeisterte. Frauen? »Äh, kotz, alle schon gehabt. Geld? Äh, kotz, langweilig, schon gehabt.« Erfolg? »Äh, kotz, alles schon hinter mir.« Udo brauchte irgendwas Neues.

Peter erzählte ihm, was er sich ausgedacht hatte:

Eines Nachts, nach einem großen Konzert, fährt der große Udo alleine in seinem Cabrio durch die Nacht heim, Richtung Hamburg. Er ist einsam und allein und in einem tiefen, schwarzen Loch. Als er an einer roten Ampel hält, springt ein junger Mann in sein Auto und sagt: »Udo, fahr ein bisschen schneller! Die Polizei ist hinter mir her!« Udo kennt den jungen Mann nicht, aber ihm gefällt die Chuzpe und die Show, mit der er auftritt. Die Ampel ist noch rot, aber Udo gibt Gas und flitzt um viele Ecken. Der junge Mann erklärt, er sei Einbrecher und noch so eben der Polizei entkommen. Huch, das ist vielleicht spannend. Udo schaut den jungen Mann an und sagt: »Einbrechen, Nervenkitzel, wär das nix?« Der Junge schaut Udo an und sagt: »Ja, aber das hast du doch gar nicht nötig, oder?« Udo sagt: »Alles, was mich hochbringt, hab ich nötig.«

Udo bejubelte Peters Vorschlag sofort, Peter hatte ihn richtig eingeschätzt. Nun ging es an die Arbeit. Das Buch entstand, und dem Produzenten K. D. Zeisberg von der

Polyphon gefiel es ebenso wie Frau Heinze. Auch Udo sagte nur Positives, verharrte aber weiter in seinem versoffenen Leben.

Peter erinnert sich, dass Udo ihn einmal im *Hotel Atlantic* zu sich ins Zimmer bat. Er wollte ihm etwas von der Musik und den Liedern vorspielen, die er sich für den Film ausgedacht hatte oder an denen er gerade arbeitete. Peter ging also mit Udo aufs Zimmer, vom Flur aus in den Vorraum und dann nach rechts ins Schlafzimmer, das durch eine Ecke zum Fenster hin noch vergrößert war.

Dann setzte er sich an das kleine elektronische Klavier, und Peter sah mit Entsetzen, dass er gar nicht in der Lage war, es zu spielen. Erstens waren Udos Hände so dick geschwollen, dass es ihm schwerfiel, nur eine einzelne Taste zu drücken, er drückte immer auch die nächste mit, und was er dazu singen wollte, war genauso unverständlich wie alle seine Lieder, immer irgendwie so hingenuschelt.

Aber Peter war sicher, Udo würde sich noch hinkriegen. Udo hatte Frau Heinze versprochen, jetzt noch schnell vier Wochen nach Florida zu fliegen. Er würde die Finger vom Alkohol lassen und sich erholen, um wieder fit und schön die Rolle spielen zu können. Der Drehbeginn stand, und Udo hatte noch sechs Wochen Zeit. Zwei Wochen vor Drehbeginn war Peter im *Hotel Atlantic* mit Klaus Löwitsch verabredet, sie standen an der Theke, als in Peters Rücken murrendes Gebrüll erklang: »Hey, Peter!« Er schaute sich um, Udo saß mit Freunden an einem Tisch voller Champagnerflaschen und Gläsern und der besoffene Udo sah kein bisschen besser aus als vor vier Wochen. Im Gegenteil. Sein Gesicht war noch aufgeschwemmter. Peter fragte sich, wie Udo wohl wirken würde, als Superstar, der von allem die Nase voll hatte? Der Udo, hier in der Hotellobby, sah aus wie ein besoffener Fleischklops. Da war Meat Loaf

zehn Klassen besser. Aber Peter sagte nichts, um nicht den Film zu gefährden.
Eine Woche später rief die Redakteurin an und teilte ihm mit, dass Udo abgesagt hatte. Sie habe noch versucht, den Drehbeginn zu verschieben, aber Udo hätte gesagt, das Ganze gefalle ihm nicht und die Geschichte sei Scheiße! Peter bekam eine Riesenwut auf diesen Idioten. Aber Frau Heinze und auch dem Produzenten war klar, dass Udos wirkliche Gründe mit seinem desolaten körperlichen Zustand zu tun hatten. Was tun? Der Produzent wollte nun seine Arbeit und vor allem das zugesicherte Budget nicht verlieren und plädierte dafür, die Rolle umzubesetzen. Aber wer in Deutschland kam dafür in Frage? Kurz vor Drehbeginn machten sie einen Vertrag mit Rio Reiser, dem »König von Deutschland«. Das konnte ja noch funktionieren, dachte Peter im fernen Frankfurt, aber schon zwei Tage später kam die Ernüchterung, Reiser war auch jeden Tag besoffen oder voll mit Drogen und nicht in der Lage, einen Text zu lernen, geschweige denn, ihn deutlich auszusprechen. Peter hätte den Film verschoben, auch auf die Gefahr hin, dass daraus nie etwas werden würde, aber der Produzent ließ nicht locker. Und so engagierten sie Martin Semmelrogge. In jener Zeit sang auch Semmelrogge in einer Band, aber mehr schlecht als recht. Viele Schauspieler dachten damals, aufgrund ihrer Popularität den Zuschauern auch noch ihren Gesang zumuten zu müssen. Auch Ben Becker sang in einer Punkband namens Und plötzlich fliegt der Kopf weg.
Martin Semmelrogge war ein sehr guter Schauspieler, Peter hatte ihn schon mehrfach in seinen Filmen besetzen lassen, aber der Typ des überaus erfolgreichen und satten Popstars, das war er nicht. Semmelrogge war für Peter der Typ einer gierigen Ratte. Und so wurde der Film *Black Jack*

auch. Peter verbuchte ihn nicht als großen Gewinn. Es ist auch der einzige von Peters Filmen, der kein einziges Mal wiederholt wurde. Dummerweise erlaubte man Udo sogar noch, während der Dreharbeiten ab und zu mal in die Kamera zu winken. Kurze Zeit später ging dann durch die Presse, dass Udo irgendwo in der Öffentlichkeit zusammengebrochen war und einen Herzinfarkt hatte. Die Folgen seines Lebensstils. Aber Udo erholte sich wieder. Gott sei Dank. Denn was Udo dann, im neuen Jahrtausend, noch mal an Liedern aufrief, fand auch Peter gut und hörenswert. Obwohl er ihn als Mensch nicht mehr mochte. Er hatte, in der Zeit, als der Produzent verzweifelt nach einem neuen Hauptdarsteller suchte, versucht, Udo doch noch umzustimmen, aber es ging gar nicht. So erklärte ihm der Rezeptionist des *Atlantic-Hotels*, Peter stehe nicht mehr auf der Liste derer, die zu Udo durchgestellt werden durften. Udo hatte sich in sein Schneckenhaus im *Hotel Atlantic* zurückgezogen und den Deckel zugeklappt. Schade, mit ihm hätte der Film funktioniert, und würde es auch heute noch.
Etwas später, zur Premiere von Peters Kinofilm in Hamburg und der anschließenden Premierenfeier im *Hotel Atlantic* hatte Peter Udo schriftlich einladen lassen. Aber er kam nicht. Dann sollte er doch bleiben, wo der Pfeffer wächst, dachte Peter und hat nie wieder versucht, Kontakt zu ihm aufzunehmen.

Die Enttäuschung über den Flop seines Kinofilms steckte Peter noch lange in den Gliedern. Er betrachtete es als persönliche Niederlage. Aber er hatte einiges begriffen. Erstens was die Realität betraf: Die Leute halten das für Realität, was sie kennen oder wovon sie glauben, dass sie es kennen. Zum Beispiel hatten etliche Leute gemeint, was in

dem Film über den Knast zu sehen gewesen war, sei ja nur ein Märchen. Dabei hatte Peter sich Mühe gegeben, das deutsche Knastleben authentisch darzustellen. Aber die Kinogänger waren geprägt von amerikanischen Knastfilmen, also von ständigen Gewalttätigkeiten der Gefangenen untereinander. Sie hielten den raffinierten Kommunikationsweg im Knast, zum Beispiel das Telefonieren via Toilette, für unmöglich, ja, sie dachten nicht einmal darüber nach, denn sonst hätten sie verstanden, dass es wirklich funktioniert. Außerdem fanden sie es komisch, dass weibliche und männliche Gefangene in einem Haus untergebracht waren – war aber damals so. Sie kannten die Wirklichkeit nicht und interessierten sich nicht dafür.
Dass Leute Peter miss- oder gar nicht verstanden haben, das war er gewohnt. Das kannte er bereits von der Arbeit mit den Redakteuren. Aber jetzt fühlte er sich tief getroffen und überhaupt nicht gewürdigt. Er saß in seinem Haus in Spanien und überlegte, was er als Nächstes machen sollte. Zwar lief es mit der Auftragsarbeit, hier ein *Tatort*, da die Folge einer Serie. Er brauchte diese Arbeit als Einkommen, aber er wollte etwas anderes: Er wollte Geschichten erzählen. Seine Geschichten erzählen. Große Geschichten erzählen, von denen er genügend in sich hatte. Geschichten, die vom Leben erzählten, dem wirklichen Leben, und nicht nur im Kopf eines Autors spielten.
Da erreichte ihn eine Anfrage aus Wien, der Produzent Kurt Mrkwicka und dessen Producer Wolfgang Rest fragten Peter, ob er Lust habe, eine Serie zu entwerfen. Es gebe zwar etwas Ähnliches, woran man sich orientieren solle, aber diese Serie lief nur im ORF und sei nicht auf Deutschland übertragbar, weil sie eben nur österreichische Verhältnisse abbilde. Die Serie hieß *Kaisermühlenblues*. Kaisermühlen, nach einem Ortsteil auf der anderen Donau-

seite von Wien benannt, in dem überwiegend Arbeiter und Kleinbürger wohnten. Peter war nicht sofort begeistert, als die Anfrage kam, und fragte telefonisch nach, wie man auf ihn gekommen sei. Mrkwicka nannte einige Namen, unter anderem den von Georg Feil, ehemaliger Chef der Kölner Bavaria-Niederlassung, die ihn empfohlen hätten. Es sollte etwas ganz Schräges werden, sagte Mrkwicka und fragte Peter, ob er den *Kaisermühlenblues* kenne, den Mrkwicka für den ORF produziert habe.
Peter fuhr nach Wien und lernte Wolfgang Rest und Kurt Mrkwicka kennen, den Produzenten mit dem unaussprechlichen Namen, über den es auch eine legendäre Geschichte gibt.

Mrkwicka war früher Leistungssportler, Turmspringer, und 1964 sogar zur Olympiade nach Tokio gefahren. Seinen Namen auszusprechen hatten auch viele Menschen anderer Länder Schwierigkeiten. Vor allem vermutete man, dass eine derart verdrehte Buchstabenkonstellation eher nach Polen oder in die Slowakei gehört, nicht unbedingt nach Österreich, wo der slawische Einschlag vorhanden war, aber so verzwickt wie bei Mrkwicka doch meistens nicht.
Jedenfalls soll er, der Legende nach, sogar eine Medaille gewonnen haben, deren Rangfolge bei der Verkündigung im Stadion sich ungefähr so anhörte: »Bronze Medal: Belucini Italia! Silver Medal: Mrkwicka, Austria! Gold Medal: Schmitt Tschechoslowakei!«

Kurt Mrkwicka war ein pfiffiger Produzent mit einer Vorliebe für Pferde, der später den berühmten Lipizzaner-Film für ein 360-Grad-Rundumkino produziert hat. Mrkwickas Producer, den jungen Wolfgang Rest, fand Peter auf Anhieb sympathisch. Sie sahen sich also einige Folgen *Kaisermühlenblues* an. Den Autor Ernst Hinterberger kannte Peter schon. ORF-Redakteur Petz hatte ihn Peter früher schon vorgestellt. Es war damals eine seltsame Fahrt durch Wien gewesen. Hinterbergers Frau saß am Steuer, ihr Mann neben ihr und Peter hinten. Ernst Hinterberger kommandierte, aber seine Frau hörte nicht auf ihn und fuhr ständig falsch. Bis sie schließlich nach einigen Umwegen das Beisl erreicht hatten, in dem sie essen wollten. Hinterberger hatte Peter bei der Gelegenheit schon von dem Kaisermühlen-Projekt erzählt, das fiel Peter jetzt ein. Eine Underdog-Tragikomödie, sie spielte im Milieu der kleinen Leute von Wien. Die Geschichten, die Peter gelesen hatte, gefielen ihm gut. Allerdings hatte sich der Regisseur entweder nicht viel Mühe gegeben oder er hatte nur wenig Geld zur Verfügung gehabt, die Folgen sahen aus wie hingerotzt. Dennoch war die Serie sehr beliebt. Eine große Werbeaktion für diese Serie, die wöchentlich im ORF lief, machte der österreichische Verkehrsfunk, unfreiwillig und gratis. Denn Kaisermühlen hieß ein Verkehrsknotenpunkt, bei dem es ständig zu irgendwelchen Staus kam. Also wurde zwanzigmal am Tag im Radio der Name *Kaisermühlen* erwähnt. Eine bessere Werbung für das abendliche Filmspektakel hätte es nicht geben können!

Die Folgen sollten kurz sein und für RTL gedreht werden. Peter hatte bisher erst einmal für RTL einen Neunzigminüter geschrieben, wobei er weder mit der Ausführung noch mit der Präsentation einverstanden gewesen war. Es gefiel ihm einfach nicht, wenn Filme zu oft unterbrochen wurden. Wenn er alle zehn oder fünfzehn Minuten einen Cliffhanger in die Geschichte einbauen musste, damit sie

vor der Werbung spannend aufhörte und danach spannend weiterging. Er sagte also noch nicht zu, fuhr nach Deutschland zurück und überlegte sich die Sache.
Eine Woche später sollte es einen Termin in Köln bei RTL geben. Produzent, Producer und Peter trafen sich mit dem Serienbeauftragten und einem Redakteur und beratschlagten. Peter hatte mittlerweile nachgedacht und schlug vor, die deutsche Serie im Ruhrgebiet anzusiedeln. Also vor den Toren Kölns und mit einem Menschenschlag, den man ruhig als »kleine Leute« bezeichnen konnte.
Schon die Serie vom *Ekel Alfred*, die er sich heimlich zum Vorbild genommen hatte, zeigte, was möglich sein könnte. Aber durfte er das auch?
Immerhin war das Ruhrgebiet gewaltig im Umbruch, und es gab noch keinen Ersatz für die vielen gestrichenen Arbeitsplätze bei Kohle und Stahl. Trotzdem behielten die Leute ihren Eigensinn und ihren trockenen Humor. Während der Beratung verließ Mrkwicka das Zimmer und ging zu Helmut Thoma, dem Chef von RTL, der aus Wien stammte. Die beiden kannten sich gut.
Als Mrkwicka zurückkam, strahlte er übers ganze Gesicht und sagte: »Der Helmut Thoma hat g'sagt, schräg bis auf's Äußerste. Nach jeder Ausstrahlung soll der Bundestag zusammenkommen und sich damit beschäftigen: Ich will was, was es noch nie gab!«
Na, das war ja ein Auftrag! Jetzt begann Peter das Ganze Spaß zu machen. Peter wusste, er würde das machen. Genau das!
Wie oft war er schon mit seinen Geschichten an der sogenannten Political Correctness gescheitert, weil die Sender Angst hatten, mit dem oder jenem Teil der Geschichte unangenehm aufzufallen oder Beifall von der falschen Seite zu bekommen. Dass das die Geschichten oft falsch

und unwahrer machte und nicht unbedingt spannender, schien egal zu sein.
Doch jetzt, endlich, schien die Political Correctness passé.

Mit dem Producer Wolfgang Rest entwarf Peter das Szenario und die Figuren, Bewohner eines Viertels im imaginären Ruhrgebiet, die mit ihrem alltäglichen Auf und Ab leben mussten. Die Dialoge. Natürlich sollten die Leute so sprechen, wie sie wirklich sprechen, mit all ihren alltäglichen großen und kleinen Rassismen. So hießen Nutten »Nutten« und nicht »Prostituierte«. Schwarze hießen nicht: »maximal pigmentiert«, sondern »Neger« oder in einem Spezialfall sogar »Taucheranzug«. Die wirklichen oder vermeintlichen sexuellen Ausrutscher der Nachbarn wurden ausgiebig diskutiert. Und auch die Politik kam nicht zu kurz. Schließlich wurde auch ein Titel gefunden, der dem voll und ganz entsprach: *Zechenblues*.
Peter war wirklich sehr mit dieser Arbeit beschäftigt, die ja langfristig angelegt war und deshalb auch sichere und gute Einkünfte versprach. In der Zeit lehnte er sogar Anfragen aus den *Tatort*-Redaktionen ab. Beispielsweise sollte er sich an der Ausschreibung für die neuen Münster-*Tatorte* beteiligen. Damals war allerdings noch nicht Jan Josef Liefers im Gespräch, sondern Ulrich Noethen, der dann aber absagte.

Peter erfüllte weiterhin seine Verträge, so schrieb er noch den Saarbrücker *Tatort Zielscheibe*, in der ein fiktiver Privatsender die Zuschauer zur Menschenjagd aufruft, und auch ein Kölner *Tatort* musste noch fertiggestellt werden. Und dann war er nur noch mit dem *Zechenblues* und seinen Figuren beschäftigt, in die er so tief hineinwuchs, dass er nach einem Jahr glaubte, wirklich in diesem Viertel zu leben. Aus Kostengründen wurde natürlich nicht im Ruhrgebiet, sondern in Köln gedreht, aber das war egal. Die speziellen Dinge des Ruhrgebiets wie schräg stehende Häuser, mit Rissen von oben bis unten, weil unter ihnen der Boden eingesackt war, drehten sie extra und fügten sie ein. Auch die ethnisch gemischte Bevölkerung wurde berücksichtigt. Immerhin waren hundert Jahre zuvor viele Bergleute aus Polen gekommen und integriert worden. Was dazu führte, dass die deutsche Fußball-Nationalmannschaft in den Fünfzigern aus Namen wie Kwiatkowski, Tilkowski, Scymaniak und anderen bestand, so dass die *Bild*-Zeitung beim ersten Länderspiel in Polen witzelte, bis auf Toni Turek und Hans Schäfer könnten alle anderen Spieler bei ihren Verwandten übernachten.

Anfang 1999 begannen die Dreharbeiten zum *Zechenblues*. Die erste Staffel bestand statt aus dreizehn nur aus acht Folgen, weil man möglichst schnell senden wollte. Diese acht Folgen wurden im Sommer 1999 abgedreht und sollten ab Januar 2000 gesendet werden. Peter und sein Team waren bereits etwa bei Folge 30. Dreizehn Folgen waren als zweite Staffel vorgesehen, ab Mai 2000 sollte gedreht werden. Auf einer großen RTL-Veranstaltung 1999, bei der die Highlights des kommenden Jahres vorgestellt wurden, war auch der *Zechenblues* dabei, ebenso ein Comedian mit Perücke, der sich Atze Schröder nannte. Alles stand auf Aufbruch, aber irgendwie auch nicht so, wie Peter sich das vorgestellt hatte. Gerade ein Privatsender hätte doch viel gewaltiger auf die Pauke hauen müssen?
Im Dezember wurde dann bekannt, dass RTL ein neues Highlight hatte, ein Ratespiel namens *Wer wird Millionär?* – Moderator war Günther Jauch. Die Show war im Oktober gestartet und, was Peter befremdete, auf dem ihnen zu-

gesagten Sendeplatz, freitags um 20.15 Uhr. Auch in der Spitze des Senders hatte es eine Veränderung gegeben. Thoma hatte Gerhard Zeiler Platz gemacht, der auch vom ORF gekommen war. Der ORF schien die Talentschmiede deutscher Fernsehdirektoren zu sein. Es gab sogar den Programmdirektor Krammel bei SAT 1, der zuvor für den Kirchenfunk beim ORF zuständig gewesen war. Offensichtlich galt das Prädikat Österreicher als Erfahrung. Bei jener Vorstellung der zukünftigen Highlights lernte Peter den neuen Chef Gerhard Zeiler kennen, der ihm wörtlich sagte: »Die Bücher sind ja gut, hoffentlich wird jetzt auch alles so gedreht.« Dabei waren sie schon gedreht. Seltsame Aussage, fand Peter. Aber die Redakteure und er, sowie die beiden Mitarbeiterinnen Ingeborg und Petra, die mit Peter in Frankfurt die Geschichten entwickelten und schrieben, arbeiteten weiter. Es gab kein Signal, die Arbeit zu verzögern oder abzuwarten, nichts dergleichen. Es hieß, mit Volldampf voraus. Die Geschichten wurden geplottet, dann nahm Peter das Diktiergerät und ging spazieren. So entstanden im Frankfurter Osthafen die Folgen. Petra tippte die Geschichten ab, Ingeborg überarbeitete sie, und Peter machte mit den Redakteuren von RTL das Finishing.

Die erste Nachricht, dass der *Zechenblues*, der um den 20. Januar herum im neuen Jahrtausend starten sollte, verschoben würde, erhielt Peter zwischen den Jahren. Gründe wurden nicht genannt.

Die Redakteure arbeiteten mit Peter weiter, die dreizehn neu zu drehenden Folgen standen fest, die Produktion hatte Büros gemietet, und die Schauspieler waren gebucht. Erst ganz kurz vor Drehbeginn wurde alles abgesagt. Sehr ungewöhnlich nach der vielen Arbeit und den hohen Vorkosten von mehr als zehn Millionen. Es gab viel Gerede. Man habe Probesendungen gemacht und das Publikum

sei entsetzt gewesen. Aber viel eher war es wohl so, dass Gerhard Zeiler sich nicht traute, das, was Helmut Thoma in Auftrag gegeben hatte, zu senden.
Peter war mehr als enttäuscht. Aber es nützte nichts. Man kann die Ausstrahlung natürlich nicht erzwingen. Der Sender zahlte Peter die Hälfte des Honorars für die fertiggestellten Bücher und bestand darauf, die andere Hälfte nicht zu zahlen, da die Zahlung erst mit Beginn des ersten Drehtages fällig würde. Peter verlor also hunderttausend DM Honorar, und die bereits bis Folge 32 durchgeplotteten Geschichten wurden überhaupt nicht honoriert. Peter klagte.
Auf der Berlinale hatte er den Anwalt Peter Range kennengelernt, einer der führenden Spezialisten für Urheberrecht, der auch die Bundesregierung bei der Gestaltung der Gesetze beraten hatte. Range war davon überzeugt, dass man RTL verklagen müsse.
Zwar hatte Peter alle Verträge mit dem Wiener Produzenten geschlossen, aber Peter sah keinen Sinn darin, ihn zu verklagen, schließlich war RTL dafür verantwortlich, dass die Verträge nicht erfüllt werden konnten. Auch Range meinte, dass dieses Überspringen des Produzenten möglich und in diesem speziellen Fall sogar angebracht sei, schließlich gebe es überhaupt keinen Hinweis darauf, dass der Produzent die Sendung abgesagt habe. Also klagten sie gegen RTL und verloren.

Das Kölner Gericht traute sich nicht, gegen RTL vorzugehen, und verwies auf die Klagemöglichkeit in Österreich gegen den Produzenten, der dann RTL verklagen müsse. Mrkwicka winkte von vorneherein ab, er wollte nicht, schließlich produzierte er für den Sender noch ein weiteres Serienformat mit Helikoptereinsätzen in den Alpen.

Mrkwicka war zwar sauer auf RTL, wollte sich aber nicht ins eigene Fleisch schneiden. Peter Zingler blieb als Einziger auf der Strecke.
Jauch sendet bis heute auf dem Sendeplatz des *Zechenblues*.

Peter war nach der Niederlage nach Sri Lanka zur Ayurveda-Kur gereist. Carla war dabei, obwohl auch ihre Beziehung im Sterben lag. Er hatte auf ihren Wunsch außerhalb Frankfurts in der Wetterau ein Bauernhaus ausgebaut. Sie hatte es eingefordert mit der Argumentation: »Mit Doris hast du Spanien gebaut, mit mir gar nix.« Also die Wetterau. Es war teuer. Nicht wie in Spanien, wo er je nach Einnahmen bauen konnte, nein, hier musste er Darlehen aufnehmen. Schließlich kostete das dreihundert Quadratmeter große Anwesen mit Grundstück, altem Haus, Stall, Scheune und Umbau zwei Millionen Mark. Da er noch mehr Immobilien in Frankfurt und Hamburg auf Pump gekauft hatte, fand er auf seinem Konto plötzlich mehrere Millionen Miese vor.
Er erschrak, aber die Banker beruhigten ihn, es gab ja genug Gegenwert. Peter war sicher gewesen, durch die Serie jedes Jahr einige hunderttausend Mark verdienen zu können. Nun war die Serie abgesagt, die Beziehung kaputt und das Haus viel zu teuer für ein Wochenendhaus, denn er wollte in Frankfurt wohnen bleiben, in seiner Wohnung in der *Romanfabrik*. Also lud er Carla ein nach Sri Lanka, um das Beziehungsende in Ruhe zu besprechen. Er übergab das Bauernhaus einem Makler zum Verkauf, und vor der Kur setzte er auch noch einen wichtigen Vorsatz um. Er hörte auf zu rauchen. Nach über vierzig Jahren Gitanes und Gauloises steckte er sich am Flughafen Frankfurt die letzten beiden Zigaretten gleichzeitig in den Mund und rauchte fortan nicht mehr. Einfach so.

Und er brachte sein Leben wieder in Balance. Mittlerweile war er sechsundfünfzig Jahre und wollte nicht mehr ständig kämpfen. Er musste doch niemandem mehr etwas beweisen, oder?

Als er aus der Kur zurück war, die ihm gutgetan hatte, setzte er alles um. Das Bauernhaus fand einen Käufer, Carla zog aus und er entschloss sich, RTL zu verklagen. Der Wiener Producer Wolfgang heiratete und lud Peter nach Wien zu seiner Hochzeit ein. Bei der Feier lernte er Sandra kennen.

Sandra, eine erfolgreiche Malerin, saß mit ihrer Tochter am gleichen Tisch wie Peter. Er kannte sie nicht. Doch dann kam ein bekannter Wiener Galerist, stemmte seine Hände auf die Tischplatte, beugte sich zu Sandra runter und sagte laut und unfreundlich: »Du bist die größte Enttäuschung meines Lebens.« Peter wusste nicht, was für ein Film da gerade lief, aber er begriff, dass er nicht der Einzige war, der Höhen und Tiefen erlebte.

Die Frau interessierte ihn. Sie war Mitte vierzig, sah gut aus und gehörte zur zweiten Generation der jüdischen Opfer. Ihre Großeltern hatten in Wien, Tschechien und Ungarn mehrere Apotheken besessen und waren im KZ umgebracht worden. Ihre Mutter wurde als Kind kurz vor dem Zweiten Weltkrieg mit dem letzten Kindertransport von Prag nach London geschickt. In den fünfziger Jahren heiratete sie einen Engländer, gebar zwei Töchter, Sandra und Penny, und zog mit ihnen nach Australien, wo sie als Lehrerin arbeitete. Erst später, in den siebziger Jahren, kehrte sie mit ihren Töchtern in ihre Heimatstadt Wien zurück. Sandra studierte in London Malerei und hatte Erfolg mit ihrem wilden, bunten Strich. Galeristen rissen sich um sie, und es gab europaweit viele Ausstellungen. Manche ihrer Bilder wurden für zehntausend DM und mehr verkauft.

Peter und Sandra fanden zueinander. Jetzt sah es wieder so aus, als gäbe es eine Frau, bei der Peter sich fallenlassen konnte. Wöchentlich fuhr er nach Wien oder sie kam im Nachtzug nach Frankfurt. Endlich! Ihm gefiel besonders, dass sie freiberuflich und selbstständig war, dass sie wusste, was es bedeutete, lange künstlerisch tätig zu sein, und dann doch nicht dafür belohnt zu werden. Den Vorwurf des Galeristen, sie habe ihn enttäuscht, erklärte sie erst viel später. Er hatte viele Bilder von ihr verkauft, erwartete aber auch, dass sie sich bei besonders guten Verkaufsaussichten an der Prozedur beteiligte, bis hin zur Prostitution.
Durch Sandra erfuhr Peter zum ersten Mal unmittelbar, was es bedeutete, zu der zweiten Generation von Juden zu gehören, die, obwohl viel später geboren, darunter litten, was mit ihren Großeltern passiert war. Von Sandras Großelterngeneration lebte nur noch einer, ihr Großonkel Josef Cohn, der die KZs Auschwitz und Mauthausen überlebt hatte und sich heute darum kümmert, dass Mauthausen als Pilgerort erhalten bleibt. Allerdings behauptete er energisch, nicht als Jude, sondern als Kommunist im KZ gewesen zu sein. Er hatte im politischen Wirbel der dreißiger Jahre auf kommunistischer Seite kräftig mitgemischt.
Und dann erschien in der *Frankfurter Rundschau* aus Anlass der sechzigjährigen KZ-Befreiung ein großformatiges Foto aus einem KZ, in dem Hunderte von Koffern gestapelt oder aufgehäuft lagen. Einige waren beschriftet, einer davon dick und deutlich mit Kreide: Josef Cohn. Sofort eilte Peter nach Wien und ging mit Sandra und der Zeitung zum Großonkel. Ein harter alter Mann, aber er schaute nur, sagte nichts, starrte auf das Foto. Dann kamen ihm die Tränen, es war sein Koffer!
Peter zog zwei, drei Jahre später sogar nach Wien. Natür-

lich nicht ganz, aber er mietete am Volkert Markt im zweiten Bezirk eine gemeinsame Wohnung, um Sandra näher zu sein.

Beruflich ging es in dieser Zeit recht langsam voran. Er schrieb einen *Tatort* für den Saarländischen Rundfunk mit dem Titel *Reise ins Nichts*. Flüchtlinge aus Asien kamen in einem luftdichten Kühl-LKW ums Leben. Ein Szenario, das man fünfzehn Jahre später real erleben sollte.

Und wieder einmal bewahrheitete sich eine von Omas Weisheiten: »Und wenn du denkst, es geht nicht mehr, kommt irgendwo ein Lichtlein her.« Peter hatte es umgetauft und für Lichtlein »Geldschein« eingesetzt.
Die Bavaria, Deutschlands größter Fernsehproduzent hatte einen Auftrag für ihn. Ob er sich vorstellen könne, anlässlich des Geldumtausches in Euro im Februar 2002 einen deutsch-französischen Krimi zu entwerfen. Sie boten Jean-Paul Belmondo für die französische Seite und Götz George für die deutsche an. Mann, das war doch was. Belmondo, Kinoheld aus Peters Kindheit, und Götz George, den kannte er, hatte Peter doch einen Schimanski für ihn geschrieben. Natürlich konnte er da was erfinden für den Anlass und die beiden, das war doch keine Frage. Peter sagte der Bavaria zu und begann mit den Figuren und ihrem Vorleben.
Belmondo war ein berüchtigter Geldfälscher und Götz ein Bulle beim deutschen BKA. Beide hatten schon miteinander zu tun gehabt. Und beide mochten sich. Belmondo hatte vor zehn Jahren Tausendmarkscheine gefälscht und saß im deutschen Knast. Götz schob ihn persönlich nach Frankreich ab. Dabei lernte er auch Belmondos hübsche Tochter kennen, die ihren Vater unterstützte.

Götz erfuhr nun, dass Belmondo in Paris im Verdacht stand, bereits neue Euro-Geldscheine gedruckt zu haben, und nur auf den Stichtag warte, sie unters Volk zu bringen. Es gab Indizien, aber null Beweis. Offiziell begab sich Götz nach Paris, kontaktierte die Tochter, die ihn mit ihrem Vater zusammenbrachte. Allerdings hatten auch die Franzosen ihren schärfsten Hund, Kommissar Balou, auf Belmondo angesetzt. Der Mann war einfach ekelhaft und setzte sich über alle Gesetze hinweg. Das missfiel auch Götz und er schlug sich auf Belmondos Seite, auch weil das Töchterchen eine Vorliebe für Papas Freund aus Deutschland entwickelte. Letztlich drehten sie das Riesending, es ging um fünfhundert Millionen Euro, gemeinsam. Und obwohl keinem das Geld später fehlte und die Fälschungen von Kommissar Balou unbewusst als echtes Geld verbrannt wurden, hatten sie ihre Schäflein ins Trockene gebracht. Ein toller Beutezug von Götz, Belmondo und Belmondos Töchterlein. Als Filmtitel hatte Peter vorgeschlagen: *Silvesterblüten*.
Die Bavaria war begeistert, aber dann wurde Belmondo krank. Man wollte warten, bis er gesundet, aber das dauerte. Dann kam schon das neue Geld, und sie haben den Film abgesagt. Er sei jetzt nicht mehr aktuell. Immerhin haben sie das Drehbuch bezahlt, aber Peter erlebte erneut eine ganz große Enttäuschung.

In diese depressive Phase platzte ein Preis: die Ernennung zum Flensburger Krimistadtschreiber.
Ein Preis, der verlangte, dass er drei Monate in Flensburg leben sollte.
Er nahm an. Und diese drei Monate, fern des Tagesgeschäftes, haben ihn gerettet. Er gammelte, fuhr durch die Gegend, die er noch aus seiner Zeit als Drückerboss

gut kannte, besuchte die Moorleichen im Schleswiger Landesmuseum und an der Nordseeküste den Heimatort Emil Noldes. Er flog mit dem Coca-Cola-Abfüller in dessen zweimotorigem Flugzeug zum Inselhoppen. Es war witzig, Schleswig-Holstein ist so klein. Wenn man von Flensburg gestartet und nur zweihundert Meter hoch war, konnte man Nord- und Ostsee und im Süden Hamburg gleichzeitig erkennen. Und deutsche Geschichte lernte Peter wie nebenbei. Seitdem er Nichtraucher war, nahm er zu und joggte zum Ausgleich. Man glaubt es kaum, aber Flensburg ist hügelig, und wenn er vom Hafen nach oben lief, bekam er dicke Beine. Sein Ziel war ein Friedhof, auf dem er dann Runden drehte. Zunächst fiel es ihm nur beiläufig auf, aber dann blieb er stehen und schaute sich die Gräber in Ruhe an: Sie waren alt, fast hundertfünfzig Jahre, wo gibt es so was? In der Regel wird nach dreißig Jahren umgebettet. Na klar, der Friedhof stand unter Denkmalschutz. Als Peter die Namen las, wurde ihm klar, wer dort lag. Soldaten, junge Kerle von achtzehn, neunzehn Jahren. Mal waren es Dänen, mal Preußen oder Österreicher. Die Kriege im 19. Jahrhundert! Es musste mehrere gegeben haben, denn immer wenn eine Partei Flensburg eingenommen hatte, wurden ihre Toten dort beerdigt. In manchen Jahren nur Dänen, vier Jahre später nur Österreicher oder Preußen. Peter wurde klar, wie sehr um Süddänemark, dem heutigen Schleswig-Holstein, gerungen worden war; um die letzte Jahrhundertwende reichte Dänemark noch bis kurz vor Hamburg. Im sogenannten Deutschen Haus in Flensburg wurde dann nach dem Ersten Weltkrieg abgestimmt, wohin die Bevölkerung tendierte. Deutschland gewann die Volksabstimmung. Und noch eins lernte Peter in dieser Zeit, wieso es Flensburger Rum gab. Immer schon hatte er sich gewundert,

warum ausgerechnet Flensburg die deutsche Rum-Stadt war, dort wuchs mit Sicherheit kein Zuckerrohr. Jetzt erfuhr er: Flensburg gehörte zu Dänemark, und zu Dänemark gehörten einige Inseln in der Karibik. Dort wurde das Zuckerrohr geerntet, gekocht, vergoren und als Melasse nach Dänemark geschafft, besser gesagt nach Flensburg, weil es dort das beste Quellwasser des Landes gab, um das Gebräu auf Trinkstärke zu verdünnen. Das brachte ihn auf die Idee, einen Flensburg-Krimi zu schreiben, den als Arbeitsprobe abzugeben er verpflichtet war. Heyne verlegte das Buch, und er stellte es kurz vor dem Ende seiner Dienstzeit der Flensburger Öffentlichkeit vor. Auch einen Film zum Thema peilte er an, einen *Fall für zwei*, doch daraus wurde nichts. Die alten Produzenten gab es nicht mehr, und die neuen wollten die Geschichte nach ihrem Gusto lenken, Peter sagte ab.
Er wollte sich stattdessen auf eine große Sache konzentrieren, auf das Leben von Bernhard Grzimek.
Die Frankfurter Autorin und Dokumentarfilmerin Ina Knobloch, eine Biologin, die bereits viele Natur- und Tierdokumentationen gemacht hatte, sprach ihn an, ob er nicht Lust habe, mit ihr das Drehbuch über das Leben dieses äußerst populären Visionärs zu schreiben. Bernhard Grzimek kannte jeder in Deutschland. Jahrzehntelang hatte er einmal in der Woche, abends, mit einem Tier im Studio des Hessischen Rundfunks gesessen und den Zuschauern vom Leben der Tiere erzählt. In Anbetracht dessen, dass Grzimeks Sendung *Ein Platz für Tiere* in der ARD gesendet worden war, gingen sie davon aus, dass sie diesen Film der ARD verkaufen könnten. Allerdings waren die ersten Kontakte zu den Sendern nicht sehr erfolgreich gewesen. Wie immer hatten die Sender Angst, Geld zu investieren, und am liebsten wäre es ihnen gewesen,

wenn Peter und Ina umsonst gearbeitet hätten. Aber Peter kannte das ja schon, und so beschlossen er und Ina, den Stoff zunächst selbst zu entwickeln, und buchten als Erstes eine Reise in die Serengeti.

Bernhard Grzimek, geboren 1908, Tierarzt. Als Peter Zingler sich mit ihm beschäftigte, ging es ihm wie einst mit Hemingway. Von großer Hochachtung fiel er in tiefste Verwirrung. Was hatte dieser Mann für Facetten! Positive und negative und total schräge. Aber seine Person war mehr als einen Film wert. Peter war immer sicherer, den Stoff überhaupt gefunden zu haben. Da waren die bekannten Daten, der Fernsehstar mit seinen Tiergeschichten. Der Mann, der mit seinem ersten Film in den Fünfzigern *Kein Platz für wilde Tiere* den deutschen Filmpreis und die Berlinale gewann und mit seinem Weckruf-Film *Serengeti darf nicht sterben* sogar den ersten Oscar für eine deutsche Doku-Produktion erhielt. Ein Mann, der schon sehr früh begriffen hatte, was Rechte am Bild und Film wert sind und damit auch knallhart umging. Peter und Ina nannten ihn während ihrer Arbeit den »Leo Kirch des Tierfilms«, also geschäftlich ebenso gerissen wie der Filmhändler. Folgende Geschichte war für Grzimek typisch.
Als er Mitte der Fünfziger mit seinem Film *Kein Platz für wilde Tiere* im Hessischen Rundfunk vorsprach und vom Intendanten fünfhunderttausend Mark für die mehrfache Ausstrahlung in der ARD forderte, lachte der Intendant ihn aus. »Fünfhunderttausend Mark für einen Tierfilm. Nee!« Grzimek wies darauf hin, dass er den Film jetzt in Berlin vorstellen wolle, auf der Berlinale, und ihn auch zum Filmpreis gemeldet habe. Aber auch da winkte der Intendant ab: »Da gibt's nichts zu holen. Nicht für einen Tierfilm.«

Das Gegenteil passierte. Grzimek erhielt beide Preise und stand erneut im Büro, und der Intendant sagte: »Na gut, muss ja nicht schlecht sein, also sagen wir, okay, Fünfhunderttausend.« Aber Grzimek konterte: »Nein, jetzt kostet er eine Million, sonst bring ich ihn zur BBC.« Der Intendant muss wohl gekotzt haben, aber er zahlte.

Grzimek kam gegen Kriegsende nach Frankfurt. Es war im April 1945, und Grzimek stand auf einem Hügel vor Frankfurt und schaute auf die zerbombte Stadt. Er suchte den Chefredakteur der *Frankfurter Illustrierten* Wilhelm Hollbach, der mit und über Grzimek zu Friedenszeiten schon einige Tiergeschichten gemacht hatte. Grzimek hatte ihm eine der spannendsten geliefert, als 1937 in einem Zirkus in Leipzig der Dompteur während einer Raubkatzennummer ohnmächtig wurde und zu Boden ging. Die Tiger näherten sich dem leblosen Körper. Vom Zirkuseingang her lief ein Mann mit einem Gewehr herbei, doch auch Grzimek war durch die Menge zur Manege heruntergelaufen, befahl dem Mann, das Gewehr wegzulegen, öffnete die Gittertür und betrat die abgeschlossene Manege. Nur mit seiner Erscheinung und seiner Körpersprache veranlasste er die Großkatzen, vom Dompteur abzulassen, den sie schon mit den Tatzen hin und her geschoben hatten. Sie drehten ab und verließen die Arena durch den Sicherheitsgang. Tosender Beifall brandete auf. Grzimek hatte einmal mehr bewiesen: Er war kein Tierflüsterer, er war ein Alpha-Tier, auch für Tiger und Löwen. Die Geschichte machte damals die Runde; ein Mann in Frankreich hatte das Gleiche versucht, war aber von den Raubtieren zerfetzt worden.

Auch in den Kriegsjahren beschäftigte Grzimek sich mit Tieren. Auf einem berühmten polnischen Pferdegestüt löste er die jüdischen Inhaber ab, leitete das Gestüt durch alle Fährnisse und versorgte die deutsche Wehrmacht mit Pferden. Den jüdischen Männern und Frauen, denen das Gestüt gehörte, verhalf er durch einen vorgetäuschten Pferdetransport zur Flucht in die Schweiz, die sie von dort nach Kenia führte, wo sie dann wieder begannen, Pferde zu züchten.

Grzimek war zwar der Partei beigetreten, aber aus ganz pragmatischen Gründen, immerhin hatte er als Tierexperte im Reichsernährungsministerium gearbeitet und ein äußerst erfolgreiches Buch über die Geflügelhaltung geschrieben. Damals war jedes dritte Ei im Laden faul, und Grzimek, der im Auftrag des deutschen Reiches sogar in die USA reiste, um Geflügelzuchten kennenzulernen, bot Auswege an. Eine Massentierhaltung lehnte er jedoch stets ab.

Kurz vor Kriegsende entstand sein Kontakt zu Leni Riefenstahl, die in den Dolomiten einen Film drehte, bei dem ein dressierter Wolf benötigt wurde. Grzimek lieferte und machte außerdem das Double des Hauptdarstellers, weil dieser zu viel Angst vor dem Wolf hatte.

Mit Leni Riefenstahl hatte Grzimek wohl ein Verhältnis, die andere Seite des Tierfreundes, der Großes vollbracht hat, dabei aber keiner Frau aus dem Wege ging.

Nun wanderte er durch die zerstörte Stadt Frankfurt, am geschlossenen Zoo vorbei, von dem bekannt war, dass die meisten Tiere geschlachtet und aufgegessen worden oder verhungert waren, weil es kein Futter für sie gab. Grzimek schaffte es tatsächlich, Wilhelm Hollbach zu finden, der mittlerweile von den Amerikanern als Bürgermeister eingesetzt worden war und froh war, Grzimek wiederzutreffen. Er hielt Grzimek für unbelastet, was er in Wirklichkeit ja auch war, und bot ihm den Posten des Polizeipräsidenten an. Grzimek wollte nicht, er wollte Zoodirektor werden und den Zoo wieder auf Vordermann bringen. Aber Hollbach lehnte ab, der Zoo sei nebensächlich, Menschen seien jetzt wichtiger. Also wurde Grzimek Polizeipräsident. Aus jener Zeit stammt dann auch die Mär, er sei nie in der Partei gewesen. Die Geschichte hat Hollbach wohl den Amerikanern erzählt.

Peter erfuhr das alles! Sein Informant war der bekannte Konsul und ehemalige Henninger-Brauereibesitzer Bruno Schubert. Peter hatte an Schuberts legendären Mittagessen teilgenommen, die in ganz Frankfurt berühmt waren, denn der Mann hielt Hof.

Während des Krieges hatte Schubert als Soldat gedient, sein Vater war der Brauereidirektor. Als Wilhelm Hollbach überraschend Bürgermeister wurde, nahm er sich Bruno Schubert als Berater. Bruno wurde dadurch ein enger Verbündeter und Freund von Bernhard Grzimek bis an dessen Lebensende. Und Schubert wusste einiges, um nicht zu sagen, alles über seinen Kumpel. Sie hatten sich sehr nahegestanden.

Am Job des Polizeipräsidenten gefielen Grzimek eigentlich nur die Polizeipferde im Stadtwald, dort hielt er sich am häufigsten auf. Aber auch auf den Zoo richtete er weiterhin sein Augenmerk. So gelang es ihm, die Amerikaner davon zu überzeugen, den Zoo weiträumig abzusperren. Dazu gehörten dann auch die Privathäuser, die am Rande des Zoos als Ruinen den Krieg überstanden hatten. Und Grzimek erklärte sie kurzerhand zum Zoobesitz, der sei sowieso viel zu klein. Er ließ die Trümmer wegräumen und ignorierte die Eigentumsansprüche. Die Stadt Frankfurt hat noch bis in die neunziger Jahre mit Klagen ehemaliger Hausbesitzer rund um den Zoo zu tun gehabt. Fakt war aber, das Gelände wurde dem Zoo

zugeschlagen, und so erhielt er seine heutige Größe und Bedeutung.
Peter war von Grzimek begeistert. Der Mann war groß, blond und sah in seinen Tropenklamotten aus, wie Peter gern ausgesehen hätte. Groß und blond, aber Peter war leider nicht über 1,80 Meter groß und blond schon gar nicht. Und weil er so groß und blond und erfolgreich war, hatte Grzimek natürlich auch viele Widersacher. Es gelang ihnen sogar, den Mann eine kurze Zeit ins Gefängnis zu bringen, allerdings mit falschen Anschuldigungen, wofür sie später selbst eingesperrt wurden.
Und er war ein Schlitzohr. Als er den Zoo wiedereröffnete, lockte er die Menschen mit der Sensation, hier gebe es den einzigen weißen Elefanten der Welt. In der Nacht vor der Eröffnung gab Grzimek sich alle Mühe, den einzigen Elefanten mit Kreidefarbe weiß anzustreichen.
Auch seine Auseinandersetzungen mit dem damaligen amerikanischen Stadtkommandanten sind legendär. Der Kommandant, ein Generalleutnant, war einmal mit Grzimek und Schubert, im heißen Sommer 1945 nackt im Main schwimmen gewesen. Sie trieben einen Kilometer ab, und die Militärpolizei holte sie aus dem Wasser, weil vom anderen Ufer jemand gemeldet hatte, es hätten sich SS-Leute ihrer Uniformen entledigt. Die Militärpolizisten haben ihren Chef nackt natürlich nicht erkannt, es gab einige Probleme, die sich aber dann lösten, als die MPs sie im Jeep zu Schuberts Haus zurückfuhren und der General in seine Uniform schlüpfte. Der Vorfall war dem Stadtkommandanten natürlich oberpeinlich. Daher sollten alle darüber schweigen.
Grzimek versprach es, verlangte aber Hilfestellung vom General, der ihm nichts verweigerte. Grzimek wusste, was ein Pfund ist, wenn er es in der Hinterhand hatte. Zum

Beispiel bat er den Kommandeur um mindestens drei LKW, genug Benzin für weite Fahrten und Transportbefehle in unbegrenzter Zahl für ganz Deutschland. Damit wolle er die in anderen Zoos darbenden Tiere holen und dem Frankfurter Zoo einverleiben. Der Stadtkommandant atmete tief ein und aus, wies die Forderung zurück und sagte doch zu: Ein LKW, genug Benzin, aber jeder Fahrbefehl müsse bei ihm persönlich neu beantragt werden.

Also bestellte Grzimek den ersten Fahrbefehl nach Neustadt. Als ihn Kumpel Schubert kurz darauf fragte, wieso denn ausgerechnet Neustadt, grinste Grzimek nur. »Es gibt neunundzwanzig Neustadts in Deutschland. Wir können damit überall hinfahren.«

Als Hollbach seinen Oberbürgermeisterposten abgab, war auch Grzimek froh, kein Polizeipräsident mehr sein zu müssen, und kümmerte sich fortan nur noch um den Zoo. Da er mehr als zehn Jahre lang mindestens einmal monatlich mit irgendeinem Tier im Studio saß und Geschichten über Tiere erzählte, musste oder sollte die ARD doch diesen Film machen!! Aber es war wie immer schwierig. Peter bat seinen Freund Daniel, den Film zu finanzieren und zu protegieren. Dazu gehörte als Erstes eine Fernsehanstalt. Aber weder die ARD noch das ZDF signalisierten Zustimmung. Einige Redakteure versuchten sich an dem Stoff. Aber es war klar, der würde teuer. Es hätte in Afrika gedreht werden müssen, also in Tansania, der Serengeti und vielen anderen Gebieten Deutschlands und der Welt, und als Fernsehfilm hätte es mindestens ein Zweiteiler sein müssen.

Peter hatte vorgelegt, war, wie gesagt, mit Ina, seiner Mitautorin, in Afrika gewesen, auf eigene Kosten, sie hatten

einen Fahrer und einen Führer gemietet. Die Frankfurter Zoogesellschaft, die in der Serengeti eine Station unterhält, hatte ihnen die Hilfe zugesagt, die darin bestand, dass der damalige Leiter der Station mit ihnen einen kurzen Flug über das Gebiet machte. Die Unterstützung hörte auf, als das Gerücht aufkam, Hollywood wolle einen Film über Grzimek machen. Sofort ließ die Frankfurter Zoogesellschaft Ina und Peter fallen wie eine heiße Kartoffel. Das war doch was: Hollywood. Aus dem Ding wurde natürlich nie etwas. Genauso wenig wie aus den Privatinteressen eines großen amerikanischen Hotelbesitzers, der Grzimek persönlich gekannt hatte und mal auf einer Party anmerkte, ein Film über ihn würde sich lohnen. Aber tatsächlich hatte er, auf Nachfrage, auch nur Sprüche auf der Zunge und kein Geld in der Tasche. Es war traurig. Aber Peter hatte nicht vor, schon wieder jahrelang umsonst zu arbeiten. Er erinnerte sich an sein Interview mit Leni Riefenstahl kurz vor ihrem Tod, die auch gemeint hatte: »Glauben Sie, Sie finden einen, der das bezahlt? Ist der Grzimek so interessant?«
Ja! Er ist es. Er ist eine berühmte deutsche Nachkriegsfigur und er ist es wert.

Peter hatte noch während der Arbeit am Grzimek-Drehbuch ein neues Großprojekt aufgelegt. Mit Hilfe des Odeon-Film-Vorstandes Joachim Mendig plante er einen Teil seines Lebens, nämlich die Nachkriegszeit, als Film: Die Jahre 1947, 48, 49, als er vier Jahre war und hamstern ging, was er schon in der Kurzgeschichte *Die Hamstertour* niedergeschrieben hatte, wurden jetzt zum großen Projekt. Es gab in den letzten Jahren etliche Filme, die die Kriegszeit mehr oder weniger gut abdeckten, aber die Nachkriegszeit war bisher tabu. Also machte er sich dran.

Und auch ein Kölner *Tatort*, der zur Karnevalszeit spielt, musste abgeschlossen werden: *Restrisiko* spielte in einer Psychiatrie, also einer Irrenanstalt, und auf den Straßen während des Kölner Karnevals. Der Täter hatte die Leiche vor der Mauer der Psychiatrie abgelegt und damit einen deutlichen Hinweis gegeben, wo die Polizei zu suchen hatte. Das war natürlich die Blindspur, aber spannend. In einer Szene saß Peter als Schuster bei Mister Minit dem Protagonisten Freddy Schenk gegenüber, der sich bei ihm seine Wildwestboots besohlen lassen wollte. Dieser Boots-Gag wurde von Beginn der »Ballauf-und-Schenk-Zeit« im Kölner *Tatort* durchgezogen. Zu Hause, bei Frau und Familie, durfte er diese Stiefel nicht tragen. Also kam er immer in Sandalen ins Kommissariat und wechselte dort erst das Schuhwerk. In diesem Fall hatte er sich von Peter, dem Schuster, Gummisohlen gewünscht. Der schüttelte nur den Kopf über so viel Fehlgefühl, an Boots Gummisohlen zu kleben. Das wäre wie ein Gartenzaun aus Wagenrädern. Schenk wurde sauer, zeigte seine Waffe und sah Peter böse an. Der war beeindruckt, entschuldigte sich. Daraufhin zog Schenk zufrieden mit seinen Gummisohlen-Boots ab. Die Geschichte passte prima in den Karneval.

Dafür gab Peter nun vorerst ein anderes Projekt auf, das seit Jahren nebenherlief und für das er dreimal in die USA gefahren war, zweimal gar, um Klapperschlangen zu fangen. Der Ursprung lag in seiner ehemaligen Kneipe *Eiserner Hahn* in Frankfurt Sachsenhausen in den Siebzigern. Viele seiner Gäste waren GIs, also amerikanische Soldaten, einer hieß Jerry, und er war aus Oklahoma. Er erzählte die Story von dem Klapperschlangenfänger, der die Gaskammer in Tucson, Arizona, überlebt hatte, weil er sich an

das Blausäuregift genauso gewöhnt hatte wie an das der Klapperschlangen. In die Gaskammer kam er, weil er eine Frau aus Liebe umgebracht hat, eine Frau, die zuvor ihre Eltern und alle ihre Ehemänner getötet hatte. Ihr Vater hatte sie als Kind missbraucht, und sie konnte mit keinem Mann intim werden, obwohl sie aussah wie eine Sexbombe und auch Liebe und Nähe suchte, aber keinen Geschlechtskontakt. Das heißt, sie zog Männer an wie die Motten das Licht, aber wenn sie zu nahe kamen, tötete sie sie. Sie wurde in den Staaten unter etlichen Namen gesucht, es ist dort leichter abzutauchen. Aber sie hat auch in Gelnhausen, Deutschland, gelebt und einen US-Soldaten umgebracht. Dann geriet sie an den Schlangenfänger. Der hat was geahnt, recherchiert und dann mit ihr über ihr Problem und sein Wissen gesprochen. Sie verabredeten, es miteinander zu versuchen, er wollte ihr Zeit lassen, so viel sie brauchte. Die beiden liebten sich tief und innig.
Es hielt so lange, bis er betrunken war und sie bedrängte. Er ahnte, was ihm drohte, und wirklich, sie versuchte, ihn umzubringen.
Er merkte es und erschoss sie mit ihrem Einverständnis.
Irre Story, aber das Verifizieren war schwer. Die US-Behörden geben über ihre Hinrichtungen ungern Auskunft. Sie gaben aber zu, dass es in allen Bundesländern insgesamt fast dreihundert Fehlversuche gegeben hatte, den Verurteilten zu töten. Mal hatten die Schützen danebengezielt, der Strick war gerissen oder der Strom ausgefallen oder das Gift hatte versagt. Danach waren die Opfer schwer verletzt und verstümmelt, besonders bei Unfällen mit dem elektrischen Stuhl. Manche wurden dann erneut hingerichtet, in anderen Ländern wurden sie freigelassen, der Fehlversuch sozusagen als Gottesurteil gesehen. Es gelang Peter aber nicht, die Story des Klapperschlangenfängers

zu bestätigen, obwohl es ihm gelungen war, als Journalist in Tucsons Todestrakt zu kommen. Nun hatte Peter selbst zwölf Jahre im Gefängnis verbracht, aber diese Stimmung war kaum zu ertragen, obwohl es nur wenige Minuten dauerte. Er sah viele Männer in ihren recht großen Käfigen alleine mit Alltagssachen beschäftigt. Lesen, essen, schreiben, schlafen. Einige schauten Peter an, fragend, aber nicht wirklich neugierig. Gesprochen wurde nicht. Peter kam sich vor wie im Zoo, nur schnell raus hier!

Spannender war es beim »Rattlesnake Roundup« in Sweetwater, Texas.

Der findet jährlich am zweiten Märzwochenende statt und ist so was wie ein Volksfest. Die Klapperschlange wird wie die meisten Schlangen stark dämonisiert. Heutzutage stirbt kaum noch ein Mensch an Klapperschlangenbissen, und Tiere wie Rinder sind durch ihr dickes Fell und die Blutmenge vor ernsten Folgen geschützt. Trotzdem wird die Schlange verteufelt und in einem Volksfest hingerichtet. Es werden also in den Wochen vor dem Datum Tausende Klapperschlangen gefangen, registriert und vermessen. Dann wird ihr Gift gemolken, und sie werden getötet, enthäutet (für Gürtel und Hutbänder) und dann gegrillt. Es schmeckt etwa wie Hähnchenfleisch. Im zweiten Jahr war Peter so früh da, dass er mit den Schlangenfängern unterwegs sein konnte. Es ist leicht, Klapperschlangen zu fangen, wenn man weiß, wo sie leben. In diesen Felsen und Steinwüsten gibt es kaum Spalten ohne die, für Peters Begriffe, schönen Tiere. Ein Kanister mit Dieselsprit gehört dazu. Einige Spritzer in die Spalten, und sie kommen blitzschnell hervor. Diesel mögen sie gar nicht. Es ist ein Leichtes, sie mit der Stange auf dem Boden zu fixieren und sie dann hinter dem Kopf zu greifen und in eine Tonne zu stecken. Nach kurzer Zeit hatte Peters Trupp über

hundert Rattlesnakes für das Festival gefangen. Normalerweise nehmen die Profi-Schlangenfänger ihnen nur das Gift ab, füllen es in Kühlboxen und lassen die Schlangen wieder frei. Das Gift geht an ein Institut, das es chemisch verwertet, auch für Gegengifte.
Peter fragte die Männer nach seiner Figur aus der Gaskammer. Alle hatten schon von ihrem Berufskollegen und seiner Story gehört. Sie wussten sogar, dass er Indianer war und sein Vater ein Medizinmann, der von der Gewöhnung an Gifte wusste und sich immer von Schlangen beißen ließ, um vor seinem Volk als gottähnlich dazustehen. Aber Jahreszahlen, wann genau und wo alles passiert sein sollte, wussten sie auch nicht, waren aber sicher, dass die Story stimmte.
Übrigens gehörte zum Klapperschlangen-Volksfest auch immer eine Messe des örtlichen Rod-and-Gun-Clubs. In einer Riesenhalle hatten die Mitglieder Tausende von Pistolen, Revolvern, Gewehren, Munition und anderem Schießzubehör aufgehäuft und boten es zum Kauf an. Es gab alles. Solange das Geld reichte. Auch Peter hätte kaufen können, man wollte nicht mal einen Ausweis sehen!
Peter hat zu dem Thema ein Drehbuch mit dem Titel *Gift* geschrieben. Klaus Löwitsch hat es gelesen und wollte irrsinnig gerne den Schlangenfänger spielen, aber es war das Übliche. Zu teuer, Amerika, schräge Story usw. usw. Peter bekam noch mal einen besonderen Respekt für Filmemacher wie Wim Wenders oder Werner Herzog. Auch die haben mit Sicherheit hohe Hürden nehmen müssen, um ihre Erfolgsfilme drehen zu dürfen.
Also, Peters Stoff *Gift* ist noch zu haben.

Doch jetzt sollte mit Grzimek ein ganz anderes Projekt zu Ende gebracht werden. Aber Produzent Daniel Zuta

schüttelte immer wieder den Kopf. Die Sender würden das Drehbuch monieren. Klar, das Drehbuch dient immer als Vorwand, wenn man sich nicht festlegen will. Es gab nicht mal einen kleinen Zuschuss zu irgendwelchen Reisen, deshalb sagten Ina und Peter sich von Daniel Zuta los, und Peter fragte Nico Hofmann. Er selbst hatte mit Nico Hofmann ja den Film *Tödliche Wende* gemacht, und Nico Hofmann hatte ihn als Regisseur sehr überzeugt. Nico Hofmann war mit seiner Filmproduktion teamWorx in die Arme einer großen Bertelsmann-Firma geschlüpft und hatte viele Projekte gemacht, so nach dem Motto: Als Regisseur kann man nur einmal im Jahr richtig arbeiten, als Produzent aber viele Filme machen. Peter bot ihm also den Stoff an, und Hofmann sagte begeistert: »Ja!«
Wie gut Hofmann mit den Sendern konnte, erfuhr Peter schon wenige Tage darauf, ihm wurde ein Fax weitergeleitet, das der damalige ARD-Chef Struve an Nico Hofmann geschickt hatte und in dem er ihm gratulierte zu diesem tollen Thema und zu diesem tollen Stoff. Und auf diese Art und Weise folgten viele, viele positive Nachrichten.
Peter war überrascht, so was kannte er nicht. Später hat er von einem Programmdirektor des ZDF erfahren, woran es gelegen hat: Niemand wird einem kleinen Produzenten wie Zuta zehn Millionen anvertrauen ...
Also der Grund, warum es kleine Produzenten in Deutschland zu nichts bringen, ist der, dass die Großen bevorzugt werden! Nicht weil sie besser sind, sondern weil die Sender weniger Angst um ihr Geld haben: bei der Bavaria, bei Studio Hamburg oder ähnlichen Großproduzenten, wie auch bei der UFA.
Im Vorgriff auf die Grzimek-Produktion waren schon verschiedene Artikel in Zeitungen und Zeitschriften erschienen. Heiner Lauterbach sollte Grzimek spielen, später

wurde es ja Ulrich Tukur. Die Familie Grzimek meldete sich bei der Produktion und erhob Bedenken gegen diesen Film. Natürlich wussten Frau Grzimek und ihr Sohn um die Brisanz des Stoffes, denn sie kannten ihren Bernhard ja am besten. Tatsächlich hatte Peter aber nur die bereits bekannten Dinge verarbeitet. Die größten und brisantesten Geheimnisse, deren Bekanntwerden die Grzimeks wohl fürchteten, hatte er für sich behalten, obwohl er von ihnen wusste. Diese ganze Problematik besprach er auch mit den beiden Producerinnen von TeamWorx, Katrin Götter und Gesa Tönnessen. Die beiden schworen ihn ein, beharrlich zu bleiben. Die vorliegende Story war so gut, wurde überall gelobt. Wo käme man hin, der Familie Mitspracherecht zu gewähren. Die Grzimeks lebten gut vom Namen Grzimek. Immer wenn der Name fiel, streckte sein vermeintlicher Adoptivsohn die Hand aus, um zu kassieren. Nach dem Motto seines Vaters: Jedes Tierfoto ist eine Menge Geld wert.

Mit Peter haben die Grzimeks nie gesprochen. Aber auf einmal wurde das Klima mit der Produktionsfirma komisch. Es wurde ihm erklärt, natürlich wolle man keine Schwierigkeiten, besonders nicht, wenn der Film kommt, der werde ja teuer. Und die Familie sollte damit einverstanden sein. Und dann schickten sie der Familie das Drehbuch. Das war natürlich der größte Fehler überhaupt. So etwas darf man nicht machen. Zumal Grzimek eine öffentliche Figur ist, über ihn kann man einen Film machen, ohne die Familie zu fragen. Die haben natürlich rumgemosert. Ihr Vater war der Größte, der Schönste, der Beste, der wahre Tierfreund und sonst nichts.

Es kam zum Eklat, aber nicht bei den Grzimeks und Nico Hofmann, sondern zwischen denen und Peter Zingler, der sich einer derartigen Beschneidung seines Drehbuches nach seinen aufwendigen Recherchen nicht unterwerfen wollte. Hofmann, der auch schon einiges in den Stoff gesteckt hatte und ihn weiter für aussichtsreich hielt, trickste Peter aus. Die Produktionsfirma schrieb auf einmal: »Das Drehbuch ist schlecht« und dass sie ein neues Drehbuch schreiben lassen und den Stoff behalten würden. Sogar die Producerinnen fielen ihm jetzt in den Rücken und Gesa Tönnessen drohte ihm gar, wenn er zu viele Schwierigkeiten mache, würde man dafür sorgen, dass er, Peter Zingler, nirgendwo mehr einen Film unterbringen würde. Erst als Peters Anwalt mit dem Gericht drohte, zahlten sie vierzigtausend Euro. Peter begnügte sich zunächst mit dem Betrag. Die Ungewissheit eines Prozesses, er hatte ja schon einige schlechte Erfahrungen gemacht, zum Beispiel mit RTL, hielt ihn zurück. Damals hatte er viel Geld für einen Prozess ausgegeben und nichts gewonnen. Tatsächlich wären für ein Buyout des Drehbuchs beider Teile hundertzwanzig- bis hundertvierzigtausend Euro angemessen gewesen. Zuzüglich der Spesen und Reisekosten. Aber erst mal war Peter draußen.

Dann geschah Folgendes: Die Filmausstrahlung war für das Jahr 2008 vorgesehen, dem hundertjährigen Geburtstag von Grzimek. Das klappte nun aber nicht mehr. Dafür erschien überraschend zum Jubiläum das Enthüllungsbuch einer Frau, die auch, ohne die Familie zu fragen, ähnliche Recherchen wie Peter angestellt hatte und schrieb, wie umtriebig triebhaft Grzimek war. Was jetzt? Sie hatte weit mehr veröffentlicht, als Peter in seinem Drehbuch verraten hätte. Aber das spannendste Thema, wie steht es wirklich um die Verwandtschaft des Adoptivsohnes und war Grzimeks in Afrika abgestürzter Sohn wirklich dessen Vater, blieb auch bei ihr unerwähnt. Was durfte nun ins neue Drehbuch? Aber selbst wenn Hofmann jetzt noch

mal gekommen wäre, hätte Peter abgelehnt. Er mochte die Grzimeks nicht mehr. Sie hatten ihm eine seiner großen Geschichten vermasselt. Und jetzt mussten sie mit ansehen, dass doch alles ans Tageslicht kam.
Und so entstand ein Film, der kein bisschen Wildnis in sich hatte. Ein paar Tiere kamen vor, der Film wurde in Südafrika gedreht, nicht in der Serengeti oder im Ngoro-Ngoro-Tal, wo es tausendfach mehr Tiere gibt und wo Bernhard und Michael auch gearbeitet und gelebt haben und beerdigt sind. Und was die Person des Bernhard Grzimek betrifft, so hat man den Eindruck, als habe ein Ehetherapeut das Drehbuch geschrieben. Grauenhaft. Der Schauspieler Ulrich Tukur hat zwar das, was übrig war, glänzend gespielt, aber die Figur war es einfach nicht mehr, die Peter kreiert hatte. Und die ja wirklich so groß und so stark war, wie Grzimek sich jahrelang den Deutschen präsentiert hatte.
Peter schrieb nach der Ausstrahlung einen kritischen Artikel in der *Bild*-Zeitung und prompt regte sich Nico Hofmann auf, verbat sich die Einmischung und behauptete, es stimme ja alles nicht. Diese Reaktion diente wohl auch dazu, das eigene Unbehagen über den Ausgang der ganzen Geschichte zu kaschieren.

Peter war wütend. Fast so, wie nach der jahrelangen, erfolglosen Arbeit am *Zechenblues*. Da war er kurz davor gewesen, in Depressionen zu verfallen, aber diesmal überwog die Wut. Und: Wie immer kommt ein Unglück selten allein. Das war im Jahr 2007 und fiel mit der Auflösungsphase seiner Beziehung zu Sandra zusammen. Peter hatte die Wohnung in Wien schon aufgegeben, weil sie eine Beziehung mit einem Jugendfreund eingegangen war, den sie zufällig wiedergetroffen hatte. Der Mann war verheira-

tet und arbeitete auf einer Comedy-Bühne. Alles wäre nicht so schlimm gewesen, hätte Sandra es ihm gesagt, aber er erfuhr es zufällig, als er im Internet surfte. Es tat weh, sehr weh. Er hatte damals darüber nachgedacht, ganz nach Wien zu ziehen, auch sein Bruder Gino hatte mitgehen wollen, er hätte auch geheiratet, wenn Sandra das gewollt hätte, jedenfalls fühlte er sich einmal mehr entwurzelt.
Entweder er gab sich jetzt ganz seiner Trauer hin oder er unternahm etwas, was seine ganze Aufmerksamkeit beanspruchte. Nach Spanien fahren und sich ausweinen wollte und konnte er auch nicht mehr. Er hatte einige Jahre zuvor das Haus verkauft, als ihm klargeworden war, dass er in Spanien nicht alt werden wollte. Es war ein richtiger Glücksfall gewesen. Er bekam verdammt viel Geld für Haus und Grundstück, ein Jahr später platzte die spanische Immobilienblase und er hätte nur einen Bruchteil bekommen.
Also was nun, weinen oder arbeiten?

Also los und volle Konzentration auf die *Himmelsleiter*. Auch bei dem Stück hatte er ja schon seine kleinen und großen Kämpfe ausgefochten.
Die erste Produktionsfirma, Odeon, hatte aufgegeben, nachdem Joachim Mendig als Vorstand zurückgetreten war und ARD und ZDF zunächst einmal abgewunken hatten. Was Odeon-Film aber nicht daran hinderte, nach Ausstrahlung des Films acht Jahre später unverschämt sechstausend Euro zurückzufordern, obwohl Peter für das wenige Geld die ersten zwei Drehbuchfassungen geschrieben hatte! Die nächste Produktionsfirma mit Interesse stammte aus Köln. Die wollten Peter allerdings reinlegen und den Stoff an eine ihrer Erfolgsautorinnen

weitergeben. Die hatte soeben einen großen Erfolg, und die Produktion versprach sich daher einen schnellen Auftrag durch den Sender. Aufhänger ist ein Paragraph in jedem Drehbuchvertrag, dass ein weiterer Autor hinzugezogen werden darf, wenn es klemmt. Hier wollten sie gar nicht erst warten, bis es vielleicht klemmt, sondern Peter gleich raustricksen. Gott sei Dank machte die Kollegin nicht mit und hat Peter von dem doppelten Spiel informiert. Dazu gab es den inhaltlichen Streit mit einer Kölner Redakteurin, die Peter vorwarf, seine Mutter sei eine Prostituierte gewesen, weil sie nach dem Krieg mit einem belgischen Soldaten ein Verhältnis anfing, der ihr in der Kasernenkantine einen Job besorgt hatte, so dass sie immer etwas zu essen mit nach Hause bringen konnte. Die Redakteurin wörtlich: »Das schadet unserer Figur.« Nach dem wirklichen Hintergrund fragte sie nicht. Na klar, sie war siebenundzwanzig und die Nachkriegszeit lag über sechzig Jahre zurück. Aber Peter ließ nicht locker.

Er hatte zwar mittlerweile Regisseure und Schauspieler gefunden, die das Buch klasse fanden, aber auch die schafften es nicht, den Stoff zeitnah irgendwo unterzubringen. Es ging schon wieder ins fünfte Jahr, dann geschah ein Wunder. Peter war in der Sauna und lag draußen auf der Liege und entspannte, als das Handy klingelte. Es war Iris Berben. Sie sagte, sie habe das Drehbuch gelesen, es handele sich um das beste Buch, das sie seit vielen Jahren gelesen habe. Und sie würde gerne die Hauptrolle, die Ana, spielen. Sie hätte ihrem Sohn Oliver Bescheid gesagt. Peter jubelte! Jetzt musste doch was gehen.

Peter hatte kurz zuvor mit dem Regisseur Carlo Rola Kontakt aufgenommen. An den dachte er jetzt, nach dem An-

ruf von Iris Berben. Die arbeiten doch, wie er wusste, seit Jahrzehnten zusammen. Carlo hatte Rosa Roth erfunden und andere Stoffe besorgt und besaß mit Oliver und Iris Berben eine eigene Filmproduktion. Allerdings hatte Peter was mauscheln gehört, die Firma sei an die Constantin Film in München verkauft worden oder so ähnlich. Er wusste nichts Genaues, aber er verließ sich auf Carlo Rola. Sie hatten vor Jahren schon einen Kinofilm zusammen gemacht, *Peanuts – die Bank zahlt alles*, über jenen Immobilienkönig, der Anfang der Neunziger die Banken um Milliardenbeträge betrogen hatte und auf der Flucht war. Er wurde von allen »Doc Schneider« genannt. Peter hatte recherchiert und ein Buch geschrieben, das man eine Satire hätte nennen können. Denn es war tatsächlich so, dass die Banken diesem Mann nachgelaufen waren, um ihr Geld unterzubringen, weil es sonst keiner haben wollte oder sollte. Schneider war auch nicht wirklich ein Betrüger, denn das bedingt einen Vorsatz. Schneider glaubte, er sei der größte Immobilien-Guru Europas. Als er dann nach Amerika verschwand beziehungsweise dort untertauchte, wurde die Sache so aktuell, dass der Münchener Produzent Junkersdorf Peter bat, ein Drehbuch zu schreiben. Und das hatte es in sich. Er hatte sich zwar gewünscht, Götz George hätte den Schneider gespielt, weil er so ein Hauruck-Typ war, aber der Produzent entschied sich für Ulrich Mühe, einen feinen Schauspieler, der den Schneider gnadenlos gut darstellte. Seine Muse wurde durch Iris Berben verkörpert. Und Carlo Rola hat viele von Peters kleinen Gemeinheiten durchgesetzt.
Dann tat ihnen Schneider noch den großen Gefallen, sich in Amerika verhaften zu lassen, und am Vorabend der Filmpremiere wurde er ausgeliefert. Während die Bilder vom Flughafen Frankfurt gezeigt wurden, schnitt die

ARD in der *Tagesschau* einige Szenen ihres Filmes rein. Also mehr hätte Schneider ihnen nicht helfen können, obwohl er zuvor über Anwälte versucht hatte, das Projekt zu vereiteln. Der Richter, der über ihn zu Gericht saß, sagte später: »Es ist ja alles wie in Ihrem Film.« Und das war durchaus ein Lob. Peter hatte Schneider nicht als doofen Betrüger hingestellt, sondern einfach als einen, der die Schwächen der anderen, vor allem der Banken, ausgenutzt hat. Man hat ihm das Geld ja auch fast geschenkt. Er war selbst so überheblich, sich unerhört zu überschätzen. Das war der einzige Vorwurf, den man ihm machen konnte. Aber die Szene, wie er vor dem Reichstag stand und fast in Tränen ausbrach, als er das Gebäude zum ersten Mal sah, und sich klar wurde: Das Reichstagsgebäude muss er haben, renoviert es ganz schön und dann vermietet er es an die Bundesregierung zurück. Diese Szene hat es nicht wirklich gegeben. Aber die charakterisierte den Schuster, wie er im Film hieß, aufs Feinste. Dabei gab es noch ein Problem: Als die Dreharbeiten anstanden, wurde bekannt, dass im nächsten Monat der Verhüllungskünstler Christo den Reichstag in Tücher packen werde. Also musste man noch sechs Wochen vor dem Dreh diese Szene in den Kasten kriegen, weil die Verhüllung einige Monate dauern sollte. Das wurde auch so gemacht.
Seither kannte Peter also Carlo und war froh, dass er sich für die *Himmelsleiter* interessierte, auch er fand das Drehbuch Spitzenklasse.
Na, wenn das nix ist.

Peter war also ganz glücklich über den Anruf von Iris Berben. Er ging in die Sauna, um zu schwitzen, sah sich all die Frauen an und wunderte sich einmal mehr darüber, dass die meisten von ihnen mittlerweile keine Schamhaare mehr trugen. Begonnen hatte das Ganze wohl vor fünfzehn, zwanzig Jahren, aber es artete aus. Also beschloss Peter, der Sache nachzugehen, zu recherchieren und darüber eine Geschichte zu schreiben.

Der Tod des Schamhaares
Betrachtungen eines älteren Herrn

Die sogenannte gute alte Zeit war, wenn man sie wirklich erlebt hat, meist eine schwierige oder gar schlechte neue Zeit. Trotzdem gab es Beständigkeiten, auf die man sich verlassen konnte. Eine davon war der Griff ins weibliche Höschen und das Tasten in weichem, seidigem oder ruppig kratzigem Schamhaar. Man war am Ziel ... fast, Mensch, war das schön. Und heute?

Weibliches Schamhaar ist mittlerweile so selten wie ein vom Aussterben bedrohtes Tier. Nach der Verdammung von Achsel- und Beinbehaarung ist seit einigen Jahren auch an der Scham die totale Glatze angesagt. Eine Mode, der flächendeckend vor allem junge Frauen folgen, aber neuerdings gibt es auch immer mehr Männer, die sich ihren Brust- und Schamhaarschmuck restlos entfernen. Warum denn nur?

Schließlich ist das Schamhaar ja ein Zeichen von Reife. Früher, in der Pubertät, war es heiß ersehnt und wurde, als es endlich da war, heimlich rumgezeigt: Hier, das ist ein Haar! Hurra, ich bin erwachsen!

Bei Männern erklärt sich die neue Körperenthaarung wohl

mit der steigenden Selbstverständlichkeit des Homosexuellen und dem Eingeständnis weiblicher Anteile. Oder einfach mit der weiblichen Forderung, warum nur ich? Du auch!

Wer wie ich schon ein Leben lang in die Sauna geht, kann ungefähr bestimmen, wann der weibliche Kahlschlag begann.

Etwa fünfundzwanzig Jahre sind es her, und es war noch eine der Saunen mit: *montags Damen, dienstags Herren und mittwochs gemischt*. Das grandiose Zauberwort: gemischt! Dort sah ich die erste Totalrasur bei einer deutschen, nicht muslimischen Frau.

Seitdem geht's bergab, oder besser gesagt: haarab.

Gegen die Körperbehaarung im Allgemeinen kämpfen weibliche Schönheitsfreaks schon viel, viel länger. Im letzten Jahrhundert, zwischen den Weltkriegen, wurde es modern, die Achseln zu rasieren. Das hat nichts mit der Körperfunktion zu tun, denn die Schweißdrüsen arbeiten nach wie vor. Und ist es wirklich hygienischer? Gründlich gewaschen riechen die Achseln, rasiert oder auch nicht, stets nach frischem Schweiß. Aber an diesen Stellen Haare zu zeigen, schien den prüden Amerikanerinnen, besonders in Hollywood, auf einmal zu provokant.

Als der »Neue-Deutsche-Welle-Star« Nena Mitte der Achtziger in London auftrat, waren der Presse *99 Luftballons* weniger Text wert als die schwarzen Haarbüschel, die frivol unter ihren Achseln hervorlugten.

Als Kind im Rheinland aufgewachsen, erinnere ich mich an den passenden Spruch: »Herrjöttche steh mir bei – unter de Arme hat se auch noch zwei.« Damit ist die Männerphantasie klar beschrieben. Und Madonna pflegte als Teenie ihre Achseln nicht zu rasieren, nur um zu provozieren: »Sieh, so wie hier oben sehe ich unten auch aus.«

Das Beinhaar wurde in den dreißiger Jahren zum echten Frauenfeind, weil es in den neu erfundenen Nylonstrümpfen plattgedrückt wurde und aussah wie eine ungemähte Wiese.

Dabei galt weibliche Behaarung früher, und für viele gilt das heute noch, als Aphrodisiakum für Männerhirne. Als Buben suchten wir gierig im Schwimmbad nach Frauen, aus deren Schritt im Badeanzug vorwitzige Schamhärchen herausschauten und kriegten prompt rote Ohren, und nicht nur das.
Starker Bart-, Bein- und Achselbewuchs bei Frauen erweckte bei uns Jungs die Illusion eines riesengroßen Bären, wie wir das Schamhaardreieck ehrfürchtig nannten.
In der klassischen Malerei des letzten Jahrtausends fehlte das Schamhaar stets, weil es zu erotisch gewirkt hätte. Stattdessen gab es immer nur rosa Venushügel ohne weitere Details.
Erst bei den frühen erotischen Fotos des späten 19. Jahrhunderts wurde durchaus Wert auf starken Schamhaarwuchs gelegt. So dicht, dass das eigentliche Geschlechtsteil unsichtbar blieb. Und Helmut Newtons Fotoserie *Starke Frauen* sind auch erst aus den Siebzigern!
Früher war alles nur bei sorgfältiger Nachsuche zu finden, während es sich heute dem Betrachter ohne Schutzhaar geradezu aufreizend anbietet. Seht her, so sehe ich aus! Neue Frauenpower? Oder warum rasieren sich immer mehr Frauen dort, wo die Natur den klaren Blick verhindert?
Die westliche Kultur bewahrte das Schamhaar als gottgegeben im Gegensatz zu den Moslems, deren Frauen sich schon immer intim rasieren. Gibt es da Synergien? Kopftuch nein, Intimrasur ja?

Ich befragte etliche Frauen aus meiner Bekanntschaft und erhielt von denen unter fünfunddreißig spontan freimütige Antworten. Ja, sie rasieren sich, das sei sauberer, oder, das mache man doch heute so, oder, das tun alle meine Freundinnen. Aber einen richtigen Grund für das schwierige, häufige Rasieren wusste keine. Religion schlossen sie aus. Es sei halt in oder Kult, oder die Männer wollen das halt, war die häufigste Antwort. Nur bei den ganz jungen Mädels, so ab zwölf, war es ganz klar, Haare sind eklig!
Einige glaubten allerdings, ein paar Härchen müssten bleiben, damit es nicht aussieht wie ein Kindergeschlecht. Sonst käme man ja auf die Idee, der eigene Mann sei ein Kinderschänder.
Wohin das führen kann, erlebte jetzt erst die berühmte Hollywood-Schauspielerin Kate Winslet. Für ihre oscargekrönte Rolle in *Der Vorleser*, der in den Fünfzigern spielt, musste die Dame ein Schamhaartoupet zu Hilfe nehmen, weil durch ihr jahrelanges Waxing auch bei Nichtrasieren kein dichtes Schamdreieck mehr entstand. Also wurde eine Perücke aufgeklebt, bestehend aus echtem Schamhaar. Ob die Dame, von der das Original stammte, für ihre Leistung auch einen Oskar bekommen hat, ist nicht bekannt.
Bei den meisten begann die Rasierlust mit der Bikinizone im Sommer, dann wurde es der Irokesenschnitt oder der Landestreifen, später forderte der Freund mehr Glatze, er, der genau wissen wollte, auf was er sich einließ.
Im Fall von Charlotte Roches Romangestalt Helen in *Feuchtgebiete* war es ein Schwarzer, der sie, statt in die Bar, zu sich nach Hause zum Rasieren einlud. Für Männer keine schlechte Alternative! Rasieren statt saufen, keine teuren Dinner mit Champagner und anschließender Disco mehr, sondern nur ein paar neue Rasierklingen, und man ist gleich da, wo man sowieso hin will.

Aber vielleicht ist alles auch nur Ergebnis einer geheimen Werbekampagne der Rasierklingen-Industrie, deren Kassen heute übervoll sein müssten? Rasierende Frauen sind umworbene und begehrte Kundinnen, zumal die topdesignten Plastikrasierer und ihre Klingen ekelhaft teuer sind.
Tatsächlich trifft das alles zu. Intimrasur bei Frauen ist Kult, und wie Kult entsteht, konnte noch keiner erklären. Dabei ist das Enthaaren an einer solch schwer zugänglichen Stelle für Selbstrasierer keineswegs eine Kleinigkeit. Trockenrasierer schaffen es kaum und Epilieren tut sauweh, besonders an dieser heiklen Stelle. Das gilt auch für die Wachsstreifenmethode. Und die sogenannte Fotoepilation schmerzt ein bisschen weniger, kostet aber etwa tausendfünfhundert Euro pro Muschi. Bleibt die Nassrasur, aber auch die ist nicht ohne Risiko. Wenn die Klinge stumpf ist, sind böse Entzündungen möglich, die Härchen wachsen nach innen und vereitern. Außerdem jucken die nachwachsenden Stoppeln wie verrückt und lassen die Damen sich völlig undamenhaft dort kratzen, wo es auch Filzläuse sein könnten. Außerdem ist dieser Dreitageintimbart für männliche Glieder die reinste Nadelfalle. Ein Abrutscher und schon brennt der Baum.
Noch unangenehmer werden die Stoppeln, wenn die engsitzenden Strings, auch Ritzenputzer genannt, die Stoppeln in der Kerbe wund scheuern. Denn zur totalen Rasur gehört auch die Gegend um den Anus. Und genau das hat Helen, die Titelheldin von *Feuchtgebiete*, nach einem Rasierunfall in die Klinik gebracht, eine Analfissur. Auf Deutsch, sie hat sich beim Rasieren in den A... geschnitten! Wenn daraus dann immer ein Bestseller wird, lohnt sich das Ganze.

Wann immer Peter diese Geschichte auf Lesungen vortrug, es gab stets große Anteilnahme und Jubel der anwesenden Frauen. Vielleicht wurden sie sich alle erst während der Lesung des Drucks dieses Kults oder des So-was-hat-man-heute bewusst.

Peter glaubte an die *Himmelsleiter*, die er unbedingt jetzt umsetzen wollte. Der Titel des Films, die *Himmelsleiter*, ist in Wirklichkeit eine Straße an der deutsch-belgischen Grenze. Dort wurden, wie *Im Tunnel* bereits erzählt, nach dem Krieg viele Kinder aus der Großstadt auf LKW hingeschafft. Die Kinder trugen Rucksäcke voller Buntmetall wie Kupfer und Messing, und sie überquerten von hier aus heimlich die Grenze. Drüben gab's dann für das ganze Zeug eine Schachtel Belga-Zigaretten oder ein Päckchen Mokka-Kaffee. Kinder deshalb, weil sie unter vierzehn und nicht strafmündig waren.
Die Erwachsenen schickten die Jungs und Mädels auch durch den Hürtgenwald, in dem erst kurz vor Kriegsende die verlustreiche Ardennenoffensive stattgefunden hatte und in dem immer noch Leichen und Berge von Munition lagen. Ein Kollege von Peter, drei Jahre älter, also etwa acht, war auf eine Mine getreten und zerrissen worden.
Der kleine Peter hatte 1948 im Wald eine 45 ACP und eine P38-Pistole gefunden. Damals war man als Kind früh mit solchem Schießgerät vertraut. Genauso mit den achteckigen Stabbrandbomben der Briten, die sich mit einem Zehner-Schlüssel öffnen ließen. Mit einem Schlenker wurde das Phosphor verstreut, so dass es in der Luft in Flammen aufging. Was für ein Wunder, dass den Kids nichts passiert ist.
Daher also der Titel *Die Himmelsleiter*, ein schöner Name,

und er sollte für die Realisierung des Films einen Zusatz bekommen. *Die Himmelsleiter, Sehnsucht nach Morgen*.
Peter hatte drei Optionen, Iris Berben, Oliver Berben und Carlo Rola. Die drei bildeten ein bewährtes Team. Doch dann der Schock!
Iris Berben und ihr Sohn Oliver hatten sich von Carlo getrennt. Carlo hatte sich seinen Teil an der Firma auszahlen lassen, und sie arbeiteten nicht mehr zusammen. Peter war fünfzehn Jahre zuvor schon einmal an den dreien gescheitert. Damals hatte er ein Drehbuch für die Serie *Rosa Roth* geschrieben, die von der UFA produziert wurde. Nach einem internen Streit übernahmen Rola, Berben und Oliver Berben mit ihrer neu gegründeten Firma Movie die Produktion der Serie und Peters Buch hing in der Luft und wurde nie gedreht. Jetzt drohte Ähnliches. Oliver Berben rief an, er habe von seiner Mutter von der *Himmelsleiter* gehört, und bat Peter, er solle es schicken, dann würden sie was machen. Peter stimmte zu, sagte aber: »Im Moment hat's noch Carlo.« Weg war Oliver, Peter weiß nicht, ob beleidigt, aber er hat sich nie mehr gemeldet.

Schließlich rief Carlo an und sagte: »Ich hab einen.« Peter wagte gar nicht zu fragen: »Was hast du?« Er wusste, was Carlo meinte. Jemanden, der den Film machen will. Peter fuhr nach Berlin und traf Sascha Schwingel. Er war Producer ausgerechnet bei teamWorx von Nico Hofmann, mit der Peter bei der Grzimek-Story so schlechte Erfahrungen gemacht hatte. Aber Schwingel sagte, er habe längst gekündigt und werde ab Januar bei der Degeto arbeiten, der Überorganisation der ARD, und dort Redaktionsleiter werden. Peter fiel ein Stein vom Herzen. Das war genau die Position, in der man so etwas entscheiden konnte. Schwingel erfragte einige Details aus dem Stoff, und Peter spürte, der war total begeistert und setzte auf Carlo. Er hatte wohl mit ihm schon mehrfach zusammengearbeitet und wusste, was er kann und wie er's macht. Aber dann schob er noch einen kleinen Satz nach: »Ich habe in Trier gewohnt und bin nach Köln zum Studium gefahren, und ein Teil dieser Strecke durch die Eifel führte über die *Himmelsleiter.*« Das wird natürlich nicht der einzige Grund gewesen sein, warum er den Film forcierte. Aber es blieb dabei. Als Sascha zur Degeto wechselte, kam das Interesse und mit Carlo kamen auch die Bavaria Filmproduktion und Doris Zander dazu, wohl die beste Produzentin der Firma, und von da an ging es flott. Vertrag, Vorbereitungen. Im Sommer sollte gedreht werden. In Prag.

Zu der Zeit war Peter mit Irene liiert. Irene war im Herbst 2007 kurz nach der Wiener Malerin Sandra in Peters Leben getreten. Damals hatte Peter vom Hessischen Literaturrat ein Stipendium im litauischen Vilnius bekommen, vier Wochen. Er ging aus mehreren Gründen dorthin. Erstens war Peter noch nie im Baltikum gewesen und es interessierte ihn. Zweitens stammte sein jüdischer Großvater aus Estland und Litauen. Das heißt, dessen Vater war in Estland geboren, und es gab noch Unterlagen in der Familie. Alles in deutscher Handschrift, also in Sütterlin, fein säuberlich geschrieben. Die Ausstellung eines Wandergewerbescheins, also auch der Urgroßvater war schon einer, der an den Haustüren verkaufte.
Und den Ausreisebescheid in die Vereinigten Staaten von 1863. Aber lang hat er 's nicht ausgehalten, kurz darauf muss er zurückgekommen sein. In den USA tobte ja der Bürgerkrieg.
Peters Großvater ist um 1890 in Reval, Estland, geboren, dann aber irgendwie nach Litauen geraten, und am Ende

des Ersten Weltkrieges nach Deutschland ausgewandert. Wo er dann Peters Großmutter becirct hat. Und weil der Opa aus Litauen gekommen war, war er staatenlos, und wurde auch, weil er Jude war, nie Deutscher. Und diese Staatenlosigkeit steht sogar noch in Peters Geburtsurkunde.

Jetzt also, auf nach Litauen! Er war sehr neugierig. Am Flughafen holte ihn eine junge Frau ab, die den Auftrag hatte, sich um den Schriftsteller zu kümmern. Sie sagte später: »Da sollte ein über sechzigjähriger, alter Schriftsteller kommen, stattdessen kamst du.« Das war Irene, eine gebildete junge Frau, die perfekt Deutsch sprach, manchmal besser als Peter. Vor allem grammatikalisch, sie sprach sogar im Genitiv! Dafür brachte er ihr Umgangsdeutsch bei. Sie machte schnell Karriere, sie war einfach ein guter Typ.

Peter war noch traurig wegen des Beziehungsendes mit Sandra, und das schien Irene zu spüren. Als das Stipendiat vorbei war, begleitete sie Peter nach Frankfurt, weil sie sowieso zur Buchmesse wollte, und seitdem waren sie ein Paar. Ein sehr ungleiches Paar, denn sie war nur halb so alt wie er. Aber vom Gebaren her viel reifer als ihr Alter, Ende zwanzig, vermuten ließ. Sie hatte keinen Zug zu allnächtlichen Discothekentouren oder ähnlichen Aktivitäten. Sie war vielmehr an Kultur, Kunst und Film interessiert. Peter fühlte sich mit ihr wie neugeboren.

In den Folgejahren fuhr er etwa einmal monatlich nach Vilnius, und Irene kam mindestens genauso oft oder noch öfter nach Deutschland. Es war auch deswegen eine angenehme Beziehung, weil nicht so viel Alltag auf sie hereinprasselte.

Zu jener Zeit hatte Peter für den Münster-*Tatort* einen Plot geschrieben, er hieß *Spargelzeit*, und es ging um Spargelstecher beziehungsweise -stecherinnen, die in großer Anzahl aus dem Ausland für einige Wochen nach Deutschland eingeladen werden, um so preiswert wie möglich die Stangen aus der Erde zu stechen. Und jetzt kommt wieder eine jener Geschichten, bei der der Zuschauer gar nichts entscheiden kann, weil er ja die Originalversion der Geschichte nicht kennt. In Peters Fall ging es um den Mord an einer Spargelstecherin, einer Polin, die in ihrer Heimat Lehrerin war, aber angeblich des guten Verdienstes wegen für drei Monate nach Deutschland gekommen war. Sie sprach perfekt Deutsch, und als die Polizei ihr Leben checkte, kam heraus, dass ihr Vater 1945 in Münster geboren war, als Sohn einer polnischen Zwangsarbeiterin. Nun richtete sich das Interesse auf den Bauern. Der Bauer war, wie auch seine Vorfahren, ein kleiner König. Es handelte sich um einen großen Hof. Und wenn er auch nur Spargel und Erdbeeren anbaute, so war er doch reich. Sehr reich. Den Hof hatte schon sein Urgroßvater besessen und auch während des Krieges, durch Zwangsarbeiter weiter betreiben können. Der Bauer war mehr als ein Macho. Man könnte ihn als alten Großgrundbesitzer bezeichnen, der das Recht der ersten Nacht von den Töchtern seiner Bediensteten verlangte. Keine einigermaßen hübsche Polin lag nicht auch in seinem Bett. Seine Frau wusste das und nahm das alles mit knirschenden Zähnen hin, hätte ihn aber am liebsten umgebracht, konnte jedoch nichts machen, denn sie selbst stammte aus einer mittellosen Familie. Wenn er sich von ihr trennte, wäre sie wieder arm. Was also war mit der Polin geschehen?

Auch sie hatte sich mit dem Bauern eingelassen. Aus zwei Gründen. Erstens um ihm klarzumachen, wer sie ist und was sie über ihn und seine Vorfahren weiß. Sein Vater war auch der Vater ihres Vaters. Im Grunde waren sie Halbbrüder. Außerdem hat sie seine Aktivitäten zugelassen,

um ihn wegen Unzucht mit Abhängigen und Nötigung in der Hand zu haben. Der Bauer war sich wohl im Klaren, was er sich da eingehandelt hat, und versuchte, mit ihr einen Deal zu machen. Vielleicht hat er ihr auch versprochen, sie anstelle seiner Frau zu heiraten.
Jedenfalls wurde es seiner Frau unheimlich, wie sehr die beiden die Köpfe zusammensteckten, also hat sie dafür gesorgt, dass das Mädchen umgebracht wurde. Es war also eine rein persönliche Geschichte mit politischem Hintergrund.
Das hat der Redakteurin des WDR überhaupt nicht gefallen. »Ach, Zwangsarbeiter, immer diese alten Geschichten ...« Also, wenn Peter den Stoff retten wollte, musste er ihn überarbeiten lassen. Und dann kommt immer die große Frage: Soll er ganz stur sein und eventuell noch Geld drauflegen, oder lässt er 's überarbeiten? Dass dann der mittlerweile berühmte Jürgen Werner sich des Skripts annahm, hat Peter ihm später übelgenommen. Was hat er draus gemacht? Die ganze politische Geschichte raus und dann wieder ein kitschiges Familiengeheimnis rein. Die Tochter des Bauern hat ihre Mutter umgebracht, weil die sie nicht geschützt hatte, als sie vor einigen Jahren vergewaltigt wurde, und ihr nun auch noch den Liebhaber wegschnappt. Als Vergewaltiger entpuppt sich dann in der letzten Szene ein Dorfpolizist. Man fragt sich, warum eine solche Geschichte auf einem Spargelhof stattfinden muss? So wurde er dann gedreht. Wenn Peter ihn heute sieht, kommt ihm immer noch die Galle hoch, obwohl die Zuschauer auch diesem Münster-*Tatort* eine Top-Quote bescherten.

In Litauen hatte Peter Kontakt mit dem Leiter des jüdischen Museums aufgenommen, Markas Zingeris. Die bei-

den versuchten, Spuren von Peters Großvater zu finden. Vor dem Krieg hatte es in Vilnius etwa dreißig Synagogen gegeben, heute gibt es nur noch eine. Schon vor den Deutschen hatten die Litauer begonnen, die Juden zu vertreiben und zu töten. Die Deutschen erledigten den Rest. Zingeris erzählte ihm, dass sein Vater ganz unten in der Prachtstraße von Vilnius neben der Kathedrale im Haus Nummer 6 gewohnt und von 1937 bis 1945 viermal versucht hatte, einen neuen Pass zu bekommen, so oft wurde die Straße umgetauft. Mal Stalinallee, mal Gediminas Projekt, mal nach Adolf Hitler, dann nach Lenin. Er hatte die Wohnung nie verlassen, und die Hausnummer blieb stets die gleiche, die Nummer 6.
Er erzählte Peter von einem Juwelier, einem Nachbarn, und dessen Sohn, der später ein berühmter, großer Schmuckhändler geworden sei, der aber frühzeitig, bevor der Krieg begann, Litauen verlassen habe. Dessen Geschichte fand Peter spannend. Er hat sie unter dem Titel *Brillante Zeiten* geschrieben. Sie wird sicher bald als Buch erscheinen und als Film auf der Leinwand zu sehen sein.
Peter traf sich häufig mit Zingeris, der Mann konnte einfach gut erzählen.

Irene brachte Peter zum Erblühen. Sie war jung und wollte viel erleben. Und er gab ihr, was er sich zeitlich leisten konnte. Er fuhr mit ihr zur Ayurveda-Kur nach Sri Lanka und zu Pit nach Peru. Dabei erlebten sie eine typisch peruanische Geschichte. Zumindest in Deutschland hätte sie nicht passieren können. Als sie Pit in Chachapoyas besuchten, lag im Bett eine junge Frau mit einem gerade geborenen Baby. Es war nicht Pits Frau Elisabeth. Pit erzählte ihnen hinter vorgehaltener Hand die Geschichte. Elisabeth, schon sechzig Jahre alt, hatte keine Kinder und

konnte keine kriegen. In jedem südlichen Land eine Schande. Daher, so erzählte es Pit, habe sie ihn gebeten, eine oder am besten zwei Frauen zu schwängern und ihnen die Kinder abzukaufen. Nach der Geburt eines Jungen im Dezember folgte drei Wochen darauf die Geburt eines Mädchens von einer zweiten Frau. Und Elisabeth ging eine Woche später mit der Bescheinigung eines Arztes zum Amt und meldete die Geburt von Zwillingen. Die beiden haben sich in den folgenden Jahren toll entwickelt, leider wurde Elisabeth krank und starb, als die Kinder sechs Jahre alt waren.
Irene war berührt von dieser Geschichte, weil sie Elisabeth verstehen konnte. Auch sie wünschte sich, irgendwann einmal, Kinder.
Irene und er fuhren nach Spanien, zeitweise mietete er sein altes Haus an oder eine Wohnung direkt am Meer. Peter nahm sie mit an den Wörthersee, wo er jährlich eine Mayr-Kur machte. Oder sie fuhren gemeinsam mit dem Auto die Ostseeküste entlang von Deutschland über Polen, Königsberg, Litauen, Lettland nach Estland. Oder an die Côte d'Azur oder in verschiedene deutsche Städte. Zum Oktoberfest nach München und mehrmals zum Karneval nach Köln. Hier lernte Irene Peters Kinder und Enkel kennen. Sie begeisterten sich füreinander, aber er merkte, Irene war nicht wirklich glücklich, und er ahnte, dass er ihr das, was ihr fehlte, nicht geben konnte. Ein Zusammenleben als Paar und Kinder. Sie wünschte sich Kinder. Das sagte sie nicht, aber das sah man ihr bei jedem Kind, das ihnen begegnete, an. Halbherzig suchte er nach einem Job für Irene in Deutschland, aber es gab nichts. Sie reiste häufig für ihren Job von Litauen aus durch die Welt. Nach Vilnius umzuziehen kam für Peter nicht in Frage. Er sprach mit ihr, sie bestätigte sein Gefühl, wollte sich aber

nicht von ihm trennen. Immerhin hatten sie fast sieben Jahre miteinander verbracht. Aber einmal ausgesprochen, garte alles auf kleiner Flamme, und so kam es am Ende zur liebevollen Trennung. Es flossen Tränen, denn im Grunde wollten sie sich nicht verlassen, aber sie mussten es tun. Irene war mittlerweile sechsunddreißig, und sie wurde unruhig, wenn ein Kind, dann bald. Peter gab sie frei und sie ihn. Natürlich ging es nicht so einfach, trotz allen Wohlwollens. Immer wenn sie beruflich in Deutschland war, trafen sie sich. Sie telefonierten oft via Skype miteinander. Und sie verriet offen ihre Probleme, jemanden kennenzulernen. Sie wollte einen Mann, der den Ernst des Lebens begreift und bereit war, mit ihr ein Kind großzuziehen. Nicht so einfach. Etwa ein halbes Jahr später erzählte sie, dass sie einen Mann kennengelernt habe, den sie sehr interessant fand. Er war schon einmal verheiratet gewesen, aber die beiden schienen zueinander zu passen.

Der *Himmelsleiter*-Dreh stand im Sommer endlich an. Anne wurde nun nicht von Iris Berben, sondern von Christiane Paul gespielt, Nazi-Zettler von Axel Prahl und der musikalische Bauer von Henning Baum.

Es waren drei Monate Dreharbeiten in Prag und Umgebung geplant. Zum ersten Drehtag flog Peter ein. Von Prag aus fuhren sie mit dem Bus nach Süden und erreichten eine heruntergekommene ehemalige Zuckerrübenfabrik. Sie war längst verfallen, aber jetzt hatten sie sogar noch den Kamin gesprengt, um für die Kulisse genügend Ziegelsteine zu haben.

Peter kam aus dem Staunen nicht raus. Da hatten sie ein ganzes Viertel des im Krieg zerstörten Köln nachgebaut. Es waren Straßen gepflastert und Ruinen errichtet worden. Es gab Geschäfte und Kinos, alles wie von Bomben

zerstört und arg ramponiert. Die Straßen wurden an den Enden mit einem Blue Screen geschlossen. Dort sollte dann später der Kölner Dom eingeblendet werden. Aber auch fürs Personal war gut gesorgt: Es standen Dutzende Wohnwagen herum. Allein die Kostüme für die vielen Kinder und Menschen aus jener Zeit waren beeindruckend. Und die Frisuren erst. Peter schwoll der Kamm, er kam sich vor wie in Hollywood. Er war richtig stolz. Als er dann Christiane Paul, Henning Baum und Axel Prahl spielen und reden hörte, ging ihm das Herz auf.
Zur Drehmitte, zum Bergfest, war Peter wieder in Tschechien und erlebte die Rot-Weißen Funken, Kölns größte Karnevalsgesellschaft. Sie waren, ohne lange zu zögern, mit mehreren Bussen nach Prag gekommen und hatten im Film mitgespielt, so wie Peter es im Drehbuch vorgesehen hatte. Denn den Karneval ließen die Kölner selbst in der schlechten Zeit nach dem Krieg nicht ausfallen. Peter konnte es nicht fassen, am liebsten hätte er Carlo und die Produzentin Doris Zander umarmt und geküsst. Endlich wurde mal ein Film fast so getreu gedreht, wie er ihn sich vorgestellt hatte.
Luis Vorbach, der kleine Schauspieler aus Neugablonz, acht Jahre alt, der Peter spielte, war eine Wucht. Der Kleine hatte genau die Frechheit, die Chuzpe und den Durchblick, den Peter damals auch gehabt hatte, obwohl Peter noch drei Jahre jünger war als dieser Junge jetzt. Luis hat den Peter wunderbar gespielt und begriffen, worauf es ankam. Mein Gott, freute Peter sich auf diesen Film.
Es gab eine Premiere in Köln im Kino, und beide Teile, also hundertachtzig Minuten, wurden hintereinander gezeigt. Peter saß da, sprach leise die Dialoge mit und ließ sich total von der Geschichte einlullen. Er hatte Mitleid mit der Oma, als ihr Mann im Schnee erfroren war, er hatte

Wut auf Zettler und war froh, als der am Ende von seinem Sohn erschossen wurde.
Peter kamen die Tränen. Es gab Standing Ovations für die Schauspieler, die Regie und für ihn.
Der Zweiteiler sollte im nächsten Jahr an zwei Tagen in der ARD ausgestrahlt werden, hieß es. Endlich war Peter am Ziel, irgendwie.
Und dann hatte es tags zuvor noch eine hoffnungsvolle Geschichte gegeben. Elke Sommer hatte aus Hollywood angerufen. Für seine Story mit dem Schlangenfänger gab es einen Interessenten. Na also!

Mittlerweile war das *Sudfass* geschlossen worden und sollte abgerissen werden. Peter besuchte Dirk zum letzten Mal in dem berühmt-berüchtigten Gemäuer. Dort übergab er ihm das Buch *Rotlicht im Kopf*, das Buch über ihn, Dirk und sein Lebenswerk, das *Sudfass*. Über das berühmteste Bordell der Welt, und warum Männer in den Puff gehen. Das Thema interessierte viele; Dirk nahm das dicke Buch in die Hand, wog es und freute sich. Er hatte zu Recht über Jahrzehnte in seinen Freund Peter investiert, Geld und Gefühle. Und Peter rührte Dirks Freude.
Dann erreichte ihn eine weitere schöne Nachricht. Die Stadt Frankfurt, das Kulturdezernat und die Hessische Filmstiftung hatten vor, Peter im nächsten Jahr im Filmmuseum eine Retrospektive zu widmen. Es gab nämlich ein Jubiläum. Vor dreißig Jahren war Peter letztmalig aus dem Knast entlassen worden, und gleichzeitig war sein erster Film gelaufen: *Ein Fall für zwei* mit dem Titel *Fasolds Traum*. Sechs Filme durfte Peter sich aus seiner Produktion von über siebzig Filmen aussuchen. Er entschied sich für zwei *Tatort*-Folgen: *Kinderspiel* aus Wien und *Restrisiko* aus Köln. Dann eine ZDF-Produktion *Tödliche Wende*, das

WDR-Drama *Maus und Katz* und den Kinofilm *Alles nur Tarnung*. Da zu dem Zeitpunkt der Retrospektive schon die Erstausstrahlung der *Himmelsleiter* stattgefunden haben würde, auch für diesen Zweiteiler. Und er lud die Weggefährten ein: Mario Adorf, Elke Sommer, Ben Becker, Uwe Fellensiek, Claude Oliver Rudolph, Brigitte Janner und den Regisseur Hajo Gies. Alle freuten sich und sagten zu.

Kurz darauf saß er am Heiligen Abend in Frankfurt auf dem Liebfrauenberg, einem Platz in der Stadtmitte, auf der Terrasse eines Cafés, denn es war nicht kalt. Auch andere Menschen saßen draußen und tranken Kaffee.
Es erklang das sogenannte Stadtgeläut, bei dem alle Kirchenglocken gemeinsam läuteten und läuteten. Peter dachte nach. Ines, seine große Liebe von vor dreißig Jahren, war vor wenigen Tagen an Krebs gestorben. Ihr Ehemann, den Peter nicht kannte, hatte ihm noch in der Sterbenacht eine Nachricht geschickt. Ines hatte ihn vor ihrem Tod darum gebeten. Peter würde zur Beerdigung gehen und die Kinder sehen, die vor dreißig Jahren Zwerge waren. Dann dachte er an Irene, sie hatte vor einigen Tagen mitgeteilt, dass sie schwanger sei. Endlich, sie war glücklich, und Peter freute sich mit ihr.
Wie er so dasaß und dem Glockengeläut zuhörte und an Ines und Irene dachte, näherte sich ihm eine Gruppe Menschen. Ein Mann, eine Frau und drei halbwüchsige Kinder, sie schauten ihn an, Peter schaute zurück. Die beiden Erwachsenen lächelten, die Kinder grinsten ein bisschen. Dann sagte die Frau: »Kennen Sie uns noch?« Peter schaute sie durchdringend an, er erinnerte sich nicht, überlegte, ob er höflicherweise irgendwas sagen sollte, aber dann ließ er es und schüttelte den Kopf: »Nein, tut mir leid. Woher

sollte ich Sie kennen?« Da lachte der Mann und sagte: »1990 in Luxemburg. Ihr Film *Ex und Hopp*.« »Ja«, sagte Peter. »An den Film erinnere ich mich natürlich.« Und der Mann sagte: »Ich war beim Licht und meine jetzige Frau war damals bei der Ausstattung.« »Ach«, sagte Peter, »das ist aber schön. Ich erinnere mich nicht wirklich. Aber es ist ein schöner Film geworden.« »Ja«, sagte die Frau, »das stimmt. Und wir denken oft an Sie.« »An mich?«, fragte Peter zurück. »Ja, wir haben uns nämlich damals kennen- und lieben gelernt, durch Ihren Film. Und das sind unsere drei Kinder.« Peter schaute sich die drei an, die wie Orgelpfeifen dastanden, zwei Jungs, ein Mädel, so siebzehn, sechzehn, fünfzehn und frech grinsten. Und Peter dachte, es gibt doch Dinge auf der Welt, die man beeinflusst hat, ohne es zu wollen oder zu wissen, und das ist schön. Und dann sagte die Frau noch: »Wir danken Ihnen sehr, sehr herzlich. Wir haben oft an Sie gedacht. Denn ohne den Film wären wir nie eine Familie geworden.« Sie verabschiedeten sich. Sie drehte sich um: »Und noch ein schönes Weihnachtsfest!«

Peter sah ihnen hinterher und fühlte sich berührt. Diese Menschen und endlich ein großer Film und nun bald vielleicht Hollywood. Elke Sommer hat ihn für nach Weihnachten schon wieder nach Beverly Hills eingeladen, um ihm den Interessenten vorzustellen. Peter war zutiefst glücklich. Nicht wegen des Hollywood-Interesses oder den letzten Erfolgen. Er spürte sich ganz, ganz tief und warm und wusste, er war da, wo er hingehörte. Er brauchte niemandem mehr etwas zu beweisen und ... sich selbst auch nicht.

ENDE